本书为国家社会科学基金项目（08ZWC002）
与湖南省社会科学基金项目(10YBA224)结题成果，
并获教育部新世纪优秀人才支持计划（NCET-10-0841）、
湖南省新世纪121人才工程、湖南省首届文艺人才"三百工程"、
中南大学首届人文社科杰出青年人才支持计划和中南大学531人才工程资助。

感悟诗学的现代转型研究

欧阳文风 ◎ 著

GANWUSHIXUEDE
XIANDAIZHUANXINGYANJIU

中国社会科学出版社

图书在版编目(CIP)数据

感悟诗学的现代转型研究/欧阳文风著． —北京：中国社会科学出版社，2014.10
ISBN 978-7-5161-4840-2

Ⅰ.①感… Ⅱ.①欧… Ⅲ.①诗学—研究—中国 Ⅳ.①I207.2

中国版本图书馆 CIP 数据核字(2014)第 222609 号

出 版 人	赵剑英
责任编辑	郭晓鸿
特约编辑	王冬梅
责任校对	周 昊
责任印制	戴 宽

出　　版	中国社会科学出版社
社　　址	北京鼓楼西大街甲 158 号(邮编 100720)
网　　址	http://www.csspw.cn
	中文域名：中国社科网　010-64070619
发 行 部	010-84083685
门 市 部	010-84029450
经　　销	新华书店及其他书店
印　　刷	北京君升印刷有限公司
装　　订	廊坊市广阳区广增装订厂
版　　次	2014 年 10 月第 1 版
印　　次	2014 年 10 月第 1 次印刷
开　　本	710×1000　1/16
印　　张	22.25
插　　页	2
字　　数	342 千字
定　　价	59.00 元

凡购买中国社会科学出版社图书，如有质量问题请与本社联系调换
电话：010-64009791
版权所有　侵权必究

目 录

引论 ……………………………………………………………（1）
 一 问题的提出：对诗学原创性的诉求 ………………………（1）
 二 立足民族优势思维，建立一种感悟诗学 …………………（6）
 三 感悟诗学现代转型之可能性及其对诗学原创的意义 ……（9）
 四 感悟诗学的研究现状及本课题的研究思路 ………………（18）

第一章 感悟辨析 ……………………………………………（23）
 一 感悟的内涵及其特征 ………………………………………（23）
 二 诗悟与禅悟 …………………………………………………（33）
 三 感悟与直觉 …………………………………………………（39）
 四 感悟与玄学 …………………………………………………（44）
 五 感悟与心学 …………………………………………………（48）
 六 感悟与分析哲学 ……………………………………………（55）

第二章 中国传统诗学的感悟特性及其现代转型 …………（60）
 一 中国传统诗学的是一种感悟诗学 …………………………（60）
 二 传统感悟诗学的现代转型 …………………………………（71）

第三章 感悟诗学现代转型之发生
    ——王国维的思维实验、理论构架与方法拓展 ………（94）

一 由极端到化合：王国维的诗学思维实验
　　——中西诗学思维方式的初步汇通 …………………………（94）
二 传承与发展：王国维的感悟诗学间架
　　——以《人间词话》为中心 ……………………………………（112）
三 观其会通，得其妙悟：王国维对感悟方法的现代拓展 …………（139）

第四章　感悟诗学现代转型之展开（一）
　　——朱光潜、梁宗岱对西方感悟观念的醇化 …………………（165）
一 朱光潜对西方感悟观念的醇化 ……………………………………（167）
二 梁宗岱对西方感悟观念的醇化 ……………………………………（189）

第五章　感悟诗学现代转型之展开（二）
　　——宗白华对传统感悟资源的创造性转换 ……………………（207）
一 宗白华对意境理论的创造性转换 …………………………………（208）
二 宗白华对气韵理论的创造性转换
　　——以宗氏画论为考察对象 ……………………………………（224）
三 宗白华对传统感悟资源创造性转换的意义 ………………………（232）

第六章　感悟诗学现代转型之方法垦拓
　　——以闻一多、朱自清的古典文学批评实践为例 ……………（242）
一 闻一多对感悟批评方法的现代探索 ………………………………（242）
二 朱自清对感悟批评方法的现代探索 ………………………………（265）

第七章　感悟诗学现代转型之个案分析
　　——以李健吾印象主义批评为对象 ……………………………（292）
一 李健吾印象主义批评的理论渊源 …………………………………（293）
二 李健吾印象主义批评的感悟特征 …………………………………（300）
三 小结：李健吾印象主义批评是一种准现代感悟诗学 ……………（316）

结语　未完成的感悟诗学现代转型 …………………………（318）
主要参考文献 ……………………………………………………（326）
附录　"感悟诗学的现代转型与当下诗学的原创性建构"
　　　专题讨论 ………………………………………………（335）
后记 ………………………………………………………………（348）

引 论

一 问题的提出：对诗学原创性的诉求

进入 20 世纪以来，中国诗学①的原创性问题就一直是中国诗学研究者的一个心中之痛。放眼望去，整个 20 世纪的中国诗学几乎处处张扬的是西方诗学的旗帜——由世纪初的西方近代诗学的大量移入，到世纪中叶俄苏文论的一花独放，再到八九十年代西方各种文艺思潮的轮番上演，近百年的中国诗学史简直就是一部贩卖推销西方理论的历史，在世界诗学舞台上，百年中国诗学几乎完全丧失了自己的话语权。对于这一点，诗学研究者们并不是没有清醒的认识，比如一些学者就曾经说："中国现当代文化基本上是借用西方的一整套话语，长期处于文化表达、沟通和解读的'失语'状态。""当我们要用理论来讲话时，想一想罢，举凡能够有真正含义

---

① "诗学"一词有广义和狭义之分，广义的"诗学"是指文学理论，狭义的"诗学"概念则指有关文学的一种类型——"诗"的理论研究。西方"诗学"概念的形成与亚里士多德《诗学》一书写作相关，主要是广义的，内涵与"文学理论"相近，而非关于狭义的"诗"的学问和研究。中国古代"诗学"概念的使用，与西方大体相似。它大致包含三种含义：第一，"诗学"原是《诗经》之学，是经学的一个分支，这一含义起源于汉代，在唐宋还被人们广泛沿用。第二，指关于"诗"的理论，这相当于西方狭义的"诗学"概念，主要指作为抒情文体存在的"诗"的理论研究，也就是我们通常所说的诗歌之学意义上的"诗学"，这一意义上的"诗学"概念的出现，大概在晚唐五代之际。第三，是广义的"诗学"概念，也就是文学理论。中国古代文论家、诗学家很少在理论文献中明确这一"诗学"概念，但由于"诗"在中国古代文论中占据的中心地位，中国古代文论的普遍概念和规范主要是在对"诗"这一文体的讨论中建立起来的，所以中国古代的"诗学"常常成为文学理论的代名词。我们这里的"诗学"概念，是就其广义而言的，也就是黄药眠、童庆炳先生在其主编的《中西比较诗学体系》"前言"中所说的："诗学并非仅仅指有关狭义的'诗'的学问，而是广义包括诗、小说、散文等各种文学的学问或理论的通称。诗学实际上就是文学理论，或简称文论。"

的或者能够通行使用的概念和范畴,到底有几多不是充分洋化了的(就算不是直接抄过来的)。如果用人家的语言来言语,什么东西可以算得上中国自己的呢?"①"从中国现代形态文学理论的观念、体系、命题、术语的发生和缘起来看,中国现代文论话语的'故乡'确实不是在中国,而是在外国。""为了民族复兴,中国文学理论需要而且应该有一种属于自己的东西。""中国文学理论要想自立于世界文学理论之林,就必须发出属于自己的声音。总是跟在人家后面'鹦鹉学舌',或当'推销商',或当'二传手',那是不行的。中国的文学理论要有科学的'原创'意识,要努力实现贴近文学现实的'中国化',这是每位有责任感和使命感的中国文论家的惟一选择。"②论者的这种观点可以说比较准确地描述了中国诗学发展的现状,也深切地反映了几代中国诗学研究者意欲建设具有中国民族特色的诗学理论的心声。但现在的问题是,在西方诗学强势话语的包围和冲击下,如何去建构具有原创性的中国诗学?还依然是一个深深地困扰着当下诗学研究,令人束手无策、举步维艰的问题。

长期"失语"的焦虑,迫使着诗学研究者们纷纷从各个角度提出了种种重建中国原创诗学的思路,诸如"建构马克思主义文论的'当代形态'","西方现代文论的'中国化'",等等。近十多年来,最有代表性的思路主要有两种:其一,把眼光投向可与西方诗学相媲美的古代诗学,提出了"古代文论现代转换"的命题,希望从古代诗学遗产中获得某种理论资源,以便促进当下诗学民族特色的内在生成;其二,试图拓展诗学的研究方法,走一种"文化诗学"之路,以文化的民族性来凸显诗学的原创性。

"古代文论现代转换"的命题把着眼点放在灿烂辉煌、独具一格的古代文论上。很多学者都认为,我国古代文论资源非常丰富,我们应该充分利用古代文论中的有用成分来构建当代诗学,化古为今,古为今用,从而彰显当下诗学的民族蕴涵。这一思路的提出并深入讨论,充分体现了广大

---

① 曹顺庆:《重建中国文论话语》,《中外文化与文论》第1辑。
② 董学文:《中国化:泥泞的坦途——试论中国当代文论与西方文论的关系》,《巢湖学院学报》2004年第4期。

诗学研究者对传统民族诗学的自信心和执着的学术追求。十多年来，通过学者们积极的参与和颇富探索性的研究，以相当可观的研究实绩，从很大程度上活跃了古代文论的研究，并极大地启迪了当代诗学的发展建构。但是，正如不少学者所指出的，这一命题却也存在着某些理论上的缺陷和实践上的困惑。"如果不是停留在情绪化的鼓吹，而是站在科学理性的立场来加以思考，则这个命题的学理真实性是很值得怀疑的；并且，在实践上如把它作为当代文学理论批评变革重建的理想出路甚至是惟一出路，也很可能导入误区。"论者说，中国古代文论的理论体系和话语系统，已经不能适应新时代社会和文学转型发展的基本要求，当下文学形态、意识形态和文化语境以及语言、思维方式都与古代截然不同了，面对这种现实，要依靠转换中国古代文论的理论话语来对当代文学现实作出切实的阐释，已经是绝不可能的了①。有学者就更是很直率地说："中国古代没有现代意义上的文学研究，古人只是从经验和体验出发对诗文现象有所言说而已——这就是被古人称为诗文评的话语系统……这种入思方式和言说方式上的差异直接导致了诗文评永远不是一种现代意义上的'知识形态'，而主要是活泼泼的经验和体验。"②"我实在很难理解所谓'转换'的实质意义究竟何在。古代文学理论是古代文学的理论，21世纪的文学理论是新世纪文学的理论。没有一种文学理论能概括从古到今的文学……希望将古代文论进行现代转换，在此基础上生成新的中国文学理论，窃以为恐不免缘木求鱼。"论者说："转换"命题是"属于对理论前提未加反思就率尔提出的一个虚假命题，是不能成立的"。③ 另一位学者也作如是观："在我看来，'现代转换'也好，'失语'也好，都是一种漠视传统的'无根心态'的表述，是一种崇拜西学的'殖民心态'的显露。'世人都晓传统好，惟有西学忘不了'，如此而已，岂有他哉？"④ 有论者在一篇题为《伪命题：中国古代

---

① 陈传才：《文艺学百年》，北京出版社1999年版，第313—318页。
② 李春青：《在现代与传统之间——对20世纪中国古代文论研究若干问题的反思》，《清华大学学报》2008年第2期。
③ 蒋寅：《古典诗学的现代诠释》，中华书局2003年版，第4—5页。
④ 郭英德：《论古典文学研究的"私人化"倾向》，《文学评论》2000年第4期；《文学传统的价值与意义》，《中国文化研究》2002年第1期。

文论的现代转换》的文章中，态度也非常鲜明。他认为古代文论和现代文论是属于不同性质的两种文论，包含着不同类型的价值内核，在价值取向上两者在很多方面是迥异其趣的，因此它们之间是不可以转换的，如果强为作媒，要进行古代文论的现代转换，就会出现许多问题①，等等。在这里，我们虽然不愿完全苟同上述论者的说法，因为我们认为古代文论与批评形态确实具有不可估量的价值，是建构现代文论重要的资源库和智慧源，也主张应当从内在精神层面对古代文论与批评进行吸收融会，但是，对"转换"命题我们也确实心存疑惑：第一，"转换"的提法是否妥当？因为任何文化（当然包括文学理论）都是在合规律合目的的历史进程中自我衍生的②，从某种意义上讲是不以人的意志为转移的，因此，这种对古代文论进行人为的现代"转换"，在学理上是否具有合理性就值得思量。第二，关键是如何"转换"？正因为"转换"命题的大前提是有待商榷的，因此如何"转换"就成了一个令人束手无策的问题，学者们虽然也提出了各种设想，但平心而论，我们至今都没有拿出一套大家都认可的可供操作的"转换"方法。其实，正如有人所说的，如果可以"转换"的话，20世纪初应该是古代文论现代转换的最好时机，因为当时正值"中国社会从近代到现代的变革转型，为古代文化和文论的现代转化提供了'同步转'的适宜的转换速度、弯度和坡度；并且，从近代文学改良主义者到五四新文化运动先驱，无论是激进主义者还是保守的改良派，可以说都是一些饱学传统文化，甚至学贯中西、并具有现代变革意识的文化精英，如果由他们来实践中国古代文论的现代转换，应当说是再合适不过"。但是，当时的那些文化精英们在做过了这方面的努力之后，最终还是"不得不'别求新声于异邦'，作出'西化'的文化选择"③。当然，历史现象背后往往还有很复杂的其他原因，但这种选择结果本身是值得我们"转换"论者深思的。

---

① 尹奇岭：《伪命题：中国古代文论的现代转换》，《理论与创作》2003年第3期。
② 参见欧阳文风《人世有代谢，往来成古今——论中国古代文论的衍生功能》，见蒋述卓主编《批评的文化之路》，中国社会科学出版社2003年版，第227页。
③ 陈传才：《文艺学百年》，北京出版社1999年版，第314页。

引 论

"走向文化诗学"的命题则是希望拓展文学研究的视野,打通"内部研究"和"外部研究"的界限,通过突出文学研究的文化特色来实现诗学的本土性与原创性。这种思路也具有非常积极的现实意义,其意义主要体现在方法论上——文化诗学试图整合各种文学研究的方法,对文学进行整体的、多元互动的跨学科跨方法的综合研究。在批评界经历了"内部研究"和"外部研究"的双重尴尬之后,这种综合的方法正是我们目前所极其需要的。而且,它的跨学科性也有助于文学研究摆脱纯粹的自在自为状态,在纯审美的局限之中介入非审美因素,使原先被遮蔽的或者是无法观照到的盲区得到澄清。它的跨方法性使它吸收了诸多方法的有效因素,能在具体运用中使这些因素脱离原先的具体指涉而对文学批评发挥新的作用[1]。但是,目前我们的"文化诗学"研究也遇到了很棘手的问题。不错,文化诗学对文学研究最大的优点是综合了既往所有的研究方法,是跨方法跨学科的,然而关键是,其致命的弊端也恰恰体现在它的这种跨方法跨学科上。我们知道,从当下的文化诗学研究来看,文化诗学在某种程度上仍然呈现出一种泛文化研究的倾向,有人称其为"文化价值主导型批评对美学价值批评的无情置换"[2],而无所不包的文化研究却会从很大程度上消解对文学本身的研究。"它的研究对象已经脱离了文学文本,热衷于环境污染、广告和模特表演等方面,成为了一种无诗意或反诗意的社会学批评,将导致文学文本在文化批评的视野中消失,失去了文学理论起码的学科品格。"[3] 有学者就曾经指出说,文化研究"让文学匍匐于文学之外的目的",是"对文学的贬低"[4]。J. 希利斯·米勒更是说,文化研究"常常是(虽然并不总是)一个倒退,退回到把文学作品以及其他文化创造物视为单纯的模仿和再现的观点,这种观点认为文学作品等文化创造物不过是外部世界

---

[1] 王林、姚朝文:《文化诗学批评与批评生长》,《西南师范大学学报》2005年第6期。
[2] 王世诚、姚新勇:《谁来进行文学批评》,《文艺争鸣》1999年第5期。
[3] 王泽庆:《文化诗学理论批评》,《东方论坛》2010年第3期。
[4] [德]沃尔夫冈·伊瑟尔:《在虚构与想象中越界——沃尔夫冈·伊瑟尔访谈录》,金惠敏译,《文学评论》2002年第4期。

(如著名的'种族、阶级、性别和历史状况')的反映"①。理查德·约翰生也说：文化研究的目的"是要消解'文本'作为研究客体的中心……文本在文化形式中只是一个手段：严格说来，它只是一种原材料……在我看来，文化研究的最终目标并不是文本，而是在每一流通时刻的主体形式的社会生活，包括它们的文本体现。这与对文本本身进行文学评价还距离很远"②。这也就是说，如若文化诗学不从实践层面上的这种泛文化研究倾向中剥离出来，最终就会导致文学研究逐渐游离于文学文本之外，那么，它作为一种文学研究方法的有效性都会成为一个问题，更遑论对诗学原创性的有机生成了。

由此说来，上述两种思路——一个立足民族资源的开发利用，一个注重对已有研究方法的综合融会，虽然在逻辑起点上都具有一定的合理性，也确实活跃了最近十多年来的诗学研究，但是，由于它们本身都具有难以克服的理论局限和实践困惑，使得它们在实现当下诗学的原创性诉求上依然困难重重、步履艰难。然而，它们却给了我们很好的启示：既然建构原创诗学是建立一种有别于其他诗学（主要是指西方诗学）的诗学，那么，我们首先就应该明白两个问题：中西诗学最本质的不同是什么？和西方诗学相比，我们的优势又在哪里？我们认为，如若明确了两者的本质区别，并且能够在自己的优势点上着力，建设诗学原创性庶几就能够有的放矢。

二 立足民族优势思维，建立一种感悟诗学

曾有论者指出："思想史、科技史和艺术史分明地显示出，几乎每个民族都有自己独特的思维方式。而且思维方式的差异，正是构成不同文化类型的重要原因之一。"论者还说："思维方式是人类文化现象的深层本质，属于文化现象背后的、对人类文化行为起支配作用的稳定因素。"论者主张"用民族思维方式的不同来说明民族文化的区别"③。这个论断无疑

---

① [美] J. 希利斯·米勒：《永远的修辞性阅读——关于解构主义与文化研究的访谈》，金惠敏译，《文艺理论研究》2001年第1期。
② [英] 理查德·约翰生：《究竟什么是文化研究》，罗钢、刘象愚译，《文化研究读本》，中国社会科学出版社2000年版。
③ 张岱年、成中英等：《中国思维偏向》，中国社会科学出版社1991年版，第1—2页。

是极有见地的，它启示我们：要把握中西诗学的本质区别，我们还应该也必须深入到各自不同的思维方式上去。

众所周知，中西诗学在思维方式和思维习惯上具有极大的差别，西方诗学注重的是概念演绎和逻辑推理的理性思维，理性思维铸就了西方诗学条理严密、逻辑贯通和表述清晰的体系特征，而中国诗学则注重的是感悟体验的非理性或超理性的感悟思维[①]，感悟思维培育了中国传统诗学直观体验、灵气飘逸和整体把握的生命形态[②]。中西诗学之所以迥然有别，最根本的原因就是它们在思维方式上的这种截然不同。也就是说，思维方式的不同，应该是中西诗学最本质的差别所在。而各自所擅长的思维方式同时也是其优势，也即西方诗学的优势在分析推理上，中国诗学的优势则是感悟体验——感悟，既是中国诗学独步世界的思维方式，也是中国诗学相对于西方诗学的优势所在[③]。由此，根据我们以上的理论预想，要在当下建立一种中国原创诗学，就应该在自己的这一优势思维——感悟思维上着力，根据自身思维的特点和传统，扬自己之长——感悟，补自己之短——学理分析，并将两者融而合之，构建一种充满现代性的感悟诗学。

感悟的方法，是中国古代诗学最常用的方法[④]。古代诗论家大都是直

[①] 也有学者称之为直觉思维、悟性思维、悟觉思维或象思维。

[②] 应该说明的是，西方诗学也有感悟体验，中国传统诗学亦有分析推理，我们如此言说，只是就其主要表征而言，并不是绝对的。

[③] 许多学者都对此进行过论述，虽然用的不一定是"感悟"这个词，有的用"悟性"，有的用"直觉"，有的用"体验"，等等，但概念内涵所指是基本相同的。其中以杨义先生论述最为精到，杨义说，假如我们对中国数千年间久蕴厚蓄的文化经验和文化资源进行系统的、深入的审视的话，就会发现，"感悟，就是这感悟，乃是中国智慧和思维能力的传统优势所在，它在本能和认知、情感和理智、知识和哲学等诸多层面，给中国智慧提供了奇妙的融贯和升华的通道"。"数千年的思维实践，使中国感悟式的思维经验和智慧异常发达，渗透到日常生活和哲学、宗教、文学艺术各个领域，沉积为中国精神文化最具神采、又极其丰厚的资源"（《感悟通论》）；"感悟思维作为富有中国文化特色的思维方式，较之意境、意象、神韵一类词语具有更深刻的关键性，或者说，意境、意象、神韵都是感悟思维导致的审美状态和审美结果"（《现代中国学术方法综论》）。在《中国诗学的文化特质和基本形态》一文中，杨义更是明确地提出中国诗学是一种感悟诗学，他说："中国的诗学又是一种感悟的诗学。……中国的诗学从心讲到诗言志讲到诗缘情，它既有生命的深度和文化的厚度，又有感悟作为贯穿它的方法。"

[④] 关于感悟的内涵及中国传统诗学的感悟特性，本书将辟专章论述，此不赘言。

接立足于具体的文本之上，依凭自己独特的感悟，或三言两语，点到为止，或引发开去，敷衍成篇。感悟，注重的是审美经验的积累，强调的是个体的特殊感受和瞬间反应，诗论家追求的不是严密完整的作品解读，而是主客体内在精神的契合和心灵沟通。中国古代感悟诗学正是以这种独树一帜的姿态向世界诗学宝库贡献了"虚静"、"得意忘言"、"风骨"、"滋味"、"妙悟"、"意境"、"神韵"等一系列极具民族性当然也是原创性的诗学命题和诗学资源。

当然，有人会说，现在都是现代社会了，整个文化语境发生了巨大变更，时过而境迁，古代的这种缺少科学的观察、理性的分析、逻辑的推理和实践的检验，缺少必要的规定性、清晰性、准确性，具有较鲜明的神秘主义倾向的感悟思维，到了新的时代还行得通吗？的确，应当承认的是，"当人类掀开了近代史的帷幕之后，中国古代思维方式的局限性就逐渐暴露了"[①]。因此，自19世纪末以来，由于民族文化的衰败，那些探索文化振兴和民族出路的近代精英们，如康有为、严复、梁启超、胡适等，他们把民族落后的原因归根于传统思维方式的不科学，一方面极力鼓吹西方理性思维，另一方面对传统的感悟式的思维方式发起了亘古未有的批判和攻击，感悟思维受到了西方理性思维的强力挑战[②]。后来，在五四新文化运动轰轰烈烈的"反传统"和"重估一切价值"的思潮中，以及20世纪20年代那场对中国思想文化领域影响极其深远的"科玄论战"之后，作为传统思维方式的感悟思维愈加被激进的现代中国人弃若敝屣，人们争先恐后地学习西方科学的、理性的思维方法。一段时间下来，中国固有的感悟思维对于中国现代思想文化界来说已经逐渐变得生疏和遥远，而相反，西方理性思维的方法却慢慢深入人心。王国维是中国诗学建构中尝试着运用西方思维的第一人。他在1904年发表的《〈红楼梦〉评论》中，破天荒地借用西方哲学理论和方法来评价一部中国古典文学名著，整个文章纵横捭阖，条理密贯，有一种磅礴的理论气势，一扫传统诗学那种印象式感

[①] 张岱年、成中英等：《中国思维偏向》，中国社会科学出版社1991年版，第4页。
[②] 人们自觉地提出要变革传统思维方式，是19世纪90年代中日甲午战争以后。参见张岱年、成中英等《中国思维偏向》，中国社会科学出版社1991年版，第242页。

悟式的评点风格，其思维方式是思辨的、逻辑的、智性的，是十分西方化的。尔后，王氏又相继发表了《屈子文学之精神》(1906)、《人间词话》(1908)、《宋元戏曲考》(1913)等诗学论著，虽然在形式上似乎有一步步向传统回归的趋势，但其运用的思维方式却明显是西方的。1908 年，王氏还翻译了逻辑学著作《辨学》，表达了他对西方科学思维方法的向往和追求。自王国维之后，中国诗学理论便四处弥漫着西方理性思维的气息，在所谓的诗学理论向现代转型的过程中，感悟思维逐渐淡出中国现代诗学的生长构建中。

然而，感悟思维作为一种中国文化沉积数千年的思维方式难道真的就从此销声匿迹了吗？不是，也不可能。思维方式是一个民族在长期的社会生活中积累起来的一种集体无意识，它一经积淀而成就很难更改和转变。正如有的论者所说的那样，"任何民族的前进，都只能以本民族为行动主体。民族思维方式的改进和变革，绝不可能从白纸上做起，不可能也不应当把原有的传统一下子抛到九霄云外，而去全盘接受人家的东西。别人走过的路，只能供我们借鉴，而不可能重蹈，因为我们有自己的过去"[①]。"艺术发于心性，艺术传统、艺术批评的形成，往往是民族心性的自然流泻，里面的必然性远远大过迫于外因而做出的一时一地的选择。这就决定了长期形成而具有相对稳定性的民族批评传统在中国现代文学批评中不会消失。"[②] 然而，在新的形势下，感悟思维及其感悟诗学却必须进行自身的调整和变革。

三　感悟诗学现代转型之可能性及其对诗学原创的意义

杨义先生说："走向现代形态的感悟汲取了新的时代智慧，在纵横的时空坐标上梳通古今脉络，沟通中西学术。它似乎不再到处卖弄自己的招牌，而是潜入历史的深层，埋头苦干，不动声色而又无处不在地醇化着和升华着新的审美创造和知识体系。它大体舒展着两条基本思路，一是对传统的诗学经验、术语、文献资源和学理构成，进行现代性的反思、阐释、

---

① 张岱年、成中英等：《中国思维偏向》，中国社会科学出版社 1991 年版，第 5 页。
② 赖力行：《体验：中国文学批评古今贯通的民族特点》，《中国文学研究》2006 年第 3 期。

转化和重构；二是对外来的诗性智慧和学术观念，进行中国化的接纳、理解、扬弃和融合。"在这里，杨义清楚地勾勒了感悟思维及其感悟诗学进行现代转型的路径，主张现代感悟诗学既要立足于本民族的诗学传统，又要通融于西方诗学理论。现代意义上的感悟应该是"介于感性与理性之间，是感性与理性的中介，同时是二者的混合体，是桥梁"，是一种"理性的直觉"或"直觉的理性"。"悟性得来的东西，还需要经过事实的验证和理论的推衍而形成创造性的体系。……必须把感悟继之以条理清楚的分析，成为有体系，有结构，有不同层面的理论形态。"① 值得庆幸的是，在王国维、宗白华等所开展的诗学实践中，其实已经惊人地暗合了杨义所概括的这两条感悟思维和感悟诗学的现代转化之路。

如前所述，王国维是中国诗学运用西方思维方式最早的尝试者。其实，王国维之所以大量地运用西方的逻辑推演的思维方法，是带有明显的目的性的。1905 年在《论新学语之输入》中王国维对中西思维的特点进行了清醒的比较：

> 抑我国人之特质，实际的也，通俗的也；西洋人之特质，思辨的也，科学的也，长于抽象而精于分类，对世界一切有形无形之事物，无往而不用综括（Cenerafization）及分析（Specification）之二法，故言语之多，自然之理也。吾国人之所长，宁在实践之方面，而于理论之方面则以具体知识为满足，至分类之事，则除迫于实际之需要外，殆不欲穷究之也。……故我中国有辩论而无名学，有文学而无文法，足以见抽象之分类二者，皆我国人之所不长，而我国学术尚未达自觉（Selfconsciousness）之地位也。

在王国维看来，我国传统思维短于思辨推理，缺乏抽象、分类的科学方法，因而难以建立概念明晰，推理严密的理论体系，所以"我国学术尚未达自觉之地位也"。在这种情况下，如何引进西方哲学理论，尤其是引进

---

① 杨义：《感悟通论》，《新国学》2005 年第 2 期。

西方富于思辨的理论运思、长于分析综合的理论方法来整理中国传统思想，就成了王国维所要思考的一个时代课题。正是基于这一觉识，王国维在一系列著作中极力运用推理分析的路数，以前所未有的理论思辨力，有意与传统的感悟式诗学批评拉开距离，其目的就是想以极端的方式，用西方近代的推理思辨的方法来推动传统诗学思维方式的转型。杨义先生曾在一篇鲁迅研究的论文中提到，在传统的"骸骨的迷恋"风气极浓，衰老国度废料沉积极厚的时候，鲁迅主张首先应该"蔑弃古训"，扫荡陈腐，以便为承续固有血脉准备良性环境、清明意识和新鲜活力[1]。这一判断，其实对王国维也是适用的。王国维作为中国诗学向现代转型的起点式人物，他也是在做一个极端性的诗学实验——试图通过对传统感悟的极端清算，从而实现中国诗学在思维方式上的变革。

然而，感悟毕竟是一股中国诗学沉积数千年的思维定式，已经作为一种文化基因代代相传，不是西方式思维所能随便取代得了的。王国维虽然相当深广地接触过西方文化，对"新学"（特别是哲学和思维科学等）了解甚深，但他更是承袭过完整的传统文化的熏陶，"旧学"的根底亦相当深厚，"他虽然已经感受到传统文化日趋沉滞的大势，但并没有失去那种已渗入他全部生命的文化感"[2]。也就是说，传统的感悟思维在他那里已是根深蒂固，他是不可能完全抛开的。由此，在王国维那里出现了一种有趣的现象：一方面，西方"科学的"、"思辨的"方法让王国维钦羡不已，他在自己的诗学论述中极力效仿之鼓吹之，但另一方面，本民族的"实际的"、"通俗的"方法又已经融入到他的血液里去了，成为了一种本能，割舍不去，因此他的骨子里其实又是注重感悟的。逻辑理性与感悟体验这两种思维方式在王国维那里就这样对抗着又融合着。他曾经说："诗歌乎？哲学乎？他日以何者终吾身所不敢知，抑在二者之间乎？"[3] 可以说是他对此种思维矛盾状态的夫子自道。事实也正是这样，在王国维的诗学论述中，虽然逻辑思维明显占了上风，但感悟式的方法仍然如挥舍不去的影子

---

[1] 杨义：《鲁迅与中国文化的现代启示》，《文学评论》2006年第5期。
[2] 温儒敏：《中国现代文学批评史》，北京大学出版社1993年版，第28页。
[3] 王国维：《王国维遗书》第3卷，上海古籍出版社1983年版，第612页。

一样随处闪烁。这点几乎表现在他所有的诗学著作中,尤其表现在《人间词话》里。王国维的《人间词话》一反早期《〈红楼梦〉评论》的行文方式,在形式上就具有某种向古代诗话回归的意味——这种形式上的回归,实际上内在地反映了王国维由早期对西方逻辑思维的一味推崇,到后来又逐渐认可抑或是本能地返回到中国传统的思维方式并试图实现两者融合的心路历程。《人间词话》在对"境界"内涵的阐述上,王氏虽然参照了西方主客二分的思维方式,根据西方分类的方法把境界分为"造境"、"写境","有我之境"、"无我之境","隔"、"不隔"等,但他所有的这些认识,又都是建立在对整个中国古代诗词的鉴赏体悟上的,从李白、温庭筠到欧阳修、苏东坡、辛弃疾,一直到纳兰性德,所有文学史上的重要词家他都一一进行了体悟鉴赏,这种体悟鉴赏,都是"融合艺术之心和天地山川人事之体验","融合读者与作者、艺术与人生多重视境","把境界作为一个联系着艺术本质的,可内敛、可外射的精神过程",这样,即使是很抽象很机械很西方化的分类,在王国维那里,也都"散发着中国诗学和感悟思维的灵性与趣味"①。

借此,有必要指出的是,《人间词话》所极力标榜的"境界"说是中国古代感悟诗学一脉相承的一个诗学命题,古代境界理论由于是生成于单一的思维方式下,因此数千年以来对"境界"这一概念一直是在内涵自明性的前提下经验性地使用,并没有一个很清楚的界说,而正是因为王国维这种既有传统思维的视角又带有西方思辨理性的眼光来观照这一传统术语,使得"境界"说到王国维那里其实已经发生了某种转换。"其立论,却已经改变了禅宗妙悟的玄虚的喻说,而对于诗歌中由'心'与'物'经感受作用所体现的意境及其表现之效果,都有了更为切实深入的体认,且能用'主观'、'客观'、'有我'、'无我'及'理想'、'写实'等西方之理论概念作为析说之凭借,这自然是中国诗论的又一次重要的演进。"② 也就是说,王国维其实已经在一种宏阔的中西视野中对传统的"境界"这一术语进行了现代性的阐释、转化和重构。

---

① 杨义:《感悟通论》,《新国学》2005 年第 2 期。
② 叶嘉莹:《王国维及其文学批评》,广东人民出版社 1982 年版,第 338 页。

引　论

在 20 世纪初那种中西交汇的文化语境中，王国维能够大胆地运用西方长于归纳分析的科学方法，去调和本民族所固有的思维方式，从而对传统的诗学话语进行重新体认。虽然，"在当时中国的学术界还未曾达到能够把西方理论融入中国传统的成熟的时机，所以他只能以他的敏锐的觉醒，作为这一途径上的一位先驱而已"①，但他的这种尝试，使得中国诗学从他开始便逐步摆脱古代形态昂首向现代转型，古代感悟诗学的现代转型也从他这里悄然开始了。

宗白华更是一位融贯中西的美学家、诗学家②。和王国维一样，他早年也曾经大量地阅读过西方哲学著作，撰写过一系列介绍西方哲学的论文，而且还游学欧陆多年，受西方哲学逻辑思维的浸润也很深，然而，宗白华却没有像同时代的许多理论家一样在思维上趋于欧化，一下笔就进行逻辑推理或体系建构，宗白华始终珍爱的还是中国传统的感悟式思维。宗白华曾经很直率地说："我以为中国将来的文化决不是把欧美文化搬了来就成功。中国旧文化中实有伟大优美的，万不可消灭。……中国以后的文化发展，还是极力发挥中国民族文化的'个性'，不专门模仿，模仿的东西是没有创造的结果的。"③ 这段话显然表明了他对当时那种一味西化现象的极端不满，虽然没有具体说到思维方式上的欧化，但宗白华其实也是十分反对那种动辄就对文学艺术进行分析判断的研究理路的。比如他的美学、诗学传世之作《美学散步》就是采用极富民族"个性"的"散步"的方法，他认为"散步是自由自在、无拘无束的行动"，"散步的时候可以偶尔在路旁折到一枝鲜花，也可以在路上拾起别人弃之不顾而自己感兴趣的燕石"④，这种率性而为、不注重体系的研究方法，和古代诗学家讲究直觉体验、打破时空界限，追求物我合一、澄明无碍、飘忽不定的研究作风又是何其相似！也正是因了这种静观默照、自由无羁的感悟思维习惯，宗白华的论文大都不是从抽象的理论出发，而是着眼于文学艺术创作实

---

① 叶嘉莹：《王国维及其文学批评》，广东人民出版社 1982 年版，第 144 页。
② 笔者曾在《宗白华与中国现代诗学》（中央编译出版社 2004 年版）一书中对宗白华的诗学思想进行了多维度的阐释，提出美学家宗白华亦是一位冥合中西的诗学家。
③ 宗白华：《宗白华全集》第 1 卷，安徽教育出版社 1994 年版，第 321 页。
④ 宗白华：《美学散步》，上海人民出版社 1981 年版，第 1 页。

践，特别是联系诗歌、绘画、雕刻、书法、音乐等创作实际以及史料，来论述美学、诗学问题。比如《美从何处寻?》一开篇就引用了自己的一首《流云小诗》和宋代罗大经的《鹤林玉露》中的一首悟道诗，然后再由此感悟开去；《中国艺术意境之诞生》中在对中国传统的意境理论进行论述的时候更是大量地结合了思想家的言论、画家的画论以及诗人的诗作、诗论，等等。

特别值得提及的是，由于宗白华对各类艺术有着发自内心的挚爱，他观摩、参观过世界上许多有名的雕塑、建筑、绘画、出土文物、风景名胜，对中国独有的书法艺术更是喜爱甚深，即使到了耄耋之年仍不避乘车劳顿之苦，兴致勃勃地去参观各种展览会。正是因为"看得多，听得多，耳濡目染于自然美景与文物艺术之中"①，所以他能感悟，也善于感悟。他通过摩挲于罗丹雕刻之院，感悟出了"创造的活力是我们生命的根源，也是自然的内在的真实"②；通过对敦煌艺术的深情凝视和潜心考察，感悟出了敦煌艺术所体现出来的那种飞腾向上的时代精神……而且，宗白华由于受传统文化的熏染极深，他的这种感悟思维方式依然是建立在中国传统的天人合一的宇宙观之上的。在他眼里，整个宇宙是一个气韵生动的生命整体，而不是一个西方式的主客分离甚至对立的世界，比如他在阐释意境的时候说，所谓意境，就是"艺术家以心灵映射万象，代山川立言，他所表现的是主观的生命情调与客观的自然景象交融互渗，成就一个鸢飞鱼跃，活泼玲珑，渊然而深的灵境"。③ 在这里，他虽然也有主、客观的区分，但他这种主客"交融互渗"却与西方的所谓"移情说"有着本质的区别。西方的"移情说"是强调主体将自己的情感移入到客体中，从而使客体也主体化或者人性化。他们在意识深处是把客体当作死的物理对象来看待，对情感的移入，客体完全是被动的。而在宗白华那里，客体和主体一样，都具有生命，意境是生命与生命的互动、渗透。

但宗白华又并不是一味地排斥西方的智慧和观念，相反，他能够很好

---

① 邹士方、王德胜：《朱光潜宗白华论·蒋孔阳序》，（香港）新闻出版社1987年版。
② 宗白华：《美学散步》，上海人民出版社1981年版，第268页。
③ 宗白华：《宗白华全集》第2卷，安徽教育出版社1994年版，第358页。

地以自己的民族思维方式对之进行接纳、扬弃和融合。比如他的生命哲学观的形成就体现了这一点。我们知道，宗白华作为受传统文化浸淫很深的文人，最早接受的是中国传统的生命哲学思想。然而，在宗白华成年后初涉哲学、美学和诗学研究的20世纪20年代，我国学术界正流行着一股强劲的西方生命哲学思潮，受传统生命哲学影响的宗白华又迅速地成为其中积极的鼓与呼者，他从1919年发表《读柏格森"创化论"杂感》，就开始接触、介绍柏格森的生命哲学思想。而中西两种生命哲学却并不完全相同，西方生命哲学是把"生命"看作一种外在的创造活力，而中国生命哲学则是把"生命"看作事物内在的生命律动。由此，两种异质生命哲学观在宗白华那儿就出现了某种碰撞、融会。在早期，宗白华明显地受到了西方生命哲学观的影响，比如在《看了罗丹雕刻以后》等文章中他也认为，"大自然中有一种不可思议的活力，推动无生界以入于有机界，从有机界以至于最高的生命、理性、情绪、感觉。这个活力是一切生命的源泉，也是一切'美'的源泉"①。但到了后来，大概是在1932年前后，宗白华觉得西方生命哲学并不符合中国人"特殊的宇宙观和人生情调"，于是开始对它进行扬弃②，慢慢又回到了中国式的生命哲学，把"气韵生动"看作宇宙生命本体的真正显现。

宗白华还试图弥合中西诗学在思维方式上的特点，他的诗学论说不但渗透着感悟的灵气，而且又具有着鲜明的西方诗学的学理性。比如他那篇著名的《中国艺术意境之诞生》（增订稿），该文除引言外，一起有五个部分，第一部分主要是阐述意境的含义，得出"意境是'情'与'景'（意象）的结晶品"的结论。第二、第三两部分则是分别论述意境与"景"（即山水）和"情"（即作家人格）的关系。因为中国自六朝以来艺术的理想境界是"澄怀观道"的"禅境"，所以宗白华专辟第四部分论述了"禅境的表现"，这一部分可以说是对前两部分的很好补充。至于第五部分，

---

① 宗白华：《宗白华全集》第1卷，安徽教育出版社1994年版，第310页。
② 之所以说"扬弃"，而不是"抛弃"，是因为宗白华对"气韵生动"的阐释其实也借取了西方生命哲学的某些思想资源。有论者也指出了这一点，参见胡继华《宗白华：文化幽怀与审美象征》，文津出版社2005年版，第103页。

把意境的特点总结为"道"、"舞"、"空白",则是宗白华对意境理论的独特发现,这是全文最精彩、最有价值的地方,宗白华花了占全文百分之六十的篇幅来进行论述,由于有了前文作铺垫,因此对意境的特点的阐释也就水到渠成、顺理成章了。由此可见,宗白华的这篇论文表面上看起来飘逸、俊秀,有古代感悟诗学的诗化特征,而如若细究,其内在的学理又十分清晰,整个论述一环扣一环,步步深入,逻辑缜密,很具有现代学术论文所应有的学理性。宗白华的诗学、美学理论正是这样比较完美地实现了中西诗学在思维方式上的冥合。这种冥合,前辈王国维及同辈诸家均未能企及,这使得宗白华的诗学话语充满着独特个性和原创气息,也使得宗白华诗学以一种比较成熟的形态镌刻在20世纪中国诗学史的长卷中。

通过上面的论述我们可以看出,在感悟思维和感悟诗学的现代转型过程中,王国维和宗白华呈现出两种不同的理论路向,王氏是深感传统感悟思维之弊端,自觉地运用西方理性思维来对之进行变革甚至清算,试图从根本上改变传统诗学的思维方式,使我国学术达到"自觉之地位",但他骨子深处的那种传统文化基因又使他不自觉地回归到感悟思维上来,这样,中西两种思维方法在他的诗学运思中实现了初步融会;而宗氏则是极其反感于当时的"西化"风气,自觉地运用传统思维方式来进行自己的诗学沉思和论述,但其良好的西方哲学的学术历练又使他不自觉地将西方理性思维的方法冥合于传统的感悟思维之中,亦很好地促进了感悟思维和感悟诗学向现代转化。两者殊途而同归,在他们各自所处的历史文化条件下,最大限度地显示了感悟思维及其感悟诗学现代转型的可能性,并以其丰厚的诗学业绩昭示了感悟诗学现代转型对建构原创诗学的深远意义。

应该说,近百年来,在中国现代诗学的生成过程中,随着研究者知识结构的变化和学术视野的全球化,西方长于归纳分析的思维方法确实已经不可阻挡地占据了主导地位,感悟"却在精神趣味的层面上转移和渗透为知识界的潜意识和类本能,依然对现代学术的原创能力发挥着不可替代的内在作用"[①]。在20世纪中国诗学发展中,那些具有原创性因素的诗学思

---

① 杨义:《现代中国学术方法综论》,《中国社会科学》2005年第3期。

想,无一不是在师法和借鉴西论的同时,再结合中国文学创作的实际进行重新体悟的结果,感悟成了与西方世界对话,或把西方理论精华加以中国化的重要思维方式。纵观中国现代诗学,不少理论家仍然在自觉或不自觉地摸索着新的文化语境中的感悟理论与实践,在自己的诗学阐述和文学批评中颇有成效地运用现代感悟思维的理论家还有梁宗岱、闻一多、朱光潜、朱自清、李健吾、钱锺书等,他们连同我们前文论述的王国维和宗白华一道,以自己不菲的研究实绩和理论创获,捍卫着中国现代诗学的原创品格,使百年中国诗学还不至完全淹没于"全盘西化"的声浪中。

然而,斯人已去。由这些先辈所开启的感悟诗学的现代性转型方兴未艾。作为21世纪的诗学研究者,我们如何接过这束几代相传的薪火,如何在西方诗学仍然是强势话语的境况之下,进一步扬长避短或取长补短,更加强化感悟这种民族思维方式在现代诗学生成中的作用和效应,建立一种充满现代性的感悟诗学,使中国诗学在世界诗学中发出自己的声音,仍然是当下诗学研究所面临的最紧迫的问题。有论者曾经说,我们现在的"文艺理论家走上了一条与作家、诗人、艺术家的工作背道而驰的道路。文艺创作向往的是感性化、情绪化、个性化、流动化、独特化,文艺理论追求的却是理性化、概念化、逻辑化、确定化、普遍化。文艺理论与文艺创作成了两股道上跑的车,文艺学家的理论成了文学艺术家看不懂也不愿看的'学术成果'。……在过往的一段时间里,中国的文艺学界把文艺学学科的衰落归结为文艺学家患上了广为流行的'失语症'。我想,我们最初失去的恐怕并不是语言,在失去语言之前,也许我们已经失去了时代、失去了理想、失去了生活的自信和学术的自信,失去了提出问题的心理机制,失去了对世界感悟与整合的能力。我们竭尽全力能够做的,只是收拢来一堆文艺学专业的'理论和知识',一些丧失了生气与活力的'学问',其'辉煌成果'便是那同一模式而又数以百计的、教科书式的'文艺学原理'"[①]。此论真是一针见血地指出了我们当下文艺学理论缺乏原创性品格的根本原

[①] 鲁枢元:《略论文艺学的跨学科研究》,《人文杂志》2004年第2期。

因——感悟能力的缺失。不过,这还仅仅是进行了现象的说明,杨义先生则更从学理性的层面上指出了感悟的重要性:

> 现代中国学术的深刻矛盾,存在于第一流的丰厚而独特的资源和尚未形成第一流的具有世界影响的现代学理体系之间。矛盾的解决和新学理和话语体系的创造,古人和外国人都无法代替我们,要靠我们运用颖悟的智慧,穿透传统经验资源与西方现代理论之间的壁障,进行一场古今中外的大对话。材料资源是历史事实和经验的记录。随着时代的变易和社会注意焦点的转移,相当一批材料开始沉睡或冬眠,或者按照历史上某种思想框架的理解,对号入座地加以存放。此时外来的现代思想赠给我们"第三只眼睛",使这些材料有可能苏醒过来,也有可能发生了"醒后的困惑"和重新移位时的"错位的不安"。学术呼唤着感悟,超越这种困惑和不安。感悟是研究者的感情、灵感和智慧的集束投射,如电光石火,使沉睡的材料从旧框架中蹦跳出来,从尘封中苏醒,从而在东西方对话中,在主客观融合中获得新的生命和新的意义。[①]

正是基于这种诗学发展现实的考虑以及理论建构的需要,我们在对当前诗学发展困境充满焦虑的时候,提出建立一种现代感悟诗学的设想。我们认为,在"古代文论现代转换"和"走向文化诗学"等诸多诗学建构思路,由于各自的理论局限和实践困惑尚处于探索阶段依然步履艰难的时候,立足文本,实现感悟思维的现代转型,建立一种充满现代性的感悟诗学,兴许是当下中国诗学走出尴尬境遇,走向原创,可以与西方诗学并存互补的又一条可行路径。

四 感悟诗学的研究现状及本课题的研究思路

感悟诗学的命题是由杨义先生率先提出并反复倡导的。早在 2002

---

① 杨义:《感悟通论》,《新国学》2005 年第 2 期。

年，杨义在一篇题为《中国诗学的文化特质和基本形态》①的论文中，第一次比较明确地提出并简要阐述了中国诗学是一种感悟诗学。2005年，杨义在《感悟通论》②这篇长文中，从历时性的角度对中国文化和中国诗学独有的感悟这一思维方法进行了详尽的梳理。2005年杨义又在《中国文化研究》发起了一组关于"感悟诗学"的笔谈，所收的四篇论文对感悟诗学这一命题的内涵、建构现代感悟诗学的必要性及可能性等方面进行了比较深入的论证③。2005年年底，杨义节选了《感悟通论》中的部分章节以《感悟诗学的现代性转型》为题发表，着重阐述了感悟诗学的现代转型问题④。2004年年底，笔者师从杨义先生从事博士后研究，开始关注感悟诗学这一问题，几年来，先后撰写和发表了《论中国诗学的生命精神》⑤、《"用诗的眼光读诗"——闻一多古典文学批评的现代性视野》⑥、《感悟诗学：21世纪中国原创诗学的一种设想》⑦、《立足文本：当前文学研究创新的着力点》⑧、《感悟诗学现代转型之可能性及其意义——以王国维、宗白华的诗学探索为例》⑨、《王国维"系统圆照"方法对现代诗学研究的启示》⑩、《一种准现代感悟诗学——论李健吾的印象主义批评》⑪、《王国维

---

① 杨义：《中国诗学的文化特质和基本形态》，《中国社会科学院研究生院学报》2002年第5期。
② 杨义：《感悟通论》，《新国学》2005年第2期。2008年9月，杨义将此长篇论文与其众弟子撰写的8篇相关论文结集以《感悟通论》为题在人民出版社出版。
③ 四篇论文为：邵宁宁《作为生命诗学基础的感悟》、袁盛勇《"感悟"在中国文化中的存在论基础》、黄科安《中国智慧与文体创造——谈感悟思维与随笔创作之关系》、彭金山《感悟：呼唤垦殖的古老田园》，参见《中国文化研究》2005年第1期。
④ 欧阳文风：《感悟诗学的现代性转型》，《学术月刊》2005年第12期。
⑤ 杨义：《论中国诗学的生命精神》，《文艺报》2004年11月25日。
⑥ 欧阳文风：《"用诗的眼光读诗"——闻一多古典文学批评的现代性视野》，《船山学刊》2005年第1期。
⑦ 欧阳文风：《感悟诗学：21世纪中国原创诗学的一种设想》，《人文前沿》2006年第2辑。
⑧ 欧阳文风：《立足文本：当前文学研究创新的着力点》，《中南大学学报》2006年第6期。
⑨ 欧阳文风、周秋良：《感悟诗学现代转型之可能性及其意义——以王国维、宗白华的诗学探索为例》，《文学评论》2007年第1期。
⑩ 欧阳文风：《王国维"系统圆照"方法对现代诗学研究的启示》，《中国文学研究》2008年第1期。
⑪ 欧阳文风：《一种准现代感悟诗学——论李健吾的印象主义批评》，《文学评论》2008年第3期。

"系统圆照"的文学研究方法》[1]、《原创诗学缘何起步》[2]、《如何建构中国原创诗学》[3]、《从实践到方法论:中西诗学思维方式的会通》[4]、《王国维"隔"与"不隔"理论的感悟特质》[5]、《感悟:建立中国原创诗学的着力点》[6]、《通向感悟:梁宗岱对西方象征主义的醇化》[7]、《以史为据:朱自清文学批评方法及其意义》[8]、《感悟学:一种中国特色的文学阐释学》[9]、《王国维对现代感悟诗学体系的初步建构——以〈人间词话〉为考察对象》[10]等一系列论文,探讨了感悟作为华夏民族的独特思维方式对建构当下原创性诗学的重要意义及感悟诗学现代转型之可能性以及感悟的一些具体方法问题。

  综观既往的这些研究,主要是侧重在感悟思维的发展脉络、中国古代诗学的感悟特性、感悟方法论、感悟对建立中国原创诗学的意义以及感悟诗学这一概念的可行性等几方面,对现代感悟诗学也即传统感悟诗学的现代转型这一课题目前虽然已经作为问题提出来了,但尚缺乏较为深入的研究。而我们通过研究后发现,这个问题恰恰是感悟诗学研究中最为重要的一个问题。因为到了现代以后,虽然感悟这种传统的东西从表面上看在渐次流失,但实际上,感悟作为中华民族沉淀了数千年的思维方式,依然是中国现代诗学的一种潜思维抑或一种类本能,传统的感悟思维并没有消失,而是在悄然实现自身的转换,我们所谓的现代感悟诗学,也就是在传

---

[1] 周秋良、欧阳文风:《王国维"系统圆照"的文学研究方法》,《文学遗产》2008年第4期。
[2] 欧阳文风:《原创诗学缘何起步》,《光明日报》(理论版)2009年4月10日。
[3] 欧阳文风:《如何建构中国原创诗学》,《中国文学研究》2009年第2期。
[4] 周秋良、欧阳文风:《从实践到方法论:中西诗学思维方式的会通》,《理论与创作》2009年第3期。
[5] 欧阳文风:《王国维"隔"与"不隔"理论的感悟特质》,收入钱中文主编《理论创新时代:中国当代文论与审美文化的转型》,知识产权出版社2009年版。
[6] 欧阳文风:《感悟:建立中国原创诗学的着力点》,《学术论坛》2009年第10期。同时收入杨义《感悟通论》,人民出版社2008年版,第161—178页。
[7] 欧阳文风:《通向感悟:梁宗岱对西方象征主义的醇化》,《中国现代文学研究丛刊》2010年第2期。
[8] 欧阳文风:《以史为据:朱自清文学批评方法及其意义》,《中国文学研究》2011年第3期。
[9] 欧阳文风:《感悟学:一种中国特色的文学阐释学》,《学习与探索》2011年第2期。
[10] 欧阳文风:《王国维对现代感悟诗学体系的初步建构——以〈人间词话〉为考察对象》,《学术论坛》2012年第10期。

统感悟诗学与西方近现代诗学理论的交融博弈中逐渐转化生成的。那么，其转型的具体过程怎样？感悟诗学是如何在坚守民族品格的同时，又进行自身的现代转化的？感悟诗学民族性与现代性的关系如何？感悟诗学现代转型对当下诗学建构又有何价值？这些问题都是与感悟诗学现代转型紧密相关的。若能以感悟诗学现代转型作为切入点，立足于历史关怀与现实价值的双重追求，就不但能够对当下诗学研究中的一些敏感问题作出一种比较清楚的阐释，而且还能为中国未来诗学的原创性生成提供一种新的建构思路。

　　本书尝试着从以下几个方面着手对感悟诗学现代转型问题进行比较深入的探讨。首先，对"感悟"这一核心概念进行理论辨析。主要是从文字学和文化学的角度厘定感悟的内涵及其演变，指出感悟是中国传统文化和传统诗学的一种最基本的思维方式，并对诗悟与禅悟、感悟与直觉、感悟与心学、感悟与玄学、感悟与分析哲学等几组相关的概念作出辨析。其次，对中国古代诗学的感悟特性及其实现现代转型的文化语境进行概括性的阐述。然后，我们以代表性的理论家作为考察重点，把感悟诗学的现代转型大致分为"发生——展开——理论建构与方法实践"三个阶段来进行论述：20世纪初，王国维开启了感悟诗学现代转型的发生，他破天荒地在诗学阐述和批评实践中引进西方逻辑思维，初步实现了中西思维的会通，并以《人间词话》为中心，搭建起了一个以"境界"为核心的现代感悟诗学间架，还对感悟诗学的方法进行了现代拓展。而朱光潜、梁宗岱、宗白华等后起的理论家则推动了感悟诗学现代转型的深入展开，朱光潜和梁宗岱主要是着手对西方感悟观念的醇化，他们立足中国诗学发展的实际，把西方的"直觉说"、"距离说"、"移情说"以及"象征主义"、"纯诗论"借鉴过来，对之进行了中国化的阐释，使之和中国传统的感悟诗学思想融会贯通；宗白华注重对传统感悟资源的创造性转换，他在一种世界性视野中，借助于西方思维和哲学理论把传统的意境理论与气韵理论激活，融通各种艺术理论，使传统感悟诗学向现代感悟艺术学延展。更晚出的钱锺书则是充分利用自己学贯中西的学养，总结和提出了一系列感悟诗学思想。朱自清、闻一多主要是通过文学批评实践，从方法论层面对感悟诗学的现代转型进行探索。李健吾的印象主义批评亦是对感悟诗学现代转型的一次比较成功的实践,其批评文本是感悟批评的经典文本。当然,经过深入研究后我们发现,感悟诗学的现代转型其实并没有一个明晰的发生、发展、高潮、完成的完整过程,而是呈现出一种错综演进、众声喧哗的局面,因此,如果完全采用历史研究的方法,势必会削弱各理论家诗学思想的研究力度和深度,容易流于简单的理论史的梳理;如果完全采取个案研究的方法,各理论家的思想之间将缺乏一个内在的逻辑关系和承接关系,因此,我们综合了上述两种研究方法,重点对代表性理论家的思想进行深入挖掘和重新阐释,同时也根据理论事实,建构了一个感悟诗学"发生——展开"的大致历史线索,力争做到纵横结合,既有对具体感悟理论的深刻揭示,又有对感悟诗学现代转型过程的总体认识。当然,感悟诗学现代转型至今都尚是一项未完成的工作,当下诗学研究怎样有意识地把传统的感悟和西方的科学理性精神融合起来,进一步全面推进感悟诗学的现代转型,建立一种充满现代性的感悟诗学,仍然是一项任重而道远的工作。

第一章 感悟辨析

"感悟"是中国数千年间久蕴厚蓄的充满着东方灵性的一种文化经验和文化资源,它在华夏民族认识世界、表现情感、进行艺术创造和构筑自己的思想体系中,提供了一种全然不同于西方文明的运思方式。2005 年,杨义先生在其长篇论文《感悟通论》[①]中,用近十万字的篇幅,极其清楚地勾勒了"感悟"作为一种思维方法从最远古到当下的一条发展演变的线索,使我们对"感悟"、"感悟思维"及"感悟诗学"有了一个整体性的认知和把握。然而,"感悟"作为一个语词或范畴,虽然早在汉代或更早就开始使用了,但一直以来都是在含义自明的情况下使用的。到底什么是感悟?其具体的理论内涵是什么?其意义和价值何在?美学、诗学理论中的"感悟"和我们经常谈到的"禅悟"、"直觉"、"心学"、"玄学"以及西方的"分析哲学"又有什么区别和联系?这些都是很有必要进行一一辨析的问题。只有把这些相关的问题弄清楚了,我们才有可能展开对感悟诗学现代转型这一宏观问题的论述。

一 感悟的内涵及其特征

要理解"感悟"的内涵,我们很有必要首先对"感悟"这两个字的含义的演变进行一番语义学的考察。

关于"感"的含义,《增韵》云:"感,格也、触也",《说文解字》

---

① 杨义:《感悟通论》,《新国学》2005 年第 2 期。

云:"感,动人心也"①,《字汇补》释"感"与"憾"相通②。"感"的古字为"咸",《周易·咸卦·象传》云:"咸,感也。"唐代李鼎祚《周易集解》卷十七引虞翻、郑玄等说,均云:"咸,感也。"而古"咸"字为男女两性活动的称谓,《象传》云:"咸,感也。柔上而刚下,二气感应以相与。止而说,男下女,是以'亨利贞,取女吉'也。天地感而万物化生,圣人感人心而天下太平。观其所感,而天地万物之情可见矣。"孔颖达《正义》云:"夫妇之义,必须男女共相感应,方成夫妇。既相感应,乃得事通。"《荀子·大略》云:"《易》之咸,见夫妇。夫妇之道,不可不正也,君臣父子之本也。"由此可见,"感"在远古时代可能与原始生殖崇拜及有关巫术活动相关联,要求达到人与自然万物的感应一致,蕴含了古人对自身生命繁衍,对整个社会关系,对个体生命力量的某种经验化和感性化的认识。后来,"感"作为具体的两性关系的含义慢慢消失了,但"天人相感"、"天人合一"却作为一种基本内涵得以沉积下来——"正是这一特殊潜在内涵,使'感'与另一具有中国传统文化内涵的'悟',共同构成'感悟',作为一种审美境界时,它就并非一般的生理反应与心理活动的含义,而有了一种超越性和指向性。"③ "感"这一观念在中国古代很早地就被引入到美学、诗学之中。在《礼记·乐记·乐本篇》中就有:"凡音之起,由人心生也。人心之动,物使之然也。感于物而动,故形于声,声相应,故生变,变成方,谓之音。……乐者……其本在人心之感于物也。"刘勰《文心雕龙·明诗》亦有:"人禀七情,应物斯感,感物吟志,莫非自然。"钟嵘《诗品·序》中也说:"气之动物,物之感人,故摇荡性情,形诸舞咏。"如此等等。显然,这种审美活动中"感"的观念,仍然有远古"感"的内涵中天人感应的方面,其宗教性内涵却被遮蔽了。到了后来,尤其是佛教传入、禅宗兴起以后,"感"的宗教性远古内涵又被激活和强化。如梁释慧皎《高僧传》中频频使用的"感"字就具有某种特殊的宗教内涵,如:"士行临火誓曰:'若大法应流汉地,经当不然。如其无

---

① (清)段玉裁:《说文解字注》,上海古籍出版社1988年版,第513页。
② 《字汇补》。
③ 刘方:《中国美学的基本精神及其现代意义》,巴蜀书社2003年版,第246页。

护，命也如何。'言已，投经火中，火即为灭，不损一字，皮牒如本。大众骇服，咸称其神感，上天怀感，神灵降德。""（玄高）神情自若，禅慧弥新，忠诚冥感，多有灵异。"① 这里的"感"就显然被宗教化了，具有了在感性活动中产生神秘不可思议的超感性的超越性特质。后来，唐宋美学、诗学中的"感"，也被植入了这种通神、通灵的超验性内涵②。

关于"悟"的含义，《说文解字》云："悟，觉也。从心，吾声。"又云："觉，悟也。"③ 段玉裁注曰："悟者觉也，二字为转注。"④《玉篇》释为"心解"。可见，在中国古代早期文献中，"悟"只是一般意义上的觉悟、醒悟、理解、明白的意思。如《管子》卷一《牧民》："不明鬼神则陋民不悟，不祇山川则威令不闻。"卷二十一《版法》："民不足，令乃辱；民苦殃，令不行。施报不得，祸乃始昌。祸昌而不悟，民乃自图。"《韩非子》卷四《孤愤》："故法术之士奚道得进，而人主奚时得悟乎？"屈原《离骚》："哲王之不寤（悟）。"《天问》："悟过更改，我又何言？"吕不韦《吕氏春秋》卷三《论人》："昔上世之亡主，以罪为在人，故曰杀戮而不止，以至亡而不悟。"这里的"悟"，就都还是觉悟、醒悟之意。逮至秦汉之世，"由于黄老之学和谶纬神学的先后流行，使人们对悟的理解发生变异，增加了一层心灵世界和天命领域的神秘感"⑤。比如《黄帝内经素问》卷八《八正神明论》云："帝曰：何谓神？岐伯曰：请言神，神乎神，耳不闻，目明心开而志先。慧然独悟，口弗能言。俱视独见，适若昏。昭然独明，若风吹云，故曰神。"东汉班固《白虎通义》卷上说："天所以有灾变者何？所以谴告人君，觉悟其行，欲令悔过修德深思虑也。"即是如此。再以后，佛教大规模地传入，"悟"被佛教所运用，成了佛教，尤其是禅宗哲学中的一个极其重要的范畴。佛教、禅宗赋予了"悟"全新的含义，不仅是一般意义上的对某件事情的明白、理解，而是对宇宙本相、人生真谛的彻底洞明。"它（悟）总是意味着展开一个新的世界——展开一个一

---

① （梁）慧皎：《高僧传》卷4，中华书局1984年版。
② 参见刘方《中国美学的基本精神及其现代意义》，巴蜀书社2003年版，第245—248页。
③ （清）段玉裁：《说文解字注》，上海古籍出版社1988年版，第506页。
④ 同上书，第409页。
⑤ 杨义：《感悟通论》，《新国学》2005年第2期。

直未被二元论的混乱心灵所能觉到的世界。"① 比如"（支遁）家世事佛，早悟非常之理。"② "（昙戒）闻于法道讲《放光经》，乃借一听，遂深悟佛理。"③ 中的"悟"即具有了宗教意味。禅宗的宗门第一公案"拈花微笑"讲的也就是"悟"："世尊（释迦牟尼）在灵山会上，拈花示众。是时众皆默然，唯迦叶尊者破颜微笑。世尊曰：'吾有正法眼藏，涅槃妙心，实相无相，微妙法门，不立文字，教外别传，付嘱摩诃迦叶。'"④世尊拈花示众，只有迦叶领悟到了其中所蕴含的深意，会心地破颜微笑，世尊就认为迦叶最有悟性，便把正法眼藏传给了迦叶。宋代的《广韵》和清代的《佩文韵府》把"悟"均释为"心了"，从很大程度上就反映了"悟"与佛教禅宗的"了悟"、"了义"之间的内在关联。佛禅使"悟"的含义变得无限丰富，"包容着无穷的直接性和暗示性，灵动性和超越性，澄明性和虚幻性"⑤，这对传统感悟思维是一个巨大的推进。南北朝时期，因为有统治者的极力支持，佛教在中国迅速发展，文人学士与僧侣之间的交往也非常密切，很多文人都深谙佛法，不少僧人也同时是有名的诗人和诗论家，因此，禅的这种对"悟"的追求及其思想也逐渐向美学和诗学渗透。比如南朝谢灵运就曾经撰《辨宗论》来阐释与他同时代的高僧竺道生的"顿悟"新论，并参与改编北本《大般涅槃经》，在其诗歌《从斤竹涧越岭溪行》——"情用赏为美，事味竟谁辨。观此遗物虑，一悟得其道"中，他开始将宗教之"悟"引入审美理论中来解说某种审美现象，把"悟"作为审美过程中重要的中介。唐宋以后，随着禅宗的形成和影响的深入，人们日益从理论上自觉地把禅之悟和诗之悟沟通起来，尤其是宋代，文人学士禅悦之风大盛，禅宗"妙悟"理论被更加广泛地引入到文学批评和美学、诗学理论之中，"悟"进一步成为中国古典美学、诗学的一个重要范畴，严羽的《沧浪诗话》，就是这种以"悟"论诗的观念系统性形成的一个标志。

---

① [美]萧甫斯坦等：《禅与文化》，徐进夫译，北方文艺出版社1988年版，第80页。
② （梁）慧皎：《高僧传》卷11，中华书局1984年版。
③ （梁）慧皎：《高僧传》卷4，中华书局1984年版。
④ （宋）普济：《五灯会元》卷1，中华书局1984年版。
⑤ 杨义：《感悟通论》，《新国学》2005年第2期。

第一章 感悟辨析

"感悟"作为一个词语组合在一起,也是比较早的事情,但最初并没有什么宗教哲学意义和美学意义,如汉代刘向《列女传》有:"君子谓张汤母能克己感悟时主。"句中的"感悟"就应为一般的"感动,打动"之义。"感悟"具有审美上的意义,也主要是由于佛教思想的影响。梁释慧皎《高僧传》中记载了一个"苕华感悟"的故事①,这里的"感悟"就慢慢染上了某种宗教哲学与宗教美学的意味,不管是王晞的"感悟"还是苕华的"感悟",都是在对具体生活感切至深的体验或审美体悟之中,于当下的感性世界获得了一种对生命与人生的彻悟与洞察,具有了鲜明的审美感悟的特征。唐宋以后,中国士大夫更加自觉或不自觉地接受了禅宗思想的影响,"感悟"作为一个范畴也逐渐融入到中国传统的美学、诗学之中。自此以后的很长一段时间以来,"感悟"的具体内涵就基本上稳定下来,没有发生什么太大的变化。有论者曾经对"感悟"的含义进行过梳理,认为可以从两个层面来理解:其一,"'感悟'这一范畴中'感'的限定表明,审美活动中的审美感悟是基于审美主体的直接感性参与的审美活动的基础之上","'悟'的获得不是依靠理性分析、抽象思辨、逻辑推理,而是必须通过一种诗性方式,从审美的感性活动中生发,并以审美的感性形式体现出来"。其二,由"感悟"之"悟"可以看出,"在审美感兴中引发、产生和形成的审美感悟,是以审美方式直觉领悟到宇宙、人生真谛与奥义为旨归和极致的,在审美活动的'触兴、致情、因变、取会'过程中,达到'灵心妙悟,感而遂通'。这表明审美活动中的感悟,不仅仅是于审美感性活动中感发志意,获得审美的愉悦,更为重要的则是获得对于宇宙、人生真谛、奥义的整体性彻悟与洞明"②。从感悟的这两层含义我们不难看出,"感悟"是一种对心灵存在的直截了当的把握,它既非逻辑严密的演绎,也非所谓科学严谨的归纳。感悟与经验有关,它是以经验作为基础的,没有相当的生活实践经验的积累,是谈不上有所感悟的,但是,

---

① 故事大意是:东晋僧人竺僧度,本名王晞,与同郡杨氏女苕华订婚,但不久苕华父母和王晞之母先后死去,王晞"遂睹世代无常,忽然感悟,乃舍俗出家,改名僧度"。苕华以儒家孝与礼思想劝其还俗,并赠诗5首,而僧度答书一封加以回绝,亦赠诗5首,苕华读了他的诗文,"苕华感悟,亦起深信"。参看(梁)慧皎《高僧传》卷4《晋东莞竺僧度》,中华书局1984年版。

② 刘方:《中国美学的基本精神及其现代意义》,巴蜀书社2003年版,第252—253页。

从经验到感悟，绝非归纳的过程；感悟也与理智有关，没有相当的理智能力，也谈不上有所感悟，但是，真正的形而上学命题是不可能由逻辑理智推导出来的。感悟的关键，就是一个"悟"字，"悟"是一种非常复杂、玄妙的过程：它长期积累，而瞬间完成；它有演绎而非演绎，有归纳而非归纳；它是经过"经验"的，但最终是"超验"的；它也是经过"理智"的，但最终是"超智"的。所谓"超"，并不是否认感性与理性，而是超越它们。感悟是"非理性"的，所谓"非理性"，是说它不是一种理性思维或者逻辑思维；但它又不是"反理性"的，也就是说，与其说它是排斥理性的，不如说它是包容理性的。它含有理性，却不等于理性，正如它含有感性，却不等于感性。感悟是用整个的心灵去亲吻存在，去拥抱存在。著名学者杨义先生曾经这样描述过"感悟"，他说："感悟，也就是一种有深度意义、又有清远趣味的直觉，是心灵对万物之本真的神秘的默契和体认，它以返本求源的方式，切入生命与文化、人生与宇宙的结合点，电光火花，千古一瞬。"[①] 这样言说，虽然不很具体（其实也很难具体），但无疑亦是很好地把握到了"感悟"的某些精义。

通过上面对"感悟"这一概念的语义学分析之后，我们基本上明白了"感悟"的内涵。在此基础上，我们大致可以把"感悟"这种思维方式的特征概括为以下几点：

第一，注重整体把握。感悟是以追求"大旨"、"大要"为目的的，不流连于细枝末节的分析。"大旨"、"大要"既是整体，又呈现出朦胧飘忽的特点，对于理性思维来说，这也许是大忌，而感悟思维则认为这种浑然整体比肢解元素更为真实，更有价值。因为中国古代哲学认为，世界本相是由阴阳二气交织而成的一个生命整体，人对宇宙万物的体认，是生命对生命的体验和沟通，而生命是不能肢解的，只有用整体浑然的直观才能对应把握，只有用整体性直觉才能安放"心"、"神"，获得更加真实的有价值的感受，也只有用整体性直觉而不是细致精微的分析，才能唤起无限的心理完形，否则就会一叶障目，不见泰山，如盲人摸象之可笑。

[①] 杨义：《中国诗学的文化特质和基本形态》，《中国社会科学院研究生院学报》2002年第5期。

我国很早就形成了这种生命宇宙观，比如早在老子就认为，整个宇宙是一个生生不息的不可分割的整体，是由"道"衍生出来的，"有物混成，先天地生。寂兮廖兮，独立而不改，周行而不殆，可以为天地母。吾不知其名，强字之曰道"①。"道生一，一生二，二生三，三生万物，万物负阴而抱阳，冲气以为和。"② 老子朦朦胧胧地觉得，在天地生成之先，就有一个总的母体存在，是它派生了天地万物，老子把它叫"道"。无独有偶，庄子也把宇宙视为一个整体，在他看来，人与世界已经融为一体了，他说："天地与我并生，而万物与我为一。"③ "夫道有情有信，无为无形；可传而不可受，可得而不可见；自本自根，未有天地，自古以固存；神鬼神帝，生天生地；在太极之先而不为高，在六极之下而不为深，先天地之生而不为久，长于上古而不为老。"④ 中国传统文化经典《周易》也提出了整体观的初步图式，把一切自然现象和人事吉凶都统统纳入由阴（--）阳（—）两爻所组成的六十四卦系统。《易传》则进一步提出"易有太极，是生两仪，两仪生四象，四象生八卦"的整体观，和空间方位、四时运行联系起来，以"生生之谓易，天地之大德曰生"的生命哲学观为轴心，形成了一个注重整体把握的思维模式。这种传统思维方式中的整体观，后经一代代思想家传承下来，成为中国传统文化心理结构当中最独特也最稳定的一部分。传统感悟思维的整体把握观就是建立在这一厚实的生命宇宙观的基础之上。

第二，强调非理性的直觉体悟。与整体把握的特点相联系的是，中国传统的感悟还强调非理性的直觉体悟。无论是老庄的"道"，玄学家的"自然"，禅学家的"空无"，理学家的"太极"，还是理、气、心、性，等等，都不是用概念、判断、推理所能推导的，甚至很难用语言来言说，只能在整体把握的基础上，靠直觉来进行体悟。这种非理性的直觉能够突破物象的界限和语言的束缚，直接觉悟到事物的本真和宇宙之永恒。直觉体

---

① 通行本《老子》第 25 章。
② 通行本《老子》第 42 章。
③ 《庄子·齐物论》。
④ 《庄子·大宗师》。

悟的过程是排斥任何理性思考的。老子说:"道之为物,惟恍惟惚。惚兮恍兮,其中有象;恍兮惚兮,其中有物。窈兮冥兮,其中有精;其精甚真,其中有信。"① 所谓"惚兮恍兮"、"恍兮惚兮"和"窈兮冥兮",其实都指的是一种"悟"道的精神状态。老子认为,人在理性占上风的时候,认识的视阈往往会被种种世俗的障碍所遮蔽,只有进入了这样一种精神恍惚的状态之中,剔除了日常理性的纷扰,"我"与"物"的界限消失,"我"与"自然"融为一体,整个世界完全是混沌的一片,物中有我,我中有物,视觉、听觉、味觉、触觉可以相通,本质与现象的关系可以颠倒,此与彼、内与外、有与无乃至一切分别都可以消弭,这时候,只剩下了"我"对"物"的直觉观照,通过"我"的清净本性与染上了"我"的情感色彩的大千世界的往复交流,才能够"体悟"到运行于宇宙中的永恒的"道"。正因为如此,所以老子还提出"致虚极,宁静笃",主张加强身心修养,保持内心的安宁,在静观默照中认识事物的真相,见道,得道,体道。又主张"涤除玄览","玄览"即"览玄",即观道,只有"涤除"了心中的一切欲望,才可以观道。庄子亦提出了"虚静"、"坐忘"的悟道方式:"水静则明烛须眉,平中准,大匠取法焉。水静犹明,而况精神圣人之心静乎!天地之鉴也,万物之镜也。夫虚静恬淡寂寞无为者,天地之平而道德之至,故帝王圣人休焉"②;"堕肢体,黜聪明,离形去知,同于大通,此谓坐忘。"③ 所谓"虚静"、"坐忘"也就是要求人们忘却外在世界的干扰,无欲无求,不执着自我,不从理性逻辑("离形去知"),以直觉体悟的方式最大限度地让心灵获得安宁和自由。儒家亦有"虚壹而静"之说,云:"心生而有知,知而有异,异也者,同时兼知之;同时兼知之,两也。然而有所谓一,不以夫一害此一,谓之壹。心卧则梦,偷则自行,使之则谋;故心未尝不动也,然而有所谓静,不以梦剧乱知谓之静。未得道而求道者,谓之虚壹而静。"④ 这也就是主张要对心进行修炼,保持心灵

---

① 通行本《老子》第1章。
② 《庄子·天道》。
③ 《庄子·大宗师》。
④ 王先谦序本《荀子·解蔽》。

的宁静,不被虚说偏见所迷惑,才能实现对事物本真的感知,达到感悟的最高境界。

第三,既超越感性又不离感性。如前所述,"感悟"并不是对某一对象或宇宙万物的感性认知,而是超越于感性之上的对世界及人的本性的直觉观照。但感悟又是离不开感性的,作为现实生活中的人,归根结底是要受客观存在的具体的感性世界所制约的,人对宇宙人生的任何超越性感悟都是渊源于人所生活的感性世界。这一点,即使是在绝对抛弃理智、钻入心性世界的禅宗哲学那里都是如此。惠能门下有这样两段著名的对白:

问:"和尚修道,还用功否?"师曰:"用功。"曰:"如何用功?"师曰:"饥来吃饭,困来即眠。"(《景德传灯录》卷六)

僧问师:"学人乍入丛林,乞师指示。"师云:"吃粥也未?"云:"吃粥了也。""洗钵盂去。"其僧因此大悟。(《指月录》卷十一)

从这两段对话中我们可以感受到,对宇宙大道的感悟其实就在对吃饭洗碗睡觉这些日常生活的体验中,"平常心是道",如果离开日常自然的感性生活而硬去苦行或思虑,那无异于缘木求鱼,是不可能感悟到真正的"道"的。联系到我们文学创作来说,我们平时常说文学作品的主题或题材是"源于生活又高于生活",即指作家通过对感性材料进行提炼和加工,使之既超越于感性生活,同时又不离感性生活,既保持了一种审美距离,又不违背艺术的真实性,这就是文学创作中对感悟思维的运用。

第四,瞬间性与渐次性的统一。感悟是一个艰难的过程,因此道家认为悟前需要"涤除玄览","虚静","坐忘","斋以静心",因为在物欲纷飞的世俗生活中,要实现心灵的虚明澄静并不容易,但是经过一番沉思冥想和直觉观照以后,得悟却是一瞬间的事,如电石火花,稍纵即逝,通常只有感悟者本人可以感受到。禅宗把这一瞬间得悟称为"顿悟"。佛果禅师曾作过这样的譬喻:"言悟者,如失一件物,多年废置而一旦得之,又如伤寒病忽然得汗,直是庆快也。"① 普觉禅师亦云:"须得这一念'噤'地一破,方了得生死,方名悟人。"② 然而,执迷而悟,却并非只有"顿悟"一种,还有"渐悟"一说。早在当年禅宗分为南北两宗时,就出现了法门顿渐的分野,即所谓"南顿北渐"——南宗主张顿悟,北宗主张渐修。唐代张志和《玄真子》八篇有《渐门》篇说:"《易》有渐卦,老氏有妙门。人之修真达性,不能顿悟,必须渐而进之,安而行之,故设渐门。一曰斋戒,二曰安处,三曰存想,四曰坐忘,五曰神解。何谓斋戒?曰澡身虚心。何谓安处?曰深居静室。何谓存想?曰收心复性。何谓坐忘?曰遗形忘我。何谓神解?曰万法神通。是故习此五渐之门者,了一则渐次至二,了二则渐次至三,了三则渐次至四,了四则渐次至五,神仙成矣。"在这里,张氏混合道禅,提出了"渐悟"的五个程序。南宋林希逸在《庄子口义·外编·骈拇第八》亦说到"渐悟"的问题,他说:"然学道者若用功之时,常有等待通悟之心,此尤不可,所谓执迷待悟,则隔须弥山矣。顿、渐自有二机,不可谓有渐而无顿,亦不必人人皆自顿悟得之。仲弓之持敬,渐也;颜子之克己复礼,顿也。不然,何以曰一日克己复礼,天下归仁焉!仁何物也,一日而得之,非顿悟而何?"林氏以《论语·颜渊》篇孔门弟子问仁,对仲弓答以敬恕,对颜回答以克己复礼,从而以秉性机缘的不同,对渐悟和顿悟进行了区分。

然而,虽然历来就有渐悟和顿悟之说,而事实上,在整个感悟过程中,这两者又是有机地混融在一起的,渐悟里面有顿悟,顿悟里面又有渐悟,其区别并不十分明晰,因为感悟的心理过程本来就极其复杂和神秘,很难对之进行科学性的测量。主张渐悟的北宗创立者神秀在《观心论》中曾经说:"超凡证圣,目击非遥,悟在须臾,何烦皓首?"就认为所谓的顿悟是修行者在渐修基础上达到的一种状态,这两者是不能截然分开的。而且,不管是渐悟还是顿悟,都要经历一个或明显或潜在的长期静思冥想和直觉体悟的过程,正所谓"踏破铁鞋无觅处,得来全不费工夫","众里寻它千百度,那人却在灯火阑珊处"。钱锺书就曾经说:"夫'悟'而曰

---

① 《圆悟佛果禅师语录》卷12,《大藏经》第40册,第770页。
② 《大慧普觉禅师语录》卷26,《大藏经》第40册,第921页。

'妙'，未必一蹴即至也；乃博采而有所通，力索而有所入也。……'人性中皆有悟，必工夫不断，悟头始出。如石中皆有火，必敲击不已，火光始现。然得火不难，得火之后，须承之以艾，继之以油，然后火可不灭，故悟亦必继之以躬行力学。'"① 这一点，也是感悟作为一种思维方式的一个显著特点。

二 诗悟与禅悟

应该说，诗与禅是两种不同的精神文化形式，诗是中国最悠久最正宗的文学样式，而禅则是发源于古印度②，东汉末年随着佛教东渐传入中国，与儒道融合后才慢慢兴起的一种新的文化形态。然而，禅宗在孕育发展的过程中，由于与诗之间那种特殊的互渗关系——很多诗人都是佛教的信徒（如王维），有的甚至本身就是佛门子弟（如贾岛），使得禅从一开始传入中土起就与诗纠缠在一起，二者相互交涉，既促进了诗歌创作与诗学理论的发展，也丰富了禅文化的表现形式。诗与禅最共同的特点就是两者都非常注重"悟"，因而无论是诗学研究还是禅学研究都不能不涉及"诗悟"与"禅悟"的关系问题。

季羡林曾经说："对于诗与禅的共同之处，过去的中国诗人和学者和今天的中国诗人和学者，都发表了许多精辟的见解。一言以蔽之，他们发现，诗与禅的共同之点就在'悟'或'妙悟'上。"③ 在古代，对于这一问题的探讨，以宋代严羽提出的"妙悟"说最有影响，他认为，"大抵禅道惟在妙悟，诗道亦在妙悟。且孟襄阳学力下退之甚远，而其诗独出退之之上者，一味妙悟而已。惟悟乃为当行，乃为本色"④。这种说法从理论上明确揭示了"诗悟"与"禅悟"之间的共通性。然而，严羽的"以禅喻诗"在历史上却不断遭到一些论者的非议，如明清之际的钱谦益就对严氏诗法

---

① 钱锺书：《谈艺录》（补订本），中华书局1984年版，第98页。
② 禅，为梵文 Dhyana 音译"禅那"的略称，其意译为"静虑"，旧译或作"弃恶"、"思维修"、"功德丛林"，指的是佛教的一种心注一境、正审思虑的修行方式。禅宗指的是在中国文化土壤上形成的一个中国佛教宗派。
③ 季羡林：《禅与东方文化》，商务印书馆1996年版，第6页。
④ 郭绍虞：《沧浪诗话校释》，人民文学出版社1983年版，第12页。

极为不满，他认为严羽"其似是而非，误入箴芒者，莫甚于妙悟之一言"①，他说："唐人一代之诗，各有神髓，各有气候。今以初唐中晚厘为界分，又从而判断之曰：此为妙悟，彼为二乘；此为正宗，彼为羽翼。支离割剥，俾唐人之面目蒙幂于千载之上，而后人之心眼沉锢于千载之下。甚矣，诗道之穷也！"② 钱氏后学冯班在《钝吟杂录》卷五专门作《严氏纠谬》，对《沧浪诗话》进行了严厉的批评："以禅论诗，沧浪自谓亲切透彻者，自余论之，但见其漫漶颠倒矣。"③ 朱彝尊对严羽诗论亦颇有微词，认为"今之诗家，空疏浅薄，皆由严仪卿'诗有别才非关学'一语启之"④。当然，也有推崇严氏者，比如王士禛就曾经说："余于古人论诗，最喜钟嵘《诗品》、严羽《诗话》、徐祯卿《谈艺录》。"⑤ 在《池北偶谈》卷十七"借禅喻诗"条，王士禛进一步说："严沧浪诗话借禅喻诗，归于妙悟，如谓盛唐诸家诗如镜中之花、水中之月、镜中之象，如羚羊挂角，无迹可寻，乃不易之论。而钱牧斋驳之，冯班《钝吟杂录》因极排诋，皆非也。"《分甘余话》卷二又说："严沧浪论诗，特拈妙悟二字，及所云不涉理路，不落言诠，又镜中之象，水中之月，羚羊挂角，无迹可寻云云，皆发前人未发之秘。"⑥ 等等。不过，引以为憾的是，古代学者虽然对严羽"以禅喻诗"说褒贬不一，议论纷纷，但这些后起的诗论家们大都只是根据各自的诗学主张对严氏的"妙悟"说进行了简单的肯定或否定，并没有对由此引发出来的"诗悟"与"禅悟"的关系这一命题作深入的论述抑或独到的辨析。

相对于古人而言，现代人对这个问题的探讨则比较深入和辩证。学者们结合现代哲学和心理学的观念，论证了"诗悟"与"禅悟"在"悟"上的一致性，认为无论是作为宗教经验的"禅悟"，还是作为艺术思维的"诗悟"，都属于直觉的思维形式，它们的心理基础都是人的无意识或潜意

---

① （清）钱谦益：《唐诗英华序》，《牧斋有学集》卷15，据《四部丛刊》本。
② （清）钱谦益：《唐诗鼓吹序》，《牧斋有学集》卷15。据《四部丛刊》本。
③ （清）冯班：《严氏纠谬》，《钝吟杂录》卷5，据《文渊阁四库全书》本。
④ （清）朱彝尊：《王先生言远诗序》，《曝书亭集》卷38，据《四部丛刊》本。
⑤ （清）王士禛：《渔洋诗话》，《清诗话》，上海古籍出版社1978年版，第170页。
⑥ （清）王士禛：《池北偶谈》、《分甘余话》，均据《文渊阁四库全书》本。

识。比如程亚林说:"禅的参、悟,最终要以'顿悟'表现出来;好诗的构思,最终也要以'艺术直觉'的形式表现出来,从这个意义上讲,禅悟与诗悟很相似。……'悟'是诗禅相通的关节点。"① 张育英则论证了"禅悟"与"诗悟"都具有非理性的特点,并说明"禅悟"与"诗悟"都来自人的潜意识②。钱锺书认为宗教与诗及其他世间学问在"悟"上是相通的,他说:"然出世宗教无所用心而悟,世间学问用心至无可用,遂亦不用心而悟。出世宗教之悟比于暗室忽明,世间学问之悟亦似云开电射,心境又无乎不同。盖人共此心,心均此理,用心之处万殊,而用心之途则一。"③ 钱锺书还说:"禅与诗,所也;悟,能也。用心所在虽二,而心之作用则一。了悟以后,禅可不著言说,诗必托诸文字,然其为悟境,初无不同。"④ 在这里,钱氏把"诗"和"禅"都比拟成所指,而"悟"则是能指,认为诗与禅都要通过"悟","悟"是主体的作用,诗与禅都是主体作用的对象,对象虽然不同,主体的作用却是同一的。

当然,诗悟与禅悟的区别也是不容忽视的。其中最主要的区别是,诗悟是面向世俗社会的,具有某种道德色彩,而禅悟则是纯宗教的,不具有道德指向性。众所周知,我们传统文化最突出的特征就是对道德的强调和推崇,无论是儒家还是道家都有着对某种道德境界的执着——道家虽然表面上排斥儒家的道德范式,但实质上道家思想仍然具有很浓郁的道德色彩,比如"不贵难得之货,使民不为盗;不见可欲,使民心不乱"(《老子》第3章)、"少私寡欲"(《老子》第19章)、"是以圣人去甚,去奢,去泰"(《老子》第29章),等等,与之相对应,中国传统诗学也染上了非常鲜明的道德性,诗论家们大都喜欢从具体的文艺现象出发透过直观的形象去领会某种内在的道德伦理精神。比如说《论语·八佾》载子夏与孔子的一段对话就颇能说明这一点:"子夏问曰:'巧笑倩兮,美目盼兮,素以为绚兮',何谓也?子曰:'绘事后素。'曰:'礼后乎?'子曰:'起予者商也!

---

① 程亚林:《诗与禅》,江西人民出版社1989年版,第306—307页。
② 张育英:《禅与艺术》,浙江人民出版社1992年版,第31—38、48—60页。
③ 钱锺书:《谈艺录》(补订本),中华书局1984年版,第286页。
④ 同上书,第101页。

始可与言《诗》已矣。"①子夏所问的四句出自《诗经·卫风·硕人》，本是赞美庄姜不仅天生丽质，而且笑容妩媚、顾盼神飞，恰如洁白的丝绸绘满绚烂的花纹一般光彩夺目。而子夏却从此体悟出人应先有仁义之本，再加上礼乐的修养，才会锦上添花，尽善尽美，孔子因而称赞子夏才是真正可以与之探讨文艺的人。再比如《毛诗序》对《诗经·关雎》篇主旨的解释："《关雎》，后妃之德也，风之始也，所以讽天上而正夫妇也。故用之乡人也，用之邦国也。""是以《关雎》，乐得淑女，以配君子，忧在进贤，不淫其色；哀窈窕，思贤才，而无伤善之心。"②本是吟唱爱情的诗歌，却被解释为强调夫妇之道、赞美贤明君主的儒家伦理篇章。"诗悟"挥舍不去的道德兴味由此可窥见一斑。而禅悟就不同了，禅悟不主张道德的参与，不仅其悟的过程无须道德的介入，而且其悟的结果也不具有道德升华的意味，它就是一种纯宗教的对宇宙人生之永恒的体悟，不涉及道德评判。在禅学那里，所谓"悟"只是个人所独自享受的一种完全自由、完全平静的没有任何社会道德责任的"感觉"。

其实，即使是在共同的"悟"上，诗悟与禅悟也并不是完全一致的，它们不管是在"悟"的方式、目的上，还是表现形态上，都有极大的区别③。首先，从"悟"的方式来看，禅悟是"破执除迷"，诗悟是"力索而入"。在禅宗那里，无论是南宗还是北宗，都主张"众生皆有佛性"的思想。佛性即自性，"一切万法，不离自性"，"本性是佛，离性无别佛"。（《坛经》）南宗认为，人的自性本来清净，即本有佛性，成佛并不需要长时间的打坐、冥想，苦练苦修，只要机缘契合，"顿悟"即可"成佛"。"不悟即佛是众生，一念悟时，众生是佛。""若起正真般若观照，一刹那间妄念俱灭，若识自性，一悟即至佛地。"（《坛经·般若品》）"自性迷即是众生，自性觉即是佛。"（《坛经·疑问品》）可见，要达到"禅悟"，必须"破执"，去除对某一具体问题的苦思苦想，当无所"执"时，离开悟

---

① （宋）朱熹：《论语集注》，齐鲁书社1992年版，第22页。
② 郭绍虞、王文生主编：《中国历代文论选》第1卷，上海古籍出版社1980年版，第63、64页。
③ 参见朱恒《禅之悟与诗之悟辨异》，《广西社会科学》2005年第2期；邢东风《禅悟与诗悟》，《世界宗教研究》1997年第2期。

也就不远了。而"诗悟"则截然不同,诗悟是一个苦苦求索的过程,"吟安一个字,捻断数茎须","读书破万卷,下笔如有神",即对"诗悟"艰难性的形象表述。宋吕本中曾在《童蒙训》中说:"作文必要悟入处,悟入必自工夫中来,非侥幸可得也。"钱锺书在《谈艺录》中也曾很有见地地指出:"夫'悟'而曰'妙',未必一蹴即至也;乃博采而有所通,力索而有所入也。"即指的是"诗悟"①。在诗悟上要想"有所通"、"有所入",就必须"博采"、"力索",这与禅宗的"一闻言下大悟,顿见真如本性"(《坛经》),实在是迥异其趣。其次,从"悟"的目的来看,禅悟是要"悟"到"无",诗悟则是想"悟"到"有"。在禅宗那里,所谓"悟"并不是要悟到了什么,大珠慧海说:"顿者顿除妄念,悟者悟无所得。"②"悟"就是要涤除心中所有的意念和观想——无论这些意念是世俗的观念还是佛教的理念(诸如"无我"或"空"之类),它们都属于妄念,"悟"就是要去掉这些妄念,让心进入一种纯粹的、"空空如也"的状态,即使"空"也不是一个概念,而是一种"真如"。铃木大拙说:"无论对于悟或禅,任何可作为知的理解而加入的说明、提示、证明之类都是不可能有的。这是因为,禅与思考无关,悟是一种内在的知觉——但不是对某个单一物的知觉,而是对存在的根本事实的知觉。悟的最终目的地是其自身,除其自身外任何目的都不存在。"③ 因此,对于禅宗的"悟"来说,其实根本就不存在"悟到了什么东西"的问题,"悟"的意识本来就没有任何内容与对象,它"悟"到的是"无"。而诗悟则不同,它"悟"到的是"有",因为相对来说,"诗悟"是与一定的对象相联系的,它受对象的性质所限制,酝酿在诗人心中的词汇、语句以及这些词语所指称的事物、场景等,都是诗人"悟"的对象和内容,"诗悟"是艺术构思过程的一个环节,诗人在"悟"的过程中,某种"意象"突然涌入诗人的脑海,某个场景、某些词句突然闪现,于是诗人得以完成诗歌创作的一个步骤或整个过程。而且,在整个"诗悟"的过程中,诗人还能"悟"到某些诗歌创作的规律

---

① 钱锺书:《谈艺录》(补订本),中华书局1984年版,第98页。
② [日]石井本:《神会录》,《铃木大拙全集》第3卷,东京岩波书店2000年版,第263页。
③ [日]铃木大拙:《禅学入门》,谢思炜译,生活·读书·新知三联书店1988年版,第98页。

和技巧。比如谢榛就曾经说:"《馀师录》曰:'文不可无者有四:曰体、曰志、曰气、曰韵。'体贵正大,志贵高远,气贵雄浑,韵贵隽永。四者之本,非养无以发其真,非悟无以入其妙。"(谢榛《四溟诗话》)就是讲要通过"诗悟"达到对诗歌本质的深刻体认。由此可见,在"悟"的目的上,"禅悟"是要达到无所悟、无所得的境地,而"诗悟"则是有所悟、有所得,即诗歌作品本身及其作诗的规律。饶有趣味的是,不管是诗还是禅,都曾把所悟的对象比喻为"水中之月"[①],禅宗是要"搅"破"水中之月",使一切归之于虚无,而诗家则是要把"水"澄得清而又清,用独特的方式去再现"月"的"好颜色"。从这种截然不同的选择上,亦可以看出"诗悟"与"禅悟"在悟之目的上的重要区别。最后,从"悟"的表现形态来看,禅悟是"不立文字",诗悟是"不离文字"。禅宗认为,宇宙人生的本体是非有非无、超言绝相的,不可以形名得,亦不可以事相求,只能靠自心的体悟,本体也是不可以表述、不可以言传的,对它的任何阐释都是毫无意义的。"故知本性自有般若之智,自用智慧观照,不假文字。"(《坛经》)"诸佛妙理,非关文字。"(《坛经·机缘品》)禅讲的就是"以心悟心",如果"向文字中求其意度",则"与佛法天地悬隔"(《指月录·卷十四》),因此,禅悟主张"不立文字"[②];而诗悟则不然,诗与语言密切相关,是语言的艺术,文字的艺术,没有文字,就不会有诗。诗悟仅仅是整个诗歌创作过程中的一个环节,诗人竭力感悟生活,其最终的目的是要把自己对社会人生之悟用语言文字表现出来,把它物化为艺术形式,虽然在表述中往往"言不尽意",但诗悟是"不离文字"的。关于诗悟与禅悟的这一点不同,我们在前面引述的钱锺书对诗悟与禅悟的关系的阐释中,钱锺书亦已经提到了,他明确地说:"禅可不著言说,诗必托诸文字"。钱氏

---

① (宋)严羽《沧浪诗话》云:"盛唐诸公,唯在兴趣……如空中之音,相中之色,水中之月,镜中之象,言有尽而意无穷。"天竺第十四祖龙树禅师亦有:"'如水中月'者:月在虚空中,影现于水……搅水则不见。"(见《大智度论》第六,《大智度初品中十喻释论》第十一)

② 在此,也有必要指出的是,禅学虽然主张"不立文字",但它也不得不承认,不可言说的宇宙本体却又是"非言无以传"的,而且,从"不出文记"的早期祖师到"不立文字"的六祖惠能实际上都留下了施化设教的禅悟,因此它又通过真俗二谛说,在"方便法门"中肯定了经教文句,宣称"经是佛语,禅是佛意"。入宋以后,禅学甚至还走上了文字化的道路,注重以玄言妙语来"说禅"。

在另一处说得更明白:"禅宗于文字,以胶盆粘著为大忌;法执理障,则药语尽成病语,故谷隐禅师云:'才涉唇吻,便落意思,尽是死门,终非活路。'(见《五灯会元》卷12)此庄子'得意忘言'之说也。若诗自是文字之妙,非言无以寓言外之意;水月镜花,固可见不可捉,然必有此水而后月可印潭,有此镜而后花能映影。……诗中神韵之异于禅机在此;去理路言诠,固无以寄神韵也。"[①] 在这段话中,他就在前说的基础上,进一步区分了诗悟与禅悟的不同形态特征——"禅悟离语言而得空寂,诗悟运语言而得妙诣"[②]。

要之,诗悟与禅悟因为都非常注重非理性纯体验的"悟",它们之间的相通性是显而易见的,但这并不意味着它们就没有区别,饶有兴味的是,它们的共通点是"悟",它们的本质区别也是"悟"。

三 感悟与直觉

感悟与直觉确实是一对很接近的概念。前面我们说到,感悟作为一种思维方式,就具有非理性的直觉体悟的特征。我们甚至认为,感悟,从某种意义上说其实就是主体对宇宙人生的一种直觉把握。正因为如此,有不少论者把中国传统的感悟思维方式也称为直觉思维。那么,什么是直觉呢?

我们先从字面上来考察,"直",即直接之意,"觉",《说文解字》释为"寤也","寤"者"悟"也。在佛教词典里,"觉"是"菩提"的中译,意即对真谛的领悟。可见,所谓"直觉",也就是排除一切理性的纷扰,对认知对象的直接的觉察和领悟。道家哲学就特别注重直觉体验,他们排斥分析、辨别等理智手段,摒弃目视、耳闻、口尝等感知途径,试图通过"心斋"、"坐忘"、"损聪明、弃智虑"来体悟宇宙万物最高的"道"。在《庚桑楚》中,庄子还特别分析了阻碍人们进入无企无求的直觉状态的二十四种障碍。他说荣贵、富有、显赫、威严、名誉、利益六种欲望扰乱人的意志;容貌、动作、颜色、辞理、气息、情意六种表情束缚人的心灵;

[①] 钱锺书:《谈艺录》(补订本),中华书局1984年版,第100页。
[②] 杨义:《感悟通论》,《新国学》2005年第2期。

厌恶、欲望、喜爱、愤怒、悲哀、快乐六种情绪拖累人的德行；去舍、从就、取得、赋予、知虑、能力六种行动意向阻碍人获得大道。庄子认为："此四六者不荡胸中则正，正则静，静则明，明则虚，虚则无为而无不为也。"① 意思也就是说，人如果能够祛除这二十四种障碍，就会心无旁骛，清明虚静，直接进入一种"无为而无不为"的大道的境界。在《庄子·达生》中，庄子还形象地描述了这种直觉的意境：一个叫梓庆的能工巧匠，其木雕水平达到鬼斧神工的境界，人问其因，梓庆总结说创作前要斋戒，"斋以静心"，斋三日，忘记功名利禄，斋五日，忘记褒贬毁誉，斋七日，忘记自我存在，然后凭借直觉来到山林，手起斧落，把不是雕像的部分砍去，巧夺天工的艺术品就呈现了。对这种直觉体悟的美妙境界，东晋的竺道生也曾提起过，"理智悉释，谓之顿悟"，佛家久修其身，通信佛理，"用信伏惑，悟以断结"，使理智通达了佛的境界，顷刻明白了一切。禅宗也非常注重直觉，它吸收庄子和玄学的方法，与佛性的本体论相结合，把直觉发展到了极致。禅宗的本体是一种非有非无、超言绝相的"本体"，其思维方式是般若直觉，即只能默契、顿悟、内证、自照，而不能对象化。元代高僧中峰明本曾这样界定"禅"的内涵："禅何物也，乃吾心之名也；心何物也，即吾禅之体也……然禅非学问而能也，非偶然而会也，乃于自心悟处，凡语默动静不期禅而禅也。其不期禅而禅，正当禅时，则知自心不待显而显矣。是知禅不离心，心不离禅，惟禅与心，异名同体。"② 由此可见，禅宗以重现本心直觉为终极关怀，其整个理论体系就是以把握直觉本源而建立起来的。禅宗所倡导的本心论、迷失论、开悟论、境界论，基本囊括了其思想体系的全部内容，而它们最终又是要以体验式的直觉方式才能得以实现的。其实，儒家也是比较注重直觉的，儒家在思维上一个比较突出的特点是喜欢比附，为了说明某种抽象的义理，往往借具体可感的事物来打比方，如孔子说："岁寒，然后知松柏之后凋也"（《论语·子罕》），"知（智）者乐水，仁者乐山"（《论语·雍也》），等等，就是一种直觉体悟，它能够透过某一具象，直接觉察到那种隐藏在具象后

---

① 《庄子·庚桑楚》。
② 石峻等编：《中国佛教思想资料选编》第3卷第1册，中华书局1987年版，第515页。

面的抽象和大义。如果说儒家是用直觉体悟的方式来领会伦理道德精神，那么道家和释家禅宗则主张通过纯直觉的体验和内心的反思，排斥概念的辨析和逻辑的推理，来获得对宇宙人生的某种顿悟，强调最深刻、最本质的东西既超越具体现象又远离人伦物理。

在西方，可与直觉对应的词汇是 Intuition，在安东尼·弗卢主编的《新哲学词典》里，对 Intuition 是这样解释的："Intuition 直觉——一种非推理的或直接的知识形式。该名词在哲学上可分为两种主要用法：第一，关于一个命题的真的非推理知识；第二，关于一个非命题对象的直接知识。在后一种含义上，有四种非命题对象被断定为可直觉的：（a）共相；（b）概念，如正确地运用一个概念，而不能说明其运用规则的情况；（c）可感对象，如在康德对我们与可感对象间直接的非概念关系的说明中；（d）不可言喻的对象，如在柏格森关于绵延的不可表达的意识的说明中，或在我们对于上帝的感知的某些宗教说明中。"从这里可以看出，西方哲学对"直觉"的理解也很强调"直觉"的"非推理性"和"直接性"，和我们前面的解释亦有某些相通之处。他们也认为，"世界上有一些认识对象，它们或超于感性之上直接与人的理性、信仰相对应，或与感性有一定的关系但又必须摆脱感官的拖累后用纯粹的感性形式与之交融"[①]，这是理性所不及的范围，而只能通过直觉，直觉，就是对这种超越世界的超越性领悟。比如古罗马时期的新柏拉图主义者普罗提诺就认为，人只有断思绝虑，忘形出神，才能与神合为一体。这是对神的直接领悟。笛卡尔也把直觉解释为理性直接地、不借助于论断和证明而确立某一原理、某一思想有明显的真实性这样一种思想形式。康德认为，直觉是"对客体顿时交往的认识"，具有"没有概念的调解"的顿时性和非推理性。黑格尔也认为，与逻辑道路的推理不同，直觉具有"像手枪发射那样突如其来的兴奋之情：一开始就直接与绝对知识打交道。对于其他观点认为只宣布一律不加理睬就算已经清算了"[②]。直觉主义者柏格森则认为，"所谓直觉，就是一种理智的交融，这种交融使人们自己置身于对象之内，以便与其中独特

---

① 周春生：《直觉与东西方文化》，上海人民出版社2001年版，第53页。
② ［德］黑格尔：《精神现象学》，贺麟、王玖兴译，商务印书馆1979年版，第17页。

的、从而是无法表达的东西相符合"①，等等。

在这里有必要说明的是，中西对"直觉"的理解，虽然都强调了"直接领悟"和"非推理性"这一点，但我们不能说它们之间就没有区别。我们知道，中国传统哲学是把个体的生命与宇宙运化的大道融为一体的，在直觉的观照中世界是混沌一片的，因此所谓的"直觉"其实是一种生命之间的体悟沟通，是一种生命对另一种生命的自然敞开和意义呈现；而在西方哲学那里，主客对立的沟壑永恒地存在，尽管直觉论者大都是由于看到了实证科学和工具理性在充分发展后暴露的局限性和弊端，故而带着反叛情绪最终诉诸直觉，但他们又是不可避免地要受到西方哲学那种重视分析、辩证的理性传统的影响的，因此，他们所标举的那种"直觉"，其实仍然只是主体对客体进行探索过程中的一种纯粹的认知方式而已。比如笛卡儿就曾经说："我用直观（即直觉——引者注）一词，指的不是感觉的易变表象，也不是进行虚假组合的想象所产生的错误判断，而是纯净而专注的心灵的构想，这种构想容易而且独特，使我们不致对我们所领悟的事物产生任何怀疑；……这样，人人都能用心灵来直观以下各道命题：他存在，他思想，三角形仅以三直线为界，圆周仅在一个平面之上，诸如此类……"② 笛卡儿认为，直觉在提供清晰透彻命题的同时能够顿然间抓住事物的整体特性，而不像其他认识（如推论等）那样只是对事物作断续的反映③。在这里，迪氏很显然是把直觉当作和推论等一样的认识方式来看待的，他甚至把直觉也纳入到了他的理性主义思想体系之中。

通过以上对"直觉"内涵的考察，再结合前文关于感悟的讨论，我们可以看出，直觉与感悟确实是一对区别很模糊的概念，具有很多共通之处，其中最关键的表现在两个方面：其一，两者都是非理性的，又都是非非理性的。直觉和感悟一样，抛弃了一切逻辑思维所需要的程序，如概念、判断、推理等，涤除了一切的世俗烦恼，是心灵在进入了一种空心澄滤、本心清净的最高境界时，认识主体对宇宙万象的某些本真的体认。这

---

① ［法］柏格森：《形而上学》，刘放桐译，商务印书馆1979年版，第3页。
② ［法］笛卡儿：《探求真理的指导原则》，管震湖译，商务印书馆1991年版，第10页。
③ 同上书，第10—11页。

个认识过程是跳跃性的，瞬间性的，来无影去无踪，神秘叵测，对之根本无法进行逻辑的解释，是完全非理性的。然而，直觉和感悟同时又是非非理性的，任何直觉和感悟其实又都是建立在对宇宙人生长期的沉思冥想和静观默照中，是认识主体的人生经验甚至整个人类集体无意识的瞬间呈现，这其中又包含了某些理性的因素。因此感悟与直觉又往往能够直指本真，能够昭示一般的逻辑思维所不能触及的事物的最本原的东西[1]。所以说，并不是不以逻辑思辨为思维方式就一定是非理性的，感悟和直觉其实和理性并非水火不相容，而是相融互济的。正因为如此，《现代汉语词典》1999年第三版是这样给"直觉"下定义的：直觉，是未经充分逻辑推理的直观，是以已经获得的知识和累积的经验为依据的。在这里，定义者就把直觉理解为一种和逻辑推理有关但逻辑推理又未充分展开的直观，而且它还揭去了直觉的神秘色彩，指出直觉并不是凭空产生的，而是以既往知识和经验作为依据的。因此，感悟和直觉一样，既是非理性的，又是非非理性的，是理性和非理性的交融。这一点，我们在前面对感悟的论述中并没有特别说明。其二，它们既是感性的，又是超越性的。如前所述，感悟是离不开感性的，它是建立在感性基础上的心灵对万物之本真进行神秘的默契和体认之后的精神超越。直觉也是如此，有论者说："直觉是以现实中的人的具体感性为中心的感性领悟方式。它的特征就是注重超越世界与现实世界的合一，注重以人为中心的万物融通。""'直'可补'觉'现实感性内涵之不足"，"'觉'又不会使'直'的内涵流于简单的感知"[2]。可见，感悟和直觉虽然都具有某种非理性的神秘色彩，但它们首先都必须立足于现实感性世界，然后通过"悟"和"觉"，超越具体的物象，甚至超越具体的情感，摒弃一切烦琐的理性认知，进入一种超验世界，获得对冥冥宇宙和茫茫人生的本真体悟。

当然，直觉与感悟也是有区别的，虽然这种区别非常细微。也主要有两点：第一，我们认为，感悟与直觉作为一种思维方式，它们的侧重点是

---

[1] 古希腊的赫拉克利特就将世界看作是不可理解和言说，而只能靠灵魂深处的直觉才能把握到。

[2] 周春生：《直觉与东西方文化》，上海人民出版社2001年版，第54页。

不一样的，感悟侧重在于"悟"，而直觉虽然也是一种"悟"，而重点强调的是"直"，也即"悟"的途径是"直接"的进入。如前所述，我们说"感悟"中的"感"在远古时期就具有某种宗教意味，最初的男女两性活动的具体含义在历史的进化过程中慢慢消失了，而逐渐衍变为"天人相感"、"天人合一"，具有了使感应主体最终超越自身与外界物象的有限存在，达到与天、道、宇宙合一的抽象内涵，后经佛教催化，更加具有了于感性中产生神秘不可思议的超感性的超越性特质，也就是说，"感悟"中的"感"其实也和"悟"一样具有超越性的"悟"的义蕴，"感悟"并不是一个偏正词组，而从某种意义上说；是一对同义组合，它强调的是"悟"。而"直觉"则强调的是"悟"的直接性，是一种涤除一切外界的是是非非，一切所谓的概念、判断、常识的一种纯然直接的"悟"。第二，从时间或过程来看，直觉指的是一刹那间的豁然开朗，不需要铺垫，不需要理性分析，直接觉察到问题的实质所在，平时的经验积累只是一个并非有意的潜过程。感悟特别是禅悟虽然也有顿悟之说，但感悟大都有一个有意识的渐悟过程，它需要长期的静观默照和潜心修炼，时间跨度相对比较长。比如禅宗有一个著名的公案，即青源惟信禅师所说的："老僧三十年前来参禅时，见山是山，见水是水，及至后来亲见知识，有个入处，见山不是山，见水不是水，而今得个体歇处，依然见山是山，见水是水。"这里就形象地描述了感悟是一个过程，是一个渐修渐悟的过程。经过参修，后面的"见山是山，见水是水"，和前面的"见山是山，见水是水"已经不可同日而语了。如果说我们把青源惟信禅师的每一个阶段的悟都看作一种直觉的话，那么，他的整个感悟过程则是由许多次直觉所构成的。说得更准确一点，如果把直觉比喻成一个个的点的话，那么，感悟则是由一个个点所组成的线。由此我们便可以形象地考见感悟与直觉的一种分别。

四　感悟与玄学

我们先来看看什么是玄学。众所周知，玄学兴盛于魏晋时期，持续仅一百余年。魏晋玄学产生兴起的时代，正是中国历史上最为黑暗动荡的年代，战乱绵延不止，政局更迭频仍，面对大道陵迟、世风颓唐的衰败气象，当时的思想家们试图融合儒道思想，以拯救社会，消除精神苦痛，并且探讨宇宙本源。百年玄学发展大致可以分为三个阶段：以何晏、王弼为代表的正始之音；以嵇康、阮籍为典范的竹林风度；以裴頠、郭象为领执的元康之学。关于玄学，至今尚没有一个确切的界定，有论者认为，我们可以从几个层面上来加以厘廓："从它以《老子》、《庄子》、《周易》为主要阐发对象来说，可以称之为'三玄'之学；从其主旨在于探求理想的人格来说，又可称之为'名教与自然之辨'之学；从其哲学内容来看，则是讨论宇宙本体的'玄远'之学。"①

从上面玄学内涵的三个层面可以看出，玄学具有中国古代哲学所罕见的思辨色彩，它探讨了名教和自然的关系，并将其提升到哲学本体论的高度，给予了系统化和理论化的辨析。它特别善于通过对立关系的概念的分析来展开其本体论和认识论，探讨了"本"与"末"、"有"与"无"、"一"与"多"、"动"与"静"等诸多范畴之间的关系。比如王弼对"一"与"多"的关系的辨析，就是分两个层面展开的。首先是从哲学层面来看一与多的关系，他说："万物万形，其归一也。何由致一？由于无也。"（《老子》42章注）意思也就是说，"一"所以能统摄万有，就因为"一"是本体，是万有的根源，"一"具有本体地位的"无"的含义。然后他又从社会政治的角度来分析，提出"一以治多，一以统众"的观点，在《论语释疑》中，他说："譬犹以君御民，执一统众之道也。"通过皇帝主宰万民的这种自古以来的社会政治制度，形象地说明了"一"对"多"的统治制约关系。其思路的展开和论述的过程是非常富有逻辑性和思辨色彩的。这也就是说，从思维方式上讲，玄学的这种注重概念的分析与逻辑的推理与中国传统的注重感悟的认识倾向是截然不同的。那么，玄学同感悟又有什么关系呢？

我们知道，玄学的一个重要方面是对《老子》、《庄子》、《周易》的阐释，故号称"三玄之学"。其实，玄学并不只是阐释道家经典，它的一个主要的理论指向是意欲打通儒道两家——有学者曾把玄学思想概括为"老

---

① 洪修平、吴永和：《禅学与玄学》，浙江人民出版社1992年版，第17页。

庄骨架与孔孟灵魂"①,因此儒家的一些重要典籍也是他们所要阐释注解的对象。对儒家经典的阐释在汉代已经蔚然成风,甚至形成了专门的经学,还有古文经学和今文经学之别。但是,在玄学兴起时代,汉代经学已处于穷途末路,经学家们钻入故纸堆中,皓首穷经,寻章摘句,唯一的目的就是想从儒家经典的字里行间考查出古代圣贤的微言大义,不敢有半点阐发,已经毫无创造性可言,更谈不上经世致用,与我国传统的感悟思维方式已经是背道而驰。而玄学对儒道经典的阐释与汉代经学走的却是迥然不同的路子,玄学大师们在阐释经典的过程中,既能立足于经典本身进行注疏诠释,又不过分拘泥于字句,能够充分发挥自己的主观想象和人生体悟去对经典进行直觉式的领悟,不再像经学家一样,把经典视为一个死的、仅供摘引考证的对象,而是把经典当作一个活生生的艺术生命,与之进行对话、沟通、交流,很多富有创造力的见解就由此而来。正是在这个层面上,有论者认为,玄学"从某种意义上,便可视为是华夏民族在其认识发展过程中的一次极重要的突破,但更可看成是对注重感性直观的传统思维方式的重新复归"。②他们在充分"肯定理智力量对于人认识世界的重要性的基础上——即强调人应当而且能够自由地运用理智力量去认识宇宙、社会、人生的道理——重新确认了以'超言绝象'的直观认识方式把握对象的权威。其中,最能体现超言绝象之直观的玄学命题就是'得意忘言'"③。

"得意忘言"是从庄子的"言不尽意"的观点发展而来的。《庄子·外物》篇云:"筌者所以在鱼,得鱼而忘筌。蹄者所以在兔,得兔而忘蹄。言者所以在意,得意而忘言。吾安得忘言之人而与之言哉。"庄子认为,"言"的目的在"得意",但"言"本身还并不是"意","言"只能对"意"起一种象征、暗示作用,故必须先"忘言"而后才能"得意"。王弼在《周易略例》中对庄子的这一观点进行了进一步发挥,他说:"夫象者,出意者也;言者,明象者也;尽意莫若象;尽象莫若言。言生于象,故可寻言以观象;象生于意,故可寻象以观意。意以象尽;象以言著。故言者

---

① 参见洪修平、吴永和《禅学与玄学》,浙江人民出版社1992年版,第15页。
② 洪修平、吴永和:《禅学与玄学》,浙江人民出版社1992年版,第79页。
③ 同上书,第78页。

所以明象，得象而忘言；象者所以存意，得意而亡象。犹蹄者所以在兔，得兔而忘蹄；筌者所以在鱼，得鱼而忘筌也。"这里，在庄子的"言"、"意"的基础上加了一个中介环节"象"，而且很清楚地阐释了言、象、意三者的关系："言"是对"象"的阐明，"象"则是"意"的具体化。这也就是说，任何一种意蕴的传达都是需要借助于语言（或其他媒介和工具），通过抽象的语言来营构一种具体的意象，但语言和意象又都不是我们认识的目的，我们认识的最终目的是要透过外在的语言和物象去把握蕴含在其中的事物的本质或本体的意义。

汤用彤说："玄学统系之建立，有赖于言意之辨。"① 汤氏之子汤一介亦认为："玄学的方法论即是言意之辨。"② 也就是说，"得意忘言"在玄学那里已经不是一种简单的理论，而具有了方法论意义。玄学家们正是运用这种方法去阐释儒道经典的——"以会通文义为旨趣对以往的经典给予诠释或把握，即为'得意'；而在诠释或把握的过程中又不僵硬地拘泥于故纸的文字，即为'忘言'。"③ "反对滞于名言，主张忘言忘象，体悟言象所蕴含的玄理真意，如此方法能使圣人之微言大义昭然若揭。"④ 譬如郭象对《庄子》的阐释，即很好地运用了这一方法。在《庄子补正》中，郭象不但对《庄子》各篇进行了自己独到的注疏，使《庄子》深奥的玄义得以呈现，而且他要么在庄子文章的前面作小序，要么在庄子文章中就某一句话作注解，根据自己的人生体验，有感而发地阐发对庄子所论的领悟和心得。如在《逍遥游》篇之前，郭象序曰："夫小大虽殊，而放于自得之场，则物任其性，事称其能，各当其分，逍遥一也，岂容胜负于其间哉。"⑤ 用十分精练的几句话述说了对"逍遥游"的理解；在《至乐》篇的第一句话"天下有至乐无有哉。有可以活身者无有哉"之后，郭象注曰："忘欢而乐足，乐足而后身存，将以为有乐耶。而至乐无欢，将以为无乐耶，而身以

---

① 汤用彤：《魏晋玄学论稿·言意之辨》，上海古籍出版社2001年版，第24页。
② 汤一介等：《魏晋玄学论稿·导读》，上海古籍出版社2001年版，第24页。
③ 洪修平、吴永和：《禅学与玄学》，浙江人民出版社1992年版，第79页。
④ 汤一介等：《魏晋玄学论稿·导读》，上海古籍出版社2001年版，第26页。
⑤ （晋）郭象：《庄子补正》上，云南人民出版社1980年版，第1页。

存而无忧。"① 更是画龙点睛地指出了庄子《至乐》篇的题旨。当然，这仅仅是笔者随意拈出的两例。玄学家们都是如此，极力推奉这种"得意忘言"的先通义后阐发的方法，强调以诠释者个人的直观领悟来把握经典的思想要义，并且尽可能地自觉避免以辞害意。这种释经的方法，从很大程度上可以说是对传统感悟方法的恢复并发展了。

以上，我们对玄学与感悟的关系作了简单的梳理，最后，有两点需要加以补充说明：第一，玄学的感悟思维与其他传统诗学的感悟思维是不一样的，它这种感悟是建立在概念分析和逻辑推演的基础之上的，玄学名士在对抽象本体的探究过程中，已经逐渐意识到了仅仅依凭感性直观是难以把握认识本体的，如能结合理智的思辨则更能够揭开掩盖在事物本体上的现象的面纱，虽然，他们还不能像现代的一些理论家那样实现感悟思维的现代转型，但他们的这种既有理智的思辨性又强调直观、整体地把握的思维方式，确实对传统思维的现代进化是非常有启示意义的；第二，玄学对感悟的方法论进行了很好的探讨，他们提升了"得意忘言"的理论内涵，把它上升到了一种方法论的高度，并把它作为一种非常重要的感悟方法对儒道经典进行了独到的诠释，这可以说是玄学对感悟的第二点理论贡献。正因为有了这两点，我们在探讨感悟的时候，明知道玄学是一种思辨哲学，却还依然在这里不惜篇幅地论说感悟和玄学的关系，其个中深意是不言自明的。

五 感悟与心学

所谓心学就是心性之学，注重的是对人作为认知主体的内在精神的探究。我国在很早的时候就开始了对"心"的认知，早期文献中有大量关于"心"的记载。在先秦诸子中，孟子对"心性"的论述最为详尽，可以说是开了后世儒家心性探讨之先河。孟子比较早地把"心"与"性"联系起来，谓"君子所性，仁义礼智根于心"（《孟子·尽心上》），他把"心"与"性"的关系概括为"恻隐之心、羞恶之心、辞让之心、是非之心"四端，

---

① （晋）郭象：《庄子补正》上，云南人民出版社1980年版，第202页。

又有"尽心、知性、知天"说,把"性"作为"心"的本体和基础,通过"心"的活动来体现"性",实现"性"。荀子继孟子之后很好地发展了儒家心性说,他认识到了心在人的精神活动中的主宰作用,提出了心的本质是"静"、"虚"的思想,并对心与"理"的关系进行了探讨。与儒家相呼应,道家也很重视"心"对"道"的直觉体悟作用。老子提出"致虚极,守静笃"(《老子》16章),"涤除玄览"(《老子》10章),就是要求保持一种内心的极端静虚状态,去掉任何心中的杂念,以实现对"道"这一宇宙本体的观照。庄子认为人的认识是虚心体道,提出了著名的"心斋"说和"坐忘"说,排斥感官的认识,认为只要保持心神的清静,就可体认到最本真的"道",从而达到认识的最高境界。而佛教哲学尤其是禅宗哲学也特别强调内心的修为,把"心"看作超越的、普遍的绝对存在,心体就是性,就是成佛之道。"自性清净心,即是正因,为佛性。"(《法华玄义》卷2上)"一切诸法,无非心性。"(《十不二门》)"菩提自性,本来清净,但用此心,直了成佛。"(《坛经·自序品》)"人性本净,由妄念故盖覆真如,但无妄念,性自清净。"(《坛经》)佛教的这种以"心"为法,在思维方式上与儒道特别是儒家心性之学是暗合的。从某种意义上讲,后来的心学就是把儒道佛心性之学融合起来形成的一门学问。

心学作为一个哲学流派,是由南宋陆九渊始创的。在心学形成前,盛行的哲学思潮主要是宋明理学。宋明理学强调的是"性即理",所谓理,包括天理和人伦之理,"是宇宙的必然规律,社会的当然法则,是包括天人在内的总体秩序或总规律,具有不会消亡,也不会增减的永恒特性"[①]。而"性"则是"理"在个体身上的本质表现。陆九渊在宋明理学的基础上,提出了"心即理"的思想,"心即理"是陆九渊哲学的核心,也就是他的本心论,虽然还并没有超出宋明理学中"理"的一般特征,但他使"理"一步步接近于心。陆氏进一步认为,"明理"就是为了"存心","苟此心之存,则此理自明,当恻隐处自恻隐,当羞恶,当辞逊,是非在前,自能辨之"(《语录上》)。这就更加突出了"心"对事物的主宰,而"理"

---

① 刘宗贤:《陆王心学研究》,山东人民出版社1997年版,第63页。

则处于了相对次要的地位。陆九渊曾说:"宇宙便是吾心,吾心即是宇宙。""意之所在便是物。"在这里,"心"的功能就被夸大到了极致。心学后来历经杨简、陈献章、湛若水等的发展,最后由明中叶王阳明集其大成,前后持续数百年,各位传人的思想也在不断衍变,但其总的思想都是对"心"作为整个宇宙的绝对本体的阐释,不管是杨简的"天地万物通为一体"的主观体悟说,还是陈献章的"自然"、"自得"之学,湛若水的"万事万物莫非心"、"心得中正则天理"的思想,以及王阳明的"致良知"的学说,都是对以"心"作为认识本体的心学体系的建构。在这里,我们不想对心学的理论进行系统的阐述,因为这不是本课题的任务,也为笔者的学力所不逮。我们只想弄清楚的是,心学作为一种对认识主体内在精神进行极力张扬的哲学,它是如何注重感悟的,它的感悟思想和我们一般意义上的感悟又有什么不同。

心学与感悟确实有着千丝万缕的深层联系,因为它们都和"心"有关联——心学是"心"之学,感悟也是"心"之悟。创始人陆九渊就特别强调感悟,当然,陆九渊很少直接用"感悟"这个语词,他讲得最多的是"思",他把"思"作为认识本心的一种重要方法。陆氏认为,既然"心"是人的本质,那么做人的根本就是要运用"思"去发掘蕴含在人之本心中的道德理性,他说:"义理之在人心,实天之所与,而不可泯灭焉者也。彼其受蔽于物而至于悖理违义,盖亦弗思焉耳。诚能反而思之,则是非取舍盖有隐然而动,判然而明,决然而无疑者矣。"(《陆九渊集》卷32《思则得之》)他经常引导弟子通过直觉体验的方法去感悟义理,《语录下》就记载了他要求弟子詹阜民"收敛此心",日夜"安坐瞑目",以求得一种心境上的"澄莹"。这种悟理的方法实际上是对庄子"坐忘"、"心斋"的直觉之法的继承和发挥。

陆氏弟子杨简的"反观"说也极具"感悟"的意蕴。杨简曾经叙说过他亲身经历的一件事:

> 某之行年二十有八也,居太学之循理斋。时首秋,入夜斋仆以灯至。某坐于床,思先大夫尝有训曰:"时复反观。"某方反观,忽

觉空洞无内外，无际畔，三才、万物、万化、万事、幽明、有无通为一体，略无缝罅。畴昔意谓万象森罗、一理贯通而已，有象与理之分，有一与万之异。及反观后所见，元来某心体如此广大，天地有象、有形、有际畔，乃在某无际畔之中。（《慈湖遗书》卷18《炳师讲求训》）

这种"反观"，其实就是道家的直觉或佛家的顿悟。的确，杨简是非常注重体悟的，他的全部心学思想的建立，最初就是以体验作为基础的。传说杨氏之所以拜仅长他两岁的陆九渊为师，就是因为他有一次向陆氏问学的时候，陆九渊的"扇讼是非之答"触动了他的悟机[①]，使他产生顿悟，豁然开朗。正是出于这种对"悟"的倚重，杨简把心的道德意识活动看作一种道德直觉，宇宙万物都是因人的机悟，因人对心的自觉而存在的。他曾经说："……循吾本心以往，则能飞，能潜，能疑，能惕；……能尽通天下之故，仕止久速一合其宜；周旋曲折各当其可，非勤劳而为之也，吾心中自有如是十百千万散珠之正义也。"（《慈湖遗书》卷7《己易》）这里不但夸大了心的本体地位，而且看得出他对心的理解主要运用的是一种直觉顿悟的思维方式。此外，杨简还提出了"直心直意，非合非离"的直觉论，他认为要达到对本心的认识，就不能凭借已有的知识，而只能凭借诚实无欺的"忠信之心"。

陈献章提出了"自然"、"自得"之"道"，"道"在陈氏那儿并非本体，而是一种境界，他和老庄一样，也认为"道"不可状，不可言，不可感，只能通过直觉去把握。他说："意所向往处，非乘云御风，身不可得而至；穷之乎山川，委之乎官守，旷之乎岁月；当食食忘，当寝寝废。一有感乎外而动乎中，终日视而目不瞬。以言乎化，外不化而内化；以言乎情，则哀而不伤。至矣乎。"（《陈献章集》卷1《望云图诗序》）而道和心是相通的，陈氏认为，心是对道的直觉和了悟，心能与万物发生感应，通过自身的觉悟和道融为一体，"此心通塞往来之机，生生化化之妙，非见

---

① 参见（清）黄宗羲《宋元学案》卷74《慈湖学案·小序》，中华书局1986年版。

闻所及"(《陈献章集》卷1《送李世卿还嘉鱼序》)。"吾或有得焉，心得而存之，口不可得而言之。"(《陈献章集》卷1《论前辈言铢视轩冕尘视金玉》)。如何实现心和道的相通？陈献章结合佛家的坐禅方法、道家的虚静观以及宋儒的"主静"之学，提出了"静养端倪"的观点，提倡静坐，主张进行心性修养，他把静坐当作心学入门之法，"静坐以养其端倪"，通过静坐，从直觉中窥见宇宙本体，把握事物本质。

湛若水"随处体认天理"的观点也批判性地继承了乃师陈献章"静坐端倪"的思想，只是他觉得体认天理是动静交养的功夫，他说："所谓随处体认天理者，随未发已发，随动随静。盖动静皆吾心之本体，体用一原故也。"(《甘泉学案一·论学书》)湛氏提出了"勿忘勿助"的思路："予体认天理必以勿忘勿助、自然为至。"(《湛甘泉文集》卷23《天关语通录》)也就是说，他认为对天理的体认，并不需要借助任何外在的东西，"不容一毫人力"，可在"勿忘勿助"之间随时随地直接察见天理。他的这种体悟的方法，显然是对禅宗"一悟即至佛地"的思想的吸收。

王阳明是心学之集大成者。但王阳明最早接受的却是朱熹的"格物"之学，后来他在成圣的方法上对朱熹理学产生了疑问，便潜心佛老，静坐研修，试图寻找解脱之道，而促使他思想发生根本改变的据说是所谓的"龙场之悟"[①]。通过"龙场之悟"，王阳明由朱熹"格物"说的"心、理为二"不自觉地转向了陆九渊的"心即理"。正因为促成他哲学观发生根本转化的是他早年出入佛老所学到的直悟本体的方法，所以王阳明在他提出的"格物致良知"的修养方法中，也特别主张"静坐"，通过所谓的"静坐"，排除事物纷扰，坚持"为己"志向，达到"自悟性体"和心灵上的纯洁。但他同时又发现"静坐"的方法容易使人喜静厌动，于是他又提出了"事上磨练"的修养之法，他说："人须在事上磨练做工夫乃有益；若只好静，遇事便乱，终无长进。那静时工夫亦差似收敛，而实放溺也。"

[①] 1505年，大学士刘健联合朝臣上疏请求罢免专权的宦官刘瑾，被刘瑾矫旨罢职，时任兵部主事的王阳明抗章救援，亦被抓入狱，次年二月，远贬龙场驿任驿臣。龙场生活异常艰苦，阳明历尽磨难，在不断的反思中突获顿悟，"忽中夜大悟格物致知之旨……始知圣人之道，吾性自足，向之求理于事物者误也"(《年谱一》)。史称"龙场之悟"。

(《传习录下》)"昏闇之士,果能随事随物精察此心之天理,以致其本然之良知,则虽愚必明,虽柔必强,大本立而达道行……"(《传习录中·答顾东桥书》)这样从日常生活中去体悟"良知",就使得所悟不至于流入虚空,而且能够避免陷于知、行关系纯理论探讨的弊端。

上面我们是以主要代表人物为线索,对心学理论中与感悟有关的思想作了一个简略的梳理,看得出,它们之间既有继承又有发展,而且与佛老还有割舍不断的联系。其实,还有一点我们没有提及,那就是心学思想家们还不约而同地谈到了感悟与言说的关系。可能是受禅悟的影响,心学家们大都认为悟是不能或不需言说的。比如陆九渊就曾经说:"理不可以泥言而求,而非言亦无以喻理;道不可以执说而取,而非说亦无以明道。……昔人著述之说,当世讲习之言,虽以英杰明敏之资,盘旋厌饫于其间,尚患是非之莫辩,邪正之莫分。"(《陆九渊集》卷6《与包祥道》)又说:"乱真之似,失实之名,一有所获,而天地为之易位,差之毫厘,谬以千里。其于圣贤之言一失其指,则倒行逆施,弊有不可胜言者。"(同上)这里虽然也谈到了语言是知行的中介,但他更是指出了语言能使道理失真、本心失实,遮蔽本真之理的弊端。杨简主张"直心直意",因此他也认为烦琐的言辞辨说是直觉的障碍。"心不必言,亦不可言,不得已而有言","愈辨愈支,愈说愈离"(《绝四记》)。他认为虚伪的言辞会掩盖人的真心,言辞也会使人不尚实德,言行不一。陈献章也认为道不可状,既不能用语言描述,又不可用物来形容。他说:"吾或有得焉,心得而存之,口不可得而言之。比试言之,则已非吾所存矣。故凡有得而可言,皆不足以得言。"(《陈献章集》卷1《论前辈言铢视轩冕尘视金玉》)王阳明亦认为执着于名言,常常难以把握心体,他说:"心之精微,口莫能述。"(《答王天宇》)"只从言语文义上窥测,所以牵制支离,转说转糊涂。"(《答友人问》)又说:"道不可言也,强为之言而益晦;道无可见也,妄为之见而益远。夫有而未尝有,是真有也;无而未尝无,是真无也;见而未尝见,是真见也。"(《见斋说》)王氏极力主张自悟,他以哑子吃苦瓜为喻:"哑子吃苦瓜,与你说不得。你要知此苦,还须你自吃。"(《传习录上》)"说"是以名言来表达,"说不得"则意味着难以用名言来表达,只能靠自己去

"悟"。他说:"诸君要实见此道,须从自己心上体认,不假外求始得。"(《传习录上》)

要之,心学作为一种主观唯心主义哲学体系,与感悟确实有着本源上的密不可分的关系。心学的感悟理念主要体现在几个方面:一、"心"作为一种绝对的宇宙本体,作为一种形而上的义理,是需要悟才能感知得到;二、对"心"之悟,需要静坐修养,弃除纷扰,"勿忘勿助",达到一种认识上的直觉,不能凭借已有的知识积累;三、可在日常生活中"悟",在"事上磨练",随时随地都可以察见天理;四、对"心"之悟是不能用语言来言说的。因为心学是儒道佛三教合流的产物,因此,很明显,它所主张的感悟,和儒道佛的一些感悟理念有很多相通之处,也具有直觉性、超验性、非理性和神秘性等诸多特点。

那么,心学之感悟与我们诗学意义上的感悟(也即诗悟)又有何区别呢?我们认为,主要的区别可能在于,诗悟虽然也具有某些非理性的特点,但它同时又是非非理性的,有一个内在的隐性的逻辑过程;而且,诗悟一般是对具体生活之悟,有深厚的感性基础,它承认生活是真实、具体、可以把握的,要求深入体验生活;诗悟还有一个明确的指向,它或指向抽象的创作规律,或指向具象的文学文本;诗悟不但主张悟不离文字,而且还致力于用文字来表达心中之悟。而心学之感悟,则因为心学把"心"视为一种宇宙的绝对本体,不承认心外之物的客观存在,而且"心"的思维活动能力也被无限扩大,这样,心学所"悟"的对象是"心",所"悟"的工具也是"心",心学系统的展开,道的体认更多地指向成就抽象的德性,由此,心学之悟就具有了鲜明的超验性。《传习录下》有这么一则记载:

> 先生(指王阳明)游南镇,一友指岩中花树问曰:"天下无心外之物,如此花树,在深山中自开自落,于我心亦何相关?"先生曰:"你未看此花时,此花与汝心同归于寂。你来看此花时,则此花颜色一时明白起来。便知此花不在你的心外。"

这个故事就清楚地说明了心学中"心"与"物"的关系：心外无物。物之所以存在，是因为心之感觉。在心未能感受到的范围里，一切物都是不存在的。由此可见，心学之悟是一种纯粹超验之悟。所以它主张"说不得"，"说不得"固然是因为语言具有某种局限性，也更是因为纯粹之悟实在是不能言说的。从这个层面上而言，心学之悟，更多地倾向于禅悟和道家之直觉。当然，后来王阳明试图修正这一点。王氏曾对他的门生陈九川说："尔却去心上寻个天理，此正所谓理障。"（《传习录下》）就认为去心上寻理为理障，他在肯定心体具有先天的普遍必然之理的同时，又主张将理与经验内容与感性存在联系起来，他说："耳目口鼻四肢，身也，非心安能视听言动？心欲视听言动，无耳目口鼻四肢亦不能，故无心则无身，无身则无心。"（《传习录下》）如果说，之前的理学、心学思想家们主张心性之说是将心与感性存在和经验内容划开界限的话，那么，王阳明的这种"无身则无心"的说法，其实又在重新确认心与感性的联系。王阳明主张"事上磨练"，主张"随处体认天理"，主张内在的境界与外在的践行统一，也即所谓知行合一，是想从一定程度上避免心学之悟最终指向无尽的虚空。当然，因为心学是立足于它那特殊的宇宙观之上的，王阳明的这种修正，仍然不能根本改变心学之悟那种先验性和超验性的色彩。

六 感悟与分析哲学

"分析哲学"（analytic philosophy 或 analytical philosophy）这个词的含义比较模糊，最初主要是指那些强调日常语言分析的哲学流派，特别指牛津学派。后来，这个词被推广使用于指一切主张哲学的首要任务在于从事"分析"（包括"逻辑分析"、"语言分析"、"操作分析"等）的哲学流派。分析哲学产生于20世纪初的英国，现代数理逻辑的创始人弗雷格是其直接思想先驱，罗素、摩尔和维特根斯坦是其主要奠基者。分析哲学主要来源于两个唯心主义哲学系统，一个是英国的唯心主义经验论系统，特别是休谟的唯心主义经验论；另一个是第一代和第二代的实证主义传统，特别是穆勒和马赫的实证主义。分析哲学继承了休谟、穆勒、马赫等人对经验所作的主观唯心主义解释。他们把经验也解释为某种纯粹主观的、脱离客观实在的东西，看作认识主体和客观实在之间的屏障。他们把人的认识局限于经验，拒绝研究经验之外的客观实在，拒绝研究物质和意识的关系等哲学基本问题。他们也继承了休谟、孔德、马赫等人的"反形而上学"的方针，认为人的认识只能局限在感性经验的范围之内，不能超出感性经验范围去追问什么是感性经验的客观源泉，因为那是不可知的。主张哲学是向人们提供实在、确定、精确和有用的知识的，它抛弃一切虚妄的、不确定的、不精确的、无用的东西，认为什么世界的本质、本源等形而上学问题，就是一些不确定、不精确而且无用的问题。

分析哲学是一个观点相当庞杂的思潮或流派，在近百年的发展过程中，涌现出了逻辑实证主义、日常语言学派、批判理性主义、历史社会学派、科学实在论派等好几个主要支派，在各支派之间，甚至在一个支派内部，在观点上都有很多分歧，但他们作为一个共同的流派，仍然有一些共同的特征：其一，分析哲学家们普遍重视语言在哲学中的作用，把语言分析当作哲学的首要任务，甚至当作哲学的唯一任务。他们把全部哲学问题都归结为语言问题，把哲学的任务归结为或者对科学语言进行逻辑分析，或者对日常语言进行语言分析。其二，分析哲学家普遍强调分析方法的重要意义，把它看作哲学研究的主要方法，甚至唯一的方法。在对分析方法的理解和使用上，罗素、前期维特根斯坦以及逻辑实证主义者强调形式分析或逻辑分析，摩尔、后期维特根斯坦以及日常语言学派则强调概念分析或语言分析。其三，分析哲学家，尤其是逻辑实证主义者，经常表白他们的理论具有科学性，他们强调要以自然科学，特别是数学和物理学为模本来建立自己的理论，要使自己的论证达到自然科学那样的精确程度。他们特别利用现代数理逻辑的演算来支持自己的论证，建立了他们自己的一套技术术语。许多分析哲学家既研究哲学，又研究科学，他们或者是具有科学修养的哲学家，或者是具有哲学修养的科学家。弗来格、罗素、石里克、卡尔纳普、赖欣巴哈、塔斯基、歌德尔等人，既是分析哲学的主要代表，又对数学或物理学作过深入研究，有些人还对数理逻辑的发展作过重大贡献，等等。不过，有必要强调的是，我们在这里所指的分析哲学，与其说是指近代以来的某个具体的西方哲学流派，还不如说是泛指整个西方哲学，因为西方哲学从整体上而言，都是非常注重分析推理、逻辑思辨的，如果说中国传统哲学是一种注重感悟的哲学的话①，那么整个西方哲学就是一种不折不扣的分析哲学。

从上面对西方分析哲学的介绍中可以看出，分析哲学与我们前文所论述的感悟几乎是一对完全对等甚至相互对峙的概念。分析哲学属于论证、反驳、描述、举例和提出反证的传统，它模仿科学的研究风格，提出前提和理论，根据数据材料来检验，它的目标在于解决具体问题、难题和悖论，在回答这些问题中建构理论。分析哲学注重分析、注重实证的研究理路，要求人文科学也要像自然科学特别是数学和物理学那样精确，尤其是对语言特别重视，具有分析性、逻辑性、科学性、体系性以及可言说性等诸多特征。这种方法对认识世界是非常有意义的，它通过实验分析、比较、归纳，把自然界的各种事物和过程分解为各部分，把具体问题从总体中分离出来，把极复杂的问题划分为比较简单的形式和部分，然后一个部分一个部分地进行研究，这和朴素的整体观相比确实是前进了一大步。这种逻辑分析方法面向现实世界，对客观事物作实证性考察，并进一步加以深入解剖、分析，而后运用逻辑的归纳、演绎等推理手段，亦非常有利于揭示事物的本质和内在规律。但我们也必须指出，理性分析也并不是万能的，世界上的万事万物包括宇宙在逻辑上就并非仅仅依靠理性所能认识和把握的。因为人生有限，而宇宙是无限的，有限是不能认识无限的（斯宾诺莎语）。庄子云："吾生也有涯，而知也无涯，以有涯随无涯，殆矣。"② 卢梭亦云："人是生而自由的，但无往不在枷锁之中。"③ 意思也就是说，人生、宇宙仅仅依靠理性分析的方法是永远也不能认识清楚的，它有时候还必须靠整体把握，靠直觉感悟，靠生命体验。换句话说，对事物的认识，在理性分析不能把握的情况下，或许用生命去进行整体感悟不失为一

---

① 杨义先生认为，和西方分析的哲学相比，感悟是一种诗性的潜哲学或超哲学。参见杨义《感悟通论》第一节《中国智慧的优势所在》，《新国学》2005年第2期。
② 《庄子·养生主》。
③ ［法］卢梭：《社会契约论》，何兆武译，商务印书馆1980年版，第8页。

种更好的办法。就拿文学研究来说吧,理性分析的方法使得文学文本在这种层层分析中,意义逐渐明朗,文学理论的体系性、学理性也能得到很好的保障。但是,也正是在这种对文学的精确分析中,文学作为生命的特性被无情践踏,而且,把具有生命性的文学进行这种符号化的肢解,却并未能真正直达文学的本真。而用直觉感悟的方法去领悟文学,虽然具有某种神秘性、零散性,缺乏应有的学理性,不便于抽象规律的把捉和体系的建构,但是这种方式最大的优点是把文学当作可与交流的生命,能够从整体上用直觉方法去体认,这样在确保文学生命完整性的情况下,也往往能够真正体认和触摸到文学最本质的特性。

从总体上而言,感悟哲学与分析哲学代表了中西两个独立发展的哲学系统,是中西两种不同文化形态最深层的表征。不过,也必须指出的是,分析哲学与感悟也并非水火不容,它们之间亦有不少相通之处。比如它们认识的逻辑起点都是感性经验——分析哲学注重对感性经验的研究,感悟其实也很强调经验,艾伦·沃茨就曾经说,从本质上而言,"悟是一种顿然的经验"[①]。此外,在分析哲学那里,产生感性经验的源泉是什么,他们并不感兴趣,他们认为那是不可知的;在感悟论这里,由感到悟的内在经验的积累过程是什么,也是他们所忽视的,因为他们认为这是神秘不可测的,等等。这种种可以通约的地方充分表明,感悟与分析哲学之间既是对立的,更是互补的,它们完全可以走向某种深层次的融合。

正因为如此,西方近代以来的很多哲学家都想借助于东方的感悟思维,以改变西方哲学过于机械、死板的风格;而中国近代以后的很多哲学家也大量引进西方分析逻辑的思维,以改进中国固有的思维方式。比如杜威和罗素这两位在西方文化观念浸染熏陶下成长起来的大哲,在来到中国对中国传统文化有了初步了解之后,便对中国传统的天人合一、祥和宁静的文化特别是中国传统的注重整体把握的思维方式钦羡不已。现代耗散结构理论的创始人、诺贝尔奖获得者、比利时著名科学家伊·普里戈金亦曾经明确地指出:"中国的思想对于那些想扩大西方科学的范围和意义的哲

[①] [美]萧甫斯坦等:《禅与文化》,徐进夫译,北方文艺出版社1988年版,第80页。

学家和科学家来说,始终是个启迪的源泉。"① 我国近代以来亦有不少理论家和哲学家能够很辩证地看待中西文化以及各自所依赖的不同的思维方式,比如梁启超从欧洲考察归来后在其《欧洲心影录》里写道:"我不承认科学破产,也不承认科学万能。"② 意思也就是说,人的理性(科学)虽然并非万能,但也是很重要的,绝不至于破产。现代著名哲学家冯友兰亦曾经多次提出:"欧洲的哲学思想将由中国的直觉和体会来予以补充,同时中国的哲学思想也将由欧洲逻辑和清晰的思维来予以阐明。"③ "未来世界的哲学一定比中国传统哲学更理性一些,比西方传统哲学更神秘一些。只有理性主义和神秘主义的统一才能造成与整个未来世界相对称的哲学。"④ 这些先哲的论述无疑提醒我们,西方的理性分析和我国传统的感悟走向沟通、对话和融合,这不但是可行的,而且还将是未来学术发展的一个总的趋向。分析和感悟这两种从完全封闭的文化系统中孕育出来的认知世界的方式,它们各有优势,也各有缺陷,在本质上并无什么优劣之分,也不存在谁取代谁的问题,它们发展的最终路向是相互靠拢,汲取各自的营养,实现彼此的有机融会。列宁就曾经说过,真理再向前跨越一步就走向其反面——谬误。我们认为,科学的顶点是哲学,西方理性的盲点是东方直觉的亮点,科学解决不了的问题,要让位于哲学(艺术和宗教是哲学的不同形式),理性分析认识不了的东西要让位于审美直觉。两者的有机渗透,将是一种最完美的认识世界的方式。

正是基于上面的这种理论觉识,我们在本书中提出把中国传统的感悟思维和西方注重分析的理性思维融合起来,建立一种充满现代性的感悟诗学甚至感悟哲学,不但在理论上是合理的,而且在具体的实践中也应该是完全可以操作的。这是中西诗学和哲学未来发展的一种趋向。

---

① [比]伊·普里戈金等:《从混沌到有序——人与自然的新对话》,曾宏庆译,上海译文出版社1987年版,第1页。
② 转引自《胡适文集》第2卷第2册,北京大学出版社1998年版,第6页。
③ 冯友兰1934年在布拉格召开的第八届国际哲学会议上的发言《中国现代哲学》,见《三松堂学术文集》,北京大学出版社1984年版,第289页。
④ 冯友兰:《中国哲学与未来世界哲学》,《三松堂全集》第11卷,河南人民出版社1992年版,第512页。

第二章 中国传统诗学的感悟特性及其现代转型

一 中国传统诗学是一种感悟诗学

通过前一章对感悟的内涵及其相关概念的辨析，我们知道，所谓感悟，就是一种注重生命体验和直觉体悟，强调整体把握，立足于感性而又超越于一般感性的思维方式。感悟思维是中国传统的天人合一的宇宙观的产物，它渗透进了中国传统文化的方方面面，中国传统诗学即是一种典型的感悟诗学。对于中国传统诗学的这种感悟特性，很多诗学研究者都有所论涉，比如黄维樑在《诗话词话和印象式批评》一文中就曾经指出，中国传统诗学的特色在于"重自然感悟而排理性思考"，"一首诗，一个诗人的作品，甚至整个时代的作品，寥寥片语即概括之，正是'即感即兴，当下而成'"①。赵宪章把中国古代诗学归为文艺学经验方法的典型历史形态，并把传统诗学的特点概括为三点：一、审美的主体性。认为中国古代诗学注重审美主体在艺术实践中的意义，侧重从主体出发去接受和认识文艺现象，侧重对艺术的本质和现象作出主体性的规定。二、思维的浑整性。认为中国古代诗学不是解剖、剖析式的，而是把对象作为一个浑然的整体进行感悟，不像西方文论偏重用分析的方法认识审美对象，先把对象分解成不同的部分，再分别加以研究。三、表述方式的意会性。认为中国古代诗学讲求用直感、直观进行想象、体会，有非常明显的非确定性，

---

① 黄维樑：《诗话词话和印象式批评》，《中国古典文论新探》，北京大学出版社1996年版，第80页。

即意会性①。蔡镇楚在其《中国古代文学批评史》中亦指出,"同西方文学批评比较,在审美倾向方面,西方注重审美客体的审美属性,强调文学批评与审美活动中的理性认识特点;而中国文学批评与古典美学则注重审美主体、创造主体的审美意识,强调文学批评与审美活动中的感性体悟。在理论表述方面,西方偏重于理性分析,以逻辑思辨形态为主,鸿篇巨制,自成体系;中国……绝大多数偏重于感性直观,以经验积累形态为主,言简意赅的评点随笔多于长篇大论,形象性的表述多于抽象性的概括"②。在《中国诗学的文化特质和基本形态》一文中,著名学者杨义更是明确地提出中国传统诗学是一种感悟诗学。他说:"中国的诗学又是一种感悟的诗学。……中国的诗学从心讲到诗言志讲到诗缘情,它既有生命的深度和文化的厚度,又有感悟作为贯穿它的方法。诗人凭悟性聪明去作诗,追求无我如一、情志与外境相融合的审美境界,所以我们只有用感悟的方法来读中国的诗,才能找出一条确切的诠释中国诗学的方法。"③ 1937年,钱锺书在一篇题为《中国固有的文学批评的一个特点》的长文中,曾经把中国传统诗学的基本特征概括为:把文章通盘的人化,所谓人化,也就是生命化,钱氏在这里虽然没有提及感悟、直觉,但指出了传统文学批评注重生命体验的特点,无疑亦是对其注重感悟和直觉的特性的揭示,因为感悟是人的感悟,直觉亦是人的直觉④。

的确,感悟是中国传统诗学最基本的一种思维方式。我们知道,古代最常见的诗学文体是诗话、序跋、书信、杂感、点评,在这些文体中,诗论家都是直接立足于具体的文本之上,或三言两语、点到为止,或引发开去,敷衍成篇。这种感悟式的思维方法,注重的是审美经验的积累,强调个体的特殊感受和瞬间反应,诗论家追求的不是严密完整的作品解读,而是主客体内在精神的契合和心灵沟通。比如明末清初的毛先舒对欧阳修《蝶恋花》最后两句"泪眼问花花不语,乱红飞过秋千去"是这

---

① 赵宪章:《中国古代文论:文艺学经验方法的历史型态》,《文艺美学方法论问题》,暨南大学出版社2002年版,第212—223页。
② 蔡镇楚:《中国古代文学批评史》,岳麓书社1999年版,第34页。
③ 杨义:《中国诗学的文化特质和基本形态》,《中国社会科学院研究生院学报》2002年第5期。
④ 钱锺书:《中国固有的文学批评的一个特点》,《文学杂志》1937年第1卷第4期。

样点评的：

> 词家意欲层深，语欲浑成。……永叔词云"泪眼问花花不语，乱红飞过秋千去。"此可谓层深而浑成。何也？因花而有泪，此一层意也；因泪而问花，此一层意也；花竟不语，此一层意也；不但不语，且又乱落，飞过秋千，此一层意也。人愈伤心，花愈恼人，语愈浅而意愈入，又绝无刻画费力之迹，谓非层深而浑成耶？①

在这里，评说者没有对文本作理性的解剖和逻辑推演，也没有进行语义学的分析或音韵学方面的注解，而是尽力将自己的生命感受和诗人的生命感受相体合，复活诗人创作时的那种审美心境，并尽可能地沉入其中，与创作主体发生心灵的对话，听由自己的感悟蔓延开去。应该说，中国古代的文学批评家无不是如此，喜欢通过点评、感悟的方式说出自己对文学艺术的生命感受，他们既注重从整体上把握，但又很善于从某些小点上切入，边点边评，边感边悟。

而且，不只是一般的评论注重感悟，即便是纯粹的理论探讨，论者也很少进行理论上的阐释、分析，而大都是把自己对这一问题的独特理解和感受，以诗化的语言和具体生动、形象贴切的意象表述出来。后人在阅读它的时候，还必须调动自己既有的生活经验和生命感受去感悟它，补充它，激活它，方能获得一种理论的启思。比如司空图的《诗品》，该书是探讨诗歌之风格的，按今天的眼光来看，绝对是一部分析推理的理论著作，充满全篇的应该是诗歌风格的内涵是什么，诗歌风格的类型有哪几种，诗歌风格的表现形态是什么，诗歌风格是如何形成和衍变的，等等，但司空氏的《诗品》却迥异于此，书中的每一品都是一首十分精彩的十二句的四言诗，论者并没有作半点理论化的剖析和阐明，他只是把自己理想中的二十四种诗歌品格用活生生的一组组意象描述出来。比如：

---

① （清）毛先舒：《古今词论》。

> 娟娟群松，下有漪流。晴雪满汀，隔溪渔舟。可人如玉，步屧寻幽。载行载止，空碧悠悠。神出古异，淡不可收。如月之曙，如气之秋。
>
> ——《清奇》
>
> 玉壶买春，赏雨茅屋，坐中佳士，左右修竹。白云初晴，幽鸟相逐，眠琴绿荫，上有飞瀑。落花无言，人淡如菊，书之岁华，其曰可读。
>
> ——《典雅》

什么是清奇？又什么是典雅？诗论家无意界定，我们只有透过这一组组如诗如画、引人入胜的意象，根据自己平时的阅读感受和审美体验，把它们所构成的那种意境重现出来，方能体悟到诗歌风格中那种或"清奇"或"典雅"的大致含义，所谓"超以象外，得其环中"。近人郭绍虞《诗品集解》曾对"清奇"一品作了这样的诠释：

> 前六句写清奇之状。"娟娟群松，下有漪流"，是一种清奇境界；"晴雪满汀，隔溪渔舟"，又是一种清奇境界；"可人如玉，步屧寻幽"，更是一种清奇境界。……后六句写清奇之神。……"载行载止，空碧悠悠"，谓所触者只是清奇之境；"神出古异，淡不可收"，谓所存者只是清奇之想。心神出于高古奇异，自觉萧然淡远。"不可收"，亦状悠悠不尽之意。"如月之曙，如气之秋"，总结以上所言，再状清奇之神。……"如月之曙"，言月光清明；"如气之秋"，言秋高气爽。合而观之，则"空碧悠悠"、"淡不可收"之境，更觉形象化矣。

司空图的《诗品》是感悟的，郭绍虞的《诗品集解》同样也是感悟的。诗论家不把诗学的真义——所谓"象外之象，景外之景"说出来，因为真义是说不出来的，这就给后人留下了再度阐释的巨大空间，虽然这种感悟的深度是因人而异的，甚至是模糊的，但确实是灵动的，奇妙的。传统诗学的这种感悟特性，也正是它的生命特性之所在。这与西方诗学明显不同，西方诗学是唯恐理论阐释得不清楚，唯恐推理论证得不严密，根本不留给诗学领悟主体以自己思维和阐释的空间。这就是为什么西方诗学总是在后人推倒前人的基础上前进，而中国传统诗学则是滚雪球式的在众多生命的大合唱中演进的根本原因。

中国传统诗学的感悟特性还表现在诗论者喜欢运用比喻的方式来进行言说，从形象悟入，又以形象言出，整个诗学体悟和规律就全都蕴含在这形象中。比如宋敖陶孙《敖器之诗话》是这样评论曹操等二十九位历代著名诗人的：

> 因暇日与弟侄辈评古今诸名人诗：魏武帝如幽燕老将，气韵沉雄；曹子建如三河少年，风流自赏；鲍明远如饥鹰独出，奇矫无前；谢康乐如东海扬帆，风日流丽；陶彭泽如绛云在霄，舒卷自如；王右丞如秋水芙蕖，倚风字笑；韦苏州如园客独茧，暗合音徽；孟浩然如洞庭始波，木叶微脱；杜牧之如铜丸走坂，骏马注坡；白乐天如山东父老课农桑，言言皆实；元微之如李龟年说《天宝遗事》，貌悴而神不伤；刘梦得如镂冰雕琼，流光自照；李太白如刘安鸡犬，遗响白云，核其归存，恍无定处……

再如宋蔡绦《蔡百衲诗评》：

> 柳子厚诗，雄深简淡，迥拔流俗，至味自高，直揖陶、谢；然似入武库，但觉森然。王摩诘诗，浑厚一段，覆盖古今；但觉久隐山林之人，徒成旷淡。杜少陵诗，自与造化同流，孰可拟议；至若君子高处廊庙，动成法言，恨终欠风韵。黄太史诗，妙脱蹊径，言谋鬼神，唯胸中无一点尘，故能吐出世间语；所恨务高，一似参曹洞下禅，尚堕在玄妙窟里。东坡公诗，天才宏放，宜与日月争光，凡古人所不到处，发明殆尽，万斛泉源，未为过也；然所恨似方朔极谏，时杂滑稽，故罕逢蕴藉。……

再如清管世铭《读雪山房唐诗序例》：

第二章 中国传统诗学的感悟特性及其现代转型

> 五言古诗,琴声也,醇至淡泊,如空山之独往。七言歌行,鼓声也,屈蟠顿挫,若渔阳之怒挝。五言律诗,笙声也,云霞缥缈,疑鹤背之初传。七言律诗,钟声也,震越浑鍠,似蒲牢之乍吼。五言绝句,磬声也,清深促数,想羁馆之朝击。七言绝句,笛声也,曲折嘹亮,类羌城之暮吹。

以上只是从浩瀚的传统诗学论述中随意拈出的三例,第一例是品评诗人的,第二例是品评诗风的,第三例是品评诗体的,不管是品评什么,都是以形象的比喻来进行说明,或以景喻,或以物喻,或以人事喻,或以典故喻,或以乐声喻,比喻贴切、形象,且以排比句式出之,整齐美观,排列有序,还寓比较于比喻之中。记得我们在前章曾经说过,审美活动中的审美感悟是基于审美主体的直接感性参与的审美活动的基础之上的,"悟"的获得不是依靠理性分析、抽象思辨、逻辑推理,而是必须通过一种诗性方式,从审美的感性活动中生发,并以审美的感性形式体现出来①。很显然,传统诗学中的这种象喻式的论说方式,正是感悟思维的典型表现。

中国传统诗学的这种感悟特性,使得本来很烦琐、枯燥的诗学理论变得很形象,也很灵动,富有生命的气息。但一直为现代诗学研究者所诟病的是,注重感悟的传统诗学看起来似乎没有体系性和学理性。对于这一点,我觉得钱锺书先生的一段话足以引人深思。钱氏在论及中西文学批评时曾经说:"眼里只有长篇大论,瞧不起片言只语,甚至陶醉于数量,重视废话一吨,轻视微言一克,那是浅薄庸俗的看法——假使不是懒惰粗俗的借口。"② 的确,各民族的文学艺术及其理论都是本民族传统文化历史积淀的产物,打上了本民族文化性格的烙印。我国传统的感悟诗学即是深深地植根于传统文化的土壤之中的,和西方善于推理和分析、以体系见长的诗学理论相比,虽有其短,但亦有其长,中西诗学应该是取长补短,协同发展,而不应该妄自尊大或妄自菲薄。况且,若深究之,我国传统的感悟诗学其实也并非如有的论者所说的完全零散无序,亦不是仅仅流于感性和

---

① 参见第一章第一节的有关论述。
② 钱锺书:《七缀集·读拉奥孔》,上海古籍出版社1994年版,第30页。

表象。诚如第一章所论,虽然感悟抛弃了一切逻辑思维所需要的程序,如概念、判断、推理等,其认识过程是跳跃性的,瞬间性的,来无影去无踪,神秘叵测,是完全非理性的。然而,感悟同时又是非非理性的或超理性的,因为任何感悟其实又是建立在对宇宙人生长期的沉思冥想和静观默照中,是认识主体的人生经验甚至整个人类集体无意识的瞬间呈现,这其中又包含了许多理性的因素。正因为这一非非理性的特点,所以感悟往往能够直指本真,能够昭示一般的逻辑思维所不能触及的事物的最本原的东西。这就是说,并不是不以逻辑思辨为思维方式就一定是非理性的,感悟其实和理性并非水火不相容,而是相融互济的[①]。因此,我们不能太绝对地说传统感悟诗学没有逻辑和体系,它在对感性意象的描述中,其实也蕴含着某种内在的逻辑或内在的体系,有论者把这种内在的逻辑或体系叫作"潜逻辑"或"潜体系",或者叫"超逻辑"或"超体系"。在这里,我们仍然以司空图的《诗品》为例来对这一点进行说明。通过前文的分析,我们知道,《诗品》没有半点理论化的阐释,是诗化的,意象化的,但我们又不能因此说《诗品》仅仅停留在感性层面,因为在这诗化的语言表象下面,其实是深深地凝结了司空图对浩瀚的文学史上无量数的诗歌作品所进行的审美感悟,蕴含了他无限丰富的关于诗歌风格及诗歌创作的体悟和洞见。有论者就曾经指出,《诗品》"以韵语形式,以造境的方法,通过诸多意象和生动的语言描绘,将二十四种抽象的诗歌风格类型的逻辑思维与形象生动的艺术思维巧妙地融为一体","达到了唐代诗歌艺术论的理论峰巅,对后代诗歌风格论产生了不可估量的深远影响"[②]。清人孙联奎甚至认为,《诗品》从一部整书到每一品,都具有完整的思想体系和结构。"总通编言,《雄浑》为《流动》之端,《流动》为《雄浑》之符。中间诸品则皆《雄浑》之所生,《流动》之所行也。不求其端而但求流动,其文与诗有不落空滑者几希。一篇文字,亦似小天地,人亦载要其端可矣。"[③] "苟非深

[①] 参见第一章第三节的有关论述。
[②] 蔡镇楚:《中国古代文学批评史》,岳麓书社1999年版,第231页。
[③] (清)孙联奎、杨廷芝:《司空图诗品解说二种》,齐鲁书社1980年版,第51页。

于诗者，不能得言外意也。"① 论者此言，应该说是极中肯綮的。

要之，我们认为，中国传统诗学是一种感悟诗学，其运思的过程是流动的，富有生命气息的，是生命对生命的感悟。这种生命对生命的感悟，虽然"没有经过现代理性的阐释、分析、思辨和重构，难免笼统含糊散乱，甚至带点神秘，但它的内在品质却非常灵动、精粹、奇妙，具有独特的穿透力和整体性"②。中国古代感悟诗学，以其独树一帜的姿态向世界诗学宝库贡献了"虚静"、"得意忘言"、"风骨"、"滋味"、"妙悟"、"意境"、"神韵"等一系列极具民族性当然也是原创性的诗学命题和诗学资源。

现在的问题是，中国传统诗学为什么是一种感悟诗学？对于这一问题，我们曾经在第一章论述感悟的特点的时候顺带阐述过。我们认为，感悟诗学的兴起与中国传统的宇宙观有关。中国古代哲学认为，世界本相是由阴阳二气交织而成的一个生命整体，人对宇宙万物的体认，是生命对生命的体验和沟通，而生命是不能肢解的，只有用整体浑然的感悟直观才能对应把握，也只有用整体性感悟直觉才能安放"心"、"神"，获得更加真实的有价值的感受。在这种宇宙观和哲学观的支配下，我国传统诗学历来把文学视为能够与之交融会通的生命，从来不去分割文学，而是力争从整体上去感悟、体验，去进行生命与生命的应合。我国传统诗学是以心物之间的感通为审美活动的基础，以抒写实际生活的感受为文学表现的内核，以情、景的交会为诗歌意象的圆成，以感动和感化人心为艺术功能的极致，整个过程都没有离开生命的感悟活动，是以生命形式对生命形式的情感交换为特征的。很显然，在这一点上，西方诗学与我国传统诗学截然相反，由于西方哲学是主张主客对立，主张人对外在世界的征服，外部世界在人这里，都只不过是一个客观的死的物理世界，即使文学艺术也概莫如此，因此西方的诗学就从来没有把有生命的文学当作一种生命来看待，他们喜欢采用客观剖析的方法和长篇大论的逻辑推理，把本来尚有生命的文学肢解得支离破碎。中西诗学在这方面所存在的异质性，主要是宇宙观的

---

① （清）孙联奎、杨廷芝：《司空图诗品解说二种》，齐鲁书社1980年版，第73页。
② 杨义：《感悟通论》，《新国学》2005年第2期。

根本不同使然。

关于中国传统诗学注重感悟直观的原因，还有其他论者也进行过一些相关的探讨。叶嘉莹在《王国维及其文学批评》中，在阐述中国为什么始终未发展出一套体系精严的文学批评理论这一问题的时候，曾经总结出三点原因：其一，汉语语言的自由特质所使然。叶氏云："语言的组合方式也便是民族思维方式的具体表现。中国语言的组合在文法上乃是极为自由的，没有过去、现在与未来的时态的区分，没有主动与被动的语气，也没有阳性与阴性及单数与复数的区分，而且对于一些结合字句的词语如前置词、接续词、关系代名词等也都不加重视，一切都有着绝大的自由，因此在组成一句话时，主语、述语与宾语以及形容词或副词等都可以互相颠倒或竟尔完全省略，而且在行文时也一向没有精密的标点符号。具有这种语言特征的民族，其不适于做严密的科学的推理式的思考岂不乃是一件显而易见的事。"其二，中国独特的思维方式的产物。叶氏指出："中国的思维方式还有一个特征，那便是重视个别的具象的事物而忽略抽象的普遍的法则。中国人喜欢从个别的事例来观察思索，而不喜欢从多数个别者之间去观察其秩序与关系以建立抽象的法则，所以中国的诗话词话便大多乃是对于一个诗人的一首诗或一句诗甚至一个字的品评，或者竟然只是一些与作品无关的对诗人之逸事琐闻的记述，而却从来不愿将所有作品中的个别的现象归纳出一个抽象的理论或法则。甚至在触及极抽象的问题时也仍然只予以具体的形象化的说明……总之中国人忽视客观的抽象法则之建立，乃是中国文学批评缺乏理论精严之著述的一个重要原因。"其三，儒、道、佛思想的综合影响。叶氏认为，"中国人的思想乃是以儒家思想为根本的，重视实践的道德，也重视文学的实用价值。这种思想影响及于文学批评，所以衡定作品既往往以其经世致用的价值为准，而发言立论也往往喜欢尊崇往古依托圣贤以自重。这种崇古载道的文学观，无疑的乃是限制了中国文学批评理论之发展的另一个原因。而且除去儒家思想以外，另外还有两种思想也曾给予中国文学批评以极大之影响的，那就是老庄的道家思想和佛教的禅宗思想。如我们在前面所言，中国民族的思维特色原就比较偏重于具象及直观的方式，而老庄的思想则更重在爱好自然而弃绝人为，因此中国人对于文学乃形成了一种想要超越寻常智虑而纵情直观的欣赏态度。至于印度的佛学，则虽然有其因明学一派严密的理论，可是这种思辨方式与中国的民族性并不相合，所以佛学传入中国以后，给予中国影响最大的乃并非因明之学而却是禅宗之学。禅宗自灵山会上世尊拈花迦叶微笑的传法方式开始，所倡示的乃是'不立文字''见性成佛'。这种'直指本心'的妙悟方式，融会了道家的弃绝智虑的直观态度，于是乃形成了中国偏重主观直觉一派的印象式的批评。更加之以中国文士们对于富于诗意的简洁优美之文字的偏爱，所以在文学批评中也往往不喜欢详尽的说理，而但愿以寥寥几个诗意的字来掌握住一个诗人或一篇作品的灵魂精华之所在。这种直观印象式之批评的风习和偏爱，乃是使中国文学批评不易发展成为体系精严之论著的另一个重要的原因"[1]。应该指出的是，叶氏所阐述的这三点原因，并非专门论述传统感悟诗学的成因的，但仔细揣摩，与我们的论题其实是非常吻合贴切的，它也很全面地剖析了中国传统诗学注重感悟和直觉的深层次原因。

除此之外，蔡镇楚在《中国古代文学批评史》"绪论"中，对"中国文学理论批评，刘勰之后为何再没有出现《文心雕龙》之类体大虑周的理论批评专著"这一问题的回答，对我们的思考也颇有借鉴意义。蔡氏亦提出了三点：第一，这是中国古代文学理论批评专门化之必然。蔡氏认为，自很早开始，中国文学批评的注意力就过于集中在"诗"这一文体身上，倾向于诗歌批评与诗歌理论，呈现出一种专门化的趋势。所以，像《文心雕龙》这样包罗总杂、体大虑周的比较理论性、思辨性的文学理论著作就很难产生了。第二，中国古代文学批评的实际要求所决定的。蔡氏指出，中国古代文学批评一个最大的特点，就是批评与创作的结合，理论批评与实际批评结合，强调创作经验的理论升华与批评的针对性，而远离创作实际的批评，不管怎样富于思辨性、逻辑性，不论作何种长篇大论，都犹如无的放矢，毫无实际价值。第三，诗话之崛起，改变了中国古代文学理论批评体式的原初格局。蔡氏说，诗话的个性是闲谈式的、随笔式的；诗话

---

[1] 叶嘉莹：《王国维及其文学批评》，广东人民出版社1982年版，第131—133页。

的风格是轻松的、自由活泼的；诗话的体制是由一条一条互不相关的论诗条目连缀而成的、是富有弹性的。诗话行文运笔自然流畅，平易生动，雅俗共赏，是属于"平民"式的文学批评，因此历史选择了诗话作为中国古代文学批评的主要形式①。就传统感悟诗学的形成而言，我觉得蔡氏所论尤其是第二点是不无道理的。我们知道，古代是没有专门的批评家的，批评家就是创作者，创作者也往往就是批判家，这一特点使得古代文学批评中批评和创作结合得非常紧密，两者在很大程度上是相通的，批评呈现出创作化或者叫批评诗化的倾向，创作是注重感悟的，注重审美经验的积累的，因此批评也注重感悟，也很讲究审美经验的积累。这可能是传统感悟诗学兴起的现实基础。当然，蔡氏所提及的诗话的崛起改变了中国古代文学理论批评体式的原初格局，这一点也是不无启示的，传统感悟诗学的存在形态——诗品、词话、曲话、文话、剧话、小说评点甚至题记序跋等，莫不是受诗话的影响，它那种闲谈式的、随笔式的、轻松的、自由活泼的诸多特点，也都是和诗话的崛起不无关系。

综上所述，我们认为，中国传统诗学是一种感悟诗学，它的形成原因是多方面的，但最根本的原因是文化的原因，是民族文化性格的结晶。应该说，千百年来，传统感悟诗学以其灵动、形象、微言大义、贴近文学创作实践的特色和优势，一直在不断地衍生和发展着。但是，自近代以来，随着历史文化语境的变迁，也随着西方理性诗学的大量涌入，传统感悟诗学本身所固有的不足，比如触物引申、随感而发的主观随意性，范畴、概念的模糊性和对严密逻辑性的忽视等，日益暴露出来，由原来的唯我独尊逐渐成了近代激进的知识分子所针砭、攻击的对象。为了适应新的历史文化语境，为了满足不断丰富和发展的文学实践的需要，特别是为了和外来理论在学理上进行更好的融通，传统感悟诗学虽然不能说已经走到了尽头，但确实已经面临着一个被注重分析推理的西方理性诗学所淹没的危险，亟待实现自身的现代转型。

---

① 蔡镇楚：《中国古代文学批评史》，岳麓书社1999年版，第35—36页。

二 传统感悟诗学的现代转型

1. 何谓"现代转型"?

"现代转型"是当前学术研究中使用频率最高的一个流行术语,但是,到底什么是"现代转型",却一直没有一个确切的说法。若简单地从字面上而言,所谓现代转型,也就是指由古代形态向现代形态转变。但这里最大的问题是,如何理解"现代"的内涵?也就是说,什么样的形态才算"现代形态"?要回答这个问题,我们不得不牵出"现代性"(modernity)这一概念。我们知道,所谓现代性,是从西方引进的一个术语,虽然,目前西方对"现代性"的历史内涵和哲学意义仍然是人言言殊、莫衷一是①。不过,一般研究者达成的基本共识是:所谓现代性,是指文艺复兴以来,尤其是欧洲启蒙运动以来西方的历史和文化②。也就是说,现代性是对应于西方历史的一个特定时期,主要是指18世纪以后的西方历史,它标志着启蒙运动和资产阶级政治革命的历史巨变中形成的新的时代意识。这一界定很显然只是针对西方文化和社会发展而言的,如果说这仅是西方人所指称的现代性的话,当然是无可指责的。问题是,我国的很多学者却把这种西方的现代性当作一种世界通行的准则,以西方现代性的基本价值目标作为衡量标准,来对中国现代性进行理论上的认定。比如有论者就曾经说过:"中国的现代性,是对西方近三百年(如文艺复兴时算起则更长)历史进程中积淀的现代性文化资源进行整合和接受的结果。""'现代性'概念在西方'是一种直线向前、不可重复的历史时间意识',在中国,固然

---

① 比如,米歇尔·福柯把现代性作为一种"态度"来看待,认为现代性也就是对所谓的英雄时代的竭力塑造;在利奥塔看来,现代性是指依靠元叙事、宏大叙事建立起来的观念、思想和知识,也可具体化为启蒙运动以来关于理性、启蒙、解放和进步等的知识体系;哈贝马斯则把现代性作为由"交往理性"支撑的"一项未完成的方案"加以界定,提出了建立以"主体间性"为中心的"交往理性"这一现代性方案;安东尼·吉登斯把现代性定义为一种社会文化的思维上与实践上的反思机制;弗雷德里克·詹姆逊则对现代性提出了四点比较笼统的看法:(1)现代性是不能分期的;(2)现代性不是一个概念,而是一种叙事;(3)主体性是不可再现的,而只能进行情景化的叙述;(4)关于现代性的讨论必须关注现代性与后现代性之间的断裂,等等。不一而足。

② 于闽梅:《异向共建:梁启超、王国维与中国文论的现代转型》,北京师范大学,2003年博士学位论文,第1页。

也代表着时间,却更倾向于一种空间化的时间意识,具体说,就是与中国传统之'过去'没有关联的'西方'所代表的'现在'。"① 在文学批评的具体实践中,亦有论者把西方现代性当作了放之四海而皆准的真理,比如 1997 年,在杨春时、宋剑华合写的《论 20 世纪中国文学的近代性》一文中,就拿西方现代性观念来观照 20 世纪中国文学,认为 20 世纪中国文学并不具有鲜明的理性精神(工具理性和人文理性),没有对现代性的批判,因此和西方现代文学相比,还远远算不上是具有现代性的文学,而充其量只是近代性的文学。对这些论断中可能存在的某些误差,学术界已有深入的讨论②。但是关键的问题是,持有这种观点的人却并非个别,正如有研究者所指出的:"对于中国文学批评现代性以及对于中国文学理论现代性的界定,这种以西方现代性为唯一标准的思考方式至今仍很有市场。"③ 在这些论者这里,毫无疑问,现代性实际上就等同于了西方性,"西方"几乎就是"现代"的一个代名词。因此,在他们看来,所谓现代转型,实际上就是向西方转型,当然,所谓的现代形态,实际上也就是西方形态了。

应该说,从某种意义上讲,这种观点也不能说是绝对错误的。因为我们都知道,"中国的现代化是在西方资本主义殖民扩张的压力下发生的,是外缘性的而不是自发的"④。"晚清以来,中国的现代性追求,一直伴随着坚定而持久的'进步理性主义'。进步理性主义,将社会历史过程看作以'进步'为方向的线性发展图式,这种观念,并不是传统中国文化的观念(传统中国文化观念是一种循环的观念),而是西方现代文化的观念。""从晚清到五四,中国对现代化的追求,尽管有一种历时性的变化,但这个过程的逻辑指向却是明确的,就是'西方化'。……中国的现代性,有两个鲜明特征:一是确立了以'进步'为指向的社会文化的线性发展图式;二是确立了以西方物质文明、制度文明和精神文明为典范的

---

① 杨联芬:《晚清至五四:中国文学现代性的发生》,北京大学出版社 2003 年版,第 7 页。
② 参见宋剑华主编《现代性与中国文学》,山东教育出版社 1999 年版。
③ 姜文振:《中国文学理论现代性问题研究》,人民文学出版社 2005 年版,第 38 页。
④ 谭好哲等:《现代性与民族性:中国文学理论建设的双重追求》,社会科学文献出版社 2005 年版,第 13 页。

坐标。"① 意思也就是说，中国的现代性在很大程度上确实是西方化的产物，甚至一直以来都是以西方化作为最高的追求的。因此，有人说现代性就是西方性或者现代转型就是向西方转型，也是不无道理的。

但是，这种观点的致命之处在于，它完全脱离了中国社会文化发展的语境，过分强调了中国现代性的发展外因，自觉或不自觉地走向了西方中心主义的窠臼②。我们知道，中国现代性固然是在西方强势文化冲击下被迫发生的，但它更有其自身的原因和内在演变的规律（后面将有具体论述），中国现代性绝不是西方现代性的中文版。因此，对现代性的理解，决不能仅仅以西方现代性为圭臬，而应该充分考虑到中国现代性生成的文化传统和历史语境。全盘西化不能成为中国社会和文化发展的出路，只有立足于民族传统，在中与西、古与今的交叉融通和有机汇合中，才能完满地实现中国现代性的建构。布莱克在《日本和俄国的现代化》一书中就曾经指出，"忘掉自己的历史传统而采纳西方或欧洲式的现代价值标准和制度"③，是非常错误的。爱森斯塔特亦认为："传统中的一些重要组成部分（如家庭、社区，甚至包括政治制度）的瓦解，所导致的往往不是现代化，而是解组、断裂和混乱，此种情形不利于有生命力的现代秩序的建立"，因此，"无论传统社会与现代社会在理论上有多大区别，有生命力的现代社会的建立实际上在相当大的程度上依赖于传统社会中的某些因素"④。对此，鲁迅先生早在 1907 年撰写的《文化偏至论》中就非常睿智地指出："明哲之士，必洞达世界之大势，权衡较量，去其偏颇，得其神明，施之国中，翕合无间。外之既不后于世界之思潮，内之仍弗失固有之血脉，取今复古，别立新宗，人生意义，致以深邃，则国人之自觉至，沙聚之邦，由是变为人国。人国既建，乃始雄立无前，屹然独见于天下。"⑤ 吴宓先生

---

① 杨联芬：《晚清至五四：中国文学现代性的发生》，北京大学出版社 2003 年版，第 10—11 页。
② 在全球现代化的过程中，西方中心主义往往蓄意将"西化"与"现代化"或"现代性"相混淆，制造"现代化"或"现代性"就是"西化"的误识。
③ [美] 西里尔·E. 布莱克等：《日本和俄国的现代化：一份进行比较的研究报告》，周师铭等译，商务印书馆 1983 年版，第 24 页。
④ [美] 爱森斯塔特：《传统、变革与现代性——对中国经验的反思》，参见谢立中、孙立平编《二十世纪西方现代化理论文选》，生活·读书·新知三联书店 2002 年版，第 1087—1089 页。
⑤ 鲁迅：《文化偏至论》，《鲁迅全集》第 1 卷，人民文学出版社 1973 年版，第 53 页。

亦主张开明审慎地吸取中西文化的精华，云："文化者，古今思想言论之最精美者也，按此则今欲造成中国之新文化，自当兼取中西文明之精华而熔铸之、贯通之。吾国古今之学术、道德、文艺、典章，皆当研究之，保存之，昌明之，发挥而光大之。而西洋古今之学术、道德、文艺、典章，亦当研究之，吸取之，译述之，了解而受用之。"① 这就是说，中国现代性的建构，不能习惯性地满足于对西方理论言说的照搬照套，而应该关注中国现代性发生的具体语境及其理论构成和呈现方式的特殊性，说得更准确点，就是应该有一种中西融通的意识，完全自我封闭固然不行，完全西化也同样不行②。"对我们来说，结合中国传统思想的现代性改造，吸收西方理论家现代性阐释的某些观点，反思中国学术现代化历史和现实的特殊性，以应和价值设定的时代性需求，是一种可取的立场。"③ 因此，我们所理解的现代性，就绝不应该仅仅是西方性，而应该是既包括西方性，同时又蕴含着我们自身的民族特性和文化品性④。所谓的现代转型，也就不是

---

① 吴宓：《论新文化运动》，《五四前后东西文化问题论战文选》，中国社会科学出版社1989年版，第555—569页。

② 在建构现代性的过程中，我们在对待西方和传统上常常陷入非此即彼的误区，主要表现为盲目西化和鄙弃传统。有论者指出："在对传统和西方的态度上，常常是在中西的平面上向西方游移，也就是将西方的文化以范畴、观念、体系的形式平移到我们的语境中直接运用，这是'一个充满陷阱的困境'。另一个问题是对传统的疏离态度。现代化的社会和历史主题使传统处于被动境地，从传统继承来的东西微乎其微，致使我们失去了自己的文化坐标。"参见谭好哲等《现代性与民族性：中国文学理论建设的双重追求》，社会科学文献出版社2005年版，第26页。

③ 谭好哲等：《现代性与民族性：中国文学理论建设的双重追求》，社会科学文献出版社2005年版，第11页。

④ 关于这一点，王一川先生在《中国现代文论的现代性品格》中结合中国现代文论的现代性品格亦有相似论述："断言中国现代文论没有自己的独特品格，也是片面的，没有同时看到现代文论所必然地呈现的自身品格，例如它生成的中国本土因子以及携带的传统性因子。只谈一点而不谈另一点必然是片面的。归结到基本的理据上，上述片面观点导源于一种错误的知识预设：似乎世界上存在着发源于西方、并因而必然地也等同于西方的那种唯一的现代性。正像美国学者罗丽莎所批评的那样，这种观点假定现代性是来自西方的一个'普遍模型'，而其他后发的现代性不过是这个'普遍模型'的'简单翻版'而已；同理，似乎这个西方主导的普遍主义的'现代性在任何地方都能导致同样的实践和效果'。好像你既然是现代的，就不得不是西方的。实际上，这种普遍主义的现代性模型忽略了一个基本的事实：任何一种后发现代性进程或国度都会对现代性的普遍主义导向做出激烈抵抗和拆解，或者更确切点说，都会在惊羡中表达激烈的怨恨情结。这表明，不存在真正的普遍主义的现代性模型，有的只是在本土语境的抵抗中发生变异的多种现代性或他者现代性，从而现代性具有必然的本土依存性和本土具体性。"参见王一川《中国现代文论的现代性品格》，《文学评论》2007年第5期。

简单地向西方转型,而应该既立足传统,立足本民族特有的文化历史语境,充分考虑到传统文化在学术现代转型中的内在作用,又借鉴西方,以开放的胸怀,吸取一切外来的有益因素和成分。借用鲁迅先生的一句话,现代转型的最高目标应该是,"外之既不后于世界之思潮,内之仍弗失固有之血脉,取今复古,别立新宗"。

阐明了"现代转型"这一概念的内涵,再具体到中国传统诗学的现代转型这一问题来说,我们认为,传统感悟诗学要进行现代转型,同样也就不是一般所理解的用西方的理性思维取代传统的感悟思维就万事大吉了。的确,他山之石,可以攻玉。我们在感悟诗学现代转型的过程中,必须要借鉴西方诗学的一些观念、方法、范式和话语,特别是要学习西方诗学那种鲜明的思辨性、学理性和体系性,在理论批评层面,形成一定的理论体系,在实际批评的层面,形成一定的批评模式。但是,在我看来:一、我们对西方诗学只能是借鉴参照,而不能照搬套用,因为西方诗学终究只是关于西方文学的理论,它并没有把中国的文学实践和文学问题纳入其视野。西方诗学也许可以阐释某些中国文学现象,却并不能解释全部中国文学艺术问题。幻想一劳永逸地食取西方诗学之唾液,不顾自身诗学的传统,也不顾民族诗学生成的历史语境,这是永远也不能实现传统诗学的现代转型的。二、传统诗学注重感悟的品性,这是数千年来民族文化积淀的结果,并不是说取代就取代得了的。即使经历了五四新文化运动那种对传统的决绝态度,感悟作为一种民族思维方式,其发展线索也未曾真正间断,仍然在潜滋暗长。而且,正如有的论者所说的,"一些具体的、有益的文化/文学传统并未终结,而是在告别传统之后有着潜在的回归"[①],感悟思维即是如此。近现代以来,虽然越来越多的中国人习惯操持着西方科学的、理性的思维方法来进行思维和表达,但这其中仍然有很多人在潜意识里自觉或不自觉地运用感悟思维,比如我们在后文将要专题论述的王国维、宗白华、梁宗岱、朱光潜、闻一多、朱自清、李健吾、钱锺书等,他们大都有意识地学习借鉴过西方的理性思维方式,但感悟仍然是他们进行

---

① 姜文振:《中国文学理论现代性问题研究》,人民文学出版社 2005 年版,第 104 页。

诗学运思的思维本能（正是他们，以自己不菲的研究实绩推动了传统感悟诗学向现代转型的发生与发展）。

由此可见，传统感悟诗学的现代转型，同样不是也不能简单地理解为把感悟思维否弃掉，用西方理性思维取而代之就可以了，这种想法只是一种理论上的假定——在理论上如此假定都是很危险的，在事实上是根本不可能的。真正可行的思路应该是，以一种开放的态度，既立足于传统，又放眼于西方，把感悟思维和理性思维有机融合起来，实现中西诗学在内在思维方式上的融通。杨义先生曾经说过，"悟性得来的东西，还需要经过事实的验证和理论的推衍而形成创造性的体系。……必须把感悟继之以条理清楚的分析，成为有体系，有结构，有不同层面的理论形态"。也就是说，现代意义上的感悟，应该是"介于感性与理性之间，是感性与理性的中介，同时是二者的混合体，是桥梁"，是一种"理性的直觉"或"直觉的理性"[①]。

2. 传统感悟诗学现代转型的历史文化语境

如前所述，感悟诗学是中国传统文化的结晶，是农耕文化中天人合一的宇宙意识在诗学上的体现。数千年来，中国文化生态系统一直在维系着自己的内在平衡，几乎没有受到过比自己强大的外来文化的干扰，因此，依托于这种文化生态系统的感悟诗学也一直没有太大的变更。虽然，在齐梁间也曾出现过刘勰《文心雕龙》这样"体大虑周"、富于理性分析和逻辑思辨的理论著作，但引人深思的是，此后的中国诗学却并没有沿着《文心雕龙》这种理论格局发展下去，走的依然是强调感性体悟的感悟之路，诗学样式照例是题序跋记、评点诠释、诗品、诗话、词话、曲话、文话、赋话、四六话、剧话、小说话之类，几乎再没有出现过长篇大论的诗学论著。这种局面到了近代（一般认为中国自1840年鸦片战争以后即开始进入近代）才发生根本性的改变。

近代以来，西方列强纷纷入侵中国，腐朽的晚清政府在军事上简直不堪一击，古老的帝国国门被侵略者的坚船利炮轰开，西方文化哄然而入，

---

① 杨义：《感悟通论》，《新国学》2005年第2期。

对中国传统文化发起了摧枯拉朽式的冲击,一直以传统自傲于世界的华夏子孙逐步丧失了民族的自信心,人们对传统文化也渐次失去了既有的虔诚和敬仰心理,反传统思潮逐渐形成,并一浪高过一浪。具体到思维和文学而言,自1894年中日甲午战争以后,西方注重逻辑思辨的理性思维方式和注重分析推理的诗学理论,开始对中国传统的感悟思维和感悟诗学形成巨大的挑战,人们争先恐后地学习西方科学的、理性的思维方法,争先恐后地引进西方各种富有思辨性、学理性的诗学理论。一段时间下来,中国固有的感悟思维对于中国现代思想文化界来说已逐渐变得生疏和遥远,而相反,西方理性思维的方法却慢慢地深入人心。数千年都未曾遭遇大变的感悟诗学似乎已经走到了历史的尽头。但是,感悟并没有因此消亡,而是内化为人们的一种思维本能,在艰难的阵痛中寻找着自己的现代转化之路。

(1) 反传统思潮的兴起

我们知道,中华民族历来是一个重视传统、法古崇圣的民族。康有为就曾经说:"人情多安旧习,难于图始,骤与更改,莫不惊疑,虽以帝王之力,变法之初,固莫不衔橛惊蹙者。"① 然而,近代以来一次又一次的战争失败,一次又一次的割地赔款,一次又一次的丧权辱国的条约的签订,一个顽强地信守传统主义的民族却走向了反传统,这是一个充满民族苦痛和耻辱的过程。

清道光二十年(1840年),经历过了资产阶级革命、政治经济势力都位列当时世界第一的英帝国,以"兵戎相见"的方式敲开了古老中国的大门,从此以降一百余年间,西方列强纷纷效仿英国对中国发动了频繁的军事侵略,西方文化亦随之如洪水般涌入。但是,客观地讲,中国士大夫对西方文化的接受是有一个艰难的过程的。第一次鸦片战争的失败,对当时中国政治与文化的冲击并不是很大。左宗棠在《海国图志》重刻本"叙"中曾经感叹:"自林文忠公被革后二十余年,事局如故。"梁启超亦云:"(鸦片战争)后二十余年,叠经大患,国中一切守旧,实无毫厘变法之说。"② 1860年英法联军入侵北京,咸丰"车驾北狩",圆明园焚于一炬。

---

① 康有为:《孔子改制考》卷13。
② 梁启超:《戊戌政变记》,《饮冰室合集·专集》之一。

当帝国首都的古老城墙上"悬起彼国五色旗",中国官僚士大夫才引起空前的震动。"庚申之变,目击时艰,凡属臣民,无不眦裂。""士大夫见外侮日迫,颇有发愤自强之意。"① 当时,一些觉醒的士大夫认为,中国之所以接连在战争中落败,主要是因为枪械装备落后,于是不顾守旧派指斥为"直欲破坏列祖列宗之成法以乱天下",发起了一场纷纷烈烈的洋务运动。但质言之,洋务运动虽然在客观上冲击了传统社会,而洋务派们在主观上却并不是反传统的,他们承认在坚船利炮上不如人,而在精神文化上却仍然充满着优越感②,他们主张"中体西用",事实上还是要努力维护中国传统社会的格局,"重新确立或'中兴'旧的儒家制度"③。真正给中国朝野上下以巨大震惊的是1894年的中日甲午战争,中国败于"蕞尔小国"的严酷现实以及《马关条约》的签订、辽东与台湾的割让,让中国人面临着亡国灭种的巨大威胁。梁启超曾经说:"唤起吾国四千年之大梦,实甲午一役始也。"④ 于是,"家家言时务,人人谈西学"⑤,"上自朝廷,下至人士,纷纷言变法"⑥。是役以后,中国人的文化失败感与文化失望感便迅速在上下各阶层蔓延开来。比如谭嗣同就曾经不无痛心地说:"中国举事著著落后,浸并落后之著而无之,是以陵迟至有今日。"⑦《大陆》发刊词更以愤激之词述说着他们的感受:"陋哉,我支那之大陆乎!古之大陆,为开明最早之大陆;今之大陆,为暗黑最甚之大陆;他之大陆,为日欣月盛之大陆,我之大陆,为老朽腐败之大陆。士抱残缺之故纸,而大陆无学问;工用高曾之规矩,而大陆无技艺;其才智皆沉溺于利禄之中,而大陆无气节;其风俗皆惑于偶像之教,而大陆无教化……故吾一思之而未尝不为大

---

① 郑观应:《易言·自序》(二十四篇)。
② 如一名叫邓嘉缉的士大夫就充满信心地宣称:"中国之道如洪炉鼓铸,万物都归一治。若五胡,若元魏,若辽金,若金元,今皆与我不克辨也。他时(洋人)终必如此。"(邓嘉缉:《复杨缉庵书》,《扁善斋文存》上卷。)
③ 费正清、赖肖尔:《中国:传统与变革》,江苏人民出版社1992年版,第318页。
④ 梁启超:《戊戌政变记》,《饮冰室合集·专集》之一。
⑤ 欧榘甲:《论政变与中国不亡之关系》,《中国近代史资料丛刊·戊戌变法》(三),第156页。
⑥ 梁启超:《戊戌政变记》,《饮冰室合集·专集》之一。
⑦ 谭嗣同:《报贝元征》,《谭嗣同全集》(增订本),中华书局1981年版,第205页。

陆耻也!"① 相似的言辞还可见于汉驹的《新政府之建设》,云:"横瞰欧美之光明政局,旁探近代之革命性历史,注目于其社会,关心其国事,每有一种葱葱勃勃伟大昌盛之气象,目击焉而心花开,耳触焉而气概扬,不知不觉间激其吾欢欣歌舞羡慕恋爱之一片良感情,跳跃于心头不能自镇;返照吾神州之山河,回顾吾祖国之社会,注目于政海中,留心于国事上,忽焉变一境界易一天地,转有一种昏沉黑暗肃杀萧条之景况,目击焉耳触焉,忽而可泪涟涟,忽而可发冲冠,不知不觉间挑动吾悲伤怨恨忧怒哀郁之一团恶感情,突兀于脑里而莫由以已。"② 如此言论,不胜枚举,甚至还有失去理智的过激之论,比如,"呜呼,吾人何不幸而生于斯时,长于斯时!呜呼,吾人何不幸而生于斯地,长于斯国!"③,由此可以窥见当时知识分子对传统文化极度失望之一斑。

带着这种巨大的文化失败感,世世代代浸泡在孔孟老庄传统文化里的中国人,争先恐后地接受西方近现代文化的滋养,"在这种新鲜知识中,介绍进来了大量新鲜的理论、观点、标准、尺度,使人们知道了原来除了古圣先贤之外,世界还有那么多精深博雅的思想和道理、原则和方法。也正是从封建文化与资产阶级文化的这种对比映照中,才使人们感到自己民族的落后,才更强烈地燃烧起救国和革命的热情。一切夜郎自大、坐井观天、抱残守缺、因循守旧,都在这种知识和观念的宣传介绍中不攻自破,褪去神圣的颜色,失去其不可侵犯的尊严,而受到理性的怀疑和检验"④。

文化精英们开始对民族传统文化进行深刻的检讨,文化检讨的结论有两点⑤:第一,面对数千年未有之历史巨变,中国传统文化已经不足以应付时艰。比如黄节、邓实等人就认为:"宇内士夫,痛时事之日亟,以为

---

① 《"大陆"发刊辞》,《辛亥革命前十年间时论选集》第1卷上册,生活·读书·新知三联书店1963年版,第262页。
② 汉驹:《新政府之建设》,《江苏》1903年第6期。
③ 汉卿:《宣言书》,《辛亥革命前十年间时论选集》第3卷,生活·读书·新知三联书店1963年版,第489页。
④ 姜文振:《中国文学理论现代性问题研究》,人民文学出版社2005年版,第95页。
⑤ 此处参考了周积明、郭莹等《震荡与冲突:中国早期现代化进程中的思潮和社会》,商务印书馆2003年版,第7—9页。

中国之变，古未有其变，中国之学，诚不足以救中国。"① "今之忧世君子，睹神州之不振，悲中夏之沦亡，则痛心疾首于数千年之古学，以为学之无用而致于此也。"② 凡人在《开通学术议》中更是直陈其辞，指出中国传统文化"总汇其说而精研之，其适用于今时者殆寥寥无足取法"③ 等。第二，中国传统文化与社会公理是相矛盾、相冲突的，阻碍了社会的发展和进步。比如有论者云："凡有人类，皆当平等，此理之至当而无以易者也。谓平等则出发点必先齐一，此又理之至当而无以易者也。……如出发点齐一说与夫中国旧日之伦理，则大有不能相容者在。盖中国旧日之伦理，所谓亲亲之伦理，血统之伦理也，以此为不拔之基础，而社会万端之事，乃由此以展布者也。"④ 就以从西方借鉴过来的"平等"思想为矛，直刺向传统文化中的儒家伦理。梁启超等甚至认为传统文化阻碍了民族的前进和历史的进步，极力呼吁："居今日之中国，上之不可不冲破顽谬之学理，内之不可不鏖战四百兆群盲之习俗。"⑤ "欲脱君权、外权之压制，则必先脱数千年来牢不可破之风俗、思想、教化、学术之压制。"⑥ 在当时的文化精英那里，中国传统文化成了一个百无一用的历史垃圾场。

通过对传统文化进行的这样一番深层次的自省与检讨，尤其是通过比较深入地了解西方先进的思想文化以后，全国上下兴起了一波又一波反传统的思潮。"见中国式微，则虽一石一华，亦加轻薄"⑦，"以旧学为不适用而竞相唾弃者项背相望。……无论学说器物皆以外至者为尚"⑧，"俨国中

---

① 黄节：《〈国粹学报〉叙》，《辛亥革命前十年间时论选集》第 2 卷上册，生活·读书·新知三联书店 1963 年版，第 44 页。
② 《辛亥革命前十年间时论选集》第 2 卷下册，生活·读书·新知三联书店 1963 年版，第 632 页。
③ 凡人：《开通学术议》，《辛亥革命前十年间时论选集》第 3 卷，生活·读书·新知三联书店 1963 年版，第 350 页。
④ 反：《国粹之处分》，《辛亥革命前十年间时论选集》第 3 卷，生活·读书·新知三联书店 1963 年版，第 192 页。
⑤ 梁启超：《十种德性相反相成义（独立与合群）》，《辛亥革命前十年间时论选集》第 1 卷上册，生活·读书·新知三联书店 1963 年版，第 12 页。
⑥ 张枬、王忍之编：《辛亥革命前十年间时论选集》第 1 卷上册，生活·读书·新知三联书店 1963 年版，第 73 页。
⑦ 鲁迅：《破恶声论》，《河南》1908 年第 8 期。
⑧ 狸照：《论中国有救弊起衰之学派》，《东方杂志》1904 年第 4 期。

无一物可以当其爱恋者","数千年老大帝国之国粹,犹数百年陈尸枯骨,虽欲保存,其奈臭味污秽,令人掩鼻作呕何?徒增阻力于青年之吸受新理新学也"①。一段时间里,历史虚无主义和文化虚无主义真可谓是甚嚣尘上。这股思潮至五四新文化运动而达到了最顶峰。五四运动的文化先驱们,甚至明确提出了"打倒孔家店"、"重估一切价值"的口号。比如陈独秀就曾经明确地提出:"若是决计革新,一切都应该采用西洋的新法子,不必拿什么国粹、什么国情的鬼话来捣乱。"②鲁迅更是愤激地主张"将中国书籍一概束之高阁"。钱玄同亦指出,中国之救亡,"必以废孔学、灭道教为根本解决,而废记载孔门学说及道教妖言之汉文,尤为根本解决之根本解决。"③如此等等,可谓对传统已采取了非常决绝的态度。

(2) 西化思潮的蔓延

与反传统相表里的是西化思潮的蔓延。近代以来,"西化"就成了中国思想文化发展的一个关键词。当西方列强打开了中国的大门,欧风美雨开始横扫古老的华夏大地时,由于反抗列强入侵斗争的失败,人们对传统制度和儒家思想的怀疑与日俱增,西化,就成了中国文化、政治、经济发展的一种选择甚至是唯一选择。概而言之,在百余年近代史上,西化思潮经历了由"器物西化"到"制度西化"再到"文化西化"三个大的阶段,分别以洋务运动、戊戌维新变法运动和五四新文化运动为标志。

第一、第二次鸦片战争失败以后,一些文化精英和统治当局都认为战争的失败主要是自己的器械不如人,因此主张兴办洋务,学习西方先进的科学技术。比如1862年曾国藩在日记中写道:"欲求自强之道,总以修政事、求贤才为急务,以学做炸炮、学造轮舟为下手功夫,但使彼有所长,我皆有之,顺则报德有其具,逆则报怨变有其具。"④1864年李鸿章在致函总理衙门时亦称:"中国文武制度,事事远出于西人之上,独

---

① 良:《好古》,《新世纪》第21期。
② 陈独秀:《今日中国之政治问题》,《新青年》1918年第5卷第1号。
③ 钱玄同:《中国今后之文字问题》,《新青年》1918年第4卷第4号。
④ (清)曾国藩:《日记二》同治元年五月初七日,《曾国藩全集》,岳麓书社1988年版,第748页。

火器万不能及。……中国欲自强,则莫如学习外国利器。"① 在洋务运动中,洋务派购买洋枪洋炮,并在天津、上海、广州、福州、武昌等地聘用外国军官,训练洋枪队,在各地创办军事工业,制造枪炮和船舰。为适应洋务事业需要,1872 年,清政府还派遣了第一批留学生赴美留学。1876 年,福建船政学堂又派遣学生分赴英、法等国学习海军。经过二十余年的艰苦经营,洋务派打造了一支在当时世界上都非常强大的北洋水师。

然而,甲午一役,日本以"彻底的西学或高度的西洋化",打败了中国"不彻底的西学或低度的西洋化",洋务派辛辛苦苦地建立起来的北洋水师也遭到了毁灭性的打击。是役的惨败,不但宣告了洋务运动的失败,同时对中国思想文化界的影响更是无以言喻的。奕䜣曾经说:"中国之败,全由不西化之故,非鸿章之过。"② 部分有识之士已经认识到,在今日的竞争中,仅仅是学习西方的器物,尚不能富国强民,要想从根本上改变落后挨打的状况,必须像日本一样,完完整整地学习西方的一切制度,除变法之外,别无他法。如易鼐就曾经说,中国要自立于五洲之间,要使列强平等待我,就必须"改正朔,易服色,一切制度,悉从泰西"③。樊锥亦认为,"一切繁礼细故……一革从前,搜索无剩,唯泰西者是效"④。制度上的这种西化要求,直接导致了戊戌维新运动的发生。维新思想家们认为,"法既积久,弊必丛生,故无百年不变之法",决不能"以千百年之章程,范围百世下之世变","观万国之势,能变则全,不变则亡。全变则强,小变则亡"⑤,主张不仅"变器","用西人之术",学习西方的"船坚炮利"、"技艺器物"等有形的文化,而且还要"变事"、"变道"和"变政","采万国之良规,行宪法之公议",学习西方的政治制度和文化思想。然而,这种对政治制度的变革,因为冲击到了中国千百年来形成的皇朝更替制度和千百年来积淀而成的专制

---

① 《同治朝筹办夷务始末》卷 25,中华书局 1979 年版,第 9—10 页。
② 黄遵宪:《马关纪事》。
③ 易鼐:《中国宜以弱为强说》,《湘报》1898 年第 20 号,中华书局 1965 年影印本,第 77 页。
④ 樊锥:《开诚篇(三)》,《湘报》1898 年第 24 号,中华书局 1965 年影印本,第 93—94 页。
⑤ 汤志钧:《康有为政论集》(上),中华书局 1981 年版,第 211 页。

皇权心态,所以遭遇到了封建保守势力的顽强抵抗,戊戌维新运动很快就流产了。

应该说,戊戌维新运动已经初步打破了此前洋务运动中"中体西用"、"中本西末"的观念,主张全面引进西方文化,对"欧美之新政、新法、新学、新器","采而用之"①,倡导中西文化的相互交往、补充和融合,"泯中西之界限,化新旧之门户"②,认为对待中西文化应该各就所需,两相结合,"统新旧而视其通,苞中外而计其全"③,通过"淬厉其所本有而新之","采补其所本无而新之"④,即通过吸收外来文化之长,补中国传统文化之短,对中西文化进行筛选、整合、融会、择优互补,以创造出一种超越两者的具有中华民族特质的文化形态。这种对待中西文化的态度无疑是辩证可取的,而且对传统文化乃至世界文化而言,都是极具建设性的。如果按照这种理路发展,西化思潮也许就不会演变为所谓的"全盘西化"了。

然而,历史是没有假设的。真正的事实是,西化思潮到了五四新文化运动以后,由于历史的合力作用,还是走向了极端,逐渐转变为"全盘西化"的思想。五四运动的几位主将几乎都是比较极端的西化论的鼓吹者。比如陈独秀就明确提出要"欧化","若是决计革新,一切都应该采用西洋的新法子,不必拿什么国粹、什么国情的鬼话来捣乱"⑤。"东西文化,相距尚远,兼程以进,犹属望尘,慎勿以抑扬过当为虑。"⑥ 他在讨论学术问题时,曾为自己定下了三条原则:一曰勿尊圣,一曰勿尊古,一曰勿尊国⑦,坚决反对中国传统的文化封闭政策。陈氏发表了《恶俗篇》、《敬告青年》、《法兰西人与近世文明》、《东西民族根本思想之差异》、《吾人最后

---

① 汤志钧:《康有为政论集》(上),中华书局1981年版,第222页。
② 同上书,第295页。
③ 王栻:《严复论》第3册,中华书局1986年版,第560页。
④ 梁启超:《饮冰室全集》专集三十四,中华书局1989年版,第71页。
⑤ 陈独秀:《今日中国之政治问题》,《新青年》1918年第5卷第1号。
⑥ 陈独秀:《答张永直》,《陈独秀文章选编》(上),生活·读书·新知三联书店1984年版,第111页。
⑦ 陈独秀:《学术与国粹》,《陈独秀文章选编》(上),生活·读书·新知三联书店1984年版,第259页。

之觉悟》、《今日中国之政治问题》等系列论文，大肆宣传他的西化主张。胡适更是一位坚定的西化论者，他曾经说："我们必须承认我们自己百事不如人，不但物质上不如人，不但机械上不如人，并且政治社会道德都不如人。"因此，倘若中国要成为一个现代国家，第一要务是"要造一种新的心理：要肯认错，要大彻大悟地承认我们自己百不如人"，"第二步便是死心塌地的去学人家"①。在《信心与反省》一文中，胡适又进一步强调说："我们所有的，欧洲也都有；我们所没有的，人家所独有的，人家都比我们强。"② 1929 年，在用英文为《中国基督教年鉴》所写的关于中西文化冲突的一篇文章中，胡适正式提出了中国应当"Wholesale Westernization"（"全盘西化"）的口号。即使是马克思主义者李大钊，在早期的时候也是一位激进的西化论者，曾发表《宪法与思想自由》、《孔子与宪法》、《自然的伦理观与孔子》、《东西文明根本之异点》等文章，来宣传自己的西化思想。当然，李氏在 1919 年就基本上完成了一个西化论者向马克思主义者的转变。

到 20 世纪 30 年代，"全盘西化"论者，"不期而思想之进路，同趋于一方向，于是相与呼应汹涌，如潮然"③，涌现了一批颇有影响的代表人物，如胡适、陈序经、陈受颐、卢观伟、沈昌晔、吕学海、冯恩荣、张佛泉、张熙若等；出现了一批专门的文章和著作，发表了《"全盘接受西洋文化"的意义》、《全盘西化的辩护》、《趋于"全盘西化"的共同信仰》等文章，出版了《中国文化的出路》等专著，编纂了《全盘西化言论集》、《全盘西化言论续集》、《全盘西化言论三集》，这些文章和著作影响了相当一批人；形成了比较完整的理论体系。西化思潮可谓盛况空前。

当然，我们最后也应该说明的是，一些人主张西化和全盘西化，并不仅是源于对西方文化的倾慕，也不仅是鉴于对中西文化的浅层次比较，而

---

① 胡适：《请大家来照照镜子》，《生活周刊》1928 年第 3 卷第 46 期。
② 胡适：《信心与反省》，《独立评论》1934 年第 103 号。
③ 梁启超：《清代学术概论》，商务印书馆 1934 年版，第 1 页。

是有着更深层次的理论基础和现实基础①。正因为如此,全盘西化才由最初几个人的主张,逐渐发展为一种广泛的社会思潮。

(3) 文化保守主义抬头

新文化运动时期,全盘反传统与全盘西化,可以说都达到了极致,甚至都成为一种主义,深得人心。然而就在这个时候,"西方"本身却出现了问题,第一次世界大战的爆发充分暴露了西方现代文化的弊端,西方人都陷入了深重的文化危机之中,开始怀疑自己的文化,纷纷在重新探询着文化的出路,他们甚至对东方文明产生了无比的羡慕。比如,1918年,德国学者斯宾格勒在《西方的没落》一书中,就断言资本主义及其文化将会衰落以至死亡。1923年年底印度著名诗人泰戈尔访华时,亦曾在演说中对以儒家为代表的东方文化大加颂扬。在这种文化背景下,中国本来就一直存在的一些文化保守主义者便活跃起来,一方面,对西方现代性文化进行批判;另一方面,对全盘西化思潮进行还击②。

文化保守主义思潮大致经历了三个阶段:"其一是以张之洞的《劝学篇》为代表,以'中学为体,西学为用'为宗旨,以扶纲常、正名教为号召,维护孔孟之道的传统保守思想;其二是以康有为的《孔子改制考》、《中庸注》、《大学注》、《论语注》为代表,通过对儒家学说进行新的阐释,以新型的政治保守取代旧权威的思想;其三是以《国粹学报》为代表,倡导国粹主义,要求努力发掘中国传统文化中的各种积极资源,坚持文化本

---

① 值得注意的是,西化思潮还有着深厚的民间基础。在晚清以降的民间大众中,崇洋媚外的风气也非常浓厚。1859年,一位英国人对当时广州中国姑娘的欧化衣着进行了如此描述:"很多中国姑娘的天足上穿着欧式鞋,头上包着鲜艳的曼彻斯特式的头巾,作手帕形,对角折叠,在颏下打了一个结子,两角整整齐齐地向两边伸出。我觉得广州姑娘的欧化癖是引人注目的。"(吟利:《太平天国亲历记》上册,上海古籍出版社1985年版,第7页。)这样的记载在当时各地的报纸上屡见不鲜,比如1874年11月3日的《申报》就载文讽刺了当时一些人卷发、隆乳等效仿西洋装束的风习,云:"外饰者可假,而生成者难改也。美发截之短而不能使之卷,须髯本黑而不能使之黄,顾盼流媚而不能使之碧矑,山根平坦而不能使之隆准,就令工于学步,亦不过大西洋葡萄牙人耳,岂能入欧罗巴哉?"(《论日本改朔易服》,《申报》1874年11月3日。)这就是说,当时的崇洋西化心理已经不是一种少数人的行为了,而业已蔓延成为一种社会普遍心理。

② 由此便导致了西化论者与文化保守主义者之间的论战,这就是所谓的东西文化论战。此次论战大致可以分为前后两个阶段,早期的论战双方主要是以陈独秀和杜亚泉(笔名伧父)为代表,后期论战主要是以梁漱溟的《东西文化及其哲学》一书为中心,论战双方以梁漱溟和胡适为主要代表。

土主义。"① 可以看出，在第一、第二阶段，文化保守主义基本上是以保守反动的面目出现的，到了第三阶段，文化保守主义才具有较强的积极意义。在此，我们不打算对文化保守主义的发展脉络进行具体的阐释，只是拈出五四新文化运动以后几种有代表性的观点加以论说。

五四新文化运动期间，比较有影响的文化保守主义者是杜亚泉。杜氏1917年以伧父为笔名发表了《战后东西文明之调和》一文，曾经引起了一场著名的东西文化大论战。在该文中，杜亚泉认为，人类生活中最重要的是经济与道德，"经济关系最重要，固无待言。然使经济充裕，而无道德以维系之，则身心无所拘束，秩序不能安宁，生活仍不免于危险"。第一次世界大战就"使西洋文明露显著之破绽"，在经济上表现为"局处的充血症"，在道德上由于轻视理性，表现为"精神错乱"、"狂躁状态"。而相反，东方文明虽然在经济上表现为"全体的贫血症"，道德观念却是"最纯粹最中正者"。由此，杜氏主张不要受西方物质文明的"眩惑"，不要忽视科学思想传入所带来的"害处"，应当进行东西调和，"以科学的手段，实现吾人经济的目的。以理性的精神，实现吾人理性的道德"②。一年以后，在《迷乱之现代人心》一文中，杜亚泉进一步指出，不能以富强与否来判断精神文明的优劣，中国人因为羡慕西洋人的富强，造成人心迷乱、国是丧失、精神破产，"直与猩红热、梅毒等之输入无异"，而救济之道只能靠儒家思想来加以"统整"③。

杜氏的观点不乏呼应者。第一次世界大战结束以后，梁启超、张君劢等人曾经到欧洲考察，他们目睹了战争给西方思想及经济所带来的巨大灾难，他们也感到有必要以东方文明来对陷入困境的西方文化进行批判和改造。梁启超在《什么是文化》一文中曾经写道：东方的学问，以精神为出发点；西方的学问，以物质为出发点，所以要想拯救西方战后的"精神饥荒"，就必须借助东方精神。他认为"中国固有之基本"，最适合世界新潮。在《欧游心影录》里，梁启超更是充满激情地说：

---

① 陈国庆：《中国近代社会转型研究》，社会科学文献出版社2005年版，第358页。
② 伧父：《战后东西文明之调和》，《东方杂志》1917年第14卷第4号。
③ 伧父：《迷乱之现代人心》，《东方杂志》1918年第15卷第4号。

第二章　中国传统诗学的感悟特性及其现代转型

我希望我们可爱的青年，第一步，要人人存一个尊重爱护本国文化的诚意。第二步，要用那西洋人研究学问的方法去研究他，得他的真相。第三步，把自己的文化综合起来，还拿别人的补助他，叫他起一种化合作用，成了一种新的文化系统。第四步，把这新系统往外扩充，叫人类全体都得着他好处。我们人数居全世界人口四分之一，我们对于人类全体的幸福，该负四分之一的责任。不尽这责任，就是对不起祖宗，对不起同进的人类，其实是对不起自己。我们可爱的青年啊，立正、开步走！大海对岸那边有好几万万人，愁着物质文明破产，哀哀欲绝地喊救命，等着你来超拔他哩，我们在天的祖宗三大圣和许多前辈，眼巴巴盼望你来完成他的事业，正在拿他的精神来加佑你哩①。

梁启超认为，应该"拿西洋的文明来扩充我的文明，又拿我的文明去补助西洋的文明，叫他化合起来成一种新文明"②。这种观点表面上看是一种"中西互补论"，但究其实，在梁启超的骨子里却是主张"以中补西论"的，他意在扭转当时甚嚣尘上的西化思潮。

章太炎也是反对"全盘西化"的，他说："近来有一种欧化主义的人，总说中国人比西洋人所差甚远，所以自暴自弃，说中国必定灭亡，黄种必定剿灭。"③ 他认为："夫仪刑他国者，惟不能自恢，故老死不出译胥钞撮。""四裔诚可效，然不足一切规划以自轻鄙。何者？饴豉酒酪，其味不同而皆可于口，今中国之不可委心远西，犹远西之不可委心中国。校术诚有诎，要之，短长足以相复。"④ 章太炎明确反对撇开本民族的特色和优势亦步亦趋地照搬西方文化的做法，主张不同的文化应该短长互补，通过交流和比较来达到相互理解，共同发展。

1921年，梁漱溟出版了《东西文化及其哲学》一书，此书亦是着意探

---

① 梁启超：《欧游心影录节录》，《时事新报》1920年3月3日至3月25日。
② 同上。
③ 章太炎：《东京留学生欢迎会演说辞》，汤志钧编《章太炎政论选集》，中华书局1977年版，第276页。
④ 章太炎：《国学讲习会序》，《民报》第7号。

讨"东方化"与"西方化"这一时代命题的,在书后的自序里,梁氏说:

> 我又看着西洋人可怜,他们当此物质的疲敝,要想得精神的恢复,而他们所谓精神又不过是希伯来那点东西,左冲右突,不出此圈,真是所谓未闻大道,我不应当导他们于孔子这一条路来吗!我又看见中国人蹈袭西方的浅薄,或乱七八糟……东觅西求,都可见其人生的无着落,我不应当导他们于至好至美的孔子路上来吗!无论西洋人从来生活的猥琐狭劣,东方人的荒谬糊涂,都一言以蔽之,可以说他们都未曾尝过人生的真味,我不应当把我看到的孔子人生贡献给他们吗!然而西洋人无从寻得孔子是不必论的;乃至今天的中国,西学有人提倡,佛学有人提倡,只有谈到孔子羞涩不能出口,也是一样无从为人晓得①。

从这段夫子自道中我们可以看出,在究竟是"东方化"还是"西方化"这一问题上,梁漱溟很显然是主张"东方化"的,或者更准确地说,他是主张"孔化"的。他自己也曾直接地承认"这书的思想差不多是归宗儒家"②的。当然,梁漱溟在此书里并不局限在中西文化的简单对比上,他还提出了所谓中、西、印文化的三"路向"说,其视野比一般的中西文化论者似乎要开阔一些。

应该说,中国近代文化保守主义思潮的出现,也是具有其历史的必然性的。当面对西方文化的巨大挑战,必须重塑传统文化之时,他们根据自己特定的价值取向,寻求对中国传统文化精神的弘扬。最为可贵的是,他们也并不是完全杜绝西方文明,所要求的是一种以保证历史的延续性为前提的、局部的、渐进的融合。正如美国学者史华慈所说:"许多中国文化的保守主义者,多半很清楚哪些是该保存下来的文化要素。"③ 正是由于中国文化保守主义者的这种精神诉求,使他们面对西方思潮的冲击时,能够

---

① 梁漱溟:《东西文化及其哲学·自序》,商务印书馆1999年版,第220—221页。
② 梁漱溟:《东西文化及其哲学·第八版自序》,商务印书馆1999年版,第4页。
③ 史华慈:《论保守主义》,(台北)时报文化出版事业有限公司1980年版,第33页。

致力于中国传统文化的维护与挖掘。

当然,文化保守主义者的这些言论,也并不是完全正确和合理的,因此,它们均遭到了西化派针锋相对的辩驳。比如陈独秀在《质问〈东方杂志〉记者》与《再质问〈东方杂志〉记者》两篇文章中,就指出了杜亚泉所论的本质,他认为杜亚泉对西方的理解根本上是错误的,杜亚泉的主张与政治上图谋复辟帝制、反对共和有着密切的联系①,企图用儒家思想来"统整"整个救世之道的思想,是妨碍学术自由发展的专制行为,有害于文明的进化。在《〈新青年〉罪案之答辩书》中,陈独秀进一步为自己的反传统思想作辩护:"要拥护那德先生,便不得不反对孔教、孔法、贞节、旧伦理、旧政治。要拥护那赛先生,便不得不反对旧艺术、旧宗教。要拥护德先生又要拥护赛先生,便不得不反对国粹和旧文学。"② 胡适则对梁漱溟的《东西文化及其哲学》进行了批评,认为梁漱溟在三种文化路向说上"犯了笼统的毛病",是不能成立的。他认为中国必定走上西方文明的道路,"将来中国和印度的科学化和民主化,是无可疑的"③ 但是,很显然,西化派的这些辩驳虽颇中肯,其杀伤力却明显不够,这无疑表明,文化保守主义的存在与发展也是具有坚实的理论基础的。

在此,我们还有必要提提在20世纪20年代初那场对中国思想文化领域产生深远影响的"科玄论战"④。1923年2月,文化保守主义者张君劢在清华大学作了题为《人生观》的演讲,对"科学万能"的思想提出了批评,认为科学不能解决人生观问题,人生观问题必须由玄学来解决。他的这一观点随即在思想界引起了极大的争论。首先是丁文江发表《玄学与科学——评张君劢的"人生观"》一文,批驳了张君劢的人生观,把张君劢的人生观哲学斥为"玄学",称张君劢是"玄学鬼附身"。而后思想界便分化为两派,形成了以丁文江、胡适、吴稚晖、王星拱等为代表的科学派,

---

① 1915年,袁世凯政府全面进行文化复辟,保守主义思潮炽盛一时,因此陈独秀有此言论。
② 陈独秀:《〈新青年〉罪案之答辩书》,《新青年》1919年第6卷第1号。
③ 胡适:《读梁漱溟先生的〈东西文化及其哲学〉》,《读书杂志》1923年第8期。
④ 所谓"科玄论战",是指自1923年2月开始,一直到1924年年底基本结束,历时将近两年之久的一场关于科学与玄学的论战。这里所谓的"玄学"并非一般意义上的"魏晋玄学",而指的是"形而上学",即本体论哲学。

与以张君劢、梁启超、张东荪等为代表的玄学派两大阵营之间的论辩。在后阶段，马克思主义者也参与进来，对这一问题发表了看法。

从表面上看，这场讨论是关于人生观问题的，只是一种哲学上的论争，但是，正如有的论者所指出的，"论战时期正是中国文化转换的关键时期，论战所揭示的科学与玄学的关系问题则不仅仅是一个纯粹的哲学问题，也是一个文化问题，更进一步言，是一个中西文化关系问题"①。科学派基本上可以归入到西方文化派，玄学派则基本上可以归入东方文化派。这就是说，这两派的论战，实际上可以说是西化派和文化保守派的论战。论战持续了将近两年，科学派"表面上好象是得了胜利，其实并未攻破敌人的大本营，不过打散了几个支队，有的还是表面上在那里开战，暗中却已经投降了"②，之所以会出现陈独秀所指出的这一结果，似乎亦从一定程度上雄辩地说明，在社会文化向前发展的过程中，传统文化是有着强大的惯性力的，其终究是不可完全否弃的。

(4) 甲午战争后对传统思维方式的变革

前面已经说过，第一次鸦片战争后的半个世纪里，即使头脑开明的进步人士，也只是认为中国的落后主要是在物质技术方面（当然也有人提出过改革中国的教育、经济、政治等制度的主张），对中国传统文化和传统的思维方式依然存在着相当的优越感。人们自觉地提出要变革传统思维方式，"改易思理"，那是在中日甲午战争以后的事。甲午战争的惨败，使得一部分文化精英把民族落后的原因归根于传统思维方式的不科学，康有为、严复、梁启超、章太炎、王国维等开始意识到国家的富强要靠"实学"，靠掌握真理，并且进而思考如何去求取真理的"思理"——思维术的问题，他们借鉴西方的思想文化，特别是西方近代以来的思维方式，着手对中国传统的思维方式进行变革。

严复是其中最为突出的一个。严氏针对传统思维概念含糊、界说不清的缺点提出了自己的批评意见，他在《名学浅说》中说，中国过去把图书

---

① 周积明、郭莹等：《震荡与冲突：中国早期现代化进程中的思潮和社会》，商务印书馆2003年版，第321页。
② 张君劢：《科学与人生观·陈独秀序》，山东人民出版社1997年版。

分为经、史、子、集就不甚清楚,"孟子何以非子?诗经何以非集?凡此皆以意为分,羌无定理者矣"。中国对于名物不注意界说,而好搞训诂,但训诂"非界说也,同名互训,以见古今之异言而已"。由于不讲究严格的科学的界说,所以常常名实不符,譬如五纬非星也,而名星矣;鲸、鲲、鲟、鳇非鱼也,而从鱼矣,等等,"诸如此类,不胜偻指"。严复还对中国传统思维重演绎、轻归纳的特点进行了批判,严氏认为,归纳在逻辑中具有极其重要的地位,是进行演绎推理的基础和前提。可是中国传统思维却忽视对实际情况的归纳,而以主观成见为前提去作演绎推理,这是根本性的错误。在《穆勒名学》中,严氏说:"旧学之所以多无补者,其外籀非不为也,为之又未尝不如法,第其所本者,大抵心成之说,持之似有故,言之似成理,媛姝者以古训而严之,初何尝取公例而一考其所推概之诚妄乎?此学术之所以多诬,而国计民生之所以病也。"为了从根本上改变传统思维忽视逻辑归纳之不足,严复第一个在中国系统地介绍西方近代逻辑学,他翻译了《穆勒名学》、《名学浅说》等西方逻辑学专著,开办逻辑学讲习班,大力传播西方近代逻辑学知识。他在给友人的书信中说:"《名学》年内可尽其半……此书一出,其力能使中国旧理什九尽废,而人心得所用力之端;故虽劳苦,而愈译愈形得意。"① 值得指出的是,严复在大力提倡归纳逻辑的同时,对分析方法也非常强调,他说:"盖知之晰者始于能析,能析则知其分,知其分则全无所类者,曲有所类。此犹化学之分物质而列之原行也。曲而得类,而后有以行其会通,或取大同而遗小异,常、寓之德既判,而公例立矣。"② 意思也就是说,人们之所以对事物有明晰的认识,那是因为分析的结果,经过分析,区分了事物的本质属性和非本质属性,然后就能够进行概括归纳,找出其规律。严复这种对逻辑学的大力宣传和提倡,在当时社会上产生了相当大的影响,"一时风靡,学者闻所未闻,吾国政论之根柢名学理论者,自此始也"③。

与严复对逻辑学的倡导相呼应,梁启超、章太炎、胡适等人则是致力

---

① 严复:《与张元济书·十二》,《严复集》,中华书局1986年版,第546页。
② 严复:《〈穆勒名学〉按语》,《严复集》,中华书局1986年版,第1046页。
③ 王蘧常:《严几道年谱》,商务印书馆1936年版,第55页。

于把中国的墨辩与西方的逻辑思维甚至印度的因明学作比较研究，力图把它们结合起来，以发达中国的形式逻辑思维。比如章太炎就比较了中、印、欧三种逻辑的异同和长短。他既推崇印度的因明学，也肯定了中国古代的墨辩，特别对反映在语言文字方面的西方形式逻辑的明晰性、确定性给予了充分肯定，认为这是中国最缺乏，当然是最应该去学习的。胡适认为要改变中国逻辑思维落后的状况，还不能单靠翻译西方的逻辑学著作，最好的办法是能找到中西文化在这方面的接合点，这样才能进行有效地"移植"，他也认为先秦的别墨学派"是发展归纳和演绎方法的科学逻辑的唯一的中国思想学派"[①]，因此，在他看来，别墨学派是移植西方逻辑方法的最合适的土壤，他主张运用西方的逻辑思想重新解释墨经，又用墨辩来阐释西方逻辑，这样庶几就能够实现中西思维方式的对接。金岳霖是近代著名的逻辑学大师，他也注意到了中国传统思维中形式逻辑不发达这一点，因此，他致力于对西方近代逻辑学和知识论进行精深的研究，撰写了《逻辑》、《知识论》、《论道》等逻辑学和知识论著作，系统地阐述了有关近代逻辑学和认识论方面的问题，意在对中国传统思维在形式逻辑方面的缺陷，作一些针对性的近代变革。

应该说，这些变革传统思维的努力，对中国思维的现代转化确实具有巨大的推进作用。但是，毋庸讳言的是，这种努力还仅仅停留在一个比较简单的层面上，因为当时的这些精英分子大都对中西方的思维方式缺乏深入的研究和具体的分析（金岳霖例外），他们只是根据一种线性进化历史观，认为中国传统思维和西方近代思维相比，是落后的，尚处于较低的发展阶段，他们还看不到世界不同民族思维方式发展的时代性，更看不到世界上并不存在一种很完美的思维方式，不同民族思维方式其实都是优、缺点并存，从很大程度上是互补的，而不是互为排斥的，他们总以为中国传统思维方式处处不如西方，因此，他们特别是早期的一些研究者，在对传统思维进行变革的时候，大都主张用西方近代思维方式来取代中国传统思维方式。

---

① 胡适：《先秦名学史》，学林出版社1983年版，第51页。

这种简单取代的观念,到蔡元培那里才开始有所改变。蔡氏就曾经指出:"专治科学,太偏于概念,太偏于分析,太偏于机械的作用了。"① 他认为人类思维方式不应该只有逻辑理性思维一种,而应该是多种方式并存,"论理学方面,纯用概念。美学方面,纯用直观。伦理学方面,合用两者:隶于功利论的,由概念,是有意识的道德;超乎功利的,由直观,是无意识的道德"②。此外,王国维也认为人类的认识方式除了科学逻辑的理性思维外,还应该有直观、顿悟。他1905年在《论新学语之输入》中就对中西思维的特点进行了比较辩证的比较③,虽然他也很钦羡西方逻辑思维之谨严,但他还是主张中西思维方式是并存不悖、两相互补的(最为重要的是,他在自己的诗学论述中还成功地进行了中西思维方式融通的尝试,有力地推动了我国传统感悟诗学现代转型的发生,关于这一点,我们将在下一章作深入阐述),这在当时,应该说是一种非常难得的对待中西思维的态度,对传统思维的现代转型应该是不无启示的。

综上四点,我们认为,中国历史发展到了近代,中国面临着数千年未有之变局,随着西方列强的军事入侵,西方文化哄然拥入,在中西文化激烈的碰撞中,人们普遍认为,传统文化已经不足以挽救时局,反传统、西化甚至全盘西化成了时代的文化主流。然而,文化保守主义却也一直未曾中断,越到晚近,人们越认识到,任何国家的现代化都不可能在完全否定传统的基础上进行,必须大力弘扬民族优秀文化,全面深刻地认识中国文化,批判地继承中国文化优良传统,才能更好地对中国文化和西方文化进行阐释,也才能更好地为人类文化的发展作出创造性的贡献。传统感悟诗学就是在这一大的文化历史语境中开始自己的现代转型的。

---

① 蔡元培:《美术与科学的关系》,《蔡元培全集》第4卷,中华书局1984年版,第33页。
② 蔡元培:《简易哲学纲要》,《蔡元培全集》第4卷,中华书局1984年版,第461页。
③ 参见引论部分有关引述。

第三章 感悟诗学现代转型之发生

——王国维的思维实验、理论构架与方法拓展

很多研究 20 世纪中国文学理论和文学批评的学者，都把现代文论和现代批评最早的源头追溯到世纪初的王国维（1877—1927），认为"王国维宣告了古典批评时代的终结，同时也就把现代批评时代的序幕徐徐拉开了"①。我们认为，感悟诗学现代转型的发生亦是由王国维开始的。王国维以其特有的气魄和中西汇通的学养，不但在诗学研究中初步实现了感悟思维与现代理性思维的融合，而且还对传统感悟诗学思想进行了很好地传承和发展，并且在感悟方法的现代拓展方面也作出了卓有成效的贡献。

一 由极端到化合：王国维的诗学思维实验
——中西诗学思维方式的初步汇通

1. 王国维诗学思维实验的流程

如前章所述，在王国维前后，已经有不少文化精英都敏锐地觉察到了中国传统思维方式的弊端，并从多方面开始对传统思维方式进行变革。但是，由于当时人们对中西方的思维方式都缺乏深入的研究和具体的分析，他们只是根据一种线性进化历史观，认为中国传统思维和西方相比，是落后的，尚处于较低的发展阶段，因此，近代精英们所开始的这种思维方式的变革，其实还只是简单地用西方思维方式取代（请注意：是取

---

① 温儒敏：《中国现代文学批评史》，北京大学出版社 1993 年版，第 2 页。

代而不是转换）中国传统的思维方式，还根本谈不上对传统思维方式进行转换。

相对而言，王国维对中西思维的特点则要了解得更深入一些。我们在引论部分曾经论述到，王国维早在1905年的《论新学语之输入》中就对中西思维的异质性进行了比较准确的论说，他虽然并不认为西方的思维方式就完美无瑕，但是，他也毫不讳言西方的思维方式要优于我国传统的思维方法。在他看来，我国传统思维短于思辨推理，缺乏抽象、分类的科学方法，因而难以建立概念明晰、推理严密的理论体系，所以"我国学术尚未达自觉之地位也"。因此，同当时那些主张变革传统思维的学者一样，如何引进西方富于思辨的理论运思和长于分析综合的理论方法来整理中国传统思想，就成了王国维在中西文化激烈碰撞的20世纪初所要思考的一个时代课题。

但是，饱受传统文化浸染的王国维深知，中国是一个道统根深蒂固的社会，要变革经过数千年积淀形成的传统思维方式，并非一件轻而易举的事。此前严复等人在这方面的努力就收效甚微。通过对中西学术的宏观把握，王国维敏锐地认识到了两点：一、必须借助于"外界之势力"。王氏说，当年挣脱两汉经学束缚的是东传的佛教思想，现在，"思想之停滞略同于两汉"，而佛教思想已经不可能对抗晚清道统的势力，"至今日而第二之佛教又见告矣，西洋之思想是也"①，因此必须借助于西洋的思想尤其是其哲学思想。二、必须借助于哲学。在王氏看来，文学与哲学的关系是甚为密切的，它们都是解决人生根本问题的，"其所欲解释者，皆宇宙人生上根本之问题。不过其解释之方法，一直观的，一思考的；一顿悟的，一合理的耳"。在我国，从《易·系辞》传到"诸子之书"，都是"亦哲学，亦文学"。在西方，歌德、席勒等人的作品也都是亦文学，亦哲学的。哲学是文学研究最重要的参照系，如果"舍其哲学，而徒研究其文学，欲其完全解释，安可得也"。② 正是基于这两点觉识，王国维在一系列著作中极

---

① 王国维：《论近年之学术界》，《王国维文集》第3卷，中国文史出版社1997年版，第36页。
② 王国维：《奏定经学科大学文学科大学章程书后》，《王国维文集》第3卷，中国文史出版社1997年版，第72页。

力运用西方哲学的有关思想和推理分析的路数,以前所未有的理论思辨力,通过对《红楼梦》、屈原以及古代诗词戏曲等中国杰出的文学作品和作家进行批评和论说,试图对中国传统的文学批评思维方式进行根本性的改革。他在早期的文学批评中,有意与传统的感悟式批评拉开距离,其目的就是想以比较极端的方式,用西方近代的推理思辨的方法来推动传统诗学思维方式的转型。王国维作为中国诗学向现代转型的起点式人物,他是在做一个开创性的诗学实验——试图通过对传统感悟的有意识疏离,来刺激中国诗学在思维方式上的变革。

王国维对中西思维的深入认识是从接触西方哲学开始的。曾有论者把王国维对西方哲学(主要是叔本华哲学)的接受过程分为四个阶段:第一阶段(1898年2月—1903年夏),是王氏心仪叔本华、康德的时期;第二阶段(1903年夏—1904年春夏),是王氏醉心于叔本华时期;第三阶段(1904年夏—1908年12月),是王氏怀疑叔本华本体论、伦理学,开始形成自己的美学、诗学观念的时期;第四阶段(1908年12月—1927年6月),是叔本华影响趋于淡化的时期[①]。其实,如果把第一、第二阶段合并的话(此两阶段均可视作王氏对西方哲学由一般了解、深入研究到渐趋狂热的时期),那么,与此相对应的是,王氏诗学在思维方式的衍变上也大致划过了这么一道轨迹:由初期的对西方逻辑思维的极端推崇(以《红楼梦评论》为代表),到中期的对西方思维方式采取平和的态度(以《屈子文学之精神》为代表),再到后来的试图化合中西思维方式(以《人间词话》为代表)。这条轨迹,显示了王氏在促进感悟思维和感悟诗学现代转型的发生上所作出的探索和努力。

王国维在1904年发表的《红楼梦评论》中,破天荒地借用西方哲学理论和方法来评价一部中国古典文学名著。整个文章纵横捭阖,条理密贯,有一种磅礴的理论气势,一扫传统诗学那种印象式、感悟式的评点风格,其思维方式是思辨的、逻辑的、智性的,是十分西方化的。此时,王国维

[①] 王攸欣:《选择·接受·疏离——王国维接受叔本华朱光潜接受克罗齐美学比较研究》,生活·读书·新知三联书店1999年版,第25—27页。

第三章　感悟诗学现代转型之发生

正对康德、叔本华、尼采哲学非常痴迷①，西方哲学缜密的思维方式，强烈的逻辑推理以及完整的理论体系，深深地吸引着他。王国维套用叔本华的哲学思想对古典名著《红楼梦》进行评论，从很大程度上讲，是他在接受西方哲学的影响后，有意识地进行的一场以西方理性思维作为诗学运思方式推动传统思维转型的极端性实验，同时也是开创性的诗学实验。

　　整个论文分为五章。第一章是全文的总论，王国维以叔本华的唯意志论和悲观主义哲学的有关观点作为理论支点，对人生与美术（指整个文学艺术）的关系进行了一番高屋建瓴的宏论，认为人生充满了各种"生活之欲"，人苦于欲望的苦痛，欲寻求解脱而不得，而文学艺术却能"使人忘物我之关系"，从日常"生活之欲"中解脱出来。第二章紧接着指出了《红楼梦》中宝玉的故事其实就是"生活之欲"的象征，"所谓玉者，不过生活之欲之代表而已矣"，并论述了宝玉解脱这种"生活之欲"的过程。第三章则进一步结合叔本华的悲剧理论及亚里士多德的"净化"学说，论证了《红楼梦》一反传统文学"大团圆"的模式以及中国人盲目乐天的精神，是一部伟大的彻头彻尾的大悲剧，是"悲剧中之悲剧"，具有崇高的美学上之价值。第四章根据西方基督教之"原罪"说以及佛教中的"超升"理论，指出宝玉出家并非"不忠不孝"，论证了《红楼梦》中的"解脱"在伦理学上的意义。第五章是余论，针对旧红学的局限，指出文学研究应该着重于"美术之特质"，立足于作品本身，从中体验和发现"人类全体之性质"。

　　从上面我们对《红楼梦评论》论述线索的简单勾勒中可以看出，整个论文在理论资源的借用、运思方式的运用、论文结构的安排以及论证分析的推进等方面，当然，尤其是在思维方式上，都是对传统感悟评点式诗学

---

① 王氏在《静庵文集自序》中云："余之研究哲学始于辛（丑）壬（寅）年间（1901—1902）。癸卯（1903）春，始读汗德之《纯理批评》，苦其不可解，读几半而辍。嗣读叔本华之书而大好之。自癸卯之夏，以至甲辰（1904）之冬，皆与叔本华之书为伴侣之时代也。"1903年王氏作《汗德像赞》，云，"人之最灵，厥维在官"，"息彼众喙，示我大道"，"丹凤在宵，百鸟皆瘖"，"万岁千秋，公可不朽"，从中可以窥见他此时对西方哲学之膜拜。1904年，王氏作《论叔本华之哲学及其教育学说》、《叔本华与尼采》、《书叔本华遗传说后》、《德国大文化改革家尼采传》、《尼采氏之教育观》等一系列介绍西方哲学的论文，亦表明此期正是王氏涉猎西方哲学最深、最广的时候。

的一种极端反动。虽然,他在论述上还存在着明显的牵强附会的痕迹——这一点经常为后人所诟病(但也有论者恰恰认为这种牵强附会是一种"带有目的性"的"误读","误读"后面有着对现代批评新思维的渴求[①]),但王国维的这种极端性的诗学思维实验,给中国诗学发展所带来的开创性意义却是不可估量的。他对《红楼梦》的批评,能够自觉而又自如地运用缜密的逻辑思维方式,从批评对象中抽象出某些中国文学的内在精神,并用一定的理论法则加以阐明与权衡,使文学批评具有了传统文学批评所没有的知识的深度和理性的力量,使得中国文学批评和诗学理论突破了传统诗学以体验感受为主的经验形态,在向近代科学精神靠近上跨出了一大步。事实证明,王氏这种利用文学批评进行的思维实验,比此前那些仅仅从逻辑学、哲学领域鼓吹思维变革的论述,其意义要深远得多,影响也要大得多。

1906年,王氏又发表了《屈子文学之精神》一文。在《红楼梦评论》中,他是以在古典小说中最负盛名的《红楼梦》作为实验对象的,而在这篇文章里,王氏选择了屈原及其《离骚》。《离骚》和《红楼梦》一样,都是中国文学中最杰出的作品,可见,在实验对象的选取上,王氏都是很自觉的,并非随意而为。此期,王氏对西方哲学已经没有了两年前的狂热,开始对叔氏有关理论进行怀疑,进入形成自己美学、诗学观点的比较稳定的时期。因此,和《红楼梦评论》相比,《屈子文学之精神》已经找不到昔日那种挥斥方遒、磅礴千里的理论气势,而相对显得比较温和笃实。在对西方理论的借鉴上王氏也采取了比较审慎的态度,他不再像以前那样,简单地用一种西方哲学和美学观点来硬套批评对象,而是从具体的文化背景出发,把文学创作作为一种特殊的精神活动来进行阐释。这样,批评的哲学色彩淡了,却更贴近了文学内在的规律。

在思维方式上,王氏也从一味对西方逻辑思维的推崇向有意识地注意中西思维的结合方面转变。虽然,他在这篇论文中仍然十分注重逻辑推理和理论分析的方法,整个文章在论述层次的展开上非常清楚,在逻辑的推

[①] 参见温儒敏《中国现代文学批评史》,北京大学出版社1993年版,第7页。

进上也极其严密,但是王国维在理性思维的展开中同时也运用了不少传统的审美感悟的方法,如"循其上下而省之"、"旁行而观之"、"以意逆志"以及"知人论世"等。比如他对屈原文学特征及内在根源的揭示,就上溯到了先秦时期南北两种文化的演变发展情况。王氏说,以老、庄为代表的南方派擅长想象,以孔、墨为代表的北方派则注重感情,"北方人之感情,诗歌的也,以不得想象之助,故其所作遂止于小篇;南方人之想象,亦诗歌的也,以无深邃之感情之后援,故其想象亦散漫而无所丽,是以无纯粹之诗歌"。王氏认为,要出现大诗人和大诗歌,必须既要有北方人之感情,又要有南方人之想象,而屈原就是这种汇通南北之大诗人。这样追根溯源,上下省察,屈原文学的内在特征也就得到了非常突出的展现。这种方法即是我们传统诗学论述所经常运用的。再比如他在分析屈原的人格精神时,也很好地结合了屈氏的人生境况和身世地位,说屈原"虽为南方之贵族,亦常奉北方之思想",作为贵族,屈原怀抱高尚的人生及政治理想,但屡屡遭到摒弃和排挤;而因为信奉"北方之思想",又以"改作旧社会"为己任。这种身份与理想的矛盾使得屈原始终处在一种灵与肉的困扰煎熬之中,"于是其性格与境遇相得,而使之成一种之欧穆亚①",表现出无可奈何的情绪与坚毅执着的人格精神。这种批评方法就是我们常说的"知人论世"和"以意逆志"。王氏就是这样把中西文学批评的思维方式比较巧妙地糅合到一起。

有论者曾经指出:"《屈子文学之精神》比《红楼梦评论》晚写两年,但显得比《红楼梦评论》圆熟得多。与其说是理论方法的使用进步练达了,不如说是革新传统的'战略'调整了。"论者说,《红楼梦评论》是破天荒运用西方的批评理论,渴求以一种全新的理论姿态给沉滞的传统批评思维带来大刺激。而《屈子文学之精神》则并没有显出颠覆传统的企图,它既运用了西方的思维方式,又结合运用了传统批评的一些手段

---

① 即 Humour(幽默),采自叔本华,叔氏认为,"严肃,被隐藏在一种诙谐的背后",这就是"幽默","幽默依赖于一种主观的,然而严肃和崇高的心境,这种心境是在不情愿地跟一个与之极其抵牾的普通外在世界相冲突,既不能逃离这个世界,又不会让自己屈服于这个世界"。王国维把文学创作时在诙谐幽默中蕴含严肃的审美表现称为"欧穆亚"(幽默)。

和材料，它体现了王国维革新传统批评的路子：不是以西替中，而是"以外化内"，并最终达到"中外汇通"①。此说确为的论。我们在上面的论述就鲜明地显示了这一点。到了1908年发表的《人间词话》，王国维的这种通过化合中西思维方式从而改变传统诗学运思习惯的设想就更加清晰了。

《人间词话》是王国维诗学研究最完满的一部作品。"境界"说的提出，标志着王国维独具特色的诗学体系的形成。单就思维方式而言，《人间词话》也在"相当程度上达到了中西批评思维方法的汇通"②，是王国维探索传统感悟诗学向现代转型的一个经典文本。

在写作《人间词话》时，王国维已经能够比较冷静地对待西方哲学和西方思维，在他此期的著述中，甚至很少提及西方哲学了，他觉得"哲学上之说，大都可爱者不可信，可信者不可爱"③，其兴趣已逐渐由哲学转移到了文学上，尤其是中国古代诗词和戏曲上。对西方的逻辑思维方式他也能够采取一种比较平和的态度了，认为"抽象之过往往泥于名而远于实"④。因此，在《人间词话》中，王国维不再用充满着理论思辨性的语言进行条理密贯的论说，而是以残丛小语的形式，通过点悟的方法对自唐代至清季的词及词家进行随意品评，各则词话之间也并没有明显的逻辑联系。给人的感觉是，王国维仿佛又退回到了中国传统，放弃了此前着意进行的诗学思维的实验。应该说，这种理解也并非没有道理，因为诗学形式上的回归，也确实从很大程度上反映了王国维由早期对西方逻辑思维的一味推崇，到后来又逐渐认可中国传统思维方式的认识变化。王氏晚年声讨"西学"复归"周孔"似乎更能证明这一点。但是，必须说明的是，王国维的这种向传统感悟的回归，并不是简单的线性回归，而是在深谙中西诗学思维方式的特点以后，试图将感悟与理性两种思维方式进行化合的一种螺旋式回升。

---

① 温儒敏：《中国现代文学批评史》，北京大学出版社1993年版，第11页。
② 同上书，第18页。
③ 王国维：《三十自序二》，《王国维文集》第3卷，中国文史出版社1997年版，第473页。
④ 王国维：《论新学语之输入》，《王国维文集》第3卷，中国文史出版社1997年版，第41页。

第三章 感悟诗学现代转型之发生

《人间词话》共由 64 则词话组成①，若从表面上看，确实是零散的，不成体系的，而且，大都是经验式的感悟，理性色彩也不强。但如果潜心考察，则发现这些散乱的词话实际上是"形散而神不散"，存在着一个潜在的逻辑与系统。有研究者曾经把它们大致地分为三大部分，即理论阐述部分（第 1—9 则）、实际批评部分（第 10—52 则）和结论引申部分（第 53—64 则）②。在理论阐释部分，王国维着重阐释了"境界"这一概念，他从境界的分类（"有我之境"与"无我之境"）、境界的创造（"造境"与"写境"）、境界的构成（"真景物"与"真感情"）、境界与语言、境界无大小优劣等多方面对"境界"作了理论上的阐述，并将"境界"和前人相类似的概念，如严羽的"兴趣"说和王渔洋的"神韵"说进行比较，提出以"境界"作为一个诗词批评标准，要更能"探其本"。很显然，这一部分是整部《人间词话》的纲，以下的论述都是以此为核心来展开的。第二部分是以"境界"作为标准，对整个词史上著名词家、词作的具体批评。从李白、温庭筠、冯延巳、韦庄、李后主、欧阳修、晏殊、晏几道、苏东坡、秦观、周邦彦、姜夔、陆游、辛弃疾、吴文英，一直到纳兰性德，所有文学史上的重要词家他都一一进行了评论，每一品都是对"境界"这一批评标准的具体运用，与前一部分提出的境界理论相互印证，而且还在批评实践中对"境界"说进行了一些理论补充，进一步提出了不少新的观点和命题，比如"隔"与"不隔"、"客观之诗人"与"主观之诗人"、"赤子之心"、"忧生"与"忧世"等。第三部分则相对杂乱一点，但也主要是对诗词的风格流变、境界构成之特征、诗词创作的一些具体问题的论述，和前面两部分亦有着内在的联系。

由此可见，看似凌乱的《人间词话》，在内容的安排上其实也有一个明晰的理论脉络，在行文上虽然没有了前面提及的《红楼梦评论》、《屈子文学之精神》那样张扬的理性色彩，但我们依然可以从中把握到一个以

---

① 关于《人间词话》的篇幅历来说法不一，笔者以为应该以王国维 1908 年至 1909 年在《国粹学报》上公开发表的 64 则为准，删稿 49 则、附录 29 则和拾遗 13 则只能作为其补充和参考。关于《人间词话》版本问题，可参看佛雏《王国维诗学研究》附录《王国维诗学著述系年》，北京大学出版社 1987 年版，第 404—405 页。

② 参见温儒敏《中国现代文学批评史》，北京大学出版社 1993 年版，第 19 页。

"境界"为核心的潜在的理论系统。叶嘉莹说:"《人间词话》从表面上看来与中国传统相沿已久之诗话词话一类作品之体式,虽然也并无显著之不同,然而事实上他却已曾为这种陈腐的体式注入新观念的血液,而且在外表不具理论体系的形式下,也曾为中国诗词之评赏拟具了一套简单的理论雏形。"[1] 这就是说,虽然王国维的《人间词话》表面上看,确实是回到了传统诗学重感悟重体验的形式之中,他却较好地将西方逻辑思维内化为传统感悟诗学的一种运思方式,在《红楼梦评论》、《屈子文学之精神》等论著的基础上进一步实现了中西两种思维方式的融通,在促进感悟思维的现代转型方面迈出了实质性的一步。对于这一点,有论者曾经给予了极其恰当的评说:"它(按,指《人间词话》)虽然运用了中国传统诗话的批评形式,却体现了现代的思维特征。它的影响来自这样几个方面:一,它是中西文化与美学思想交流的产物,其中境界一说受到康德、叔本华思想的影响,但境界一词毕竟取自中国传统,它的传统思想的神韵又是充沛的。二,它虽然还不是非常严密的现代理论著作,可有中心概念,有对这一中心概念的层层推演,已经初具体系性,这是中国古代文学批评所没有的现象,故其自有开创新的中国现代批评模式的功绩。三,境界概念用作批评标准不始于王国维,但他特别重视境界,将其视作中国诗学的核心,则揭开了中国诗学的神秘面纱,确为破空而来的创成。四,对于读者而言,《人间词话》的好处,是它的可读性与鉴赏性。"[2] 这就比较全面地评价了《人间词话》在思维变革上所付出的努力及其对中国诗学发展的贡献。

在思维方式的探索上,王国维还有一部著作有必要提及,那就是1913年出版的《宋元戏曲史》[3]。这是一部研究戏曲史的著作,是王国维从文学研究转向史学研究的过渡之作。全书凡16章,全面梳理了从上古、五代至宋元戏曲的发展线索。在论述的过程中,王国维一方面运用传统的研究方法,潜心于数据的搜集与考据;另一方面,又比较娴熟地运用西方长于归

---

[1] 叶嘉莹:《王国维及其文学批评》,广东人民出版社1982年版,第212页。
[2] 刘锋杰、章池集评:《人间词话百年解评》,《前言》,黄山书社2002年版,第5页。
[3] 该书写作于1912年10月至1913年1月,因此一说是1912年发表,此处从佛雏的观点。参见佛雏《王国维诗学研究》附录《王国维诗学著述系年》,北京大学出版社1987年版,第408页。

纳分析的思维方法,对戏曲的构成因素、戏曲演化的规律以及戏曲独特的范畴与概念进行了比较深入系统的探究,把外来的缜密的思辨方法同传统的直觉、感悟方法融合得已经比较到位,俨然一部初具形态的现代诗学(文学史)论著了,在我国传统诗学思维方式向现代转型方面,其意义也是不可低估的。我们在后面的论述中还将会提到。

要之,通过上面简要的描述,王国维诗学思维方式的内在衍变就得到了比较清楚的呈现。在历史转型刚刚开始的20世纪初,王国维以其特有的敏锐感受到了中西文化的撞击对文学研究所带来的影响,率先在诗学研究领域开始了这场中西思维方式的特殊实验。短短的几年里,他由极端到折中到化合,走的完全是一条披荆斩棘之路,他却走得那样清晰而坚定。在他行进的过程中,传统感悟思维与西方逻辑思维逐渐实现了对接和融通,传统感悟诗学的现代转型从他这里悄然发生了。

2. 王国维诗学思维实验的外因与内因

下面,我们想要追问的是,感悟诗学现代转型的发生为什么是由王国维开始的?也就是说,王国维到底具备什么样的条件,使他有机缘也有能力推动这项感悟诗学现代转型的拓荒性工作?

有一点是很明显的,那是因为王国维接受了西方思想影响的缘故。王国维走上学术道路的时候,正值甲午战败和维新变法流产,中国文化界已经认识到了仅仅靠学习西方的器物和制度并不能从根本上解决中国的实际问题,人们逐渐意识到应该引进西方先进的文化。王国维生逢其时,正好赶上了西方文化大量涌入中国的时候。

不过王氏接触"新学"却是比较晚的事。在《三十自序·一》(作于1907年)中王氏云:"甲午之役,始知世尚有所谓'新学'者,家贫,不能以资供游学,居恒怏怏。"直至1898年2月应邀到上海《时务报》任职,才有机会了解"新学"。是时,王氏结识了两个日本人——藤田丰八和田冈佐代治,"二君故治哲学,余一日见田冈君之文集中,有引汗德、叔本华之哲学者,心甚喜之。顾文字暌隔,自以为终身无读二氏之书之日矣"①。从这

---

① 王国维:《三十自序一》,《王国维文集》第3卷,中国文史出版社1997年版,第470页。

时起，王氏第一次知道有康德、叔本华哲学。其间，王氏开始学习日语和英语。1900年冬至1901年夏王氏得以赴日本留学，由于日本是当时西方思想传入中国的一个中转站，使王氏有更多的机会接触"新学"。回国以后，王氏开始潜心研究康德、叔本华、尼采哲学。王氏后来回忆说："余之研究哲学始于辛（丑）壬（寅）年间（1901—1902）。癸卯（1903）春，始读汗德之《纯理批评》，苦其不可解，读几半而辍。嗣读叔本华之书而大好之。自癸卯之夏至甲辰（1904）之冬，皆与叔本华之书为伴侣之时代也。其所尤慊心者则在叔本华之知识论，汗德之说因之以上窥。然于其人生哲学，观其观察之精锐与议论之犀利，亦未尝不心怡神释也。"① 在《三十自序·一》中王氏又云："读叔本华之《意志及表像之世界》一书。叔氏之书思精而笔锐，是岁（1903）前后读二过。次及于其《充足理由之原则论》《自然中之意志论》及其文集等，尤以其《意志及表像之世界》中《汗德哲学之批评》一篇为通汗德哲学关键。至二十九岁（1905）更返而读汗德之书，则非复前日之窒碍矣。嗣是于汗德之《纯理批评》外，兼及其伦理学及美学。至今年（1907）从事第四次之研究，则窒碍更少，而觉其窒碍之处，大抵其说之不可持处而已。"② 从此段我们不惜篇幅征引的王氏之自叙中可以看出，王氏接触康、叔哲学虽然并不早，但他对此用功之深是为当时所少有的。对于风靡其时的西学，王国维曾经说："余谓不研究哲学则已，苟有研究之者，则必博稽众说而唯真理之从。"③ 他是这么说的，更是这么做的。

从1902年开始，王国维还翻译了大量的西方理论著作。1902年，翻译了日本元良勇次郎的《心理学》、《伦理学》，日本桑木严翼的《哲学概论》。1903年，翻译了英国西额惟克的《西洋伦理学史》。1904年，翻译了《叔本华之遗传学》。1905年从《叔本华文集》中翻译出《叔本华之思索论》。1907年翻译出版了丹麦海甫定的《心理学概论》。特别值得一提的

---

① 王国维：《静庵文集自序》，《王国维文集》第3卷，中国文史出版社1997年版，第469页。
② 王国维：《三十自序一》，《王国维文集》第3卷，中国文史出版社1997年版，第471页。
③ 王国维：《奏定经学科大学文学科学大学章程书后》，《王国维文集》第3卷，中国文史出版社1997年版，第69页。

是，1908年王氏还翻译了英国人耶方斯的逻辑学著作《辨学》。此外，还翻译过《世界图书馆小史》（1910年）、《教育心理学》（1910年）以及《近日东方古语言学及史学上之发明与其结论》（1919年），等等。翻译的过程其实也是一个接受、研究的过程。从这些书名上我们就可以考见王氏接触西学之杂和广。当然，稍后的翻译和我们论题的关系并不是很大了。

由此可见，王国维接触西方文化虽然比较晚，但接触之深之广，不说在当时，即使放在今天也是很罕见的。如此深广地接受西方文化思想，对王氏后来深切地感受到中西文化在思维方式上的异质，并开创性地进行中西诗学在思维上的变革与调和，起到了决定性的影响。我们完全可以设想，倘若没有西方思想的冲击，王国维要想摆脱积习深厚的传统思维方式之制约几乎是不可能的。倘若没有对西方哲学深入的接触和研究，天才的王国维也"只能在单篇零简的诗文书牍，及琐屑驳杂的诗话中打圈子，虽有精义却始终不能发展组织为有理论体系的著述"① 了。叶嘉莹的《王国维及其文学批评》在论述王氏文学批评对传统的拓展时，也着重谈到了西方思想对王氏的影响。叶氏把王国维和古代文学批评史上的刘勰进行比较，她说为什么数千年的中国古代文学批评史上只出现了刘勰《文心雕龙》这样唯一的一部具有理论体系的论著呢？"乃是因为《文心雕龙》的作者刘勰，在立论的方式上，曾经自中国旧有的传统以外接受了一份外来之影响的缘故"，叶氏征引了《梁书》卷五十《文学传·刘勰传》上对刘勰博通佛经、曾对佛经进行过"区别部类录而序之"相关工作的记载，指出刘勰就是因为受到了印度佛教中因明学一派思辨方式的很深的影响，所以才能写出《文心雕龙》这样一部具有相当理论体系的文学批评著作。叶氏由此得出一个中国文学理论发展的规律："中国文学批评要想建立理论体系，必须有待于外来之影响。"② 而王国维就正好有机会接受外来思想的影响，而且接受外来思想影响的深度和广度都要远远超过刘勰。由此，王氏在西方思想的影响下开始对中国文学批评和传统诗学进行一些根本性的变革，也就在情理之中了。

---

① 叶嘉莹：《王国维及其文学批评》，广东人民出版社1982年版，第136页。
② 同上书，第135页。

然而，指出这一点，还仅仅是道出了外因而已。要不，与王国维同时代的接受西方思想影响的人无以数计——据资料记载，满清政府曾于1872—1875年分四批选派了120人赴美国等地留学；其间，自费出国留学者更是无法统计，他们长年生活在国外，接受西方思想影响之深度和广度，与王国维相比有过之而无不及，又为何只有王氏一人意识到并且努力去实践中西诗学在思维方式上的汇通呢？因此，除了受西方思想的影响外，另外还有深层的原因。这种内因就是：一、王国维具有很敏锐的学术觉悟和学术眼光；二、王国维具有很深厚的传统文化功底特别是传统文学方面的修养。前者使王氏能够觉察到中西文化在思维上的根本区别，并在纷乱芜杂的文化现象中寻求出一条沟通中西思维的切实可行的途径；而后者则使王氏能够通过文学批评和诗学建设将中西思维的调和落到实处，而不是仅仅局限于哲学或逻辑学领域进行空洞的鼓吹，如同他的前辈学者一样。

如前所述，王国维对西方文化尤其是西方哲学钻研甚深。西方哲学那种强烈的思辨性、逻辑性以及体系性，对王氏产生了莫大的震撼。他曾经慨叹："以东方古文学之国，而最高之文学无一足以与西欧匹者。"① 他由西方哲学看到了"旧学"的弊端："或学问虽博，而无一贯之系统；或迂疏自是，而不屑受后进之指挥，不过如商彝周鼎，藉饰观瞻而已。"② "我中国有辩论而无名学，有文学而无文法……我国学术尚未达自觉之地位也。"王氏敏锐地觉察到，中国学术要想达到"自觉之地位"，还必须借助于"外界之势力"，王氏说，"外界之学术之影响于学术岂不大哉！"两汉以来，两汉经学极大地束缚了思想文化的发展，使得"思想凋敝"，是佛教东传才刺激了中国学术的发展。"自宋以后以至本朝，思想之停滞略同于两汉，至今日而第二之佛教又见告矣，西洋之思想是也。"③ 由此，王氏力主引进西学。当时，引进西学已经成为一种时代共识。可是，如何引进

---

① 王国维：《文学小言》，《王国维文集》第1卷，中国文史出版社1997年版，第28页。
② 王国维：《教育小言十则》，《王国维文集》第3卷，中国文史出版社1997年版，第83页。
③ 王国维：《论新学语之输入》，《王国维文集》第3卷，中国文史出版社1997年版，第40—41页。

西学，人们在认识上很不统一，泛滥于学界的，依然是一些"中学为体，西学为用"，抑或"全盘西化"的陈腐论调①。王氏则率先主张中西思想的"化合"，主张"能动"而不是"受动"地对待西学。他说："自六朝至于唐室而佛陀之教极千古之盛矣……然当是时，吾国固有之思想与印度之思想互相并行而不化合，至宋儒出而一调和之，此又由受动之时代出而稍带能动之性质者也。"他又说："（外来之思想）即令一时输入，非与我中国固有之思想相化，决不能保其势力。观夫三藏之书已束于高阁，两宋之说犹习于学官，前事之不忘，来者可知矣。"② 在稍后的《国学丛刊序》（作于1911年）中，王氏进一步明确地宣称"学无中西"："余谓中西二学，盛则俱盛，衰则俱衰，风气既开，互相推助。且居今日之世，讲今日之学，未有西学不兴而中学能兴者，亦未有中学不兴而西学能兴者。"③

正是基于这种学术上的觉醒和中西化合的立场，所以王氏能够在中西诗学及其思维方式上采取融通而不是绝对的态度。即使在早期的《红楼梦评论》中有某些极端西化的倾向，但这其实也是相对而言的，因为西化如《红楼梦评论》中也仍然有一些掩饰不住的感悟的色彩，比如他对宝玉悲剧的分析，对作品"解脱"之道的肯定，都分明体现了他真挚的对人生苦痛的真切感受。李长之在分析这篇文章的时候也说道："在他理智的平衡之中流露他的情绪，我以为非如此不能真切，而且并不和锐利的批评相背。"④ 即是很准确地指出了这一点。他由《红楼梦评论》到《屈子文学之精神》再到《人间词话》，就是一步步地朝着他"化合"中西的思路前进的。

---

① 比如张之洞在1898年5月出版的《劝学篇》中仍然在重申"中学为体，西学为用"。"全盘西化"论调亦是不绝如缕。比如易鼐就曾经说，中国要自立于五洲之间，要使列强平等待我，就必须"改正朔，易服色，一切制度，悉从泰西"。（易鼐：《中国宜以弱为强说》，《湘报》1898年第20号，中华书局1965年影印本，第77页。）樊锥也认为，"一切繁礼细故……一革从前，搜索无剩，唯泰西者是效"。（樊锥：《开诚篇（三）》，《湘报》1898年第24号，中华书局1965年影印本，第93—94页。）
② 王国维：《论近年之学术界》，《王国维文集》第3卷，中国文史出版社1997年版，第36、39页。
③ 王国维：《国学丛刊序》，《王国维文集》第4卷，中国文史出版社1997年版，第367页。
④ 李长之：《王国维文艺批评著作批判》，《文学季刊》1934年。

当然，要"化合"中西，还得具有扎实的"旧学"功底。在接触"新学"前，王氏受到过古代文化和传统文学的系统严格的训练，已经打下了深厚的"旧学"的根基。王氏出身于书香门第，不仅获得过较为完整的私塾教育，而且家里藏书颇丰，使他有机会广泛涉猎传统典籍——"家有书五六簏，除《十三经注疏》为儿时所不喜外，其余晚自塾归，每泛览焉"。十六岁时，他就开始披读《汉书》、《前四史》等，为了参加科举考试，"又以其间学骈文散文"①（那年，他还考中了秀才）。值得一提的是，王氏家学渊源颇深，仅明清两代，读书业儒者代不乏人。王氏父亲乃誉（1847—1906）擅长书画金石，诗文亦颇有素养，曾著《诗集》二卷，还留下《日记》三十余册，这些日记的内容涉及家务、农事、贸易、时政、民情、风俗、书画、诗文、戏曲、学术议论、艺人传记、游记，以至灯谜、笑谈、梦境等，无所不包。乃誉特别重视对子女进行书画艺文方面的教育。王氏从小就随父诵习骈散文及古近体诗，并在乃父的督促和影响下作诗填词。早年如此严格的家教和诗书相伴的成长环境，王氏受传统文化和传统诗词浸染之深之巨是可以想象的。王国维后来治学领域涉及哲学、文学、史学、教育学、伦理学、心理学、文献学（简牍、泥封、兵符、汉魏石经、蒙古史）、戏曲、甲骨文、金文、敦煌学等诸多方面，而且无一不是取得了开创性的成就，与早期储备下来的这种扎实的"旧学"根基有着密不可分的关系。

在此，我们尤其要提到的是王氏在传统文学上的修养。受父亲的熏陶和教导，王氏从小就作的一手颇为自负的好词。少年时期即被誉为"海宁四才子"之首。在《三十自序·二》中，王氏云："近年嗜好之移于文学亦有由焉，则填词之成功是也。余之于词，虽所作尚不及百阕，然自南宋以后除一二人外尚未有能及余者，则平日之所自信也。"② 如此言说虽有狂妄自夸之嫌，却也并非大言欺人，因为王氏之词确实做得很好。当年刚到上海《时务报》还名不见经传的时候，王氏就是因为题在一把扇子上的一

---

① 王国维：《三十自序一》，《王国维文集》第 3 卷，中国文史出版社 1997 年版，第 470 页。
② 王国维：《三十自序二》，《王国维文集》第 3 卷，中国文史出版社 1997 年版，第 473—474 页。

第三章 感悟诗学现代转型之发生

首咏史绝句,而获得了古史学家、考据家、清室遗老罗振玉的青睐,罗氏惊为奇才,最终对王氏赏识扶掖有加,使王氏受益终身①。王氏著有词集《人间词》一部,存词115阕。这些词大都是作于1904年至1907年,或咏史,或伤时,或言志,或抒怀,不但很好地表达了王氏之哲学思想②,而且,后来王氏《人间词话》中的很多诗学理念也大都是由此生发出来的。兹以《浣溪沙》一首为例:

> 天末同云黯四垂,失行孤雁逆风飞,江湖寥落尔安归?
> 陌上金丸看落羽,闺中素手试调醯,今宵欢宴胜平时。

这首词为咏孤雁之作。前阕写失群孤雁昏暗孤绝的境况,后阕写人享用已经成为席上珍、腹中物的孤雁时那种明亮热闹的场面。前后形成强烈刺眼的对照,流露出一种力透纸背的看破尘世的消沉与悲凉。古来诗词咏孤雁者甚多,但大多是借"雁"来言相思之情或托"雁"来喻品格之高。而王氏此词则独出一格,正如有论者所分析的,"以悲观之诗人——哲人的那种'通古今而观之'的'天眼','观'出了并且企图再现出下界众生的罪孽与痛苦的全部真相","我们面对这一'孤雁'的'落羽'、'充庖'的可悲图景,也就差不多仿佛看到了一幅基督《下十字架》的图画一样。'孤雁'的品格被提到如此的高度,这在传统诗词中的确是不曾有过的"③。王氏对这首词作也颇为自许,谓"意境两忘,物我一体",在词话未刊稿中亦云:"樊抗父谓余词(即是指此首《浣溪沙》)凿空而道,开词家未有之境。余自谓才不若古人,但于力争第一义处,古人亦不如我用意耳。"④ 此词作于1905年,正是王氏痴迷于叔本华哲学时期。因此,有很多论者从中捕捉到了叔本华悲观主义哲学的影子,认为"词中'孤雁'之被菹醢,正

---

① 参见赵万里《王静安先生年谱》,《国学论丛》1928年第1卷第3号。
② 《人间词》主要创作于1904—1907年,此时王氏正潜心于康、叔哲学、美学,因此,王氏词大都打上了康、叔哲学思想的烙印。
③ 佛雏:《王国维诗学研究》,北京大学出版社1987年版,第137页。
④ 参见滕咸惠《〈人间词话〉新注(选录)》,《山东大学文科论文集刊》1978年第2期。

集中反映了'人之对人,是狼'这一叔本华式的人类法则"[1],是王国维"从尼采到叔本华的研究中,发出对人生绝望的哀音"[2],等等。窥一斑而知全豹。通过对这首随意拈出的词作的分析,我们就大致领略到王国维诗词创作水平确实不同一般。而我们想特别指出的是,王氏这种从幼年培养起来的对于中国旧文学领略欣赏的能力和写作的经验,对他后来能够在文学批评和诗学理论上进行思维实验并最终初步实现了中西诗学在思维方式上之汇通,其作用是至关重要的。尤其是王氏能够完成《人间词话》这样一部继往开来的诗学巨著,更是得益于此。

要之,在西方文化如江河之波涛汹涌而入的20世纪初,王国维以其特有的学术觉醒和学术眼光,把深厚的西方哲学素养和中国文学审美经验融为一体,对传统诗学思维方式进行了一场深刻的变革,推动了中国传统感悟诗学向现代转型的发生。历史之所以独独钟情于王国维,除了他学贯中西、有着充分的学术自觉之外,还因为王国维比一般的人更懂文学,更懂文学批评,更懂中国诗学。

3. 王国维诗学思维实验的现代意义

王国维在20世纪初比较成功地进行的这场诗学思维实验,虽然也留下了许多遗憾,其意义却是怎么评价都不过分的。

众所周知,我国传统诗学由于是生成于单一的思维方式下,一直以来都是比较偏重于具象和直观感悟的方式,缺乏对文学规律和法则的学理性探究,数千年的诗学传统没有形成一个完整的理论体系,所有的诗学概念、范畴也没有能够得到很清楚的界说,比如"诗言志"、"神韵"、"风骨"、"气"、"性"、"道"、"兴趣"、"境界"等,一直都是在内涵自明性的前提下经验性地使用的,谁都没有想到过要从理论上去对它们进行深入的阐释。而王国维对西方逻辑思维的引进尤其是尝试着把逻辑思维和传统的感悟思维汇通以后,则从很大程度上弥补了中国固有诗学之不足,改变了诗学理论的经验性存在形态。王国维开创性地在《人间词话》中创立了一

---

[1] 佛雏:《王国维诗学研究》,北京大学出版社1987年版,第137页。
[2] 劳干:《说王国维的浣溪沙词》,《中国的社会与文学》,(台北)文星书店1968年版,第65页。

个以"境界"为核心的理论体系和批评系统,而且由于带有中西思维的双重视角,还从分类、结构、生成等多方面对"境界"这一传统术语进行了比较清晰的辨析,"其立论,却已经改变了禅宗妙悟的玄虚的喻说,而对于诗歌中由'心'与'物'经感受作用所体现的意境及其表现之效果,都有了更为切实深入的体认,且能用'主观'、'客观'、'有我'、'无我'及'理想'、'写实'等西方之理论概念作为析说之凭借,这自然是中国诗论的又一次重要的演进"①。也就是说,王国维其实已经在一种宏阔的中西视野中对传统的"境界"这一术语进行了现代性的阐释、转化和重构。

此外,有一点也必须提出来,由于王国维把中西思维方式"化合"在诗学运思之中,使得诗学论述既祛除了西方诗学纯理论演绎的枯燥,又弥补了传统诗话形象描述之空乏,既有一定的理论深度,又有较强的审美欣赏性。我们姑且以《红楼梦评论》中对《红楼梦》悲剧性的论述一段为例:"若《红楼梦》,则正第三种之悲剧也。兹就宝玉、黛玉之事言之:贾母爱宝钗之婉嫕,而征黛玉之孤僻,又信金玉之邪说,而思压宝玉之病;王夫人固亲于薛氏;凤姐以持家之故,忌黛玉之才,而虞其不便于己也;袭人惩尤二姐、香菱之事,闻黛玉'不是东风压西风,就是西风压东风'之语,(第八十一回)惧祸之及,而自同于凤姐,亦自然之势也。宝玉之于黛玉,信誓旦旦,而不能言之于最爱之祖母,则普通之道德使然;况黛玉一女子哉!由此种种原因,而金玉以之合,木石以之离,又岂有蛇蝎之人物,非常之变故,行于其间哉?不过通常之道德,通常之人情,通常之境遇为之而已。由此观之,《红楼梦》者,可谓悲剧中之悲剧也。"② 在这里,王氏密切结合叔本华"第三种悲剧"的理论,对《红楼梦》的悲剧品格进行了深入阐释,对造成宝黛悲剧的相关人物一一作了剖析,人情人理,环环相扣,但他说理又不是冷着性子板着脸孔,而是结合了自己的人生感悟,在分析中融进了自我对悲剧人物的深切同情——因为王氏本身就饱受"忧生"、"忧世"之苦痛,具有浓厚的悲观情绪,因此,对宝黛悲剧的剖析,我们甚至可说是王氏借他人之酒杯,浇自己之块垒,

---

① 叶嘉莹:《王国维及其文学批评》,广东人民出版社 1982 年版,第 338 页。
② 王国维:《红楼梦评论》,《王国维文集》第 1 卷,中国文史出版社 1997 年版,第 12 页。

其情感的流露是发自内心的——这样,在说理的时候也融注着感情,在分析的时候亦不离人生的感悟,真可谓较好地做到了"理"与"情"、"析"与"悟"的融合,枯燥的理论演绎因为染上生命的情愫而具有了较强的可读性。然而,该论文还是王氏完成于早期的作品,到后来的《人间词话》等论著中,这种理性与感悟的结合就更显效果了。有论者甚至称《人间词话》是一篇"美文","读着这样的美文,在不知不觉之中,就会被其所浸润,所提升,进入一个美的境界,在那里与古今的诗人们对话,与古今的名诗名词交流,这不仅会使自己的眼界变得宏大,心胸也会变得高洁"①。

当然,也有不少论者指出了王国维诗学的不足。比如叶嘉莹就曾经说:"静安先生虽有着此种觉醒与原则,可是在批评的实践上,他自己却也并不是一个完全成功的人物。……无论在其早期的杂文中或后期的《人间词话》中,他都无可避免的留下了许多错误失败之处。"②杨义亦曾指出王国维的《人间词话》"未能从根本上超越传统诗话词话的体例,形成现代学术的精严结构和深邃层次",因此还只能是一种"伟大的未完成"或"未完成的伟大"③,等等。对王国维在文学批评和诗学理论上的这种"未完成性",我们并不避讳,但是我们认为,王国维诗学也许正是因为还存在这些不足和"未完成",而从相反的层面上更加显示出它的另外一种意义和价值,它昭示我们,把感悟思维和理性思维结合起来,在诗学上进行中西思维的融通,推进感悟思维和感悟诗学的现代性转型,还是一项远远没有完成的事业,尚待我们后来者持续不懈的努力。

二 传承与发展:王国维的感悟诗学间架
——以《人间词话》为中心

由于有着深厚的传统文化的根基,又对西方哲学、美学有比较深入广泛的研究和领悟,因此,王国维在推动中西思维方式汇通的过程中,在双

---

① 刘锋杰、章池集评:《人间词话百年解评》,《前言》,黄山书社 2002 年版,第 5 页。
② 叶嘉莹:《王国维及其文学批评》,广东人民出版社 1982 年版,第 144—145 页。
③ 杨义:《感悟通论》,《新国学》2005 年第 2 期。

重思维交汇和广阔视野的观照下，传统感悟诗学的很多理念得到了很好的传承与发展。下面，我们试结合王国维的境界理论，对这一问题进行深入探讨。

杨义先生曾经说："王国维《人间词话》的思维方式……是非常重感悟的。……他已经摆脱了前期，即写《红楼梦评论》及其以前时期，过多地接受叔本华哲学和美学思想影响的局限和夹生之处，而是既有西方知识参照，又从中国历代的诗词写作经验中，通过感悟哲学而上升到理性或准理性的把握。"① 意思也就是说，王氏境界理论不仅是一种感悟性的诗学理论，而且这种感悟是建立在感悟思维和理性思维正在实现初步汇通的基础之上，已经是一种由传统向现代转型的感悟诗学。的确，王氏在其历史学、考古学的研究方面也许是非常重视理性分析的，但在艺术上则自始至终都特别强调体验，重视直觉，提倡感悟，其境界理论就是其感悟直觉观念的升华。王国维在境界理论中提出了"赤子之心"、"三种境界"、"入"与"出"、"有我之境"与"无我之境"、"隔"与"不隔"等理论命题，都是在中西两种思维方式的汇通中，以审美直觉论作为根基，从主体、创作、文本以及鉴赏等诸多方面，对传统感悟诗学思想进行的极富现代意义的转换。

1. "赤子之心"：艺术感悟主体论

王氏《人间词话》第十六则云：

> 词人者，不失其赤子之心者也。故生于深宫之中，长于妇人之手，是后主为人君所短处，亦即为词人所长处。

这里，王氏借评李煜提出了"赤子之心"这一命题，论及了艺术感悟中主体的心胸问题。所谓"赤子之心"，是指一种排除了一切世俗欲念的无利害的审美状态，类似于李卓吾的"童心"，也即"绝假纯真、最初一念之本心"（《童心说》）。这个概念并非由王氏第一次提出，早在老子就有

---

① 杨义：《感悟通论》，《新国学》2005 年第 2 期。

"专气致柔,能婴儿乎"和"含德之厚,比于赤子"的说法(《老子》),孟子亦有"大人者,不失其赤子之心者也"(《孟子·离娄下》),袁枚甚至说过类似的话:"诗人者,不失其赤子之心者也"(《答施兰垞论诗书》)。禅家也曾以"新生孩子掷金盆"来比喻"佛"[1]。王氏"赤子"说显然与古代的这些说法不无关联。但王氏"赤子之心"的观点主要是本于叔本华的天才论,王氏在《叔本华与尼采》中引用了叔本华《天才论》中的一段论述:

> 天才者,不失其赤子之心者也。盖人生之七年后,知识之机关,即脑之质与量,已达完全之域,而生殖之机关,尚未发达。故赤子能感也,能思也,能教也,其爱知识也,较成人为深;而其受知识也,亦视成人为易。一言以蔽之曰:彼之知力盛于意志而已。即彼之知力作用,远过于意志之所需要而已。故自某方面观之凡赤子皆天才也,又凡天才自某点观之,皆赤子也。昔海尔台尔(Herder)谓格代(Goethe)曰"巨孩"。音乐大家穆差德(Mozart)亦终生不脱孩气,休利希台额路尔谓彼曰:"彼于音乐,幼而惊其长老,然于一切他事,则壮而常有童心者也。"

在此,叔氏从生理角度比较好地阐释了"赤子之心"的内涵,我们在后面的论述中将要提到,王氏"赤子"说亦明显地受到了叔氏的影响。

现在的问题是,王氏为什么要提倡"赤子之心"说?为什么认为李后主"不失其赤子之心"是他"为词人所长处"?对于这个问题,已经有很多论者都进行过探讨。不少人对此观点持批评态度,认为王氏否定了生活对于创作的决定意义,是他反动的阶级偏见所造成的谬误[2];认为王氏把真实看作脱离社会的、先天的、抽象的东西,这显然是错误的[3];认为这和王氏所强调过的"诗人对宇宙人生,须入乎其内,又须出乎其外"的观

---

[1] (宋)释清茂:《宗门统要续集》第二十一。
[2] 汤大民:《王国维"境界"说试探》,《南师学报》1962年第3期。
[3] 高梅森:《王国维的"境界"说——读〈人间词话〉札记》,《河北日报》1962年10月9日。

第三章 感悟诗学现代转型之发生

点自相矛盾①；等等。当然也有对之进行肯定的，如叶嘉莹就认为这些品评（按，指"不失赤子之心"等）并不是盲目地以人格之价值与作品之价值混为一谈，而能够就作者人格性情之某些特质与其风格之某些特质间的关系来立论②。佛雏认为"赤子之心"说实隐伏着某种跟封建思想桎梏相对立的个性"自由"、艺术"自由"的要求。这跟儒、道、禅三家的"赤子"内容比，毕竟有自己的时代特色③。如此等等。综观目前的研究，还没有人从直觉感悟的角度来考察过王氏的"赤子"说。其实，王氏"赤子"说亦是对艺术感悟主体心胸状态的一种非常确切的描述。

我们在前面也多次提到过，由于感悟是一种非理性或超理性的直觉，是一种纯主观的思维活动，因此感悟主体的心胸状态是整个感悟过程中最微妙的一个环节。老子主张"涤除玄览"，即认为首先必须涤除胸中一些世俗的欲念，让心境一片空明无碍，才能"览玄"——悟道。庄子更是主张"堕肢体，黜聪明，离形，去知（智）"，认为一个人太聪慧，知识太丰富，太富于理智，这样反而有碍于"同于大通"。明代李卓吾极力倡言"童心"说，主张抒写"最初一念之本心"；叔本华也把天才和孩子联系起来，认为天才都是"大孩子"，具有儿童般的"天真与崇高的单纯"，"他探索这个世界，就像探索某种奇异的事物，当作一种游戏，因此他具有纯客观的兴趣"④。现代科学也已经证明，儿童的感悟能力和想象能力都要远远超出成人，因为儿童涉世不深，天真的童心还没有受到社会世俗的污染，很多认识都是依靠直观感觉，童言无忌，不计功利，往往能够一语道破事物的本质。而人随着年龄的增长，阅历丰富了，考虑问题逐渐理性了，而非理性的直觉感悟的能力也因此被遮蔽了。王氏"赤子之心"说显然也是从这个角度来立论的。他在另一处曾经说："必吾人之胸中洞然无

---

① 金开诚：《〈人间词话〉的"境界"说》，《古典文学论丛》第2辑，陕西人民出版社1981年版。
② 叶嘉莹：《王国维及其文学批评》，广东人民出版社1982年版，第298页。
③ 佛雏：《〈人间词话〉三题》，《扬州师院学报》1980年第3期。
④ ［德］叔本华：《作为意志和表象的世界》，石冲白译，杨一之校，商务印书馆1982年版，第163页。

物,而后其观物也深而其体物也切,即客观的知识实与主观的感情为反比例。"① 即与此"赤子"说互为注脚的。正因为有这种观念,所以在王氏看来,李煜生于深宫,长于妇人之手,没有被社会世俗所污染同化,不滞于物,不役于理,能够保持一种率真情感和纯洁本真的人性,保持一种澄明无碍的感悟的心胸,这就是他"为词人所长处"。

在接下来的第十七则词话中,王氏又进一步说:"客观之诗人,不可不多阅世。阅世愈深,则材料愈丰富,愈变化,《水浒传》、《红楼梦》之作者是也。主观之诗人不必多阅世,阅世愈浅,则性情愈真,李后主是也。"客观之诗人指的是史诗、戏曲、小说作家,他们的主要功能是真实地记录现实生活,因此,多阅世,可以多占有材料,多体察社会人生的变故;而主观之诗人指的是抒情诗作者,是以抒写胸中郁积、表达强烈情感为目的的,主要靠的是对宇宙人生的感悟,可以不必多阅世,"阅世多,则天真离,性灵窒,矫伪生,换言之,'赤子之心'塞,'自然之眼'蔽。"② 正所谓"为学日益,为道日损"。他们需要的是一颗纯真的"赤子之心"。

王氏"赤子之心"说与传统的"虚静"说有相通的地方,两者都主张涤除外界欲念对感悟的羁绊,追求心灵上的清净空明。但它们又是有明显区别的。"虚静"说指的是感悟的心境,强调的是后天的对人的情感进行净化处理,前述老子的"涤除玄览"以及庄子的"心斋"、"坐忘"即是如此;而"赤子之心"说则指的是主体原本就具有的一种心胸,强调的是直觉的灵光未被遮蔽的自然本真状态。"虚静"之心可以培养,它就宛如一块水面,风起时波光粼粼,风过后又会恢复到原来的平静;"赤子之心"靠用心维护,它就像一张白纸,一旦被玷污了,就很难再回到初始的状态。

王氏特别看重这种先天的自然本真的悟性,他对纳兰容若评价颇高:"纳兰容若以自然之眼观物,以自然之舌言情。此由初入中原,未染汉人

---

① 王国维:《文学小言》,《王国维文集》第1卷,中国文史出版社1997年版,第25页。
② 佛雏:《王国维诗学研究》,北京大学出版社1987年版,第287页。

风气,故能真切如此。北宋以来,一人而已。"① 就是因为纳兰容若能够用未受任何矫饰的眼睛观物,以未受任何限制的舌头言情。他甚至对"昔为娼家女,今为荡子妇。荡子行不归,空床独难守"、"何不策高足,先据要路津?无为久贫贱,轗轲长辛苦"这样的淫词、鄙词能够作出充分的肯定,亦是觉得这些词虽然粗俗,却是真情的自然流露。

自然,本真,是王氏境界理论的基本追求,王氏曾云:"故能写真景物、真感情者,谓之有境界。否则谓之无境界。""大家之作,其言情也必沁人心脾,其写景也,必豁人耳目。其辞脱口而出,无矫揉妆束之态。以其所见者真,所知者深也。"在《宋元戏曲史》中亦云:"元曲之佳处何在?一言以蔽之,曰:自然而已矣。古今之大文学,无不以自然胜,而莫著于元曲。"可见,"赤子之心"说对感悟主体本真心胸的强调,其最终的目的就是在诗歌中营造一种最高的境界。

2."三境"说:艺术感悟过程论

"三种境界"说(以下简称"三境"说)则是对艺术感悟过程的一种描述。《人间词话》第二十六则云:

> 古今之成大事业大学问者,必经过三种之境界:"昨夜西风凋碧树。独上高楼,望尽天涯路。"此第一境也。"衣带渐宽终不悔,为伊消得人憔悴。"此第二境也。"众里寻他千百度,回头蓦见(按,当做'蓦然回首'),那人正(按,当做'却')在灯火阑珊处。"此第三境也。此等语皆非大词人不能道。然遽以此意解释诸词,恐晏、欧(按,柳词王氏误为欧阳修作)诸公所不许也。

此"三境"说虽然常被后人用来泛指整个人生理想实现的三个阶段,但很显然,在王氏那里,主要是就文学艺术创作而言的,它形象地概括了艺术感悟和构思是一个艰苦的由"渐悟"到"顿悟"的渐进过程。第一境——"昨夜西风凋碧树。独上高楼,望尽天涯路",是说创作主体受到了宇宙人

---

① 《人间词话》第五十二则。

生的某种感召，突然产生了一种创作冲动，艺术感悟由此开始发端。这里关键是一个"独"字，古代中国人很重视独处，"独"则"静"，"静"则"空"，苏轼曾云："欲令诗语妙，无厌空且静。静故了群动，空故纳万境"（《送参寥师》），独处时心性会处于一种相对宁静的状态，不会受到外界的纷扰，主体能够自由地进行审美观照，艺术的灵感骤然而至。宇宙的信息撼动着主体的心灵，在思绪万千中触动自己的悟性，迅速进入一种艰苦的"参悟"的状态。第二境——"衣带渐宽终不悔，为伊消得人憔悴"，就是描述这一"渐修"过程的。主体获得了宇宙的某种启迪，而一时又理不清头绪，找不到进行言说的方式，于是陷入了一种深沉执着的痛苦之中，衣带为之渐宽，人为之憔悴，但即使这样也仍不后悔，仍在上下求索。第三境——"众里寻他千百度，回头蓦见，那人正在灯火阑珊处"，则是说在经历了艰难的渐悟之后，终于获得了一种顿悟，在突然间，整个思路豁然开朗。王氏说："积年月之研究，而一旦豁然悟宇宙人生之真理；或以胸中惝恍不可捉摸之意境，一旦表诸文字、绘画、雕刻之上：此固彼天赋之能力之发展，而此时之快乐决非南面王之所能易者也。"①

　　王氏"三境"说对文学艺术创作中"渐悟"、"顿悟"关系的描述，虽然只是借用了前人的三句诗词，并没有作理论上的深入阐释，但是确实很精确地概括了艺术构思中思维演进的艰难过程。三段引词，既不是出于一篇词作，也不是出于一人之手，而是各自成章，但在王氏这里，它们又是相互联系的，按照一定的层次连贯地组织起来，表达了一个完整的意思，昭示了一个从希望期待（得悟），到追求奋进（渐悟），再到成功喜悦（顿悟）的循序渐进的感悟过程。很显然，王氏在这里对三段词的引用，既利用了原词的本来意义，但又已经与原词的意义不尽相同，他是巧妙地借取古人词句中的某种意象，断章取义，通过诗歌本身所固有的兴发感动作用来触发联想，次第展开境界层次，已经形成了属于他自己的新的感悟理论。

　　王氏"三境"说和庄子的关系最深。《庄子》中的很多寓言故事都阐

---

① 王国维：《论哲学家及美术家之天职》，《王国维文集》第3卷，中国文史出版社1997年版，第8页。

述到了"渐悟"与"顿悟"的关系问题,比如《痀偻承蜩》、《梓庆削鐻》、《象罔玄珠》、《庖丁解牛》等,都无不蕴含了这方面的深刻哲理。在《痀偻承蜩》中,庄子云:

> 仲尼适楚,出于林中,见痀偻者承蜩,犹掇之也。仲尼曰:"子巧乎!有道邪?"曰:"我有道也。五六月累丸二而不坠,则失者锱铢;累三而不坠,则失者十一;累五而不坠,犹掇之也。吾处身也,若厥株拘;吾执臂也,若槁木之枝。虽天地之大,万物之多,而唯蜩翼之知。吾不反不侧,不以万物易蜩之翼,何为而不得!"孔子顾谓弟子曰:"用志不分,乃凝于神。其痀偻丈人之谓乎!"

在这则寓言里,驼背老人一开始捕蝉也并不成功,但经过"累二"(谓在竹竿上累两个弹丸)、"累三"至"累五"分阶段的艰苦地练习,不为外界所纷扰,凝神静气,专心致志,最后终于达到了那种"犹掇之也"(谓好像用手拾取一样容易)的仿佛神化的境界。这则寓言就揭示了若要在技艺上达到出神入化的境界,一定要经历一个艰苦练习、潜心体悟的过程。王氏"三境"说所描述的和这则寓言所昭示的意义又何其相似。在艺术构思方面,唐僧皎然在《诗式》中亦有论述:"夫不入虎穴,焉得虎子。取境之时,须至难至险,始见奇句;成篇之后,观其气貌,有似等闲,不思而得:此高手也。"其中也隐含了王氏"三境"说的一些思想。清人郑板桥也曾经提出过"眼中之竹"、"胸中之竹"、"手中之竹"的"三竹"说,云:"江馆清秋,晨起看竹,烟光、日影、露气,皆浮动于疏枝密叶之间。胸中勃勃,遂有画意。其实胸中之竹,并不是眼中之竹。因而磨墨展纸,落笔倏作变相,手中之竹又不是胸中之竹也。"[①] 郑氏"三竹"说很清楚地描述了整个艺术创作的三个阶段,而对艺术构思只用了"胸中勃勃"四个字一笔带过,并没有凸显出感悟在其中的作用,其个中意蕴远不可与王氏"三境"说相比拟。金圣叹在《水浒传序一》中亦有"三境"一说,云:

---

① (清)郑板桥:《题画》,《中国美学史参考资料》下册,中华书局1981年版,第340页。

"心之所至,手之所至焉者,文章之圣境也。心之所不至,手亦至焉者,文章之神境也。心之所不至,手亦不至焉者,文章之化境也。"金氏此说主要是就小说创作而言的,而且论的并不是艺术构思,而是艺术表现,和王氏"三境"说似乎关系不大。袁枚也谈到过构思的渐进性,云:"有一二字于心不安,千力万气,求易不得,竟有隔一两月于无意中得之者。"惜流于简单皮相。

除传统文论而外,禅宗对王氏的影响亦不小。我们在前文已经提到,禅宗是最注重感悟的,而且很早就有所谓顿悟与渐悟的分别(即"南顿北渐"),并对"顿"和"渐"关系有比较深入的认识,比如"显顿悟资于渐悟","顿圆如初生孩子,一日而肢体已全;渐修如长养成人,多年而志气方立"①。特别值得一提的是,《坐禅三昧经》有"四禅定"之说,把参禅分为四个阶段:初禅阶段(参禅者排除烦恼、欲望的干扰,得到一种从烦暴的现实中脱身而出的喜悦)、二禅阶段(这种喜悦逐渐转化,成为身心的一种自然属性,达到"无欲界")、三禅阶段(带有事物色彩的喜悦消失,只留下内在的、纯净的、自然的乐趣)、四禅阶段(这种乐趣归于无有,达到一种无欲、无念、无喜、无忧的境界,得到了澄澈透明的智慧),这"四禅定"中的前面两个阶段颇相当于王氏的第一境,第三、第四阶段也基本上可分别对应于王氏的第二、第三境,可见,禅宗"四禅定"对王氏"三境"说的影响应该是不可忽视的②。

王氏除受传统滋润外,还接受了西方思维和叔本华思想的影响。从王氏"三境"说中我们还可以看出叔本华某些思想的影子。比如叔氏曾经说,"青年人的观照的智力总是带着新鲜的活力来行动,自然常常以其完全的客观性因而完全的美显示给他"。又云,所谓"灵感","不是别的,只是智力在一刹间挣脱意志的奴役而自由",一旦智力到达"最高度的纯粹",而"成为世界的清晰的镜子",在这样的顷刻,"不朽作品的灵魂产

---

① 《景德传灯录》第十三,终南山圭峰宗密禅师语。
② 参见王苏《王国维"境界说"的禅宗意蕴》,《中州学刊》1990 年第 3 期。

生了"①。无疑,熟研叔本华的王氏,在对"三境"说的总结提炼中,是受到了叔氏的这些思想的启发的。当然,王氏从西方借取的还有逻辑思维的严密性和层次性,这一点即使是在这短短的三句话中都有分明的体现,我们细心去体会就可感知,在此就不多说了。

3. "入"与"出":艺术感悟的两个维度

"入"与"出"亦是对艺术构思而言的。《人间词话》第六十则云:

> 诗人对宇宙人生,须入乎其内,又须出乎其外。入乎其内,故能写之;出乎其外,故能观之。入乎其内,故有生气;出乎其外,故有高致。美成能入而不能出。白石以降,于此二事皆未梦见。

如果说前面"三境"说讲的是艺术构思由渐入顿的三个阶段的话,那么,这里的"入乎其内"与"出乎其外"则论述的是艺术构思的两个维度:一维是如何"悟入",一维是如何"悟出"。一些论者把"入乎其内"理解为"钻进去",也即深入社会生活掌握丰富的创作素材,把"出乎其外"理解为"提起来",即对所掌握的生活素材作综合的观察和全面的概括,揭示事物的本质②;也有人说"入"就是"入世","出"就是"出世"③;"入内"是"我"的物化,"出外"就是"解脱"④;"入乎其内"意味着了解人生,"出乎其外"意味着高于生活⑤。很显然,在今天看起来这些解释并不能令人完全满意。其实,在王国维这里,"入"即悟入,"出"即悟出,讲的都是感悟体验,而并非仅仅是简单地掌握素材和分析素材,更不是所谓的"入世"、"出世"和物化、"解脱"。敏泽说,"入乎其内"就是要求深入所谓"宇宙人生",体验它;"出乎其外"就是站在更高的角度进行观

---

① [德]叔本华:《作为意志和表象的世界》,石冲白译,杨一之校,商务印书馆1982年版,第143—144页。
② 陈牧:《"衣带渐宽终不悔,为伊消得人憔悴"》,《山花》1962年第9期。
③ 聂振斌:《王国维的意境论》,《美学》第6期,上海文艺出版社1985年版。
④ 王振铎:《论王国维的"境界"说》,《文学论丛》1982年第13辑。
⑤ 吴奔星:《王国维的美学思想——"境界"论》,《江海学刊》1963年第3期。

察①。佛雏说:"'入乎其内',指诗人必须摆脱俗'我',而后达到由表及里,体物入微。""'出乎其外',则指诗人的'自我'主宰外物。诗人就外物(创作对象)本身的美加以升华,使之与'人'的某种襟度、风致自然谐和,使人'观'之,既似其物,又若不似其物,具有比此物更多得多的东西,于是呈现一种玩挹不尽的特殊情味,而诗人的'自我'即在其中。"②这两种理解就相对要确切一些,基本上把"入"与"出"视为一种感悟体验的方式了。此外,夏中义也把"入"与"出"看作一种审美感悟,夏氏认为,"入乎其内"是将牵动诗人衷肠的、毛茸茸的素材再体验一番,"出乎其外"是不拘泥素材原型,将素材放到终极关怀这一层面作审美观照③。

的确,"入"即悟入,"出"即悟出。然而,关键的问题是,面对纷繁复杂的社会人生,面对为创作所积累的大量素材,如何才能"悟入",又如何才能"悟出"呢?我们不想妄测王氏之意,且来看他自己是怎么说的。在紧接着这一则词话的第六十一则词话中,王氏说:"诗人必有轻视外物之意,故能以奴仆命风月;又必有重视外物之意,故能与花鸟共忧乐。"此两则词话上下相连,在意义上也应该具有连贯性。果然,如若细细咀嚼,就会发现这则词话正好地解释了如何"悟入"、"悟出"的问题。王氏认为,诗人必须"重视外物",把所描写的对象当作一种生命,并与之取得一种生命的共感,用心去体验对象,实现生命与生命之间的沟通,追求主客体的融合,这样诗人才能够"入乎其内";但是,诗人又不能太滞于外物,必须"轻视外物",使外物皆为我所驱使而不至于被外物所局限,这样才能够对之进行"出乎其外"的客观观照。前后两则词话,真可谓一呼一应。在《文学小言》中,王氏又说:"自一方面言之,则必吾人之胸中洞然无物,而后其观物也深而其体物也切,即客观的知识实与主观的感情为反比例;自他方面言之,则激烈之感情亦得为直观之对象、文学之材料,而观物与其描写之也亦有无限之快乐伴之。要之,文学者不外知

---

① 敏泽:《中国文学理论批评史》(下),人民文学出版社 1981 年版,第 1158 页。
② 佛雏:《"境界"说的传统渊源及其得失》,《古典文学论丛》1982 年第 2 辑。
③ 夏中义:《世纪初的苦魂》,上海文艺出版社 1995 年版,第 13 页。

识与感情交代之结果而已,苟无敏锐之知识与深邃之感情者不足与于文学之事,此其所以但为天才游戏之事业而不能以他道劝者也。"① 这段话亦可以看作是对"入"与"出"的进一步诠释。"必吾人之胸中洞然无物,而后其观物也深而其体物也切"是对"出乎其外故能观之"的阐释,而"激烈之感情亦得为直观之物件、文学之材料"则是对"入乎其内故能写之"的说明。也就是说,要能"入",诗人必须对宇宙人生充满"激烈之感情",冷漠无情的人是成不了诗人的。王国维的境界理论即特别强调真情,他对尼采所说的"一切文学,余爱以血书者"特别欣赏。要能"出",则诗人胸中又必须"洞然无物",具有"赤子之心",如果心为物役,胸为物塞,就不能"出"。在这里,王氏还尤其提到了"深邃的感情"与"敏锐之知识"对"悟入"与"悟出"的关系,分明地把前两者分别看作后两者的一个前提,这显示了王氏感悟思想与老庄及禅宗感悟理论的一个根本区别。

王氏说:"美成能入而不能出。"美成(按,即周邦彦)是有宋一代著名的大词人,王氏为什么说他"能入而不能出"呢?从美成这里,也许能考察出王氏"入"与"出"的一些具体标准。王氏在词话(包括定稿、删稿、附录和拾遗)中涉及美成的不下二十处,并在定稿第三十三则有专评。对王氏关于美成词的品评进行稍许归纳,发现王氏主要谈到了美成词几个方面的问题:其一,"模写物态,曲尽其妙"。在《清真(按,亦即美成)先生遗事》中,王氏说:"先生之词……张玉田谓其善于融化诗句,然此不过一端。不如强焕云:'模写物态,曲尽其妙。'为知音也。"词话第三十六则云:"美成《青玉案》词:'叶上初阳干宿雨,水面清圆,一一风荷举。'此真能得荷之神理者。"其二,很讲究音律辞采,"言情体物,穷极工巧",但"多作态",喜用代字,"不是大家气象"。词话附录第十七则云:"楼忠简谓(清真)先生妙解音律……故先生之词,文字之外,须兼味其音律……两宋之间,一人而已。"词话删稿第十五则云:"美成《浪淘沙慢》二词,精壮顿挫,已开北曲之先声。"词话第三十三则云:"美成

---

① 王国维:《文学小言》,《王国维文集》第1卷,中国文史出版社1997年版,第25—26页。

深远之致不及欧、秦,唯言情体物,穷极工巧,故不失为第一流之作者。但恨创调之才多,创意之才少耳。"词话删稿第三十九则云:"词之最工者,实推后主、正中、永叔、少游、美成,而后此南宋诸公不与焉。"《人间词话乙稿序》云:"美成晚出,始以辞采擅长。"词话附录第二十七则云:"美成词多作态,故不是大家气象。"词话第三十四则云:"美成《解语花》之'桂华流瓦',境界极妙,惜以'桂华'二字代'月'耳。"其三,所写多为"常人之境",且"常人皆能感之","意趣不高远"。词话附录第十六则云:"境界有二:有诗人之境界,有常人之境界。诗人之境界惟诗人能感之而能写之,故读其诗者亦高举远慕,有遗世之意。……若夫悲欢离合羁旅行役之感,常人皆能感之,而惟诗人能写之,故其入于人者至深,而行于世者也尤广。(清真)先生之词属于第二种为多。"词话附录第十四则云:"(清真)先生于诗文无所不工,然尚未尽脱古人蹊径。……其意趣不高远。"如此等等。上述三个方面,应该说确实是美成词的特点。第一点是为王氏所充分肯定的,因为美成不但能够深深地体悟出所描写对象的神理,并且能够曲尽其妙,用精工的辞采把其神韵描摹出来,这是十分符合王氏"入乎其内故能写之"的批评标准的。对第二点,王氏肯定了他的"言情体物,穷极工巧",因此,虽然"不喜美成"(附录第二十九则),仍然把美成归为"第一流之作者",但王氏认为在这一点上美成做得太过了,过分地讲究音律和辞采,并且忸怩作态,还喜欢用代字,这样太滞于字词和音律,和王氏所主张的自然、真情、胸中洞然无物明显相背离。第三点本应为美成之优点,美成却因此充满市井俗气,"意趣不高远",而王氏境界理论又是主张诗词要有"高格"的。这第二、第三点因为过于沾滞于修辞音律和世俗物欲,和王氏的"出乎其外故能观之"的标准显然是背道而驰的。因此从总体上考察,王氏就认为"美成能入而不能出"了。王氏"入"与"出"的具体标准,也通过对美成评述很清楚地表现出来了。

以"入"、"出"论文学艺术并非自王氏始。早在庄子就有"以无厚入有间"(《养生主》),强调对客观事物规律的体悟;朱熹有"须是踏翻了船,通身都在那水中,方看得出"(《朱子语类辑略》卷5),主张要深入其中,方能悟出;陆机有"虽离方而遁圆,期穷形而尽相"(《文赋》);王若虚有"妙在形似之外，而不遗其形似"（《瀞南诗话》）；刘熙载有"身在瓮外，方能云瓮；身在衣内，方能胜衣"（《游艺约言》）；谢榛有"观则同于外，感则异于内。当自用其力，使内外如一，出入此心而无间也"（《四溟诗话》卷3）；周济有"夫词非寄托不入，专寄托不出"（《宋四家词选目录序论》），等等，不一而足，但是，以"入乎其内"和"出乎其外"作为一个品评诗词的标准的，却自王氏始。而且，正如有的论者所论证的，王氏"出"、"入"说还吸收了审美距离说以及游戏说的思想，在继承传统的基础上还有机地化合了西方的一些理论资源①，其现代色彩亦是古代诗学所不可比拟的。

4. "有"、"无"之境：艺术感悟形态论

《人间词话》第三则提出了"有我之境"与"无我之境"的命题。云：

> 有有我之境，有无我之境。"泪眼问花花不语，乱红飞过秋千去。""可堪孤馆闭春寒，杜鹃声里斜阳暮。"有我之境也。"采菊东篱下，悠然见南山。""寒波淡淡起，白鸟悠悠下。"无我之境也。有我之境，以我观物，故物皆著我之色彩。无我之境，以物观物，故不知何者为我，何者为物。古人为词，写有我之境者为多，然未始不能写无我之境，此在豪杰之士能自树立耳。

这组命题提出来以后，历来研究者都议论纷纭，莫衷一是。值得关注的是，有些论者也注意到了该命题所蕴含的感悟特性。譬如，有论者就曾经说，"有我之境"是由创作主体把某种激烈的现实感受，经审美观照和形式化转化而来的一种充分个性化而又具有深广包孕性、富有现实意义的审美境界；"无我之境"是创作主体以澄澈如镜的审美心胸观照外物时，在心与物默然相会、契合无间中直接达成，并通过一定形式凝定在作品中的对于宇宙人生的一种诗意的感悟②；"有我之境"是诗人在观物（审美和创作对象）中所形成的某种激动的情绪与宁静的观照二者的对立与交错，作

---

① 参看叶嘉莹《王国维及其文学批评》，广东人民出版社1982年版，第275页。
② 周祖谦：《王国维"有我之境"美学特征辨析》，《河北师范大学学报》1998年第1期。

为一个完整的可观照的审美客体，被静观中的诗人领悟和表现出来的一种属于壮美范畴的艺术意境。"无我之境"是诗人以一种纯客观的高度和谐的审美心境，观照出外物（审美和创作对象）的一种最纯粹的形式；在这一过程中，仿佛是两个"自然体"（"物"）自始至终静静地互相映照，冥相契合：这样凝结而成的一种属于优美范畴的艺术意境①。王国维不过是借"以物观物"一语，取其"情累都忘去"一义，转向审美的体验②。的确，"有我之境"与"无我之境"作为一对诗学术语，它高度概括了凝定在文学文本中的主体与客体相沟通相契合的两种状况：一种是经过感悟体验客体被主体同化，主体之情外溢于客体（有我之境），另一种是经过审美静观主体化身于客体，主体之情内隐于客体（无我之境）。

在《人间词话乙稿序》中，王国维说："原夫文学之所以有意境者，以其能观也。出于观我者，意余于境；出于观物者，境多于意。"此段话与第三则词话正可以互为注脚。"观"是同时出现在两段话中的一个非常重要的关键词。我们知道，王国维品词是特别注重"观"的。什么是"观"？所谓"观"，也就是"静观"、"静悟"、"观照"、"体验"之意。王氏认为，没有这种"静观"、"静悟"和审美观照以及审美体验的能力，也就不可能产生所谓的文学境界，更遑论"有我之境"与"无我之境"之分别了。

"有我之境"就是"以我观物"，是抒情主体带着浓厚的自我的情感去观照客体，处于兴奋状态的主体不自觉地把自己的意志强加于客体，使得客体也因此具有了主体的感情色彩。叔本华说：在抒情诗及抒情的心境中，"主观的倾向，意志的喜爱，把它自己的色彩赋予被观照的环境，反过来，各种环境又传播它们色彩的反射给意志"③。看得出，王氏"有我之境"说显然是受了叔氏的影响。而"无我之境"则是"以物观物"，是抒情主体极力站在物的立场上，将心比心，以物的特性来体悟物。前一个

---

① 佛雏：《王国维诗学研究》，北京大学出版社1987年版，第227、229页。
② 陈良运：《王国维"境界"说之系统观》，《社会科学战线》1991年第2期。
③ [德]叔本华：《作为意志和表象的世界》，石冲白译，杨一之校，商务印书馆1982年版，第323页。

"物"是审美静观中的主体,后一个"物"是审美静观中的客体。在这种审美观照中,主体和客体已经融叠到一起,主体甚至内化于客体之中。这种情形,也正如叔本华所说的,"他在这个客体中丧失了自己,就是说,甚至忘掉了他的个人存在,他的意志,而仅仅作为纯粹的主体、作为客体的清晰的镜子而继续存在,因此就象那个客体单独存在那儿,而没有任何人去觉察它,于是他不再能从观照中分出观照者来,而两者已经合而为一,因为全部意识是被一种单一的感性的图画所充满所占据了"①。

很显然,之所以会有"有我之境"与"无我之境"的区别,并不是由于所"观"的对象不同,而是由于所"观"的方式改变了——一为"以我观物",一为"以物观物"。感悟的方式变了,就会营造出不同的艺术境界。譬如,在"泪眼问花花不语,乱红飞过秋千去"一句中,伤心得泪流满面的主体,在观照中把自己的感情强加在花身上,把花这个客体人情化了,以为花也通人性,以为花也会理解他的伤心,想与花一诉衷肠,花却默默无语,随风飘零,在这种一厢情愿的生命体验中,主体之情被无限地放大了,弥漫于整个诗篇之中,这就是所谓的"有我之境";而在"采菊东篱下,悠然见南山"一句中,主体的情感是相对隐蔽的,他心态闲静,融身于客体中,似乎忘记了自我的存在,而只是极力客观地呈现客体的情势。这时候,主体并不是没有自己的性情,但他已经与客体的本性处于一种异质同构之中,物性已是我性,物貌已是我情,于是,就营造出一种看似无我实则有我的境界,这就是"无我之境"。

朱光潜曾经根据立普斯的"移情说",对王国维的"有我之境"与"无我之境"进行过解说,认为"有我之境"应该叫"同物之境","无我之境"应该叫"超物之境"。朱氏说:"他所谓'以我观物,故物皆著我之色彩',就是近代美学所谓'移情作用'。'移情作用'的发生是由于我在凝神观照事物时,霎时间由我两忘而至物我同一,于是以在我的情趣移注于物。换句话说,移情作用就是'死物的生命化',或是'无情事物的有情化',这种现象在注意力专注到物我两忘时才发生。……我以为与其

---

① [德]叔本华:《作为意志和表象的世界》,石冲白译,杨一之校,商务印书馆1982年版,第231页。

说'有我之境'和'无我之境',不如说'超物之境'和'同物之境'。"①朱氏此论应该说也是一家之见,后来却遭到了不少研究者的批评,比如叶嘉莹就认为"朱氏所说的'同物'及'超物'之境,与王氏所说的'有我'及'无我'之境,实在乃是并不相同的",不过从叶氏论述来看,其批驳朱氏的原因却并不十分充分②。其实,从感悟这一视角来考察,朱氏所论和王氏所论委实是不一样的,其最根本的不同是,王论是立足于传统生命哲学基础之上的,而朱论所依凭的"移情说"则是根基于西方的主客对立的哲学观,把客体看作死的物理对象(注意,朱氏明确地把移情作用称为"死物的生命化",或是"无情事物的有情化")。因为这种立论基点的不同,因此,在王氏那里,主客都是一个生命体,主客之间其实是一种生命与生命的互相观照的关系,"以我观物"时,"我"的感情相对比较激烈,在与"物"的沟通中迅速占了上风,所以"物皆著我之色彩";"以物观物"时,"我"被"物"所同化,"我"俨然也成了"物","我"与"物"和谐混融在一起,"故不知何者为我,何者为物"。而在朱氏那里,客体仅仅是机械的死的供主体认知的物理对象,因此,在"移情"过程中,客体只能被动地等待着主体把"情""移"过来,而不能与之相互体悟和双向交流,因此主体单向"移情"而达到的与"物"(客体)相同——"同物之境",或超越于"物"(客体)——"超物之境",就与王氏所描述的主客相互交融而成的"有我之境""无我之境"具有了本质上的区别。

正是基于这种生命的宇宙观,所以王国维的"有"、"无"之境,其实并非仅仅是指凝定于文本中的静态感悟,而且还揭示了感悟的动态过程。这一点体现在词话第四则中,王氏谓:"无我之境,人唯于静中得之。有我之境,于由动之静时得之。故一优美,一宏壮也。"这里把叔本华关于"优美"与"壮美"(王氏谓"宏壮")的思想进一步纳入了理论视野。叔本华说:"如果是优美,纯粹的认识毋庸斗争就占了上风,其时客体的美,

---

① 朱光潜:《诗的隐与显(关于王静庵先生的〈人间词话〉的几点意见)》,《人世间》1934年第1期。

② 参见叶嘉莹《王国维及其文学批评》,广东人民出版社1982年版,第228页。

亦即客体使理念的认识更为容易的那种本性，无阻碍地，因而不动声色地就把意志和为意志服役的，对于关系的认识推出意识之外了，使意识剩下来作为'认识'的纯粹主体，以致对于意志的任何回忆都没留下来。如果是壮美则与此相反，那种纯粹认识的状况要想通过有意地，强力地挣脱该客体对意志那些被认为不利的关系，通过自由的，有意识相伴的超越于意志以及与意志攸关的认识之上，才能获得。"① 王氏正是根据叔本华的这一理论，把"有"、"无"之境的动态过程揭示出来，并将其引向了"优美"、"宏壮"（壮美）。在"无我之境"中，"我"与"物"是和谐统一的，它们之间的感悟观照没有任何阻隔，"静中观我原无碍"②，故"唯于静中得之"，故"优美"；而在"有我之境"中，"我"带有一种强烈的感情色彩，并且不自觉地把这种感情强加于"物"，迫使"物"也具有"我"的感情，由此，"我"与"物"之间便存在着一种利害关系，"我"必须通过意志力摆脱与"物"之间的这种不和谐，从而从"物"中静观出自己所需要的那种情感或理念，这里，有一个由动到静的过程，故"于由动之静时得之"，故"宏壮"。（值得注意的是，如此条分缕析地剖析感悟的动态过程，在传统感悟诗学中是没有的。）

要之，我们认为，王氏"有我之境"、"无我之境"对凝结在艺术文本中的艺术感悟进行了一种动态的揭示。他通过这组命题，还很好地把感悟和现代意义上的两种美（优美、宏壮）联系起来。对感悟诗学通向现代美学，具有非常重大的意义。在古代诗学中，庄子曾经提出过"以天合天"的思想，《庄子·达生》借"梓庆削鐻"的寓言云，"器之所以疑神者"，全在于"以天合天"，前一个"天"，是指撤去一切"庆赏爵禄"、"非誉巧拙"之见，达到了"辄然忘吾有四枝形体"的人，即自然（天）化了的人；后一个"天"，是指体现物的内在本性的纯粹形式。王氏"以物观物"颇类似于庄子的"以天合天"。宋邵雍亦更明确地提出过"以物观物"之

---

① ［德］叔本华：《作为意志和表象的世界》，石冲白译，杨一之校，商务印书馆1982年版，第282页。
② 王氏诗句，出自《五月二十三夜出阊门驱车至觅渡桥》，《王国维文集》第1卷，中国文史出版社1997年版，第259页。

说，邵氏曾云:"以物观物，则虽欲相伤，其可得乎?"① 又云:"以物观物，性也;以我观物，情也。性公而明，情偏而暗。"② 王氏"以物观物"和"以我观物"盖取乎此。这些古代思想资源无疑从很大程度上启发了王氏，但很显然，王氏"有"、"无"之境最终又超越了它们。

5."隔"与"不隔":揭开艺术感悟的雾障

在《人间词话》第三十六、第三十九、第四十、第四十一则中，王国维集中探讨了一个问题:"隔"与"不隔"。第三十六则云:

> 美成《青玉案》词（按，当作苏幕遮词）"叶上初阳干宿雨，水面清圆，一一风荷举。"此真能得荷之神理者。觉白石《念奴娇》《惜红衣》二词犹有隔雾看花之恨。

第三十九则云:

> 白石写景之作，如"二十四桥仍在，波心荡冷月无声"，"数峰清苦，商略黄昏雨"，"高树晚蝉，说西风消息"，虽格韵高绝，然如雾里看花，终隔一层。梅溪、梦窗诸家写景之病皆在"隔"字。北宋风流，渡江遂绝，抑真有运会存乎其间邪!

第四十则云:

> 问"隔"与"不隔"之别。曰:陶谢之诗不隔，延年则稍隔矣;东坡之诗不隔，山谷则稍隔矣。"池塘生春草"、"空梁落燕泥"等二句，妙处唯在不隔。词亦如是，即以一人一词论，如欧阳公《少年游》咏春草上半阕云:"阑干十二独凭春，晴碧远连云，二月三月，千里万里，行色苦愁人"，语语都在目前，便是不隔。至云:"谢家池上，江淹浦畔"，则隔矣。白石《翠吟楼》:"此地，宜有词仙，拥素

---

① 《伊川击壤集自序》。
② 《观物外篇》。

第三章 感悟诗学现代转型之发生

云黄鹤,与君游戏。玉梯凝望久,叹芳草、萋萋千里",便是不隔。至"酒祓清愁,花消英气",则隔矣。然南宋词虽不隔处,比之前人,自有浅深厚薄之别。

第四十一则云:

"生年不满百,常怀千岁忧。昼短苦夜长,何不秉烛游"、"服食求神仙,多为药所误。不如饮美酒,被服纨与素",写情如此,方为不隔。"采菊东篱下,悠然见南山。山气日夕佳,飞鸟相与还"、"天似穹庐,笼盖四野。天苍苍,野茫茫,风吹草低见牛羊",写景如此,方为不隔。

"隔"与"不隔"问题,是王国维境界理论中一个非常重要的问题,历来论者如云,在众多的论述中,有几种观点引起了笔者的注意:其一,佛雏等人把王氏的"隔"与"不隔"和艺术的"直观"性联系起来。佛氏认为,王氏"隔"与"不隔"的论点,基于艺术的"直观"的本性,"不隔"是主客体之间互相映照,吻合无间,其情其景,均构成主动的直观,读者得由此而进窥"物"的"神理"与"人"的情致。"隔"则反是,搬故实,使代字,种种"矫揉妆束",使得主客体之间,横塞着一道雾障,因而破坏了境界的直观性与自然性①。王振铎认为"不隔"有两层意思,其中第一层是"观物"、"观我"时要"直观",中间不要有什么雾障阻隔②。张节末认为,所谓"隔",绝不是单纯指看不清楚,描写不清晰、意象模糊,或是细节不真实,而是达不到"语语都在目前"的境界。"语语都在目前",即是作感性直观③。钱谷融说,"不隔"就是你与对象凝为一体,中间毫无隔阂,全凭直觉,没有理智的干扰④。其二,王攸欣提出"隔"与

---

① 佛雏:《"境界"说的传统渊源及其得失》,《古典文学论丛》1982年第2辑。
② 王振铎:《论王国维的"境界"说》,《文学论丛》1982年第13辑。
③ 张节末:《法眼、"目前"和"隔"与"不隔"——论王国维诗学的一个禅学渊源》,《文艺研究》2000年第3期。
④ 钱谷融:《"隔"与"不隔"》,《文汇报》2002年3月2日。

"不隔"的关键是能不能静观到理念。他认为,王国维的境界是理念在作品中的真切表出,首先,诗人必须能够静观到理念;其次,当理念在文本中传达出来后须能唤起读者的静观。这两个条件都达到了,作品中的情境就可称为"不隔",只要一个条件没有达到,便是"隔"①。很显然,王攸欣此说是借取了叶嘉莹的观点,叶氏曾经指出,《人间词话》境界说之基础原是专以"感受经验"之特质为主的,因此要想求得一篇作品能够达到"有境界"的标准,就不得不具备两个条件,第一是作者对其所写之景物及情意须具有真切之感受,第二是对于此种感受又须具有能予以真切表达之能力。如果在一篇作品中,作者果然有真切之感受,且能做真切之表达,使读者亦可获致同样真切之感受,如此便是不隔。反之,如果作者根本没有真切之感受,或者虽有真切之感受但不能予以真切之表达,而只是因袭陈言或雕饰造作,使读者不能获致真切之感受,如此便是"隔"②。这两类观点之所以引起了我的注意,固然是因为它们对"隔"与"不隔"的内涵进行了比较符合实际的说明,最重要的是,这些论者都不约而同地谈到了一点:"隔"与"不隔"是一种"直观"、"直觉"、"静观"。而正如我们在第一章所辨析的,"直观"、"直觉"、"静观"都是感悟的特性,由此我们便可归纳出一个结论:王氏"隔"与"不隔"理论其实亦是一种感悟理论,它主要是从文学创作这一维度来探讨感悟诗学问题的。

从文学创作而言,王氏认为主要有以下几种情况导致了作品之"隔":其一,用典。比如在第四十则王氏就批评欧阳修"谢家池上,江淹浦畔"病在用典,此句本是借写春草来抒发离别之情的,而作者却合用了谢灵运的"池塘生春草"与江淹《别赋》"春草碧色,春水绿波,送君南浦,伤如之何"两个典故,阻碍了读者直接进入作品,因此就"隔"了一层。相反其《少年游》咏春草上半阕是直接写春草,"语语都在目前",便是"不隔"。当然,王氏也并不是一味地反对用典,比如他对辛弃疾的《贺新郎》(送茂嘉十二弟)就评价很高,谓:"稼轩《贺新郎》词送茂嘉十二弟章法

---

① 王攸欣:《选择·接受·疏离——王国维接受叔本华朱光潜接受克罗齐美学比较研究》,生活·读书·新知三联书店1999年版,第107页。
② 叶嘉莹:《王国维及其文学批评》,广东人民出版社1982年版,第251页。

第三章 感悟诗学现代转型之发生

绝妙,且语语有境界,此能品而几乎神者。"① 然而是篇却是几乎语语用典隶字的作品。王氏认为用典也并不是不可以的,在词话删稿第十四则曾云:"'西(按,当作秋)风吹渭水,落日(按,当作叶)满长安',美成以之入词,白仁甫以之入曲,此借古人之境界为我之境界者也。然非自有境界,古人亦不为我所用。"也就是说,用典可以,但必须"自有境界"。"只要作者之情意深挚感受真切能够自有境界,而且学养丰厚才气博大可以融会古人为我所用,足以化腐朽为神奇,给一切已经死去的词汇和事典都注入自己的感受和生命,如此则用典隶事便不仅不会妨碍境界之表达,而且反会经由所用之事典而引发读者更多之联想,因而使所表达之境界也更为增广增强",但是"如果作者自己之情意才气有所不足,不能自有境界,而只是在辞穷意尽之际,临时拼凑,想借用古人之事典来弥补和堆砌,在这种情况下,当然就不免会妨碍境界之表达而造成'隔'的现象了"。② 可见,王氏在用典上也并非一概而论,而是区别对待的。用不用典取决于:是否便于作者情意的清楚表述和读者对作品的体悟和接受。

其二,用代字。在《人间词话》第三十四则,王氏专门提出了"代字"的问题。云:

> 词忌用代字,美成《解语花》之"桂华流瓦"境界极妙,惜以"桂华"二字代月耳。梦窗以下则用代字更多,其所以然者非意不足则语不妙也,盖意足则不暇代,语妙则不必代,此少游之"小楼连苑"、"绣毂雕鞍"所以为东坡所讥也。

又于第三十五则再论代字说:

> 沈伯时《乐府指迷》云:"说桃,不可直说桃,须用'红雨'、'刘郎'等字;说柳,不可直接说破柳,须用'章台'、'霸岸'等字。"若惟恐人不用代字者。果以是为工,则古今类书具在,又安用

---

① 《人间词话·删稿》第十六则。
② 叶嘉莹:《王国维及其文学批评》,广东人民出版社1982年版,第262页。

词为耶？宜其为《提要》所讥也。

王氏认为词是最忌用代字的，他将用代字和直接抄袭类书相提并论。王氏觉得用代字往往把简单的事情复杂化，反而掩盖了事物的真相，如用"桂华"代"月"，用"小楼连苑横空，下窥绣毂雕鞍骤"代"一个人骑马楼前过"，就使得人不知所云，从很大程度上妨碍了读者对作品的解读，造成了"隔"。而且，这也是导致作品没有境界的根本原因——王氏认为，一些人喜用代字，主要是因为对创作对象缺乏真切的思想感情（"意不足"），想通过一些华丽的代字来掩饰自己思想的贫乏；这些诗人也没有高超的语言技巧（"语不妙"），只能借助于别人的语言。既没有真切之感受，或即使有真切之感受却不能有真切之表述，这样的作品，又何境界之有呢？

其三，表述矫饰造作。白石词之所以被王氏认为"隔"的理由，就是因为其在表述上矫饰造作、不自然，缺乏真切之感。比如白石咏梅名作《暗香》和《疏影》，名为写梅，却大量地运用了诸如"玉人"、"吹笛"、"何逊"、"词笔"、"昭君"以及"胡沙"等典故和代字层层簇绕，虽在格调上很高雅，却并不实在真切，缺乏自然之感，显得矫饰做作，和杜甫的"江边一树垂垂发"之清新自然相比，其高下自见。是故王氏说："白石《暗香》、《疏影》，格调虽高，然无一语道着，视古人'江边一树垂垂发'等句何如耶？"[①] 再比如白石《翠楼吟》中的"酒祓清愁，花消英气"两句，"清愁"、"英气"都是抽象的字眼，"祓"和"消"也不具体，不能予读者以真切之感受，因此说"酒"可"祓清愁"，"花"可"消英气"，就不免有造作之嫌。而其"此地，宜有词仙，拥素云黄鹤，与君游戏。玉梯凝望久，叹芳草、萋萋千里"等句，则来得相对要具体直接些，让读者一看就明白，因此在王氏眼里，"便是不隔"的。值得特别提出来的是，素"不喜美成"的王氏却最欣赏美成《青玉案》（当作《苏幕遮》）"叶上初阳干宿雨，水面清圆，一一风荷举"句，此句写雨后风荷的神态之清新、健

---

① 《人间词话》第三十八则。

旺、飞动、妩媚，一一毕现，毫无矫饰妆束之态，尤其是其"风荷举"之"举"字，妙处堪与"春意闹"之"闹"字、"弄花影"之"弄"字相媲美，王氏叹其"此真能得荷之神理者"，批为不隔之语。

其四，游词。何谓游词？金应珪《词选后序》云："规模物类，依托歌舞。哀乐不衷其性，虚叹无与乎情。连章累篇，义不出乎花鸟。感物指事，理不外乎酬应。虽既雅而不艳，斯有句而无章。是谓游词。"简单地说，游词也就是指那些言不由衷、虚情假意、酬应唱和之语。王氏境界理论是力倡"真景物"、"真感情"的，因此他对缺乏真景真情的游词是非常反感的。他曾经说："词人之忠实不独对人事宜然，即一草一木亦须有忠实之意，否则所谓游词也。"① 他在词话第六十二则中大力肯定"昔为倡家女"以及"何不策高足"等淫鄙之作，就是因为这些词"亲切动人"，"精力弥满"，是对真切感情的真切表达。而有些词虽然写得很雅致，比如白石《暗香》、《疏影》，格调很高，其写景之作，如"二十四桥仍在，波心荡冷月无声"，"数峰清苦，商略黄昏雨"，"高树晚蝉，说西风消息"，亦是格韵高绝，然在王氏看来却"如雾里看花，终隔一层"。

上述四个方面，是王氏对诗词创作中"隔"与"不隔"（尤其的"隔"）这一文学现象的比较全面的剖析。其实，从王氏的论述看，造成"隔"的情况也就莫过于两个大的方面：要么是诗人对创作的对象缺乏真切的体悟，只能言不由衷；要么是诗人对创作对象虽有真切的体悟，却不能用真切的语言表达出来，所谓"文不逮意"，只能借助于典故、代字，而这些东西又阻碍了读者对作品的体悟。这两种情况又都与感悟有关，一是与作者的感悟能力相关切，一是与读者能否感悟相承接——读者被那些典故、代字、游词所阻挡，不能深切地感悟作品（当然还与读者本身的感悟能力有关，这一点王氏没有提及）。正因为如此，所以有论者认为，"隔"与"不隔"实质上是以感悟直觉论为理论前提或理论基础的，主体（包括创作主体和接受主体）的感悟与直觉能力是决定作品之"隔"与"不隔"的最直接的原因②。

---

① 《人间词话·删稿》第四十四则。
② 李铎：《论王国维的"隔"与"不隔"》，《河南教育学院学报》2004年第6期。

然而，王氏以上的论述却更多的是立足于创作主体这一维度，而几乎没有论及读者在欣赏中所出现的"隔"与"不隔"。而我们知道，在文学欣赏时，亦会出现"隔"与"不隔"的。有论者甚至提出了"'隔'之责任不在作者，而在读者"①的说法，此说虽偏于极端，但文学欣赏中的"隔"与"不隔"确实是客观存在的。在整个文学生产过程中，任何文本（诗人通过静观感悟到某种理念并且形成的文本）都必须通过读者并被读者接受（从文本中静观出某种理念），才有意义。因此，"隔"与"不隔"问题，与读者有着直接的关系，它不仅是一个创作问题，而且还是一个接受美学的问题。但是王氏在词话中却几乎没有直接涉及读者这一方面。不过，我们在王氏的论述中还是可以隐约地感觉到，他其实也有一个潜在的读者叙述。我们发现，他对"隔"与"不隔"的论述，始终是站在一个"一般读者"（相对于"专业读者"）的立场来进行的。对于有一定文学素养的专业读者而言，王氏所说的"隔"也许并不真的就"隔"，"不隔"也并不真的就好，他们觉得如果诗词太直露了，就失去了艺术应有的含蓄和张力。比如朱光潜就曾经批评王氏的"隔"与"不隔"，认为"诗原来有'显'和'隐'的区别，王先生的话，偏重'显'了。'显'与'隐'的功用不同，我们不能要一切诗都'显'"②。而王氏极力提倡诗词不要用典，不要用代字，不要只追求格调的高雅和文字的矫饰华丽，要来得真切自然，明白晓畅，就显然不是从专业读者的角度来思考问题的。他的这种立场，表明他希望文学能够走出一个相对狭窄的圈子，不要把一般读者排斥在外，能够拥有更多的读者，产生更大的社会影响。这一点，可以说是他这一理论的现实意义，也可以说是王氏"隔"与"不隔"说在接受美学上的意义。

与王氏"不隔"理论主张不同的是，20世纪30年代，国外一些理论家提出了"陌生化"理论，认为文学创作不能说得太直白，有时候还必须有意地使用一些生疏的字眼或意象，让读者有一定的距离感，进而产生

---

① 夏中义：《世纪初的苦魂》，上海文艺出版社 1995 年版，第 34 页。
② 朱光潜：《诗的隐与显（关于王静庵先生的〈人间词话〉的几点意见）》，《人世间》1934 年第 1 期。

"陌生化"效果，在这种"陌生化"中唤起自己的创造性想象去阅读作品，把文本中存在的空白和不确定点加以巩固和填补。比如"布拉格学派"的罗曼·雅各布森就曾在《何谓诗》里写道，"诗意性表现在哪里呢？表现在词使人感觉到是词，而不是所指之对象的表示者或者情绪的发作，表现在词、词序、词义及其内部形式不只是无区别的现实引据，而是都获得了自身的分量和意义"①，就主张"作者原义所指"、"文本中的能指"、"读者对能指的还原"三者之间要存在一定的可供联想、增补的空间。什克洛夫斯基在托尔斯泰的小说中就发现了大量运用"陌生化"手法的例子。他指出托尔斯泰常常不用事物已有的名称来指称事物，而是像第一次看到事物那样去加以描述。如在《战争与和平》中，他称"点缀"为"一小块绘彩纸版"，称"圣餐"为"一小片白面包"，使读者对已熟悉的事物产生陌生感，从而延长对之关注的时间和感受的强度，增加审美快感。应该说，"陌生化"理论的提出也是有一定道理的，它主要是反对那种过于直白的文学写作方式，是对文学自身的"文学性"的一种守护和追求。王氏"不隔"理论，从表面上看起来，与"陌生化"理论似乎有些抵牾，然而如果我们细究，就会发现并非如此。王氏虽然主张诗词创作要祛除"隔"的雾障，要"语语都在目前"，但他这样要求有一个根本的前提，那就是诗歌创作一定要描写真景物真感情，要有境界，也就是说，首先要具有诗意，王氏是在守住诗词诗意的前提下来谈论"不隔"的。因此，王氏的"不隔"理论与形式主义的"陌生化"理论殊途同归，两者都是对文学"文学性"和感悟诗性的守护。

王氏"隔"与"不隔"的观点，钟嵘《诗品》已开其端。钟氏曾云："夫属词比事，乃为通谈。若乃经国文符，应资博古，撰德驳奏，宜穷往烈。至乎吟咏情性，亦何贵乎用事？'思君如流水'，既是即目；'高台多悲风'，亦惟所见；'清晨登陇首'，羌无故实；'明月照积雪'，讵出经史？观古今胜语，多非补假，皆由直寻。"在此，钟嵘明确地反对在诗歌中大量堆砌典故，主张"直寻"、自然，即景会心，直接描绘出激起诗情的景

---

① [俄]罗曼·雅各布森：《何谓诗》，朱立元：《美学文艺学方法论》，文化艺术出版社1985年版，第530页。

物或事情。司空图《二十四诗品》有"晴雪满汀,隔溪渔舟"①,这是比较早的在诗学论述中运用"隔"的,当然,它还不是一个文学批评术语。袁宗道在《论文》中有"口舌代心者也,文章又代口舌者也。辗转隔碍,虽写得畅显,已恐不如口舌矣,况能如心之所存乎?故孔子论文曰:'辞达而已。'达不达,文不文之辨也"②。这里的"隔"亦未可看作理论术语,但它把从孔子到东坡的"辞达"说联系起来,已有王国维所论之意。其余,虽未提到"隔",但意义与之相近的论述还有不少,比如梅尧臣曾云:"必能状难写之景如在目前,含不尽之意见于言外,然后为至矣。"③冯镇峦《读聊斋杂说》亦云:"诸法俱备,无妙不臻,写景则如在目前,叙事则节次分明。"④王夫之的"现量"说实际上亦是追求的"不隔"之境界,"现量"本于佛语。王夫之《相宗络索》"三量"条云:"现量,现者,有现在义,有现成义,有显现真实义。现在不缘过去作影;现成一触即觉,不假思量计较;显现真实,乃彼之体性本自如此,显现无疑,不参虚妄。"⑤刘熙载《艺概·词曲概》亦云:"词有点有染。柳耆卿《雨淋零》曲云:'多情自古伤离别,更那堪冷落清秋节。今宵酒醒何处,杨柳岸,晓风残月。'上二句点出离别冷落,'今宵'二句乃就上二句意染之。点染之间不得有他语相隔,隔则警句亦成死灰矣。"这里虽然是论词之点染的,但顺带提出了"隔"。可见,王国维之"隔"与"不隔"在中国传统诗学中是有所本的,不过,其新创之义亦是很明显的。

当然,谈到王氏,我们自然就会联想到叔本华。叔氏在这方面也有过论述,"每件艺术作品,其真实的目的,在于向我们显示生活与事物的真实面目,而由于客观与主观的种种偶然性的雾障"⑥,我们往往不能轻易做到这一点,因此叔氏主张"直观"。王氏曾转述了叔氏对"直观"的理解:

---

① (唐)司空图:《二十四诗品》,见《全唐诗》(第19册),中华书局1960年版,第7286页。
② (明)袁宗道:《论文》,见唐昌泰《三袁文选》,巴蜀书社1988年版,第4页。
③ (元)脱脱:《宋史》,中华书局1985年版,第10391页。
④ (清)冯镇峦:《读聊斋杂说》,见张麦鹤《聊斋志异(三会本)》,中华书局1962年版,第256页。
⑤ (明)王夫之:《船山全书·相宗络索》,岳麓书社1996年版,第238页。
⑥ 转引自潘知常《王国维"意境"说与中国古典美学》,《中州学刊》1988年第1期。

"叔氏谓直观者,乃一切真理之根本,唯直接间接与此相联络者,斯得为真理。而去直观愈近者,其理愈真,若有概念杂乎其间,则欲其不罹于虚妄难矣。"王氏亦认为,"唯诗歌(并戏剧小说言之)一道,虽借概念之助以唤起吾人之直观,然其价值全存于其能否直观与否"①。叔、王两氏的意思都是说,艺术应该直接地显示生活的真实面目,要通过直观感悟到创作对象的实质,不要被概念和一些偶然性的雾障阻隔了。由此可见,王氏的"隔"与"不隔"理论与叔氏的"直观"说亦有着直接的关系。

综上所述,我们结合王氏的境界理论,拈出几个(组)关键的概念,将王氏对传统感悟诗学的理论传承与发展作了一个简要的梳理。我们认为,从主体到构思到文本到创作,几乎所有的文学生产环节中的感悟活动,王氏都进行了思考和论述。王氏以直觉论为理论基础,以境界营造为理论指归,从主体论、创作论、文本论甚至鉴赏论等几个维度,初步搭建起了他的具有现代意义的感悟诗学的理论间架。他在传统社会刚刚开始向现代转型的20世纪初,就能够如此完整地、全面地建构感悟诗学的现代形态,其筚路蓝缕之功是不可磨灭的。他的思想,对后来的宗白华、朱光潜等人产生了十分深远的影响。应该指出的是,王氏关于感悟诗学理论的贡献远不止乎此,其余的方面,比如审美论的文学观、第二形式论、古雅说等,都有感悟的思想因素,尚有待于我们继续深入探讨。

三 观其会通,得其妙悟:王国维对感悟方法的现代拓展

王国维治学,有一个值得注意的地方是,他在方法论上具有很鲜明的自觉性。他注意从自己的学术研究实践中,提炼出某种治学方法,不但身体力行,并且宣示于人,引导人们按照一定的治学方法去进行研究活动。陈寅恪1934年6月3日在写作《王静安先生遗书》序时,曾对王氏的治学方法进行过比较全面的总结,云:"一曰:取地下之实物与纸上之遗文互相释证,凡属于考古学及上古史之作,如殷卜辞中所见先公先王考及鬼方昆吾玁狁考等是也。二曰:取异族之故书与吾国之旧籍互相补正,凡属于

---

① 王国维:《叔本华之哲学及其教育学说》,《王国维文集》第3卷,中国文史出版社1997年版,第326、330页。

辽、金、元史事及边疆地理之作，如萌古考及元朝秘史之主因亦儿坚考是也。三曰：取外来之观念与固有之材料互相参证，凡属于文艺批评及小说戏曲之作，如红楼梦评论及宋元戏曲考等是也。"① 这三个方面基本上概括了王氏学术研究常用的一些方法。其中，第三种方法是王氏文学研究最基本的方法。然而，应该指出的是，陈氏这种概括尚嫌宽泛，王氏还有一些具体的重要的方法未能体现出来。专就文学研究而言，我们认为王氏还运用了"跨学科观照"、"系统圆照"以及"比较参照"等具体的方法，这些方法都是对感悟诗学方法的一种现代拓展。

1. 跨学科观照法

跨学科观照的研究方法是王氏诗学研究最常用的方法之一。他有意识地打通各种相关学科的界限，运用哲学、美学、心理学、史学、伦理学、文献学等学科的理论和方法，来观照文学艺术，探讨文学发展的规律。俗话说，他山之石，可以攻玉。不同学科之间的交叉观照，往往比仅仅滞留在某一单一学科内更容易发现新的理论问题，也更容易找到解决问题的方法。有论者就曾经说："对于文艺学研究来说，其他一些相关的学科就像是一种化学的'合成剂'或'催化剂'，只要那么一点点，就可以改变固有物质的属性和演化的速度；相关学科也可能仅只提供一种观察事物的方法和角度，但即使如此，也可能从此扩大或更改了文艺学研究的视野和背景；甚至，一种新近'侵越'的学科，只不过是块抛向一潭静水的'石头'，它的功用只是打乱了文艺学在某个时期内被长久固定了的模式，改变了既定的文艺学内部的结构与组织。"② 鲁迅在《绛洞花主·小引》中有一段名言："《红楼梦》……单是命意，就因读者的眼光而有种种：经学家看见《易》，道学家看见淫，才子看见缠绵，革命家看见排满，流言家看见宫闱秘事……"此话亦清楚地说明了用不同的"眼光"来看待文学艺术，就会得出不同的"命意"，当然鲁迅是从接受主体的不同来立论的。王国维正是充分利用自己学养的丰富性和驳杂性，自觉或不自觉地运用跨学科的方法，对中国文学进行观照和体察，发现和解决古代诗学中沉积下

---

① 陈寅恪：《金明馆丛稿二编》，生活·读书·新知三联书店2001年版，第247页。
② 鲁枢元：《略论文艺学的跨学科研究》，《人文杂志》2004年第2期。

第三章 感悟诗学现代转型之发生

来的问题,开创了文学批评与诗学研究的一个新的时代。

早期的时候,因为王氏致力于研究康叔哲学,对心理学、伦理学等也有过深入的接触①,因此,王氏的文学研究更多的是结合中西哲学、心理学和伦理学来进行体悟。《红楼梦评论》、《屈子文学之精神》、《人间嗜好之研究》、《去毒篇》、《论性》以及《释理》等著作即是这方面的成果。后来王氏研究重心转入史学、考古学、敦煌学、文字学、校雠学、版本学、目录学等,因此他的文学研究就更多地从史料的爬梳、文字的考释以及校批笺辑等入手。如《宋元戏曲史》以及他对一些古代文学经典如《论语》、《孟子》、《易经》、《尚书》、《诗经》、楚辞的考证、辑录,即是如此。下面我们试结合《红楼梦评论》,对王氏这一方法作一具体论说。

《红楼梦评论》主要是运用了叔本华哲学的有关理论来观照《红楼梦》这部我国古典名著的。当人们还大都在用单一的视角或传统考据的方法研究文学的时候,王国维就敏锐地发现了文学与哲学之间的密切关系,倡导从哲学视角入手研究文学艺术。他鲜明地提出,"舍其哲学,而徒研究其文学,欲其完全解释,安可得也?……不解外国哲学之大意而欲全解其文学,是犹却行而求前,南辕而北其辙,必不可得之数也"②,意思也就是说,倘若文学研究不从其哲学意义上入手解其思想,而只是玩其文辞,那么,其文学上之价值已失其大半。不解外国哲学之大意,而欲全解其文学,也是南辕北辙。那么,在《红楼梦评论》中他是如何运用叔本华哲学对《红楼梦》进行观照的呢?

我们知道,叔本华哲学是一种唯意志论的悲观主义哲学,他认为意志是一种非理性的、永不满足的欲求。作为"意志"的承载者,每个人都有生活欲望,这种欲望是盲目的、无止境的。无限欲望与有限条件之间的矛盾,注定了人生不可避免的痛苦,"欲求和挣扎是人的全部本质","那不断的追求挣扎构成意志每一现象的本质"③,生命在本质上就是痛苦。据

---

① 王氏早年翻译和讲授过心理学、伦理学方面的著作。
② 王国维:《奏定经学科大学文学科大学章程书后》,《王国维文集》第3卷,中国文史出版社1997年版,第72页。
③ [德]叔本华:《作为意志和表象的世界》,石冲白译,杨一之校,商务印书馆1982年版,第427页。

此，叔本华提出了他的"原罪说"，认为"人类的绵延不绝的罪，既是罪，同时又是罚"①，这种轮回是"宇宙永远的正义"②。与"原罪"相对应的是"解脱"。既然生存意志是人生一切罪恶和痛苦的根源，那么人要怎样才能摆脱痛苦呢？叔本华指出获得"解脱"的根本方法就是完全弃绝生存意志，达到"无欲"境界。一旦没有了意志，也就没有了产生欲望的自我或个体，当然也就不再存在痛苦。叔本华"原罪—解脱"说的关键一环是其所谓的"男女之爱的形而上学"，其根本原则就是个体从属于种族，叔本华极力劝告人们，特别是青年男女不要做"种族意志的傀儡"，他号召人们要从"种族的茎干"上脱离出来，放弃其中的生存，只有这样，人类的万世不赦的原罪才能从根本上得到救赎③。人类完成了种族的灭绝，也就是从根本上得到了解脱。叔本华唯生存意志论在美学上的延伸是他提出的"第三种悲剧"说。叔本华把悲剧视为文艺的最高级形式，因为悲剧艺术效果最强烈，它是生活中可怕一面的再现，是个体意志间的相互冲突与残杀，表现人生的痛苦和无意义是悲剧的目的，"写出一种巨大的不幸是悲剧里唯一基本的东西"④。他将导致不幸的来源分为三种：一种是来自异乎寻常的恶人，如《威尼斯商人》中的夏洛克，《奥赛罗》中的雅葛；一种是盲目的命运，如《罗密欧与朱丽叶》，《俄底浦斯王》；还有一种是剧中人不同的地位和相互关系，如《哈姆雷特》中的哈姆雷特和奥菲莉娅，《浮士德》中的甘泪卿兄妹。叔本华认为最后一类悲剧最有价值，因为它具有普遍性，能使每个人感到自己就处于能造成巨大不幸的复杂关系中，自己随时可能成为这种巨大不幸的制造者或承担者。

王国维就是运用叔氏的"原罪—解脱"说和"第三种悲剧"的理论来观照《红楼梦》的。《红楼梦评论》几乎一开篇就提出人生问题从根本上说是一个关于欲望的问题，个体生存的一切方面，都与欲望有关，都是为了自身的发展及种族的延续。王氏说："生活之本质何？欲

---

① ［德］叔本华：《作为意志和表象的世界》，石冲白译，杨一之校，商务印书馆1982年版，第352页。
② 同上书，第545页。
③ 同上书，第453页。
④ 同上书，第350页。

而已矣。"① 那么，欲望的本质又是什么呢？王氏认为是"苦痛"："欲之为性无厌，而其原生于不足。不足之状态，苦痛是也。既偿一欲，则此欲以终。然欲之被偿者一，而不偿者什佰。一欲既终，他欲随之。故究竟之慰藉，终不可得也。……故人生者，如钟表之摆，实往复于苦痛与倦厌之间者也。……故欲与生活、与苦痛，三者一而已矣。"可见，王氏认为生活之欲先于人而存在，人生只不过是欲的表现。欲望决定着生命的存在方式，而人生不过是欲望拨弄下不断挣扎的痛苦之旅。由此，我们不难看出，王氏这种关于"欲望"、"生活"和"苦痛"的论证方式其实脱胎于叔本华"人生本质是痛苦"的悲观主义人生伦理观。既然人生是苦，什么才是人生苦痛的解脱之道？受叔本华"原罪—解脱"说的影响，王国维在《红楼梦评论》中提出了"自犯罪，自加罚"，"以生活为炉，苦痛为炭，而铸其解脱之鼎"的解脱理论。与叔本华相似，王氏也认为，在人的各种欲求之中，"男女之欲"是比"饮食之欲"尤为强烈和持久的一种深沉的欲望。因为"男女之欲"是关乎人永远之生活即种族延续的，是无尽的、形而上的。人世间不断发生又不断重复着的痛苦，均与"男女之欲"密切相关。王氏认为《红楼梦》的基本精神是，通过贾宝玉的爱情悲剧展现由生活之欲、意志自由所造成的种种人间痛苦，并向人们昭示生活的本真面目以及只有拒绝生活之欲才能真正消除痛苦的解脱之路。王氏说："解脱之道存于出世而不存于自杀。出世者，拒绝一切生活之欲者也。""解脱"有两种途径："一存于观他人之苦痛，一存于觉自己之苦痛。"他认为惜春、紫鹃的解脱属于第一种途径，而宝玉的解脱则属于第二种途径。他还特别指出《红楼梦》所写的众多人物为情所苦，有的因经不住这种痛苦的折磨而自杀，如司棋触墙，尤三姐、潘又安自刎等，都不是解脱。因为这些人之所以自杀，并非看破了生活的本质，而恰恰是"求偿其欲而不可得者也"。可见，王国维的解脱之道正是叔本华弃绝生存意志以求解脱的翻版。

在具体分析《红楼梦》中宝黛爱情时，王氏沿用了叔本华的"第三种

---

① 王国维：《红楼梦评论》，《王国维文集》第1卷，中国文史出版社1997年版，第2页。下引未注明出处者均引自《红楼梦评论》。

悲剧"说。他认为,《红楼梦》中"金玉以之合,木石以之离,又岂有蛇蝎之人物、非常之变故,行于其间哉?不过通常之道德,通常之人情,通常之境遇为之而已"。《红楼梦》中不仅每个人物都可能遭遇这种悲剧,甚至每个人物都可能自觉或者不自觉地参与制造这种悲剧。正是基于这一点,王氏一方面认为《红楼梦》是第三种悲剧,是"彻头彻尾之悲剧";一方面也没有指责宝黛爱情悲剧的制造者贾母、王夫人、凤姐一干人,反而认为他们也是按照通常之道德、人情、境遇来为人处世的。这说明王氏已经清楚地看到当时的社会关系和伦理观念。正如佛雏所说的:"正是肯定了这个封建道德的一般'价值',他才有可能超乎这个普通道德之上而把悲剧之因转到宝、黛本人身上去,转到宝玉那块'衔玉而生'的'玉',即'原罪',也即生存本身上去。"[①]

通过上面的分析,我们可以清楚地看到,王氏借以解读《红楼梦》的观念基本上都是来自叔本华,只不过对叔本华的哲学体系进行了有意无意的选择和处理。当时的红学研究者还在执着于以"考证之眼"研究《红楼梦》,还在不厌其烦地考索此书的主人公是谁,著书是何年月,作者的姓名是什么。王氏《红楼梦评论》却能够如此系统地借取叔本华的有关理论来对《红楼梦》进行观照,深入全面地揭示这部文学经典的哲学价值及其悲剧内涵,虽然在阐释过程中还不免有一些削足适履、牵强附会的痕迹,但他的这种跨学科观照的方法本身,对文学研究在方法论上的意义,却是非常具体而深远的,它给我们提供了一种体悟文学艺术的崭新的范式。当然,也应该指出的是,若从广义言之,文学的哲学研究方法其实也是一种古已有之的文学研究方法,中国传统的文学研究就主要是从儒家思想的视角品评作家作品,晚清以来的康有为、梁启超等人也大都以进化论思想批评文学艺术。然而,王国维与之不同的是,他从哲学美学角度对文学的观照,采用的是审美感悟的方法,而不是政治的、经济的和社会的方法。

王氏所践行的这一跨学科研究,直到20世纪中叶以后才逐渐为世界文学研究界所注意。美国学者雷马克在发表于1962年的《比较文学的定义和

[①] 佛雏:《王国维诗学研究》,北京大学出版社1987年版,第66页。

功能》中才首次提出:"我们必须进行综合,除非我们要让文学研究永远处于支离破碎和孤立隔绝的状态。"① 雷马克要求文学研究去研究文学跟其他知识和信仰领域,诸如艺术(如绘画、雕塑、建筑、音乐)、哲学、历史、社会科学(如政治学、经济学、社会学)、其他科学、宗教等之间的关系。我国当代学界则更是到20世纪80年代中期才大力倡导文学的跨学科研究,1989年中国社会科学出版社出版了由乐黛云、王宁主编的《超学科比较文学研究》一书,该书是一本论文集,所论范围涉及了文学与自然科学、文学与哲学、文学与宗教、文学与语言学、文学与其他艺术等,堪称我国全面开展跨学科研究的一部标志性著作。经过几十年的努力,王国维在20世纪初就已经非常娴熟地运用于文学研究之中的跨学科方法,直至今日才逐渐成为学界的一种共识。

然而,王氏跨学科研究的意义还不仅仅在于这种方法本身,而更加体现在其敢于拓展学科疆界的这种气魄和意识上。近两年来,文艺学的边界问题成为学界热烈讨论的一个问题,论战双方集团作战,颇有大干一场的架势。我们不想介入这场情绪化的纷争,当然,对于这样一个复杂的理论问题,篇幅也不允许我们在此作过多的论涉。但从王国维的跨学科研究来看,王氏是主张对文学研究的边界进行拓展的,或者更准确地讲,王氏认为文学研究是"超"边界的,因为在王氏看来,学术系统中的各学科之间"非斠然有疆界",也就是说压根儿就不存在什么边界,彼此是有机地融通在一起的。因此,王氏在文学研究中,也就总是能够自觉或不自觉地调整、拓宽自己的研究对象与研究方法,把文学向哲学、史学、文字学、考古学、目录学等领域延伸,开创了文艺美学、文学史学、文学考古学、文学目录学、文学版本学、文学文献学等众多新的文学研究疆域。在王国维那里,文学研究的边界是名副其实的"移动的边界"。

2. 系统圆照法

如前所论,王国维研究文学,从来不把自己局限在狭窄的视域里孤芳自赏,他总是跨越学科的限制,用其他学科的知识和方法来观照文学。不

---

① [美]亨利·雷马克:《比较文学的定义和功能》,《比较文学研究译文集》,上海译文出版社1985年版,第210页。

但如此，在这里我们还有必要论说的是，王氏的文学研究还很注重运用系统的方法。

众所周知，我国传统学术是极不讲究系统的。王国维在《哲学辨惑》中曾以哲学为例指出了这一点，云："余非谓西洋哲学之必胜于中国，然吾国古书大率繁散而无纪，残缺而不完，虽有真理，不易寻绎，以视西洋哲学之系统灿然，步伐严整者，其形式之孰优孰劣，固不可掩也。"① 王国维曾经讽刺那些遗老，"或学问虽博，而无一贯之系统"②。他认为，"凡学问之事，其可称科学以上者，必不可无系统"③，"抑无论何学，苟无系统之智识者，不可谓之科学"④，"天下之事物，非由全不足以知曲，非致曲不足以知全，虽一物之解释，一事之决断，非深知宇宙人生之真相者，不能为也"⑤，因此，他借鉴西方学术研究的方法，自觉地建立了一个彼此贯通的学术系统，并试图透过这一宏大系统，来全面体悟和审察文学艺术。《文心雕龙·知音》曾云："操千曲而后晓声，观千剑而后识器。圆照之象，务先博观。"认为若要对文学艺术进行全面的观照（"圆照"），必须首先进行广泛的阅读和深层的体验（"博观"）。我们在这里借用"圆照"一词，把王国维那种将文学置于一个彼此贯通的系统中进行全面体悟和考察的方法，称之为"系统圆照"。

王国维"系统圆照"方法的内涵主要包含两个层面。第一，文学从属于一个总的学术系统，与系统各组成部分之间是一种共生共存，相与阐发的关系。在《国学丛刊序》中，王氏说：

> 学之义广矣。古人之谓"学"，兼知行言之。今专以知言，则学有三大类：曰科学也，史学也，文学也。凡记述事物而求其原因，定其理法者，谓之科学；求事物变迁之迹，而明其因果者谓之史学；至出入二者间，而兼有玩物适情之效者，谓之文学。……三者非截然有

---

① 王国维：《哲学辨惑》，《王国维文集》第3卷，中国文史出版社1997年版，第5页。
② 王国维：《教育小言十则》，《王国维文集》第3卷，中国文史出版社1997年版，第83页。
③ 王国维：《欧罗巴通史序》，《王国维遗书·静庵文集续编》，上海古籍出版社1983年版。
④ 王国维：《东洋史要序》，[日]桑原藏《东洋史要》，樊炳清译，东文学社1900年印本。
⑤ 王国维：《国学丛刊序》，《王国维文集》第4卷，中国文史出版社1997年版，第367页。

疆界，而学术之蕃变，书籍之浩瀚，得以此三者括之焉。凡事物必尽其真，而道理必求其是，此科学之所有事也；而欲求知识之真与道理之事者，不可不知事物道理之所以存在之由，与其变迁之故，此史学之所有事也；若夫知识道理之不能表以议论，而但可以表以情感者，与夫不能求诸实地而但可求诸想象者，此则文学之所有事。古今东西之为学，均不能出此三者。①

王氏把整个学术系统分为彼此相关联的三大类：科学、史学、文学，科学是定理法，史学是明因果，而文学是表情感的，三者相待相成，沟通会同，"为一学无不有待于一切他学，亦无不有造于一切他学"②，意思也就是说，研究其中一门学问，必须借鉴于其他学问，而对一门学问的研究，也同样有助于其他学问的生长。正因为如此，所以王氏认为，我们在文学研究中，就不应该局限于文学自身这一狭窄视阈，而应运用各相关学科的理论和方法，以他者的视角，来对文学艺术进行全方位的观照。

第二，王氏试图沟通古今（新旧之学）、中外（中西之学）以及自然科学与人文社会科学（有用无用之学）之间的关系，建立一种超时间、超地域、超学科的学术大系统观。在《国学丛刊序》中，王氏也明确地提出"学无新旧，无中西，无有用无用"的观念③。所谓"学无新旧"，表明了他对传统学术资源的辩证认识，他反对当时一些人"一切蔑古"或"一切尚古"的极端思想，认为既要以科学的眼光看待旧学，在研究上力求"尽其真"、"求其是"，不盲崇古人，又要以史学的眼光看待旧学，在研究上要"明其因果"，对"足资参考"之"材料"，"虽至纤悉"，都要珍视之。"学无中西"，鲜明地体现了王氏学术研究气势恢宏的世界视野，他认为："世界学问，不出科学、史学、文学。故中国之学，西国类皆有之，西国之学，我国亦类皆有之；所异者，广狭疏密耳。""中西二学，盛则俱盛，衰则俱衰，风气既开，互相推助。……未有西学不兴，而中学能兴者；亦

---

① 王国维：《国学丛刊序》，《王国维文集》第4卷，中国文史出版社1997年版，第365页。
② 同上书，第366页。
③ 同上书，第366—368页。

未有中学不兴,而西学能兴者。"① 王氏的这种世界视野,与他早年的"异日发明光大我国之学术者,必在兼通世界学术之人"②,以及"东海西海,此心此理"③的观点是一脉相承的。所谓"学无有用无用",则是王氏对"有用之学"(如物理、化学等)与"无用之学"(如史学、文学、哲学等)关系的深刻体认。他认为人们所谓的无用之学,虽"无与于当世之用",但其研究宇宙人生,"皆有裨于人类之生存福祉",代表着"天下万世之真理",是"最神圣、最尊贵"之学。他讽刺"世之君子","可谓知有用之用,而不知无用之用者矣"④。这种体认,其实也内在地反映了王氏对美的认识的某种调整,早年的时候,他认为"美之性质,一言以蔽之曰:可爱玩而不可利用者是已。虽物之美者,有时亦足供吾人之利用,但人之视为美时,决不计及其可利用之点"⑤,主张超功利的审美论,但此时,他已觉察到审美和功利并不是绝对对立的,是可以调和的,开始注重艺术与现实的审美关系。

　　正是基于这种对学术系统性的多层次的深刻认识,所以王氏的文学研究大都有一个宏大的纵横古今的通史气魄、贯通中西的世界视野和跨越学科的比较意识,也大都有一种力图实现古今、中西诗学融通和学科对话的学术追求。他历来都是把文学镶嵌在一个横跨时空的学术系统中来进行研究的。从早期的《红楼梦评论》、《屈子文学之精神》到后来的《人间词话》均是如此。这一特点尤其鲜明地体现在他 1908—1913 年进行的戏曲研究上。《宋元戏曲史》是他这一思想的结晶。

　　王氏着手古代戏曲研究是在一个广阔的世界文化视野中进行的。他从中西学术的对读中,深感中国戏剧创作和研究之落后与薄弱。他说:"吾中国文学之最不振者,莫戏曲若。元之杂剧,明之传奇,存于今日

---

① 王国维:《国学丛刊序》,《王国维文集》第 4 卷,中国文史出版社 1997 年版,第 366—367 页。
② 王国维:《奏定经学科大学文学科大学章程书后》,《王国维文集》第 3 卷,中国文史出版社 1997 年版,第 71 页。
③ 王国维:《叔本华像赞》,《王国维文集》第 3 卷,中国文史出版社 1997 年版,第 313 页。
④ 王国维:《国学丛刊序》,《王国维文集》第 4 卷,中国文史出版社 1997 年版,第 368 页。
⑤ 王国维:《古雅之在美学上之位置》,《王国维文集》第 3 卷,中国文史出版社 1997 年版,第 31 页。

者，尚以百数。其中之文字虽有佳者，然其理想及结构，虽欲不谓至幼稚，至拙劣，不可得也。国朝之作者，虽略有进步，然比诸西洋之名剧，相去尚不能以道里计。此余所以自忘其不敏，而独有志乎是也。"① 王氏清楚地认识到，由于中国文学传统重诗词而轻戏曲，认为戏曲乃"庸人乐于染指，壮夫薄而不为"，导致了我国戏曲研究和戏曲史料整理几乎是一片空白。而在西方，戏曲与诗歌、小说并重，戏曲不是低级文学，而是具有最高美学价值的艺术种类，悲剧是美术的顶点。王氏曾经最为心仰的叔本华就特别看重叙事文学，尤其是对悲剧评价很高。这种中西在戏曲认识和研究上的巨大反差，极大地刺激了王国维。"中西二学，盛则俱盛，衰则俱衰，风气既开，互相推助"的学术系统意识，迫使着王氏在他有限的学术研究生涯中，竟然花了五年多的时间致力于传统戏曲的研究和整理。

王氏的戏曲研究又是在一种宏大的学术系统中展开的。他首先进行的是戏曲史料的爬梳和整理。王氏认为，"治科学者，必有待于史学上之材料"②，治文学艺术亦然。从 1908 年开始或更早，王氏便着手搜集戏曲史料，其搜罗史料之详尽，令人叹为观止，先秦以来史籍所载各种"戏剧"史实与现象，几乎被他搜罗殆尽，以致后来研究者都很难补充新发现的史料。然后就是对史料加以甄别、分类、筛选，从中梳理出戏曲发展的真实的历史脉络。于 1908 年、1909 年王氏先后草成《曲录》六卷，运用分类法较全面地介绍了宋、金、元、明、清各代的戏曲作品。除著录作品以外，王氏还查考戏曲作者，著录元、明、清杂剧作者 168 家，传奇作者 270 家。除此之外，还广泛搜集戏曲原始文献资料，辑成《优语录》二卷（1909 年）等。还"校注"了《新编录鬼簿校注》二卷（1909 年），校勘、考订了《录鬼簿》钞本、刻本的不少讹误，并依据其他多种文献作了笺注。在资料搜集和校勘完成之后，王氏便尝试从局部的某一点入手进行研究，先后写出了《戏曲考源》（1909 年）、《宋大曲考》（1909 年）、《录曲余谈》（1909 年）、《古剧脚色考》（1911 年）等一批论著。1913 年 1 月才

---

① 王国维：《三十自序二》，《王国维文集》第 3 卷，中国文史出版社 1997 年版，第 474 页。
② 王国维：《国学丛刊序》，《王国维文集》第 4 卷，中国文史出版社 1997 年版，第 366 页。

在此前扎实的史料整理、校勘、考订和局部研究的基础上，最终完成了《宋元戏曲史》这部大著。

在王国维之前，古代也有人撰写过戏曲史方面的著述，如明徐渭的《南词叙录》就是一部关于南戏发展史的著作，但这些为数不多的史著大都是随笔式的、感悟式的、跳跃式的，没有一个纵贯的系统。而《宋元戏曲史》则采用了西方具有科学形态的逻辑思维方式，它不再仅仅是以历史描述作为全部内容，还进行了概念的界定、要素的分析、逻辑关系的排列以及不同层次的整体观照等，有一个明显的系统观念贯穿其中。具体而言，《宋元戏曲史》不但梳理出了一条从上古到宋元戏剧的发展线索，而且还对唐歌舞戏剧目，古剧的结构，宋滑稽戏剧目，宋小说杂戏剧目，宋官本杂剧段数，金院本名目，元杂剧的渊源、时地、存亡、结构及具体剧目，南戏的渊源及时代、具体的曲目等都进行了非常详尽的考证和理论诠释，明确提出了戏曲的内涵是"合言语、动作、歌唱，以代言体演一故事"，提出了"后世戏剧，当自巫、优二者出"，"至元而大成"以及元杂剧"先盛后衰"等一系列观点，对戏曲的结构、种类及其各自关系之变迁、古代戏曲与域外戏曲的交流等均进行了探讨，尤其是运用《人间词话》中的境界理论，提出了"自然"这一戏曲批评的标准，等等。在有限的篇幅里，几乎涉及了所有重要的戏曲理论问题，而且大多能够从史学、音乐学、语言学甚至美学等方面进行阐释。

概而言之，王氏的《宋元戏曲史》对"系统圆照"方法的运用主要体现在以下两个层面：其一，王氏的戏曲研究遵循了一个由史料爬梳、甄别、分类，作家查考、作品辑成、校勘，到局部研究，再到最后高屋建瓴地写出一部戏曲史（虽然是宋元断代史，实际上研究范围一直延伸到了上古）的过程，它涉及了戏曲史学、戏曲作家查考、曲目校勘、戏曲创作、戏曲批评、戏曲理论阐释等诸多方面，本身就形成了一个自足的小系统。当然，最主要的是，王氏自始至终都把他的戏曲研究放在与史学、哲学（美学）相关联的大系统中进行。史学已如前所论，且看哲学（美学）。应该说，此期王氏已相对比较疏远哲学了，因为他认为"哲学上之说，大都可爱者不可信，可信者不可爱"，他从三十岁前后，研究兴趣便"渐由哲学而移于文学"①，但长期的哲学研究的素养亦渗透在他的戏曲研究之中，只是此期他对哲学理论和思维的运用已经比较内敛了。比如《宋元戏曲史》第十二章有云："明以后传奇，无非喜剧，而元则有悲剧在其中。……其最有悲剧之性质者，则如关汉卿之《窦娥冤》，纪君祥之《赵氏孤儿》，剧中虽有恶人交构其间而其赴汤蹈火者，仍出于其主人翁之意志，即列之于世界大悲剧中，亦无愧色也。"此处的观点即是对叔本华哲学之"第三种悲剧"② 理论在戏曲研究中的运用。其余，对戏曲价值的评析、体悟，也无不与他的美学观念有关。比如他说："元曲之佳处何在？一言以蔽之，曰：自然而已矣。古今之大文学，无不以自然胜，而莫著于元曲。"即是以他的境界理论作为标准的。

其二，王氏戏曲研究亦始终贯彻着"学无新旧、学无中西、学无有用无用"的大系统观。在当时人们都在汲汲乎"新学"，置传统文化资源于不顾的时候，王氏能够从早年热心的物理、化学③、心理学、伦理学和哲学等所谓"新学"的学习与研究中脱身出来，埋首于故纸堆中，历时四五载，毅然决然地对历来被人视为"小道"、"薄技"、遭人鄙弃的古代戏曲史进行系统研究整理，就无疑深深地体现了他"学无新旧"的观念乃至文化关怀的精神。"学无中西"的世界视野，我们在前文阐释王国维戏曲研究的动机时已有论说。的确，传统戏曲虽然是本民族所固有的东西，但王氏仍然把它放在世界学术范围内来考察。他既能够立足于本土材料，又能够运用西方的某些理论和方法来进行观照。陈寅恪所说的"……取外来之观念与固有之材料互相参证，凡属于文艺批评及小说戏曲之作，如《红楼梦评论》及《宋元戏曲考》等是也"就指出了这一特点。前面所引王氏运用叔本华悲剧理论来观照传统悲剧亦是明证。不过，我觉得王氏在戏曲研

---

① 王国维：《三十自序二》，《王国维文集》第3卷，中国文史出版社1997年版，第473页。
② 叔本华认为，导致悲剧的原因有三种：一种是异乎寻常的恶人；一种是盲目的命运；还有一种是剧中人不同的地位和相互关系。叔本华认为第三种悲剧最有价值，因为它具有普遍性，能使每个人感到自己就处于能造成巨大不幸的复杂关系中，自己随时可能成为这种巨大不幸的制造者或承担者。
③ 王国维从"东文学社"时起，就努力学习过西方的自然科学，如数学、物理、化学等，受到过严格的训练。赴日本留学进的是东京物理学校，学的是理学专业。

究中贯通中西的最好体现，是在对西方思维方法与传统学术方法的融合上，他能够运用西方近代的有关理论和方法对本土文艺实践固有的经验进行总结，能够把西方缜密的思辨方法同传统的直觉、感悟方法进行融合，能够把历史的科学的方法同艺术的审美的方法进行汇通，这是他"学无中西"理念的最好践行。"学无有用无用"亦体现在其戏曲研究中，王氏认为，戏曲作为一种文学艺术，并不是无用的。既有"无用之用"即表达了对宇宙人生的一种审美观照，又有"有用之用"，如他在阐释元曲的价值时就指出它"能写当时政治及社会之情状，足以供史家论世之资者不少"。此时，他对早期的超功利的审美观进行了某些调整，开始瞩目于文学艺术的社会、人生意蕴，重视劳人思妇的通俗艺术。

综上两点，我们认为，《宋元戏曲史》是王国维运用"系统圆照"的方法对文学艺术进行体悟省察的经典文本。不过，在称颂王氏戏曲研究的同时，也必须指出其问题：由于《宋元戏曲史》太偏重于史学了，导致了"历史研究"淹没、替代了"文艺研究"，这就从很大程度上影响了王氏对戏曲艺术的深切观照。而且，由于王氏没有戏剧演出的经验，因此，他只能通过案头的文献功夫来体悟、研究古代戏曲，这样，他对戏曲的"系统圆照"便不能不说是有缺憾的，是不彻底的。

有一点必须说明的是，王氏系统圆照法与其跨学科观照法，似乎有其相通之处。它们都强调文学研究的整体性和交融性，主张不要把文学局限在狭窄的视阈里，而要有一种开放性的研究视野。但它们的区别亦很明显，跨学科观照注重的是学科之间的交融，主张借相关学科的不同理论和方法来观照文学，从而获得对文学新的体认，意在存异；而系统圆照则注重的是不同时间、不同地域、不同学科的学术之间的相通性，把文学研究看作整个学术系统中的一个有机构成，认为文学研究和其他研究是一个互相生发的整体，志在求同。

王氏能够早在 20 世纪初就在文学研究中极力践行"系统圆照"的研究方法，对诗学乃至整个学术现代转型的意义是非常深远的。然而，他作为学术天才所具有的这种超前意识，却一直未为人所理解。当时及后来很多学者，都很少有人能够超越传统与现代、中国与西方对立的思想模式。纵观整个20世纪,出现了一次次否定中国传统文化的趋向和借用西方思想文化来清算和攻击中国传统文化的热潮,好像要走向现代化,就必须甩掉传统文化思想才能成功。当然,也出现了一波波抵拒西方文化,呼吁回归传统、整理国故的思潮。具体到文学上,百年中国文学思潮的发展和演进,亦几乎就是围绕着古与今、中与西这一文化焦点问题而展开、推进的。但时至今日,我们在传统与现代、中国与西方的关系上却依然没有一个清晰合理的理论觉识。正是在这一文化背景和学术语境下,王氏"系统圆照"文学研究方法对现代诗学研究的意义,也就被最大限度地凸显出来。

首先,它启示我们,古今诗学是一个有机的生命整体。对于传统诗学,大致存在着四种不同的思想倾向,一是转换论,认为我国古代诗学资源非常丰富,我们应该充分利用古代诗学中的有用成分来构建当代诗学,化古为今,古为今用,从而彰显当下诗学的民族蕴涵,他们提出了"古代文论现代转换"的命题。二是批判论,认为当下文学形态、意识形态和文化语境以及语言、思维方式都与古代截然不同了,面对这种现实,中国古代诗学的理论话语和方法都已经成为历史的陈迹,不可能对当代文学现实作出切实的阐释。三是折衷调和论,既认为古代诗学与批评形态确实具有不可估量的价值,是建构现代诗学重要的资源库和智慧源,但又认为古代诗学毕竟是古代文学实践和思维方式的产物,具有本身固有的"古代性",只能在内在精神层面对现代诗学产生影响。四是古今超越论,认为应该超越所谓的古今诗学的界限,把整个民族诗学视为一个有机的生命整体。

在这四种对待古代诗学的态度中,王国维很显然趋向的是第四种。王国维"学无新旧"说已经清楚地表明,诗学(学术)本无什么新旧之分,诗学发展是一个自然流转的过程。他鲜明地反对那种"一切尚古"或"一切蔑古"的行为,主张既要以史学的眼光看待传统,努力挖掘古代珍贵的文化资源,又要以科学的眼光审视传统,不盲崇迷信传统。王氏的这一观点无疑消除了一般的古今二元对立的思维模式,但又没有笼统地把古今诗学(学术)混淆起来。也就是说,既看到了诗学(学术)发展的内在统一性,又没有忽略其演进的历史阶段性。朱光潜在1948年1月发表的《现代中国文学》中亦有类似的论说:

> 文学是全民族的生命的表现,而生命是逐渐成长的,必有历史的连续性。所谓历史的连续性是生命不息,前浪推后浪,前因产后果,后一代尽管反抗前一代,却仍是前一代的子孙。历史上还没有一个先例,让我们可以说某一国文学在某一时代和它的整个的过去完全脱节,只承受一个外国的传统,它就能着土生根。①

朱氏此说完全可以与王氏"学无新旧"说互训,它对文学的生命特性及其历史连续性的强调,有助于我们对王氏观点的深入理解。的确,"文学是全民族的生命的表现",诗学是一种具有生命形态的理论,诗学的发展其实就是一个生命的成长过程,谁又能把生命的前段和后段截然分开呢?或者更形象地说,诗学发展就像一条自然流淌的河流,现代诗学是传统诗学在中国特有的文化环境下合规律合目的地流淌衍生下来的。传统和现代,就像河流的上游和下游一样,是一个上下流转传承的生命之流,只有时间上的先与后,而无价值判断上的"新"与"旧",进步与落后。按历史的进程把诗学切割成传统诗学与现代诗学两大块,进而意欲人为地将传统诗学转换成现代诗学,不但在理论上是不可取的,而且事实上也无从下手。

其次,它也昭示我们不要执着于中西诗学的对立,中西诗学应该互相推助,通向一种"世界诗学"。对于西方诗学,时至今日,"全盘西化"或"中体西用"的陈腐之论当然已经无人提及,但这并不等于说我们就能正确地处理中西关系了。比如,几年前,有论者"以世界文学史为参照系,采用世界文学的统一标准",就曾经提出过20世纪中国文学还仅仅是"近代性"而非现代性的过激之论②。此论的根本错误是,论者所谓的"世界文学标准"仅仅只是西方文学的标准而已。这种不自觉地以西方来指待整个世界,以西方文学的是非来评判中国文学之是非,就无疑是很露骨的"西方中心论"的论调。无独有偶,近年还有人提出了"西方现代文论

---

① 朱光潜:《现代中国文学》,《朱光潜全集》第9卷,安徽教育出版社1993年版,第330页。
② 参见杨春时、宋剑华《论20世纪中国文学的近代性》,《学术月刊》1996年第12期。

'中国化'"的命题①，认为相比于中国古代文论，西方现当代文论在解释中国的现当代文学时要相对合适一些，我们的文论重建之路更多地只能借鉴西方的理论，强调把西方文论"中国化"作为中国现代文论发展的最好选择。从表面上看，该命题体现了一种主动"拿来"、化他为我的精神，似乎与"西化"论调不同，但实质上，论者依然是在中西对立的思维模式下，隐藏着一种对西方诗学顶礼膜拜的殖民心态和对传统诗学无以言语的自卑心理，从某种意义上讲，和"西化"论的腔调并没有什么本质的区别。与此相反，在2004年文化高峰论坛闭幕式上，由许嘉璐、季羡林、杨振宁、任继愈、王蒙五位知名人士发起、七十位论坛成员共同签署的《甲申文化宣言》，采取的则是抵御"外来文化"的策略。《宣言》称："我们主张每个国家、民族都有权利和义务保存和发展自己的传统文化；都有权利自主选择接受、不完全接受或在某些具体领域完全不接受外来文化因素；同时也有权对人类共同面临的文化问题发表自己的意见。"此份宣言，无疑标志了文化保守主义在新世纪的重新抬头，亦深深地反映了当下文化界对西方文化的那种欲"拒"还休的微妙心理，等等。这种种诗学命题或文化事件都充分表明，如何对待西方文化和诗学资源，在当下其实远没有解决，还依然是一个不容忽视的、困扰着21世纪中国诗学发展的现实问题。

而王国维"系统圆照"中的"学无中西"说则提示我们：第一，学术本无什么中西之分，我们没必要纠缠在中学西学的对立对抗中不可自拔。王氏说："何以言学无中西也？世界学问，不出科学、史学、文学。故中国之学，西国类皆有之，西国之学，我国亦类皆有之；所异者，广狭疏密耳。即从俗说，而姑存中学西学之名，则夫虑西学之盛之妨中学，与虑中学之盛之妨西学者，均不根之说也。中国今日，实无学之患，而非中学西

---

① 参见陶东风《关于中国文论"失语"与"重建"问题的再思考》，《云南大学学报》2004年第5期；曹顺庆《西方文论如何实现中国化》，《河北学刊》2004年第5期；曹顺庆等《从"失语症"到西方文论的中国化——重建中国文论话语的再思考》，《三峡大学学报》2005年第5期；曹顺庆等《中国文论的西化历程》，《西南民族大学学报》2010年第1期，等等。

学偏重之患。"① 王氏认为,学问是一种"世界学问",把它强分为"中学"、"西学",“均不根之说"。总是纠缠于本来就并不存在的中学西学的二元对立中,也无益于学术的进步。"中国今日,实无学之患,而非中学西学偏重之患",可以说是对中西对立论者的当头棒喝。当代学者王富仁对此深有领会,他在《中国传统文化与现代社会》一文中,就对"中国文化—西方文化"这个虚幻的文化框架进行了拆解,指出这一框架的实质是将"旧文化"="中国传统文化"="中国文化",并将"新文化"="中国现代文化"="西方文化",这显然是非常荒谬的。王富仁说,由于"中西文化对立"这一命题本身的虚幻性,因此就产生种种明显不合逻辑、不具有实质性意义的文化幻象,极不利于现代中国现代文化的发展②。第二,中西二学不是彼此对立、互为妨碍的,而是"互相推助"、共同发展的关系。王氏以一种博大的世界胸怀和世界视野来看待整个世界学术,在他看来,如果硬要分成所谓中学西学,那么它们也只是产生的地域不同而已,两者在人类精神共同追求中,都是宝贵的文化资源和遗产,没有什么谁高谁低,孰优孰劣的对抗和对立,它们之间是"互相推助"、相依相生的。我们对西方文化的学习,并不是用来对抗和摧毁、也不是用来维护或美化中国传统文化,而是一种追求人类真理的需要。很显然,王氏的这种中西"互相推助"说,与后来的"西化"论或文化保护主义是有本质区别的,它有一个基本的理论前提,即中西平等。中西只有在关系上平等,才谈得上"互相推助",反是,则可能是一方"化"掉另一方或一方抵触、拒斥另一方,是绝不能实现彼此的共生共长的。这正如有的论者所说的,"不论是'西方中心主义(欧洲中心主义)'或'东方中心主义(中国中心主义)'的取向,都不足以建构具有真正世界性的理论诗学"③。

关于王氏的这种世界视野,陈寅恪在《王静安先生遗书序》中曾云:

---

① 王国维:《国学丛刊序》,《王国维文集》第4卷,中国文史出版社1997年版,第366—367页。
② 详参王富仁《中国现代文化指掌图》,人民文学出版社2004年版,第99页。
③ 周启超:《文学理论:跨文化抑或跨文学》,《中国社会科学院研究生院学报》2006年第1期。

> 今先生之书流布于世，世之人大抵能称道其学，独于其平生之志事颇多不能解，因而有是非之论。寅恪以为，古今中外志士仁人，往往憔悴忧伤，继之以死。其所伤之事、所死之故，不止局于一时间一地域而已，盖别有超越时间地理之理性存焉。而此超越时间地域之理性，必非其同时间之众人所能共喻，然则先生之志事，多为世人所不解，因而有是非之论者，又何足怪耶？

陈氏说王氏具有"超越时间地域之理性"，虽不是专就学术（文学）研究来说的，但从我们前文的分析中可以看出，王氏这一特点其实也很好地体现在其"系统圆照"的文学研究方法之中，或者更准确地说，王国维正是因为具有这种对"超越时间地域之理性"的追求，其文学研究才能自觉地运用"系统圆照"之法，超越时间、地域以及学科之限制，试图建构一种"世界学术"抑或"世界诗学"。

1827年，歌德曾经提出过"世界文学"这一概念，他在与爱克曼谈到中国的一部传奇小说的时候说：

> 中国人在思想、行为和情感方面几乎和我们一样，使我们很快就感到他们是我们的同类人，只是在他们那里一切都比我们这里更明朗，更纯洁，也更合乎道德。在他们那里，一切都是可以理解的，平易近人的，没有强烈的情欲和飞腾动荡的诗兴，因此和我写的《赫尔曼与窦绿台》以及英国理查生写的小说有很多类似的地方。

歌氏接着说：

> 我们德国人如果不跳开周围环境的小圈子朝外面看一看，我们就会陷入上面说的那种学究气的昏头昏脑。所以我喜欢环视四周的外国民族情况，我也劝每个人都这么办。民族文学在现代算不了很大的一回事，世界文学的时代已快来临了，现在每个人都应该出力

促使它早日来临。①

歌德在世界交流尚不频繁的19世纪初就提出了"世界文学"的设想,奉劝人们"跳开周围环境的小圈子朝外看一看",足以见出这位文学大师的前瞻意识。而王国维的"学无中西"说则更进一步地提出了"世界学术"的主张,大胆地预测"异日发明光大我国之学术者,必在兼通世界学术之人"②。由歌氏的"世界文学"到王氏的"世界学术(诗学)",我们或许可以更清楚也更深刻地体悟到王氏"系统圆照"之"学无中西"说对中西学术(诗学)交流、比较的深层意义。

"系统圆照"的方法是王国维文学研究最重要的一种方法之一。王国维有意识地打通古今、中西的森严界限,充分利用自己学养的丰富性和驳杂性,自觉或不自觉地将文学置放于一个彼此贯通的学术大系中进行观照和体察,以其丰厚的研究实绩,促进了传统诗学向现代转型,开创了文学批评与诗学研究的一个新的时代。对文学进行"系统圆照",在我们今天的文学研究中仍然甚至更加具有理论意义和现实针对性,因为我们面临着比王国维更为风云多变的文化语境。时下,中西文化的交流更加频繁,尤其是随着信息技术的飞速发展,"全球化"已成为一种必然趋势。在诗学方面,西方诗学依然是一种强势话语,而本土诗学却在长期的所谓现代化的追求中逐渐丧失了自己的民族特性,大有沦为西方诗学附庸的可能。由此,当下诗学研究如何摆脱由来已久的古今、中西以及学科之间的二元对立思维模式,合理地开掘、利用古代丰富的诗学资源,实现中西诗学的对话互释、交融互补,仍然是我们广大诗学研究者所面临的一个时代课题。

3. 比较参照法

王国维的文学研究还擅长运用比较参照的方法来对文学问题进行阐释。他的比较参照法主要是从三个层面展开的:中西比较,不同概念、观

---

① [德]爱克曼:《歌德谈话录》,朱光潜译,人民文学出版社1978年版,第112、113页。
② 王国维:《奏定经学科大学文学科大学章程书后》,《王国维文集》第3卷,中国文史出版社1997年版,第71页。

点的比较，相关作家、作品或材料比较。比较参照法的成功运用，使王氏更加清楚地体认到文学内在的意蕴及其发展规律。

我们先来看中西比较这一端。如前所述，由于王国维学贯中西，因此，他不但在文学研究中总是自觉或不自觉地进行中西之间的比较，而且还深刻地认识到中西比较的重要性和必要性，他对当时一些学者学养匮乏，只能勉强局促于旧学的情况非常不满。王氏说："京师号学问渊薮，而通达诚笃之旧学家，屈十指以计之，不能满也；其治西学者，不过为羔雁禽犊之资，其能贯串精博，终身以之如旧学家者，更难举其一二。风会否塞，习尚荒落，非一日矣。"① 王氏认为："异日发明光大我国之学术者，必在兼通世界学术之人。"② 由此，他力倡中西二学"互相推助"的思想，云："余谓中西二学，盛则俱盛，衰则俱衰，风气既开，互相推助。……未有西学不兴，而中学能兴者；亦未有中学不兴，而西学能兴者。"③ 他还提出了"能动的"的中西二学"化合"论（参见第一节有关论述），主张"化合"中西二学，极力反对所谓的"中学为体，西学为用"或"全盘西化"的陈腐、过激之论。

王氏进行得最深入的是中西思维的比较和沟通，通过中西两种思维的对照，他清楚地认识到了西方思维和传统思维各自的特点，尤其是看到了传统思维的弊端，他通过一系列的文学批评实践，在诗学中初步实现了中西思维的汇通，开启了传统感悟诗学的现代转型。这一点，我们在前文已论说，此处不再赘言。

王氏也特别善于进行中西理论的比较。他在运用西方理论体悟中国文学的时候，从来都是在与中国传统文学思想进行潜在的参照中进行的。即使在早期最具西方理论色彩的《红楼梦评论》中，亦是如此。正如一般人所言，《红楼梦评论》主要是以叔本华的唯意志论为其理论武器的，但仔细审察全文就会发现，中国传统的思想意识特别是老庄思想，其实仍占据

---

① 王国维：《国学丛刊序》，《王国维文集》第4卷，中国文史出版社1997年版，第367页。
② 王国维：《奏定经学科大学文学科大学章程书后》，《王国维文集》第3卷，中国文史出版社1997年版，第71页。
③ 王国维：《国学丛刊序》，《王国维文集》第4卷，中国文史出版社1997年版，第367页。

着非常重要的地位,是王氏评论《红楼梦》理论方法的基本来源。比如王氏一开篇就引用了老子的"人之大患,在我有身"与庄子的"大块载我以形,劳我以生",以老庄思想奠定整个文章的基本思路,也引导出了此后关于人的欲望以及由此造成的人生痛苦的论述。在后面的论述中,仍然是以传统思想与叔本华思想相互印证,共同支撑起《红楼梦评论》的理论架构。当然,《红楼梦评论》毕竟还只是王氏早期带有试验性的作品,还能看出王氏在中西文论参证时的那种稚拙与勉强,到了后来的《人间词话》中就圆熟多了。《人间词话》回到了中国传统的言说方式中,讨论的也是中国传统的境界理论,但王氏同样有一个中西比较的视野,比如在阐述"造境"与"写境"时,不露痕迹地引入西方文论中的"理想"与"写实"即"浪漫主义"与"现实主义"的概念,并有机地把它们融入到中国固有的境界理论中;在论述"有我之境"与"无我之境"时,也融合了叔本华的"优美"与"宏壮"两个美学范畴;等等。

这种中西"互相参证",造就了王氏诗学的通达和大气。所谓通达,是指它打通了中西文艺美学思想,以中比西,互相引发,从而以世界性的美学眼光来考察中国文学作品和文学现象,揭示了中国文学超越中西文艺观念界限的艺术意义。所谓大气,是指他从来不盲从西方的理论,在王氏眼里,中西文学理论都只是证明和生发论点的思想材料而已,并没有一个谁高谁低、孰优孰劣的问题,因此他几乎没有进行过中西理论的生硬对比。

通达大气、中西对等,是王氏中西比较的一个基本特点。在王氏所处时候以及以后相当一段时间内甚至到了今天,不少学者在进行中西比较的时候,往往隐藏着一种文化心理上的不平等,自觉或不自觉地把西方文学理论当作一种"先进"的理论,中国文学理论则是被改进的对象或材料。而王氏在进行中西文化和文艺理论比较的时候,从来没有一丝一毫的"被征服"的心理,"第一,他在建立自己文艺美学理论的时候,从来没有仅仅把西方理论作为依据;第二,他在借重西方文艺美学理论的时候,时时都在寻求东西方共同的因素,试图解决人类共同面对的问题;第三,他在精神文化追求中,从未把西方文艺美学思想当作'工具'或者'手段',

用来追求功利和世俗利益"①。

比较参照法的第二个层面是观点之间的比较。王氏在进行文学研究或诗学论述的时候，习惯运用西方分类的方法把论题分成几个方面，然后互相参照来进行阐释。这一方法在《人间词话》中运用得最为频繁，在词话里王氏先后提出了"造境"与"写境"、"有我之境"与"无我之境"、"优美"与"宏壮"、"写实家"与"理想家"、"有境界"与"无境界"、"客观之诗人"与"主观之诗人"、"隔"与"不隔"、"入乎其内"与"出乎其外"等十多组对等的概念，他对各组概念的阐述，无一不是在比较参照中进行的，前文我们在论述王氏感悟诗学理论的时候，已经对其中的几组进行了说明，我们可以从中窥见王氏对这一方法的巧妙运用。此外，王氏在《红楼梦评论》中也大量地运用了这一方法，比如他在第二章《红楼梦之精神》阐释两种"解脱"的时候，即是如此。他说："而解脱之中，又自有两种之别：一存于观他人之苦痛，一存于觉自己之苦痛。然前者之解脱，唯非常之人为能，其高百倍于后者，而其难亦百倍。但由其成功观之，则二者一也。通常之人，其解脱由于苦痛之阅历，而不由于苦痛之知识。唯非常之人，由非常之知力，而洞观宇宙人生之本质，始知生活与苦痛之不能相离，由是求绝其生活之欲，而得解脱之道。"② 这样两相对比，抽象的概念辨析清楚了，各种观点的高低正误也自然呈现出来，论述主题也自然得到了充分的展开。

第三个层面的比较是作家、作品或材料之间的比较。《人间词话》里几乎每一则词话都是在对有唐以来词人词作的比较中进行的，我们随意拈出一则为例，比如第四十三则云：

> 南宋词人，白石有格而无情，剑南有气而乏韵。其堪与北宋颉颃者，唯一幼安耳。近人祖南宋而祧北宋，以南宋之词可学，北宋不可学也。学南宋者，不祖白石，则祖梦窗，以白石、梦窗可学，幼安不可学也。学幼安者，率祖其粗犷、滑稽，以其粗犷、

---

① 殷国明：《20世纪中西文论交流与王国维》，《嘉应大学学报》1997年第2期。
② 王国维：《红楼梦评论》，《王国维文集》第1卷，中国文史出版社1997年版，第8页。

> 滑稽处可学，佳处不可学也。幼安之佳处，在有性情，有境界。即以气象论，亦有"傍素波、干青云"之概，宁后世龌龊小生所可拟耶？

此则词话涉及的是"可学不可学"的问题，和其他词话一样，王氏没有抽象地谈论这一话题，而是以白石、剑南、幼安、梦窗等诸词人为例，在对他们词作风格的比较中，通过不同侧面的比照，揭示出了文学继承方面一个较为普遍的现象：重才情、重意境的作家及作品不好学，重格调、重工巧的作家及作品相对要好学。因为前者无迹可寻，只能用心去感悟；后者则有技巧可摸索，只要多加琢磨，就可掌握其中的窍门。另外，在《红楼梦评论》中，对我国传统文学"解脱之精神"进行阐释的时候，亦是以《桃花扇》和《红楼梦》两部作品为例来作比较说明："我国之文学中，其具厌世解脱之精神者，仅有《桃花扇》与《红楼梦》耳。而桃花扇之解脱，非真解脱也，……故《桃花扇》之解脱，他律的也；而《红楼梦》之解脱，自律的也。且《桃花扇》之作者，但借侯、李之事，以写故国之戚，而非以描写人生为事。故《桃花扇》，政治的也，国民的也，历史的也；《红楼梦》，哲学的也，宇宙的也，文学的也。"[①] 这样就突出了《红楼梦》这部作品的彻底的悲剧精神，也论证了后面提出的《红楼梦》是"彻头彻尾之悲剧"的观点。

1925年，王氏在《古史新证》中提出了著名的"二重证据法"，云：

> 吾辈生于今日，幸于纸上之材料外，更得地下之新材料。由此种材料，我辈固得据以补正纸上之材料，亦得证明古书之某部分全为实录，即百家不雅驯之言亦不无表示一面之事实。此二重证据法，惟在今日始得为之。虽古书之未得证明者，不能加以否定，而其已得证明者，不能不加以肯定：可断言也。[②]

---

① 王国维：《红楼梦评论》，《王国维文集》第1卷，中国文史出版社1997年版，第10页。
② 王国维：《古史新证》，《王国维文集》第4卷，中国文史出版社1997年版，第2页。

很显然，此"二重证据法"，王氏主要是把它作为一种历史研究的方法提出来的，但由于我国古代文史是不分家的，因而事实上，王氏对历史的研究大都要从文学典籍中寻找材料，由此我们也完全可以把"二重证据法"看作是一种运用史料对文学进行感悟和论证的一种方法。比如，在《古史新证》中王氏列出了十种"纸上之史料"：1.《尚书》，2.《诗》，3.《易》，4.《五帝德》及《帝系姓》，5.《春秋》，6.《左氏传》、《国语》，7.《世本》，8.《竹书纪年》，9.《战国策》及周秦诸子，10.《史记》，里面就有不少涉及了文学。当然，王氏的这种材料之间的比较参照方法，更多的是针对一些古代文学典籍的考证与整理，而很难上升到诗学的高度，因此，我们在此也只是作为比较参照的一个方面提出来，并不准备进行具体的论说。

至于王氏比较参照法还有跨学科比较这一层面，由于这一点我们在前面已经做了专题论述，就更没有必要赘述了。

要特别指出来的是，比较参照之法，并非王氏所独用，我国古代诗学很早就使用这一方法了，西方诗学亦是如此，因为比较是人的一种最基本的认识方式，也是诗学论述所常用的方法之一。但王氏又与前人不同，他比较的视野更加广阔了，他进行得更多的是中西思维的沟通以及中西理论的比较，而且大都是跨越学科的。跨文化、跨学科的比较，往往比同一文化内部或者文学自身的比较，要更能发现问题，更有理论穿透力。最值得称道的是，王氏的中西比较，是在一种中西文化平等的心理下展开的，他从来不搞以西格中或移中就西，这种可贵的心态，使得王氏的中西比较特别公允、平和，也特别有利于民族诗学的生长和建构。

要而言之，在上面的篇幅中，我们立足于王氏的文学研究实践，总结阐述了王氏文学研究的三种方法，从这三种既彼此独立、又内在地联系在一起的文学批评方法中，我们对王氏在感悟方法的现代转型方面所作出的有益探索，有了一个整体的比较深入的了解。我们发现，王国维作为一位在政治思想方面极端保守的人物，在学术观念上却非常开放和先进。他率先打破了顽固守旧思想对学术发展与思想自由的限制，以一种开放的博大胸襟容纳古今中外一切真知与思想方法，为传统学术理念的现代转型作出了锲而不舍的上下求索。王国维的文学思想及其研究方法，今天已成为一种学术遗产，对它进行批判的总结，吸取其积极的成果，将有助于我们当下的文学（学术）研究。王国维在文学研究和诗学探讨中所积累和践行的种种方法，将永远照耀着我们文学批评和诗学建构的前进之路。

第四章 感悟诗学现代转型之展开(一)

——朱光潜、梁宗岱对西方感悟观念的醇化

和王国维相比,朱光潜(1897—1986)、梁宗岱(1903—1983)对西方诗学理论的接触要深广得多。王国维只有在日本这个西方理论的中转站有过短暂求学的经历,而且主修的还是物理学。而朱、梁两氏则均长年游学欧洲,前者在英法留学八年(1925—1933),主修文学、哲学、心理学、欧洲古代史和艺术史等,获得过硕士、博士学位;后者在法、德、意的一些著名学府辗转求学,主修文学和哲学,虽然没有获得任何学位,但亦游欧七年(1924—1931),师从过当时欧洲最著名的象征主义理论家保尔·瓦雷里,与大文豪罗曼·罗兰亦有深交,游历过柏林、苏黎世、日内瓦、佛罗伦萨及阿尔卑斯山等欧洲名胜,对欧洲人文传统及其历史地理背景有过比较全面的了解。总之,朱光潜、梁宗岱两人对西方文化浸淫之深是远非王国维可比拟的。但是,朱、梁两氏却又和王国维一样,在骨子里其实也仍然是非常传统的中国文人,因为传统文化亦已深深地烙入了他们的骨髓和思维深处,这是外来的西方文化所永远不能取代的。

朱光潜出身于安徽桐城一个衰落的读书家庭,桐城乃清代著名的桐城古文学派的发祥地。受桐城派所沿袭下来的中国传统观念和文风的影响,朱氏很早就与传统文学结下了缘分。从6岁到15岁,朱光潜在父亲的私塾里接受传统教育,在父亲的指点下,熟读了四书、五经、纲鉴、《唐宋八大家文选》、《古唐诗选》之类,还偷读了父亲不准看的《三国演义》、《水浒传》、《琵琶记》、《西厢记》等书。10岁左右,朱光潜就开始学做策论经

义。1913年考入由晚清古文名家吴汝伦创办的桐城中学后，开始接触桐城古文，接受各种体裁的古文的基本功的训练，并在国文教师的指导下系统地诵读《古诗源》、《唐诗三百首》、《唐宋诗醇》、《宋百家诗存》、《十八家诗钞》等诗集选本，对各体诗歌的意蕴和风格有了大致的体认，基本上能够辨察出中国古典诗歌风尚的流变，培养了一种对诗歌的浓厚的兴味。中学毕业后，朱光潜考入武昌高等师范学校国文系学习，在此他把段玉裁的《说文解字注》圈点了一遍，对清儒治学的方法略有认识。1918年，朱光潜考入香港大学，开始接受西学的滋润，但在享受完全英式教育的同时，他仍然仰慕国故，花了大部分时间沉浸在文化传统和古代典籍之中。正因为朱光潜对传统文化如此眷恋，有论者就曾经比较中肯地指出："从一定意义上说，朱光潜虽然终生致力于西方美学，其审美趣味却从未完全脱离过幼年时代的文化熏陶。"[①]

梁宗岱亦从小就浸淫于传统文化之中——梁氏父亲能诗善文，精通医术，梁氏在小学期间就在父亲的辅导下苦读四书五经、古代诗词和《水浒》、《三国演义》等文学名著[②]，后来也一直对古典文学有着特别浓厚的兴趣，可惜现有的资料对于梁氏在这方面的记载不是很多，但我们从他三四十年代写的《李白与歌德》、《屈原》、《谈诗》等论文以及法译《陶潜诗选》中可以考察出，他在传统文化尤其在古典诗歌方面的修养和造诣是非同一般的。

在世纪初，学贯中西的王国维即以天才般的觉识，比较深刻地体认出中西诗学的异质性，并已初步实现了中西诗学思维方式的汇通，搭建起了自己独特的感悟诗学框架，而且摸索出了一些充满现代性的感悟方法，比较全面地推动了传统感悟诗学现代转型的发生。到了比王氏晚了整整一代人的朱、梁二氏这里，则以其更加宏阔的中西视野，进一步对中西诗学进行了纵深的比较。他们两人有一个共同的特点是，都善于从自己的知识背景出发，紧紧地立足于中国固有的文学经验和思维方式，抓取西方诗学或

---

① 王攸欣：《朱光潜学术思想评传》，北京图书馆出版社1999年版，第2页。
② 黄建华：《宗岱的世界》（生平卷），广东人民出版社2003年版，第7页。

美学理论中与感悟①有关的一些关键术语进行中国化阐释，也即自觉或不自觉地运用富有现代性的感悟思维去醇化西方的诗学术语，化西为中，洋为中用，以极其开放的情怀和理论建构的气魄，有力地推进了感悟诗学现代转型向广度和深度双向展开。

一　朱光潜对西方感悟观念的醇化

朱光潜是以研究西方美学、诗学理论而卓然成为一代学术宗师的。朱光潜曾经说："中国向来只有诗话而无诗学。刘彦和的《文心雕龙》条理虽缜密，所谈的不限于诗。诗话大半是偶感随笔，信手拈来，片言中肯，简练亲切，是其所长；但是它的短处在零乱琐碎，不成系统，有时偏重主观，有时过信传统，缺乏科学的精神和方法。"他清楚地把捉到了诗学在中国不甚发达的原因："一般诗人与读诗人常存一种偏见，以为诗的精微奥妙可意会而不可言传，如经科学分析，则如七宝楼台，拆碎不成片段。其次，中国人的心理偏向重综合而不喜分析，长于直觉而短于逻辑的思考。谨严的分析与逻辑的归纳恰是治学者所需要的方法。"② 正因为对民族诗学具有这种理论觉识，因此，朱光潜在自己的诗学研究中，就往往具有一种深切的人文关怀的精神，他虽然每每是以西方诗学作为切入点，用西方诗学理论来观照中国文学艺术，但他的立足点却无一不是中国本土诗学，他力图通过西方的理论和思维，在中西诗学的比较中，来促进中国诗论由诗话向诗学演进。朱光潜在引进西方诗学进行现代诗学建构的时候，有一点特别值得注意的是，他总是有意无意地选择那些跟中国传统的感悟诗学比较接近的理论和观念，比如"直觉说"、"距离说"、"移情说"等，都是立足于主客体之间情感的生发、流转，具有鲜明的感悟因素的诗学主张，而且还能够有机地把中国传统文化和传统感悟诗学思想融会在对西方诗学理念的阐述中，他试图把中西诗学在感悟上的一些共同智慧，熔铸到

---

① 西方诗学主要以理性思维为特征，但其中亦存在不少与感悟有关的思想，尤其是近代以来，在非理性主义思潮的影响下，愈加注重对感悟因素的开掘。当然，西方的感悟和我们传统的感悟还是有区别的，主要是根本的宇宙观不一样。
② 朱光潜：《诗论》，《抗战版序》，上海古籍出版社2001年版，第1页。

经过批判综合过来的西方美学和诗学概念系统之中，从而实质性地推动传统感悟诗学现代转型的深入展开。

下面，我们将结合朱光潜着力甚深的几种西方"感悟"理论，来对朱氏在感悟诗学现代转型方面所作的努力进行探讨。限于题旨，我们主要探讨的是朱氏早期（1949年前）的诗学思想，事实上，朱光潜对感悟诗学现代转型的探索也主要在这一时期。

1. "直觉说"：中西掺和的感悟本体论

诚如第一章所论，"直觉"是感悟诗学的一个基本特征，或者说是一种最基本的感悟方式，在诗学史上有时甚至把直觉和感悟通用，比如朱光潜就曾经说："诗的境界的实现都起于灵感。灵感亦并无若何神秘，它就是直觉，就是想像，也就是禅家所谓悟。"① 这里朱光潜就将灵感、直觉、想像、感悟等同。我们知道，我国传统感悟诗学对"直觉"的探讨不绝如缕，从庄子的"心斋"、"坐忘"，到钟嵘的"直寻"，到司空图的"味外之味"、"象外之象"、"景外之景"，到严羽的"妙悟"，到王夫之的"即景会心"、"现量"，等等，有一条非常清晰的发展线索。但"直觉"并非中国所独有，西方诗学、美学、哲学也有关于"直觉"的论述，尤其是近代以来，当文学艺术告别了古典主义，心理学弃绝了所谓灵魂的探究，哲学研究从长期的理性主义的思维模式中超离出来以后，美感②经验、审美心理以及非理性主义就分别成为文学、心理学、美学和哲学所要探讨的主要课题。

意大利美学家克罗齐就提出了著名的"直觉说"。克罗齐是一个极端的主观唯心主义者，他在批判继承康德、黑格尔哲学思想的基础上，彻底修正、改造了他们研究"心何以知物"的认识论哲学体系，建构了自己"心灵一元"的主体论哲学体系。他把精神世界——心灵看作世界的本源，认为"心灵是现实，没有一种不是心灵的现实"，"心灵主要是活动，而心灵的活动就是全部的现实"。克氏认为："知识有两种，一是直觉的（intui-

---

① 朱光潜：《诗论》，上海古籍出版社2001年版，第43页。
② 也即英文 aesthetic，朱光潜早期把它译为"美感"，后来改译为"审美"，参见《文艺心理学》，安徽教育出版社1996年版，第19页。

tive），一是名理的（logical）。"① 他把研究知觉与概念的知识统归为"名理的知识"，称为名学或知识论，而把研究直觉的知识划归美学，因为知觉与概念是对于个别事物之间的关系的知，是"名理的知"，而直觉则是对于个别事物的知，是"审美的知"。"直觉"在克罗齐那里是人类心灵活动的起点和基础，是人类认识活动的两种形式之一。直觉活动也不是传统意义上"心知物"的感性认识，不是被动的感受，而是主动的创造，是凭借心灵的主动性赋予"物质"以形式的过程。"直觉"包括直觉活动及其对象和产品都是一种心灵活动，不存在也不需要一个与之相对待的客观外物。直觉即是直觉品。在此基础上，克罗齐提出了所谓的"直觉—表现"理论，认为"艺术即直觉即表现"。克罗齐说："直觉必须以某一种形式的表现出现，表现其实就是直觉的一个不可缺少的部分。""在这个认识的过程中，直觉与表现是无法可分的。此出现则彼同时出现，因为它们并非二物而是一体。""直觉是表现，而且只是表现（没有多于表现的，却也没有少于表现的）。"艺术是一种借助于形象的表现。因此，艺术即是直觉，直觉即是艺术，二者是完全统一的。"我们已经坦白地把直觉的（及表现的）知识和审美的（即艺术的）事实看成统一，用艺术作品作直觉的实例，把直觉的特性都付与艺术作品，也把艺术作品的特性都付与直觉。"②

朱光潜的"直觉说"即是直接秉承了克氏"直觉说"。朱光潜也认为，美感经验就是直觉的经验，而直觉的对象是形象，所以"直觉"也可称为"形象的直觉"。在《文艺心理学》第一章《美感经验的分析（一）：形象的直觉》中，朱光潜说，形象是直觉的对象，属于物；直觉是心知物的活动，属于我。心所以接物者只是直觉，物所呈现于心者是它的形象本身，而不是与它有关系的事项，如实质、成因、效用等。朱氏以梅花为例，区别了人们对待事物的三种不同的态度：科学的态度、实用的态度、美感的态度。科学的态度注重梅花的植物特征；实用的态度注重梅花的实际效用；而美感的态度则只注重梅花这一形象本身，"把它和其他事物的关系

---

① 转引自朱光潜《文艺心理学》，安徽教育出版社1996年版，第11页。
② ［意］克罗齐：《美学原理》，《朱光潜全集》第11卷，安徽教育出版社1989年版，第139、142、143页。

一刀截断，把它的联想和意义一齐忘去，使它只剩一个赤裸裸的孤立绝缘的形象存在那里，无所为而为地去观照它，赏玩它"。在美感态度中，"审美者的目的不像实用人，不去盘问效用，所以心中没有意志和欲念；也不像科学家，不去寻求失去的关系条理，所以心中没有概念和思考。他只是在观赏事物的形象"①。这也就是说，美感态度是不带实用目的、不用概念的对形象的凝神观照，是一种形象的直觉，一种极端的聚精会神的心理状态。

在这种聚精会神的心理状态下，审美主体往往由物我两忘而到达物我同一。"如果心中只有一个意象，我们便不觉得我是我，物是物，把整个的心灵寄托在那个孤立绝缘的意象上，于是我和物便打成一气了。"②朱光潜引用了叔本华在《意志世界与意象世界》里的一段话来说明这一点，叔氏说，如果一个人"不让抽象的思考和理智的概念去盘踞意识，把全副精神专注在所觉物上面，把自己沉浸在这所觉物里面"，让全部意识"失落"在对"目前事物的恬静观照"中，"成为该事物的明镜，好像只有在它那里，并没有人在知觉它，好像他不把知觉者和所觉物分开，以至二者融为一体"，这时，这个人就成为"一个无意志，无痛苦，无时间的纯粹的知识主宰了"③。叔氏这段话的原意是说进行文艺欣赏能够使人暂时忘记自我，摆脱意志的束缚。朱氏在这里把它借用过来，却是想说明审美主体在直觉状态中的那种物我两忘的境界。朱氏说："观赏者在兴高采烈之际，无暇区别物我，于是我的生命和物的生命往复交流，在无意之中我以我的性格灌输到物，同时也把物的姿态吸引于我。"④这里涉及了我们在后面要谈的"移情说"，但物我之所以能够移情，完全是审美主体进行直觉感悟的结果。

朱光潜还认为，直觉还包含着创造的意义。因为"形象"并非天生自在一成不变的，而是随着观赏者的性格、情趣以及时间和地点的不同，直

---

① 朱光潜：《文艺心理学》，安徽教育出版社1996年版，第14—15页。
② 同上书，第17页。
③ 同上书，第17—18页。
④ 同上书，第18页。

觉所得到的形象也因而千变万化，因此，"直觉是突然间心里见到一个形象或意象，其实就是创造，形象便是创造成的艺术"。"我们说美感经验是形象的直觉，就无异于说它是艺术的创造。"①

这就是朱光潜"直觉说"的大致内容。如果我们对照一下朱氏论述和克罗齐《美学原理》的有关论述，就会发现朱氏关于"直觉说"的阐述，很明显是借取了克罗齐的"直觉—表现"理论，两者在基本论点上非常近似②。但我们不能说朱氏"直觉说"仅仅是对克罗齐思想的简单译述，也不能说他仅仅是起了"搬运"③的作用，因为朱光潜在阐释克氏理论的时候，他其实已经根据中国固有的文化模式，基本上消化了克氏理论，并且在表述这一理论时，能够很好地结合中国人的审美心理现实和中国传统的感悟诗学理念。也就是说，朱氏在对克罗齐思想进行理解和阐述时，已经将克罗齐思想做了一个"中国化"的处理，在这种中国化的理解和阐述中，他已经对中西关于直觉的思想进行了某种嫁接和掺和，虽然他也许并非有意的。

兹以两段话为例：

> "用志不纷，乃凝于神。"美感经验就是凝神的境界。在凝神的境界中，我们不但忘去欣赏对象以外的世界，并且忘记我们自己的存在。纯粹的直觉中都没有自觉，自觉起于物与我的区分，忘记这种区分才能达到凝神的境界。……美感经验的特征就在物我两忘，我们只有在注意不专一的时候，才能很鲜明地察觉我和物是两件事。如果心中只有一个意象，我们便不觉得我是我，物是物，把整个的心灵寄托在那个孤立绝缘的意象上，于是我和物便打成一气了。
>
> ……

---

① 朱光潜：《文艺心理学》，安徽教育出版社1996年版，第19页。
② 阎国忠就对此进行了专门的比较，指出了其相似性，参见阎国忠《朱光潜美学思想及其理论体系》，安徽教育出版社1994年版，第73—75页。
③ 温儒敏在评价朱光潜的"直觉说"时，就曾经说朱光潜"几乎是抱着难于抑制的兴奋从这位意大利人（按，指克罗齐）这里搬运了许多东西"。参见温儒敏《中国现代文学批评史》，北京大学出版社1993年版，第253页。

物我两忘的结果是物我同一。观赏者在兴高采烈之际，无暇区别物我，于是我的生命和物的生命往复交流，在无意之中我以我的性格灌输到物，同时也把物的姿态吸引于我。比如欣赏一棵古松，玩味到聚精会神的时候，我们常不知不觉地把自己心中的清风亮节的气概移注到松，同时又把松的苍劲的姿态吸收于我，于是古松俨然变成一个人，人也俨然变成一棵古松。总而言之，在美感经验中，我和物的界限完全消失，我没入大自然，大自然也没入我，我和大自然打成一气，在一块生展，在一块震颤。①

这是朱光潜《文艺心理学》第一章《形象的直觉》中的两段论述。它们分别探讨的是直觉活动的两个阶段："凝神观照"（产生直觉的前提）和"物我同一"（直觉产生的结果）。我们知道，"凝神观照"与"物我同一"是一组非常中国化的诗学术语。诚如我们在前文所论，中国古代最根本的宇宙观是天人合一，认为整个世界是一个生命流转的有机整体，天人之间是可以互相感应的，因此，中国古代思维的一个重要的特点是特别注重内心的体察领悟，注重对事物的"凝神观照"，借助于非理性的直觉，实现心物的交流往复，突破物象的界限，达到"物我同一"，直接觉悟到事物的本真和宇宙之永恒。古代哲学、诗学对艺术活动中"凝神观照"与"物我同一"的直觉现象有很多深刻的论述，比如老子就曾云："为学日益，为道日损。"（朱光潜在阐述"直觉"时就引用了这一句话。）"致虚极，守静笃。"庄子提出审美要"静心"、"心斋"、"坐忘"，荀子提出"虚壹而静"，程颐有"万物静观皆自得，四时佳兴与人同"（朱光潜在阐述"直觉"时亦引用了这一句话。）等，都强调审美要有虚静专一、"凝神观照"的态度。至于"物我同一"，亦早在庄子就提出了"天地与我并生，而万物与我为一"（《庄子·齐物论》），《庄子》里还有如"庄周梦蝶"等许多寓言故事也都是对"物化"问题的形象阐释，董仲舒更是认为天与人可以互相交感，提出了"天人感应说"（《春秋繁露》）。如果我们拿上引朱光潜的两

---

① 朱光潜：《文艺心理学》，安徽教育出版社1996年版，第17—18页。

段论述和古代有关直觉的阐述进行比较，就会发现，朱氏所论无论是在关键话语的运用，比如"凝神"、"物我同一"、"生命往复交流"等，还是整体的表述方式上，比如以松树为例进行形象譬如的方法（朱氏以古松为例来进行喻说，亦很符合中国人的审美习惯，因为松树意象是一个非常中国化的意象。有论者说："朱光潜别具匠心地用欣赏古松来说明形象直觉的特征，一下子拉近了西方理论和中国读者的距离，让人感到亲切和易于接受。"①），都和传统感悟诗学是气息相通的。

而且，我们还应该指出的是，朱光潜对克罗齐理论的接受有一个不断深化的过程。有论者曾把这一过程概括为三个阶段（在接受马克思主义以前）：第一阶段是写作《文艺心理学》初稿时期，此时朱氏几乎是完全赞成克罗齐的观点，该书第一章《形象的直觉》基本上是对克罗齐观点的转述，虽然他所理解的直觉和克罗齐的直觉尚存在着某些明显的歧异。第二阶段是写作《悲剧心理学》时期，朱氏开始对克罗齐的直觉说提出质疑，他觉得克氏直觉说尽管在逻辑上十分严密，但在其基本的宇宙观和方法论上却具有根本的纰漏。克罗齐立足的是西方心物对立的宇宙观，当然，因为克氏是一位主观唯心主义者，在他那里，认识客体不是外在于心灵的客观外物，而是来自认识主体的经验，即实用活动所生的感受、情感和欲念等，经过心灵赋予形式形成感官印象再外射为对象。因此，认识主体和认识对象的对立并不是心灵与外物的对立，而是主动的和被动的心灵活动所造成的形式与无形式的混沌经验材料（即"物质"）的对立。正是在这种对立的驱使下，克罗齐根据形式美学的机械观，采用的是抽象分析的研究方法，认为美感经验是纯粹的形象的直觉，把直觉对象视为一个孤立绝缘的意象，而把其他抽象的思考、联想、道德观念等都看作是美感以外的事。而朱光潜则具有本民族天人合一的宇宙意识，认为整个宇宙人生是一个有机体，科学的、伦理的和美感的种种活动虽可以从理论上作出分辨，但事实上它们是彼此混融，不可能互相绝缘。因为有了这些认识上的分歧，朱光潜逐渐疏远克罗齐，后来在《文艺心理学》原稿的基础上又专门

---

① 钱念孙：《朱光潜：出世的精神与入世的事业》，文津出版社2005年版，第97页。

增写了第十一章《克罗齐派美学的批评》，以及第六章《美感与联想》，第七、第八章《文艺与道德》和第十章《什么叫作美》，根据自己的理解，对克罗齐直觉说进行了较大的"中国化"的补正。第三阶段是写作《克罗齐哲学述评》时期，朱氏对直觉说的认识更加系统和精要，朱氏纠正了自己以前对克罗齐的某些误解①，但也进一步对克罗齐的许多哲学命题提出质疑，这次主要是针对直觉本身的性质与内涵，比如"形式"的含义、"表现"的含义以及"直觉"的根据等，他对这些问题作出了自己的阐释。②

由此可见，朱光潜对克罗齐"直觉说"的阐释，虽然其基本的论点是采自克罗齐，但他又能够以此为嫁接点，很好地把我国古代既有的关于直觉的理论与之融会起来，尽可能地做到外来理论的民族化，尽可能地使运思方式和语言表述也都切合本民族由来已久的审美心理现实。朱光潜对克罗齐直觉说的认识不断深化的过程，其实也就是根据民族传统文化的特点，根据中国文学实践发展的需要，不断地对克氏理论进行改造，不断地使之中国化，使之更加贴近中国文学经验和中国审美心理现实的过程。为了达到中国化这一目的，朱光潜有时候甚至不惜"主动误取"③，为我所用。朱氏这种中西感悟思想的对接，对推动传统感悟诗学的现代转型，其意义是不言自明的。有研究者就曾经指出，"朱光潜引入西方理论时决不只是简单的照本宣科式的译介，而是结合大量中国传统文化和文艺实

---

① 克罗齐并不像朱光潜所批评的那样机械、孤立地看待分析美和艺术问题。他在强调艺术独立性的同时，也看到了艺术的依存性以及心灵活动的整一性。克罗齐说："任何一个特殊的形式和概念，一方面是独立的，另一方面又是依存的；或既是独立的，又是依存的。如果不是这样，那么心灵，乃至现实界，要么就会是一系列并列的绝对存在者，要么就会（其实是一回事）是一系列并列的空无。"朱光潜对自己对克罗齐的误解，曾以一种科学的精神在《克罗齐哲学述评》一文中作过检讨："（克罗齐）这些否定的用意只在分清艺术与其他心灵活动的界限，并非说艺术与其他心灵活动可以完全脱节。一般人单看克罗齐的第一部著作《美学》，或不免误解他把艺术的独立自主性说得太过火，以为他把整个人格割裂开来了（作者自己从前就有这个误解，所以写出《文艺心理学》第十一章批评克罗齐的机械观那一段错误的议论）。其实这种看法与克罗齐的哲学系统全体相违。他固然着重每一阶段心灵活动的整一性，却也着重全体心灵活动的整一性；直觉、概念、经济、道德四阶段虽各有别，却互相影响，循环生展。"
② 参见阎国忠《朱光潜美学思想及其理论体系》，安徽教育出版社1994年版，第73—80页。
③ "主动误取"之说，始自朱青生。参见朱青生《没有人是艺术家，也没有人不是艺术家》，商务印书馆2000年版，第179页。

际予以论述,体现了强烈的融会中西、中外共治的色彩"①。此论可谓切中肯綮。

2. "距离说":感悟发生的心理条件

如前所述,审美主体通过对审美客体进行凝神观照,就会获得一种审美直觉。但是,如何才能对审美客体进行凝神观照呢?也就是说,如何才能获得审美直觉呢?克罗齐的"直觉说"却并没有回答这个问题。克氏"直觉说"只是对"直觉"进行机械的抽象分析,而没有把它和实际生活联系起来,没有考虑直觉产生的条件。正如朱光潜所指出的,"它在抽象的形式中处理审美经验,把它从生活的整体联系中割裂出来……就几乎不可能把它再放进生活的联系中去。""他们把审美经验的纯粹性和独立性过度夸大,甚至认为不必自问,这样一种纯粹的审美经验是在什么条件下产生和维持的。"②而由英国心理学家爱德华·布洛提出来的"距离说"则很好地弥补了"直觉说"的这一缺陷。

布洛继承了"自下而上"的实证研究方法,把对传统美学中审美客体的研究转向审美主体的心理功能和美感体验的研究,建立了以观赏效应为研究对象的美学理论。在其代表作《作为艺术因素与审美原则的"心理距离说"》一文中,他提出了著名的"心理距离"说,布氏认为,在审美观照中,主体在心理上必须和对象保持一定的距离,也即是说,把眼前的对象同实践的现实的自我联系割裂开来,切断同事物的实用、功利方面的联系,以一种漠不关心的旁观者的态度来看待它。距离插入的结果,会使司空见惯的东西发出奇光异彩,使身处焦虑、烦躁、恐慌之境的心灵体会到一种奇异的镇定与寂静,领略到一种功利的"我"难以企及的审美之境。有意思的是,布洛本人"并没有认识到自己的理论打破了形式主义美学的狭隘界限,扩大了艺术心理学的范围,使之能包括比抽象的审美经验广大得多的领域"③,是朱光潜把"距离说"和"直觉说"联系在一起的。

什么是"心理距离"?朱光潜引用了布洛举过的雾中航海的例子来进

---

① 钱念孙:《朱光潜:出世的精神与入世的事业》,文津出版社2005年版,第97页。
② 朱光潜:《悲剧心理学》,安徽教育出版社1996年版,第36、38页。
③ 同上书,第39页。

行说明。他说，假设海上起了大雾，对船上的人来说，是件极不愉快的事，使人心焦气闷，烦躁不安，因为海雾不仅令人呼吸不畅，耽误行程，而且还会对置身于无边的未知的恐惧之中而感到惊慌无助。可是，那让人紧张、焦虑的海雾也可能霎时会成为浓郁的趣味与欢乐的源泉。当你抛开海雾可能带给你的危险及不愉快，聚精会神地去看周围的景观，心无旁涉，我们就能够欣赏海上雾景奇妙无比的美，那使水天一色的透明的薄纱，那远离尘世、陌生孤独的感觉，还有那既给人安恬、又令人感到几分恐惧的一片沉寂，这一切都使浓雾中的海变成一幅格外美的画。为什么前后会有这种截然相反的感受呢？就是因为在前一种经验中，你和海雾的关系太密切了，距离太接近了，所以不能用处之泰然的态度去欣赏它。在后一种经验中，你把海雾摆在实用世界以外去看，使它和你的实际生活中间存有一种适当的"距离"，所以你能不为忧患休戚的念头所扰，一味用客观的态度去欣赏它，这就是所谓的"心理距离"在发生作用。

由此可见，适当的心理距离，可把主体和客体由实用关系转变为审美的关系。朱光潜说："一个普通物体之所以变得美，都是由于插入一段距离而使人的眼光发生了变化，使某一现象或事件得以超出我们的个人需求和目的的范围，使我们能够客观而超然地看待它。"[①]"美和实际人生总有一个距离，要见出事物本身的美，须把它摆到适当的距离之外去看。"[②]"距离"是审美对象脱离与日常实际生活关系的一种比喻说法，既包括空间距离，美的事物往往有一点"遥远"，比如异地旅游时最容易见出事物的美；又包括时间距离，年代久远常常使最寻常的物体也具有一种美，比如一些古董，当时不过是最常用的日常用品；也可以是一事物与我们的实际利害之间的距离，比如上面所举的雾中航海。

"距离"使审美主体对审美对象单纯的凝神观照成为可能。然而，"距离"又必须是适当的，即不远不近，不即不离。"距离"太远，离人的经验太遥远，或太违背人情，人们对它就不会理解，因而也就不能欣赏；

---

① 朱光潜：《悲剧心理学》，安徽教育出版社1996年版，第40—41页。
② 朱光潜：《谈美·"当局者迷，旁观者清"——艺术与实际人生的距离》，《谈美书简》，上海文艺出版社1999年版，第104页。

"距离"太近,容易使我们回到实用世界,回想到自己的个人经验,把思想集中在自己身上,想到自己的悲欢离合、自己的希望与忧患,而不是去凝神观照客体本身。要有距离,但又不能距离太远,布洛把这种情况叫"距离的自我矛盾"(the antinomy of distance)。布洛说:"在创作和欣赏中最好的是最大限度地缩短距离,但又始终有距离。"[①] 朱光潜完全认同这一观点,他说:"创造与欣赏的成功与否,就看能否把'距离矛盾'安排妥当,'距离'太远了,结果是不可了解;'距离'太近了,结果又不免让实用的动机压倒美感,'不即不离'是艺术的一个最好的理想。"[②] 在他看来,"距离过度",往往意味着艺术品难以理解和缺少兴味,比如理想主义艺术;"距离不足",又往往使艺术品难于脱离其日常的实际联想,比如自然主义艺术。艺术成功的秘密在于距离的微妙调整。朱光潜认为,距离取决于两个因素:主体和客体。为了形成距离,主体必须通过自然的天赋或反复的训练具有一定的艺术才能。在这方面,人与人的差别很大,诗人和艺术家很容易就能把事物与它们的实际意义区分开来,而一般人迫于实际生活的需要,都把利害认得太真,不能站在适当的距离之外去看人生世相,就做不到这一点。另一方面,为了引起主体的审美态度,客体也必须多多少少地脱离开直接的现实,这样才不至于太快地引出实际利害的打算。在朱氏看来,"在艺术和审美经验中,距离是一个重要因素。距离概念对于一般美学很有价值,因为它给了我们确定产生和保持审美态度的条件的一个标准[③](着重号为引者所加)。被形式主义者认为与美学不相容而抛弃的逻辑认识、个人经验、概念的联想、道德感、本能、欲望以及其他许多因素,的确使我们的审美经验或成或毁。在艺术中和在生活中一样,'中庸'是一个理想。艺术中也总是有一个限度,超出这个限度时,这些因素的有无都不利于达到艺术的效果。换言之,这些因素都应当各自放在适当的距离之外"[④]。

---

① 转引自朱光潜《悲剧心理学》,安徽教育出版社 1996 年版,第 44 页。
② 朱光潜:《文艺心理学》,安徽教育出版社 1996 年版,第 25 页。
③ 把距离看作产生和保持审美态度的条件是可以的,但视为标准则未免不够科学,因为心理距离是一种比喻的说法,它本身都是极其不确定的。
④ 朱光潜:《悲剧心理学》,安徽教育出版社 1996 年版,第 45 页。

朱光潜对"距离说"的阐述可谓不遗余力，一以贯之，而且，颇具创造性。除了《文艺心理学》、《悲剧心理学》、《谈美》、《诗论》等著作论及外，还在《悲剧与人生的距离》和《从"距离说"辩护中国艺术》等文章中讨论过这一问题。朱光潜对"距离说"的阐释，"一方面，他解释了审美直觉发生的先决条件，使被克罗齐抽象化片面化的'直觉说'，回到了生活实际中去；另一方面，他对'距离说'的阐述，也拓展了该说自身的意义"①。本来，布洛提出"心理距离说"时，其目的只是确立审美活动中的非功利性质，并没有把它和"直觉说"联系起来，是朱光潜创造性地以之来弥补"直觉说"的不足，有效地纠正了"直觉说"的偏颇，比较清晰地揭示了直觉这一审美活动的复杂的心理过程，"既引申了'直觉说'，也充实了'距离说'"②。

值得注意的是，朱氏阐释"距离说"不是简单地进行抽象的理论演绎，而能够密切地联系文学创作和文学现象特别是中国的文学创作和文学现象，把"距离说"的有关原理融汇在自己对审美现象及文艺问题的阐述中。比如，他根据适当距离的原则，认为浪漫主义"为艺术而艺术"和弗洛伊德的文艺为欲望升华之间的冲突看似形式与内容的斗争，实际上不过是艺术与生活距离的远近问题。浪漫主义者认为文艺与道德是毫无关系的，内容的好坏并不能影响作品的美；而弗洛伊德派则将艺术创作当作是逃避现实原则的升华，认为艺术的价值在于为私欲提供了宣泄升华的途径，两者都走向了相反的极端。此外，他将"心理距离说"的标准应用于悲剧理论的研究，正确区分了艺术形式的悲剧与实际生活的苦难，批判了悲剧快感来源的种种错误学说，揭示了悲剧如何使现实生活"距离化"的艺术表现手法，成功地说明了悲剧与人生的关系。特别是他运用"距离说"驳斥了当时的一些艺术家对中国传统艺术的不正当的批评，认为中国传统戏剧中的唱腔、面具、花脸、高跟鞋等不是"野蛮艺术的象征"，而是使生活"距离化"的表现手法。

---

① 钱念孙：《朱光潜：出世的精神与入世的事业》，文津出版社2005年版，第102—103页。
② 汪裕雄：《"补苴罅漏，张皇幽眇"——重读朱光潜先生的〈文艺心理学〉》，《文艺研究》1989年第6期。

的确,"距离说"是从心理学的角度来探讨文艺创作和欣赏中直觉发生的条件的,朱光潜说:"这种理论的一大优点是在形式主义那样强调审美经验的纯粹性的同时,并没有忽视有利或不利于产生和维持审美经验的各种条件。"① 这可以说是对感悟发生学的开创性研究。虽然,在这方面我国古代诗学也有过探讨,比如早在孟子就提出过"赤子之心"说,云:"大人者,不失其赤子之心者也"(《孟子·离娄下》),袁枚亦云:"诗人者,不失其赤子之心者也"(《答施兰垞论诗书》),王国维的《人间词话》第十六则更是以李后主为例证,云:"词人者,不失其赤子之心者也。故生于深宫之中,长于妇人之手,是后主为人君所短处,亦即为词人所长处。"传统诗论主张诗人要有"赤子之心",其实就是要求诗人与现实人生保持一定的距离,不要太黏着于现实,与"距离说"的旨意是一致的。李卓吾的"童心"说亦是如此。此外,司空图有"近而不浮,远而不尽,然后可以言韵外之致耳"。(《与李生论诗书》)王士禛有"清远"说:"诗以达性,然须清远为尚。"(《池北偶谈》)但古代的这些论述大都是零星的、感性的。而朱光潜则借鉴西方的理论资源和心理学的方法,拈出"心理距离"这一现代心理学术语,对直觉感悟产生的前提条件作出了系统理性的分析,而且,正如有的论者所说的,"朱光潜在论述'距离说'时,做的另一项很出色的工作,就是运用大量中国传统的审美观念和文艺实例,对'距离说'作了跨文化的阐发,同时也使我们对我国传统文艺现象有了新的认识"。比如,"朱光潜用中国传统文人推崇的'超然物表'、'潇洒出尘'、'脱尽人间烟火气'的人生境界,既对'距离说'的要义作了准确生动的阐述,又使'距离说'在与中国传统文化嫁接中长出了更为繁茂的枝叶"②。朱光潜这种"以西补中"和"以中化西"的思路,对传统感悟诗学的现代转型不啻是一个巨大的推进。

3."移情说":感悟生成的心理过程

"距离说"探讨的是直觉感悟(直觉)发生的心理条件。那么,感悟(直觉)生成的心理过程又是怎样的呢?朱光潜在阐述西方近代以来的

---

① 朱光潜:《悲剧心理学》,安徽教育出版社1996年版,第38页。
② 钱念孙:《朱光潜:出世的精神与入世的事业》,文津出版社2005年版,第106—107页。

"移情说"理论时,对此进行了探究。

西方的"移情说",最初是由德国美学家罗伯特·费肖尔(R. Vischer)提出,而后由立普斯、谷鲁斯等人进一步发展而建立起来的一种美学理论。在费肖尔那里,移情的基本意思是"人把他自己外射到或感入到自然事物里去,艺术家或诗人则把我们外射到或感入到自然界事物里去",实际上就是审美主体把自己的情感移注到事物里去分享事物的生命。黑格尔、洛慈都谈到过移情的问题,但直到立普斯那里,移情说才最终变成美学上的一条最基本的原理,后来,谷鲁斯的"内模仿说"又对之作出了补充和发展。

立普斯认为,所谓移情,也就是把在我的知觉或情感外射到物的身上去,使它们变为在物的。他以古希腊建筑中的"多利克式"石柱为例,对移情理论进行了说明。古希腊的神庙建筑通常都不用墙,而是让一排一排的石柱来撑持屋顶的压力,这种石柱很高大,外面刻着凸凹相间的纵直的槽纹。照物理学说,我们看石柱时应该觉得它承受重压顺着地心吸力而下垂,但是看"多利克式"石柱,我们却往往觉得它耸立飞腾,具有一种出力抵抗不甘屈饶的气概。为什么会有这种感觉呢?在立普斯看来,因为我们对人和物的了解和同情,都是根据自己在某种境况下所具有的那种知觉、情感、意志和活动,设身处地,推己及物,认为别的人或物也会具有同样的知觉、情感、意志和活动,因此,作为审美对象的"石柱并不是一个物,这个物凭重量会自己崩塌,会朝横的方向自己膨胀起来;而是一个意象"[①],是一个承载着认识主体知觉、情感、意志和活动的意象。在此基础上,立普斯进一步认为,真正的审美对象实际上是审美主体自身:"审美的快感可以说简直没有对象。审美欣赏并非对于一个对象的欣赏,而是对于一个自我的欣赏。它是一种位于人自己身上的直接的价值感觉,而不是一种涉及对象的感觉。毋宁说,审美欣赏的特征在于它里面我的感到愉快的自我,和使我感到愉快的对象,并不是分割开来成为两回事,这两方

---

① [德]立普斯:《论移情作用》,《朱光潜全集》第 7 卷,安徽教育出版社 1991 年版,第 465 页。

第四章 感悟诗学现代转型之展开（一）

面都是同一个自我，即直接经验到的自我。"① 显然，立普斯把审美的主体（自我）视为了审美的真正对象，并且力图用主体（自我）去统一审美欣赏中"感到愉快的自我"和"使我感到愉快的对象"。所以立普斯认为，"移情作用就是这里所确定的一种事实：对象就是我自己，根据这一标志，我的这种自我就是对象；也就是说，自我和对象的对立消失了，或则说，并不曾存在"②。由此可见，立普斯认为移情作用是移置"自我"（主体生命活动）于"非自我"（对象的形象），从而达到物我同一。这也就是说，我们之所以对"多利克式"石柱产生那种感觉，完全是一种主体"自我"的感觉。这就是立普斯所谓的移情作用。

朱光潜对立普斯"移情说"是颇为认同的，他曾经说，"有人拿美学上的移情作用说和生物学上的天演说相比，以为它们有同样的重要，并且把移情作用说的倡导者立普斯称为美学上的达尔文……差不多一切美学上的问题都可以拿它来解答"③。朱氏展开说："大地山河以及风云星斗原来都是死板的东西，我们往往觉得它们有情感，有生命，有动作，这都是移情作用的结果。""诗文的妙处往往都从移情作用得来。""如果没有它，世界便如一块顽石，人也只是一套死板的机器，人生便无所谓情趣，不但艺术难产生，即宗教亦无由出现了。诗人、艺术家和狂热的宗教信徒大半都凭移情作用替宇宙造出一个灵魂，把人和自然的隔阂打破，把人和神的距离缩小。"④

但是，朱光潜也认为立普斯对移情作用的阐发并不全面，立普斯把移情作用仅仅看作一种外射作用，只是主体把自己的感情移射到外物上去，是单方面的，而朱光潜则认为移情作用不但是由我及物，有时也由物及我，是一个双向的"往复回流"的过程。他以欣赏古松为例，"古松的形象引起清风亮节的类似联想……我就于无意之中把这种清风亮节的气概移植到古松上面去，仿佛古松原来就有这种性格。同时我又不知不觉地受古

---

① ［德］立普斯：《论移情作用》，《朱光潜全集》第 7 卷，安徽教育出版社 1991 年版，第 472 页。
② 同上书，第 473 页。
③ 朱光潜：《文艺心理学》，安徽教育出版社 1996 年版，第 37 页。
④ 同上书，第 41—42 页。

松的这种性格影响，自己也振作起来，模仿它那一副苍老劲拔的姿态。所以古松俨然变成一个人，人也俨然变成一棵古松"①。之所以产生这种认识差异，在于朱光潜除立普斯的"移情说"外，还接受了谷鲁斯"内模仿说"的影响。谷鲁斯的"内模仿说"触发了朱光潜将移情作用视为一个物我双向作用的过程。

　　谷鲁斯是比立普斯稍晚的一位心理学美学家，他对立普斯把移情作用完全归于心理活动表示不满，认为生理因素也是一个不容忽视的方面，其所谓的"内模仿说"即是从生理学的角度来研究美感的。谷氏认为，动物都有模仿的冲动，而模仿有两种，一种是知觉的模仿，一种是美感的模仿，寻常知觉的模仿大半实现于筋肉动作，而美感的模仿大半隐在内而不发出来，是一种"内模仿"。"内模仿"是以局部活动象征全体活动，我们对某一活动的模仿，并不要做出全部动作，只要肌肉略一蠕动，甚至于只起一种运动的冲动，就可以上升为某种情感，因此"内模仿"又称为"象征的模仿"。"内模仿"既是一种生理运动，同时更是一种心理活动，审美主体在对外物的心领神会的模仿运动形式中获得一种美感的满足，这就是所谓的"内模仿"。在谷鲁斯看来，"内模仿"是一种最低级（谷氏把移情作用分为三级，我们通常所说的美感的移情作用属第一级，此时，观赏形象所生的运动冲动的感觉没有定所，我们不觉得它们属于自我，仿佛它们原来就在形象里面）、最基本也最纯粹的审美移情作用。朱光潜在介绍西方的移情说时，就是把内模仿视为一种移情作用予以介绍的。他说："谷鲁斯以为'内摹仿'是美感经验的精髓，其实就是'移情作用'。我们可以说，立普斯所说的'移情作用'偏重由我及物的方面，谷鲁斯所说的'内摹仿'偏重由物及我的一方面。"②朱氏在自己的移情观中就很好地对立普斯的"移情说"与谷鲁斯的"内模仿说"进行了融合，把移情作用看作一个物我双向交融的过程，即不仅"以我的情趣移注于物"，而且也

---

　　① 朱光潜：《谈美·"子非鱼，安知鱼之乐"——宇宙的人情化》，《谈美书简》，上海文艺出版社1999年版，第104页。
　　② 朱光潜：《文艺心理学》，安徽教育出版社1996年版，第60页。

"以物的姿态移注于我"①。

当然，朱氏移情说却并不仅仅是对立、谷两氏观点的简单综合。因为促使朱光潜把移情作用视为物我双向交流、物我互相交感的过程的最深层的原因，还是其传统的"天人合一"的宇宙观，这种民族固有的宇宙意识使得朱光潜的移情说虽然借鉴了西方的理论资源，却鲜明地具有了中国的特色。我们知道，立普斯的移情说是植根于西方传统主客体二分的思维方式之中的，其实质是以主体为基础去统一客体。谷鲁斯的内模仿说虽与立氏观点相左，但其根本的宇宙观也还是主客对立，其实质是以客体的形式来支配主体的心绪。而朱光潜的移情说却是建基在中国传统文化天人合一的宇宙意识之上，彰显着的是中国传统文化的底蕴。中国传统文化天人合一的思维方式，决定了人和自然万物不是处在主客体的对立之中，而是处在完全统一的整体之中，人与自然具有同构性。朱光潜的移情说就体现了这一基本思想，比如：

> 在聚精会神的观照中，我的情趣和物的情趣往复交流。有时物的情趣随我的情趣而定，例如自己在欢喜时，大地山河都随着扬眉带笑，自己在悲伤时，风云花鸟都随着黯淡愁苦。惜别时蜡烛可以垂泪，兴致时青山亦觉点头。有时我的情趣也随着物的姿态而定，例如睹鱼跃鸢飞而欣然自得，对高峰大海而肃然起敬，心情浊劣时对修竹清泉即洗刷净尽，意绪颓唐时读《刺客传》或听贝多芬的《第五交响曲》便觉慷慨淋漓。物我交感，人的生命和宇宙的生命互相回还震荡，全赖移情作用。
>
> 移情作用有人称为"拟人作用"（anthropomorphism）。拿我做测人的标准，拿人做测物的标准，一切知识经验都可以说是如此得来的。把人的生命移注于外物，于是本来只有物理的东西可具人情，本来无生气的东西可有生气……②

---

① 朱光潜：《文艺心理学》，安徽教育出版社1996年版，第73页。
② 同上书，第41页。

在凝神观照之中"物我交感","我的情趣与物的情趣往复交流","人的生命和宇宙的生命互相回还震荡",所敞开的正是中国传统美学所追求的天人合一的最高境界。而"人的生命移注于外物"、"无生气的东西可有生气",这样的话语形式又让我们看到了立普斯移情说所强调的能动主体性的影子。因此,朱光潜的移情说可以说是在中国传统文化天人合一的宇宙观基础之上对立普斯移情说和谷鲁斯内模仿说的深度融合。

应该说,我国古代关于天人感应、心物交感的思想是源远流长的,而且不乏深刻之论,但能够结合心理学的知识,条分缕析地对这一过程进行深入系统的学理性探讨的,则是数千年未曾有过,传统诗学虽以感悟为其特征,但到底感悟如何生成,其具体过程是怎样的,都一直没有一个清楚准确的厘析。朱光潜借鉴整合了西方移情说的诸种理论,密切结合中国的文艺创作(比如以中国特有的书法为例),从心理学角度比较清楚地揭示了感悟(直觉)生成过程中物我交感的两个环节,使得这一看起来很纠缠不清的问题变得极其清楚明了,朱氏的这种探索,不但很好地填补了传统研究之阙,而且对感悟诗学的现代性转型,也都无疑是非常有益的一种尝试。

4. 小结:建构感悟诗学理论体系的初步尝试

上面,我们对朱光潜"直觉说"、"距离说"和"移情说"作了一个简单的梳理,从中我们可以看出,朱光潜由于能够很好地引进而且醇化西方的一些感悟观念,使得他对感悟诗学的现代转型这一问题的思考和探索,远比同时代人要深入、透彻和系统。对直觉感悟的探讨,成了朱光潜诗学的一个最基本的内容。

的确,朱光潜对感悟的探究是一以贯之的。早在1924年发表的美学处女作《无言之美》中,他就开始探讨与感悟有关的诗学话题,当然,在这篇文章中朱氏尚缺乏西方诗学素养,只是沿袭了司空图、严羽等"言不尽意"的审美观念,并没有提出什么新鲜的观点。在1930年开始写作的《文艺心理学》中,已在国外游学多年的朱光潜视野已经非常开阔,他开始借取西方的"直觉"等概念,以西方诗学来观照传统诗学的感悟特性,尝试着把西方的"直觉说"、"距离说"和"移情说"等一些感悟观念和传统的感悟理念嫁接起来，将之醇化为适合本民族的感悟诗学。此时，学贯中西的他走的是一条"以西释中"的路径。在1932年撰写的《诗论》中，朱氏逐渐由西方理论向传统诗学理念回归，通过对诗的境界问题的讨论，引出了"灵心妙悟"这一传统感悟诗学最常用的话语。朱氏以"见"为中介，沟通了"直觉"与"妙悟"的关系，云："无论是欣赏或是创造，都必须见到一种诗的境界。这里'见'字最紧要。凡所见皆成境界，但不必全是诗的境界。一种境界是否能成为诗的境界，全靠'见'的作用如何。"朱氏认为，要产生诗的境界，"见"必须具备两个条件："第一，诗的'见'必为'直觉'"；"第二，所见意象必恰能表现一种情趣"。而要实现这两个条件，则必须依靠"沉静中的回味"和"灵心妙悟"，朱氏说："感受情趣而能在沉静中回味，就是诗人的特殊本领。……诗人的情绪好比冬潭积水，渣滓沉淀净尽，清莹澄澈，天光云影，灿然耀目，'沉静中的回味'是它的渗沥手续，灵心妙悟是它的渗沥器。"① 这样，朱光潜就由富有西方色彩的"直觉"，回到了中国传统的"妙悟"上。这种话语的选择和转换，似乎明确地表明，朱氏对西方诗学理论的借鉴，最终的目的都是对民族诗学感悟特性的深刻揭示。同时，也标志着他对感悟诗学的探索，由"以西释中"走向了"中西互证"。

"中西互证"是朱光潜诗学研究最基本的一种方法。朱光潜曾经说："在目前中国，研究诗学似尤刻不容缓。第一，一切价值都由比较得来，不比较无由见长短优劣。现在西方诗作品与诗理论开始流传到中国来，我们的比较材料比从前丰富得多，我们应该利用这个机会，研究我们以往在诗创作与理论两方面的长短究竟何在，西方人的成就究竟可否借鉴……"② 朱光潜的这段话完全可以看作是他的一种夫子自道。颇为难得的是，朱光潜在进行中西比较或互证时，其立足点一直在中国诗学上，他主要是求中西诗学之同，因此，每逢中西诗学思想发生抵牾时，他总是毫不犹豫地摒弃西方理论，或者对其加以必要的修正。正是这样，朱光潜通过"用西方诗论来解释中国古典诗歌，用中国诗论来印证西方诗论"的中西互证，通

---

① 朱光潜：《诗论》，上海古籍出版社2001年版，第42、44、54—55页。
② 朱光潜：《诗论》，《抗战版序》，上海古籍出版社2001年版，第2页。

过对各种互相对立、各不相让的观念的比较，折中综合，各取所长，特别是通过融会心理学、人类学、语言学、哲学、文学、艺术等众多学科的知识和智慧，海纳百川式地建构起了一套既具有鲜明的民族性，同时又能与世界诗学对接的现代感悟诗学思想。

尤其值得一提的是，朱光潜对感悟诗学的建构已经具有一定的体系性。我们知道，中国传统诗话虽有许多深刻、中肯的观点，但由于缺乏科学的精神和方法，没有理论体系成了它最大的缺陷。王国维在《人间词话》中试图融通中西，建立一种富有现代气息的文学批评体系，但其在表述上仍未能摆脱传统词话随笔式的体例。受王国维的影响，朱光潜能够自觉地采用谨严的分析与逻辑的归纳方法，能够抓住一些核心范畴和基本理论命题进行多方面多层次的阐释，比如，我们在前文已经分析了的，他借克罗齐的"直觉说"来探讨直觉的本体问题，借布洛的"距离说"来探讨直觉产生的心理条件，借立普斯的"移情说"和谷鲁斯的"内模仿说"来对直觉产生的心理过程进行阐释，这三种理论就都是紧紧围绕"直觉"这一问题来展开的，而且三者之间很显然还有一个内在的逻辑关系，这样，既有核心范畴，又有基本理论命题，还能够进行多层次的理论推演，一个以直觉为核心的理论体系就基本上搭建起来了。这一点，有论者也指出来了："朱光潜把诸种学说加以辨析综合，虽然他不一定想要独创体系，然而一种理论体系的架构在事实上已经搭起来了。"[①] 当然，由于朱氏理论建构的一个基本精神是"调和折中"，（对于这一点，朱氏自己也曾经坦陈："我在唯心阵营里基本态度是调和折中的，'补苴罅漏'的，所以思想系统是驳杂的，往往是自相矛盾的。"[②] "我本来不是有意要调和折中，但终于走到调和折中的路上去，这也许是我过于谨慎，不敢轻信片面学说和片面事实的结果。"[③] 朱自清在为其《文艺心理学》所作的序中亦说："这是一部介绍西方近代美学的书。作者虽时下断语，大概是比较各家学说的同异短长，加以折中或引申。他不想在这里建立自己的系统，只直截了当地分

---

① 温儒敏：《中国现代文学批评史》，北京大学出版社1993年版，第254页。
② 朱光潜：《朱光潜全集》第5卷，安徽教育出版社1989年版，第12页。
③ 朱光潜：《朱光潜全集》第8卷，安徽教育出版社1993年版，第198页。

析重要的纲领，公公道道地指出一些比较平坦的大路。"①）因此，朱氏诗学是否有自己的理论体系曾经遭到过一些人的非议，有人说他只是综合了别人的一些观点，并没有形成自己的理论②。其实，客观地看起来，"调和折中"作为一种学术研究的方法应该是无可非议的，我们知道，朱光潜诗学主要侧重于对西方自康德、黑格尔、叔本华、尼采至克罗齐一脉一些重要理论如"直觉说"、"距离说"和"移情说"等的阐释介绍，这些对中国文学实践终是隔了一层的西方理论，正是因为朱氏运用了这种"调和折中"的糅合，并且能够密切结合中国文艺现象加以说明，才更加符合中国文艺的实际，对中国文艺也才更具有切实的指导价值。而且，"调和折中"也并非就没有自己的观念，它要求广采博闻，将各家学说进行融合汇通，才能在批判综合的基础上提出自己的观点，朱氏就曾说他写《文艺心理学》时，"要先看几十部书才敢下笔写一章"，③由此可见其"调和折中"并非只是简单地拼凑别人的理论，而是有一个理论会通整合的过程。中国现代诗学（尤其是现代美学）正是在朱光潜的这种"调和折中"的理论会通中，才在王国维诗学的基础上，进一步向学理性和体系性蜕变。朱光潜诗学被认为是中国文学理论由诗话过渡到比较成熟的诗学形态的标志，其《诗论》是"现代中国第一部体系严密完整、具有开拓之功的诗学专著"④。传统感悟诗学也在他这里逐渐由传统诗话向现代诗学转变。

最后，还需要补充说明一点，在文学批评上，朱光潜也借取和改造了西方的一些批评观念，而且他的批评观也是倾向于感悟的。他曾经把西方文学批评从古到今的批评方式总括为几种："判官式的批评"（judicial criticism）、"诠释式的批评"（interpretative criticism）、"印象派的批评"（impressionistic criticism）和"创造的批评"（creative criticism）。在这四种批

---

① 朱光潜：《文艺心理学·朱自清序》，安徽教育出版社 1996 年版，第 319 页。
② 朱光潜《文艺心理学》刚出版时就有人提出这种观点，如张景澄在《朱光潜的〈文艺心理学〉》书评里说："总之，朱光潜先生只可说是一个冷静的观察者，称不起是一个有新见的创立者，是美感经验的分析者，而非立论者，是史的沿革的说明者，而非某一派主潮的辩护者。这本书只泛论及各家的学说，他的功绩，只做到了这一点。"（参见《国闻周报》1936 年第 13 卷第 46 期。）
③ 朱光潜：《谈美·开场话》，《谈美书简》，上海文艺出版社 1999 年版，第 93 页。
④ 朱立元等：《〈诗论〉导读》，《诗论》，上海古籍出版社 2001 年版，第 4 页。

评方式中，朱光潜比较赞同"印象派批评"和"创造的批评"。印象派批评以法朗士的观点为代表，他认为每个人都只能根据自己的趣味去欣赏作品，每个批评家都只能把他自己欣赏作品所得的印象说出来，一切真正的批评家都只叙述他的灵魂在杰作中的冒险。创造的批评的观念则得之于克罗齐，克氏认为，批评作品必须先有欣赏，而欣赏者必须设身处地地领会到作家创作时的所想所感，把作品形象在头脑里再造出来。朱光潜介绍说："'创造的批评'的基本信条就是一切美感经验都是形象的直觉。无论是在创造或是欣赏，我们心目中都要见出一种形象或意境，而这种意境都必须有一种情趣饱和在里面。……必定要在霎时间占住你的意识全部，使你忘去一切，聚精会神地如鱼得水地观照它，领略它。在一霎时中间，你完全在直觉，在'想象'，不夹杂欲念或抽象的思考。"① 看得出，不管是印象式批评，还是创造的批评，都不像"判官式批评"一样只是给文学制定一些抽象的规矩和法则，也不像"诠释式批评"一样仅仅满足于把作者的时代环境和个性特征及作品的意义解剖出来，而是都要求批评家立足具体的文学文本，根据自己的审美趣味或情趣进行感悟和创造，也就是说，印象式批评与创造的批评都是与感悟诗学有着内在关联的批评方式，或者说都是特别注重感悟的批评方式，与朱光潜的诗学观和美学观具有高度的一致性。

> 一首诗或是一件艺术品并不像一缸酒，酿成了之后，人人都可以享受。它是有生命的，各个人尽管都看得见它的形迹，但是不一定都能领会到它的精神，而且各个人所领会到的精神彼此也不能一致。它好比一幅自然风景，对于性格经验不同的观众可以引起不同的意象和情趣。……不但如此，同是一首诗，你今天读它所领略到的和你明天读它所领略到的也不能完全相同，因为性格和经验是生生不息的。欣赏一首诗就是再造一首诗；每次再造时都要拿当时整个的性格和经验做基础，所以每次再造的都是一首新鲜的诗。②

---

① 朱光潜：《"创造的批评"》，《朱光潜全集》第 8 卷，安徽教育出版社 1993 年版，第 377 页。
② 同上书，第 378 页。

这是朱光潜关于"创造的批评"的一段阐释,从此可以看出来,所谓创造的批评确实是非常注重感悟的,它是通过感悟来批评,是在感悟中进行创造的一种最为典范的文学批评方式。朱光潜对这种批评理念的认可,是他的感悟诗学理论在具体的批评实践中的一种体现。有论者曾经说:朱光潜"虽然着意建构自己的诗学理论,但对近代西方经验心理学的熟稔和中西文艺的深湛造诣更驱使他处处注重从具体的审美经验及其相互关联、条件入手去印证理论的有效性和普遍性,看它们是否能融通地解释文艺现象"[①],这段话用来诠释朱光潜感悟诗学理论与其感悟批评实践之间的逻辑关系,无疑是最合适不过的。朱氏感悟批评观,是他感悟诗学理论的一个有机组成部分。

二 梁宗岱对西方感悟观念的醇化

在中国现代学术史上,梁宗岱是以诗人、翻译家、文学批评家和文艺理论家而闻名于世的。梁宗岱在诗学方面的论著并不多,只有1933年出版的诗学文集《诗与真》和1935年编定的《诗与真二集》,但是,梁宗岱在现代诗学史上的影响却不小,尤其是他在象征主义诗论方面的影响,被认为是"从比较文学角度研究了象征主义与中国传统诗学的特点与关系,是我国象征诗派最重要的理论家之一"[②],有论者甚至说梁宗岱建构了由"纯诗说"、"象征说"和"契合说"构成的象征主义诗论体系,是中国象征主义诗论成熟的标志[③]。还有人说:"他的作品虽然不多,但却能以质取胜,抵抗得住时间尘埃的侵蚀。"[④] 在这里,我们并不想对梁宗岱诗学思想作出整体的论说和评价,只是想要指出,梁宗岱虽然研究的是西方的象征主义,受西方文化的熏染极深,但是,梁宗岱在自己的诗学论述中所自觉运用并极力提倡的依然是中国传统的感悟思维和感悟方法,也就是说,从表面上看,梁宗岱诗学主要是介绍西方象征主义诗论,但梁宗岱的象征主

---

① 朱立元等:《〈诗论〉导读》,《诗论》,上海古籍出版社2001年版,第5页。
② 王永年:《中国现代文学理论批评史》,贵州人民出版社1988年版,第225页。
③ 廖四平:《"纯诗说"·"象征说"·"契合说"——梁宗岱的诗论》,《江苏社会科学》2001年第2期。
④ 碧华:《〈梁宗岱选集〉前言》,《梁宗岱选集》,(香港)文学研究社1979年版,第1页。

义诗论，却绝非是对西方象征主义诗论的简单因袭，而是自觉或不自觉把西方观念植入到中国传统诗学之中，把西方象征主义诗学和中国传统的"天人合一"、"心与物冥"的思维方式有机地融合起来，他的象征主义诗论是"中国化"了的象征主义理论。应该说，当时中国接受象征主义的诗人为数不少，但唯有梁宗岱领悟了象征主义的精髓。他的"象征即兴"、纯诗论等大大发展和突破了周作人、朱光潜或穆木天、王独清的相关论述。梁宗岱对象征诗学的贡献，不仅在于他受瓦雷里等象征主义大师亲炙，对象征主义浸淫颇透，阐释最精到，而且表现为他立足中国新诗实际，着眼新诗现代化发展，吸取西方象征主义有益的东西，主动采撷传统诗学营养，将中西诗学融会贯通，显示出了建构民族现代象征诗学的自觉。

1. 象征主义诗论的中国化阐释

象征主义作为一种文学潮流，诞生于19世纪80年代的法国。波德莱尔、魏尔伦、兰波、马拉美、瓦雷里等人是其主要代表人物。西方象征主义诗论家在叔本华、尼采、史威登堡等人的非理性主义哲学思想的影响下，认为现象世界是世界虚假的表象，世界深藏着深奥神秘的意义，这些超验的意义与心灵世界相通，并构成世界的本质。诗人应该在对世界的感悟、观照中去实现心灵与世界本质的沟通契合，去达到对超验本体世界的把握与呈现，从而创造出独立于现实世界之上的、自足的艺术世界。

象征主义在20世纪20年代就在中国传播，梁宗岱作为后期象征主义诗论代表人物瓦雷里的弟子，介绍象征主义有着一种得天独厚的条件。在梁宗岱看来，"所谓象征主义，在无论任何国度，任何时代的文艺活动和表现里，都是一个不可或缺的普遍和重要的原素"，"一切最上乘的文艺品，无论是一首小诗或高耸入云的殿宇，都是象征到一个极高的程度的。"[①] R.韦勒克曾在四种意义上区分了象征主义：一群诗人、一个文学运动、一段文学时期或是适用于一切时代的一切文学[②]。很显然，梁宗岱

---

① 梁宗岱：《象征主义》，《梁宗岱批评文集》，珠海出版社1998年版，第52页。
② [美]韦勒克：《文学思潮和文学运动的概念》，刘象愚选编，中国社会科学出版社1989年版，第276—284页。

在这里是在第四种意义上来谈论象征的，他并没有局限于象征主义理论中狭义的象征概念，而是把象征作为一种文艺创作的基本原则。那么什么是象征呢？他首先辩驳了朱光潜所认为的"所谓象征就是以甲为乙的符号"①的观点，他认为朱光潜是把文艺上的"象征"和修辞学上的"比"混为一谈，而"所谓比只是修辞学的局部事体而已"，"只是把抽象的意义附加在形体上面，意自意，象自象"。至于象征，"却应用于作品的整体"，梁宗岱继承了周作人曾提出过的"象征"就是"兴"的观点②，也认为西方的象征和中国传统的"兴"比较接近，"它和《诗经》里的'兴'颇近似"。梁宗岱接着说："《文心雕龙》说：'兴者，起也；起情者依微以拟义。'所谓'微'，便是两物之间微妙的关系。表面看来，两者似乎不相联属，实则是一而二，二而一。"③ 接着他以《诗经》中的《载驰》和杜甫的《秋兴》为例加以说明，认为诗歌在写景的时候其实已经通过对具体景物的刻画把所要抒发的情感暗示出来了。由此，梁宗岱说，象征也就是"即景生情，因情生景"，不过又有"景中有情，情中有景"和"景即是情，情即是景"的分别，前者"物我之间，依然各存本来面目"，而后者则达到了"心凝形释，物我两忘"的地步，所以是"象征的最高境"。梁宗岱进而阐述了象征的两个特性，即"融洽或无间"和"含蓄或无限"。"所谓融洽是指一首诗的情与景，意与象的惝恍迷离，融成一片；含蓄是指它暗示给我们的意义和兴味的丰富和隽永。……换句话说，所谓的象征是藉有形寓无形，藉有限表无限，藉刹那抓住永恒，使我们只有在梦中或出神的瞬间瞥见的遥远的宇宙变成近在咫尺的现实世界，正如一个蓓蕾蓄着炫熳芳菲的春信，一张落叶预奏那弥天漫地的秋声一样。所以，它所赋形的，蕴藏的，不是兴味索然的抽象观念，而是丰富，复杂，深邃，真实的灵境。"④

那么，如何去创造"象征的灵境"呢？梁宗岱提出了"契合"的观点。什么是"契合"？在梁宗岱看来，"契合"就是那"形神两忘的无我的

---

① 梁宗岱：《象征主义》，《梁宗岱批评文集》，珠海出版社1998年版，第52页。
② 周作人：《〈扬鞭集〉序》，《中国现代诗论》上编，花城出版社1985年版，第129页。
③ 梁宗岱：《象征主义》，《梁宗岱批评文集》，珠海出版社1998年版，第54页。
④ 同上书，第57—58页。

境界","放弃了动作,放弃了认识,而逐渐沉入一种恍惚非意识,近于空虚的境界,在那里我们的心灵是这般宁静,连我们自身的存在也不自觉了。……忘记了自我的存在而获得更真实的存在"。"我们内在的真与外界的真调协了,混合了。我们消失,但是与万物冥合了。我们在宇宙里,宇宙也在我们里:宇宙和我们的自我只合成一体。"① 诗人就在这难得的"真寂顷间"实现了与宇宙的沟通,获得了一种宇宙的精神,达到了一种"景即是情,情即是景"的"象征的灵境"。

以上,我们对梁宗岱象征主义诗学进行了粗略的解读,从中可以看出,在梁宗岱那里,西方的象征主义理论与中国传统的"兴"和"情景"说甚至意境理论已经融在一起了,他是用一种完全东方化的思维方法——天人合一或天人感应的思维去阐释西方象征主义的。有论者就曾经指出:"中国新诗中的象征主义诗论家是在西方现代主义诗学的启迪下,把艺术的目光投向了心灵世界和超验世界……在这过程中,积淀在他们灵魂深处的中国艺术精神及梁宗岱等深厚的中国古典文化修养,使中国象征主义诗论的价值取向不自觉地引向庄禅,引向中国传统的艺术精神,形成自己的以'天人合一'为基础的美学特征。"② 在梁宗岱的潜意识里,人和大千世界是融合在一起的,或人和整个宇宙本来就是一个整体,比如他说:"我们是大自然的交响乐里的一个音波:离,它要完全失掉它存在的理由;合,它将不独恢复一己的意义。"③ "醉,梦或出神……往往带我们到那形神两忘的无我的境界……呈现于我们意识界的事事物物都要受我们的分析与解剖时那种主,认识的我,与客,被认识的物,之间的分辨也泯灭了。"④ 因为具有这种中国传统的宇宙观(再加上象征主义的理论视角),所以梁宗岱在分析谢灵运的"池塘生春草,园柳变鸣禽"和陶渊明的"采菊东篱下,悠然见南山"这两句诗的优劣时,就很不满意严羽的"谢所以不及陶者,康乐之诗精工,渊明之诗质而自然耳"的笼统的"理由似乎还

---

① 梁宗岱:《象征主义》,《梁宗岱批评文集》,珠海出版社1998年版,第63页。
② 黄建华主编:《宗岱的世界》(评说卷),广东人民出版社2003年版,第263页。
③ 梁宗岱:《象征主义》,《梁宗岱批评文集》,珠海出版社1998年版,第66页。
④ 同上书,第63页。

第四章　感悟诗学现代转型之展开(一)

不能十分确立"的评价，而能够一针见血地指出，谢灵运诗句之所以不及陶渊明诗句，那是因为谢灵运"始终不忘记他是一个旁观者或欣赏者"，在谢诗里，诗人和世界还没有融洽在一起，"物我之间，依然各存本来面目"；而陶渊明的诗呢，"诗人采菊时豁达闲适的襟怀，和晚色里雍穆遐远的南山已在那猝然邂逅的刹那间联成一片，分不出那里是渊明，那里是南山"①。"心凝形释，物我两忘：不知何者为我，何者为物"，所以任你怎样反复吟咏，它的意味仍是无穷而意义仍是常新的。这种对陶谢诗句的评论，看起来也许只是梁宗岱对象征的"情景配合"的两种境界的阐释，然而，其实很深刻地反映了生长在梁宗岱内心深处的依然是传统的思维方式——天人感应。

然而，西方的象征主义理论却是生成于西方心物对立的文化语境之下，是建立在从柏拉图开始的超验哲学基础之上的，即使他们也主张心灵与世界本质的沟通契合，主张用审美直觉的方式去表现神秘莫测的"心灵状态"和超验世界的真，波德莱尔甚至还提出过著名的"感应说"，认为自然界万事万物之间，外部世界与人的精神世界之间，有一种内在的感应关系，它们彼此沟通，互为象征，但是，在西方象征主义理论家的潜在意识中，主与客、心与物仍然是处于对立状态的，他们和现存的世界相契合、交感的目的是脱离此世界而进入另一个世界，世界万象对他们来说是进入超验世界的媒介。我们来看曾为梁宗岱所引用的波德莱尔在他的《人工的乐园》中的一段叙述：

> 有时候自我消失了，那泛神派诗人所特有的客观性在你里面发展到那么反常的程度，你对于外物的凝视竟使你忘记了你自己的存在，并且立刻和它们混合起来了。你的眼凝望着一株在风中摇曳的树；转瞬间，那在诗人脑里只是一个极自然的比喻在你脑里竟变成现实了。最初你把你的热情，欲望或忧郁加在树身上，它的呻吟和摇曳变成你的，不久你便是树了。同样，在蓝天深处翱翔着的鸟儿

---

① 梁宗岱：《象征主义》，《梁宗岱批评文集》，珠海出版社1998年版，第57页。

最先代表那翱翔于人间种种事物之上的永生的愿望；但是立刻你已经是鸟儿自己了。①

波氏曾经写过一首标题为《契合》的诗，表现了宇宙间一切事物和现象，都是无限之生的链上的一个圈，同一的脉搏和血液在里面绵绵不绝地跳动和流通着的思想，这段话就是用来解释他的"契合"观念的，从表述可以看出，在波德莱尔那里，外部世界对于人的精神世界依然是"外物"，人要与它"混合"，需要"凝视"、"凝望"、"加"，才能"变成"客观的物——这有点类似于立普斯的"移情说"，人的感情要"移"到客观对象上去，客观对象才能人化，客观对象是完全被动的。最为关键的是，在他们眼里，宇宙中的万事万物是死的机械的对象，不管是"风中摇曳的树"，还是"蓝天深处翱翔的鸟儿"，其实都不是生命体，仅仅是一种客观存在，或者说一种工具或媒介，人把感情移到它们身上，把自己幻化成"树"或者"鸟"，也不是想要使它们获得生命，而只是想利用它们进入一个超验的世界。这和中国传统的天人合一和天人感应中把宇宙中的万事万物也看作一种鲜活流动的生命的观念是截然不同的。

也正是基于这种固有的主客对立的思维方式，所以西方象征主义理论家认为诗歌对人的无限的意念的表现光凭诗人的直觉和感受是行不通的，它必须用理性的思维和判断才能把握和表现它，比如瓦雷里就曾经说过："如果一个诗人永远只是诗人，没有丝毫进行抽象思维和逻辑思维的愿望，那么他就不会在自己身后留下任何诗的痕迹。"② 瓦雷里不仅重视诗歌创作中抽象思维的作用，也主张诗人应该用理性的眼光去审视和分析诗的创作活动、诗的机制及作品本身。这无异于是对象征主义中的直觉思维的否定。而没有了直觉思维的参与，人与宇宙万物和心灵世界的沟通几乎是不可能的。梁宗岱就曾经说："外界的事物和我们相见亦有两副面孔。当我们运用理性或意志去分析或挥使它们的时候，它们只是无数不相联属的无

---

① ［法］波德莱尔：《人工的乐园》，转引自梁宗岱《象征主义》，《梁宗岱批评文集》，珠海出版社 1998 年版，第 64 页。
② ［法］瓦雷里：《文艺杂谈》，段映红译，百花文艺出版社 2002 年版，第 283 页。

精彩无生气的物品。可是当我们放弃了理性与意志的权威,把我们完全委托给事物的本性,让我们的想象灌入物体,让宇宙大气透过我们的心灵,因而构成一个深切的同情交流,物我之间同跳着一个脉搏,同击着一个节奏的时候,站在我们面前的已经不是一粒细沙,一朵野花或一片碎瓦,而是一颗自由活动的灵魂与我们的灵魂偶然的相遇:两个相同的命运,在那一刹那间,互相点头,默契和微笑。"① 梁宗岱这种阐释就明显是中国化的,是对西方象征主义理论的某种误读。

梁宗岱作为融通中西文化的理论家,很显然,他是知晓中西两种异质文化在思维方式上的这种差异的,也知道中国传统的"兴"与"象征"是属于两种不同体系中的诗学范畴,虽然它们之间有不少相似之处,但心与物间的起兴理论和超越的象征之道在本质上还是有区别的,梁宗岱却对此避而不谈,而依然根据两者的共性将其糅合在一起。这种有意或无意的误读,或许也正反映了梁宗岱潜意识深处的那种传统的思维方式在左右着他对西方理论的接受。梁氏曾经明确地说过:"我们现代,正当东西文化之冲,要把两者尽量吸取,贯通,融化而开辟一个新局面——并非中学为体西学为用,更非明目张胆去模仿西洋。"② 看来,他对西方象征主义的这种误读,是无意中的有意,其用意是非常深远的。

2. "纯诗"理论的感悟特质

"纯诗"理论是梁宗岱诗学中最具特色的理论,有论者就曾经说:"从批评史上考察,与其把梁宗岱视为象征主义诗论的译介者,不如说他是'纯诗'理论的探求者。"③ 此论虽然在逻辑上并不是很严密,因为"纯诗"理论其实也是从属于象征主义诗论的,是梁宗岱象征主义诗学的核心概念和理想追求,但论者的这一判断确实从某种意义上突出了"纯诗"理论在梁宗岱诗学中的地位。

"纯诗"这一概念是后期象征主义理论家们提出来的。马拉美虽然没有明确提出过"纯诗",但他认为应该通过语言的魔力,使诗歌具有一种

---

① 梁宗岱:《象征主义》,《梁宗岱批评文集》,珠海出版社1998年版,第68页。
② 梁宗岱:《论诗》,《梁宗岱批评文集》,珠海出版社1998年版,第33页。
③ 温儒敏:《中国现代文学批评史》,北京大学出版社1993年版,第279页。

神秘色彩，诗和宗教一样神秘而神圣，同宗教仪式、教义一样，只有教徒才能理解，诗不能叫世俗人理解，真正美的诗只能动人心弦，引人共鸣，供人推测，而不可理解，诗若指出对象，一览无余，就降低了价值，就不能成其为诗歌，诗歌应该一点一点地把对象暗示出来，用以表现一种心灵状态，"诗应当永远个谜"，要"叫人一点一点去猜想"[①]。在马拉美的影响下，瓦雷里明确提出了"纯诗"概念。1920年他在为吕西安·法布尔的诗集《认识女神》所作的序言中提出，诗歌应该通过语言的魅力表现那种纯粹的诗情，他反对在诗中夹杂任何非艺术的成分。在1928年所作的《纯诗》的演讲中，他进一步阐发了这一思想，他认为诗的目的是实现从个人主义向普遍宇宙精神的过渡，是灵魂的升华与宇宙精神合二为一的过程，真正的美是属于彼岸世界的，它是神秘莫测的，然而正是对这种神圣美的追求构成了诗的真正内涵，诗人就是为追求这种纯粹的理想境界而写诗。在表现纯诗理想的问题上，瓦雷里也主张用暗示，他认为诗歌的存在，在于保持那种神秘性，它不能像散文那样清楚明了，它表现的是一种理想的境界，一种心灵的状态，而这种理想境界本身是超现实的，它同梦境有相似之处，是难以把握的，心灵状态也很难确定下来，它具有无限的意念，如果要表现它，诗人只能用象征把它一点一点暗示出来[②]。

梁宗岱作为法国象征主义诗论的中国传人，他在《保罗梵乐希先生》《谈诗》《象征主义》等多篇文章中都阐说过瓦雷里的"纯诗"理论，在《谈诗》中，他说：

> 所谓纯诗，便是摒除一切客观的写景、叙事、说理甚至感伤的情调，而纯粹凭借那构成它的形体的原素——音乐和色彩——产生一种符咒似的暗示力，以唤起我们感官与想象的感应，而超度我们的灵魂到一种神游物表的光明极乐的境域。像音乐一样，它自己成为一个绝

---

① [法]马拉美：《关于文学的发展》，伍蠡甫主编《西方文论选》下卷，上海译文出版社1979年版，第262页。
② [法]瓦雷里：《纯诗》，伍蠡甫主编《现代西方文论选》，上海译文出版社1983年版，第26—29页。

对独立，绝对自由，比现实更纯粹，更不朽的宇宙；它本身的音韵和色彩的密切混合便是它的固有的存在理由。①

在这里，梁宗岱是从三个方面来诠释"纯诗"的，第一，"纯诗"是一种纯粹的诗情，摒除一切客观的写景、叙事、说理甚至感伤的情调；第二，"纯诗"是神秘莫测的，但它能够通过构成它的形体的原素——音乐和色彩来产生一种暗示力，唤起读者的感官与想象的感应，把灵魂超度到一种神游物表的光明极乐的境域；第三，这种境域是一个绝对独立，绝对自由，比现实更纯粹，更不朽的宇宙。由此可以看出，梁宗岱的纯诗定义基本上是袭用了瓦雷里的"纯诗"理论，当然，他也是有所发挥的，它直接指向了二三十年代中国新诗的某些流弊，比如在诗中做纯客观的写景、叙事、说理，诗中充溢着某种感伤的情调以及新诗的散文化倾向，等等②。

从上面对"纯诗"的分析中我们发现，不管是在马拉美和瓦雷里那里，还是在梁宗岱那里，"纯诗"其实是他们对诗歌的一种最高理想，虽然，梁宗岱也说："我国旧诗词中纯诗并不少（因为这是诗底最高境，是一般大诗人所必到的，无论有意与无意）；姜白石底词可算是最代表中的一个。"③ 但是，从本质上来说，"纯诗"所代表的只是一种诗歌理想，是诗人为之奋斗的一个目标，真正要实现这一理想几乎是不可能的。叶维廉就曾经很中肯地说："中国现代诗人对梵乐希、里克尔诸人的'纯诗'观念，一开头就有很大的迷惑，他们当时甚至不了解，实际上，梵氏、里氏都无法完全做到纯然的倾出。"④ 也就是说，纯诗只存在于哲学或美学的世界里，它具有的不是实践意义而是理论价值。这有点类似于道家所说的"道"或王国维所极力标举的"境界"或柏拉图式的形而上的"理念"，似乎存在，但永远也不可能达到。而且，由于纯诗还有意保持那种神秘性，它只是通过音乐和色彩来进行暗示，因此，"纯诗"境界到底是什么，其

---

① 梁宗岱：《谈诗》，《梁宗岱批评文集》，珠海出版社1998年版，第79—80页。
② 这一点温儒敏在他的著作中亦提到了，参见温儒敏《中国现代文学批评史》，北京大学出版社1993年版，第282页。
③ 梁宗岱：《谈诗》，《梁宗岱批评文集》，珠海出版社1998年版，第80页。
④ 叶维廉：《中国诗学》，生活·读书·新知三联书店1992年版，第264页。

实在本质上并不能言说。这又有点类似于禅宗中的参禅——在禅中，弟子得悟是不能依靠师傅的说明的，悟是完全不能作知的解剖的，禅对未开悟的人来说，是无论怎样说明、怎样论证也无法传达的经验。为使人领悟禅，唯一的办法是，用向导或暗示唤起人的注意，使之指向这一目标。对"纯诗"境界的追求，和参禅一样，注重的是一个参悟的过程——通过参悟，虽不能达到极致，却能一步步靠近那种"光明极乐的境域"和体味出所谓的"纯粹的诗情"。

应该说，梁宗岱肯定是看到了"纯诗"的这一特点的，而且，梁宗岱不但认识到了这一点，我们认为，他正是利用纯诗理论与中国传统艺术精神的这种共通性，来实现其中西诗学思想的对接和融通的。概而言之，"纯诗"论的感悟特质主要体现在三个维度：创作、文本和鉴赏中。

首先，从创作上来看，梁宗岱认为，作为创作主体的诗人应该超越个体之情感，具有一种恢宏博大的宇宙意识，以类的情感向不朽宇宙发出"真"的思索，然后以诗的形式，通过音乐和色彩，把从宇宙生命母体中参悟到的刹那感兴和生命哲理暗示出来。梁宗岱曾将文学的目的确定为"启示宇宙与人生的玄机"，视诗歌的最高境界为"物我两忘"，心灵与"万物冥合"。梁宗岱认为，最伟大的诗人必然具有深沉而强烈的宇宙意识——他把参悟和诠释大自然普遍永恒意义的审美内涵称作"宇宙意识"。他比较了歌德与李白，认为他们的共通点就是宇宙意识的丰盈。"歌德以极准确的观察扶助极敏锐的直觉，极冷静的理智控制极热烈的情感——对于自然界则上至日月星辰，下至一草一木，无不殚精竭虑，体察入微。""所以他能够从破碎中看出完整，从缺憾中看出圆满，从矛盾中看出和谐，换言之，纷纭万象对于他只是一体，'一切消逝的'只是永恒的象征。"至于李白，在大多数眼光和思想都逃不出人生的狭的笼的中国诗人当中，他独能以凌迈卓绝的天才，豪放飘逸的胸怀，认造化之壮功，识宇宙的幽寂。两位诗人都能像一勺水反映整个星空的天光云影一样，为读者展示一个旷邈深宏而又单纯亲切的华严宇宙[①]。然而，梁宗岱又认为

---

① 梁宗岱：《李白与歌德》，《梁宗岱批评文集》，珠海出版社1998年版，第95—96页。

宇宙意识的获取却并非轻而易举，他说："宇宙之脉搏，万物之玄机，人类灵魂之隐秘，非有灵心快手，谁能悟得到，捉得住？非有虚怀慧眼，又谁能从恒河沙数的诗文里分辨和领略得出来？"① 宇宙意识是作家和宇宙万物相应合的结果，也和作家内心所经受的人生体悟密切相关，"一首好诗是种种精神和物质的景况和遭遇深切合作的结果。产生一首好诗的条件不仅是外物所给的题材与机缘，内心所起的感应和努力。山风与海涛，夜气与晨光，星座与读物，良友的低谈，路人的咳笑，以及一切至大与至微的动静和声息，无不冥冥中启发那凝神握管的诗人的沉思，指引和催促他的情绪和意境开到那美满圆融的微妙的刹那"②。作家也要经历一番"形骸俱释的陶醉和一切常惺的彻悟"，才能"参悟宇宙和人生的奥义"③，"而所谓参悟，又不独间接解释给我们的理智而已，并且要直接诉诸我们的感觉和想象，使我们全人格都受它感化与陶熔"④。

正因为这样，西方"纯诗"理论就极力鼓吹纯诗的神秘性，比如瓦雷里就认为诗歌的真正的美是属于彼岸世界，梁宗岱也继承了这一观点，认为艺术创作是一件很神妙的事，艺术感悟往往倏忽即来，又倏忽即逝，"这和果熟正没有两样：我们天天眼巴巴望着它由青转黄，由黄转红，总不见有什么动静，一朝不注意，它却霍然下坠了！"⑤ 但他受本土诗学和诗歌创作实践的影响，也有意或无意地对这种神秘性进行了消解，他说："文艺上的创造，并不像一般人所想象的，是神出鬼没的崭新的发明，而是一种不断的努力与无限的忍耐换得来的自然的合理的发展；所以文艺史上亦只有演变而无革命：任你具有开天辟地的雄心，除非你接上传统的源头，你只能开无根的花，结无蒂的果，不终朝就要萎腐的。"⑥ 这从文艺创造与传统的关系，说明了艺术家的艺术感悟并非神秘莫测。他还联系当时的新诗创作指出："我以为中国今日的诗人，如要有重大的贡献，一方面

---

① 梁宗岱：《论诗》，《梁宗岱批评文集》，珠海出版社1998年版，第25页。
② 梁宗岱：《译诗集〈一切的峰顶〉序》，《梁宗岱批评文集》，珠海出版社1998年版，第71页。
③ 梁宗岱：《象征主义》，《梁宗岱批评文集》，珠海出版社1998年版，第64页。
④ 梁宗岱：《谈诗》，《梁宗岱批评文集》，珠海出版社1998年版，第91页。
⑤ 梁宗岱：《论画》，《梁宗岱批评文集》，珠海出版社1998年版，第36页。
⑥ 同上。

要注重艺术修养，一方面还要热热烈烈地生活，到民间去，到自然去，到爱人的怀里去，到你自己的灵魂里去，……活着是一层，活着而又感着是一层，感着而又写得出来是一层，写得出来又能令读者同感又一层……"①要求创作者深入到生活中去体悟，他认为艺术的感悟是来自生活，美就存在于活生生的现实世界中。

其次，从文本来看，纯诗主义理论家认为，对纯诗理想的表现的最好办法是象征，主张凭借那构成它的形体的原素——音乐和色彩，用象征把它一点一点地暗示出来，产生一种符咒似的暗示力，也就是说，纯诗追求的是含而不露，以具有无限的审美蕴涵作为诗的最高境界。比如梁宗岱就曾经说："最理想的艺术是说其所当说，不说其所不当说……最高的骑术并非纵横驰骋于平原上，而是能够临崖勒马。"②"一切最上乘的诗都可以，并且应该，在我们里面唤起波特莱尔所谓'歌唱心灵与官能的热狂'的两重感应，即是：形骸俱释的陶醉，和一念常惺的彻悟。"③"一首诗或一件艺术品的伟大与永久，却和它蕴含或启示的精神活动的高深，精微，与茂密成正比例的。"④ 即指出了优秀的文本应该具有一种可供感悟的特质。梁氏以王维的诗为例来进行说明，"只要稍微用心细读，这不着一禅字的诗往往引我们深入一种微妙隽永的禅境。这是因为他的诗和他的画（或宋，元诸大家的画）一样，呈现在纸上的虽只是山林，丘壑和泉石，而画师的品格，胸襟，匠心和手腕却笼罩着全景，弥漫在笔墨卷轴间"⑤。在这方面，梁宗岱认为，瓦雷里的诗更是堪为典范，他注重的是通过音乐和色彩来进行暗示："与其说梵乐希（按，即瓦雷里）以极端的忍耐去期待概念化成影像，毋宁说他的心眼内没有无声无色的思想，……所以我们无论读他的诗甚或散文，总不能不感到那云石一般的温柔，花梦一般的香暖，月露一般的清凉的肉感……而深沉的意义，便随这声，色，歌，舞而俱来。……梵乐希的诗，我们可以说，已达到音乐，那最纯粹，也许是最

---

① 梁宗岱：《论诗》，《梁宗岱批评文集》，珠海出版社1998年版，第20页。
② 梁宗岱：《诗·诗人·批评家》，《梁宗岱批评文集》，珠海出版社1998年版，第150页。
③ 梁宗岱：《象征主义》，《梁宗岱批评文集》，珠海出版社1998年版，第64页。
④ 梁宗岱：《谈诗》，《梁宗岱批评文集》，珠海出版社1998年版，第81页。
⑤ 同上书，第92页。

高的艺术的境界了。""梵乐希的诗的内容是什么呢？……如果我们想向他的诗找寻直接明了的答案，我们也许会失望。因为它所宣示给我们的，不是一些积极或消极的哲学观念，而是引导我们达到这些观念的节奏；是充满了甘，芳，歌，舞的图画，不是徒具外表与粗形的照相。我们读他的诗时，我们应该准备我们的想象和情绪，由音响，由回声，由诗韵的浮沉，一句话说罢，由音乐与色彩的波澜吹送我们如一苇白帆在青山绿水中徐徐地前进，引导我们深入宇宙的隐秘，使我们感到我与宇宙间的脉搏之跳动——一种严静，深沉，停匀的跳动。"[1]

梁宗岱曾经把诗歌分为三个等次：一首好的诗最低限度要令我们感到作者的匠心，令我们惊佩他的艺术手腕。再上去便要令我们感到这首诗有存在的必要，是有需要创作的，无论是外界的压迫或激发，或是内心生活的成熟与充溢，换句话说，就是令我们感到它的生命。再上去便是令我们感到它的生命而忘记了——我们可以说埋没了——作者的匠心。他以花作比，"第一种可以说是纸花；第二种是瓶花，是从作者心灵的树上折下来的；第三种却是一株元气浑全的生花，所谓'出水芙蓉'，我们只看见它的枝叶在风中招展，它的颜色在太阳中辉耀，而看不出栽者的心机与手迹"[2]。很显然，"纸花"是完全没有生命力的花，是假花；"瓶花"是虽能感受到它的生命，却实际上已经没有生命的花；而"生花"则是元气浑成，生机盎然的花。这种从生命的视角来评判诗歌的优劣，无疑是对传统生命诗学思想的继承，但又很好地对接了西方的纯诗理论，因为纯诗论所倡导的暗示性和神秘性也是以诗歌的生命为前提的，西方象征主义认为"纯诗"的效果就是要"超度"读者灵魂到一种神游物表的境域，让读者在"无名的美的颤栗"[3]中"去参悟宇宙和人生的奥义"[4]，而诗歌要具有这种超度灵魂的审美蕴涵，最必要的条件就是要具有生命，有了生命，才能感化和触动另一个生命的心弦，引人共鸣，促人深省，"你想说服我，

---

[1] 梁宗岱：《保罗梵乐希先生》，《梁宗岱批评文集》，珠海出版社1998年版，第11—14页。
[2] 梁宗岱：《论诗》，《梁宗岱批评文集》，珠海出版社1998年版，第17页。
[3] 同上书，第80页。
[4] 同上书，第91页。

得先说服你自己;想感动我,得先感动你自己"①。倘若没有生命,即使在艺术上颇具匠心,也只是一堆徒具"艺术手腕"的文字。

最后,从欣赏或批评角度而言,由于纯诗是通过音乐和色彩来暗示的,讲究含而不露的神秘性,因此,梁宗岱认为,这就要求读者或批评家又必须具有一定的悟性。他说,文艺的欣赏是读者与作者间精神的交流与密契:读者的灵魂自鉴于作者灵魂的镜里。只有细草幽花是有目共赏——用不着费力便可以领略和享受的。如果欲穷崇山峻岭之胜,就非得自己努力,一步步攀登,探讨和体会不可。"正如许多物质或天体的现象只在显微镜或望远镜审视下才显露:最高,因而最深微的精神活动也需要我们意识的更大的努力与集中才能发现。而一首诗或一件艺术品的伟大与永久,却和它蕴含或启示的精神活动的高深,精微,与茂密成正比例的。批评家的任务便是在作品里分辨,提取,和阐发这种种原素——依照英国批评家沛德(Pater)的意见。"② 然而,梁氏指出:许多人虽然自命为批评家,却是心盲,意盲和识盲的。他批评当时的一些批评家,"看不懂或领会不到的时候,只下一个简单严厉的判词:'捣鬼!弄玄虚!'"③。

除必须具有感悟的禀赋外,梁宗岱认为,欣赏或批评还必须立足于具体的作品进行审美体悟,方能"一点一点地猜想出"纯诗这个"谜"。梁氏把文艺欣赏或批评概括为两条路,一条是"走外线的路",一条是"走内线的路"。所谓"走外线的路",就是对于一个作家之鉴赏、批评和研究,不从他的作品着眼,而专注于他的种族、环境和时代。梁氏认为,这种批评把手段当作了目的,把理解的初步当作了欣赏和批评的终点,"结果便是站在一个伟大作家或一件伟大作品之前,不独不求所以登堂入室,连开户的方向也没有认清楚,而只在四周兜圈子,或掇拾一两片破砖碎瓦,以极薄弱的证据,作轻率的论断,便自诩尽研究的能事"。梁宗岱对这种远离作品、不注重对作品进行感悟的欣赏或批评是十分鄙夷的,他主张的是"走内线的路"。所谓"走内线的路",就是"直接叩作品之门"。

---

① 梁宗岱:《诗·诗人·批评家》,《梁宗岱批评文集》,珠海出版社 1998 年版,第 150 页。
② 梁宗岱:《谈诗》,《梁宗岱批评文集》,珠海出版社 1998 年版,第 81 页。
③ 同上。

第四章 感悟诗学现代转型之展开(一)

梁宗岱指出,我们和伟大的文艺品接触是用不着媒介的,真正的理解和欣赏只有直接叩作品之门,以期直达它的堂奥。一个作家之所以为作家,不在他的生平和事迹,而完全在他的作品。一件成功的文艺作品第一个条件是能够自立和自足,能够离开一切外来的考虑如作者的时代身世和环境等在适当的读者心里引起相当的感应。因此,梁宗岱认为,每个伟大的创造者本身都是一个有机的整体,带着它特殊的疆界和重心,真正而且唯一有效的批评,或者就是摒除一切生硬空洞的公式(这在今日文坛是那么流行和时髦),不断努力去从作品本身直接辨认、把捉和揣摩每个大诗人或大作家所显示的个别的完整一贯的灵象[①]。梁宗岱的这种立足作品"直接叩作品之门"的文艺批评观无疑抓住了感悟式文学批评的根本,具有很鲜明的理论前瞻性。我们知道,在西方,强调文学作品的批评滥觞于象征主义,后经俄国形式主义、英美新批评和法国结构主义,到20世纪前中叶发展成为一种独特的文学批评方法。梁宗岱从法国象征主义诗学观念出发,结合自己作为诗人的感悟天性,比较早地在20世纪30年代(与俄国形式主义差不多的时候),就非常清楚地提出并极力倡导以作品为中心的"走内线"的文艺批评观念,这对当时占主流地位的"左翼"社会学批评乃至"京派"的审美批评而言,都是一种极好的反动和补充,也极大地促进了感悟诗学的现代转化。

而且,值得一提的是,梁宗岱的"走内线"的批评观,虽然强调文艺作品的自立和自足性,强调立足作品进行感悟,但他又明显地与西方形式主义、新批评和结构主义有区别,西方作品中心论主张文学批评彻底割裂与社会历史和文化、与作者和读者、与社会效果等的联系,片面注重对文学作品的结构和语言的分析,而很显然,梁宗岱却并没有走向这种极端,他在强调对作品进行感悟的时候,也并不排斥对作品进行有关作家种族、环境和时代的探究,他说,"如果献身于这种工作的人能够出以极大的审慎和诚意,未尝不可以多少烛照那些古代作品一些暗昧的角落,尤其是在训诂和旧籍校补方面,为初学的人开许多方便之门"[②]。他反对的是那种把

[①] 梁宗岱:《屈原》,《梁宗岱批评文集》,珠海出版社1998年版,第161—164页。
[②] 同上书,第162页。

手段当作目的,把理解的初步当作欣赏和批评的终点的极端做法。比如他在分析屈原《离骚》中的《远游》时,就很好地结合了屈原当时的人生境况,"他作《离骚》的时候,不独对人间犹惓怀不置,即用世的热忱亦未消沉,游仙的思想当然不会有的。可是放逐既久,长年漂泊行吟于泽畔及林庙间,不独形容枯槁,面目憔悴,满腔磅礴天地的精诚与热情,也由眷恋而幽忧,由幽忧而疑虑,由疑虑而愤怒,……所谓'肠一日而九回'了"。这就没有把作品完全从它所产生的时代背景和作家人生遭际中孤立出来,而是把作品与作家、作品与社会人生等联结成一个有机的艺术生命整体。梁宗岱这种与西方文本中心主义不同的理论取向,应该说是中国传统文化中主客有机统一的宇宙生命意识或儒家的中庸思想在他的文学批评观中的内在折射,他的"走内线"的批评方法是中国化的作品中心论和文学感悟论。

在此基础上,梁宗岱进一步提出了文学欣赏或批评中的"妙悟"说。他说:"严沧浪曾说:'大抵禅道在妙悟,诗道亦在妙悟。'不独作诗如此,读诗亦如此。""这是因为一切伟大的作品必定有一种超越原作的意旨和境界的弹性与暗示力;也因为心灵活动的程序,无论表现于哪方面,都是一致的。掘到深处,就是说,穷源归根的时候,自然可以找着一种'基本的态度',从那里无论情感与理智,科学与艺术,事业与思想,一样可以融会贯通。"他认为王维的诗"玩奇不觉远,因以缘源穷。遥爱云木秀,初疑路不同。安知清流转,偶与前山通!""便迂回尽致地描画出这探寻与顿悟的程序来"[①]。在前面我们曾经分析过,西方象征主义理论家认为,诗歌对人的无限的意念的表现不能仅仅依凭诗人的直觉和感受,主张用理性的思维和判断去把握和表现诗歌,而从这里可以看出,梁宗岱与西方象征主义明显不同,他最是反对那种通过理智去分析作品的做法,主张用中国传统的"妙悟"的方法去体悟诗歌的神秘性和真义。"我的意思是:一切最伟大的诗都是直接诉诸我们的整体,灵与肉,心灵与官能的。它不独要使我们得到美感的悦乐,并且要指引我们去参悟宇宙和人生的奥义。而所谓

---

① 梁宗岱:《谈诗》,《梁宗岱批评文集》,珠海出版社1998年版,第89—91页。

参悟，又不独间接解释给我们的理智而已，并且要直接诉诸我们的感觉和想象，使我们全人格都受它感化与陶熔。譬如食果。我们只感到甘芳与鲜美，但同时也得到了营养与滋补。"① 梁宗岱这种对文学欣赏或批评中的"妙悟"的看重，固然与纯诗的暗示性有关，但无疑也显示了传统诗学对他的潜移默化的影响。正是在这种理论的误读中，打通了西方纯诗论与传统感悟诗学的关联，使西方象征主义理论更加切合中国文学创作的实际。

3. 小结：诗性的探寻与新诗的救赎

梁宗岱对象征主义和纯诗论的倡导是很有现实针对性的。20世纪30年代，新诗坛虽然出现过郭沫若、闻一多、徐志摩等一批杰出的诗人，但是新诗的发展状况却并不令人乐观。自从胡适在"五四"时期倡导诗的散文化以来，诗的全部问题被简化为自由的诗艺，诗人的内在悟性及其创造性的想象力，在诗歌日益趋近散文的同时表现出了很大程度的衰退。这一点，使身兼诗人和诗论家的梁宗岱非常痛心疾首，他说："目前的问题，据我的私见，已不是新旧诗的问题，而是中国今日或明日的诗的问题，是怎样才能够承继这几千年的光荣历史，怎样才能够无愧色去接受这无尽藏的宝库问题。"② "我们的诗坛——虽然经过许多可钦佩的诗人的努力，而且是获得局部成功的努力——我们的诗坛仍然充塞着浅薄的内容配上紊乱的形体（或者简直无形体）的自由诗。"③ 如何才能提升新诗的诗性？帮新诗在"分歧路口"找到属于自己的方向？这是梁宗岱在他的象征主义诗论和纯诗论中所要探究和解决的一个课题。

20年代，以穆木天、王独清等人为代表的诗人，根据西方象征主义诗学，在中国诗学界率先提出了"纯粹诗歌"的理论主张，他们的目的是试图通过纯诗来促成新诗诗性的复活。然而，囿于时间和空间，穆木天和王独清的纯诗理论并没有充分展开，他们的纯诗理论呈现的形态是片断式的，而非完整性的。正是在这个基础之上，梁宗岱进一步系统地介绍和阐释了象征主义诗论，尤其是纯诗理论。对于象征主义，梁宗岱着重阐述了

---

① 梁宗岱：《谈诗》，《梁宗岱批评文集》，珠海出版社1998年版，第91页。
② 梁宗岱：《论诗》，《梁宗岱批评文集》，珠海出版社1998年版，第21页。
③ 梁宗岱：《新诗的分歧路口》，《梁宗岱批评文集》，珠海出版社1998年版，第128页。

象征的两个特性，即"融洽或无间"和"含蓄或无限"，强化了诗的形式与内容融洽无间的观点，也强化了诗的含蓄性和暗示性。在他那里，诗的形式不再是像胡适所主张的那样被作为表达某种先于它而存在的内容的媒介而存在，而是充满生命力的具体的整体，它本身便是内容。诗歌的内容也不能过于浅薄和直白，要具有应有的含蓄性，要用象征的手法，通过色彩和音乐一点一点地暗示出来，留给人无限的想象和体悟的可能。对于纯诗的阐释，梁宗岱更多的是针对当时新诗的某些流弊，如在诗中作纯客观的"写景"、"叙事"、"说理"，他认为这些是散文表达的任务，不应该让诗歌来担负，试图通过对"纯粹的诗歌"的倡导，来维护诗的本质和文体特征。他的纯诗理论，也强调了诗歌所应具有的暗示力，他从创作主体、文本和欣赏或批评三个维度沟通了纯诗理论与中国传统的感悟理论之间的内在关系，系统地阐发了纯诗的感悟特性。

要之，梁宗岱既从文体层面揭示了诗不为他物决定的禀赋与特性，又从艺术层面和哲学层面揭示了诗作为存在的构成方式以及存在之为存在的最高境界，为我们展示了一个多层次、多方位的立体化、系统化的诗学理论体系，也为新诗的发展作出了极富有成效的探索。而且，不管是对象征主义的中国化阐释，还是对纯诗理论的引进和转换，梁宗岱都是立足在主客体交融的宇宙观上，很好地把中国传统的感悟思想作为其理论的内核，以融通中西诗学的广博知识、兼具诗人与诗论家的双重身份，跨越了中西两种理论话语的鸿沟，在中西诗学的相互沟通、相互融会中对感悟诗学的现代转型作出了独特的贡献。

第五章 感悟诗学现代转型之展开(二)

——宗白华对传统感悟资源的创造性转换

宗白华(1897—1986),20世纪中国学术史上重要的诗人、哲学家、美学家、文艺理论家、教育家和翻译家。宗白华出身于一个书香之家,祖父为秀才,终生以教私塾为生。父亲是光绪年间的举人,是一位史地水利专家,后来趋向维新,曾东渡日本考察教育,受西方的影响较大。母亲是安徽颇有盛名的诗人方守彝之女,"是个书香门第的闺阁秀女,从小受到很好的传统文化的教育"①。从很小的时候起,宗白华就在外祖父和母亲的指点下开始接触和了解中国源远流长的传统文化和诗歌作品,尤其是对佛教、庄子哲学以及陶渊明诗歌着力极深,由于长时间地受到这种古典美学和诗学精神的熏染,所以宗白华终生都保持着一种传统文人的审美风格。然而,受父亲的影响,宗白华也很早就开始涉足西方文化,尤其是西方哲学和文学。1912年,宗白华入金陵中学学习英文。1914年,宗白华在青岛德国高等学校中学部修习德文。1915年,宗白华转学至德国人创办的同济医工学堂中学部学德文,1916年夏毕业,因成绩优秀,学校奖给他康德的《纯粹理性批判》一书。1917年,年仅20岁的宗白华发表了研究西方哲学的处女作——《萧彭浩(叔本华)哲学大意》。1919年,又接连发表《康德唯心哲学大意》、《康德空间唯心说》等介绍西方哲学思想的论文。1920年5月至1925年春,宗白华赴德国留学五年,不但在法兰克福大学、柏林大学选修了哲学、心理学、生物学、美学和历史哲学,而且还游览了

---

① 邹士方:《宗白华评传》,(香港)新闻出版社1989年版,第2页。

法国、德国、意大利等地的许多文化名胜，如巴黎的卢浮宫、罗丹纪念馆、歌德的故乡、罗马、米兰、威尼斯等，对西方文化和艺术进行了深入的接触和考察。由此可见，宗白华与我们前文所论述的朱光潜和梁宗岱等理论家一样，亦是一代学贯中西、博古通今的学术大师。而且，由于宗白华也有过非常成功的文学创作实践——在新诗发展初期就是一位极有影响的新诗人，曾是20年代小诗创作的重要代表，因此，诗人宗白华在诗学研究中也特别注重对艺术进行审美感悟。不过，与朱、梁二氏注重对西方感悟思想的引进和醇化不一样，宗氏始终致力于对传统的感悟诗学资源如意境理论、气韵理论进行创造性的现代转换，他在中西诗学比较的宏阔视野中，以诗人的锐敏和理论家的自觉，从一个侧面有力地推动了传统感悟诗学现代转型的深入展开。

一 宗白华对意境理论的创造性转换

意境理论生成于中国古代特有的文化语境和宇宙意识中，它是一种非常注重感悟和体验的感悟诗学理论，其感悟特质在托名王昌龄的《诗格》中首次作为一个诗学概念被提出来时就显露无遗，《诗格》云：

> 诗有三境：一曰物境，欲为山水诗，则张泉石云峰之境，极丽绝秀者，神之于心，处身于境，视境于心，莹然掌中，然后用思，了然境象，故得形似。二曰情境，娱乐愁怨，皆张于意，而处于身，然后驰思，深得其情。三曰意境，亦张之于意，而思之于心，则得其真矣。

在这里，王昌龄把诗境分为"物境"、"情境"和"意境"三个等级，"意境"是诗歌的最高境界。倘"意"为"物"役，就只是"物境"；"物"为"意"役，则仅为"情境"；"意"和"境"融合生转，形成一个有机的整体，方可称得上是一种"意境"。显然，和前两境相比，"意境"无疑更加注重于对"意"与"境"的内在关系的体悟。皎然的《诗式》则把诗境和禅境合一，认为诗歌的情与境是不可分离的，境中含情，情由境发，诗境

第五章 感悟诗学现代转型之展开（二）

也就是一种禅境，这又进一步突出了意境的感悟蕴含。刘禹锡提出了"境生于象外"的观点，主张借助于主体丰富的联想，通过对具体的景物的把捉和品悟，去营构一种虚的、无限广阔的艺术境界，在他看来，真正的诗之境界生成于具体的物象之外。司空图受刘禹锡的启发，提出了"象外之象，景外之景"说，其《与极浦书》云："戴容州云：'诗家之景，如蓝田日暖，良玉生烟，可望而不可置于眉睫之前也。'象外之象，景外之景，岂容易可谈哉！"在这里，意境就更是一种虚虚实实、飘飘幻幻、可望而不可即的境界，不是那么容易被把握甚至可以谈论的，需要用心去体悟方可意会，意境的感悟特质在这一命题中凸显殆尽。后来严羽的"兴趣说"，王士禛的"神韵说"以及王夫之的"情景融和论"，乃至近代王国维的"境界说"，无一不是对意境范畴感悟本性的开掘和阐发。

应该说，意境理论是中国古代感悟诗学一以贯之、一脉相承的一种理论。然而，进入近现代以后，随着西方典型论诗学的引进，传统的意境却成了很多激进的理论家所排拒的对象，意境研究几乎成了现代诗学研究的禁区，罕有人涉足。而宗白华独独对此用力最深，也持续最久。宗氏20世纪20年代初发表的美学或诗学论文中，就触及了意境问题，一直到晚年，都孜孜不倦地在意境理论的园地里辛勤耕耘。宗白华认为，要建构中国自己的现代诗学，仅仅停留在引介西方理论的层面上是远远不够的，对于本民族传统的审美资源进行现代化阐释，将其引渡到现代文化语境之中，更是这一宏伟工程必须完成的重要工作。对于这一点，宗白华显然具有充分的自觉。宗白华曾指出："现代的中国站在历史的转折点。新局面必将展开。然而我们对旧文化的检讨，以同情的了解给予新的评价，也更显重要。就中国艺术方面——这中国文化史上最中心最有世界贡献的一方面——研寻其意境的特构，以窥探中国心灵的幽情壮采，也是民族文化的自省工作。"① 由此，在现代诗学那种特殊的语境下，宗白华把意境研究当作一种"民族文化的自省工作"，他尽毕生的心血，以精湛的中国传统文化的造诣和学贯中西的独特学养，对意境理论进行了深入的现代演绎。

---

① 宗白华：《宗白华全集》第2卷，安徽教育出版社1994年版，第356—357页。

1. 意境的含义及其生命哲学基础

首先，有必要弄清楚的是，在宗白华那里，什么是意境？因为千百年来，关于意境的内涵一直是聚讼纷纭，莫衷一是，论者不同，时代有异，意境也许就会有相去甚远的理解。也正因为如此，所以，在《中国艺术意境之诞生》（增订稿）一文中，宗白华一开篇要解决的问题就是"意境的意义"。为了便于说明，宗白华把意境纳入整个人类精神生活的格局中，他认为人生有五种境界——功利境界，伦理境界，政治境界，学术境界，宗教境界。功利境界主于利，伦理境界主于爱，政治境界主于权，学术境界主于真，宗教境界主于神。而意境——"艺术境界"则是介乎学术境界和宗教境界二者之间的一种境界，它既求真，又充满着无穷的神秘，它主于美。宗白华说："以宇宙人生的具体为对象，赏玩它的色相、秩序、节奏、和谐，借以窥见自我的最深心灵的反映；化实景而为虚境，创形象以为象征，使人类最高的心灵具体化、肉身化，这就是艺术境界。"意思也就是说，意境就是人的最深心灵与具体的宇宙人生相与融合而生成的一种境界，但宗白华觉得这样说也许并不是太清楚，于是他进一步解释道："主观的生命情调与客观的自然景物交融互渗，成就一个鸢飞鱼跃，活泼玲珑，渊然而深的灵境；这灵境就是构成艺术之所以为艺术的'意境'。"讲得更简单一点，宗白华说，"意境是'情'与'景'（意象）的结晶品"①。

应该说，意境是情与景的融合，这并不是什么新鲜的观点。早在刘勰就提出了"神与物游"，司空图也有"思与境谐"说，其余如宋代的范晞文、元代的方回和明代的谢榛等都有过这方面的论述，明末清初的王夫之更是全面、充分、系统、深刻地阐述了情与景的关系，比如王夫之说："情景虽有在心在物之分，而景生情，情生景，哀乐之触，荣悴之迎，互藏其宅。""情景名为二，而实不可离。神于诗者，妙合无垠，巧者则有情中景，景中情。"② 等等。至近代的王国维亦主张情景交融，他在《文学小言》中就曾经说："文学中有二原质焉，曰景曰情。前者以描写自然及人

---

① 宗白华：《宗白华全集》第 2 卷，安徽教育出版社 1994 年版，第 358 页。
② 王夫之：《夕堂永日绪论内编》。

生事实为主，后者则吾人对此种事实之精神态度也。故前者客观的、后者主观的也。"① 在《人间词话》乙稿序中说："文学之事，其内足以摅己，而外足以感人者，意与境二者而已。……故二者常互相错综，能有所偏重，而不能有所偏废也。"② 在后来的《宋元戏曲史》中王国维说得更明白："何以谓之有意境？曰：写情则沁人心脾，写景则在人耳目，述事则如其口出是也。"③ 20 世纪 30 年代，与宗白华同时的朱光潜在其《诗论》中也提出了"诗境是意象（景）与情趣（情）的契合"的观点，他说："情景相生而且相契合无间，情恰能称景，景也恰能传情，这便是诗的境界。"④ 由此可见，意境是情与景相为融合辩证统一的观点已经相沿成习了，宗白华只不过是沿用了前人的说法。

那么，在意境的含义这一问题上，宗白华就没有自己的思考吗？当然不是。宗白华对前人既有继承，更有发展。我们知道，宗白华最早是以中西哲学的研究而著称于世的，良好的哲学修养，使得宗白华在意境的内涵上，虽然借鉴了前人已为定论的"情景交融"说，但他并没有满足于那种既有的形而下的描述，而是上升到人生观、宇宙观的形而上层面加以诠释，直寻古代意境理论的真义。

宗白华说："中国画所表现的境界特征，可以说是根基于中国民族的基本哲学，即《易经》的宇宙观：阴阳二气化生万物，万物皆禀天地之气以生，一切物体可以说是一种'气积'（庄子：天，积气也）。这生生不已的阴阳二气织成一种有节奏的生命。中国画的主题'气韵生动'，就是'生命的节奏'或'有节奏的生命'。"⑤ "中国人感到宇宙全体是大生命的流行，其本身就是节奏与和谐……一切艺术境界都根基于此。"⑥ 在这里，宗白华就不是简单地描述意境是什么了，而是试图找出中国艺术之所以如此关注意境的哲学根由。确然，中国古代哲学是一种生命哲学，远古先民

---

① 王国维：《文学小言》。
② 王国维：《人间词话》乙稿序。
③ 王国维：《宋元戏曲史》。
④ 朱光潜：《诗论》，上海古籍出版社 2001 年版，第 45 页。
⑤ 宗白华：《宗白华全集》第 2 卷，安徽教育出版社 1994 年版，第 109 页。
⑥ 同上书，第 413 页。

们从春秋迭代、草木荣枯等自然现象的变化中，悟出了整个宇宙就是一个生命流动的世界，悟出了人与自然宇宙之间的那种"目既往还，心亦吐纳。情往似赠，兴来如答"的和谐与统一。《易经》就是这种生命感悟的结晶，在其基本精神"一阴一阳之谓道"、"生生之谓易"的影响下，中国人眼中的宇宙是一个阴阳交合的生机世界，气化氤氲，流衍不绝。它有"生生而具条理"的秩序，有"阴阳开合、高下起伏"的节奏。人作为生命和宇宙有机地融合在一起。宗白华说，中国人的宇宙概念与庐舍有关。"宇"是屋宇，"宙"是由"宇"中出入往来。中国古代农人的农舍就是他的世界。他们从自己的那种从容的、有节奏的生活中，感受宇宙的和谐、秩序和节奏。杜甫就曾经有诗句说："乾坤万里眼，时序百年心。"山水画家宗炳认为山水画家的事务是："身所盘桓，目所绸缪。以形写形，以色貌色。"在他们看来，画家、诗人只要用心去感受本来就有生命的宇宙，以流盼的眼光绸缪于身所盘桓的形形色色，所写画出来的就是一个具有音乐的节奏与和谐的境界。宗白华说："一个充满音乐情趣的宇宙（时空合一体）是中国画家、诗人的艺术境界。"①

不错，宇宙是有生命的。正如宗白华所说的那样，深广无穷的宇宙会主动来亲近我，扶持我，毋庸我去争取那远穷的空间。"隔窗云雾生衣上，卷幔山泉入镜中"（王维），"江山重复争供眼，风雨纵横乱入楼"（陆放翁），"水光山色与人亲"（李清照），"窗含西岭千秋雪，门泊东吴万里船"（杜甫），古人的这些诗句，写出了万物皆备于我的光明俊伟的气象。然而，中国的诗人也善于感应生命，多爱从窗户、庭阶、帘、屏、栏干、镜，以吐纳世界景物。老子曰："不出户，知天下。不窥牖，见天道。"庄子曰："瞻彼阕者，虚室生白。"有着这种独特的宇宙观和生命观的中国人，总是试图以生命的形式去表现生命。中国的艺术从来就"不重具体物象的刻画，而倾向抽象的笔墨表达人格心情与意境"。唐代大批评家张彦远说："得其形似，则无其气韵。具其彩色，则失其笔法。"极力主张艺术要直接表达生命情调，透入物象的核心，描述其气韵和精神。这样，主观

---

① 宗白华：《宗白华全集》第2卷，安徽教育出版社1994年版，第431页。

的生命情调和客观的同样富有生机的自然景象交融互渗，就成就了一个宗白华所体悟出的那种"鸢飞鱼跃，活泼玲珑，渊然而深的灵境"。值得注意的是，宗白华把艺术的意境称为"灵境"。灵境，就是有生命的境界。由此可见，意境也是有生命的。生命，是贯穿于整个中国艺术意境创构的始终——创构的主体是有生命的人，创构的客体是生气盎然的宇宙，创构出来的意境又是一个"鸢飞鱼跃、活泼玲珑"的"灵境"。生命，是艺术意境的灵魂。正是在这一层面上，所以宗炳把他画的山水悬在壁上，对着弹琴，他说："抚琴动操，欲令众山皆响！"艺术的生命，在他的琴声中跳动。因此，我们也只有从生命的角度去品味意境，才能真正把握意境的真谛。

宗白华这种从生命哲学的角度去论意境，真可谓准确地抓住了意境生成的深层次的原因。正因为这样，所以他对意境的诠释就不再流于简单的"情景交融"的形下层面，而能够深入中国文化的最深处，探出中国艺术意境产生形成的根本缘由。虽然，他的解说仍没有摆脱"情"和"景"的二元格局，但在宗白华那里，"景中全是情，情具象而为景"，情景已经交融为"一个独特的宇宙，崭新的意象"，也就是恽南田所说的"皆灵想之所独辟，总非人间所有"的一个有机的生命境界。经过他的阐释，意境理论的感悟特质也就具有了生命哲学的基础。

此外，从宗白华对意境的这一哲学阐释中，我们也解决了一个与本课题密切相关的诗学困惑：为什么中国诗学如此执着地运用感悟，而西方诗学崇尚的却是分析？这就是因为中西诗学有着各自不同的哲学背景。支撑中国诗学的哲学是《易经》的生命哲学，整个宇宙都是一个流动的生命整体，天人之间相互迎合浑融，所以，中国诗论家一向不注重对艺术文本进行冷静的客观分析和理性的肢解，而倾向于把文本当作一个生命体，在情感的双向沟通和生命的彼此应合中，对之进行整体感悟和体认，由此营造出来的便是一种注重感悟的意境诗学；而西方诗学的哲学背景却是主客对立的希腊哲学，在西方人眼里，宇宙仅仅是一种纯客观的存在，是一个死的物理对象，主客体之间不可能发生生命的交融。在诗学研究中，纯客观的艺术文本也只是任由研究者解剖、肢解和分析的对象而已，诗论家并没有把它作为一个生命来看待，即使移情说也是如此，能够尽可能详尽地分析出文本的本义，是西方典型论诗学追求的最高目标。哲学渊源的不同，决定了诗学取向的迥异。在此，我们虽然不能对中西两种诗学作出简单的价值判断，但在中国意境诗学中，处处洋溢着生命情调，处处充满着人间情趣，这无疑更加切合艺术的本性，也无疑更有利于诗学的有机生成。

2. 意境的特点：对意境感悟特质的独特揭示

正是基于对意境含义的这种深入理解，宗白华把意境的特点归结为道、舞、空白——这可以说是宗白华对意境感悟特性的精要概括。

什么是道？老子首先提出了"道"，云："道生一，一生二，二生三，三生万物，万物负阴而抱阳，冲气以为和。"① 意思也就是说，道是宇宙的本源。从道衍化出混沌，混沌衍化出阴和阳，阴阳相互作用，和合而生成新事物。但"道"到底是什么？不知道。因为"道"看不见，听不到，摸不着，它是"无状之状"，"无物之象"，又比一切具体的"状"和"象"都高，是"万物母"，具体的"状"和"象"都是由它派生出来的，它没有任何人为的痕迹和作用，完全符合于自然。在老子那里，"道"可视为一切艺术和美的最高境界。庄子也讲"道"，他跟老子一样，也强调"天道自然无为"，认为"道"是不能以人为力量去改变的自然规律。在老子的基础上，庄子把"道"引进艺术领域。他认为在艺术创作中，"道"是可以实现的，但要通过"心斋"与"坐忘"，才能进入"天地与我并生，而万物与我为一"（《齐物论》）的、与"道"合一的境界。人的主观精神达到了一种"道"的状态，则人工的艺术也就与天工毫无二致，宛如天生化成。在这里，关键在于创作主体的修养能否在精神上与"道"合一。在《田子方》篇中，庄子曾讲了这么一个故事：

> 宋元君将画图，众史皆至，受揖而立；舐笔和墨，在外者半。有一史后至者，儃儃然不趋，受揖不立，因之舍。公使人视之，则解衣般礴，裸。君曰："可矣，是真画者也。"

---

① 《老子》第42章。

为什么"解衣般礴",就是真画者?因为他在精神上已经忘乎所以,达到了与"道"合一的境界,他所画出来的画就会没有人工痕迹,而与自然一致。由此可见,在庄子那里,"道"是艺术的最高境界,而主体的精神和修养是其中最重要的。他创作的一系列寓言故事,如庖丁解牛、轮扁凿轮、梓庆削木等,无不贯穿着这一思想。

宗白华认为"道"是意境的特征之一,这确实是一种洞见卓识。的确,从上面我们对"道"的解说中,就分明感觉到"道"和意境之间具有很多相通性。比如,"道"是艺术的最高境界,是"无状之状"、"无物之象"。意境亦然,意境也是中国艺术最深远的追求,"灵想之所独辟,总非人间所有"(恽南田语),"诗家之景,如蓝田日暖,良玉生烟,可望而不可置于眉睫之前也"(戴叔伦语),意境同样是很难把握的;庄子在《秋水》篇说:"可以言论者,物之粗也。可以意致者,物之精也。言之所不能论,意之所不能察致者,不期精粗焉。"意思是说,"道"是语言不能表达,甚至心意都不能察致的,是自然而然的。意境又何尝不是如此?宗白华说:"画家诗人的心灵活跃,本身就是宇宙的创化,它的舒卷取舍,好似太虚片云,寒塘雁迹,空灵而自然。""艺术家禀赋的诗心,映射着天地的诗心。"[①] 瑞士思想家阿米尔(Amiel)说:"一片自然风景是一个心灵的境界。"[②] 意境也具有那种天然契合性和神秘感悟性;"道"是生命之道,"一阴一阳之谓道","道"通过阴阳的化合衍生万物。意境也是生命的意境,意境是人的情绪与生命的宇宙交融的产物,它有生命的圆满、节奏与和谐;庄子认为,要与"道"合一,必须"虚静"、"心斋"、"坐忘",《人间世》云:"若一志,无听之以耳,而听之以心;无听之以心,而听之以气,耳止于听,心止于符。气也者,虚而待物者也。唯道集虚,虚者,心斋也。"要求进入一种空明寂静的心理状态。意境的创构也讲"虚静",苏东坡说:"静故了群动,空故纳万境。""境"就是意境,而"静"、"空"则是其创生的条件。宗白华说,中国自六朝以来,艺术的理想境界就是"澄怀观道"(宗炳语),在拈花微笑里领悟色相中微妙至深的禅境;此外,

---

① 宗白华:《宗白华全集》第 2 卷,安徽教育出版社 1994 年版,第 360 页。
② 同上书,第 358 页。

"道"是虚实结合,"道"有一个由虚转实的过程,虚的"道"必须具象于生活、礼乐制度,尤其是表象于艺,"只有活跃的具体的生命舞姿,音乐的韵律、艺术的形象,才能使静照中的'道'具象化、肉身化。"① 而意境也是虚实结合,也有一个由虚转实的过程,王夫之说王维创造意境的手法是"使远者近,抟虚成实",笪重光说:"虚实相生,无画处皆成妙境。"② 等等。

由此可见,意境与"道"之间确实具有很多共通性,而它们的共通性大多是表现为感悟性。艺术的意境确实具有"道"的特点,我们甚至可以说,中国艺术意境,其实就是老庄之"道"在艺术中的一种表现形式,是"就'生命本身'体悟'道'的节奏"③。正是因为有了源远流长的"道"的影响,中国艺术意境理论之树才如此的根深叶茂,靓丽夺目。

意境还具有"舞"的特点。宗白华说:"'舞'是中国一切艺术境界的典型。"④ 宗白华认为,中国各类艺术都具有"舞"的特征。"中国的书法、画法都趋向飞舞。庄严的建筑也有飞檐表现着舞姿。"⑤ 在另外一篇文章中,他又说:"中国的绘画、戏剧和中国另一特殊艺术——书法,具有着共同的特点,这就是它们里面都贯穿着舞蹈精神(也就是音乐精神),由舞蹈动作显示虚灵的空间。"⑥ 确然,中国的绘画从骨子里讲就是一种舞蹈,画家解衣盘礴,用飞舞的激情谱写出宇宙万形里的音乐和诗境;中国的书法艺术更有龙飞凤舞之说,它的每一点,每一画,都有徐疾、疏密、强弱的动感变化,摇曳飞动,体合着主体内心的情感,反映着宇宙生命的运动;作为语言艺术的文学也暗含着舞蹈精神,刘勰在《文心雕龙·诠赋》篇里有"延寿《灵光》,含飞动之势",就是说王延寿的《鲁灵光殿赋》有飞动的"舞蹈"之势。刘熙载论庄子之文曰:"文之神妙,莫过于能飞。庄子之言鹏,曰'怒而飞',今观其文,无端而来,无端而去,殆

---

① 宗白华:《宗白华全集》第2卷,安徽教育出版社1994年版,第357页。
② 同上书,第370页。
③ 同上书,第367页。
④ 同上书,第369页。
⑤ 同上。
⑥ 宗白华:《宗白华全集》第3卷,安徽教育出版社1994年版,第389页。

第五章　感悟诗学现代转型之展开(二)

得'飞'之机者。乌知非鹏只学为周耶？"① 刘氏说庄子文章"能飞"，也是比较准确地指出了庄文的那种"舞"的活力，等等。其余如建筑、戏剧、雕刻、音乐，无不是如此。艺术都是相通的，其相通的基点和突出表现莫过于这种共同的"舞蹈"特性。传说大画家吴道子画壁画请裴将军舞剑以壮其气，大书法家张旭观公孙大娘舞剑而悟书道，这大概就是中国艺术的"舞"的意境的突出表现吧。

中国艺术意境的"舞"的特点，其实也就是中国艺术的生命特性的反映。艺术是宇宙生命的摹写，是对宇宙真体的内部和谐与节奏的直接启示，而"舞"，"这最高度的韵律、节奏、秩序、理性，同时是最高度的生命、旋动、力、热情，它不仅是一切艺术表现的究竟状态，且是宇宙创化过程的象征。艺术家在这时失落自己于造化的核心，沉冥入神，'穷元妙于意表，合神变乎天机'（唐代大批评家张彦远论画语）。'是有真宰，与之浮沉'（司空图《诗品》语），从深不可测的玄冥的体验中升化而出，行神如空，行气如虹。在这时只有'舞'，这最紧密的律法和最热烈的旋动，能使这深不可测的玄冥的境界具象化、肉身化。"② 由此看，"舞"是艺术最本质的质素，艺术中活生生的生命之流，以"舞"的形式呈现出来，艺术的生命活力造就了艺术意境的"舞"的特性。

"空白"是意境的又一特点。中国艺术不像西方艺术那样求满求实，它很注意"空白"的运用。在中国艺术里，"色即是空，空即是色。"艺术之笔往往不滞于物，而要留有余地，抒写作家自己胸中浩荡之思、奇逸之趣。"空白"在中国艺术里并不是纯粹几何学意义上的真正的空白，而是与飞动的物象处处交融，"结成全幅虚灵的节奏"，"参加万象之动的虚灵的'道'"③。这其实就是艺术里的虚实相生原理。庄子说："虚室生白"，"唯道集虚"。笪重光认为："虚实相生，无画处皆成妙境。"王夫之在《诗绎》里说："论画者曰，咫尺有万里之势，一势字宜着眼。若不论势，则缩万里于咫尺，直是《广舆记》前一天下图耳。五言绝句以此为落想时第

---

① 刘熙载：《艺概·文概》。
② 宗白华：《宗白华全集》第 2 卷，安徽教育出版社 1994 年版，第 366 页。
③ 同上书，第 101 页。

一义。唯盛唐人能得其妙。如'君家住何处，妾住在横塘，停穿暂借问，或恐是同乡'，墨气所射，四表无穷，无字处皆其意也！"等等，古代诗学大都十分强调艺术境界的虚空要素，着重这空中点染，抟虚成实的表现手法，使诗境、词境里面有空间，有荡漾，和中国画面具同样的意境结构。宗白华说，中国艺术的虚空，"不是死的物理的空间间架，俾物质能在里面移动，反而是最活泼的生命源泉。一切物象的纷纭节奏从他里面流出来！"① 如此言说，真可谓是抓住了艺术中"空白"的精髓。

中国艺术里对"空白"的这种追蹑，其实和"舞"又是紧密地联系在一起的。宗白华说，"由舞蹈动作伸延，展示出来的是虚灵的空间，是构成中国绘画、书法、戏剧、建筑里的空间感和空间表现的共同特征，而造成中国艺术在世界上的特殊风格。"② 确然，"舞"是需要条件的，中国艺术要实现"舞"的特征，在形式上就必须留有"空白"，在内容上也得轻盈、通脱、高逸，如果形式太满太实，内容太沉太重，就无法"舞"起来。因此，古人讲艺术，多强调要"空"，如冠九在《都转心庵词序》中说："是故词之为境也，空潭印月，上下一澈"，"澄观一心，而腾踔万象"。张炎《词源》说："词要清空，不要质实。清空则古雅峭拔，质实则凝涩晦昧。"清人周济的《介存斋论词杂著》也说："初学词求空，空则灵气往来。"等等。

中国艺术意境中的"空白"又便于"道"的运行。宗白华说："在中国画的底层的空白里表达着本体的'道'（无朕境界）。庄子曰：'瞻彼阙（空处）者，虚室生白。'这个虚白不是几何学的空间间架，死的空间，所谓顽空，而是创化万物的永恒的道。这'白'是'道'的吉祥之光（见《庄子》）。""苏东坡也在诗里说：'静故了群动，空故纳万境。'这纳万境与群动的'空'即是道。即是老子所说的'无'，也就是中国画上的空间。"苏辙在《论语解》里亦云："贵真空，不贵顽空。盖顽空则顽然无知之空，木石是也。若真空，则犹之天焉！湛然寂然，元无一物，然四

---

① 宗白华：《宗白华全集》第 2 卷，安徽教育出版社 1994 年版，第 439 页。
② 宗白华：《宗白华全集》第 3 卷，安徽教育出版社 1994 年版，第 390 页。

时自尔行,百物自尔生。"① 可见,在中国艺术里,"空白"和"道"之间确实存在着一种互为因果的关系,"空白"蕴含着"道","道"又充实着"空白"②。

要之,宗白华把意境的特点归结为"道"、"舞"、"空白"这三点,虽然对前人有所继承,但其创意是显而易见的,可以说是很好地填补了意境研究上的一个理论空白。从上面的论述中我们可以看出,宗白华对意境的这三个特点的分析,其实很好地揭示了意境的感悟特质,因为这三个特点无不是与感悟相关联的,"道"需要体悟自不必论,意境之"舞"也不是具体可感的,亦要通过心灵之悟方能体会得到,至于"空白"所蕴涵的深意,更需要调动所有的感悟禀赋和人生体验才能把捉。宗白华之所以能拨开意境的迷雾,考见意境的深层特质,主要是因为他敏锐地抓住了中国艺术的生命本性,把艺术看作气韵生动的生命体,把艺术意境视为生命回环运动的结晶——"道"是生命之道,"舞"是生命之舞,"空白"更是生气盎然的空白。生命,是中国艺术意境创构的本源;生命,更是意境感悟特质得以生发、升华的前提。

3. 意境的创构:艺术感悟的过程及其途径

那么,意境又该如何创构呢?宗白华认为,意境的创构其实就是一个"悟入"——"外师造化"与"悟出"——"中得心源"的过程,("外师造化,中得心源"是唐代画家张璪所言。)因为意境是艺术家"从他最深的'心源'和'造化'接触时突然的领悟和震动中诞生的"③。宗白华说:"艺术境界的显现,绝不是纯客观地机械地描摹自然,而以'心匠自得为高'(米芾语)"④。而且,意境也不是一个单层的平面的自然的再现,而是有一个境界层深的过程。宗白华曾经很有创意地把意境创构分为三个层次——直观感相的摹写、活跃生命的传达、最高灵境的启示,也即"情胜之境"、

---

① 宗白华:《宗白华全集》第2卷,安徽教育出版社1994年版,第438页。
② 西方现代接受论美学也看到了空白在文本中的重要意义,英伽登认为作品是一个布满了未定点和空白的图式化纲要结构,作品的现实化需要读者在阅读中对未定点的确定和对空白的填补。伊瑟尔强调空白本身就是文本召唤读者阅读的结构机制。
③ 宗白华:《宗白华全集》第2卷,安徽教育出版社1994年版,第366页。
④ 同上书,第361页。

"气胜之境"、"格胜之境",或者更简单地说是"写实"、"传神"、"妙悟",宗白华说:"西洋艺术里面的印象主义、写实主义,是相当于第一境层。浪漫主义倾向于生命音乐性的奔放表现,古典主义倾向于生命雕塑式的清明启示,都相当于第二境层。至于象征主义、表现主义、后期印象派,它们的旨趣在于第三境层。"① 这样,由于宗白华对意境剖析得极为深透,本来很混沌的意境创构过程,也就变得比较清晰和可操作了。

首先,当然是要"外师造化",深入宇宙天地中去体悟纷纭万象的变化。董其昌说得好:"诗以山川为境,山川亦以诗为境。"艺术家禀赋的诗心,是天地诗心的映射。因此,艺术意境这一微妙境界的实现,就有赖于艺术家平素对宇宙万象的静体默察。元代大画家黄子久就是"终日只在荒山乱石,丛木深筱中坐","又每往泖中通海处看急流轰浪,虽风雨骤至,水怪悲诧而不顾"。宋代画家米友仁也是"每静室僧趺,忘怀万虑,与碧虚寥廓同其流"②。六朝刘宋时的宗炳说画家作画是"身所盘桓,目所绸缪。以形写形,以色貌色"。大诗人嵇康说:"目送归鸿,手挥五弦。俯仰自得,游心太玄。"更是主张诗人、画家应该在宇宙中"俯仰自得",跃入大自然的节奏里去"游心太玄"。

应该说,"外师造化"是意境创构的前提,但"中得心源"则更是关键。因为"中得心源"要求艺术家在抚爱万物中,还要感受到万物的心灵,"静而与阴同德,动而与阳同波"("庄子"语),于"静观寂照"中,体合到宇宙的一阴一阳、一虚一实的生命节奏。

所谓"静观寂照",又称"静照",这是主体与宇宙发生生命交融的一种心理状态。庄子在论"道"时就强调过要"虚静",提出了"心斋"、"坐忘"的观点:"唯道集虚,虚者,心斋也。"(《人间世》)"堕肢体,黜聪明,离形去知,同于大通,此谓坐忘。"(《大宗师》)要求人离开一切利害关系,不受私心杂念的干扰,排除知识的奴役作用,进入一种"大明"的境界,从内心深入地把握整个宇宙万物,洞察它的变化发展规律。宗白华在这里提出的"静观寂照",也就是"虚静"的意思,即要求艺术家摒

---

① 宗白华:《宗白华全集》第 2 卷,安徽教育出版社 1994 年版,第 362—363 页。
② 同上书,第 361 页。

绝实用的、功利的态度，空诸一切，心无挂碍，暂时和世务绝缘，从而获得一种不沾于物的自由精神。"这时一点觉心，静观万象，万象如在镜中，光明莹洁，而各得其所，呈现着它们各自的充实的、内在的、自由的生命，所谓'万物静观皆自得'。这自得的、自由的各个生命在静默里吐露光辉。"①

苏轼说："静故了群动，空故纳万境。"心理上"虚静"，就能获得一种"空"，而"空"，又是意境创构的重要条件。"空"，能为意境中荡漾的生命灵气提供一个往来的空间。周济说："初学词求空，空则灵气往来。"灵气往来就是物象呈现着灵魂生命的时候，是艺术意境诞生的时候。宗白华说："美感的养成在于能空，对物象造成距离，使自己不沾不滞，物象得以孤立绝缘，自成境界。"② 在宗白华那里，"空"有两层含义：一是依靠外界物质条件造成的"空"，宗白华把它叫"隔"。如通过舞台的帘幕、图画的框廓、诗的节奏韵脚等间隔出来的空间，在距离化、间隔化的作用下，就会产生一种别样的艺术境界，有如"隔帘看月，隔水看花"（董其昌语）。中国人喜欢在山水中设置空亭一所，戴醇士说："群山郁苍，群木荟蔚，空亭翼然，吐纳云气。"一座空的亭子，就有如图画的框廓，把山景间隔开来，空亭竟成为山川灵气动荡吐纳的交点和山川精神聚集的场所。古人对此种境界多有领悟，如李商隐词云："画檐簪柳碧如城，一帘风雨里，过清明。"韩持国有词曰："燕子渐归春悄，帘幕垂清晓。"张宣题倪画《溪亭山色图》诗云："石滑岩前雨，泉香树杪风，江山无限影，都聚一亭中。"苏东坡《涵虚亭》诗云："惟有此亭无一物，坐观万景得天全。"当然更重要的是第二种——心灵内部方面的"空"，也就是如司空图所说的"空潭泻春，古镜照神"，"落花无言，人淡如菊"。中国诗学历来讲究"文如其人"，艺术的"空"，首先就要创作主体心灵的"空"，作家精神的淡泊，是艺术空灵化的基本条件。如陶渊明的《饮酒（五）》就很能说明这一点，诗云：

---

① 宗白华：《宗白华全集》第 2 卷，安徽教育出版社 1994 年版，第 345 页。
② 同上书，第 346 页。

> 结庐在人境，而无车马喧。问君何能尔，心远地自偏。采菊东篱下，悠然见南山。山气日夕佳，飞鸟相与还。此中有真意，欲辨已忘言。

这首诗可以说是意境创构方面的典范之作，全诗真气弥漫，空灵超然。诗歌何以能如此"空灵"？关键在于诗人的"心远"——虽然身居"人境"，但耳边已经没有了车马的喧闹声；虽然目睹万象，但眼里荡漾的却是抽象的"真意"——"真意"，也是一种"空"，一种"道"。而诗人之所以能"心远"，并不仅仅是因为"地偏"，更是由于心灵上的真正忘世，倘若心为物役，尘根未了，则即使是身处"而无车马喧"的偏地，也仍然会为俗情所羁绊。在整个封建时代，陶渊明可谓是真正的隐逸者，他不为五斗米折腰，毅然决然地走上了出世之路，他不像后来的王维辈，像模像样地隐居终南，而心里图的依然是那条加官晋爵的捷径，陶渊明的心灵已经达到了悠然空明，澄明无碍，自由自在的境界。正是因为心灵的"空"，所以陶渊明能全身心地融入流动的山气和美丽的夕阳中，能如此心平气和、心无旁骛地与宇宙万物相承合，在诗歌中表现出一种"空空如也"的"道"境。

看得出，在宗白华那里，无论是物质间隔的"空"，还是心灵内部的"空"，都不是真正的空无，而是鸢飞鱼跃，艺术心灵与宇宙意象"两镜相入"互摄互映的华严境界。倪云林有一绝句，最能写出此境：

> 兰生幽谷中，倒影还自照。无人作妍媛，春风发微笑。

宗白华说："兰生幽谷，倒影自照，孤芳自赏，虽感空寂，却有春风微笑相伴，一呼一吸，宇宙息息相关，悦怿风神，悠然自足。"[①] 这大概就是宗白华所说的艺术意境之"空"的真义。

但在中国人的空间意识里，求"空"，又绝不是向无边的空间作无限

[①] 宗白华：《宗白华全集》第2卷，安徽教育出版社1994年版，第373页。

制的追求,而是"留得无边在"(庄淡庵语),低徊之,玩味之,抟虚成实,虚实结合——虚实结合,又是宗白华创构意境的一种手法。宗白华援引方士庶《天慵庵随笔》说:"山川草木,造化自然,此实境也。因心造境,以手运心,此虚境也。虚而为实,是在笔墨有无间,——故古人笔墨具此山苍树秀,水活石润,于天地之外,别构一种灵奇。或率意挥洒,亦皆炼金成液,弃滓存精,曲尽蹈虚揖影之妙。"方氏的这一段话,真可谓一语道破了千百年来中国艺术意境创构的秘密。确然,艺术家凭借着天赐的禀赋,感受到了宇宙万象的生命节奏,但这种沉冥中的心领神会,又必须也只有通过具体的生命舞姿、音乐的韵律、艺术的形象具象化、肉身化,才能创化为一种生气流衍的意境。反之,宇宙万物纵然莹然万里,生机浩荡,倘若没有艺术主体心灵情绪的激活,艺术的意境也无法生成。因此,在意境的创构中,虽然虚与实、情与景并不是截然分开的两块,但两者之间的切换、交融、流桓却贯穿整个过程的始终。从理论上讲,虚实的融合大体要经历这么两个步骤:由虚到实和由实到虚。由虚到实,也就是古人所说的"移我情",即把"我"对"物"的感受和情趣转移到"物"身上,使"物"也具有"我"的情感的变化,如"春山如笑,夏山如怒,秋山如妆,冬山如睡,四山之意,山不能言,人能言之。"[①] 由实到虚,古人叫"移世界",前面我们反复说过,客观的宇宙世界并非死的物理对象,而是一个生气回荡的生命体,它"也有生命,有精神,有情绪感觉意志,和我们的心理一样","无论山水云树,月色星光,都是我们有知觉、有感情的姊妹同胞"[②],因此,当主体的情绪移入客体的时候,作为有生命的客体就绝不是被动地接受,而能够积极地迎合、激发,主动地将"世界"移入到主体的感受中。意境的创化过程,就是这样一种虚与实、情与景、"移我情"和"移世界"不断地双向交融的过程。

当然,艺术意境中的虚实结合还有其哲学基础,古人认为整个宇宙就是虚与实的结合,"一阴一阳之谓道","道生一,一生二,二生三,三生万物",阴阳虚实构成了整个世界。世界又是流动不居的,而流动不居的

[①] 宗白华:《宗白华全集》第2卷,安徽教育出版社1994年版,第74页。
[②] 宗白华:《宗白华全集》第1卷,安徽教育出版社1994年版,第319页。

世界对我们最显著的表现，就是有生有灭，有虚有实，万物在虚空中流动、运化，老子说："有无相生"，"虚而不屈，动而愈出"就是这个道理。正因为这样，所以，宗白华说："艺术也必须虚实结合，才能真实地反映有生命的世界。"① "以虚为虚，就是完全的虚无；以实为实，景物就是死的，不能动人；唯有以实为虚，化实为虚，就有无穷的意味，幽远的境界。"② "实化成虚，虚实结合，情感和景物结合，就提高了艺术的境界。"③

要而言之，通过上面的论述我们发现，在现代诗学史上，宗白华对意境理论的研究是深入独到的，他对意境的含义、特点以及创构的阐释，都是以中国文化最基本的宇宙意识为逻辑起点，论证了意境理论的生命哲学基础，极其清楚地诠释了意境理论的感悟蕴含。尤其值得指出的是，现代社会政治动荡、战乱频仍，中国古代固有的以人与自然的关系为基础的文化轴心和诗学轴心，已经逐渐向以人与人、人与社会的关系为中心的文化轴心和诗学轴心转换，这样的社会环境和文化语境其实并不利于意境理论的生成，但宗白华却能够有意识地把意境当作艺术探讨和理论建构的一个核心范畴，而且上升到哲学、美学的高度，寻求艺术意境生成的最根本的文化基因和哲学根源，这充分体现了宗白华作为理论家的自觉和文化关怀、人文担当的意识。正是这种理论的自觉和人文关怀，使得宗白华继王国维之后，在一种中西比较的宏阔视野中，实现了对意境理论的更加彻底的现代转换，也因此进一步推进了传统感悟诗学向现代转型。

二　宗白华对气韵理论的创造性转换
——以宗氏画论为考察对象

1. 气韵的含义及其感悟特性

和意境理论一样，"气韵"亦是中国古典美学、诗学中极具民族特色的一个命题，有论者就曾经指出："'气韵生动'命题相当深刻地反映了中

---

① 宗白华：《宗白华全集》第3卷，安徽教育出版社1994年版，第455页。
② 同上书，第456页。
③ 同上书，第457页。

国古典美学的基本特色。"① "气韵生动"是"族群的共业精神,与许多传统艺术观念共同沉积、凝聚为中国美学的'古典'生命"②。"不把握'气韵生动',就不可能把握中国古典美学体系。"③ 关于"气韵"的内涵,历来都是聚讼纷纭,莫衷一是。现代美学家邓以蛰曾经对"气韵"内涵在汉代以后的变迁进行过探寻,他说,"在汉代,气韵原为画中表现之实体也",而这"实体"即"禽兽生动之极,结于云气,或云气排荡之极而生出禽兽,皆为一气之运行,如文之有韵也",到了唐代,"气韵"变为"无形超妙之体",在宋代则为"诗中之意境",在元代为"古意",在明清则成为"士气"或"书卷气"……④不过,虽然每个时代对"气韵"几乎都有不同的理解和表述,但其基本的含义却离不开下面几种:一、神韵;二、元气;三、韵味或余味。

  首先,"气韵"可通"神韵"。我们知道,不管是"气韵"还是"神韵",最初都不是用来指称艺术的,而是对人物的品评。六朝时,人物品评之风甚浓,"神"、"韵"、"神韵"、"气韵"或"神气",都是当时用来评判人物的主要标准。如刘劭的《人物志》谓:"色见于貌,所谓征神";《世说新语》评论魏晋人物:"嵇康临行东市,神气不变";支道林"器朗神俊";刘孝标注谓道安"神性聪敏,而貌至随"。《晋书·王戎传》谓:"戎幼而颖悟,神彩秀彻。"晋卢谌《赠刘琨》诗:"振厥弛维,光阐远韵。"《晋书·曹毗传》:"玄韵淡泊,逸气虚洞";王羲之《遗谢万书》:"以君迈往不屑之韵,而俯同群辟,诚难为意也";陶渊明《归园田居》自谓:"少无适俗韵,性本爱丘山。"《世说新语》之《任诞》篇谓阮籍之子"阮浑长成,风气韵度似父",《品藻》篇谓杨乔"有高韵",《雅量》篇刘孝标注谓王澄"风韵迈达,志气不群";《宋书·谢弘微传》谓"康乐诞通度,实有名家韵";《宋书·谢方明传》:"自然有雅韵";《宋书·王敬弘传》:"敬弘神韵冲简,识宇标俊";唐张彦远《历代名画记》:"人物有生

---

 ① 韩林德:《境生象外》,生活·读书·新知三联书店1995年版,第47—48页。
 ② 叶朗:《美学的双峰——朱光潜、宗白华与中国现代美学》,安徽教育出版社1999年版,第302页。
 ③ 叶朗:《中国美学史大纲》,上海人民出版社1985年版,第213页。
 ④ 邓以蛰:《邓以蛰全集》,安徽教育出版社1998年版,第282页。

动之可状,须神韵而后全。"元汤垕《画论》:"人物于画,最为难工,盖拘于形似位置,则失神韵气象。"由上述诸例可以看出,神、韵、神韵、气韵、神气,都是前人用以评论人物的术语,"神"多指人的神情、精神;"韵"多指人的风韵、风致、仪态;"神韵"、"气韵"多指人的风度、气质与人格——也就是说,"气韵"和"神韵"的基本含义是大致一致的。(邓以蛰在其《画理探微》中,曾经通过对汉至六朝绘画艺术的历史发展的梳理,考溯了"气韵"的渊源和流变,提出了"汉取生动,六朝取神"的论断①,无疑也说明了"气韵"与"神韵"之间的相通性。)到了后来,这些人物品藻的术语被移用于绘画理论或诗学批评,比如,南齐画论家谢赫在其总结的绘画"六法"②中,就将"气韵生动"赫然列于绘画方法的首位,此后,"气韵生动"就发展成为中国绘画美学的一条基本原则。

其次,"气韵"相当于"元气"。后来的阐释者更多地把重点放在"气韵"之"气"上,把"气韵"理解为"气力"、"神气"或"元气",如清唐岱《绘事发微》谓:"有气则必有韵。"清方薰《山静居画论》谓:"气盛则纵横挥洒,机无滞碍,其间韵亦生动矣。"近人邓以蛰说:"气韵生动之理若自大处言之,气实此一[盈贯天地万物]之气,韵者言此气运秘移之节奏。"③叶朗也说,"气韵"之"气""应该理解为画面的元气","'气'是'韵'的本体和生命"④。有论者亦认为,"气韵"是哲学"元气论"向美学"元气论"的发展⑤;"气韵"之"气"是"天人合一"的宇宙"大生命"之原质⑥。

此外,如果侧重于"韵"字来看,"气韵"还有"韵味"或"余味"的意义。从文字学历史来看,上古经籍、汉碑中均无"韵"字,"韵"字可能出现在汉魏之间,其本义是"同声相应",即声音之和谐、合拍和有

---

① 邓以蛰:《邓以蛰全集》,安徽教育出版社1998年版,第201—202页。
② 谢赫的绘画"六法"为:气韵生动、骨法用笔、应物象形、随类赋彩、经营位置、传移模写。
③ 邓以蛰:《邓以蛰全集》,安徽教育出版社1998年版,第223页。
④ 叶朗:《中国美学史大纲》,上海人民出版社1985年版,第220、221页。
⑤ 韩林德:《境生象外》,生活·读书·新知三联书店1995年版,第44页。
⑥ 蒲震元:《中国艺术意境论》,北京大学出版社2000年版,第108—113页。

节奏感，但历来人们却很少把"气韵"之"韵"看作"音韵"、"声韵"和"韵律"，比如宋范温《潜溪诗眼》就将"韵"释为"美之极"，"妙在法度之外，其韵自远"。现代学者钱锺书亦把"韵"释为"余味"或"韵味"，云："画之写景物，不尚工细，诗之道情事，不贵详尽，皆须留有余地，耐人玩味，俾由其所写之景物而冥观未写之景物，据其所到之情事而默识未道之情事。取之象外，得于言表（to overhear the understood），'韵'之谓也。"① 这就是说，"气韵"并不是某个具体可以目睹的东西，而是一种超越具体形象的耐人寻味的韵味或余味，有点类似于司空图所说的"象外之象，景外之景"。②

从上面对"气韵"几种含义的分析中可以考察出，"气韵"真是一个极具内在张力的美学命题，其内涵不但丰富芜杂，而且随着文化语境的变迁，发展得日趋深微精致，愈到后来，"气韵"就愈加摆脱了早期的"实体"之义，成了一种需要用心去体悟方才感受得到的心灵感觉或艺术蕴涵，也就是说，"气韵"和"意境"一样，都是属于古代感悟诗学的一个范畴，气韵理论也是一种感悟诗学理论。不过，和意境理论相比，气韵的适用范围似乎要窄一些，意境理论可以通用于一切艺术形式，而气韵理论则主要是侧重于绘画艺术方面，尤其自六朝谢赫将"气韵生动"定为绘画六法之首以来，气韵理论就几乎成了品评绘画的一种基本的美学理论。

2. 从现代生命哲学角度阐释"气韵"

宗白华不是画家，但他却是一位很好的画论家，他在对绘画艺术进行品评、鉴赏的时候，最喜欢结合古代丰富的气韵理论来进行阐述，他秉承绘画美学的传统，把"气韵生动"视为体悟绘画艺术的一个标准，但他又没有仅仅停留在传统的气韵理论的基础上，还能够有机地结合西方生命哲学的思想资源，将传统气韵说进行了创造性的现代转换。

在论画方面，宗白华发表的论著主要有：《介绍两本关于中国画学的书并论中国的绘画》、《徐悲鸿与中国绘画》、《论中西画法的渊源与基础》、

---

① 钱锺书：《管锥编》第 4 册，生活·读书·新知三联书店 2001 年版，第 242 页。
② 以上对"气韵"三种含义的阐释，参见胡继华《宗白华：文化幽怀与审美象征》，文津出版社 2005 年版，第 112—114 页。

《中西画法所表现的空间意识》、《中国诗画中所表现的空间意识》以及《张彦远及其〈历代名画记〉》、《与宣夫论画》、《团山堡读画记》、《凤凰山读画记》、《论素描》等，在这些论文中，宗白华从中西比较的角度，富有探索性地探讨了中国画的特点、中西绘画的渊源与基础、中西画法所表现出来的空间意识等诸多问题，对这些问题的阐释，宗氏都是紧紧扣住"气韵生动"这一传统绘画理论来进行的。比如，在论述中国绘画的特点时，宗白华说，"中国绘画里所表现的最深心灵究竟是什么？答曰，它既不是以世界为有限的圆满的现实而崇拜模仿，也不是向一无尽的世界作无尽的追求，烦闷苦恼，彷徨不安。它所表现的精神是一种'深沉静默地与这无限的自然，无限的太空浑然融化，体合为一'。它所启示的境界是静的，因为顺着自然法则运行的宇宙是虽动而静的，与自然精神合一的人生也是虽动而静的。它所描写的对象，山川、人物、花鸟、虫鱼，都充满着生命的动——气韵生动。"[①] "西洋油画先用颜色全部涂抹画的，然后在上面依据远近法或名透视法（Perspective）幻现出目睹手可捉摸的真景。它的境界是世界中有限的具体的一域。中国画则在一片空白上随意布放几个人物，不知是人物在空间，还是空间因人物而显。人与空间，融成一片，俱是无尽的气韵生动。"[②] 为什么中国画会具有如此气韵生动的特点呢？宗白华说，那是因为"中国人不是像浮士德'追求'着'无限'，乃是在一丘一壑、一花一鸟中发现了无限，表现了无限，所以他的态度是悠然意远而又怡然自足的。他是超脱的，但又不是出世的。他的画是讲求空灵的，但又是极写实的。他以气韵生动为理想，但又要充满着静气"[③]，"生动之气韵笼罩万物，而空灵无迹；故在画中为空虚与流动。"[④] 在阐述中西绘画的渊源与基础时，宗白华说，"中国画所表现的境界特征，可以说是根基于中国民族的基本哲学，即《易经》的宇宙观：阴阳二气化生万物，万物皆禀天地之气以生，一切物体可以说是一种'气积'（庄子：天，积气也）。

---

① 宗白华：《宗白华全集》第 2 卷，安徽教育出版社 1994 年版，第 44 页。
② 同上书，第 45 页。
③ 同上书，第 46 页。
④ 同上书，第 51 页。

这生生不已的阴阳二气织成一种有节奏的生命。中国画的主题'气韵生动',就是'生命的节奏'或'有节奏的生命'。"① "中国人感到宇宙全体是大生命的流行,其本身就是节奏与和谐……一切艺术境界都根基于此。"② 宗白华认为,西洋绘画的境界,其渊源基础在于希腊的雕刻与建筑(其远祖尤在埃及浮雕及容貌画)。以目睹的具体实相融合于和谐整齐的形式,是他们的理想。宗氏觉得西方油画表现气韵生动,在色彩方面比中国画要有优势,"画家用油色烘染出立体的凹凸,同时一种光影的明暗闪动跳跃于全幅画面,使画境空灵生动,自生气韵。"然而,中国画则另辟蹊径,不在刻画凹凸的写实上求生活,而舍具体、趋抽象,于笔墨点线皴擦的表现力上见本领。其结果则笔情墨韵中点线交织,成一音乐性的"谱构"。其气韵生动为幽淡的、微妙的、静寂的、洒落的,没有彩色的喧哗炫耀,而富于心灵的幽深淡远③。在论述中西画法所表现出来的空间意识这一问题时,宗白华说,"中国诗人、画家确是用'俯仰自得'的精神来欣赏宇宙,而跃入大自然的节奏里去'游心太玄'。……用心灵的俯仰的眼睛来看空间万象,我们的诗和画中所表现的空间意识,不是像那代表希腊空间感觉的有轮廓的立体雕像,不是像那表现埃及空间感的墓中的直线甬道,也不是那代表近代欧洲精神的伦勃朗的油画中渺茫无际追寻无着的深空,而是'俯仰自得'的节奏化的音乐化了的中国人的宇宙感。《易经》上说:'无往不复,天地际也。'这正是中国人的空间意识。"④ "中国人抚爱万物,与万物同其节奏:'静而与阴同德,动而与阳同波'。我们宇宙既是一阴一阳、一虚一实的生命节奏,所以它根本上是虚灵的时空合一体,是流荡着的生动气韵。"⑤ 等等。

从上面我们不厌其烦的引述中可以看出,在宗白华那里,"气韵生动"固然还保留了传统的一些意蕴,但由于宗氏能够自觉地把这一命题置放在现代生命哲学的视野中来理解和运用,因此,作为传统审美范畴的"气

---

① 宗白华:《宗白华全集》第 2 卷,安徽教育出版社 1994 年版,第 109 页。
② 同上书,第 413 页。
③ 同上书,第 107—108 页。
④ 同上书,第 423 页。
⑤ 同上书,第 438 页。

韵",与现代语境并不隔膜,反而十分的自然熨帖。

西方生命哲学是崛起于19世纪末和20世纪初的一种强劲的现代性哲学思潮。20世纪二三十年代在我国学术界迅速流行,对中国现代学术产生了非常重大的影响。当时几乎所有的哲学家、文学家、艺术家,如梁启超、熊十力、冯友兰、牟宗三、梁漱溟、鲁迅、郭沫若、刘海粟等,或从现实需要出发,或从理论推演入手,纷纷倡导、介绍、借鉴西方生命哲学,提倡"有生命力的"文学和艺术。如郭沫若1920年2月在《生命的文学》中就公然宣称:"生命是文学的本质",认为文学是生命的反映,"离了生命,没有文学"①。国画大师刘海粟1924年12月在其《艺术与生命表白》中甚至认为,"艺术品的表白,就是艺术家生命的表白!不能表白生命的,就不是艺术家"②。鲁迅1924年10月在其翻译的厨川白村的《苦闷的象征》译者《引言》中说,厨川白村"据柏格森一流的哲学,以进行不息的生命力为人类生活的根本,又从弗罗特一流的科学,寻出生命力的根底来,即用以解释文艺——尤其是文学。"③等等。年轻的对生命素有体悟的宗白华也是这股哲学思潮的积极的鼓与呼者。他从1919年发表《读柏格森"创化论"杂感》开始接触、介绍柏格森的生命哲学,此后,生命哲学便成为宗白华进行诗学沉思、艺术探讨的一种重要的理论视野。

西方的生命哲学认为,"宇宙中有类似诗人创造的东西,一种活生生的推动力,一种生命之流"④,"生命冲动或生命之流,是一切有机体的本质,是宇宙的本原,是创造万物的原动力,是世界万物的创造者;没有生命的冲动就没有世界的一切,自然没有文学;生命在于运动,在于冲动。""文学即是生命之流的产物,是生命运动的形式。"⑤ 把"生命"看作一种外在的创造活力。细细翻读宗白华的著述(特别是早期的著述)可以看出,宗氏气韵论明显受到了这种观点的影响。他也认为,"大自然中有一

---

① 郭沫若:《生命的文学》,《郭沫若论创作》,上海文艺出版社1983年版,第3页。
② 刘海粟:《艺术与生命表白》,《刘海粟艺术文选》,上海人民美术出版社1987年版,第97页。
③ 鲁迅:《〈苦闷的象征〉译者引言》,《鲁迅全集》第13卷,人民文学出版社1981年版,第18页。
④ [美]梯利:《西方哲学史》,葛力译,商务印书馆1995年版,第631页。
⑤ 张首映:《西方二十世纪文论史》,北京大学出版社1999年版,第78页。

种不可思议的活力，推动无生界以入于有机界，从有机界以至于最高的生命、理性、情绪、感觉。这个活力是一切生命的源泉，也是一切'美'的源泉。"①"'自然'是无时无处不在'动'中的。物即是动，动即是物，不能分离。……动者是生命之表示，精神的作用；描写动者，即是表现生命，描写精神。自然万物无不在'活动'中，即是无不在'精神'中，无不在'生命'中。"②宗白华亦把"生命"看作一切"美"的根源和自然万物的本体，看作一种"动"。他合理地借取西方生命哲学的某些思想资源，将"气韵"把握为"生命"与"节奏"，"'气韵生动'，就是'生命的节奏'或'有节奏的生命'"，成了宗白华气韵论的基本理念。

然而，由于西方生命哲学的宇宙基础仍然没有跳出"人"与"物"、"心"与"境"的对立相视，与中国古代生命哲学天人合一与物我和谐的基本宇宙立场大异其趣，因此，深受传统文化浸染的宗白华，也并没有将气韵论完全西化，他在有机地吸收西方生命哲学的一些思想要素的基础上，还很好地继承了传统生命哲学的合理内核，把理论根基牢牢地扎在中国传统的生命哲学之中。比如，他说，艺术"所表现的是生命的内核，是生命内部最深的动，是至动而有条理的生命情调"③，艺术要"表现生命，表现生命的节奏，生命的旋律，生命的和谐"④，这种表述就显然是熔中西生命哲学思想于一炉。而且，愈到后来，宗白华便愈是倾向于中国传统哲学，把"气韵"看作事物内在的生命律动。他说，"画幅中虚实明暗交融互映，构成飘渺浮动的氤氲气韵……因为中国画法以抽象的笔墨把捉物象骨气，写出物的内部生命"⑤，"中国画，既以'气韵生动'即'生命的律动'为始终的对象，而以笔法取物之骨气……"⑥，"中国画……一片明暗的节奏表象着全幅宇宙的氤氲的气韵，正符合中国心灵蓬松潇洒的意境。故中国画的境界似乎主观而实为一片客观的全整宇宙，和中国哲学及其他

---

① 宗白华：《宗白华全集》第1卷，安徽教育出版社1994年版，第310页。
② 同上书，第312页。
③ 宗白华：《宗白华全集》第2卷，安徽教育出版社1994年版，第98页。
④ 同上书，第103页。
⑤ 同上书，第101页。
⑥ 同上书，第103页。

精神方面一样。'荒寒'、'洒落'是心襟超脱的中国画家所认为最高的境界（元代大画家多为山林隐逸，画境最富于荒寒之趣），其体悟自然生命之深透，可称空前绝后。"① "中国画运用笔勾的线纹及墨色的浓淡直接表达生命情调，透入物象的核心，其精神简淡幽微，'洗尽尘滓，独存孤迥'。"② 在1932年发表的《介绍两本关于中国画学的书并论中国的绘画》中，宗白华开始对西方的"生命表现"和中国的"气韵生动"进行区分。宗白华说："文艺复兴以来，近代艺术给予西洋美学以'生命表现'和'情感流露'等问题，而中国艺术的中心——绘画——则给与中国美学以'气韵生动'、'笔墨'、'虚实'、'阴阳明暗'等问题。"③ 他认为，"生命表现"与"气韵生动"是有区别的。近代西方绘画的"生命表现"是"向着这无尽的世界作无尽的追求"，是一种外在的活力；而中国绘画的"气韵生动"则是虽动而静，能"深沉静默地与这无限的自然，无限的太空浑然融化，体合为一"。在论述中，宗白华明确地把"气韵生动"称作真正的"生命的动"。宗白华说："宇宙生命中一以贯之之道，周流万汇，无往不在；而视之无形，听之有声。老子名之为虚无，此虚无非真虚无，乃宇宙中混沌创化之原理。亦即图画中所谓生动之气韵。"④ 很显然，宗白华把中国式的"气韵生动"看作了宇宙生命本体的真正显现。而在这种中西生命哲学的交融中，气韵理论这一中国古典审美话语，也在现代性的文化语境中被重新激活，参与到现代美学和诗学的建构中，转化为世界文化的资源。

三 宗白华对传统感悟资源创造性转换的意义

宗白华对传统感悟资源的这种创造性转换，对感悟诗学现代转型具有非常深远的意义，其意义主要体现在几个方面：其一，融通各类艺术理论，整合了古代零散的感悟诗学资源；其二，把古代诗学的感悟性思维和

---

① 宗白华：《宗白华全集》第2卷，安徽教育出版社1994年版，第110—111页。
② 同上书，第104页。
③ 同上书，第43页。
④ 同上书，第50—51页。

现代西方的逻辑性思维有机地结合起来,实现了感悟诗学在深层次上的现代化;其三,通过感悟醇化了某些西方诗学观念,从"西化"上升到"化西",给现代诗学的民族化与现代化指出了一条可行的发展路径。

1. 融通各类艺术理论,整合感悟诗学资源

我们知道,广义上的"诗学"并非仅仅是关于诗歌这一文体的理论,黄药眠、童庆炳就曾经指出:"诗学并非仅仅指有关狭义的'诗'的学问,而是广义包括诗、小说、散文等各种文学的学问或理论的通称。诗学实际上就是文学理论,或简称文论。"① 其实,在最早使用"诗学"这一概念的亚里士多德那里,诗学的含义似乎要更广,它还包括除文学理论外的其他各类艺术理论。亚氏的《诗学》不但探讨了诗的种类、功能、性质,也探讨了其他艺术理论以及悲剧、摹仿等美学理论,实际上,亚氏是把"诗"放在一般意义上,即艺术,从而把"诗学"看作一般的艺术理论。我国古代诗学也不是纯粹的诗歌理论,而是大都包括文学、音乐、绘画、书法等各门艺术理论在内。比如孔子的"兴观群怨"说、孟子的"以意逆志"说和荀子的"美善相乐"说等,都是如此。因为在中国古人那里,诗、文、书、画、乐等,并没有什么截然的区别,在他们看来,所有的艺术都是相通的。古代诗学就是画论、乐论、书论、文论的一个综合体。荀子的很多诗学思想就是通过《乐论》表达出来的。《乐论》是论述音乐的著作,荀子以音乐这一艺术体裁为个案,较为深入地阐述了"诗言志"、文艺与政治的关系以及"中和"之美等一系列比较重要的命题。在诗文书画兼通的苏轼那里,诗学理论和观念更是融注于对各类艺术的审察体悟中,如在《书吴道子画后》中,苏轼说:"诗至于杜子美,文至于韩退之,书至于颜鲁公,画至于吴道子,而古今之变、天下之能事毕矣。道子画人物,如以灯取影,逆来顺往,旁见侧出,横斜平直,各相乘除,得自然之数,不差毫末,出新意于法度之中,寄妙理于豪放之外,所谓游刃余地,运斤成风盖古今一人而已。"就是通过对吴道子画的评析,表达了自己的"诗画本一律,天工与清新"的诗学审美追求。

---

① 参见黄药眠、童庆炳主编《中西比较诗学体系》"前言",人民文学出版社1991年版。

古代诗学的这一特点，使得它具有很鲜明的实践品格，每一种诗学理论都是来源于具体的艺术实践，诗学理论和各类艺术实践之间息息相通，形成了一种相生相息的共存机制，这可以说是中国古代诗学之所以能够生生不息的一个根本原因。但是，这一特性也导致了古代诗学不成系统，由于没有一个最核心的范畴或者命题贯通，各种艺术理论大都是自言自语，并没有融合起来，形成一个有机的整体。而到了近代，文学逐渐与其他艺术分离，诗学越来越醇化为文学的理论，又从很大程度上使得诗学理论日趋抽象化。现代诗学思想又大都是从西方移植而来，本土诗学那种与艺术实践相沟通应和的特点更是被冲击和解构得荡然无存。

正是针对这一诗学发展的窘况，宗白华通过对古代意境理论和气韵理论的创造性转换，以意境、气韵作为核心概念，试图整合传统的文学、音乐、绘画、建筑、书法、雕塑、舞蹈等各种艺术理论，从而很好地激活古代诗学生成于各类艺术实践的传统，在艺术的共通性中追求艺术的本真的诗性。比如他的《中国艺术意境之诞生》一文便是最经典的例子。是文可以说是宗白华诗学研究的巅峰之作，为了全面清楚地阐释艺术意境之诞生，宗白华使尽了全身解数，调动了自己全部学养。在论述过程中，他整合了绘画、诗歌、舞蹈、宗教、哲学、音乐、书法、建筑等众多学科及艺术门类的相关知识。全文主要是以诗、画作为言说对象，因此诗画理论、诗歌作品贯串于整个论述中，如对"意境的意义"的诠释，宗白华就是从龚定庵、方士庶、恽南田等人对绘画的精辟的论说中提炼出意境的含义——"以宇宙人生的具体为对象，赏玩它的色相、秩序、节奏、和谐，借以窥见自我的最深心灵的反映；化实景而为虚境，创形象以为象征，使人类最高的心灵具体化、肉身化，这就是'艺术境界'。"为了对这一意义解说得更清楚，宗白华又不惜笔墨，引述、分析了王安石、马致远、杨载等人的诗句。最后又以恽南田、张璪的画论作结。在"道、舞、空白：中国艺术意境结构的特点"一节里，宗白华更是"旁及儒、道、玄、禅，横跨诗、画、乐、舞和书法"[①]。对于"道"的特点，宗白华从庄

---

① 杨义、陈圣生：《中国比较文学批评史纲》，（台湾）业强出版社1998年版，第467页。

子哲学导入，他不嫌累赘，引用了庄子《养生主》里一段精彩的描写，来说明"道"和"技"的那种体合无间的关系："道"是形而上的，它要通过"技"来表现。"道"的生命和"艺"的生命是融合在一起的。而后宗白华又援引了儒家哲学、石涛画论以及德国诗人诺瓦里斯的一些言论，来进一步论证艺术家对意境的把握其实就是对形而上的"道"的悟析。在宗白华那里，艺术意境又具有"舞"的特点。宗白华说，舞，"这最高度的韵律、节奏、秩序、理性，同时是最高度的生命、旋动、力、热情，它不仅是一切艺术表现的究竟状态，且是宇宙创化过程的象征。"艺术的这种"舞"性，可以说是宗白华对艺术意境的一种发现。为了很好地证明这一点，宗白华把张彦远的画论、司空图的诗话、唐代大书法家张旭见公孙大娘剑器舞而悟笔法和大画家吴道子请裴将军舞剑以助壮气等绘画史上的典故、杜甫形容诗的最高境界的诗句、德国人侯德林的诗、庄子《天地》篇里"象罔玄珠"的寓言、歌德《浮士德》里的警句、英国人勃莱克的诗、宋僧道灿的《重阳》等，信手拈来，条分缕析，其视野之深而广，学识之渊和博，着实令人叹服。对意境"空白"特点的论述，宗白华又是在中西绘画、中国诗歌、诗论、书法、哲学、建筑等宏阔视界中进行的。比如他说中国人爱在山水中设置空亭一所，并引证戴醇士、倪云林、张宣、苏东坡的画论、诗作，十分有机地证明了"一座空亭竟成为山川灵气动荡吐纳的交点和山川精神聚集的处所"，以及"唯道集虚，中国建筑也表现着中国人的宇宙情调"等。

　　宗白华意境研究整合了古代画论、乐论、书论、文论，以其开阔的视野和富有理性色彩论述，比较好地实现了古代感悟诗学的现代转型。当然，宗白华能做到这一点，并不是刻意追求的结果，而是与他自身比较全面的艺术素养有关。宗白华有很强的艺术感悟力，他精研诗歌、绘画、音乐、书法以及雕刻、建筑，游览观摩过世界各地的艺术展览、博物馆、文物，他完全称得上是一位十分出色的艺术鉴赏家。后天的这种艺术的实践和理论积累，再加上先天的与生俱来的对艺术的悟析，使得宗白华能够在艺术意境的研究中信手拈来，综论各类艺术的诗性特征。我们完全可以说，宗白华的意境理论就是对艺术实践感悟的结晶，鲜明的实践品格，正是其生机永在、影响弥深的根本原因。

2. 对中西思维方式的深度冥合

还值得一提的是，宗白华在意境研究中，还把中国古代诗学的感悟性思维方式和西方现代诗学的学理性思维方式进行了完美的结合。这一点，我们已经在引论部分着重提到了，并进行了比较具体的阐述，不容赘言①。在这里，我们只想补充说明的是，在现代所有的诗论家中，在中西诗学思维方式的深度冥合上，可以说没有人能出宗白华之右。早一辈的王国维是最早在诗学中进行中西思维化合尝试的理论家，他借鉴西方的批评理论和学理思维，成功地推动了中国古典诗学批评向现代转型，但作为拓荒者，其实验性质是非常明显的。在同辈诸人中，朱光潜最为自觉，也最努力，但他主要侧重于"西方文论的中国化"，重点还在对西方美学和诗学理论的诠释借用上，在对中西诗学思维方式的化合方面，基本上还是"融而未冥"；闻一多和朱自清主要进行的是中西文学研究方法结合的探索，在中西思维的会通上没有刻意地阐述和实践；李健吾的印象主义批评有化合中西的努力，但他主要借重的还是以法朗士为代表的西方印象主义，西化色彩挥舍不去；相对而言，梁宗岱是做得较为成功的一位，他的诗学论述也非常诗化，又富有学理性，但他的理论基调总是离不开西方的象征主义理论，化合的程度也远远不够。晚一辈的钱锺书有鲜明的中西比较的意识，而他主要追求的是中西诗学在内容上的沟通、会同，而不是内在思维方式上的契合、融会，因此，他在形式上更多的是采用传统的札记体，把中西关于某一问题的探讨集束在一起，类似于"资料集"和"思想录"。与上述诸位理论家相比，宗白华在中西诗学思维方式上的化合则要成功得多，我们甚至可以说，在整个20世纪百年诗学行程中，还独独只有宗白华实现了中西诗学在思维方式上的有机冥合。综观宗白华的诗学论述，它既具有传统诗学注重感悟的特质，又不失西方诗学层层分析的清晰，在诗化的语言外表下又渗透出厚重的学理气息，我们已经看不出宗白华借鉴了什么西方理论，也看不出他在有意识地进行中西思维的会通，一切都显得

---

① 参见引论部分有关宗白华的论述。

那么熨帖自然。宗白华诗学在思维上的这种深度冥合,不但在现代诗学中显得特别的宝贵,而且对我们当下诗学的建构来说,其意义也是相当深远的。

3. 由"西化"到"化西"

19世纪末以来,随着民族政治、经济和文化的日益衰败,"全盘西化"在中国逐渐发展成为一种切切实实的时代思潮。受这股"西化"思潮的影响(当然也有诗学内部的原因),现代中国诗学也不可避免地出现了"西化"的现象。诗学研究者大都存在着一种自觉或不自觉的"殖民文化心态",不以平等的姿态来对待中西诗学,总觉得传统诗学一无是处,对之弃若敝屣,而把西方诗学奉为圭臬,敬若神明,具有一种鲜明的民族虚无主义和历史虚无主义的研究态势。在这一心态的支配下,人们争先恐后地将目光投注到西方,大量引进西方的文化、文学和诗学思想,形成了一种声势相当浩大的"西化"潮流。当时的人们普遍认为,"一国的文学,如果不和外国文学相接触,一点不受外来的影响,年代久了,一定会入于衰老的状态,而陈陈相因地变不出新花样来,终于得到腐朽的结果的。"①"想在中国创造新文学,从那些纷如乱丝的,古典式的,陈陈相因的,大部分为非人的文学书中,是决不能成功的。所以不能不取材于世界各国。取愈多而所得愈深。新文学始可以有发达的希望。"② 连宗白华当时也作如是观,他说:"现在却是不可不借些西洋的血脉和精神来,使我们病体复苏。几十年内仍是以介绍西学为第一要务。"③ 在这里,我们并不是要否定引进西方文学思想的必要性和重要性,我们要思考的是,在"西化"的诗学浪潮中,该如何建构自己民族的现代诗学?把传统诗学打倒,然后再把西方诗学搬进来就行了吗?或者说,御西方诗学于国门之外,重新回到传统诗学的怀抱,就万事大吉了吗?显然二者都不行,事实上也不可能。我们最好的办法是,既向西方诗学学习,同时又立足自己民族诗学,在学习西方诗学中发展本土诗学,把"西化"转变为"化西"——即在对西方诗

---

① 刘大白:《从毛诗说到楚辞》,《当代诗文》1921年创刊号。
② 郑振铎:《文艺丛谈》,《小说月报》1921年第12卷第1号。
③ 宗白华:《宗白华全集》第1卷,安徽教育出版社1994年版,第321页。

学思想的引进中,进一步把它醇化为中国自己的诗学思想,或者化西方的诗学观念为建构民族诗学的资源。

宗白华对意境理论和气韵理论的创造性转换就达到了这种"化西"的境界。表面上看起来,宗白华的意境和气韵研究,仅仅是一个古代诗学的话题,但如若细加考察就会发现,宗白华并没有将自己局限在传统诗学的框架内,而是有机地吸取了西方诗学的一些观点。我们前面结合生命哲学已经对这一点进行了论述,下面,再就宗白华的其他论文略作分析。

比如《中国诗画中所表现的空间意识》。这篇文章探讨的是中国诗画的空间意识问题,从深层次上看,空间问题也是与意境和气韵密切相关的,因为不管是意境理论还是气韵理论都无疑与空间有关,宗白华就说过意境的特点之一就是要空,而气韵也需要一个灵气往来回还的空间,而这一点自古以来都没有得到诗学研究应有的关注。从标题上看,该文的论题似乎与西方理论无关,也许宗白华也真的无意来刻意做中西诗学的比较,但通读全文我们就会发现,宗白华并没有孤立地来谈论中国诗画中所表现的空间意识,而是一直在一种中西比较的宏阔视野中来展开论述的。文章一开始就从中国几位古代画家对西方绘画的"透视法"的态度导入,说西洋的透视的写实的画法"笔法全无,虽工亦匠",只是一种技巧,与真正的绘画艺术没有关系,所以"不入画品"。这就引出一个问题:为什么中国历代的画家都如此反感西方的"透视法"呢?原来中西画法的不同反映了各自空间意识的迥异。西洋的透视法是在画面上依几何学的测算构造一个三进向的空间的幻景,一切视线集结于一个焦点(或消失点),这就使得西洋画的空间是一个几何学的科学性的透视空间,是一个死的物理的空间间架。而中国画所采用的是"三远法"(即高远、深远、平远),画家的眼睛不是从固定角度集中于一个透视的焦点,而是流动着飘瞥上下四方,一目千里,把握全境的阴阳开阖、高低起伏的节奏。至此,宗白华就在中西比较的镜角中,比较清楚地阐述了中国诗画中所表现的空间意识。但论述并没有到此结束。此后,宗白华又通过中西比较探讨了中国诗画表现的空间意识所具有的那种气韵生动的艺术意蕴。宗白华说:"由这'三远法'所构的空间不复是几何学的科学性的透视空间,而是诗意的创造性的艺术空间。趋向着音乐境界，渗透了时间节奏。""中国人的最根本的宇宙观是《周易传》上所说的'一阴一阳之谓道'。我们画面的空间感也凭借一虚一实、一明一暗的流动节奏表达出来。虚（空间）同实（实物）联成一片波流，如决流之推波。明同暗也联成一片波动，如行云之推月。这确是中国山水画上空间境界的表现法。"宗白华进一步说："中国人和西洋人同爱无尽空间（中国人爱称太虚太空无穷无涯），但此中有很大的精神意境上的不同。西洋人站在固定地点，由固定角度透视深空，他的视线失落于无穷，驰于无极。他对这无穷空间的态度是追寻的、控制的、冒险的、探索的。近代无线电、飞机都是表现这控制无限空间的欲望。而结果是彷徨不安，欲海难填。中国人对于这无尽空间的态度却是如古诗所说的：'高山仰止，景行行止，虽不能至，而心向往之。'……中国人于有限中见到无限，又于无限中回归有限。他的意趣不是一往不返，而是回旋往复的。""中国画中的虚空不是死的物理的空间间架，物质能在里面移动，反而是最活泼的生命源泉。一切物象的纷纭节奏从他里面流出来。""中国人不是向无边空间作无限制的追求，而是'留得无边在'，低徊之，玩味之，点化成了音乐。"① 从此可以看出，宗白华就是在这种随处点染，轻巧自然的阐述中接通了本来属于异质的中西理论。他最根本的一点是，没有拿西方某种现成的诗学思想来作为展开论述的武器，没有生硬的中西之间的对比，而是根据自己对中西诗画不同的空间意识所作的深透的领悟和理解，把它醇化为自己的东西，然后再作为一个整体自自然然地表述出来。中西思想资源在宗白华那里，已经有机地融合在一起，化作了自身的血肉，"仿佛从他自己的血液里流出来，从他自己的肉里长出来"②。

现在的问题是，宗白华意境理论和气韵理论为何会达到如此"化西"的高度？我们认为，其一，宗白华在进行诗学研究的时候，能够而且也善于深入到中西文化的核心处，挖掘出双方诗学异质性的深层原因。譬如在《中国诗画中所表现的空间意识》、《论中西画法的渊源与基础》等文章中，宗白华就不但指出了中西诗画在空间意识上的不同，而且还探讨了这种不

---

① 宗白华：《宗白华全集》第2卷，安徽教育出版社1994年版，第432—441页。
② 邹士方、王德胜：《朱光潜宗白华论·蒋孔阳序》，（香港）新闻出版社1987年版，第1页。

同表现的深层次的文化原因。他通过分析认为，西方哲学思想始终把心与物、主观与客观对立相视，他们的空间意识就根植于这种"人与世界对立"的哲学基础上，所以他们对无边空间的态度就是追寻的、控制的、冒险的、探索的。而中国人的空间意识则是深深培植于中国民族的基本哲学——《易经》的宇宙观：阴阳二气化生万物，万物皆禀天地之气以生，生生不已的阴阳二气织成一种有节奏的生命，人在静寂观照中求返于自己身心的节奏，体合了宇宙的生命运动，人与物交相浑融。因此，中国人对待无穷空间的态度是让深广无穷的宇宙来亲近我、扶持我，无须我去争取那无穷的空间。这种深入到哲学、文化的高度来进行的中西诗学的比较，无疑是宗白华化合中西诗学的最深层的原因。

其二，宗白华不但能够从文化的角度切入诗学研究，而且，其诗学研究的立足点自始至终都是本民族的传统文化。李泽厚曾经说，宗白华以诗人的锐敏，以近代人的感受，直观式地牢牢地把握和强调了中国美学（诗学）的精英和灵魂。他指出："宗先生再三提到的《周易》、《庄子》，再三强调的中国美学以生意盎然的气韵、活力为主，'以大观小'，而不拘之于模拟形似，正是他的美学著作的一贯主题。"① 饶有趣味的是，假如我们稍微认真地翻读宗白华的著述就会发现，在宗白华的诗学陈述中，很少用西方翻译过来的话语，如"优美"、"壮美"、"悲剧"、"现实主义"、"浪漫主义"等，他用得最多的是"空灵"、"意境"、"气韵"、"风骨"、"虚实"、"阴阳"等中国独特的古典术语。这看起来似乎很随意，其实在并非随意中深深地反映了宗白华深沉执着的文化关怀和人文关怀。对于这一点，宗白华并不避讳，他曾经很直率地说过："我们是中国人，我们要特别注意研究我们自己民族的极其丰富的美学遗产。"② "我以为中国将来的文化决不是把欧美文化搬了来就成功。中国旧文化中实有伟大优美的，万不可消灭。……中国以后的文化发展，还是极力发挥中国民族文化的'个性'，不专门模仿，模仿的东西是没有创造的结果的。"③ 台湾学者杨牧对宗白华

---

① 宗白华：《美学散步·李泽厚序》，上海人民出版社 1981 年版，第 1 页。
② 宗白华：《宗白华全集》第 3 卷，安徽教育出版社 1994 年版，第 607 页。
③ 宗白华：《宗白华全集》第 1 卷，安徽教育出版社 1994 年版，第 321 页。

的这一学术追求就深有感慨,他说,宗白华"以丰富的中国古典学业为基础,深入探索欧洲文学艺术的神髓,继而反射追寻中国文化的精华,确能在清澄通明的思维中为中国传统文学点出诠释欣赏的烛火。"①

要之,宗白华诗学研究中的这种"化西"的本领,在当时甚至今天,都是为一般的诗学研究者所无法企及的。在中国现代,诗学研究者们还在忙于译介、组装西方诗学理论,进行着西方诗学普及工作的时候,像宗白华这样能够有机地消化西方的诗学思想,把"西化"上升到"化西"的高度,把一味的对西方诗学的"接受"转化为有意识的批判性的"吸收",这可以说是宗白华诗学研究对中国现代诗学发展的最有价值的启示,其方法论上的意义至今都闪烁着耀眼的理论光辉。虽然,因内在的气质和治学的风格所使然,宗白华并没有建构一个明晰的诗学体系,但他这种立足现代语境下的对传统感悟资源的创造性转换,极大地推动了传统感悟诗学的现代转型,也很好地推进了中国现代诗学的深入发展。

---

① 宗白华:《美学的散步·杨牧序》,(台湾)洪范书店1981年版,第1页。

第六章 感悟诗学现代转型之方法垦拓

——以闻一多、朱自清的古典文学批评实践为例

闻一多（1899—1946），我国现代杰出的新诗人和新诗理论家，杰出的文学批评家，杰出的民主运动的斗士。朱自清（1898—1948），我国现代著名的诗人、散文家、文学批评家和语文教育家。由于闻、朱两人长期在一起共事，有着相同的志趣，又有着相似的创作和学术经历——闻一多和朱自清都曾经是强力鼓吹新文化、提倡新文学的作家，后来都怀着相似的目的转向了古典文学的研究，而且，令人惊讶的是，两人都很快在古典文学研究领域取得了很高的成就，成为现代学术史上著名的学者，被后人誉为古典文学研究的双子星——因此，研究者经常把闻、朱两氏放在一起进行比较研究①。饶有趣味的是，在感悟诗学的现代转型上，两人又极具相似性，他们都较少有烦琐的理论上的阐述，而比较注重的是感悟方法的探索，他们都能够立足于宏阔的中西文化视野，以古典文学为研究对象，有意识地对感悟批评方法进行了卓有成效的现代垦拓，从方法论角度为传统感悟诗学的现代转型作出了非常突出的无可替代的贡献。

一 闻一多对感悟批评方法的现代探索

对于闻一多的一生，朱自清曾作过这样的总结：

> 闻一多先生为民主运动贡献了他的生命，他是一个斗士，但是

---

① 比如时萌就著有《闻一多朱自清论》（上海文艺出版社1982年版），等等。

他又是一个诗人和学者。这三重人格集中在他身上,因时期的不同而或隐或现。大概从民国十四年参加北平晨报的诗刊到十八年任教青岛大学,可以说是他的诗人时期,这以后直到三十三年参加西南联合大学的五四历史晚会,可以说是他的学者时期,再以后这两年多,是他的斗士时期。学者的时期最长,斗士的时期最短,然而,他始终不失为一个诗人,而在诗人和学者时期,他也始终不失为一个斗士。①

从朱自清这段颇为经典的概括中我们可以考察出,闻一多从1929年到1944年这15年间是比较纯粹的学者时期。这段时间,闻一多一直在高校中文系教授古典文学,高校特有的工作性质和学术氛围,使得闻一多放弃了一度十分热爱并且成就斐然的新诗创作和评论,放弃了他所专攻的美术专业,而潜心于中国古典文学和文化的批评研究之中,并最终成为一代专治古典文学的学术大师。

其实,与朱自清所概括的稍有出入的是,闻一多系统深入地研究古典文学,在1928年秋天到武汉大学就任文学院院长兼任中文系主任以后就开始了,并且持续到1946年。从1928年8月发表《杜甫》,到1946年6月11日《九歌古歌舞剧悬解》脱稿,历时整整18年。在这18年中,闻一多的古典文学批评由最初的杜甫研究扩及全唐诗的研究,又由唐上溯到六朝、汉魏,直到古诗的源头《楚辞》、《诗经》,兼及《庄子》和上古神话。闻一多研究古典文学,并不着眼于搜集孤本、秘笈,而是从中国人常见的、珍贵的但又没有整理清楚的文化典籍下手,踏踏实实地从基本的文字校正开始,综合运用乾嘉朴学和西方近代社会科学研究的多种方法,对那些原始意义上混沌不明的文化符码及其内涵进行了全新的阐释和揭示,得出了不少富有创见的结论,填补了古典文学研究领域的诸多空白,重新建构了文学与文化阐释的多种模式,很鲜明地标示了中国文学批评从传统形态向现代范式的转变。

---

① 朱自清:《朱自清先生序》,《闻一多全集》第1卷,生活·读书·新知三联书店1982年版,第13页。

1. 立足文本的文化阐释法

闻一多在《楚辞校补引言》中,指出了古典文学作品难以读懂的三种原因:

> (一)先作品而存在的时代背景与作者个人的意识形态,因年代久远,史料不足,难于了解;(二)作品所用的语言文字,尤其那些"约定俗成"的白字(训诂家所谓的"假借字"),最易陷读者于多歧亡羊的苦境;(三)后作品而产生的传本的讹误,往往也误人不浅。①

针对上述诸点,闻一多给自己定下了三项课题:1. 说明背景,2. 诠释词义,3. 校正文字。这三项课题,虽然主要是针对《楚辞》而言的,但亦适应于闻一多其他所有的古典文学研究。在闻一多看来,这三者是相互关联的,彼此之间常常没有明确的界线。但闻一多特别地把"校正文字"作为古典文学研究的"最下层"、"最基本"的工作。因为他认为,一部古书从那么荒远的年代里传递下来,经历过"圣人们"的点化,写官的粗心与无知,时间的自然的剥蚀,字体的变迁等,在今天我们要看到其真面目是颇不容易的,因此,要研究古代典籍,首先就必须"辨伪"——"校正文字",为进一步的训诂阐释提供一个可靠的文本。在这方面,闻一多不惜花费大量的精力。比如,1942年出版的《楚辞校补》就足足花费了他整整十年的时间,这部书以四部丛刊洪兴祖《楚辞补注》为底本,采取的校勘书目达65种,采用古今诸家成说之涉及校正文字者凡28种,取材之广泛,校勘之精审,实为罕见。这里,我们随意拈出一例为证。如屈原《离骚》中有"终然殀乎羽之野"一句,一本为"终然夭乎羽之野",到底是"殀"还是"夭"? 闻一多不厌其烦地作了详尽的考证:"案鲧非短折,焉得称殀? 殀当从一本作夭。夭之为言夭遏也。《淮南子俶真篇》曰'天地之间,宇宙之内,莫能夭遏',又曰'四达无境,通于无圻,而莫之要御夭遏者'。夭遏双声连语,二字同义,此曰'夭乎羽野',犹《天问》曰'永

---

① 闻一多:《楚辞校补》,《闻一多全集》第2卷,生活·读书·新知三联书店1982年版,第341页。

遏在羽山'矣。《礼记》《祭仪》疏引《郑志》答赵商曰'鲧非诛死,鲧放诸东裔,至死不得反于朝'。案放之令不得反于朝,即殀遏遏止之使不得反于朝也。此盖本作殀,王注误训为早死,后人始改正文以徇之。唐写本及今本《文选》并作殀,王十朋《苏东坡诗集注》十二《次韵答章传道见赠》注引同。"① 仅此一例,我们就可以看到闻一多对于校勘是多么严肃认真。正是这种严谨的治学态度和宏阔的知识视野,保证了闻一多的文字校勘的学术价值。

"诠释词义"是闻一多古典文学批评的第二个环节。通过烦琐的文字的校正,拥有了一个可靠的文本。但怎样才能破译这些时代久远的古代文本?这就有必要对词义进行诠释。正如闻一多在批评《诗经》的时候所说的:"要解决关于《诗经》的那些抽象的、概括的问题,我想,最低限度也得先把每篇的文字看懂。"② 为此,闻一多的古典文学批评就特别注重对文字的训诂和考据。众所周知,训诂考据之法是清代乾嘉学派所惯用的研究方法。乾嘉时候,一些学者文人迫于当时统治者日趋严重的文字狱压力,从对时事的关注转而沉湎于故纸堆的爬梳之中,运用音韵训诂的考据之法来研究古代典籍,取得了意想不到的效果,极大地繁荣了有清一代的学术思想。闻一多从多年的古典文学批评中深感到这种文字考据方法的重要。他在武汉大学和青岛大学任教的几年间,通过刻苦钻研,很快就掌握了这种朴实的治学门径。他的唐诗研究、诗经研究、楚辞研究、诸子研究、神话研究,甚至文学史研究,无不贯穿着这种朴学精神。如对《诗经·摽有梅》中"摽"字的解释就十分成功地运用了这一方法。"摽,古抛字。《玉篇》曰'摽,掷也。'《说文新附》曰'抛,弃也。'重文作摽。《公羊传·庄二年》曰'曹子摽剑而去之,'即抛剑而弃之,《孟子·万章下篇》'摽使者出诸大门之外,'即抛出大门之外。掷物以击人亦谓之摽。《说文》曰'摽,击也,'《广雅释诂》三,《一切经音义》引《埤》

---

① 闻一多:《楚辞校补》,《闻一多全集》第2卷,生活·读书·新知三联书店1982年版,第362页。
② 闻一多:《匡斋尺牍》,《闻一多全集》第2卷,生活·读书·新知三联书店1982年版,第339页。

苍，又一六引《字》林，并曰'抛，击也。'掷物以击人亦谓之摽，《诗》曰'摽有梅，'谓有梅以抛予人也。"至此，通过多方引证，闻一多提出的"摽即古抛字"这一假说便变得十分合理了。闻一多正是这样，"为了证成一种假说，他不惜耐烦地小心地翻遍群书，为了读破一种古籍，他不惜在多方面作苦心的彻底的准备"，"他那眼光的犀利，考索的赅博，立说的新颖而翔实，不仅是前无古人，恐怕还要后无来者的"①。

应该指出的是，闻一多在古典文学批评中虽然精于考辨，但和清儒的尊王道、重经学、为训诂而训诂迥然有别，也和守旧的学院派人物不同，他在中国传统的训诂基础上，益之以"五四"以后的思想解放和早期的科学思想和方法，通过扎扎实实的"文字校正"和"词义诠释"，进而运用自己掌握的一些现代人文学科知识，能够将问题提到"说明背景"的高级阶段。也就是说，在闻一多的古典文学批评中，"校正文字"和"诠释词义"都不是他批评的最后目的，而只不过是手段而已，他最终的目的是要"说明背景"，是要在"读懂"的基础上深入到古典文学作品的最潜深处，结合其他社会科学的研究方法，对其进行文化阐释。

文化阐释的批评方法是一种西方的舶来品。其实，这一方法当时在西方兴起的时间也并不长。有论者曾撰文对西方文化阐释批评的形成及其特点作过简要的介绍。文章说，"19世纪末20世纪初兴起的人类文化学、社会学的研究方法所共同追求的目标，就是通过一系列的方法（如考古、田野考察、语义的钩沉、破译典籍等），尽可能地'还原'历史和社会生活场景，现代意义上的文化阐释批评方法就是在这些研究基础上形成的新的方法。""这种方法最根本的特点在于'还原历史上曾经有过的真实的生活场景'。""'历史上曾经存在过的生活场景'就是特定的社会意识形态和文学艺术所产生的土壤，它决定了古代文学的形态及特征。'还原'就意味着去揭示历史上曾经有过的'原生态的生活'，就意味着回归到当时的历史现实生活中去看待文学创作，去研究并诠释神话，去揭示古代文学典籍

---

① 郭沫若：《郭沫若先生序》，《闻一多全集》第1卷，生活·读书·新知三联书店1982年版，第1页。

第六章 感悟诗学现代转型之方法垦拓

真实的思想内涵。"① 在"五四"那股强劲的西学东渐之风的影响下,刚刚兴起于西方的这种文化阐释批评方法,很快便进入了中国学人的视野。闻一多长期浸淫于国内的清华园和国外留学的开放的环境中,对这一研究古典文学行之有效的方法更是迅速地了然于心,运用自如。他是中国现代比较早地运用文化人类学的材料和方法进行古典文学批评的学者。他认为文学研究不应是单纯的文学语言和形式的研究,文学是整个社会文化中的一部分,与文化共消长,因此,他主张把文学放到民族整体的文化背景中加以多维的审视和总体的把握。闻一多说:"我走的不是那些名流学者、国学权威的路子,他们死咬定一个字、一个词大做文章。我是把古书放在古人的生活范畴里去研究;站在民俗学的立场,用历史神话去解释古籍。"②"我的历史课题甚至伸到历史以前,所以我研究神话,我的文化课题超出了文化圈外,所以我又在研究以原始社会为对象的文化人类学。"③ 对闻一多的这一治学路径,郭沫若概括得更清楚简练,他说:"闻先生治理古代文献的态度,他是承继了清代朴学大师的考据之法,而益之以近人的科学的致密。"④ 确然,闻一多在进行古典文学批评的时候,能够十分有机地把传统的训诂考据和近代先进的社会科学研究的方法创造性地融合起来。既立足字词,又放眼整个时代背景,深入揭示作品的文化内涵。这种文化阐释批评成了闻一多古典文学批评一以贯之的基本原则。下面,我们试作具体分析。

仍然以《诗经·摽有梅》为例。通过训诂,闻一多确认"摽"即古"抛"字。如果按朴学的方法,研究到此就该打住了。但闻一多没有。他继续从民俗学的角度来考证古人为什么要抛梅子,抛梅子有什么深层含意。他从《卫风·木瓜篇》中"投我以木瓜,报之以琼琚,匪报也,永以为好也"的相关记载,认为"摽有梅"可能与"投我以木瓜"相似。闻一

---

① 邱紫华、阎伟:《论闻一多的文化阐释批评》,《华中师范大学学报》2000年第2期。
② 转引自刘烜《闻一多评传》,北京大学出版社1983年版,第275—276页。
③ 闻一多:《给臧克家先生》,《闻一多全集》第3卷,生活·读书·新知三联书店1982年版,第639页。
④ 郭沫若:《郭沫若先生序》,《闻一多全集》第1卷,生活·读书·新知三联书店1982年版,第3页。

多说，女方追求男方，如果投之以木瓜，就是表示愿意以身相许的意思。如果男方亦愿意接受这段感情，就以琼琚相报以定情。因此，报琼琚者，是男报女；而"摽有梅"之摽者为女，是女追男，女以梅摽男，是女求士之法。因为梅与木瓜、木桃、木李同属瓜品。闻一多说："疑初民习俗，于夏日果熟时，有报年之祭，大会族人于果园之中，恣为欢乐，于是士女分曹而坐，女竟以新果投其所悦之士，中焉者或解佩玉以相报，即相与为夫妇焉。"① 为了增加这种推测的可信度，他还列举了《晋书·潘岳传》中记载的潘岳少年时因长相俊美妇人见到都投之以果的故事，作为这种古代民俗的例证。那么，"摽有梅"中的"梅"又包含着怎样的文化意味呢？闻一多又从文化学、社会学、历史学、民俗学等视角进行了探讨。他说，原始初民寻找粮食，根据男女体质的不同，男子专门狩猎，女子则采集瓜果菜蔬，所以蔬果相沿为女子所有。果实为女子所有，则女之求士，以果为贽，就是十分自然的了。接着，闻一多进一步指出，女以果实作为求偶的媒介，亦是兼取其繁殖性能的象征意义。而且，梅作为一种果实，与女子的关系就更加不同一般。从字源上说，梅字从每，每母古同字，而古妻字亦从每从又。因此，闻一多认为，在古代，梅每母妻本属同字。梅，就是为人妻为人母之果。至此，诗中女之求士以梅为贽就变得很容易理解了。

我们再从闻一多对《楚辞·九歌》的研究来看。因为《九歌》共有十一章，名不符实，所以历来论者对"九"字都存疑，认为"九"是个虚数。而闻一多通过神话学的考证，认为《东皇太一》是迎神歌，《礼魂》是送神歌，而中间九篇才是题目所指的"九歌"，因此"九"乃实指。此外，闻一多还通过对"九歌"的文化史的考察来说明这一问题。他把"九歌"分为"神话的九歌"、"经典的九歌"和"楚辞的九歌"。"神话的九歌"传说是夏启从天上偷到人间来的，是夏人的韶乐，只有在郊祭上帝时才使用。后来变成了"经典的九歌"。古代乐名便相沿此例，以"九"称之。据此，闻一多认为，"九歌不专指某一首歌，而是歌的一种标准体裁。

---

① 闻一多：《诗经通义》，《闻一多全集》第2卷，生活·读书·新知三联书店1982年版，第142页。

歌以九分，犹之风以八分，音以七分……那都是标准的单位数量，多一则有余，少一则不足。"① 而《楚辞》的《九歌》只不过是"神话的九歌"的放大的形式罢了。这样，从神话学、文化学的向度，闻一多就十分清楚地论证了《九歌》的名实问题。而且，闻一多还认为，《楚辞》的《九歌》在内容上仍然保留着神话的九歌那种原始的情欲冲动。譬如，"望夫君兮未来，吹参差兮谁思？""交不忠兮怨长，期不信兮告余以不闲！"把那种炽热的情感表白得极其率真直露。尤其是《湘君》中"采芳洲兮杜若，将以遗兮下女。时不可兮再得，聊逍遥兮容与"两句，更是直接秉承了《诗经》中对原始性欲的那种毫无遮拦地宣泄和执着大胆地呼求的纯朴诗风。闻一多的这一发现，则又为理解《九歌》洞开了一扇文化民俗学的窗牖，剥掉了前人涂抹在《九歌》之上的那种道学色彩，使得传统的楚辞研究从道德阐释向人性发掘的现代学术方法转型。

要之，文化阐释是闻一多古典文学批评最基本的一种方法。正是通过闻一多的这种文化阐释，许多在文学史上历来混沌不明的古代典籍顿时变得澄明无碍，意蕴迭出。然而，还应该进一步指出的是，闻一多研究古典文学，并不满足于仅仅从文化向度阐明单篇作品的内在意义，他还具有一种恢宏厚重的文学史家的气魄。他绝不孤立地看待任何一部古典文学作品（或作家或文学现象），而是把它们视为漫长的文学史链条中的一个必不可少的环节，对它们进行研究，每每都要将其置入整个文学史甚至文化史的长河中，考察其生成、流变，确定其影响和地位。

2. 深入文学史的纵向观照法

应该说，在现代学术史上，具有文学史家意识、从宏观视角去整体观照古典文学的学者，并非闻一多一人。自1910年林传甲的《中国文学史》问世以后，涌现出了一大批文学史家和文学史著作。如胡毓寰的《中国文学源流》（1915）、谢无量的《中国大文学史》（1918）、鲁迅的《中国小说史略》（1923）、曾毅的《中国文学史》（1924）、胡适的《白话文学史》（1928），等等。闻一多虽然没有大部头的史著，也没有大量的文学史论文——他属

---

① 闻一多：《什么是九歌》，《闻一多全集》第1卷，生活·读书·新知三联书店1982年版，第264页。

于典型的文学史研究的，只有五篇，即《歌与诗》、《文学的历史动向》、《四千年文学大势鸟瞰》、《中国上古文学》、《律诗的研究》，然而，如果我们沉下心去细读闻一多的这些为数不多的论著、提纲，就会很惊讶地发现，闻一多文学史研究的眼光是那么的深邃，气度是那么的恢宏，观点是那么的独特，系统又是那么的缜密。

我们姑且拿他的唐诗研究来看。对唐诗的研究，可以说是闻一多整个古典文学批评的起点。而其唐诗研究，又是以杜甫研究作为开端的。闻一多研究杜甫，最早是给杜甫写传记，编年谱，发表了《杜甫》、《少陵先生年谱会笺》两篇重要文章。在深入地解剖了杜甫这一个案之后，然后由点及面，由杜甫牵引出一切与之相关的诗人，撰写了《少陵先生交游考略》，列出了与杜甫有来往的三百六十位诗人，逐一考订他们与杜甫的关系。这样，即从研究杜甫发展到了对整个唐诗的研究，同时又巧妙地在唐诗发展的宏观视阈中考察了杜甫在整个诗歌史上的意义。最值得指出的是，闻一多的唐诗研究又是在整个文学史的长河中展开的。他不拘泥于封建王朝的兴替，而是把文学放在它自身的历史运动中来考察。在他看来，初唐诗与其说是唐的头，还不如说是六朝的尾。"唐代开国后约略五十年，从高祖受禅（618）起，到高宗、武后交割政权（660）止。靠近那五十年的尾上，上官仪伏诛，算是强制的把'江左余风'收束了，同时新时代的先驱，'四杰'及杜审言，刚刚走进创作的年华，沈、宋与陈子昂也先后诞生了，唐代文学这才扯开六朝的罩纱，露出自家的面目。所以我们要谈的这五十年，说是唐的头，倒不如说是六朝的尾。"① 初唐，因为有了"四杰"的愤慨时弊和大声疾呼，才逐渐扭转了诗歌的学术化倾向，也终于实现了宫体诗"一个破天荒的大转变"。到张若虚的《春江花月夜》，赎清了宫体诗百年的罪，达到了初唐诗的顶峰。"向后也就和另一个顶峰陈子昂分工合作，清除了盛唐的路。"② 因此，"盛唐乃初唐之顶点——延续初唐

---

① 闻一多：《类书与诗》，《闻一多全集》第3卷，生活·读书·新知三联书店1982年版，第3页。
② 闻一多：《宫体诗的自赎》，《闻一多全集》第3卷，生活·读书·新知三联书店1982年版，第21—22页。

之直线,天宝乱后始折转方向。"① 中唐,因政治、经济、文化的衰退,诗风又发生相应的变异,出现了以孟郊、韩愈为代表的批判派,以白居易为代表的改良派,以贾岛为代表的避世派。然而,无论哪一派,都没有了初唐诗的积极进取和盛唐诗的大气磅礴。到了晚唐五代,具有"阴霾,凛冽,峭硬的情调"的贾岛诗则更是倍受推崇。而晚唐五代是一个朝代的末叶,贾岛的时代也即诗歌走向衰亡的时代。诗歌作为一种艺术形式至此盛极而衰,后来便有了词的产生。这样,闻一多就很完整地勾画出了唐诗发展的历程——这其中,有序幕,有发展,有高潮,有衰退,还有尾声。这种高屋建瓴式的史家气派,确实比一般的就事论事式的批评研究要高出许多。

说起闻一多的文学史家意识,就不能不提及他那几篇著名的纵横捭阖的文学史论之作。1922年撰写的《律诗的研究》,是闻一多最早的文学史著作。它探讨了中国律诗从萌芽到成熟的过程及其形式、特质,认为"律诗为中国诗独有的体裁","能代表中国艺术的特质,研究了律诗,中国诗的真精神,便探见着了"。《歌与诗》发表于1939年,"大体上是凭着一两字的训诂,试测了一次《三百篇》以前诗歌发展的大势。"在文章中,闻一多认为,诗与志原来就是一个字,志有记忆、记录、怀抱三个意义,这三个意义就代表了《三百篇》以前诗歌发展征途上的三个主要阶段。他避开一般学者所偏重的从形式的角度去研究诗歌发展的习惯,着重从诗的本质和作用切入,深刻地揭示了上古诗歌发展的轮廓。1943年发表的《文学的历史动向》,跨度更大,视野更广。他根据自己对中国文学的理解,清晰地勾画了几千年来中国文学发展的路线,并预测了它未来的走向。《四千年文学大势鸟瞰》是闻一多构想的一个中国文学史提纲,他将四千年的中国文学的发展分为四段八大期。起于公元前2050年,终于1918年。第一段,从公元前2050—前1100年,是"本土文化中心的抟成"期。第二段是"从三百篇到十九首",公元前1099—公元195年,又分为三大期:"五百年的歌唱"期,公元前1099—前599年,是《诗经》的时代;

---

① 闻 多:《唐诗要略》,《闻 多全集》第6卷,湖北人民出版社1994年版,第109—110页。

"思想的奇葩"期,公元前598—前87年,是诸子散文大放光彩的时期;再就是"一个过渡期",公元前86—后195年。第三段是"从曹植到曹雪芹",公元196—1917年,也分为三大期:"诗的黄金时代",公元196—755年;"不同型的余势发展"期,公元756—1276年;"故事兴趣的觉醒"期,公元1277—1917年,即以小说戏剧为主潮的时期。第四段是"未来的展望——大循环",对1918年以后的文学发展趋势作出了合乎规律的展望。在这份提纲里,闻一多虽然没能全面展开论述,但它还是很好地反映了中国文学发展的全貌、趋向以及继承与变革、精神与特质、内部规律与外部影响。在当时文学史著作日渐增多,文学史家们纷纷构建自己的文学史体系的时候,闻一多立足于文学自身的规律,对文学史进行的这一创造性的描述,可以说是发人之所未发,极其新颖独到,引人深思。即使对我们今天的文学史研究,仍然有不尽的启迪[①]。

关于闻一多的这种深入文学史的纵向观照法,有论者认为,如果广义地理解文学史的内涵,则几乎闻一多古典文学批评的每一项工作都表现了他的文学史家气质。如前文已然论及的闻一多为了"读懂"难读的较古的文学作品所做的"校正文字"、"诠释词义"、"说明背景"的三项课题,说明了闻一多对文学史实的高度重视。闻一多不厌其烦多方搜集而成的《风诗类钞》(甲、乙)、《乐府诗笺》、《诗风辨体》、《唐诗大系》等文学作品选,也是文学史家"最下层"、"最基本"的工作。他关于诗人生平和创作的考证之作,如《少陵先生年谱会笺》、《岑嘉州系年考证》,关于诗人的有关资料汇编,如《全唐诗人小传》、《全唐诗人补传》(甲、乙)、《少陵先生交游考略》、《岑嘉州交游事迹》、《说杜丛钞》等,都不是为考证而考证,也不是以搜罗资料为最终目的,而是为更高层次的文学史的纵向观照所做的准备工作。……如若由此观之,则我们说闻一多是现代最为杰出的文学史家之一,就绝对不是什么夸张之词了。

有必要指出的是,闻一多古典文学批评的文化阐释法和纵向观照法,在其批评实践中其实又是十分有机地融合在一起的。文化阐释是一种整体

---

① 袁千正、袁朝:《文学史家闻一多》,《武汉大学学报》1999年第3期。

观照的方法，而其深入文学史进行观照的方法又是在一个广阔的文化背景下展开的。如果说深入文学史是侧重于纵向梳理的话，那么，文化阐释则主要是一种横向考察的方法，一纵一横，相互交融，相得益彰，共同构筑着闻一多古典文学批评的现代性景观。

3. 目光如炬的人格透视法

季镇淮曾经撰文指出，闻一多评价古典作家和作品有两条标准，其中第一条就是"人格"[①]。应该说，批评注重人格并不足为奇。因为"人格批评"是中西文学批评一贯的方法。我国古人很早就提出了"文气说"、"文如其人"的观点，西方的布封也说"风格即人"。但是在现代批评史上，在众多的批评家中，闻一多可能是对文品与人品的关系强调得最充分，对人格批评运用得最成功的一位。

在刚刚由新诗创作转而涉足古典文学批评的时候，闻一多透过悠长的文学史的隧道，一下子就把眼光盯准了杜甫。为什么？就因为杜甫不但有"伟大的天才"，而且还有"伟大的人格"。在闻一多看来，杜甫是"中国有史以来第一个大诗人，四千年文化中最庄严、最瑰丽、最永久的一道光彩"[②]。他以他悲壮的一生，写下了与他的生命同样悲壮、沉雄、凄凉、激越的诗的乐章。闻一多一直仰慕崇拜杜甫，折服于他那忧国忧民、慷慨悲歌、沉郁顿挫的人格和诗格。

在《杜甫》一文中，闻一多深入剖析了杜甫伟岸人格形成的原因。他认为，杜甫人格之所以如此伟大，既有先天的禀赋，又有后天生活的赐予。在先天方面，杜甫显赫的家世深深地影响了他的品性和智慧。在杜甫的祖上，事业、文章、孝行、友爱——立德、立功、立言的人物众多。"杜甫翻开近代的史乘，等于翻开自己的家谱。"这样的家世，使得杜甫"七龄思即壮，开口咏凤凰"，年少时候就有孤傲的性格和远大的抱负。如果说35岁以前的杜甫主要是秉承天赋，具有浪漫、自信、洒脱的人格的话，那么，35岁以后，家庭的变故，国家的衰败，常年的战乱流离，这一

[①] 季镇淮：《闻一多先生与中国传统文学研究》，《闻一多研究四十年》，清华大学出版社1988年版，第142页。

[②] 闻一多：《杜甫》，《闻一多全集》第3卷，生活·读书·新知三联书店1982年版，第145页。

系列后天的经历，又进一步铸造和升华了杜甫本来就十分大气的人格。"风渐渐尖峭了，云渐渐恶毒了，铅铁的穹窿在他背上逼压着，太阳也不见了，他在风雨雷电中挣扎，血污的翎羽在空中缤纷地旋舞，他长号，他哀呼，唱得越急切，节奏越神奇，最后声嘶力竭，他卸下了生命，他的挫败是胜利的挫败，神圣的挫败。他死了，他在人类的记忆里永远留下了一道不可逼视的白光；他的音乐，或沉雄，或悲壮，或凄凉，或激越，永远、永远是在时间里颤动着。"[1] 在这里，闻一多用生动的语言，极度的激情，很形象地描述了外在环境对杜甫人格和诗格所带来的那种深重影响。

对唐代其他诗人的批评，闻一多也是严格地遵循着"人格"这一准绳。在《孟浩然》中，闻一多从一幅孟浩然的画像入手，细致入微地分析了孟浩然的人格特征——是一种比较彻底的隐逸人格，虽有过入世之心，但最后还是完全隐居，在化解儒与道、入世与出世的矛盾后归于"风神散朗"。闻一多说，隐居本是唐代一个普遍的倾向，但是在旁人仅仅是一个期望，至多也只是点暂时的调剂，或过期的赔偿，而在孟浩然，因为受家乡襄阳的历史文化的熏染，却是一个完完整整的事实。孟浩然是"为隐居而隐居，为着一个浪漫的理想，为着对古人的一个神圣的默契而隐居"。他不像其他读书人一样，"一直让儒道两派思想维持着均势"，"永远在一种心灵的僵局中折磨自己"。他虽也有过身在江湖而心在魏阙式的情绪，但也只是"临渊羡鱼"，没有"退而结网"。因此，在闻一多看来，孟浩然的归隐，是一种完全归隐，孟浩然的隐逸，是一种真正的隐逸。孟浩然不需要用诗来排解他进退之间的矛盾，他的心很平淡，他的诗也很平淡，"淡到看不见诗了，才是真正孟浩然的诗"，如：

  鹿门月照开烟树，忽到庞公栖隐处。岩扉松径长寂寥，惟有幽人自来去。

全诗静静的，淡淡的，看不出半点心灵上的起伏和矛盾，浑身透着隐士气

---

[1] 闻一多：《杜甫》，《闻一多全集》第3卷，生活·读书·新知三联书店1982年版，第149页。

息。以至于闻一多忍不住要说:"诗如其人,或人就是诗,再没有比孟浩然更具体的例证了。"①

如果说,杜甫代表的是以入世为主的儒家式人格,孟浩然所代表的是以出世为主的道家式人格,那么,在唐代佛教大盛的时候,肯定还有一种佛家式人格,其代表人物就是贾岛。贾岛前半生是个和尚,有过长年的禅院式的生活,后来虽然返了俗,但是,正如闻一多说的,"一个人前半辈子的蒲团生涯,不能因一旦返俗,便与他后半辈子完全无关。则现在的贾岛,形貌上虽然是个儒生,骨子里恐怕还有个释子在。"② 因此,贾岛只关心属于人生背面的、消极的、与常情背道而驰的趣味。他爱静,爱瘦,爱冷,也爱这些情调的象征——鹤,石,冰雪。他甚至爱贫、病、丑和恐怖。对于时代,他不像孟郊那样愤恨,也不像白居易那样悲伤,他能立于一种超然的地位。如此的佛家式人格,使得贾岛的诗阴霾,凛冽,峭硬,充满佛卷味和禅房气息。

当然,在中国古代士人中,像杜甫、孟浩然、贾岛这样的过于倾向于或儒或道或佛的单纯人格并不多见。古代知识分子更多的是儒、道、佛各种思想并存,时儒时道时佛,呈现出一种复杂多变的人格形态。比如陈子昂,既有儒家入世的精神,积极倡导诗歌的革新;又时常感叹现实人生的无常,向往道家隐逸的生活;而且,在他的诗里,还常常透露出一种难以排遣的佛家式的空玄、孤寂感。这种种思想,造就了陈子昂飘忽不定的矛盾人格,也玉成了陈氏诗歌不可言尽的多重意蕴。人格的多变,带来了文学风格的多变。只有理解了古代作家的人格,我们才能理解他们的诗。这也许就是闻一多对作家人格透视阐发的深意所在吧。

人格透视的方法,在闻一多那里屡试不爽。1944年前后,因为孙次舟撰文认为屈原是个"文学弄臣",在成都引起了一场关于屈原问题的论战。闻一多当时在昆明,也发表了《屈原问题》一文,阐述了自己对屈原的认识。他不反对孙次舟从宋玉的身份去推测屈原的身份,从而得出屈原是个

---

① 闻一多:《孟浩然》,《闻一多全集》第3卷,生活·读书·新知三联书店1982年版,第31页。

② 闻一多:《贾岛》,《闻一多全集》第3卷,生活·读书·新知三联书店1982年版,第38页。

"文学弄臣"的观点，但是他不同意从宋玉的人格里去找寻屈原的人格。不错，屈原同宋玉一样，只不过是一个"文学弄臣"甚至"文化奴隶"，具有"脂粉气"的人格的一面，但是，被谗，失宠，流放的经历，使得屈原同时还有着强烈的反抗人格，他努力地要从一个奴隶变成一个政治家，他是"一个为争取人类解放而具有全世界历史意义的斗争的参加者"。因此，屈原虽然在地位上是卑微的甚至可耻的，但在人格上却是高尚的伟岸的。我们不应该因为屈原是所谓的"文学弄臣"而贬低、否认他在文学史上的崇高地位。相反地，如果从人格的视角去透视屈原，则他对文学的意义就更加巨大。这样，闻一多立足"人格"，就对屈原作出了比较公允的评价。又一次显示了"人格透视"这一批评方法的无穷魅力。

4. "用'诗'的眼光读诗"的审美还原法

在《风诗类钞（甲）·序例提纲》中，闻一多概括了历史上研究《诗经》的"三种旧的读法"：经学的，历史的，文学的。众所周知，《诗经》本是一部寻寻常常的诗歌总集，但从汉代开始，却突然获得了一顶神圣的"经"的桂冠。汉儒们纷纷用当时占绝对统治地位的社会意识形态——儒家伦理去穿凿附会，歪曲原意。譬如，把《关雎》解喻为"后妃说乐君子之法"，把《候人》解读为"远君子近小人"，等等。这样，虽有厘正政教、制约君上的良苦用心，但却扭曲阉割了《诗三百》的本意，解构了诗歌原有的审美色彩。这种方法就是闻一多所说的"经学的方法"。而所谓"历史的方法"，则是由于我国古代历来就文史哲不分，某些注家往往把诗歌中虚构的情景等同于历史事实，用史事来对应解读《诗经》。"文学的方法"是把《诗经》当作训诂的范本或关于社会道德教化的经典来研读。上述三种研究方法虽各有千秋，但有一个共同的特点就是都没有把《诗经》看作"诗"。因此，面对几千年斑斓驳杂的《诗经》研究史，闻一多曾经不无感慨地说："明明一部歌谣集，为什么没人认真的把它当文艺看呢！""在今天要看到《诗经》的真面目，是颇不容易的，尤其那圣人或圣人们赐给它的点化，最是我们的障碍。"① 很显然，闻一多极其反对

---

① 闻一多：《匡斋尺牍》，《闻一多全集》第1卷，生活·读书·新知三联书店1982年版，第340页。

第六章　感悟诗学现代转型之方法垦拓

历史上对《诗经》的那种非文学化的批评，他认为《诗经》批评应该回归文学本体，应该"用'《诗经》时代的眼光'读《诗经》"，"用'诗'的眼光读《诗经》"①。

所谓"用'《诗经》时代的眼光'读《诗经》"，是要求我们设法回到"《诗经》时代"，根据《诗经》所产生的时代氛围来理解《诗经》；而"用'诗'的眼光读《诗经》"，则主要强调把《诗经》当作"诗"来读，而不是作为经、作为史、作为训诂的范本。如果说前者是求真的话，那么后者则是求美。正是因为这种对真和美的执着追求，闻一多极力主张把《诗经》当作"《诗经》时代"的诗来看，还《诗经》以本来面目。1935年9月15日，闻一多在《大公报》上发表了《卷耳》一文，对自己的这一观点作了更为清楚的说明："读《诗经》的态度，到宋人是一变。在他们心目中，《诗经》固然是经，但同时在可能范围内，最好也是诗。后来经过明人，经过一部分清人，如姚陈恒、崔述、方玉润等，以至于近人，《诗经》中诗的成分被发现的似乎愈来愈多。顾名思义，研究《诗经》说不定还当以这一派为正宗。我个人读《诗经》的动机也未尝不是要在那里边多懂点诗。我读诗的经验也告诉过我，这条路还够我走的。但是无奈在这件事上我的意志不太坚定。我一壁想多读《诗经》中的诗，使它名实相副；一壁又常常担心把《诗经》解得太像我们的诗了。一个人会不会有时让自己过度的热心，将《诗经》以外，《诗经》以后的诗给我们私运进《诗经》里去了，连自己还不知道呢？我的信心之动摇，惶怯之发生，是从读《卷耳》开始的。这就是说，读《诗经》要有历史的态度，还以本来的面目。"

但是，"诗经时代"离我们毕竟太遥远，那时人的生活习俗、思想观念和心理状态对于现代人来说太生疏了。我们要穿越这悠长悠长的历史隧道，走到《诗经》的时代里去，在理论上也许可行，但实际操作起来又谈何容易！闻一多也说："二千五百年的文化将我们一步一步的改良到这样，我们能够一下子退得回去吗？""文化既不是一件衣裳，可以随你的兴致脱

---

① 闻一多：《匡斋尺牍》，《闻一多全集》第1卷，生活·读书·新知三联书店1982年版，第357页。

下来,穿上去,那么,你如何能摆开你的主见,去悟入那完全和你生疏的'诗人'心里?当然,这也是一切的文艺鉴赏的难关,但《诗经》恐怕是难中之难,因为,它是和我们太生疏了。况且,纠纷还没完,能不能是一端,愿不愿又是一端,你想,戴上了'文明人'的光荣的徽号,我们的得意,恐怕也要使我们不屑于了解他们——那便更难办了。"① 是呀,时至今天,我们要退回到"诗经时代"是多么的艰难呀!为了能尽可能地还《诗经》以本来面目,闻一多可真是费尽了心思。他不但深入钻研历史学、文学史,而且还不遗余力地研究考古学、心理学、精神分析学和文化人类学。他想方设法地用各种方法从各个层面去破译人类演进过程中遗留下来的文化密码,从文化上、精神上、心理上去接近古人。他说:"我走的不是那些名流学者、国学权威的路子。他们咬定一个字、一个词大做文章;我是把古书放在古人的生活范畴里去研究,站在民俗学的立场,用历史神话去解释古籍。"② 针对古代典籍难以读懂这一情况,他不嫌琐碎,给自己定下了"校正文字"、"诠释词义"、"说明背景"三项课题。他总是力图把古书中的"每个字的意义都追问透彻,不许存下丝毫的疑惑",然后再把握其中的深层意蕴,咀嚼其中的诗味和美感。关于这一点,我们在前文中已有所涉及。在这里,再结合有关例子,作更深入的探讨。

譬如闻一多对《诗经·芣苢》的诠释。《芣苢》一诗,朱熹是这样阐释的:"化行俗美,家室和平,妇人无事,相与采此芣苢,而赋其事以相乐也。"③ 这种解释很显然比较皮相化,因为人们仍然不明白这"无事"的"妇人"为什么不采其他香草而偏要采芣苢"以相乐"?闻一多则没有这样简单地去穿凿附会。他先从神话学的角度对"芣苢"作了考察:传说禹母吞薏苡而生禹,所以夏人姓姒。薏苡即芣苢,而芣苢与胚胎同声亦同义,是双关隐语,其结子甚多象征着其生殖力的旺盛。"古籍中凡提到芣苢,都说它有'宜子'的功能",诗中的芣苢只是"一个 allegory,包含着一种

---

① 闻一多:《匡斋尺牍》,《闻一多全集》第1卷,生活·读书·新知三联书店1982年版,第342页。
② 转引自刘烜《闻一多评传》,北京大学出版社1983年版,第275—276页。
③ (宋)朱熹:《诗集传》卷1,上海古籍出版社1980年版,第5—6页。

第六章　感悟诗学现代转型之方法垦拓

意义",它"既是生命的仁子,那么采芣苢的习俗,便是性本能的演出,而《芣苢》这首诗便是那种本能的呐喊了"。接着闻一多又根据社会学的观点,指出几千年前的女人"是在为种族的传递并繁衍生机的功能上而存在着",因此,她们急切地盼望怀孕生子,"热烈地追求着自身的毁灭,教她们为着'秋实'甘心毁弃了'春华'"。诗中女子之所以如此热情而郑重地"采芣苢",因为这件事对她们来说意义非常"严重与神圣"。分析至此,诗歌的基本意思算是讲清楚了,而且,远比朱熹"化行俗美"的伦理学阐释要准确和深刻。但闻一多并不满足于此。最后,他还以艺术的笔法、形象而优美的语言对全诗进行了复述和描画,将读者带入了一片美妙而神秘的远古境界中:

> 现在请你再把诗读一遍,抓紧那节奏,然后合上眼睛,揣摩那是一个夏天,芣苢都结子了,满山谷是采芣苢的妇女,满山谷响着歌声。这边人群中有一个新嫁的少妇,正捻着那希望的玑珠出神,羞涩忽然潮上她的屧辅,一个巧笑,急忙地把它揣在怀里了,然后她的手只是机械地替她摘,替她往怀里装,她的喉咙只随着大家的歌声啭着歌声——一片不知名的欣慰,没遮拦的狂欢。不过,那边山坳里,你瞧,还有一个佝偻的背影。她许是一个中年的娆确的女性。她在寻求一粒真实的新生的种子,一个祯祥,她在给她的命运寻求救星,因为她急于要取得母的资格以稳固她的妻的地位。在那每一掇一捋之间,她用尽了全副的腕力和精诚,她的歌声也在那掇捋两字上,用力的响应着两个顿挫,仿佛这样便可以帮助她摘来一颗真正灵验的种子。……她听见山前那群少妇歌声,像那回在梦中听到的天乐一般,美丽而辽远。①

在此,闻一多之所以不惜笔墨地用大段的文字来复活一个古代妇女采芣苢的场面,因为在他看来,如果仅仅懂得了诗的字面上的意思,而不深入到

---

① 闻一多:《匡斋尺牍》,《闻一多全集》第1卷,生活·读书·新知三联书店1982年版,第349—350页。

具体的诗情诗境中,还仍然不能深切地理解和感受诗歌。"纵然字句都看懂了,你还是不明白诗的好处在哪里。换言之,除了一种机械式的节奏之外,你并寻不出《芣苢》的'诗'在哪里——你只听见鼓板响,听不见歌声。在文字上,唯一的变化是那六个韵脚,此外,则讲来讲去,还是那几句原话,几个原字,而话又是那样地简单,简单到幼稚,简单到麻木的地步。艺术在哪里?美在哪里?情感在哪里?诗在哪里?"① 他认为,只有把客观分析和艺术感悟巧妙地结合起来,既有理性的探讨,又有感性的呈现,既"求真",又"求美",我们才能真正地走入诗歌,捕捉其意象,感悟其精髓。

"用'《诗经》时代的眼光'读《诗经》"和"用'诗'的眼光读《诗经》",使闻一多发现了《诗经》中大量的性爱描写。尤其是《国风》,简直就是一首首男人唱给女人或女人唱给男人的粗犷的情歌。比如《郑风·野有蔓草》,就是其中比较典型的直接表现性爱的写实之诗:

野有蔓草,零露漙兮!有美一人,清扬婉兮!邂逅相遇,适我愿兮!
野有蔓草,零露瀼瀼。有美一人,婉如清扬。邂逅相遇,与子偕臧!

根据"男女觏精"和《尔雅·释诂》"觏,遇也"的启示,闻一多把"邂逅"、"遇"都训为"解觏"、"交媾"的意思。由此,闻一多认为这首诗记载的就是原始民俗中的一次男女野合的景象。他通过想象复活了诗中所营造的这么一幅春夜男女野合的场面:夜深了,露水渐渐挂上了草尖,白天吃喝跳舞狂欢了一天的男女各自找了一个幽静的地方,一对对的坐下,躺下,嘹亮的笑声变成了低微的絮语,絮语又渐渐消灭在寂寞里,这个的灵魂消灭在那个的灵魂里。他叹一声:"适我愿兮!"而女性则回答"与子偕臧!"在闻一多的解读中,诗中的主人公都沉浸在性爱的欢愉中了。此外,如《郑风》里的《溱洧》,《齐风》里的《东方之日》,《曹风》里的《候人》,等等,也都是实指性交,直接描写性爱。当然,闻一多说,《诗经》

---

① 闻一多:《匡斋尺牍》,《闻一多全集》第1卷,生活·读书·新知三联书店1982年版,第344页。

中大部分的诗是采用艺术化的手法，用间接的方式来暗示性爱。他通过字词训释和意象分析，揭示出《诗经》中的"虹"、"鱼"、"饥"、"食"、"风"、"云"、"雨"、"梅"、"椒聊"、"木瓜"、"桑林"等意象，都有性交、性欲的意思。由此，几乎《诗经》里的每一首诗都涉及了性爱情欲。闻一多认为，真实的《诗经》时代确实如此。一部《左传》充满了战争与奸杀，《诗经》里的许多诗也都是淫诗或刺淫的诗。他说："认清了《左传》是一部秽史，《诗经》是一部淫诗，我们才能看到春秋时代的真面目。""真正的《诗经》时代的人只知道杀、淫。"① 闻一多如此言说，决非为了耸人听闻而信口雌黄。恩格斯在《家庭、私有制和国家的起源》中也很明确地指出了"性"在古代人类生活中的至关重要性。他说，在原始社会时期，人类的生产只有两种，"一方面是生活资料即食物、衣服、住房以及为此所必需的工具的生产；另一方面是人类自身的生产，即种的繁衍。"② 我国的《周礼》亦有记载，"仲春之月，令会男女；于是时也，奔者不禁。司男女之无夫家者而会之。"也就是说，在春光灿烂的日子里，凡是没有成婚的男女，都可以在一个偏远的地方会集，狂欢野合。此外，现在人类学的很多考古发现，也让我们直观地感受到了史前人类对"性"的那种极端重视甚至崇拜。比如，世界上的很多地方都曾在史前洞穴中发掘出女性裸体雕像，这些裸像都有着丰满的乳房，宽而肥大的臀部、腰部和腹部，而且性器官也常常被不成比例地放大。这些都是原始初民性崇拜的产物。"性"，在今天的"文明"时代，不但已经淡化了种族繁衍的色彩，而且还罩上了一层不可言说的羞涩的面纱。但在我们的祖先那里，性活动没有丝毫的色情含义，而是人类自身得以生生不息的一项基本的活动，既神秘高尚，又跟吃饭一样平平常常。因此，在他们最初的歌谣中大量充溢着这种直露的性欲表白，不但是可能的，而且还十分合乎情理。闻一多正是立足于这一点来揭示《诗经》所蕴含的那种性欲追求的。虽然，他的某些观点，在今天看来仍有值得商榷的地方，但他对《诗经》所作的这种合乎古代习俗和心理的现代阐释的确是令

---

① 闻一多：《诗经的性欲观》，《闻一多全集》第3卷，湖北人民出版社1994年版，第190页。
② [德、英] 马克思、恩格斯：《马克思恩格斯全集》第4卷，人民出版社1995年版，第2页。

人信服的。

应该指出的是，我们说闻一多"用'诗'的眼光读诗"，并不单单局限在其《诗经》研究方面，他的这种审美的眼光几乎遍及他所有的古典文学批评实践中。譬如他的《九歌》研究亦是如此。前人研究《九歌》，都不免有一种道学色彩。如韩愈《黄陵庙碑》解释"湘君"和"湘夫人"时说："尧之长女娥皇为舜正妃，故曰'君'；其二女女英自宜降曰'夫人'也。……《礼》小君、君母，明其正自得称君也。"① 就是以礼制名分来规范远古传说的。朱熹踵其后，在《楚辞集注》中也说："'君'谓湘君，尧之长女娥皇，为舜之正妃者也。"② 亦是一种充满头巾气的道德化眼光。如此种种，不一而足。而闻一多的《九歌》研究则能很好地摆脱这种道德阐释的方法，注重从美学的角度去感悟和升华。他通过对《九歌》所作的宗教学、神话学、民俗学等多重视角的观照，认为《九歌》原是民间的一种乐歌，是楚地郊祀东皇太一仪式过程中所唱的歌，其中，有肃穆的祭歌（迎送神曲），有哀艳的恋歌（"九歌"），有悲壮的挽歌（《国殇》）。正因为是歌，所以《九歌》全诗洋溢着一种音乐之美。在《怎样读九歌》中，闻一多单单拈出一个"兮"字，就对《九歌》的音乐性作了较为透彻的分析。闻一多说，"兮"字就音乐或诗的声律来说，是个"泛声"，就文法来说，是个"虚字"。而"兮"字作为"虚字"一般置于句末，使得"兮"字的上一个字音要延长，则又具有纯音乐的作用，如"帝高阳之苗裔兮"。因此，"兮"字不论就哪方面来说，其作用都是音乐性的。先前，闻一多曾在《歌与诗》中对古文中的"虚字"的作用有过形象的评价。他说："感叹字本只有声而无字，所以是音乐的，实字则是已形成的语言，因此我们又可以说，感叹字是伯牙的琴声，实字乃钟子期所讲的'志在高山'，'志在流水'。"③ 而在《九歌》研究中，闻一多又发现，《九歌》中的"兮"竟可说是一切虚字的总替身，如果用它的远古音"啊"来读的话，则它的

---

① （唐）韩愈：《黄陵庙碑》。
② （宋）朱熹：《楚辞集注》。
③ 闻一多：《歌与诗》，《闻一多全集》第1卷，生活·读书·新知三联书店1982年版，第183页。

第六章 感悟诗学现代转型之方法垦拓

音乐性更加明显,"因为'啊'这个音是活的语言,自然载着活的感情,而活的感情,你知道,该是何等神秘的东西!"① 因此,闻一多认为,《九歌》中"兮"字的大量运用,也就造就了《九歌》言无不尽的音乐美。当然,《九歌》的音乐美又不只是一个"兮"字能概括得了的,因为《九歌》本身就是一曲完美的乐歌。正是根据《九歌》是乐歌这一点,闻一多又推证出《九歌》不仅是歌,而且还配有舞蹈,是古歌舞剧的雏形。在《九歌古歌舞剧悬解》一文中,他以诗人的想象和激情,调动一切戏剧手段,把诗歌的《九歌》转化为戏剧的《九歌》,形象生动地把古代祭祀太一的宏大壮观的场面再现在读者面前,又一次运用客观分析和艺术感受完美结合的批评方法,让人如临其境地感受到了《九歌》那种瑰丽多姿、古朴浪漫的艺术境界。

闻一多的这种纯审美的批评眼光还表现在他的唐诗研究中。前面我们已经论述到,闻一多对唐代诗人和诗歌有着很深刻的理性思考。他以点带面,由面到体,十分完整地勾画了唐诗发展的全貌。真可谓逻辑严密,疏而不漏。但是,仅有这种严谨和理性,"离诗还是很远"。闻一多还以他丰富的审美想象和深切的个人体验,为他的唐诗研究灌注了溢满全纸的灵气和诗情。譬如他对张若虚《春江花月夜》的精彩论述:

一个更深沉,更寥廓更宁静的境界!在神奇的永恒前面,作者只有错愕,没有憧憬,没有悲伤。从前卢照邻指点出"昔时金阶白于堂,即今唯见青松在"时,或另一个初唐诗人——寒山子更尖酸地吟着"未必长如此,芙蓉不耐寒"时,那都是站在本体旁边凌视现实。那态度我以为太冷酷、太傲慢,或者如果你愿意,也可带点狐假虎威的神气。在相反的方向,刘希夷又一味凝视着"以有涯随无涯"的徒劳,而徒劳的为它哀毁着,那又未免太萎靡,太怯懦了。只张若虚这态度不亢不卑,冲融和易才是最纯正的,"有限"和"无限","有情"和"无情"——诗人与"永恒"猝然相

---

① 闻一多:《怎样读九歌》,《闻一多全集》第1卷,生活·读书·新知三联书店1982年版,第281页。

遇，一见如故……①

这段论述，有论者认为是迄今为止对《春江花月夜》最深刻最新颖的评论。因为它既没有传统诗话的零碎，又避免了现代诗评的那种冰冷，是闻一多与张若虚两颗诗心的"猝然相遇"和倾心交流，是带有闻一多个人情感、意志甚至体温的生命体验。正是这种体验，使本来处于相对静态的《春江花月夜》，也仿佛变得鲜活起来，艺术的生命在生命的体验中欣然敞开。

要之，我们认为，闻一多以现代学者的深厚学养，以诗人特有的那种激情与想象，在对古典文学的批评研究中，力求理性与感性的统一，求真与求美相结合。这种在批评中对审美的自觉追求，使得闻一多的古典文学批评本身就是一个满注灵性、俊美飘逸的生命本体。

现在的问题是，闻一多为什么会如此执着地以一种审美的眼光来批评古典文学？我们认为，最重要的原因只能归结于欧洲唯美主义对他的影响。有足够的史料表明，无论是唯美主义的先驱济慈、戈狄埃，还是唯美主义的创始人罗塞蒂、罗斯金和后继者佩特、王尔德，闻一多都有过深入的接触和研究。康德的"审美无关利害"是唯美主义直接的理论基础，闻一多很早就接受了这个观点。他特别认同济慈提出的"美即是真，真即美"的真美合一说。正是这种唯美主义的影响，使得闻一多在新诗创作中很注重对形式美的追求。在古典文学批评中，也十分着眼于艺术自身的规律，着眼于艺术形式的独立作用。"求真"与"求美"是他古典文学批评的两杆标尺。

对于闻一多的古典文学批评，历来学者都极为推崇。郭沫若就曾经说："一多对于文化遗产的整理工作，内容很广泛，但他所致力的对象是秦以前和唐代的诗与诗人，关于秦以前的东西除掉一部分的神话传说的再建之外，他对于《周易》、《诗经》、《庄子》、《楚辞》这四种古籍，实实在在下了惊人的很大的功夫，就他所已成就的而言，我自己是这样感觉着，

---

① 闻一多：《宫体诗的自赎》，《闻一多全集》第3卷，生活·读书·新知三联书店1982年版，第20—21页。

他那眼光的犀利,考索的赅博,立说的新颖而翔实,不仅是前无古人,恐怕还要后无来者的……"① 联系我们上面的分析,可以看出郭氏所论并非浮夸之辞。当然,在上文中我们着重论述的是闻一多在古典文学批评方面所进行的方法探索,虽然这种概括并不全面,但由此我们完全可以感觉到,闻一多作为从传统向现代转型、志在确立新的学术范式的代表人物,敢于突破传统"国学"的局限,为我国学术走向现代化和开创新局面建立新体系,进行了成功的尝试。他的这些富有创造性的文学批评的方法,既有对传统批评方法的合理继承,更有对西方现代方法的批判性的吸收,很好地在方法论层面上实现了中西融通。而且,这种种方法大都强调立足文本,注重感悟,无一不是对传统感悟诗学方法的一种现代拓展,极大地推进了感悟诗学在方法论上的现代转型。他的这种为学术而终生探索的精神,永远放射出夺目的现代性的光芒。

二 朱自清对感悟批评方法的现代探索

和闻一多一样,朱自清也是一位杰出的古典文学研究大家。朱自清自己就曾经说,"国学是我的职业,文学是我的娱乐。"② 他所说的"国学",就是古典文学。其弟子王瑶亦说:"朱先生是诗人,中国诗,从《诗经》到现代,他都有深湛的研究。'诗选'是他多年来所担任的课程;陶谢、李贺,他都做过详审的行年考证。"③ 由此可见朱自清对古典文学兴趣之浓郁和涉猎之广深。1981年,上海古籍出版社专门出版了一套《朱自清古典文学论文集》,在其出版说明里,编者云:"这个专集包括:(一)《朱自清古典文学论文集》,收辑作者有关古典文学的研究论著,并将作者所写的旧体诗收作附录;(二)《古诗歌笺释三种》,这三种是《古逸歌谣集说》、《诗名著笺》和《古诗十九首释》,大都是汉代以前无主名诗歌的笺注和解释;(三)《十四家诗钞》,是自三国曹植起到晚唐杜牧止的唐以前各代著

---

① 郭沫若:《郭沫若先生序》,《闻一多全集》第1卷,生活·读书·新知三联书店1982年版,第1—2页。
② 朱自清:《那里走》,《朱自清全集》第4卷,江苏教育出版社1996年版,第237页。
③ 王瑶:《念朱自清先生》,《中国现代文学论集》,北京大学出版社1997年版,第381页。

名诗人的名篇选录和集注;(四)《宋五家诗钞》,是北宋梅尧臣、欧阳修、王安石、苏轼、黄庭坚等五个大家的诗选和笺注。后面三种自先秦至北宋止,前后衔接,呈现了北宋以前诗史的轮廓。"① 通过这一段简单的介绍,我们完全可以粗略地领略到朱自清在古典文学领域所做的工作和造诣。当然,这些著作严格说来也并不全是古典文学研究,其中有《周易》、《尚书》等文化典籍,但是,"在中国的传统里,经、史、子、集都可以算是文学。经、史、子、集堆积得那么多,文士们都钻在里面生活,我们不得不认这些为文学。"② 因此,即使朱自清对《周易》、《尚书》的研究,我们也大可以把它们纳入其古典文学研究的范畴。

尤其值得指出的是,朱自清的古典文学研究也非常注重对方法的探索,追求"用新的观点研究旧时代文学,创造新时代文学"③。他认为,只要能达到欣赏和接受文学的目的,在研究的方法上大可以广收博采,"'条条道路通罗马',从作家的身世情志也好,从作品以至篇章字句也好,只要能以表现作品的价值,都是文学批评之一道。兼容并包,乃真能成其为大。"④ 在文学批评方法的探索上,朱自清也特别注意新旧文学的贯通与中外文学的融合,他把传统的考据和西方的一些批评理念结合起来,创造性地发展了西方的语义分析法;他对任何文学作品、作家的分析,既能够从小处下手,又能够从大处着眼——把研究对象放置到整个文学史的长河中去考察,做到了微观研究和宏观观照的有机统一。在这里,我们也主要是结合感悟诗学现代转型这一宏旨,对朱自清在古典文学批评中所实践的一些中西融通的感悟方法进行归纳和阐述。

1. 中西合璧的语义考析法

我们知道,朱自清最早是以新诗和散文创作扬名立万的,他在五四前后就开始了新诗和散文的创作,并在短时期内就声名鹊起,取得了相当高的成就和声望。然而,20世纪国内时局的急遽变化,使朱自清伤时忧国,

---

① 《朱自清古典文学论文集·出版说明》,上海古籍出版社1981年版。
② 朱自清:《朱自清古典文学论文集》,上海古籍出版社1981年版,第1页。
③ 吴组缃:《敬悼佩弦先生》,《文讯》1948年第9卷第3期。
④ 朱自清:《日常生活的诗——萧望卿〈陶渊明批评〉序》,《朱自清全集》第3卷,江苏教育出版社1988年版,第212—213页。

肝腑如焚,他已不安于温文尔雅地从事文学写作了,可又找不到变革世界扭转乾坤的神力,他曾对好友诉说道:"少小婴忧患,老成到肝腑。欢娱非我分,顾影行踽踽。"① 经受着如此严峻的时代考验,朱自清清醒地觉察到,自己正彷徨于十字路口,可是何去何从,却让他难以抉择。他痛苦地自白:"驳杂与因循是我的大敌人。现在年龄是加长了,又遇着这样'动摇'的时代,我既不能参加革命或反革命,总得找一个依据,才可姑作安心地过日子。我是想找一件事,钻了进去,消磨了这一生。我终于在国学里找着了一个题目,开始像小儿的学步。这正是往'死路'上走;但我乐意这么走,也就没有法子。不过我又是个乐意弄弄笔头的人;虽是当此危局,还不能认真地严格地专走一条路——我还得要写些,写些我自己的阶级,我自己的过,现,未三时代。一劲儿闷着,我是活不了的。"② 这自我鞭笞式的独白,敞露了那一代知识分子的内心痛苦:既无力与袭来的政治风暴作斗争,又不甘心堕落,无所作为又想有为,于是只好退进学术的象牙塔,以笔耕自慰。朱自清1925年进入清华大学任教。执教之余,研究颇勤,自汉字、汉语语法、经史子集、诗评文论、小说歌谣、外国历史文学,无不涉猎,整理文化遗产,认真不苟。他或许认为这也有裨于济世,即使是落伍的,仍不失为书生本色。

朱自清自幼接受的是传统文化的熏陶,具有扎实的国学基础和多年的国文教学经验,因此,他在古典文学研究中一向重视对文本的细读与悟析。他曾强调诗歌应该多吟诵,仔细分析,因为要知道一首诗是怎么个好法,就必须先做分析的功夫。朱自清说:"譬如《关雎》诗罢,你可以引《毛传》,说以雎鸠的'挚而有别'来比后妃之德,道理好。毛公只是'章句之学',并不想到好不好上去,可是他的方法是分析的;不管他的分析结果切合原诗与否。又如金圣叹评杜甫《阁夜》诗说前四句写'夜',后四句写'阁','悲在夜'、'愤在阁',不管说的怎么破碎,他的方法也是分析的。从毛公《诗传》出来的诗论,可称为比兴派;金圣叹式的诗论,起源于南宋时,可称为评点派。现在看,这两派似乎都将诗分析得没有

---

① 朱自清:《近怀示圣陶》,《战地增刊》创刊号。
② 朱自清:《那里走》,《朱自清全集》第4卷,江苏教育出版社1996年版,第242—243页。

了,然而一向他们很有势力,很能起信,比兴派尤然;就因为说得出个所以然,就因为分析的方法少不了。"① 这说明,朱自清已经认识到虽然"比兴派"、"点评派"的传统诗学批评有很多不足,但它们最难得的一点是运用了分析的方法,只是它们都忽略了对诗的本来意义的分析,他们或以"比兴"的观念笼罩一切,或者任意"评点",直至把诗的意义分析得破碎了,没有了。那么,怎样才能立足文本对其内在的意蕴进行分析呢?很显然,传统诗学里原来的一些理论资源已经不足以满足这一要求,由此,朱自清很自然地就把眼光转向了丰富驳杂的西方现代诗学批评理论。

然而,和同时代的许多学者不一样的是,朱自清除了1931年曾经在英国伦敦皇家学院和伦敦大学注册旁听了一年之外,并没有在欧美长年留学或攻读学位的经历——在当时的清华大学,像朱自清那样没有留洋经验的教授可谓少之又少,因此,朱自清要拓宽自己的知识视野,了解西方的新方法、新理论,就非得比常人花更多的工夫和心思,也要经受比别人更大的压力。据《朱自清日记》记述,他游欧期间,曾有两次夜梦清华未能继续聘他为教授,理由是他在外国文学的学养上尚有不足。梦醒,全身冷汗,深感不发聘书颇有道理,于是他更加努力利用在伦敦的一切便利条件,来提高自己。概而言之,朱自清对西方资源的接受,主要是来自于"同事"瑞恰慈和燕卜逊关于语义分析的理论思想和方法。

艾·阿·瑞恰慈(又译为理查慈)(1893—1979),是英国文学评论家、语言学家、诗人,剑桥大学、哈佛大学教授。著有《美学基础》(与奥格登合著1922)、《意义的意义》(与奥格登合著,1923)、《文学批评原理》(1924)、《科学与诗》(1925)、《实用批评》(1929)等。他致力于文学理论"科学化",强调应该将现代科学的一些成果应用于文学研究,使它规范化。他还试图用行为主义心理学的方法分析读者阅读诗歌时以感情为基础的心理反应程式,在《实用批评》和《如何阅读一页书》(1942)中则通过具体的例子阐释了他的分析批评方法。

瑞恰慈被翻译到中国最早的著作是《科学与诗》,伊人翻译,北平华

---

① 朱自清:《诗多义举例》,《朱自清全集》第8卷,江苏教育出版社1996年版,第206—207页。

第六章　感悟诗学现代转型之方法垦拓

严书店1929年版。此书包含许多瑞恰慈的重要批评观点。1937年，《科学与诗》被列为文学研究会丛书，由曹葆华翻译，商务印书馆出版。叶公超在为曹葆华译本作序时强调说："瑞恰慈在当下批评里的重要多半在他能看到许多细微问题，而不在他对于这些问题所提出的解决方法"，"我希望曹先生能继续翻译瑞恰慈的著作，因为我相信国内现在最缺乏的，不是浪漫主义，不是写实主义，不是象征主义，而是这种分析文学作品的理论。"[①] 与文学研究会丛书同时出版的另一种论文集《现代诗论》，也是由曹葆华翻译编辑的，内收瑞恰慈诗论文章三篇，题为《诗的经验》、《诗中的四种意义》、《实用批评》。1936年6月的《中山文化教育馆季刊》刊载了吴世昌的《吕恰兹的批评学说述评》一文，对瑞恰慈的《文学批评原理》的基本观点作了详细介绍。对瑞恰慈的著作进行翻译和介绍集中于30年代，到了40年代，他的批评学说已被中国的一些批评家自觉地加以接受和运用。

据《清华人文学科年谱》记载，1929年到1931年度，瑞恰慈曾应聘任清华大学外国语文系教授。在清华大学外文系任教期间，曾授"第一年英文"、"西洋小说"、"文学批评"、"现代西洋文学（一）诗（二）戏剧（三）小说"等课程。其中"文学批评"一课是其所开的重要课程，为三年级必修课，在此课程学科内容说明中指出：本学科讲授文学批评之原理及其发达之历史。自上古希腊亚里士多德以至现今，凡文学批评上重要之典籍，均使学生诵读，而于教室中讨论之。

1930年，师从瑞恰慈的威廉·燕卜逊（1906—1984）撰写了著名的 *Seven Types of Ambiguity*（《朦胧的七种类型》），把瑞恰慈的语义学运用于文学批评，成为新批评的第一个实践典型。很巧合的是，燕卜逊也曾在1937年到1939年来华任燕京大学与西南联大教授，这无疑对瑞恰慈的批评理论在中国的进一步传播起了很大的促进作用。

也许是一种机缘，在瑞恰慈任教于清华大学以及燕卜逊任教于西南联大期间，朱自清也正任教于这两所学校，与瑞氏和燕氏同事。当勤奋好学

---

① 叶公超：《曹葆华译〈科学与诗〉序》，《叶公超批评文集》，珠海出版社1998年版，第148页。

的朱自清正在积极弥补自己没有留洋的缺憾,努力补习外国文学理论思想的时候,与这两位世界著名的西方文论家共事的机缘,使他自觉或不自觉地就对瑞、燕两氏的著作和学说产生了浓厚的兴趣,(当然,最为关键的是,朱氏固有的文学主张与瑞、燕两氏的文学理论具有极大的相通性。)我们可以从朱氏的日记中找到很多材料来证明瑞恰慈和燕卜逊著作中的观念和方法对朱自清产生了影响。譬如:

1933年10月14日(日记)载,"公超谈美人格鲁丁(Grudin)在《论丛》(Symposium)上作一文,驳理查斯(Richards)之说,以为语言装载思想而非表现思想,理查斯未明此点,彼意义只段分分解(Context)及联系(Signatory)两种,理查斯亦有文驳之,列入克劳斯(Croce)一派。"

1933年10月19日(日记)载,"(公超)又论理查斯于用意尚未说得透彻,此层甚重要也〔感觉(Sensation)之表现最不易传达〕。"

1934年7月30日载,"开始读《七种意义不明确的话》,相当难懂。"

1934年12月3日载,"读意义的含义一书。"

1935年8月8日载,"乔治归来。也推荐理查斯的基本教材:《东方和西方》。谈及法国汉学家之不友好态度。"

1935年8月23日载,"读完理查斯之《基础教材》。写得甚好。他说释义文法有二,一为替换,一为按原文之意义及效果改写,初学者不能办到。这样至少使原义更清晰。他系指华兹华斯晚期想法。华氏认为实质性动词优于连系动词。"

1936年6月8日载,"参加理查斯关于'何谓语法'之演讲会。讲了以下几点:'语法的涵意;各语法家之荒谬之处;语法不能是个封闭的体系;语法之目的;在教学中成功;向学生提供规范或标准;对语言进行心理分析;提供语言中逻辑形式之研究;为不同语言的不同方面提供进行比较的结构;提供与思想感情有关之语言形式的研究;提供解释之练习。'"

1937年10月22日载,"读《现代诗论》,但阅读中精力不能高度集中。"23日,"读完《现代诗论》。"

1938年8月26日载,"读理查斯的报告,并作札记。9月2日,写完理查斯著作札记。"

1947年6月20日载,"听燕卜逊教授讲现代英国诗。他朗诵诗数首,但评论不多。燕卜逊蓄长须,但其夫人甚美。福田设宴招待,饮酒。"
……①

从现存的这些日记中可以看到,朱自清读了瑞恰慈的大部分著作,其中 The Meaning of Meaning(即日记中《意义的含义》一书)读得最多,并且抓住了 Seven Types of Ambiguity 中语义分析的要义。具有多年国文教学经验和本来就对诗论研究颇用心的朱自清自然容易对瑞恰慈和燕卜逊的语义分析说产生共鸣,朱自清不止一次地说:"我读过瑞恰慈教授几本书,很合脾胃,增加了对于语文意义的趣味。"② 他把多年的对西方理论的阅读学习跟自己的传统素养结合在一起,这对他的文学批评思想产生了多方面的影响:

第一,更加注重对文本意义的分析。朱自清曾于1933年表明自己赞同并接受瑞恰慈的观点:"郭绍虞先生说这种方法(指严羽《沧浪诗话》里提倡的以'兴趣'论诗:'盛唐诸人,惟在兴趣,羚羊挂角,无迹可求。')'近游戏,多模糊影响之谈',是不错的。兴趣论所论的其实也与作家或作品无多交涉,只是用感觉的表现描出作品的情感部分而已。但情感以外还有文义、口气、用意等(用英国人瑞恰慈说),兴趣论都不去触及;'模糊影响',就为的这个。"朱自清用瑞恰慈的观点来反思中国传统文论中"神"、"气"、"味"等观念的局限,认为:"对于诗文的文义、情感、口气、用意四项都经指及,但知囫囵地说,加以用得太久,意义多已含糊不切,所以没有很大效用。"③ "大概因为做了多年国文教师,后来又读了瑞

---

① 以上所引朱自清日记均出自《朱自清全集》第9卷,江苏教育出版社1998年版,为避免繁琐,只随文注明年月日,出处未能一一注明。
② 朱自清:《写作杂谈》,《朱自清全集》第2卷,江苏教育出版社1988年版,第107—108页。
③ 朱自清:《中国文评流别述略》,《朱自清全集》第8卷,江苏教育出版社1996年版,第150—152页。

恰慈先生的一些书，自己对语言文字的意义发生了浓厚的兴味，十几二十几年前曾经写过一篇《说话》，又写过一篇《沉默》，都可以说是关于意义的。还有两三篇发表在天津《大公报》的文艺副刊上。"① "……而客观的分析语文意义，在国文教师的我该会合宜些。"他认为分析文本时，"文字有文义（Sense）与用意（Intention），最好能分别清楚。如'该死'二字，文义是应该死掉，其实用意不过表示自责或责人。这种只是表感情的词，与表思想的不同。"②

第二，认为语言具有特殊性，由此而造成了诗的多义性，因此需要用"细读"的方法去分析文本。诗的语言具有特殊性，这种特殊性常常使不了解的人难以进入诗中，朱自清主张对诗的语言来进行分析，从而突破这个难关。他说："诗是精粹的语言。因为是'精粹'的，便比散文需要更多的思索，更多的吟味；许多人觉得诗难懂，便是如此。但诗究竟是'语言'，并没有真的神秘；语言，包括说的和写的，是可以分析的；诗也是可以分析的。只有分析，才可以得到透彻的了解；散文如此，诗也如此。有时分析起来还是不懂，那是分析得还不够细密，或者是知识不够，材料不足；并不是分析这个方法不成。这些情形，不论文言文、白话文、文言诗、白话诗，都是一样。"③ 朱自清在《语文学常谈》和《论意义》中赞同瑞恰慈对文字多义的分析。他在《语文学常谈》中说道："唐代的皎然的《诗式》里说诗有几重旨，几重旨就是几层意思。宋代朱熹也说看诗文不但要识得文义，还要识得意思好处。这也就是'文外的意思'或'字里行间的意思'，都可以叫作多义。"④ 他认为"意义的分析是欣赏地把治学和批评两项任务集于一身的杰出的基础"，"文艺的欣赏和了解是分不开的，了解几分，也就欣赏几分，或不欣赏几分；而了解得从分析意义下手。""只有能分析的人，才能切实欣赏；欣赏是在透彻的了解里。"⑤ 意思也就

---

① 朱自清：《语文影及其他·序》，《朱自清全集》第 3 卷，江苏教育出版社 1988 年版，第 333 页。
② 朱自清：《语文杂谈》，《朱自清全集》第 8 卷，江苏教育出版社 1996 年版，第 205 页。
③ 朱自清：《古诗十九首释》，《朱自清全集》第 7 卷，江苏教育出版社 1996 年版，第 81 页。
④ 朱自清：《语文学常谈》，《朱自清全集》第 3 卷，江苏教育出版社 1988 年版，第 172 页。
⑤ 朱自清：《新诗杂话序》，《朱自清全集》第 2 卷，江苏教育出版社 1988 年版，第 316 页。

第六章　感悟诗学现代转型之方法垦拓

是说，要进行有效的批评，就必须善于欣赏；要能切实地欣赏，就得透彻地了解；而了解的办法，就是语义分析。他还说："瑞恰慈也正是从研究现代诗而悟到多义的作用。他说语言文字的意义有四层：一是文义，就是字面的意义。二是情感，就是梁启超先生说的'笔锋常带情感'的情感。三是口气，好比公文里上行平行下行的口气。四是用意，一是一，二是二是一种用意，指桑骂槐，言在此意在彼，又是一种用意。"① 他进一步强调说："多义也并非有义必收：搜寻不妨广，取舍却须严；不然，就容易犯我们历来解诗诸家'断章取义'的毛病。……我们广求多义，却全以'切合'为准；必须亲切，必须贯通上下文或全篇的才算数。从前笺注家引书以初见为主，但也有一个典故引几种出处以资广证的。不过他们只举其事，不述其义；而所举既多简略，又未必切合，所以用处不大。去年暑假，读英国 Empson 的《多义七式》（即 *Seven Types of Ambiguity*，又译为《朦胧的七种类型》），觉着他的分析法很好，可以试用于中国旧诗。"② 由上可见，朱自清关于古典诗歌"多义"的阐释，是与瑞恰慈、燕卜逊批评思想和方法密切相关的。

　　当然，对于性格审慎的朱自清来说，对瑞恰慈和燕卜逊的语义分析学的接受的确让他找到了传统诗学批评以外的有效的诗歌批评的方法，但是他对这些理论却并不是全盘接受，而是根据中国文学特有的情况加以改造，以达到自己的目的。比如，瑞恰慈和燕卜逊的语义分析的目的本在于通过语义分析和心理分析的结合来说明文学中的心理现象和规律，而朱自清运用语义分析的目的则在于理解诗歌或其他文体的作品；瑞恰慈从现代诗入手，再扩展到一般语言文字的作用，燕卜逊的语义分析学主要运用于诗歌尤其是戏剧中的诗歌的分析，而朱自清却创造性地把它运用于古典诗歌的分析，并在瑞恰慈理论的基础上提出了理解诗歌多义的"亲切"和"切合"原则等。这种经朱自清改造过的语义分析法在朱自清具体的古典文学批评中比比皆是，比如，在他撰写的《诗多义举例》、《古诗十九首释》、《〈唐诗三百首〉指导大概》等关于古典诗歌的批评著作里，我们就

---

① 朱自清：《语文学常谈》，《朱自清全集》第 3 卷，江苏教育出版社 1988 年版，第 172 页。
② 朱自清：《诗多义举例》，《朱自清全集》第 8 卷，江苏教育出版社 1996 年版，第 221 页。

可以清晰地看到他对瑞恰慈、燕卜逊理论方法的创造性运用。

在《诗多义举例》中,朱自清尝试将西方理论用于中国文学研究,较为典型的有《古诗十九首·行行重行行》、陶渊明的《饮酒》、杜甫的《秋兴》、黄庭坚的《登快阁》等。他认为,"诗是最错综的,最多义的"①,因此解诗的过程必然会发生意义的歧异问题。解诗读诗"可不要死心眼儿,想着每字每句每篇只有一个正解;固然有许多诗是如此,但是有些却并不如此"②。他以自己的名字为例:他本名"自华",家里起的号叫"实秋",一是"春华秋实"的意思,一是因算命先生说他五行缺火,所以取个半边"火"的"秋"字,这就是多义。这也就是西方诗学所说的"复义"的意思。朱自清允许诗中多种"复义"并存,他对每首诗都按句分列,将各句中的典故及历代对该句的评点列之于后,然后择善而从,对该句进行点评。这样对该诗的理解就更深一层。如在诠释黄庭坚《登快阁》"痴儿了却公家事,快阁东西倚晚晴"二句时,他在引述《晋书·傅咸传》所载杨济与傅咸书后这样分析说:"这两句单从文义上看,只是说麻麻糊糊办完了公事,上快阁看晚晴去。但鲁直用'生儿痴,了官事'一典,却有四个意思:一是自嘲,自己本不能了公事;二是自许,也想大量些,学那江海之流,成其深广,不愿沾滞在了公事上;三是自放,不愿了公事,想回家与'白鸥'同处;四是自快,了公事而登快阁,更觉出'阁'之为'快'了。"③

诠释《古诗十九首·行行重行行》里的"浮云蔽白日,游子不顾反"时,朱自清引了《文选》(李善注)、刘履《选诗补注》、朱筠河《古诗十九首说》和张庚《古诗十九首解》四种解说。前二者"以本诗为行者(逐臣)之辞",后二者"以为居者(弃妻)之辞",它们的共同点是"'浮云蔽白日'为喻辞无疑"。朱自清没有明确地排斥前者,说"解为逐臣之辞,在本诗也可贯通",也没有明确地排斥后者,说"解为弃妇之辞,似乎理长些"。这是从不同角度对同一解说对象的见仁见智,可以印证诗歌

---

① 朱自清:《诗多义举例》,《朱自清全集》第 8 卷,江苏教育出版社 1996 年版,第 191 页。
② 同上书,第 198 页。
③ 同上书,第 191 页。

第六章 感悟诗学现代转型之方法垦拓

多义性的存在。但他在《古诗十九首释》中又一次提到这首诗,并就"浮云蔽白日"说到朱筠和张玉谷以白日比游子、浮云比逸人的意见,随后说诗歌的多义中理应只有一义最为切合,与前一次对该诗的诠释相比,《古诗十九首释》中的分析表现出朱自清在运用西方的语义分析的同时,还考虑古典文学的合理"切合",而要追寻"切合",就不能不运用通常的"参证"方法,即引用其他诗或文以深刻地审视所分析的诗歌的意蕴和境界。

他在《诗多义举例》中分析陶渊明《饮酒》诗"结庐在人境,而无车马喧。问君何能尔,心远地自偏"几句时,就引了王康琚《反招隐》诗中的"小隐隐陵薮,大隐隐朝市;伯夷窜首阳,老聃伏柱史",说"渊明之隐,在此二者之外另成一新境界";又引了谢灵运《斋中读书》诗的"昔余游京华,未尝废丘壑。矧乃归山川,心迹双寂寞",然后说:"陶咏的是境因心远而不喧,与谢的迹喧心寂还相差一间",这些对于理解陶诗都是很有帮助的。朱自清在分析诗歌时,还会兼用考证的方法,如他说陶渊明《饮酒》诗中的"此中有真意,欲辨已忘言"中的"真意"是"真想",而"'真'固是'本心',也是'自然'"。他引以为证的是《庄子·渔父》中的一段话:"礼者,世俗之所为也;真者,所以受于天也,自然不可易也。故圣人法天贵真,不拘于俗;愚者反此,不能法天而恤于人,不知贵真,禄禄而受变于俗,故不足。"接着便下断语:"渊明所谓'真',当不外乎此"①。朱自清在诗歌分析中采用的参证与考证的方法是诗歌鉴赏中常出现的情形,但"是否切合诗意则是关键"。对于哪种解释才是较为"切合"的,朱自清有自己的独立见解。他多次强调:"多义也并非有义必收,搜寻不妨广,取舍却须严;不然,就容易犯我们历来解诗诸家'断章取义'的毛病。断章取义是不顾上下文,不顾全篇,只就一章一句甚至一字推想开去,往往支离破碎,不可究诘。"② 他自己解诗时就做到了搜寻广,取舍严。如解古诗"胡马依北风,越鸟巢南枝"时,原列出六个义解,但他认为前三个可取,第六个重复,第四五个则"违背古来语例,不足取"。他

---

① 朱自清:《诗多义举例》,《朱自清全集》第 8 卷,江苏教育出版社 1996 年版,第 207 页。
② 同上书,第 191 页。

还在《诗多义举例》中批评钱谦益、仇兆鳌注杜甫《秋兴》诗，认为钱谦益太看重杜诗的连章体而以己意穿凿附会，跟断章取义同为论诗之病；而仇兆鳌则把诗看得太死，不合实际情形。他还明确地反对解诗时以"比兴"为至上原则，认为若遵循"比兴"原则，在分析诗歌时就不能够切合诗的本义。他曾经说："别家说解，大都重在意旨，有的是根据原诗的文义和背景，却忽略了典故，因此不免望文生义，模糊影响。有些并不根据全篇的文义、典故、背景，却只断章取义，让'比兴'的信念支配一切。所谓'比兴'的信念。是认为作诗必关教化，凡男女私情，相思离别的作品，必有寄托的意旨。不是'臣不得于君'，便是'士不遇知己'，这些人似乎觉得相思、离别等私情不值得作诗；作诗和读诗，必须能见其大，但是原作里往往不见其大处。于是他们便抓住一句两句，甚至一词两词，曲解起来，发挥开去，好凑合那个传统的信念。这不但不切合原作，并且常常不能自圆其说，只算是无中生有，驴唇不对马嘴罢了。"① 他解《古诗十九首·青青陵上柏》中的"人生天地间，忽如远行客"，认为"远行客"是从《尸子》中老莱子说的"人生天地之间，寄也"的"寄"、《列子》的"死人为归人"的"归"、《韩诗外传》的"二亲之寿，忽如过客"的"过客"这些观念变化出来的，这意味着"远行客"是有出处的。这样，经过语义分析加考证，朱自清就把它的历史底蕴展示在读者的面前。

　　以上例子说明朱自清并不是有义必收，而是持在多义中有所取舍的解诗态度，这体现着他关于取舍义解的基本原则："我们广求多义，却全以'切合'为准；必须亲切，必须贯通上下文或全篇的才算数。"② 在另一场合，他又说："我们不能离开字句及全诗的连贯去解释诗。"③ 肯定解诗"诗多义"，承认读者与批评者在阅读中的审美创造（同于西方文学理论），但又明确"见仁见智的说法，到底是不足为训的"，解诗时尊重中国古典文学的表现特点，在主体创造性与文本客观性结合之上寻求"切合"之义，把读者的再创造建立在客观基础之上，这是在对西方文论的接受之上

---

① 朱自清：《诗多义举例》，《朱自清全集》第8卷，江苏教育出版社1996年版，第203页。
② 同上书，第197页。
③ 同上书，第193页。

第六章　感悟诗学现代转型之方法垦拓

的改造，具有鲜明的创新性。

除了解诗以外，朱自清还把语义分析与考据相结合的方法用在了诠释诗歌字句和考辨批评意念方面。他的着眼点不在一般的文字音义及名物典章制度的考辨，而在探索词语的应用和语义的变迁史，以揭示文学和文学批评的发展规律。他在解释、分析字义时，往往搜集不同时代的各种用例，加以考核、比较、辨析，工夫十分扎实。他指出："文学批评的许多术语沿用日久，像滚雪球似的，意义越来越多。沿用的人有时取这个意义，有时取那个意义，或依照一般习惯，或依照行文方面，极其错综复杂。"① 要明白这些词语的确切意义，必须加以精确的分析，"分析词语的意义，在研究文学批评是极重要的。"②《诗言志辨》就是这种精密分析与严谨考辨相结合的典范。

在他看来，历来文学批评所用的性状形容词如神、气、味等批评术语都是多义的，可以指诗文的文义、情感、口气、用意等，但这些词语只是囫囵地说，加以用得太久，意义多已含糊不清，所以需要对它们进行考辨、分析，而考析的结果就可以越来越接近旧文学的真面目。如他通过先秦时《诗》与礼、乐并论的种种实例，发现"温柔敦厚"一语的意义颇为复杂，它不仅是《诗》教，也是乐教、礼教。还对《诗大序》等有关旧说加以精审考释、辨析，揭示出此语的多义性和思想实质："'温柔敦厚'是'和'、'亲'，也是'节'，是'敬'，也是'适'，是'中'。这代表殷、周以来的传统思想。儒家重申道，就是继承这种传统思想。"③ 又如在《比兴》篇中，他先对最有影响的《毛诗》、《郑笺》的比兴说加以比对考查，再探寻此说的渊源，进而指出建安以来的诗人全部用《传》、《笺》的标准去用譬喻，后世论诗所说的"比兴"也不是《诗大序》的"比"、"兴"。"比兴"是诗歌批评史上的重要术语。"兴"字的解释模糊，向来没有确切定论。朱自清在对释"兴"诸例做了精确地统计和严密地考析后说："《毛传》'兴也'的'兴'有两个意义，一是发端，一是譬喻；这两个意义合

---

① 朱自清：《诗文评的发展》，《朱自清全集》第 3 卷，江苏教育出版社 1988 年版，第 30 页。
② 同上。
③ 朱自清：《诗言志辨》，《朱自清全集》第 6 卷，江苏教育出版社 1996 年版，第 257 页。

在一块儿才是'兴'。"① 同时还指出："前人没有注意兴的两重义，因此缠夹不已。他们多不敢直说兴是譬喻，想着那么一来便与比无别了。"② 他认为"比"就是"兴以外的譬喻"。尽管后世诗论里的"比兴"并非《诗大序》的"比"和"兴"，但《诗大序》的主旨，诗以"经夫妇，成孝敬，厚人伦，美教化，移风俗"，却一直牢牢地保存，并为诗人和诗论家所看重。这个主旨，在朱自清看来就是诗教，就是"诗言志"或"诗以道志"。在"诗三义"中，比兴不像赋那样"直陈其事"，而是"譬喻不斥言"或"主文而谲谏"，最与"温柔敦厚"旨趣相合，最具诗教作用。因此他说："论诗尊'比兴'，所尊的并不全在'比''兴'本身的价值，而是在诗以言志、诗以明道的作用上了"③。自唐代以后，"比兴"逐渐成为使用频率最高的批评术语之一，并"由方法变成了纲领"。这样，不仅对向来纷无定论的"比兴"作了确凿的考释，而且阐明了这一重要批评意念的质的演变。总之，书中对"比兴"等一系列诗论术语的辨析，既不单是纯客观的证实，也不单是纯主观的发挥，而是二者的结合。他将古人的观念纳入全新的模式，使批评具有强烈的现代气息，西方的语义分析等理念在朱自清的治学上体现为一种视野的融通。

通过以上分析我们可以看到，朱自清不仅吸收了语义分析学说，而且还发展了语义分析学说。他并没有完全把批评的视线局限在孤立的文本之内，而是在文学与外部世界的联系之中尊重作品的独立地位。他的文本解读并不单是一种臆测，而是在广泛联系之中根据"亲切"和"切合"的原则进行意义的取舍。朱自清本身具有扎实的古典文学底蕴，他同时注重运用改造后的西方理论方法来解诗、评诗，把新批评的方法和古典文学的训诂结合起来，把散见在具体诗论中的诗学碎片加以总结提炼，形成了具有现代意义的解读诗歌的微观实践。他的实践与主张，使新批评从宏观的对诗歌的总体把握转入对作品本体微观世界的解析，是一种以作品本体为中心的批评诗学，是对西方最新学术资源的一次自觉移植，同时，又有着实

---

① 朱自清：《诗言志辨》，《朱自清全集》第6卷，江苏教育出版社1996年版，第180页。
② 同上书，第181页。
③ 同上书，第229页。

现中国文学和文化现代性转化的诉求。就这样，以古典文学为媒介，新批评得以完成内部的转型，从而纳入中国文学批评史中。这种中西合璧的思维方式和批评理念，无疑重新诠释了中国古典文学的现代价值。朱自清把潜心研究"国学"作为自己的职业，学术研究扎根于中国传统文化，同时大胆地借助西方文学理论来重建中国古典文学批评，厘清并反思传统解诗理念和批评思想，这是站在中国新文学发展史高度上的独特拓新，更是在现代科学思想烛照下的宽阔眼光的表现。

2. 以史为据的客观释古法

1935年，冯友兰曾经说："中国近年研究历史之趋势，依其研究之观点，可分为三个派别：（一）信古，（二）疑古，（三）释古。'信古'一派以为凡古书上所说皆真，对之并无怀疑。'疑古'一派，推翻'信古'一派对于古书之信念。以为古书所载，多非可信。'信古'一派，现仍有之，如提倡读经诸人是。疑古工作，现亦方兴未艾。'释古'一派，不如信古一派之尽信古书，亦非如疑古一派之全然推翻古代传说。以为古代传说，虽不可尽信，然吾人颇可因之以窥见古代社会一部分之真相。"① 冯氏视"释古"为史学研究的新趋势、新方向。从大体上而言，朱自清在古典文学批评方面就是属于"释古"一派的。1947年他在《现代人眼中的古代》中就谈到了"释古"的问题，云："约莫十年前，冯友兰先生提出'释古'作为我们研究古代文化的态度。他说的'释古'，是对向来的'尊古'、'信古'和近代的'疑古'而言，教我们不要一味的盲信，也不要一味的猜疑，教我们客观的解释古代。"② 在这里，朱自清明确地提出了"客观的解释古代"的主张。但是，"现代人在解释，无论怎样客观，总不能脱离现代人的立场"，因此，如何才能做到"客观的解释古代"呢？接下来，朱自清作了如下的论述：

> 对古代文化的客观态度，也就是要设身处地理解古人的立场，

---

① 冯友兰：《中国哲学史补》，商务印书馆1936年版，第93页。
② 朱自清：《现代人眼中的古代》，《朱自清全集》第3卷，江苏教育出版社1988年版，第202页。

> 体会古人的生活态度。盲信古代是将自己一代的愿望投影在古代，这是传统的立场。猜疑古代是将自己一代的经验投影在古代，这倒是现代的立场。但是这两者都不免强古人就我，将自己的生活态度，当作古人的生活态度，都不免主观的偏见。客观的解释古代，的确是进了一步。理解了古代的生活态度，这才能亲切的做那批判的工作。①

从这段话可以看出，朱自清所谓的"客观的解释古代"，就是要"设身处地理解古人的立场，体会古人的生活态度"。现在的问题是，古人已经离我们远去，其立场和生活态度如何才能体会得到呢？朱自清的方法是，"将文学批评还给文学批评"，"将中国还给中国，一时代还给一时代"②，简言之，就是要"以史为据"，即以客观的历史生活、以当时人们的情感立场作为批评的依据和出发点。

在《中国学术界的大损失——悼闻一多先生》一文中，朱自清结合闻一多的古典文学研究，进一步对这一方法作了具体的诠释。云："我们要客观的认识古代；可是，是'我们'在客观的认识古代，现代的我们要能够在心目中想象古代的生活，要能够在心目中分享古代的生活，才能认识那活的古代，也许才是那真的古代——这也才是客观的认识古代。"朱自清说，闻一多在研究上古神话的时候就能够很好地将神话"跟人们的生活打成一片"，因为闻一多清楚地认识到，"神话不是空想，不是娱乐，而是人民的生活欲和生活力的表现"，"是人与自然斗争的纪录"。闻一多在研究屈原的时候亦是如此，"也将他放在整个时代整个社会里看。他承认屈原是伟大的天才；但天才是活人，不是偶像，只有这么看，屈原的真面目也许才能再现在我们心中"。闻一多研究《周易》里的故事，"也是先有一整个社会的影响在心里"。闻一多研究《诗经》时更是将《诗经》还原到它所产生的特殊的时代背景里去，"看出那些情诗里不少歌咏性生活

---

① 朱自清：《现代人眼中的古代》，《朱自清全集》第 3 卷，江苏教育出版社 1988 年版，第 203 页。

② 朱自清：《诗文评的发展》，《朱自清全集》第 3 卷，江苏教育出版社 1988 年版，第 25 页。

第六章 感悟诗学现代转型之方法垦拓

的句子"①。

朱自清在进行古典文学研究的时候,亦是力争客观地解释古代。比如他在论证"诗的源头是歌谣"②时,就先将上古时人们如何发泄自己的情绪描述一番:"上古时候,没有文字,只有唱的歌谣,没有写的诗。一个人高兴的时候或悲哀的时候,常愿意将自己的心情诉说出来,给别人或自己听。日常的言语不够劲儿,便用歌唱;一唱三叹的叫别人回肠荡气。唱叹再不够的话,便手也舞起来了,脚也蹈起来了,反正要将劲儿使到了家。碰到节日,大家聚在一起酬神作乐,唱歌的机会更多。或一唱众和,或彼此竞胜。"③ 然后他举出《吕氏春秋·古乐》篇中葛天氏乐八章的例子,指出那种"三个人唱,拿着牛尾,踏着脚"④的行为描写的就是上古先民发泄情绪、创作诗歌的光景。朱自清不仅强调诗歌起源于初民宣泄情绪的需要,还认为上古的文字其实是始于记载人们心声的需求。在《尚书·汤誓》篇中有这么一句话:"时日曷丧,予及汝偕亡",翻译成白话就是:"太阳啊,你灭亡吧!我们一块儿灭亡吧!"朱自清认为这是当时的人们不堪忍受暴政、极度怨恨之下的反抗的呼号,是来自底层民众的呐喊⑤。又如在介绍《周易》时,他没有被"《周易》是儒家经典"这一成见所迷惑,而是客观地从当时的社会环境及其发展状况来说明《周易》原是先民切用的筮书,与古代民众的生活密切相关,它除了被儒家所利用,成了儒家"一部传道的书",并且逐步演变成儒家的经典外,还内在地将"阴阳八卦与五行结合起来,三位一体的演变出后来医卜、星相种种迷信,种种花样,支配着一般民众,势力也非常雄厚"⑥,显示出原来的卜筮传统和民俗传播的力量。有了具体的历史分析,朱自清于是就很信服地

---

① 朱自清:《中国学术界的大损失——悼闻一多先生》,《朱自清全集》第3卷,江苏教育出版社1988年版,第120页。
② 朱自清:《经典常谈·诗经第四》,《朱自清全集》第6卷,江苏教育出版社1996年版,第29页。
③ 同上。
④ 同上。
⑤ 朱自清:《论标语口号》,《朱自清全集》第3卷,江苏教育出版社1988年版,第146页。
⑥ 朱自清:《经典常谈·〈周易〉第二》,《朱自清全集》第6卷,江苏教育出版社1996年版,第19页。

指出,"儒家的《周易》是哲学化了的,民众的《周易》倒是巫术的本来面目。"①

《诗言志辨》是朱自清"历时最久,工力最深"(李广田语)的一部研究古代文学批评"意念"的著作,在这部关于诗歌理论的批评论著中,朱自清也同样严格遵循了"以史为据,客观释古"的研究方法,能够很好地立足于诗论所生成的具体实际,立足于历史的本来面目。

作为我国诗学"开山的纲领",一直以来,"诗言志"受儒家"诗教"思想的影响很深。孔子说"兴于诗,立于礼,成于乐"以及"兴、观、群、怨"、"事父事君"等,强调的就是诗歌的修身和教化功能,虽然他也承认作诗要"发乎情",但这样的"情"必须要"止乎礼义",才符合诗的道德标准,才能有它的价值。而朱自清却认为"诗言志"的"志"不应该仅仅把它简单地理解成儒家所说的"仁"和"礼",这样会大大限制诗歌的意蕴。这个"志",还有"怀抱"的意思。初民抒发自己的情怀,"结恩情、做恋爱用乐歌,这种情形现在还常常看见;那时有所讽颂、有所祈求,总之有所表示,也多用乐歌。人们生活在乐歌中。……献诗和赋诗正从生活的必要和自然的需求而来。"② 由此可见,用"诗"来言"志",其实是"初民的生活方式之一",他们是用"诗"来表达和记录自己的生活和现实,这种行为更多的是出于一种朴素的本能,而非经过教育、经过深思熟虑之后的对"仁"与"礼"的膜拜。朱自清考察群籍,认为诗的价值在于为"庶人传语",而不是宣扬仁义礼教,"言志"其实是让"人人都得自由讲自己所愿讲的话",这才是诗歌本来的面目,所谓"哀乐之心感而歌咏之声发"、"感于哀乐,缘事而发"、"各言其伤"、"吟咏情性"。他强调初民作诗是"饥者歌食,劳者歌事",诗歌是古代人们生活的写照,因此,要了解诗歌就必须先了解初民的生活,还原诗歌描写的情景,不能一厢情愿地站在政教的高度上来扭曲诗歌的本意;要先从民众的哀乐着眼,

---

① 朱自清:《经典常谈·〈周易〉第二》,《朱自清全集》第 6 卷,江苏教育出版社 1996 年版,第 19—20 页。
② 朱自清:《诗言志辨·诗言志》,《朱自清全集》第 6 卷,江苏教育出版社 1996 年版,第 140 页。

第六章 感悟诗学现代转型之方法垦拓

肯定"乐以言志,歌以言志,诗以言志"才是真正的"传统的一贯",不能单单钻研于以"事父事君"的政教功能为核心的"诗言志"说。特别是对那些与儒家政教不太相关的诗歌,更应该看到其蕴含的生活性的一面。例如《野有蔓草》这一类诗,仅仅是一首表达男女私情、两性野合之作,既非讽亦非颂,也没有教化的作用,跟儒家的"言志"没有什么关系,就不能如儒家诗论家那样认为该诗也具有"陈诗观风"的功能,更不能在某些外交场合,断章取义地取其中"邂逅相遇,适我愿兮"两句,堂而皇之地用来表示欢迎贵宾。朱自清尖锐地指出,后世论诗的人总爱溯源于《三百篇》,却看不到产生这些诗篇的本来生活,这就往往只会产生一些空泛的不切实际的言论。

对于汉乐府诗,朱自清指出当时虽仍有很多以"言志"为题的诗作,但究其思想内容,其实是以"言志"为名,"言己"为实,创作的角度已经从政教慢慢向现实、个人转移。如冯衍在其《显志赋》的"自论"里云:

> 顾尝好俶傥之策,时莫能听用其谋。喟然长叹,自伤不遇。久栖迟于小官,不得舒其所怀。抑心折节……乃作赋自厉,命其篇曰"显志"。"显志"者,盲光明风化之情,昭章玄妙之思也。①

很显然,冯衍的"显志"只是因为"久栖迟于小官,不得舒其所怀",所以"作赋自厉",但他赋的"只是一己的穷通"②。类似的还有班固《幽通赋》的"致命遂志",张衡《思玄赋》的"宣寄情志",等等。当然,也有不借"言志"之名来"言己"的,如秦嘉《留郡赠妇诗》五言三篇,就只述伉俪情浓,而与政教无关。朱自清专门对汉乐府诗的主题进行过归类分析,发现其中歌咏男女相思和离别的作品非常之多,此外,比较多的就是表达对世态炎凉、奸邪当道、人生无常等现实人生的愤懑之作。这些诗

---

① 《后汉书》五十八下本传,转引自朱自清《诗言志辨·诗言志》,《朱自清全集》第6卷,江苏教育出版社1996年版,第161页。
② 朱自清:《诗言志辨·诗言志》,《朱自清全集》第6卷,江苏教育出版社1996年版,第161页。

歌,就更不是儒家所谓的那种"诗言志"了,而只是满足于对自我情感的抒发,真实地记录和表达生活的时代或时代的生活。

时间推移到六朝,朱自清认为六朝人论诗,已经较少使用"言志"一词了,虽然没有完全舍弃"言志"的说法,但那时的"志"已经和"情"融合在一起,少了动辄政教的严肃面孔,多了人性悲乐的现实写照。比如,沈约在《宋书·谢灵运传论》中云:"民禀天地之灵,含五常之德,刚柔迭用,喜愠分情。夫志动于中,则歌咏外发。"这里"刚柔"指性,"喜愠"是情,他所谓的"志"便是一般的人的性情。另《文心雕龙·明诗》篇云:"人禀七情,应物斯感;感物吟志,莫非自然。"这个"志"已经明确为"七情";"感物吟志"既然"莫非自然",那么所吟之"志"就应该是人们由内而发、由零距离的现实而产生的"自然之情"。……

这样,通过对"诗言志"这一诗学意念"以史为据"的历史考察,其内涵就得到了相对客观准确的诠释。也正是在这种"客观地解释古代"的研究实践中,朱自清雄辩地说明,对古典文学和理论的批评研究,首先必须明白它们是"是随时代演变随时代堆积的",分析某一时代的作品或者文学理论,就必须要深入了解那个时代的现实,立足于当时的生活,以当时人们的立场为立场,才能得出最可靠也最有价值的结论。

现在的问题是,朱自清为什么能够在自己的古典文学批评中如此执着地运用这种"以史为据的客观释古法"?我们认为,这和"五四"时代所倡导的"科学"精神不无关系。"五四"新文化运动树起了"科学"与"民主"两面大旗,在20世纪20代初学术界又掀起了一场广泛而深入的关于"科学与玄学"的大论战,"科学"成为中国现代不折不扣的一种时代精神。在当时的学者看起来,"'科学'的意义远远超出了认识与改造物质世界的范畴。科学意味着反传统、反封建、反愚昧,意味着进步、启蒙和革命。'科学'成了中国知识分子赖以拯救国家与民族的法宝。如何运用科学的世界观来考察与改革文学、艺术,已然就成了学界关心的重要课题。从五四时期的胡适、陈独秀伊始,便鼓吹以'科学精神'、'科学方法'改造人文学术与艺术,'五四'时代的新诗(甚至更早,如梁启超的

第六章　感悟诗学现代转型之方法垦拓

诗界革命）以诗中嵌入科技名词为时尚"①。还有，1920 年至 1923 年间，胡适、顾颉刚、钱玄同及持不同意见学者还展开了为时九个月的古史讨论，形成了"信古"、"疑古"、"释古"等三派。朱自清作为沐浴着"五四"科学精神成长起来的一代学人，这些论战和讨论对他的影响是显而易见的。因此，他在自己的文学研究中渗入科学的思维和方法，注重研究的实证性，推崇并实践论从史出的客观释古法，这就不足为奇了。

当然，朱自清的这一"客观释古"的文学研究方法，亦与西方 20 世纪二三十年代兴起的科学主义哲学思潮和文学批评思潮有着内在的联系。所谓科学主义，"是以自然科学的眼光、原则和方法来研究世界的哲学理论，它把一切人类精神文化现象的认识论根源都归结为数理科学，强调研究的客观性、精确性和科学性，其思想基础在本世纪主要是主观经验主义和逻辑实证主义。"②语义学批评、新批评、结构主义文论以及相关的符号学、叙事学等，都是受科学主义哲学思潮影响而兴起的文学批评派别。我们在前面论述朱自清"中西合璧的语义考析法"时曾经提到，朱自清曾经于1931—1932 年游学欧洲一年，那时正是科学主义思潮在欧洲方兴未艾之时（虽然也已经遭到了许多人的反对），在国内就受科学精神熏染的朱自清对这一思潮肯定是心领神会。特别值得一提的是，对朱自清影响很深的语义分析派代表人物瑞恰兹和燕卜逊也都主张对文学进行科学化的批评。瑞恰兹的《科学与诗》、《文学批评原理》等著作，在中国还颇受欢迎（在 20 世纪 30 年代的中国学术界，对西方文论的译介远不如现在充分，但《科学与诗》一书却出版了两个完整的译本）。钱锺书曾经说："瑞恰慈的《文学批评原理》确是在英美批评界中一本破天荒的书。它至少，教我们知道……我们在钻故纸堆之余，对于日新又新的科学——尤其是心理学和生物学，应当有所借重。"③ 朱自清对瑞恰慈的科学化批评也持基本肯定态度，他在《语文学常谈》中说，"瑞恰慈被认为科学的文学批评家，他的学说的根据

---

① 徐葆耕：《科技时代的诗之惑——回眸韦勒克与瑞恰兹之辩》，《清华大学学报》2002 年第 1 期。
② 朱立元：《当代西方文艺理论》，华东师范大学出版社 1997 年版，第 2 页。
③ 钱锺书：《写在人生边上》，生活·读书·新知三联书店 2001 年版，第 211—212 页。

是心理学。他说的语言文字的作用也许过分些,但他从活的现代语里认识了语言文字支配生活的力量,语言文字不是无灵的。……确是值得我们注意的。"① 由此可见,朱自清在着重接受语义分析学的同时也对欧洲的整个科学主义思潮有过广泛的了解,并最终促成了他的"以史为据的客观释古法"的形成。

3. 立足现实的经典诠释法

学术研究联系现实生活,以日常生活来取喻文学批评,这是朱自清古典文学批评的又一种方法。朱自清在自己的古典文学研究中,在努力追求学理性的同时,还在有意识地追求一种趣味性和通俗性。为此,他运用了许多方法,或者引入人们知其然而不知其所以然的现象,或者从神话传说中撷取光环,或者古今对比,又或者从人们日常生活中熟知的习俗等,去激发读者的兴趣,让读者产生一种新鲜感,使学术写作与人们的日常生活联系起来,使严谨的学术研究接近普通大众。以《经典常谈》为例。如《诗经第四》里有一段是这样叙述的:

> "诗言志"是一句古话;"诗"这个字就是"言"和"志"两个字合成的。但古代所谓"言志"和现在的所谓"抒情"并不一样;那"志"总是关联着政治或教化的。春秋时通行赋诗,在外交的宴会里,各国使臣往往得点一篇诗或几篇诗叫乐工唱。这很像现在的请客点戏,不同处是所点的诗句必加上政治的意味。这可表示这国对那国,或这人对那人的愿望、感谢、责难等等,都从诗篇里断章取义。断章取义是不管上下文的意义,只将一章中的一两句拉出来,就当前的环境,作政治的暗示。②

这段话的语言通俗易懂,口吻温文尔雅,还用"现在的请客点戏"来比喻古代的情形。一来举出古代与现代生活的相似点,拉近古今之间的距离,

---

① 朱自清:《语文学常谈》,《朱自清全集》第3卷,江苏教育出版社1988年版,第173页。
② 朱自清:《经典常谈·诗经第四》,《朱自清全集》第6卷,江苏教育出版社1996年版,第31页。

第六章　感悟诗学现代转型之方法垦拓

引起读者兴趣；二来使读者更形象地想象那"赋诗"的情景，逼真地体验"言志"的意思。而接下来，朱自清就势举出《左传》里子太叔断章取义地赋《野有蔓草》以表示欢迎贵宾的例子，使读者对"点戏"、"言志"有了更清晰的认识。

朱自清长期从事教师职业，他不仅知道应该取今说古，还知道如何把古今结合起来，如同课堂上要有一个引人入胜的开场白，使读者更容易接受自己的阐释，并留下深刻的印象。

> 如《〈周易〉第二》："在人家的门头上，在小孩的帽饰上，我们常见到八卦那种东西。八卦是圣物，放在门头上，放在帽饰里，是可以辟邪的。辟邪还只是它的小神通，它的大神通在能够因往知来、预言吉凶。算命的、看相的、卜课的，都用得着它……八卦及阴阳五行和我们非常熟习，这些道理直到现在还是我们大部分人的信仰，我们大部分人的日常生活不知不觉中教这些道理支配着……可见影响之大……"①

这个取例是从当时人们习以为常的习俗或风俗入手的。朱自清深知，《周易》是一部很深奥的古代文化经典，解说得太学理化了，可能会拒人于千里之外，特别是一般的读者会望而生畏。因此，他在文章的开头就并没有急着去论说《周易》，而是列出一些生活中常见的与《周易》内容有密切关系的现象，这些现象人们也许已经或正在经历，但又不一定了解其产生的来源和变化，更不一定知道这类现象出现的理论依据，这样，人们出于某种好奇，也就自然产生了极大的阅读兴趣。与上例如出一辙的还有《三〈礼〉第五》：

> 许多人家的中堂里，供奉着"天地君亲师"的大牌位。天地代表生命的本源。亲是祖先的意思，祖先是家族的本源。君师是政教的本

---

① 朱自清：《经典常谈·〈周易〉第二》，《朱自清全集》第6卷，江苏教育出版社1996年版，第14页。

源。人情不能忘本，所以供奉着这些。荀子只称这些为礼的三本；大概到了后世才宗教化了的。①

"礼"无处不在，但"礼"又是一种很抽象的东西，朱自清从人们最熟稔的"天地君亲师"的牌位说起，马上就使读者产生了亲近感，学术的严肃性得到了有效的消解。在家长里短般的叙述里就已经把学术问题说清楚了，这正是朱自清作为学术大师的一种追求和境界。

为了能更好地把经典阐释得"雅俗共赏"，朱自清还极力倡导采用类似谈话的随意轻松的语言风格来诠释古典文学。如《诗经第四》：

> 一个人高兴的时候或悲哀的时候，常愿意将自己的心情诉说出来给别人听。日常的言语不够劲儿，便用歌唱：一唱三叹的叫别人回肠荡气。唱叹再不够的话，便手舞起来了，脚也蹈起来了，反正要将劲儿使到了家……②

又如《四书第七》：

> 本来呢，从前私塾里，学生入学，是从"四书"读起的。这是那些时代的小学教科书，而且是统一的标准的小学教科书，因为没有不用的。那时先生不讲解，只让学生背诵，不但得背正文，而且得背朱熹的小注。只要囫囵吞枣的念，囫囵吞枣的背；不懂不要紧，将来用得着，自然会懂的。怎么说将来用得着？那些时候行科举制度。科举是一种竞争的考试制度，考试的主要科目是八股文，题目都出在"四书"里，而且是朱注的"四书"里。科举分几级，考中的得着种种出身或资格，凭着这种资格可以建功立业，也可以升官发财；作好作

---

① 朱自清：《经典常谈·三礼第五》，《朱自清全集》第6卷，江苏教育出版社1996年版，第36页。

② 朱自清：《经典常谈·诗经第四》，《朱自清全集》第6卷，江苏教育出版社1996年版，第29页。

歹，都得先弄个资格到手。①

以上两段话，一是对古代人发泄自己情绪的描写，一是对儒家推崇"四书"情况的描述。尽管这些论述都有古代典籍的依据，但作者并没有拘泥于古籍，更没有烦琐地引经据典，而是用自己的语言加上生活化的描述言说出来，生动、形象、轻松、幽默，甚至稍有调皮的感觉。这样的句子，完全是口语化的，仿佛是与人随意聊着古代的故事，而在故事里，古今之间几乎没有隔膜，学术与生活之间也几乎没有隔膜，让读者仿佛感受到古代文学与当下生活合而为一，古典文学从生活现实中产生，现实生活也在形象地阐释着古典文学。这是作者所倡导的散文创作中的"谈话风"的风格在学术写作中的有效运用，它使学术著作减却了书卷气，却平添了几多生活味。

朱自清这种诠释经典的方法，是对中国传统解释学方法的合理继承与发展。我国古代历来都注重对经典的诠释，张隆溪就曾经说："我们……可以把中国文化传统说成是一种阐释学传统，因为它有一个漫长的、始终围绕着一套经典文本发展起来的诠释性传统，以及建立在大量品评之上的财富。"② 的确，千百年来，传统的经典特别是儒家经典反复地被历来的学者注疏、诠释，关于四书五经的诠释甚至形成了专门的经学。而且，古代学者们还非常注意对经典诠释方法的摸索，早在孔子就确立了"述而不作"的经典诠释法，孟子亦有"知人论世"和"以意逆志"的诠释方法。但是，正如有的论者所说的，中国传统的经典诠释学的中心课题不在于"如何了解文本"，而在"如何受文本感化"。在传统中国的经典解释者看来，知识上的领略只是内化经典并实践经义的手段而已，解经是过程、是手段，求道才是终极目的。因此，传统学者诠释经典不以通博自炫，而以畜德自勉，虚心涵泳，切己体察，所以，中国经典解释学的知识论与方法

---

① 朱自清：《经典常谈·四书第七》，《朱自清全集》第6卷，江苏教育出版社1996年版，第47页。
② Longxi Zhang: *The Tao and the Logos: Literary Hermeneutics, East and West*, Durham: Duke University Press, 1992.

论问题，较少获得充分的剖析①。朱自清如此执着地从事经典的诠释，很明显地是受到了古代这种一以贯之的诠释传统的影响，但与古代不同的是，他在诠释经典的目的和立场上发生了变化——由古代的"诠释者立场"向"读者立场"转变，也就是说，他不再满足于古代那种诠释者本人"蓄德自勉"式的诠释，而力求站在普通读者的立场上，结合日常生活中司空见惯的事例，通俗易懂地把经典诠释出来，让文化水平相对较低的读者也对经典有所了解。

朱氏弟子吴小如在2005年版《论雅俗共赏》"前言"中曾经说："文学作品不能只供文化程度高的读者阅读，而应该争取多数人（亦即一般文化水平的人）都能欣赏，这样的作品才能传之永久。这就是我对先生论'雅俗共赏'的粗浅理解。"② 在此，吴氏主要是就文学创作而言的。其实，通过我们前面的论述可以看出，朱自清对古代经典的诠释，也同样在追求着这样一种雅俗共赏的境界，他诠释经典的目的是把经典作最大范围的普及和推广。在《经典常谈·序》中，朱自清明确地提出："做一个有相当教养的国民，至少对于本国的经典，也有接触的义务。"他说，旧时的教育，整个儿是读经的教育，但是，学生食而不化，这样只是徒然摧残了他们的精力和兴趣。新式教育施行以后，读经逐渐废止了，可经典训练却并没有废止。然而，"我国经典，未经整理，读起来特别难，一般人往往望而生畏，结果是敬而远之。"因此，为了做好经典的普及工作，朱自清不遗余力地撰写了《经典常谈》、《论雅俗共赏》、《读书指导》、《国文教学》、《中国歌谣》、《标准与尺度》等一系列文学理论著作，尽可能联系当下的现实生活通俗浅显地把古代一些经典诠释出来，使"读者能把它当作一只船，航到经典的海里去"③。

总之，正如朱自清曾在《日常生活的诗》中所说的："这是一个重新估定价值的时代，对于一切传统，我们要重新加以分析和综合，用这时代

---

① 黄俊杰：《论经典诠释与哲学建构之关系——以朱子对〈四书〉的解释为中心》，《南京大学学报》2007年第2期。
② 吴小如、朱自清：《论雅俗共赏》，北京出版社2005年版，前言，第4页。
③ 朱自清：《经典常谈·序》，《朱自清全集》第6卷，江苏教育出版社1996年版，第3—4页。

第六章　感悟诗学现代转型之方法垦拓

的语言表现出来。"① 出于这种学术追求，朱自清以审慎的态度吸收并发展了西方语义分析学，对当时西方这一最新学术资源进行了一次自觉的移植与醇化，从很大程度上促使传统文学批评从对诗歌的总体把握中转入到对作品本体微观世界的解析。同时，他还创造性地运用了"以史为据的客观释古法"以及"立足现实的经典诠释法"来诠释中国古典文学，既立足于古代文学作品生成的文化土壤，又密切联系当下的现实生活，接通了现代读者与古代作者的心灵体验，让读者特别是普通的读者通过自己的现实生活切入到对古代文学作品与文化典籍的理解。他所作出的这种种学术努力，很好地繁荣了中国现代的学术研究，对今后很长一段时间的古典文学研究都会产生非常深远的影响。而且，若联系我们的整个论题来看，朱自清在古典文学批评中所进行的这些方法探索，因为都是紧紧围绕着文学的鉴赏与体悟而展开的，所以，也无不有助于感悟诗学的现代转型。换言之，他在古典文学研究领域所取得的巨大成功，亦无疑从很大程度上标示了感悟诗学现代转型在具体方法上的成功。

---

① 朱自清：《日常生活的诗》，《朱自清序跋书评集》，生活·读书·新知三联书店1983年版，第114页。

第七章 感悟诗学现代转型之个案分析
——以李健吾印象主义批评为对象

李健吾（1906—1982），笔名刘西渭，我国现代著名文学批评家、作家、法国文学研究专家。在中国现代文学批评史上，李健吾的印象主义批评可谓独树一帜，卓尔不群。他对当时充斥批评界的大量"文学外"批评深恶痛绝，主张批评应该立足文学作品，叙述批评者对于作品的印象和感受，是"灵魂在杰作中的探险"，强烈反对那种依凭某种外在的理论对批评对象进行肢解的分析式批评。在以社会历史批评占主流的20世纪三四十年代，李健吾的这种印象主义文学批评观具有非常特殊的意义，"使得批评在最大的程度之上，切近了文学创作本身"，"对于现代批评之中忽略文学性的倾向，是一次重要的纠正"，"对于现代文学的发展，现代文学批评自身的建设，都不无重要意义"[①]。李健吾印象主义批评，是对我国古代感悟鉴赏式批评的批判性继承，同时又具有鲜明的开放性，有机地吸收融会了西方现代以法朗士、佩特、王尔德、勒麦特等为代表的印象主义批评的一些思想精髓，是一种颇具代表性的充满现代性光芒的感悟诗学批评。对李健吾的批评才能，文学史家司马长风给予了极高的评价，称赞"他有周作人的渊博，但更为明通；他有朱自清的温柔敦厚，但更为圆融无碍；他有朱光潜的融会中西，但更为圆熟；他有李长之的洒脱爽朗，但更有深度"[②]。当然，严格而论，在印象主义批评理论上，李健吾并无太多的原创性阐述。李健吾最大的贡献在于，他能够一以贯之地运用印象主义批评方

[①] 刘锋杰：《中国现代六大批评家》，安徽文艺出版社1995年版，第176页。
[②] 司马长风：《中国新文学史》，（香港）昭明出版社1980年版，第248页。

法，以其丰厚的批评实绩，从实践层面，进一步推动了传统感悟诗学向现代转型。其《咀华集》等批评论著，堪为现代感悟诗学批评的经典文本。

一 李健吾印象主义批评的理论渊源

对于李健吾印象主义批评的理论渊源，有论者在论述京派文学批评的时候，曾进行过比较精当的概括，云："收纳众家，又不拘泥于一家，吸收创化为带有中国文化思维印记的，融文学批评诸种功能为一体的文学批评方法——既汲取法国分析学派将作家心理与作品，与时代和环境相联系的理性思维和'科学态度'，又纳入印象派'阐发一首诗或一件艺术品的伟大与永久的艺术元素'的欣赏直观和'美感的态度'，还糅入中国传统诗学的感悟性直觉思维方式，从而形成以李健吾为代表的'心灵探险'式的文学批评。"① 那么，李健吾又是如何继承中国传统的感悟式诗学思维，又是如何汲取西方批评的有关理论的呢？下面，我们试分而论之。

1. 对中国传统感悟批评的继承

如前所论，中国传统诗学偏重于直觉感悟，不重分析论证，是一种感悟诗学。其实，从很大程度上而言，传统文学批评亦是一种典型的注重直觉感悟和印象把捉的感悟批评。古代感悟批评追求对作品整体韵味的探寻，强调"涵咏默会"，直觉领悟，强调阅读欣赏和玩味体验的过程性，强调批评过程的渐进性、反复性，期待在品读作品的过程中自然滋生真切的精深的感知印象。在传统批评那里，"批评家的任务是记录和描写作品在他内心所激起的意象和情感"，而且，"批评家在反复沉潜的审美体验中获得的意象、情感，只能通过含蓄形象的诗化语言表达。这种诗化的表达方式，往往能够把抽象的精神特征和幽微的心理体验转化为可触摸的感官印象"②。严羽的《沧浪诗话》可以说是传统感悟批评的典型代表，主张文学批评不以诗学中心范畴的阐释为目的，而以自身直觉经验去体验、感悟，对作品进行美感再创造。特别是，严羽将"不涉理路，不落言筌"作为艺术的最高价值标准，他认为，任何形式逻辑的理论言说，在无可言说

---

① 李俊国：《三十年代"京派"文学批评观》，《中国现代文学研究丛刊》1987 年第 2 辑。
② 王先霈：《文学批评原理》，华中师范大学出版社 2003 年版，第 89 页。

的艺术品面前都显得苍白无力。他还将"言有尽而意无穷"的传统诗学境界与不立文字、非理性的禅宗结合起来，以禅喻诗，力倡妙悟，不回答涉及的哲学、美学的本体问题，而以具体的艺术对象为研究对象，集中讨论美感经验、审美价值的来源及规范，重视对客观世界和创作对象的感悟、领会，通过形象化的语言将这份感悟生动地传达出来，注重言语方式与所传达对象的审美特性的合一。严羽的这种批评理论是中国传统感悟批评的理论结晶，对后世产生了非常深远的影响。

以李健吾为代表的现代印象主义批评，就继承了我国传统感悟批评中注重直觉、顿悟、体验的特点，强调以自身的直觉经验去体验、感悟作品。李健吾曾经明确地说，"什么是批评的标准？没有。如若有的话，不是别的，便是自我。"[①] "批评者应该赤手空拳，用自己的人生拥抱作品。""我不太相信批评是一种判断。一个批评家，与其说是法庭的审判，不如说是一个科学的分析者。科学的，我是说公正的。分析者，我是说要独具只眼，一直剔爬到作者和作品的灵魂的深处。"[②] 一个批评家，"不判断，不铺叙，而在了解，在感觉。"[③] "一个批评者与其说是指导的，裁判的，倒不如说是鉴赏的。"[④] 从这些言论中就可以看出，主观性、直觉性、体验性是李健吾进行文学批评最直接的动因和主要表现形式，他的批评文字大多来源于"直觉的美感"，来源于印象的、直觉的、感悟的自我体验。他从不使用"坚定的理论辅佐"，不把文学作品的思想内容和艺术截然分割开来去剖析、去推断出几个条理分明的理论观点。他坚持从自我主观的整体审美感受入手，和读者甚至和作者一起去感觉去体验，然后在印象最深刻或"顿悟"最强烈的地方留下自己的体验和鉴赏。他坚持用自己的感觉去和一部作品"相会"，走进一个"陌生者的存在"，然后成就一种"灵魂的奇遇"。他说："我们绝难用形式内容解释一件作品"，"我们最好避开形

---

① 李健吾：《自我和风格》，《李健吾批评文集》，珠海出版社1998年版，第184页。
② 李健吾：《〈边城〉——沈从文先生作》，《李健吾批评文集》，珠海出版社1998年版，第52页。
③ 李健吾：《自我和风格》，《李健吾批评文集》，珠海出版社1998年版，第183页。
④ 李健吾：《〈爱情三部曲〉——巴金先生作》，《李健吾批评文集》，珠海出版社1998年版，第29页。

式内容的字样",只能用自己的"禀赋"和"个性的体验"去感悟,因为这是一种"全部身体灵魂的活动"①。他说,每当面对一部文学作品的时候,最能引起他的注意的或者能使他"直下心田"的,都是内在的、情感的因素。比如,废名小说《桥》,是人物情感中的"寂寞"使他动情。"最寂寞的人往往是最倔强的人。有的忍不住寂寞,投到人海寻话说,有的把寂寞看作安全,筑好篱笆供他的伟大徘徊。……寂寞是他们的智慧。"② 在阅读沈从文小说《边城》的时候,他更是深深地被作家所创造的那种"美的感觉"所感动,这种"美的感觉叫他不忍心分析"③。

值得一提的是,在许多批评文章中,李健吾还综合运用了在传统感悟批评中占有重要地位的"以意逆志"的批评方法和"评点式"的批评形式。"以意逆志"的批评方法侧重于"读者—作品"关系的考察,要求评论家以尽可能细腻的内心体验去揣测作品的创作意蕴。比如在《〈边城〉——沈从文先生作》中,李健吾说,"他所有的人物全可爱。仿佛有意,其实无意,他要读者抛下各自的烦恼,走进他理想的世界,一个肝胆相见的真情实意的世界。……这些可爱的人物,各自有一个厚道然而简单的灵魂,生息在田野晨阳的空气。他们心口相应,行为思想一致。他们壮实的,冲动的,然而有的是向上的情感,挣扎而且克服了私欲的情感。对于生活没有过分的奢望,他们的心力全用在别人身上:成人之美。"④ 就很好地运用了"以意逆志"的方法,他据批评对象的描述,再结合本人的理解,比较准确地把握了作品中人物的精神世界。同时,李健吾还灵活运用了"评点式批评"的批评形式。评点式批评是中国传统感悟批评中独有的批评样式,它虽然通常只有只言片语,但要求批评者充分调动个人的气质、经验、知识、阅历,具备高度的概括力,能将瞬间抓住的直观印象用

---

① 李健吾:《〈九十九度中〉——林徽因女士作》,《李健吾批评文集》,珠海出版社 1998 年版,第 62 页。
② 李健吾:《〈画梦录〉——何其芳先生作》,《李健吾批评文集》,珠海出版社 1998 年版,第 139 页。
③ 李健吾:《〈边城〉——沈从文先生作》,《李健吾批评文集》,珠海出版社 1998 年版,第 56 页。
④ 同上书,第 55 页。

精妙的方式表现出来。李健吾就很好地做到了这一点，或者准确地讲，他很好地把传统评点式批评有感而发、点到为止的批评精髓运用在自己的批评文字中。比如，在《〈爱情三部曲〉——巴金先生作》中，李健吾主要抓住两个要点进行批评，一个是"态度"，李健吾认为，"所谓态度，不是对事，更不是对人，而是对全社会或全人生的一种全人格的反映"，"了解巴金先生，我们尤其需要了解他对于人生的态度，惟其巴金先生拥有众多的读者，二十岁上下的热情的男女青年"；一个是"热情"，巴金"生活在热情里面，热情做成他叙述的流畅"，"他不用风格，热情就是他的风格"①。在《〈边城〉——沈从文先生作》中，李健吾对沈从文的几部作品进行了言简意赅的点评，如，"《边城》便是这样一部 idyllic 杰作。这里一切是谐和，光和影的适度配置，什么样人生活在什么样空气里，一件艺术作品，正要叫人看不出是艺术的。一切准乎自然，而我们明白，在这种自然的气势之下，藏着一个艺术家的心力。细致，然而绝不琐碎；真实，然而绝不教训；风韵，然而绝不弄姿；美丽，然而绝不做作。这不是一个大东西，然而这是一颗千古不磨的珠玉。在现代大都市病了的男女，我保险这是一付可口的良药。""《八骏图》具有同样的效果。没有一篇海滨小说写海写得象这篇少了，也没有象这篇写得多了。"② 如此等等。总之，李健吾对传统批评理论的继承是批判性的、选择性的，只要是有利于他切入文本、阐释文本的传统文论营养，他都会尝试着吸收和利用。

2. 对西方印象主义批评理论的接受

李健吾一方面自幼接受中国传统文化的熏陶，另一方面又曾游学欧洲，精通西方文论，这就决定了他在继承中国传统文化精神的同时，还必将融入一些西方文学理论的思想。在纷繁芜杂的西方文论中，对李健吾影响最深的莫过于印象主义批评理论。

印象主义批评在西方也有很久远的历史。在 18 世纪末至 19 世纪初，

---

① 李健吾：《〈爱情三部曲〉——巴金先生作》，《李健吾批评文集》，珠海出版社 1998 年版，第 31 页。

② 李健吾：《〈边城〉——沈从文先生作》，《李健吾批评文集》，珠海出版社 1998 年版，第 56—57 页。

第七章 感悟诗学现代转型之个案分析

英国还出现了一种印象主义批评的思潮,如兰姆的文学批评就喜欢运用暗喻的方法将自己的个性投入到批评之中,被人称为是一种"完全脱离文本说话的印象主义批评"①。赫兹利特曾经明确地提出:"我说的是我所想的:我想的是我所感受到的。我不由自主地从事物中得出某些印象;我有充分的勇气照实说出(不无轻率之处)。"② 这也是一种很明显的印象主义批评主张。19世纪末至20世纪前30年,印象主义作为一种批评方法还一度风靡欧美诸国,并形成了一整套印象主义的批评理论。比如法国的批评家法朗士就明确反对文学批评追求判断、理性和严谨,认为批评家对作品的主观印象就是批评的基础,文学批评本身也是艺术作品的一种样式,"评论是一种小说,正如历史和哲学一样,它适用于那些善于思考和好奇心很强的人……优秀的评论家是那种能够讲述其心灵在名作之中奇遇的人。没有客观的艺术,更没有客观的评论",他认为,"优秀的批评家就是这样一个人,他叙述了自己的灵魂在许多杰出作品中的探险活动"③。英国的佩特和王尔德也是印象主义批评的鼓吹者。佩特说:"要看清自己手中的物体真正是什么物体,第一步就是知道自己真正的印象是什么,把它分辨出来,清楚地意识到它。"④ 王尔德也曾经指出:"亚里斯多德关心的主要是艺术作品产生的印象,而且分析这些印象,研究其来源,弄清是怎么产生的。"⑤

李健吾在大学时代就开始研习法文,对法国文化和文学了解颇深。还曾于1931年至1933年间在法国巴黎现代语言专修学校留学。在他留学法国的时候,正是印象主义批评在法国比较流行的时候,他在自觉或不自觉间就接受了这种与传统感悟文学批评在内在气质上有些相似的批评理论。概括地说,李健吾的印象主义批评观,主要来源于法朗士、勒麦特等代表

---

① [美]韦勒克:《近代文学批评史》第2卷,杨自伍译,上海译文出版社1989年版,第234页。
② 同上书,第236页。
③ 转引自[法]罗杰·法约尔《法国文学评论史》,怀宇译,四川文艺出版社1992年版,第224页。
④ 《〈文艺复兴研究〉前言》。
⑤ 汪培基等译:《英国作家论文学》,生活·读书·新知三联书店1985年版,第247页。

人物的影响。法朗士极力主张批评的主观性和相对性，推崇"灵魂探险"式的批评，他认为"天下无所谓客观的批评，犹之无所谓客观的艺术；凡彼自诩其著作中除'自身'而外尚有他物者，皆惑于极谬误之罔见者也。实则我人决不能超出自身的范围。这是我人的最大不幸之一"。法朗士说，人既然不能超越自己的范围，那么不如"大大方方地承认了我们自己所处的这种可怖境地，而凡遇有不能缄默的时候，不如直白招出我们说的是自己"①。法朗士的这一批评观深深地影响了李健吾，李健吾也认为批评应该是独立、自足的，并且非常注重对文学文本的深入阐释，只是在批评的主观性上李健吾并没有像法朗士那样走得那么远。然而，李健吾的批评又更接近于勒麦特的印象主义，勒麦特不仅仅高扬批评的主观性，比如他认为："所谓批评也者，无论它是独断的与否，无论它挂的是怎样的牌子，总都不外是阐发一件艺术作品在某一顷刻所给我们的印象，而那件艺术作品里面，则作者曾把自己在某一时间由世界接受来的印象记录在那里。"②而且更为重视对印象的"增富和提纯"，以达到批评的公正，他说：批评"有仅仅成为一种艺术的趋势——这便是一种欣赏书籍的艺术，一种增富并提纯人们由书籍接受的印象的艺术"③。他进一步说，"我们应该先把我们从作品中接受到的印象加以一番分析，其次，应该尝试着去体会那件作品的作者，去描摹他的气度，刻画他的气度，刻画他的性情，查究出世界对于他是何意义，他在世界上何所取舍，他对于人生的感想如何，他的感觉力强弱的程度如何，以至他的心理如何组织等等。……"④ 为了保持批评的公正，勒麦特认为，我们应该"从扫除一切成见入手，从对于我们所批评的作品加以一种同情的研读入手，以期能够发见其中为那作者所独具的创作的元素"⑤。李健吾很好地吸收了勒麦特的这种批评理论，比如他

---

① [法] 法朗士：《文学生活》，转引自硫威松编，傅东华译，《近世文学批评》，商务印书馆1928年版，第5、6页。
② [法] 勒麦特：《当代人物》，转引自硫威松编，傅东华译，《近世文学批评》，商务印书馆1928年版，第47页。
③ 转引自硫威松编，傅东华译《近世文学批评》，商务印书馆1928年版，第41页。
④ 同上书，第37页。
⑤ 同上书，第35页。

说:"我不得不降心以从,努力来接近对方——一个陌生人——的灵魂和它的结晶。……我用我全份的力量,来看一个人潜在的活动,和聚在这深处的蚌珠。"① "所有批评家的挣扎,犹如任何创造者,使自己的印象由朦胧而明显,由纷零而坚固。任何人对于一本书都有印象,然而任何人不见其全是批评家,犹如人人全有灵感,然而人人不见其全是诗人。"② 李健吾亦把批评看作是一种主观性很强的活动,是基于一种印象但又是一个印象不断提纯的过程。这一认识,使得他的批评理论在很大程度上超越了传统批评中那种随意、零星、肤浅的鉴赏式批评的局限性。

综上两点,我们认为,中国传统的感悟鉴赏式批评和西方印象主义批评的有关理论和方法,对李健吾产生了极大的影响。令人感奋的是,对这些理论与方法,李健吾并不是简单地照搬挪用,而是以其学贯中西的丰厚学养和驰骋古今的开阔视野,很好地进行了融会和创化,形成了自己独特的带有鲜明民族印记的印象主义文学批评观。对此,有论者曾经有过比较确切具体的论说:"京派文学批评正是由传统的感悟特征汲纳西方有关批评学理和技巧而生成发展的,这一派最著名的批评家李健吾的《咀华集》真称得上'含华咀英',西方批评中类乎蒙田的涉笔成趣,精湛的哲理感悟帮过他的大忙,但他独到地从民族传统中学会了批评未必一定要条分缕析,表达某种'综合'的发现,才是他的天职。不判断,不铺叙,却在一往如水地谈他的了解,他的感觉,有时会情不自禁的稍稍游离作品本身,而去表达他的主观感,显示着阅读的创获。"论者进一步指出:"强调直觉感悟,强调批评主体介入,强调情感动力,这三者突出地成为京派批评创造性思维和批评方法的基本特征,他们朗然地显示着民族的特色,反映了传统美学观和批评方式潜移默化的影响和渗透。同时需要指出:京派文学批评毕竟发生在20世纪的现代中国,它对传统的摄取与运用带着通过它个性条件的批判与创造。它在较大程度上自觉不自觉地沟通了民族传统批评与西方印象主义为主要内容的批评传统,但这种沟通是在尽量汲纳一般科

---

① 李健吾:《咀华集跋》,《李健吾批评文集》,珠海出版社1998年版,第310页。
② 李健吾:《答巴金先生的自白》,《李健吾批评文集》,珠海出版社1998年版,第42—43页。

学方法的前提下进行的。"①

二 李健吾印象主义批评的感悟特征

通过上面对李健吾印象主义批评理论渊源的简单梳理，我们大体明白了李健吾文学批评的理论风貌。下面，我们再结合李健吾的一些比较经典的批评文本，对李氏批评的感悟特征进行深入分析。

1. 注重印象的感悟与把捉

前文已经提到，李健吾的文学批评是一种鉴赏式的印象主义批评，他在批评过程中特别注重对印象的捕捉和整理。李健吾曾经明确地说："当着杰作面前，一个批评者与其说是指导的，裁判的，倒不如说是鉴赏的，不仅礼貌有加，也是理之当然。"②他极力反对那种仅仅依凭某种外在的理论就对富有生命的艺术文本进行肢解的所谓批评，认为"抽象的概念却不就是他批评的标准"，"分析一首诗好象把一朵花揉成碎片"。在他看来，文学批评应该"首先理应自行缴械，把辞句，文法，艺术，文学等武装解除，然后赤手空拳，照准他们的态度迎了上去"③。他曾经这样描述进入批评时的思维活动：一本书摆在批评家的眼前，批评家"重新经验作者的经验。和作者的经验相合无间，他便快乐；和作者的经验有所参差，他便痛苦"，"批评者根究一切，一切又不能超出他的经验"，"凡落在书本以外的条件，他尽可置诸不问"，也大可不必着急去对批评对象进行分析清理，他全神贯注的应该"是书中涵有的一切，是书里孕育这一切的心灵，是这心灵传达这一切的表现"④。看得出，这和一般理论批评所主张的逻辑推演和理论阐述是迥然有别的，他追求的是内心的体验和感悟，追求的是对印象的把捉和呈现。

比如，在《〈边城〉——沈从文先生作》中，李健吾就洒脱自如地对沈从文的《边城》进行了一次鉴赏式的艺术体悟。和他的其他很多批评文

---

① 许道明：《京派文学的世界》，复旦大学出版社1994年版，第349页。
② 李健吾：《〈爱情三部曲〉——巴金先生作》，《李健吾批评文集》，珠海出版社1998年版，第29页。
③ 同上书，第31页。
④ 李健吾：《答巴金先生的自白》，《李健吾批评文集》，珠海出版社1998年版，第44页。

章一样，李健吾并没有一开始就直接进入对作品的评论，而是首先申述了他对文学批评的一些看法，提出批评家应该是一个科学的分析者——"要独具只眼，一直剔爬到作者和作品的灵魂的深处"。接着他谈到了艺术家和小说家的区别，说有些人只是小说家，甚至伟大的小说家，而不是艺术家，比如巴尔扎克；而有些人则既是小说家，又是艺术家，如福楼拜。在"唱了两句加官"后，李健吾才笔锋一转，进入正题，指出"沈从文先生便是这样一个渐渐走向自觉的艺术的小说家"，"他不仅是一个小说家，而且是一个艺术家"。这"加官"看似与批评对象无关，实则是李健吾在间接巧妙地对马上要进行评论的沈从文作的一个定位和评价，这是一个极高的评价，成了本篇批评文章的文眼。接下来的内容便是对这一论点的论述。首先，他通过对沈从文与废名的比较，指出沈从文"表现一段具体的生命，而这生命是美化了的，经过他的热情的再现的"，"有些人的作品叫我们看，想，了解；然而沈从文先生一类的小说，是叫我们感觉，想，回味"，从作品给人的阅读感受方面来说明这种"自觉的艺术"的特征。紧接着李健吾将沈从文和废名进行了更深层次的比较："废名先生仿佛是一个修士"，"他追求一种超脱的意境，意境的本身，一种交织在文字上的思维者的美化的境界，而不是美丽自身"，相反"沈从文先生不是一个修士，他热情地崇拜美"，以此进一步阐明沈从文是一个"自觉的艺术家"。然后，李健吾对沈从文的写作特点进行分析，他认为沈从文小说具有三个特点。第一个特点就是"从来不分析"，"他知道怎样调理他需要的分量"，所以，"他的小说具有一种特殊的空气，现今中国人和作家所欠缺的一种舒适的呼吸"。"他对于美的感觉叫他不忍心分析，因为他怕揭露人性的丑恶"。《边城》给李健吾的印象是在画画，作者只是把自己看到的一切用笔画下来而已，"这里是山水，是小县，是商业，是种种人，是风俗是历史而又是背景"，在他的笔下，自然天成，无拘无束，"由于边地的风俗淳朴，便是作妓女，也永远那么深厚……"李健吾认为沈从文是"热情"的，并把沈从文的"热情"和司汤达、乔治桑的"热情"进行比较，"司汤达是一个热情人，然而他的智慧（狡猾）知道撒诳，甚至于取笑自己。乔治桑是一个热情人，然而博爱为怀，不惟抒情，而且说教"，沈从文也是"热情"的,"然而他不说教;是抒情的,然而更是诗的"。第二个特点就是"可爱"。在李健吾的直觉感悟中,沈从文笔下"所有的人物全可爱",他帮助我们"抛下各自的烦恼",来到这块"未曾被近代文明沾染"的土地,寻找心灵的那份纯真。李健吾认为,沈从文笔下的可爱的人物,"各自有一个厚道然而简单的灵魂","他们心口相应,行为思想一致",他们"对于生活没有过分的奢望,他们的心力全用在别人的身上"。翠翠是可爱的,老船夫也是可爱的。第三个特点就是沈从文对少女思春的内心现象的描写,李健吾觉得"他好像生来具有一个少女的灵魂,观察的不是别人,而是自己",以此来说明沈从文语言及内心描写的细腻。分析完上面的三个特点,李健吾对《边城》进行了总结阐述:(1)《边城》是一部idyllic的杰作;(2)人物气质的悲哀带来作品的自然的悲剧氛围;(3)作者的艺术态度是"不破口道出,却无微不入地写出"。最后,李健吾毫无掩饰地表达了对《边城》的情有独钟,他说:"如若有人问我,'你喜欢《边城》,还是《八骏图》,如若不得不选择的时候?'我会脱口而出,同时把'喜欢'改做'爱':'我爱《边城》'。"① 文章到这里就结束了。整篇文章一气呵成,灵动飘逸,不落俗套,没有抽象乏味的理论演绎,充溢全篇的是一种流畅的悟性,一种来自生命的灵气。它看似只是随意地呈现出批评家对作品的印象,其实在不知不觉中更是巧妙地道出了作品最深层的意蕴。这样,既比较深入地阐释了批评对象,同时又不显得晦涩和枯燥,充分体现了李健吾鉴赏式文学批评的特色。

现在的问题是,李健吾进行文学鉴赏和感悟的时候是否只是跟着感觉走,兴之所至,没有一个统一的标准呢?也不尽然。李健吾说:"什么是批评的标准?没有。如若有的话,不是别的,便是自我。"② "自我",就是李健吾进行文学体悟的标准。李健吾说:"我把自我特别提出来,不是有意取闹,而是指明它的趋势。它有许多过失,但是它的功绩值得每一个批

---

① 李健吾:《〈边城〉——沈从文先生作》,《李健吾批评文集》,珠海出版社1998年版,第52—57页。
② 李健吾:《自我和风格》,《李健吾批评文集》,珠海出版社1998年版,第184页。

评家称颂。它确定了批评的独立性。它让我们接受了一个事实：批评是表现。"① 李健吾认为，由于每个人的生活经历不可能完全相同，作者的创作经验、批评家的经验及读者的经验就必然相异，因此文学创作和文学批评"只得个人自是其是，自是其非，谁也不能强谁屈就"②。如果说艺术是自我的表现的话，那么批评也是一种自我表现的艺术，它有它的尊严，有它自己的宇宙，同样是智慧的结晶，同样需要努力寻求表现的技巧。他认为，"一个真正的批评家，犹如一个真正的艺术家，需要外在的提示，甚至于离不开实际的影响。但是最后决定一切的，却不是某部杰作，或者某种利益，而是他自己的存在，一种完整无缺的精神作用，犹如任何创作者，由他更深的人性提炼他的精华，成为一件可以单独生存的艺术品。"③ 在李健吾看来，这个"自我"是由人生体验构成的一个完整的宇宙，这个宇宙是微小的，同时又是广阔而复杂的，它既包括外在的人生，又包括本质的人性。

人生是李健吾印象鉴赏式批评的一个重要依据。李健吾说："学问是死的，人生是活的；学问属于人生，不是人生属于学问。"④ 他时时感叹："没有东西再比人生变幻莫测，也没有东西再比人生深奥难知的。"⑤ 创作的依据是人生，作品既是人生的反映，又是作者人生的呈现，因此，文学批评也就是以（批评家的）人生印证（作家的）人生，以（批评家的）人性衡量（作家的）人性。李健吾说，批评家"在了解一部作品以前，在从一部作品体会一个作家以前，他先得认识自己"⑥。然而，作为批评对象的作品，因为作家个性的差异，所反映出来的人生千差万别，批评家又如何用自己有限的人生经验去印证作品所呈现的复杂的人生呢？李健吾也考虑到了这一点，他说，一个批评家"他不仅仅是印象的，因为他解释的根

---

① 李健吾：《自我和风格》，《李健吾批评文集》，珠海出版社1998年版，第185页。
② [法]法朗士：《文学生活》，转引自琉威松编，傅东华译，《近世文学批评》，商务印书馆1928年版，第42页。
③ 李健吾：《答巴金先生的自白》，《李健吾批评文集》，珠海出版社1998年版，第44页。
④ 李健吾：《〈爱情三部曲〉——巴金先生作》，《李健吾批评文集》，珠海出版社1998年版，第29页。
⑤ 同上书，第30页。
⑥ 同上书，第29页。

据,是用自我的存在印证别人一个更深更大的存在,所谓灵魂的冒险者是,他不仅仅在经验,而且要综合自己所有的观察和体会,来鉴定一部作品和作者隐秘的关系"①。李健吾的意思也就是说,一个批评家既要透过自己丰富的人生"重新经验作者的经验",充分尊重和理解作者的个性存在,对作者在作品中揭示的社会人生进行"深刻的体味",以达成批评家和作者在人生体验上的对接,同时,又不能仅仅局限于自己有限的人生经验,还要善于进行综合,通过平时的观察和体会,来拓展自己的对人生的体悟。

应该指出的是,以"人生"作为体悟作品的依据,并非李健吾的专利。且不说古代有影响深远的"知人论世"的批评观,即使在现代文学批评史上,打着"人生"旗号的批评家亦大有人在,比如茅盾就坚持认为"文学是人生的真实反映","文学于真实地表现人生而外,又附带一个指示人生到未来的光明大路的职务"②,等等。但正如有论者所指出的,他们与李健吾所理解的"人生"并不相同。"李健吾的为人生,不同于茅盾的为人生。茅盾论述为人生时,仅到人生为止。其人生之概念扩大而为时代,变化而为政治,只是这一概念的平面展开。李健吾的人生概念要求具有人生的深层内容,是在把这一概念向纵深伸展。""在李健吾的理解中,文学与人生的联系,实际上是文学与人性的联系。惟有深及人性,表现了人性,才算真正地抓住了现实人生,才会创造出经久的作品。"③

的确,在李健吾的批评观念中,人生和人性几乎是相当的。李健吾说:"一个批评家,第一先得承认一切人性的存在,接受一切灵性活动的可能,所有人类最可贵的自由,然后才有完成一个批评家的使命的机会。"④"批评之所以成为一种独立的艺术,不在自己具有术语水准一类的零碎,而在具有一个富丽的人性的存在。"批评"有它自己的宇宙,有它

---

① 李健吾:《〈边城〉——沈从文先生作》,《李健吾批评文集》,珠海出版社1998年版,第52页。
② 茅盾:《文学者的新使命》,《茅盾文艺杂论集》(上),上海文艺出版社1981年版,第218页。
③ 刘锋杰:《中国现代六大批评家》,安徽文艺出版社1999年版,第183、184页。
④ 李健吾:《〈边城〉——沈从文先生作》,《李健吾批评文集》,珠海出版社1998年版,第52页。

自己深厚的人性做根据"①。文学批评是"一个人性钻进另一个人性，不是挺身挡住另一个人性"②。"一个批评者，穿过他所鉴别的材料，寻其中人性的昭示。因为他是人，最大的关心是人。""批评者应当是一匹识途的老马，披开字句的荆棘，导往平坦的人生故国，他的工作是灵魂企图与灵魂接触，然而不自私，把这种快乐留给人世。他不会颓废，因为他时刻提防自己滑出人性的核心。"③他在这些表述中所谓的人性概念，很多时候就相当于人生概念。当然，李健吾所说的"人性"，与周作人、梁实秋所主张的"人性"又是极不相同的，"周作人的人性观更多文化色彩。在他那里，对于人性的肯定，就是对于个性的肯定。""梁实秋的人性观过于推崇理性，过于排斥个体的差异，他的人性成为他对伦理道德的追求形式。"相比之下，"李健吾的人性没有这样的界定。他的人性主要指作品的内容不应流于肤浅，而应表现人类的心理，情感，欲求。"④正因为他是从这个层面来理解人性的，所以，为了能够准确地揭示作品中所蕴涵的人性，李健吾就强调批评家在批评对象面前必须突破自己的情感屏障，接受作家情感的存在，尊重作家的艺术个性。这样，李健吾看似随意、没有理性参与的印象主义批评，因为有了自我人生或人性作为标准，他对作品的感悟和印象的把捉就不再无所依着，而顺理成章地通向了一种心理探析和美学鉴赏，从而显示出了较为厚重的理论色彩。

2. 从"印象"到"条例"：中西思维的融通

值得指出的是，李健吾的文学批评又不仅仅满足于对批评对象进行简单的印象感悟和把捉。他曾经借用古尔蒙的话说："一个忠实的人，用全付力量，把他独有的印象形成条例。"⑤明确地主张要把"独有的印象""形成条例"。在他看来，从"独有的印象"到"形成条例"，是一切艺术产生的经过，也是文学批评产生的经过。在这里，所谓"条例"，准确地

---

① 李健吾：《答巴金先生的自白》，《李健吾批评文集》，珠海出版社1998年版，第44页。
② 李健吾：《〈爱情三部曲〉——巴金先生作》，《李健吾批评文集》，珠海出版社1998年版，第29页。
③ 李健吾：《咀华集·咀华二集》，复旦大学出版社2005年版，第122页。
④ 刘锋杰：《中国现代六大批评家》，安徽文艺出版社1999年版，第186页。
⑤ 李健吾：《答巴金先生的自白》，《李健吾批评文集》，珠海出版社1998年版，第43页。

讲应该是"条理",也就是说,在文学鉴赏中捕获到了感性、零散的印象,这还远远不够,还要将这些印象通过一种逻辑的整合,上升到一定学理高度而有层次地表达出来。

李健吾曾经说,批评家"他不仅仅是印象的,因为他解释的根据,是用自我的存在印证别人一个更深更大的存在,所谓灵魂的冒险者是,他不仅仅在经验,而且要综合自己所有的观察和体会,来鉴定一部作品和作者隐秘的关系。也不应当尽用他自己来解释,因为自己不是最可靠的尺度;最可靠的尺度,在比照人类已往所有的杰作,用作者来解释他的出产"[①]。前面我们曾经引用这段话的前半段来论证李健吾所主张的以批评家人生经验作为文学批评依据的观点,而这一段话的后半段又提出"也不应当尽用他自己来解释,因为自己不是最可靠的尺度",前后看起来似乎有些矛盾。矛盾是确实存在的,有论者就指出了这一点:"李健吾的批评观念中存在着一个二极悖论,一方面以自我个性为批评的依据,另一方面又想甩脱个性达到公正。"[②] 然而,细想一下,其实又并不矛盾,李健吾在这里是既主张文学批评依凭自我人生的体验,但又认为不能完全拘泥于自我人生,这是对传统感悟批评和西方印象主义批评有关理论的一种有机融通。

如前所述,主张用自我的人生去感悟玩味作品,这是印象主义批评的应有之义——中国传统感悟批评和以法朗士、勒麦特为代表的西方印象主义批评都强调以个人的主观感受和直觉印象去替代客观的批评标准,让自我的心灵在捕捉印象的过程中得到释放。如金圣叹在评杜甫《早起》诗时就曾经说:"读书尚论古人,须将自己眼光直射千百年上,与当日古人捉笔一刹那顷精神融成水乳,方能有得。""自己眼光"也就是指批评家的主观体验。法朗士亦曾经形象地把文学批评比喻为"灵魂在杰作间的奇遇"或"灵魂探险",强调的亦是批评主体的体验性。但是,印象主义批评以捕捉直觉印象为目标,因为有太多的主观性、随意性和神秘色彩,只有结论,没有通向结论的理性分析,也没有一个稳定的阐释模式,缺乏学术的

[①] 李健吾:《〈边城〉——沈从文先生作》,《李健吾批评文集》,珠海出版社1998年版,第52—53页。

[②] 黄健:《京派文学批评研究》,生活·读书·新知三联书店2002年版,第203页。

严谨性,一直以来都备受"客观批评"或各种自称为"科学的批评"的责难和非议。人们质问得最多的问题是,批评家的这些直觉印象是否可靠?批评家仅仅依凭自己有限的人生经验能否"重新经验作者的经验"?其实,印象主义批评的理论家们也不是没有注意到这一点。勒麦特就曾经强调说,印象主义除了把握直觉印象外,还需要对这些印象进行某种"增富与提纯",他说,批评"有仅仅成为一种艺术的趋势——这便是一种欣赏书籍的艺术,一种增富并提纯人们由书籍接受的印象的艺术"①,"我们应该先把我们从作品中接受到的印象加以一番分析"②。李健吾亦感慨地说:"了解一件作品和它的作者,几乎所有的困难全在人与人之间的层层隔膜。""因为第一,我先天的条件或许和他不同;第二,我后天的环境或许和他不同;第三,这种种交错的影响做成彼此似同而实异的差别。"因此,"在诗人或小说家表现的个人或社会的角落,如若你没有生活过,你有十足的想象重生一遍吗?如若你的经验和作者的经验参差,是谁更有道理?如若你有道理,你可曾把一切基本的区别,例如性情,感觉,官能等等,也打进来计算?"特别是同时代的作家,"属于同一时代,同一地域,彼此不免现实的沾着,人世的利害。……我的标准阻碍我和他们的认识。"③ 在这里,勒麦特、李健吾就清楚地认识到了仅仅满足于以个人的人生体验去进行所谓的印象把捉的鉴赏式批评,其实也是具有某些缺陷的,而且操作起来也比较困难。正因为考虑到了这一点,所以李健吾虽然"厌憎既往(甚至于现时)不中肯然而充满学究气息的评论或者攻讦",认为"学问是死的,人生是活的;学问属于人生,不是人生属于学问",但他也从未完全否定理论和学问对于批评的帮助作用,他在具体的批评实践中亦非常注重对凌乱、感性的印象进行梳理和整合。因此,有人说,李健吾的"印象鉴赏式批评所保留的印象性,既有美的特点,又有理性的某些印痕。它是一种深刻的印象性,具有把握和揭示人生的独特功能"④。

---

① 转引自硫威松编,傅东华译《近世文学批评》,商务印书馆1928年版,第41页。
② 同上书,第37页。
③ 李健吾:《〈爱情三部曲〉——巴金先生作》,《李健吾批评文集》,珠海出版社1998年版,第30、29页。
④ 刘锋杰:《中国现代六大批评家》,安徽文艺出版社1999年版,第201页。

李健吾对批评对象的理性分析主要是从作家与作品、作家所处的社会历史环境与作品之间的审美关系中揭示作家的创作动因和时代意蕴。比如，他对萧军《八月的乡村》的批评就既有传统印象式批评的灵动和洒脱，又显得非常有条理性和逻辑性。文章是分几个层面展开的：首先，他是尽可能细腻地去体悟作家和作品，为了准确地理解作家和阐释作品所蕴含的时代意蕴，他甚至一反常态，采取了一些传记批评与社会历史批评的路数，大量地涉及了萧军的生活经历以及社会现实背景，如"他入过伍，是'炮兵学校差一天没毕业的学生'。我们难得听到他提起他父亲。从小没有见过母亲的容貌，犹如他自己所谓，他有十足的资格做一个流浪人。他生在东三省，一个有出产木料的森林和出产大豆的平原的处女地。……一个没有家或者没有爱的孩子，寂寞原本是他的灵魂，日月会是他的伴侣，自然会是他的营养。而他，用不着社会的法习，变得和山石一样矫健，和溪涧一样温柔，人性的发扬是他最高的道德。就是这样子，他渐渐长大了，迈入人海，踏进一座五光十色的城市，一个东三省的'上海'，开始看到人类的悲剧。""时代不同，地域不同……他不再逗留在松花江的堤岸，杂在一群汗血交流的码头夫中间，望着滚滚的烟浪。他进了炮兵学校。""然而一声霹雳，'九一八'摧毁了这次殖民地的江山。他不等待了。他当了义勇军。"……通过这些介绍，我们对萧军的人生经历和他创作《八月的乡村》的时代背景，就有了一个比较清楚的了解。这些都是我们理解作品最需要的，是整个批评文章展开的一个非常重要的基础。然后，他才开始对作品进行具体的评论，指出正是因为作家经历了如此苦难的人生，生活在如此多艰的时代，特别是生活这个特殊时代的东北，才给他提供了无限丰富的创作源泉，使得他有一种创作的冲动。但"萧军先生有经验，有力量，有气概"，却一时不知道如何将这些人生体验表达出来，是"《毁灭》给了一个榜样"，"参照法捷耶夫的主旨和结构，他开始他的《八月的乡村》"——这里，李健吾巧妙地指出了《八月的乡村》对《毁灭》的借鉴，但随即又宽容地说，"然而《毁灭》的影响……并不减轻《八月的乡村》的重量。没有一个人能孤零零创造一部前不把天后不把地的作品。我们没有一分一秒不是生活在影响的交流。影响不是抄袭，而是一种吸引……一切原是萧军先生的，他不过从别人的书得到一点启示。"不过，紧接着李健吾也毫不讳言地指出："《八月的乡村》不是一部杰作，它失败了，不是由于影响，而是由于作品本身。"在后面的篇幅中，他就通过对《八月的乡村》和《毁灭》的比较研究，从几个方面阐明了作品所存在的一些不足。比如，因为作者的情感太浮躁，作品中所体现出来的热情和风景描写有些脱节。"在艺术上，因为缺欠一种心理的存在，风景仅仅做到一种衬托，和人物绝少交相影响的美妙的效果。"而"《毁灭》的风景是煦和的，一种病后的补剂，一种永生的缄默的伴侣。这是一种力量。"还有，《八月的乡村》的心理描写也比较粗俗，如"第六章的前半，叙写李七嫂，——从一个庸常的女人变成一个由绝望而走入革命的女英雄，需要一种反常的内心分析，不应当拿诗和惊叹符号作为她的解释"。"也就是这种内心生活的虚浮，人物和风景同样只是一种速写……坏人都是可笑的，都是一副面孔；他们缺乏存在：他们不是'人'，只是一种障碍。"此外，作品中人物的语言也不太符合自己的身份，大都是作家在替人物说话，如"一个乡下的少妇会说：'我请求你们。'她的婆婆，即使多有来历，也不至于说出：'贱货们……全变得这样无礼貌了。这孩子一定要是大命的人物罢！他会恢复了我的光荣！'""汪大辫子的老婆替她丈夫和一个村民呼吁道：'至少你们应该去保证他，除开打儿子，他应该是这村中最良善的人！还有老林青，他是春天似的在我们村中生活着……'"对这些问题的指出，无一不是切中肯綮的。最后，李健吾又一次显示了他作为一个批评家的宽容："在我们这样一个狂风暴雨的时代，艺术的完美和心理的深致就难以存身。"指出《八月的乡村》虽然存在这样或那样的毛病，但也是可以理解和原谅的，"因为这里孕育未来和力量"[①]。整个对《八月的乡村》的批评到这里就戛然而止（后面还有对萧军其他创作的评论）。从上面的分析中可以看出，文章从作家经历和时代背景切入，重点放在对具体文本的剖析上，在具体文本的剖析中既肯定其优点，同时又高屋建瓴地指出其存在的一些不足，整个论证介入了大量的理性思维，层

[①] 李健吾：《八月的乡村》，《李健吾批评文集》，珠海出版社1998年版，第87—99页。

层展开，环环相扣，其内在的逻辑线索非常清楚，与李健吾向来为人所熟悉的印象主义批评有些大相径庭。但正是这种变化，充分显示了李健吾在文学批评中试图融通中西思维或中西批评样式的某种尝试。

值得指出的是，在实际的批评中，李健吾还较多地通过印象比较与辨析来对自己的印象进行整合和澄清。他曾经说，"有时提到这个作家，这部作品，或者另个时代和地域，我们不由想到另一个作家，另一个作品，或者这个时代和地域。有时，一个同样平常的事实是，相反出来作成接近。值得我们注意的是不由。不由或许就是很快。然而这里的迅速，虽说切近直觉，却不就是冲动，乃是历来吸收的积累，好像记忆的库存。有日成为想象的粮食。"[①] 李健吾对作家、作品进行比较，通过同中求异、异中求同的精微辨析，凸现批评对象自身所具有的与众不同的个性。这种印象比较与辨析在很多情况下是整体的，比如，在《〈边城〉——沈从文先生作》中，他对沈从文和废名进行了整体风格的比较："有些人的作品叫我们看，想，回味；想是不可避免的步骤。废名先生的小说似乎可以归入后者，然而他根本上就和沈从文先生不一样。废名先生仿佛一个修士，一切是内向的；他追求一种超脱的意境，意境的本身，一种交织在文字上的思维者的美化的境界，而不是美丽自身。沈从文先生不是一个修士。他热情地崇拜美。在他艺术的制作里，他表现一段具体的生命，而这生命是美化了的，经过他的热情再现的。……"[②] 但是，在不少情况下也落实到具体的细节乃至字句的推敲与吟味上，比如，在《〈爱情三步曲〉——巴金先生作》中，他将巴金与茅盾的描写风格作比较："我们今日的两大小说家，都不长于描写。茅盾先生拙于措辞，因为他沿路随手捡拾；巴金先生却是热情不容他描写，因为描写的工作比较冷静，而热情不容巴金先生冷静。失之东隅，收之桑榆，他用叙事抵补描写的缺陷。""读茅盾先生的文章，我们像上山，沿路有的是瑰丽的奇景，然而脚底下也有的是绊脚的石子；

---

① 李健吾：《〈画梦录〉——何其芳先生作》，《李健吾批评文集》，珠海出版社1998年版，第131页。
② 李健吾：《〈边城〉——沈从文先生作》，《李健吾批评文集》，珠海出版社1998年版，第54页。

读巴金先生的文章,我们像泛舟,顺流而下,有时连你收帆停驶的工夫也不给。"① 在《〈画梦录〉——何其芳先生作》中,他又拿废名与何其芳进行比较:"废名先生先淡后浓,脱离形象而沉湎于抽象。他无形中牺牲掉他高超的描绘的笔致。何其芳先生,正相反,先浓后淡,渐渐走上平康的大道。和废名先生一样,他说'我从陈旧的诗文里选择着一些可以重新燃烧的字,使用着一些可以引起新的联想的典故。'不和废名先生一样,他感到:'有时我厌弃自己的精致。'"② 在《〈里门拾记〉——芦焚先生作》中,李健吾将芦焚的讽刺风格与另一位讽刺作家张天翼相比较:"和张天翼先生的句子一样,他的句子是短的;然而张天翼先生的句子是纯洁的,一种完全没有诗意的纯洁,一支可怕的如意的笔。《里门拾记》的句子是短的,然而是杂的。这里一时是富裕,一时是精致,一时却又是颠顸。"③ 李健吾正是通过这种或整体或具体风格印象的比较和辨析,来提升印象式批评的学理含量,弥补印象批评重感性轻理性、零散有余而条理不足的缺陷,从而实现中西文学批评在思维方式上的融通。

3. "一种独立的艺术":文学批评的诗意表述

李健吾的印象主义批评又是"一种独立的艺术"。李健吾曾经说:"批评不像我们想象的那样简单,更不是老板出钱收买的那类书评。它有它的尊严。犹如任何种艺术具有尊严;正因为批评不是别的,也只是一种独立的艺术,有它自己的宇宙,有它自己深厚的人性做根据。一个真正的批评家,犹如一个真正的艺术家,需要外在的提示,甚至于离不开实际的影响。但是最后决定一切的,却不是某部杰作,或者某种利益,而是他自己的存在,一种完整无缺的精神作用,犹如任何创作者,由他更深的人性提炼他的精华,成为一件可以单独生存的艺术品。"④ 在另一处地方,李健吾

---

① 李健吾:《〈爱情三部曲〉——巴金先生作》,《李健吾批评文集》,珠海出版社1998年版,第36页。

② 李健吾:《〈画梦录〉——何其芳先生作》,《李健吾批评文集》,珠海出版社1998年版,第136页。

③ 李健吾:《〈里门拾记〉——芦焚先生作》,《李健吾批评文集》,珠海出版社1998年版,第146页。

④ 李健吾:《答巴金先生的自白》,《李健吾批评文集》,珠海出版社1998年版,第44页。

又说:"一个批评家是学者和艺术家的化合,有颗创造的心灵运用死的知识。他的野心在扩大他的个人,增深他的认识,提高他的鉴赏,完成他的理论。创作家根据生料和他的存在,提炼出来他的艺术;批评家根据前者的艺术和自我的存在,不仅说出见解,进而企图完成批评的使命,因为它本身也正是一种艺术。"① 在这些论述中,李健吾明确地提出文学批评应该是一种独立的艺术,有自己的宇宙,也有自己的尊严,不是老板出钱收买的书评,也不是枯燥乏味的理论演绎。综观李健吾的批评文字,我们认为,这与其说是李健吾对文学批评观的一种理论陈述,还不如说是他对自身文学批评特色的一种夫子自道——从很多方面我们都可以说,李健吾文学批评本身就是"一种独立的艺术"。

第一,生动形象的比喻。

类似于中国古代的感悟批评,李健吾在文学批评中最喜欢采用感性的、富含形象和情致的比喻,将自己对作品的整体阅读体验凝成一个或一组鲜明的意象。这样的例子俯拾即是,比如,他在评论叶紫的作品时写道,"叶紫的小说始终仿佛一棵烧焦了的幼树","挺立在大野,露出棱棱的骨干,那给人苗壮的感觉,那不幸而遭电殛的暮春的幼树"②,这棵"烧焦了的幼树"无疑恰当地反映了叶紫作品朴实悲壮而又饱含反抗精神的独特气质。在《〈边城〉——沈从文先生作》中,他富有创意地分别以"诗"和"绝句"来喻说沈从文《边城》和《八骏图》两部作品的区别:"《边城》是一首诗,是二佬唱给翠翠的情歌。《八骏图》是一首绝句,犹如那女教员留在沙滩上神秘的绝句。"③ 这简单的一个比喻,可能比一段烦琐冗长的理论阐释都要能够说明问题。在《〈爱情三步曲〉——巴金先生作》中,他形象地叙说巴金与茅盾在文风上的区别:"读茅盾先生的文章,我们像上山,沿路有的是瑰丽的奇景,然而脚底下也有的是绊脚的石子;读巴金先生的文章,我们像泛舟,顺流而下,有时连你收帆停驶的工

---

① 李健吾:《〈咀华集〉跋》,《李健吾批评文集》,珠海出版社1998年版,第310页。
② 李健吾:《叶紫的小说》,《李健吾批评文集》,珠海出版社1998年版,第166页。
③ 李健吾:《〈边城〉——沈从文先生作》,《李健吾批评文集》,珠海出版社1998年版,第54页。

夫也不给。"① 茅盾文风的凝重富丽,巴金文风的畅快淋漓,就昭然若揭了。在《〈画梦录〉——何其芳先生作》中,李健吾以造楼阁来比喻创作,云:"每人有每人的楼阁,每人又有每人建筑的概念。同是红砖绿瓦,然而楼自为其楼,张家李家初不相侔。把所有人和天的成分撇开,单从人和物的成分来看,则砖须是好砖,瓦须是好瓦,然后人能全盘拿得住,方有成就。远望固佳,近观亦宜,才是艺术。"② 这是对文学创作中主客体关系的一种形象化的阐释,等等。在李健吾的批评文本中,处处可以见到这种蕴含着直觉感悟思维的生动形象的比喻,他让直观性意象参与理论思维的推演,让比喻性语言与分析性语言并存,使批评主体的个人体验与批评客体自身性状浑融一体。李健吾说:"比喻是决定美丽的一个有力的成分。……没有人比莎士比亚用比喻用得更多的。到了他嘴里,比喻不复成为比喻,顺流而下,和自然和生命相为表里而已。"③ 李健吾虽然还不能和莎士比亚相媲美,但他的文学批评也正是通过大量比喻的成功运用,使批评成为作者与批评家与读者之间的一种灵魂的遇合,成为了一种生动的独立的艺术。

第二,抒情诗化的语言。

有论者曾经说,李健吾是中国迄今为止最具文学性的批评家④,西方的"寻美的批评"和中国的感悟批评传统,在他身上有着完美的融合,这两条线索的交汇造就了一种以印象和比喻为核心的整体、综合、直接的体味和观照。李健吾的批评是印象式的、直观式的、感悟式的,是在恰当地投入理论的分析的同时,诉说自己对于作品的一份感悟与直觉,并且往往是在行云流水一般的诗意言说中,或比较或综合,将理论的严密性化入评论文字的抒情性之中,把缜密、细致的理论界说用从容洒脱、情意款款的

---

① 李健吾:《〈爱情三部曲〉——巴金先生作》,《李健吾批评文集》,珠海出版社1998年版,第36页。
② 李健吾:《〈画梦录〉——何其芳先生作》,《李健吾批评文集》,珠海出版社1998年版,第135页。
③ 李健吾:《〈篱下集〉——萧乾先生作》,《李健吾批评文集》,珠海出版社1998年版,第77页。
④ 郭宏安:《走向自由的批评》,参见《李健吾批评文集·代后记》,珠海出版社1998年版,第323页。

笔致表达出来，令人读后余香沁腑，余音不绝。

为了能够准确地感受李健吾批评的这一特点，我们不妨引述他的一段文字：

> 他（指吴仁民——引者）以为爱情是不死的，因为感情永生；他们的爱情是不死的，因为爱情是不死的。他沉溺在爱情的海里。表面上他有了大的改变。他从女子那里得到勇气，又要用这勇气来救她。"他把拯救一个女人的责任放在自己的肩头上，觉得这要比为人类谋幸福的工作要踏实得多。"他没有李佩珠聪明，别瞧这是一个不到二十岁的女孩子，她晓得爱情只是一阵陶醉。而且甚于陶醉，爱情是幻灭。人生的形象无时不在变动，爱情无时不在变动。但是，这究竟是一付药；吴仁民有一个强壮的身体和性格；周如水（《雾》的主角）敌不住病，也敌不住药；吴仁民没有自误，也没有自杀，他终于成熟了，他从人生的《雨》跋涉到人生的《电》。
>
> 在《电》的同志中间，吴仁民几乎成为一个长者。他已经走出了学徒时期。他从传统秉承的气质渐渐返回淳朴的境地。从前他是《雨》的主角，然而他不是一个完人，一个英雄。作者绝不因为厚爱而有所文饰。他不象周如水那样完全没有出息，也不象陈真那样完全超凡入圣：他是一个好人又是一个坏人，换句话，一个人情之中的富有可能性者。我怕是的。这正是现代类似巴金先生这样小说家的悲剧。现代小说家一个共同的理想是，怎么扔开以个人为中心的传统写法，达到小说的最高效果。他们要小说社会化，群众化，平均化。他们不要英雄，做到了；他们不要中心人物，做不到。关键未尝不在，小说甚至任何其他文学种别，建在特殊的人性之上，读者一个共同的兴趣之上：这里要有某人。也就是在这同样的要求之下，读者的失望决定了《电》的命运。《雾》的失败由于窳陋，《电》的失败由于紊乱。然而紊乱究竟强似窳陋。而且，我敢说，作者叙事的本领，在《电》里比在《雾》里还要得心应手。不是我有意俏皮，读者的眼睛实在追不上巴金

先生的笔的。①

在这里，李健吾探讨的是小说创作中人物塑造的问题，他认为小说要有一个中心人物，否则就会失之窳陋或者紊乱，即使像巴金这样善于叙事的小说家也未能幸免。应该说，这是一个理论性非常强的问题，但李健吾却写得像一篇抒情散文，充满着生机和活力。他没有进行条分缕析的阐释，而只是抒情化地把自己阅读作品的印象和感受描叙出来。在他的笔下，小说中的人物没有被分析得支离破碎，而是重新焕发出自己的生机，因此，与其说他是在分析作品中的人物性格，还不如说他在塑造着人物性格。整个文章一气呵成，浑然一体，清新自然。就连被批评的对象巴金在读过李健吾的这篇批评文章后也忍不住赞叹：好流畅的文章，真是一泻千里，叫人赶不上。

现在的问题是，李健吾为什么会把批评文章写得如此艺术化？理由其实很明显：一，与他一贯坚持的印象主义批评观有关。我们知道，印象主义批评注重对作品整体印象的把捉，在他们眼里，作品是一个活生生的生命体，因此，他们追求的是对于作品的直觉感悟和整体把握，反对对作品进行肢解和剖析，也排斥单纯的理性分析；二，因为李健吾首先是一位作家，然后才是批评家，准确地讲，他是一个作家型的批评家，他从青少年时代开始就从事文学创作，发表过小说、戏剧、散文等各种体裁的文学作品②，因此，作家注重直觉体悟和形象表达的天赋，无疑会深深地影响他的文学批评，使得他习惯性地运用富有文采的语言去描述自己的审美感受，自觉或不自觉地将文学批评艺术化③。正因为如此，所以，有论者就

---

① 李健吾：《〈爱情三部曲〉——巴金先生作》，《李健吾批评文集》，珠海出版社1998年版，第39—40页。

② 李健吾在文学创作上是一个多面手：他写小说，《终条山的传说》被选入《中国新文学大系·小说二集》，鲁迅赞其文采"绚烂"；他写散文，《意大利书简》尽显作者的机智与博学，《人生》诸篇则另是一番沉郁的况味；他写剧本，《这不过是春天》刻画人物精细独到，很可玩味，列入现代文学史上一流剧作之中也毫不逊色。

③ 现代文学批评史上，作家、诗人型批评家还有不少，比如宗白华、梁宗岱、朱自清、闻一多等，他们的批评文章也写得很富有诗意，同样也是因为他们自觉或不自觉地把文学批评艺术化了。

曾经说,"在中国现代文学批评史上,由李健吾来完成批评的艺术化,不是偶然的,其中的必然性在于:李健吾是这样认识,这样追求的,于是,他获得了这样的结果"①。

三 小结:李健吾印象主义批评是一种准现代感悟诗学

通过上面的论述,我们已经比较清楚地认识到,李健吾文学批评通过对中西批评资源的综合利用与沟通,以自己丰厚的批评实绩,基本上构造起了一种以感悟体验和印象把捉为特色,相对稳定、较具包容能力的批评范式即印象主义批评模式。李健吾的印象主义批评,推崇审美直觉,张扬批评主体的个性与情感体验,强调对个人情感与体验的艺术化的塑造与升华,主张用自己的心灵同作品对话,力求把批评当作一种独立的艺术,反对逻辑分析,却又不排斥理性,在富有诗意的形象表述中又有内在的逻辑理性,可以说鲜明地具有了现代感悟诗学所应具有的基本特征,尤其是,它作为一种自觉的、审美的批评,不仅有文学审美自觉,也有批评的自觉,它不仅对文学进行审美的阐释,而且也在思考着批评自身的意义与价值,也就是说,它在进行着现代感悟批评实践的同时,也在努力建构着具有现代形态的感悟诗学理论,因此,在我们看来,李健吾的这种融会中西的印象主义批评,完全可以称得上是一种已经基本上实现了现代转型的现代感悟诗学,或者更准确地讲,它是一种准现代感悟诗学。

不过,也必须说明的一点是,李健吾印象主义批评虽然也有一些理论上的阐述,但它主要还是综合运用中西感悟式批评资源进行具体的文学批评实践,而且他的批评文章大都是一些零散的短篇制作,几乎没有篇幅宏大的学理建构——有论者就曾经说,"李健吾的批评,尽管庭院深深,繁花似锦,小桥流水,情致生动,但毕竟气象不够宏伟,无以与文学批评史上的批评大家相提并论。这结果,李健吾的批评构成了批评史上的永恒绝唱,却未构成批评史上的震荡千古的黄钟大吕"②,因此,严格说起来,把李健吾印象主义文学批评作为现代感悟诗学的典型代表其实也还不是十分

---

① 刘锋杰:《中国现代六大批评家》,安徽文艺出版社1999年版,第214页。
② 同上书,第223页。

贴切的。而我们之所以以李健吾印象主义批评作为现代感悟诗学的一个个案来进行分析，旨在说明几点：一，现代感悟诗学必须来源于活生生的文学批评实践，来源于具体的文学文本，空对空的理论演绎绝不能派生出富有生命的感悟诗学。二，现代感悟诗学必须融通中西两种思维，仅有传统的感悟思维已经跟不上思维发展的需要，过分强调理性思维也会扼杀抑或窒息宝贵的艺术直觉和灵感。感悟要有学理的深度，学理也要渗透着感悟的灵气。三，现代感悟诗学必须是一种充满诗意的诗学理论，抽象、空洞、枯燥的理论阐释，永远都不能成为我们所企求的感悟诗学。

结语　未完成的感悟诗学现代转型

由王国维在20世纪初所开启的感悟诗学现代转型,经历了一个世纪几代人的努力,已经基本上实现了中西两种异质思维的会通,古今中外感悟资源的醇化和转换,在感悟方法以及具体的批评实践上也进行了卓有成效的探索,但是,客观地讲,感悟诗学的现代转型其实仍处于一种未完成的状态,并没有完全达到我们在理论上所期望的目标。

我们知道,诗学的演进并不是在真空的环境中进行的,诗学说到底是社会历史的产物,不同的历史语境就会酝酿孵化出不一样的诗学思想。我们在引论和第二章中就曾经指出和论述过,近现代以来的文化语境,其实是非常不利于感悟诗学的现代转型。长期的内忧外患,国势的积贫积弱,持续不断的外辱和内战,救亡图存的社会现实,使得整个中国几乎已经摆不下一张平静的书桌,容不得人静静地坐下来对文学进行沉思、玩味、体悟,传统的感悟思维乃至整个传统文化都成了被排拒和变革的对象,立足文本进行审美感悟从而生成感悟诗学的研究理路,在很长一段时间里变得特别不合时宜。新中国成立以后,战争虽然已经结束了,但思想改造和政治运动又接连不断,知识分子成了被重点改造的对象,文学亦成为一个政治的博弈场,在"政治标准第一,艺术标准第二"的观点下,对文学进行审美感悟更是成了一种不可能的奢望。

不错,王国维在世纪初就天才般地开启了感悟诗学的现代转型,他从最早的《红楼梦评论》到《人间词话》到《宋元戏曲史》,由思维上的全面西化,到逐步实现中西思维的基本会通,其立足于思维方式构建现代民族诗学的路径非常清晰。但是在1913年完成《宋元戏曲史》这部宏著以后，王国维的学术兴趣便迅速地偏离了文学、诗学与美学，转向历史学、文字学、文献学（简牍、泥封、兵符、汉魏石经、蒙古史）、敦煌学等方面的研究，感悟诗学现代转型在他这里刚刚发生就戛然而止了。在王国维之后，一群后起的理论家们继承了王国维未竟的事业。朱光潜、梁宗岱着力于对西方感悟资源进行醇化，宗白华着力于对传统感悟资源进行创造性转换，钱锺书着力于对感悟诗学进行学理性建构，闻一多、朱自清着力于对感悟方法进行现代垦拓，李健吾着力于对印象主义批评进行实践上的中西创合，等等，他们"分工合作"，宛如上天有意的安排，多向度地形成了一股无形的合力，更深入地推进了中西感悟观念的融通，古今感悟思想的转换，感悟方法和具体批评实践的探索，进一步推动着感悟诗学向现代化迈进。然而，令人遗憾的是，老天却并没有特别眷顾这些理论家，他们遭遇到了政权的更替，经受了两个时代的巨变，前半生生活在内忧外患的战争年代，后半生又碰上持续几十年的大大小小的政治运动，特殊的历史境遇，一直没给这些极具禀赋的现代理论家们一个将这项工作进行到底的机缘。新中国成立前后很长一段时间内，迫于政治压力等多方面的原因，他们大都中断或改变了既有的理论探索和研究理趣。

比如，朱光潜在新中国成立后就把自己三四十年代的学术研究贬得一无是处。在1951年11月26日《人民日报》上刊登的一份《检讨》中，朱光潜忏悔似的说，在留学英法期间，"我所醉心的是两种东西，一是唯心主义的美学，一是浪漫主义的文学。唯心派美学的要义在'无所为而为的观照'，在超脱政治、道德以及一切实际生活，只把人生世相和文艺作品当作一幅图画去欣赏。浪漫派文学的特点是发挥个人自由，信任情感想象去发泄，去造空中楼阁"，其结果"就把我养成一个不但自以为超政治而且自以为超社会的怪物"。他对自己引进西方美学、文学理论的所谓"买办思想"进行了狠狠的批判："这种美学和文学都是反映资本主义社会的病态，知识分子对着社会的恶浊束手无策，于是逃避现实，放弃积极斗争，故图个人的精神享受，甚至为虎作伥，维护反动政权的统治。"[①] 同为

---

① 朱光潜：《最近学习中几点检讨》，《人民日报》1951年11月26日。

京派的梁宗岱虽然没有像朱光潜那样张扬地进行自我否定,但他从1944年开始,实际上已经远离了早期孜孜以求且取得骄人实绩的诗学研究。那一年,梁宗岱因回避重庆当局的招揽从政,辞去复旦大学教职,归隐广西百色,继承父亲的家业一发不可收拾地开始了制药施药的生涯,"嗣后,译书、研究和教书,实际上已退居到业余的地位",即使后来1956年到中山大学再次出任教授,但"译诗和研究诗,与他在研制'绿素酊'上的尽心尽力,也已不可再作同日语,前者已俨然成了他此期生命活动中一份相当随缘被动的差使"①。有论者曾经说:"致使梁宗岱一步一步向不做读书人的路走去的原因,是因为梁宗岱遭逢到了两个时代交替这一历史断层,梁是在西方人文主义文化观念中熏陶长成的一代诗人和学者,前半生又是格外的一帆风顺,本来要比他的同辈人有更多的自信和希望,值此风波迭起的时代变迁,内心的痛苦也就来得格外的难以平复,因而也就格外容易衍生出幻灭之感来。"② 相对说,宗白华要显得韬光养晦一些,这位在20世纪20年代也曾经非常活跃的新诗人和理论家,一直自觉地与政治保持着一定距离,潜心于学术研究,这在一定程度上减弱了他人生的起落幅度,但是,由于在政治态度上比较消极,早年曾经提出过"暂多研究'学理',少叙述'主义'"③的主张,还有,几度出任当时三大副刊之一的《时事新报·学灯》的主编,尤其是在1938—1946年,他还在国民党政府的陪都重庆主编《学灯》(渝版)达8年之久,这样的思想主张和人生背景,使得他建国后不但很难进入主流话语层(宗白华与世无争的个性也使他根本就没作这种努力),而且也不得不放弃以前所从事的注重感悟的纯审美的美学诗学研究,默默无闻地蛰居高校致力于哲学的教学、研究以及翻译工作。在很长一段时间内,不但宗白华堪称独步的"散步美学"被尘封起来,甚至整个理论家宗白华也淡出了人们的视野。闻一多、朱自清两先生则惜在40年代就先后去世,其实,迫于残酷的社会现实,两人晚年都已经不能安

---

① 李振声:《梁宗岱批评文集·编后记》,珠海出版社1998年版,第288页。
② 彭燕郊:《宗岱与我·序》,转引自《梁宗岱批评文集·编后记》,珠海出版社1998年版,第290页。
③ 宗白华:《致北京少年中国学会同志书》,《少年中国》1919年第1卷第1期。

结语　未完成的感悟诗学现代转型

心地从事纯学术研究了，都被迫走出书斋，由学者向斗士转变，闻一多还因此死于国民党特务的暗杀。李健吾的融合中西的印象主义批评飘逸着感悟的智慧与灵气，在三四十年代那种社会历史批评风行的文学批评与研究中，曾经给人一种耳目一新的感觉，他的一些批评主张也很好地完善了现代感悟诗学，然而，"从 40 年代开始，李健吾的批评就加强了对于社会的批判，抽象分析在他的批评之中的成分也有了很大的提高，李健吾原先形成的对文学本体的审美把握，于是也就逐渐地转向对文学的非本体的社会评价。1949 年以后，李健吾完成了这一始于 40 年代的转变"[①]。因此，新中国成立以后的李健吾虽然也写过不少批评文字，但我们已经找不到半点其早年文学批评的影子，如他 1958 年在《一篇不确切的"前记"》中写道："乔治桑和她同时代的作家相比，她有社会理想……然而她的理想是不切实际的。她的调和思想对阶级斗争起了粉饰的作用……一个以改良主义为指导思想的作者，是绝对不能忠实地反映社会现实的。"在这里，他从早期注重印象把捉和直觉体悟的印象主义批评家，转而变身为凭着社会革命理论去对作家的阶级立场进行解剖的阶级分析论者。比较而言，钱锺书是现代学术史上对感悟诗学探讨最为执着和善始善终的一位学者，他从 40 年代的《谈艺录》到 70 年代的《管锥编》，都一以贯之地在思考着如何在跨文化视野中进行中西诗学的会通、互证，如何对文学进行有效的阐释，即使后来受到政治的冲击，下放到干校改造，也未曾中断对这些问题的思考，因此，钱氏在感悟诗学现代转型方面所取得的成就，要远远超过他的前辈。但是，钱锺书的《谈艺录》和《管锥编》等论著大都采用的是传统的札记体形式，具有某种"资料集"和"思想录"的特征，而且专业性也太强，这无疑从某种程度上冲淡了其在建构现代感悟诗学上所作出的努力。如今，这些理论家们都已先后作古，他们留下了一份弥足珍贵的思想遗产，也留下了不尽的遗憾与假设……

进入 20 世纪 80 年代以后，政治逐渐清明了，文学与政治的关系得到了比较好的处理，文学逐渐摆脱了过于浓厚的政治色彩向审美回归。照理

[①] 刘锋杰：《中国现代六大批评家》，安徽文艺出版社 1999 年版，第 222 页。

说，在这样清明的语境下，感悟诗学的发展应该进入一个长期受压抑以后的井喷期。然而，事实并非如此，感悟诗学的现代转型并没有因此走上所期望的康庄大道。原因大致有三：第一，新一代文学研究者学养的普遍匮乏。80年代走上文学批评与研究的一代学者，他们在成长过程中大都经历过许多大大小小的政治运动尤其是十年"文革"，缺乏系统的理论学习，尤其是国学功底普遍比较薄弱，对传统文化和传统诗学理论的掌握和理解远不及二三十年代的那一批学者，传统文化和思维对他们的影响亦远不及西方文化和思维对他们的影响深远。第二，由于长期的闭关锁国，80年代初国门打开以后，西方文艺思潮铺天盖地地涌进来，你方唱罢我登台，学者们对新鲜的西方诗学理论的兴趣远远超过了对传统诗学的兴趣，随着种种西方文论被广泛地运用于文学批评，中国当代文学批评话语发生了急速的转变，当代文学批评与中国文学批评传统的脱节进一步加剧。于是，人们看到了这样一个事实：当代文学批评的有效话语是自"五四"以来不断引入的西方文论话语，而国学精粹——中国古代文论却束之高阁正被人淡忘[1]。第三，也因此，近三十年来的文学批评与研究的基本套路大都是程式化地运用西方的理论来阐释文学作品或文学现象，真正能够立足文本、立足本土文学实践来进行审美感悟和理论生成的仅是其中很小的一部分。其情形正如有论者所说的，"许多批评不与具体的对象发生真实的联系，而只是把对象作为'思想'或'话语'的由头，使得批评悬浮在对象之上，永远是一种'不及物'的状态"，"许多批评家有着深刻的思想、高深的理论、丰富的学识和聪颖的智慧，他们把文学批评视作展示自己的舞台，而'文本'只不过是踩在脚下的'跳板'和过渡。他们的批评文字往往斐然，思想高深，但却与所评论的文本几乎没有什么关系"，"批评家失去了细致解读文本的耐心，而是热衷于发出各种夸大其词的、耸人听闻的'判断'"，论者形象地把这种现象称之为文学批评的"不及物"和文学批评的"虚热症"[2]。鉴于以上几个方面的原因，感悟诗学的现代转型要想在当代实现某种突破，在理论上也许是可能的，但实际的状况却并不令人乐观。

---

[1] 黄曼君：《中国20世纪文学理论批评史》，中国文联出版社2002年版，第819页。
[2] 吴义勤：《批评何为？——当前文学批评的两种症候》，《文艺研究》2005年第9期。

结语　未完成的感悟诗学现代转型

当然，如此言说，也并非说当下的理论家在感悟诗学现代转型的研究方面就完全乏善可陈，客观地讲，也有一些理论家在不遗余力地进行着现代感悟诗学的建构，杨义先生即是其中最为自觉的一位。1992年，在为台湾出版的《中国历朝小说与文化》一书作序时，便提出了悟性思维是中国文论中足以同西洋文论并峙的一种审美优势。2002年，杨义在一篇题为《中国诗学的文化特质和基本形态》的论文中，进一步提出了"感悟诗学"的命题，认为中国诗学是一种"生命—文化—感悟"的多维诗学，以"生命"为内核，以"文化"为肌理，由"感悟"加以元气贯穿，形成了一个完整、丰富、活跃的有机整体。2005年，杨义又发表了《感悟通论》这篇八万字的长文，从历时性的角度对中国文化和中国诗学中独有的感悟思维方法，进行了发展脉络的梳理和理论内涵的诠释。同年，杨义发起了一组"感悟：叩问中国诗学的根本"的笔谈，组织了几位青年学者对感悟诗学的内涵、建构现代感悟诗学的必要性及可能性等方面进行了多向度的论证。尔后，为了引起学界更加广泛的注意，杨义节选了《感悟通论》中的部分章节以《感悟诗学的现代性转型》为题发表，提出并着重阐述了感悟诗学的现代转型问题。2008年，杨义结集出版了《感悟通论》一书。2009年，杨义又发表了《感悟思维与诗词创作》，探讨了感悟思维对诗词创作的意义①，等等。由"感悟诗学"的命名，到对感悟诗学一系列基本问题的探讨，尤其是立足当下诗学发展的实际，高屋建瓴地提出"感悟诗学现代转型"的命题，看得出，杨义对感悟诗学的思考是非常系统的，也是极其自觉的。值得一提的是，杨义不但从理论上研究感悟诗学问题，而且还颇有成效地在文学研究和文学批评实践中进行着现代感悟诗学思想的提炼和增殖。他曾经说："我非常重视直接面对文学文本和文学现象，用自己的悟性进行真切的生命体验，从中引导出具有原创性的思想萌芽、理论思路和学术体系来。……要创造具有中国特色的现代诗学和文艺学，就要以中国自身的经验和智慧作为立足点，从感悟出发，用文学智慧的原本性和渊博性来托起文学理论的原创性。"② 比如其《李杜诗学》、《楚辞诗学》

---

① 杨义：《感悟思维与诗词创作》，《贵州社会科学》2009年第8期。
② 杨义：《对中国现代文学批评理论的世纪回顾和总结》，《学习与探索》2002年第6期。

等,就是直接面对中国传统文学中的经典作品——李杜诗歌和楚辞,运用自己的悟性和生命体验,结合当下有关文学理论与文学实践,所建构起来的一种原创性感悟诗学理论。它"以文化为炉,以文本为铜,始之感悟,继之分析,对中国诗史一种蔚为奇观的诗学现象,进行既有生命还原、形式解密,又有学理建构的探索"①,也许其中的某些观点或提法还得不到最广泛的认同,但其立足文本进行感悟又进而把感悟进行理论升华、也即把感悟和分析有机结合起来、不但"悟"而且"思"的运思方式,却很好地补救了当下文学批评和诗学研究之阙如。杨义说,他对文学经典的诠释,采用的是由悟求化,以化致同,通释达解,解中创新的运思方式,"悟化通解以求创新的诗学研究方法,追求的是一种不脱离中国文化的根基血脉,甚至是由中国文化的根基血脉生长出来的、又能够与当代世界在同一学理层面上进行平等而深入的对话的现代诗学体系,进而言之,追求一种既具有现代品格、又具有民族神韵的现代中国人文学术诠释体系"②。很显然,杨义在试图超越现代学术史上的那些前辈,他通过对李杜诗歌、楚辞等经典个案的研究,意欲建立一种现代诗学诠释体系抑或"新的诠释学法则"——"以古人的感悟为悟后思维的根柢所在,选择一些含有真知灼见的共识性命题,透视其深层的文化意义和思维方式,进行'成见透底'、而又具有超越性和创造性的诠释……我们必须以开阔的当代世界视野和充分的现代意识,重新深入地观照浩瀚渊博的古代智慧,把古今心灵加以沟通"③——这种诠释体系或法则,既立足中国文化根基,又具有豁达的世界视野,既"始之感悟",又"继之分析",既追求诗意的表述,又有学理建构的自觉,从很大程度上讲,这或恐正是我们孜孜以求的现代感悟诗学的诠释体系。

杨义的这种"现代感悟诗学诠释体系",严格地立足于具体的文本或文学实践,从不"未经深思就急急忙忙地用西方的流行说法来曲解中国固

---

① 杨义:《李杜诗学》,北京出版社 2001 年版,第 834 页。
② 同上书,第 840 页。
③ 同上书,第 38 页。

有的智慧"①，每提出一个观点或一种理论，都是在一种横贯中西的文化视野中对文本进行观照体悟，使得他的诗学理论具有非常鲜明的原创品格。比如他的叙事学研究。杨义的《中国叙事学》不像其他叙事学研究者，"对我国漫长的叙事文学传统不加深究"②，只轻松地把西方的叙事理论拿过来就了事，"满足于给西方的叙事理论提供一点例证"③，他认为"从西方文化系统中生长出来的叙事学理论，并不能涵盖中国数千年积累起来的叙事经验和文化智慧"④，由此，他历时整整10年，遍览我国古代几乎所有的叙事文本，在年复一年的文本细读与感悟中，"钩玄提要，梳理爬抉"，最后提炼出了"不同于西方叙事的我国叙事的文化密码"⑤。他的叙事理论深入到了中国文化的深层土壤之中，是从中国叙事文本和叙事传统中自然生长出来的，是一种充满感悟气息和原创性的真正意义上的"中国叙事学"。

要而言之，因为诸多因素的制约，在整个20世纪的诗学行程中，感悟诗学的现代转型虽然已经呈现出多向度展开的格局，并且成就斐然，但仍然具有鲜明的未完成性。现在，现代学术史上那些曾经为感悟诗学现代转型披荆斩棘，作出过筚路蓝缕之贡献的理论家们都已先后逝去，20世纪的诗学也已经作为一种思想史逐渐离我们远去。值得欣幸的是，在当下新的文化语境下，一些学养深厚的学者正在自觉地接过这束代代相传的薪火，为感悟诗学的现代转型贡献着新的理论和智慧。继往开来，我们有理由对21世纪的中国诗学发展充满新的期待，我们坚信，在一种更加广阔的世界视野中，如若能够更好地融通中西思维方式和诗学理念，在通向王国维所期望的"世界诗学"的宏景中，21世纪的中国诗学发展成为一种完备的充满现代性和原创性的感悟诗学，也不是不可能的。

---

① 杨义：《李杜诗学》，北京出版社2001年版，第39页。
② 杨义：《中国叙事学》，人民出版社1997年版，第1页。
③ 同上书，第2页。
④ 杨义：《中国叙事学·后记》，人民出版社1997年版，第429页。
⑤ 杨义：《中国叙事学·附录：专家推荐意见》，人民出版社1997年版，第424页。

主要参考文献

（晋）郭象：《庄子补正》，云南人民出版社1980年版。
（梁）慧皎：《高僧传》中华书局1984年版。
（唐）韩愈：《韩昌黎集·黄陵庙碑》。
（唐）司空图：《二十四诗品》，见《全唐诗》（第19册），中华书局1960年版。
（宋）严羽、郭绍虞校释：《沧浪诗话校释》，人民文学出版社1983年版。
（宋）普济：《五灯会元》，中华书局1984年版。
（宋）朱熹：《楚辞集注》。
（宋）朱熹：《论语集注》，齐鲁书社1992年版。
（宋）朱熹：《诗集传》，上海古籍出版社1980年版。
（元）脱脱等：《宋史》，中华书局1985年版。
（明）王夫之：《船山全书》，岳麓书社1996年版。
（明）袁宗道：《论文》，见唐昌泰：《三袁文选》，巴蜀书社1988年版。
（清）黄宗羲：《宋元学案》，中华书局1986年版。
（清）《同治朝筹办夷务始末》，中华书局1979年版。
（清）朱彝尊：《王先生言远诗序》，《曝书亭集》，四部丛刊本。
（清）段玉裁：《说文解字注》，上海古籍出版社1988年版。
（清）钱谦益：《牧斋有学集》，四部丛刊本。
（清）孙联奎、杨廷芝：《司空图诗品解说二种》，齐鲁书社1980年版。
（清）王士禛：《池北偶谈》、《分甘余话》，《文渊阁四库全书》本。
（清）王士禛：《渔洋诗话》，《清诗话》，上海古籍出版社1978年版。
（清）郑板桥：《题画》，《中国美学史参考资料》，中华书局1981年版。

（清）冯班：《严氏纠谬》，《钝吟杂录》卷5，《文渊阁四库全书》本。

（清）曾国藩：《曾国藩全集》，岳麓书社1988年版。

（清）谭嗣同：《谭嗣同全集》（增订本），中华书局1981年版。

《大藏经》第40册。

《大智度论》第六，《大智度初品中十喻释论》第十一。

《论日本改朔易服》，《申报》1874年11月3日。

蔡元培：《蔡元培全集》，中华书局1984年版。

蔡镇楚：《中国古代文学批评史》，岳麓书社1999年版。

伧父：《战后东西文明之调和》，《东方杂志》1917年第14卷第4号。

陈传才：《文艺学百年》，北京出版社1999年版。

陈独秀：《今日中国之政治问题》，《新青年》1918年第5卷第1号。

陈独秀：《陈独秀文章选编》，生活·读书·新知三联书店1984年版。

陈国庆：《中国近代社会转型研究》，社会科学文献出版社2005年版。

陈平原：《中国现代学术之建立：以章太炎、胡适之为中心》，北京大学出版社1998年版。

陈崧：《五四前后东西文化问题论战文选》，中国社会科学出版社1985年版。

陈孝全：《朱自清传》，北京十月文艺出版社1991年版。

陈寅恪：《金明馆丛稿二编》，生活·读书·新知三联书店2001年版。

陈子展：《中国近代文学之变迁：最近三十年中国文学史》，上海古籍出版社2000年版。

程亚林：《诗与禅》，江西人民出版社1989年版。

邓嘉缉：《复杨缉庵书》，《扁善斋文存》上卷。

邓以蛰：《邓以蛰全集》，安徽教育出版社1998年版。

费正清、赖肖尔：《中国：传统与变革》，江苏人民出版社1992年版。

冯友兰：《三松堂全集》，河南人民出版社1992年版。

冯友兰：《三松堂学术文集》，北京大学出版社1984年版。

佛雏：《王国维诗学研究》，北京大学出版社1987年版。

郭沫若：《郭沫若论创作》，上海文艺出版社1983年版。

郭绍虞、王文生主编：《中国历代文论选》，上海古籍出版社1980年版。

龚刚：《钱锺书：爱智者的逍遥》，文津出版社 2005 年版。

韩林德：《境生象外》，生活·读书·新知三联书店 1995 年版。

韩石山：《李健吾传》，山西人民出版社 2006 年版。

汉驹：《新政府之建设》，《江苏》1903 年第 6 期。

洪修平、吴永和：《禅学与玄学》，浙江人民出版社 1992 年版。

胡适：《胡适文集》，北京大学出版社 1993 年版。

胡适：《读梁漱溟先生的〈东西文化及其哲学〉》，《读书杂志》1923 年第 8 期。

胡适：《请大家来照照镜子》，《生活周刊》1928 年第 3 卷第 46 期。

胡适：《信心与反省》，《独立评论》1934 年第 103 号。

胡继华：《宗白华：文化幽怀与审美象征》，文津出版社 2005 年版。

胡范铸：《钱锺书学术思想研究》，华东师范大学出版社 1993 年版。

黄健：《京派文学批评研究》，生活·读书·新知三联书店 2002 年版。

黄节：《〈国粹学报〉叙》，《辛亥革命前十年间时论选集》，生活·读书·新知三联书店 1963 年版。

黄药眠、童庆炳主编：《中西比较诗学体系》，人民文学出版社 1991 年版。

黄遵宪：《黄遵宪全集》，中华书局 2005 年版。

季羡林：《禅与东方文化》，商务印书馆 1996 年版。

季镇淮：《闻一多先生与中国传统文学研究》，《闻一多研究四十年》，清华大学出版社 1988 年版。

季镇淮：《朱自清先生年谱》，《朱自清全集》第 1 卷，江苏教育出版社 1988 年版。

季进：《钱锺书与现代西学》，生活·读书·新知三联书店 2002 年版。

翦伯赞等编：《中国近代史资料丛刊·戊戌变法》，上海神州国光社 1953 年版。

姜文振：《中国文学理论现代性问题研究》，人民文学出版社 2005 年版。

蒋寅：《古典诗学的现代诠释》，中华书局 2003 年版。

康有为：《孔子改制考》，中华书局 1958 年版。

劳干：《说王国维的浣溪沙词》，《中国的社会与文学》，（台北）文星书店 1968 年版。

狸照：《论中国有救弊起衰之学派》，《东方杂志》1904 年第 4 期。

李长之：《王国维文艺批评著作批判》，《文学季刊》1934年。
李健吾：《李健吾文学评论选》，宁夏人民出版社1983年版。
李健吾：《李健吾批评文集》，珠海出版社1998年版。
梁启超：《清代学术概论》，上海古籍出版社2005年版。
梁启超：《饮冰室合集》，中华书局1989年版。
梁宗岱：《梁宗岱文集》，中央编译出版社2003年版。
梁宗岱：《梁宗岱批评文集》，珠海出版社1998年版。
梁宗岱：《宗岱的世界》，广东人民出版社2003年版。
梁宗岱：《梁宗岱批评文集》，（香港）文学研究社1979年版。
梁漱溟：《东西文化及其哲学》，商务印书馆1999年版。
呤唎：《太平天国亲历记》，上海古籍出版社1985年版。
刘大白：《从毛诗说到楚辞》，《当代诗文》1921年创刊号。
刘方：《中国美学的基本精神及其现代意义》，巴蜀书社2003年版。
刘锋杰、章池集评：《人间词话百年解评》，黄山书社2002年版。
刘锋杰：《中国现代六大批评家》，安徽文艺出版社1995年版。
刘海粟：《刘海粟艺术文选》，江苏美术出版社1996年版。
刘烜：《闻一多评传》，北京大学出版社1983年版。
刘宗贤：《陆王心学研究》，山东人民出版社1997年版。
鲁迅：《鲁迅全集》，人民文学出版社1973年版。
茅盾：《茅盾文艺杂论集》，上海文艺出版社1981年版。
敏泽：《中国文学理论批评史》，人民文学出版社1981年版。
欧榘甲：《论政变与中国不亡之关系》，《中国近代史资料丛刊·戊戌变法》（三），翦伯赞等编，上海神州国光社1953年版。
欧阳文风：《宗白华与中国现代诗学》，中央编译出版社2004年版。
蒲震元：《中国艺术意境论》，北京大学出版社2000年版。
钱念孙：《朱光潜：出世的精神与入世的事业》，文津出版社2005年版。
钱玄同：《中国今后之文字问题》，《新青年》1918年第4卷第4号。
钱锺书：《管锥编》，生活·读书·新知三联书店2001年版。
钱锺书：《谈艺录》（补订本），中华书局1984年版。

钱锺书：《七缀集》，上海古籍出版社1994年版。

钱锺书：《钱锺书散文》，浙江文艺出版社1997年版。

钱锺书：《槐聚诗存》，生活·读书·新知三联书店1995年版。

钱锺书：《宋诗选注》，人民文学出版社1958年版。

钱锺书：《人·兽·鬼》，开明书店1946年版。

钱锺书：《中国固有的文学批评的一个特点》，《文学杂志》1937年第1卷第4期。

石峻等编：《中国佛教思想资料选编》，中华书局1987年版。

时萌：《闻一多朱自清论》，上海文艺出版社1982年版。

史华慈：《论保守主义》，（台北）时报文化出版事业有限公司1980年版。

司马长风：《中国新文学史》，（香港）昭明出版社1980年版。

宋剑华主编：《现代性与中国文学》，山东教育出版社1999年版。

谭好哲等：《现代性与民族性：中国文学理论建设的双重追求》，社会科学文献出版社2005年版。

汤用彤：《魏晋玄学论稿》，上海古籍出版社2005年版。

汤志钧：《康有为政论集》，中华书局1981年版。

汪培基等译：《英国作家论文学》，生活·读书·新知三联书店1985年版。

王富仁：《中国现代文化指掌图》，人民文学出版社2004年版。

王国维：《王国维文集》，中国文史出版社1997年版。

王国维：《王国维遗书》，上海古籍出版社1983年版。

王栻：《严复论》，中华书局1986年版。

王先霈：《文学批评原理》，华中师范大学出版社2003年版。

王瑶：《中国文学研究的现代化进程》，北京大学出版社1996年版。

王瑶：《念朱自清先生》，《中国现代文学论集》，北京大学出版社1997年版。

王永年：《中国现代文学理论批评史》，贵州人民出版社1988年版。

王攸欣：《选择·接受·疏离——王国维接受叔本华朱光潜接受克罗齐美学比较研究》，生活·读书·新知三联书店1999年版。

王攸欣：《朱光潜学术思想评传》，北京图书馆出版社1999年版。

王攸欣：《朱光潜传》，人民出版社2011年版。

闻黎明、候菊坤：《闻一多年谱长编》，湖北人民出版社1994年版。
闻一多：《闻一多全集》，生活·读书·新知三联书店1982年版。
闻一多：《闻一多全集》，湖北人民出版社1993年版。
温儒敏：《中国现代文学批评史》，北京大学出版社1993年版。
伍蠡甫：《西方文论选》，上海译文出版社1979年版。
伍蠡甫：《现代西方文论选》，上海译文出版社1983年版。
夏中义：《世纪初的苦魂》，上海文艺出版社1995年版。
辛广伟等：《撩动缪思之魂——钱锺书的文学世界》，河北教育出版社1995年版。
徐金葵：《生命超越与中国文明》，上海文艺出版社1991年版。
许道明：《京派文学的世界》，复旦大学出版社1994年版。
阎国忠：《朱光潜美学思想及其理论体系》，安徽教育出版社1994年版。
杨联芬：《晚清至五四：中国文学现代性的发生》，北京大学出版社2003年版。
杨义、陈圣生：《中国比较文学批评史纲》，（台湾）业强出版社1998年版。
杨义：《中国叙事学》，人民出版社1997年版。
杨义：《李杜诗学》，北京出版社2001年版。
杨义：《感悟通论》，人民出版社2008年版。
杨义：《现代中国学术方法通论》，山东教育出版社2009年版。
杨匡汉、刘福春编：《中国现代诗论》，花城出版社1985年版。
叶公超：《叶公超批评文集》，珠海出版社1998年版。
叶嘉莹：《王国维及其文学批评》，广东人民出版社1982年版。
叶朗：《美学的双峰——朱光潜、宗白华与中国现代美学》，安徽教育出版社1999年版。
叶朗：《中国美学史大纲》，上海人民出版社1985年版。
叶维廉：《中国诗学》，生活·读书·新知三联书店1992年版。
易鼐：《中国宜以弱为强说》，《湘报》1898年第20号，中华书局1965年影印本。
郁龙余：《中西文化异同》，生活·读书·新知三联书店1992年版。
袁可嘉：《现代主义文学研究》，中国社会科学出版社1989年版。

张岱年、成中英等:《中国思维偏向》,中国社会科学出版社1991年版。

张首映:《西方二十世纪文论史》,北京大学出版社1999年版。

张育英:《禅与艺术》,浙江人民出版社1992年版。

张少康:《中国文学理论批评史教程》,北京大学出版社1999年版。

张枬、王忍之编:《辛亥革命前十年间时论选集》,生活·读书·新知三联书店1963年版。

张君劢:《科学与人生观》,山东人民出版社1997年版。

章太炎:《章太炎政论选集》,汤志钧编,中华书局1977年版。

章太炎:《国学讲习会序》,《民报》第7号。

赵万里:《王静安先生年谱》,《国学论丛》1928年第1卷第3号。

郑振铎:《文艺丛谈》,《小说月报》1921年第12卷第1号。

赵宪章:《文艺学方法通论》,江苏文艺出版社1990年版。

郑朝宗等:《管锥篇研究集》,福州人民出版社1984年版。

郑观应:《易言·自序》,《郑观应集》上册,夏东元编,上海人民出版社1982年版。

周春生:《直觉与东西方文化》,上海人民出版社2001年版。

周积明、郭莹等:《震荡与冲突》,商务印书馆2003年版。

朱光潜:《朱光潜全集》,安徽教育出版社1993年版。

朱光潜:《诗论》,上海古籍出版社2001年版。

朱光潜:《谈美书简》,上海文艺出版社1999年版。

朱光潜:《文艺心理学》,安徽教育出版社1996年版。

朱光潜:《悲剧心理学》,安徽教育出版社1996年版。

朱光潜:《诗的隐与显(关于王静庵先生的〈人间词话〉的几点意见)》,《人世间》1934年第1期。

朱立元:《美学文艺学方法论》,文化艺术出版社1985年版。

朱立元:《当代西方文艺理论》,华东师范大学出版社1997年版。

朱青生:《没有人是艺术家,也没有人不是艺术家》,商务印书馆2000年版。

朱自清:《朱自清全集》,江苏教育出版社1988—1998年版。

朱自清:《朱自清古典文学论文集》,上海古籍出版社1981年版。

朱自清：《朱自清说诗》，上海古籍出版社1998年版。

朱自清：《论雅俗共赏》，北京出版社2005年版。

宗白华：《宗白华全集》，安徽教育出版社1994年版。

宗白华：《美学散步》，上海人民出版社1981年版。

宗白华：《艺境》，北京大学出版社1999年版。

宗白华：《美学的散步》，（台湾）洪范书店1981年版。

邹士方、王德胜：《朱光潜宗白华论》，（香港）新闻出版社1987年版。

邹士方：《宗白华评传》，（香港）新闻出版社1989年版。

［比］伊·普里戈金等：《从混沌到有序——人与自然的新对话》，曾庆宏译，上海译文出版社1987年版。

［德、英］马克思、恩格斯：《马克思恩格斯全集》，人民出版社1995年版。

［德］黑格尔：《精神现象学》，贺麟、王玖兴译，商务印书馆1979年版。

［德］莫芝宜佳：《管锥编与杜甫新解》，马树德译，河北教育出版社1998年版。

［德］爱克曼：《歌德谈话录》，朱光潜译，人民文学出版社1978年版。

［德］叔本华：《作为意志和表象的世界》，石冲白译，杨一之校，商务印书馆1982年版。

［德］沃尔夫刚·伊瑟尔：《在虚构与想象中越界——沃尔夫刚·伊瑟尔访谈录》，金惠敏译，《文学评论》2002年第4期。

［德］立普斯：《论移情作用》，《朱光潜全集》第7卷，安徽教育出版社1991年版。

［法］卢梭：《社会契约论》，何兆武译，商务印书馆1980年版。

［法］罗杰·法约尔：《法国文学评论史》，怀宇译，四川文艺出版社1992年版。

［法］亨利·柏格森：《形而上学导论》，刘放桐译，商务印书馆1979年版。

［法］笛卡儿：《探求真理的指导原则》，管震湖译，商务印书馆1991年版。

［美］萧甫斯坦等：《禅与文化》，徐进夫译，北方文艺出版社1988年版。

［美］梯利：《西方哲学史》，葛力译，商务印书馆1995年版。

［美］韦勒克：《近代文学批评史》，杨自伍译，上海译文出版社1989年版。

［美］韦勒克：《文学思潮和文学运动的概念》，刘象愚译，中国社会科学出版社1989年版。

［美］琉威松：《近世文学批评》，傅东华译，商务印书馆1928年版。

［美］J. 希利斯·米勒：《永远的修辞性阅读——关于解构主义与文化研究的访谈》，金惠敏译，《文艺理论研究》2001年第1期。

［美］雷马克：《比较文学的定义和功能》，于永昌等编：《比较文学研究译文集》，上海译文出版社1985年版。

［美］西里尔·E. 布莱克等：《日本和俄国的现代化：一份进行比较的研究报告》，周师铭等译，商务印书馆1983年版。

［日］铃木大拙：《铃木大拙全集》第3卷，久松真一、山口益等编，岩波书店1968—1970年版。

［日］铃木大拙：《禅学入门》，谢思炜译，生活·读书·新知三联书店1988年版。

［以色列］爱森斯塔特：《现代化：抗拒与变迁》，张旅平、渗原、陈育国、迟刚毅译，中国人民大学出版社1988年版。

［英］理查德·约翰生：《究竟什么是文化研究》，罗钢、刘象愚译，《文化研究读本》，中国社会科学出版社2000年版。

附录 "感悟诗学的现代转型与当下诗学的原创性建构"专题讨论

主持人：欧阳文风
参加人：毛宣国　王晓生　魏颖　周秋良　胡平平　吴叶群　李礼
时间：2007年3月28日上午
地点：中南大学文学院

欧阳文风（文艺学博士，中南大学文学院教授）：今天把各位请过来，主要是想对"感悟诗学的现代转型与当下诗学的原创性建构"这一问题进行深入的讨论。我们知道，感悟诗学的命题是由著名学者杨义先生率先提出并反复倡导的。早在2002年，杨义在一篇题为《中国诗学的文化特质和基本形态》的论文中，第一次比较明确地提出并简要阐述了中国诗学是一种感悟诗学、生命诗学和文化诗学。2005年，杨义在《感悟通论》这篇长文中，从历时性的角度对中国文化和中国诗学独有的感悟这一思维方法进行了详尽的梳理。2005年杨义还在《中国文化研究》发起了一组笔谈，对感悟诗学这一命题的内涵、建构现代感悟诗学的必要性及可能性等方面进行了比较深入的论证。2005年底，杨义节选了《感悟通论》中的部分章节以《感悟诗学的现代性转型》为题发表，着重阐述了感悟诗学的现代转型问题。我2004年底赴中国社会科学院文学所师从杨义先生从事博士后研究，开始关注感悟诗学的问题，先后撰写和发表了《感悟诗学：21世纪中国原创诗学的一种设想》、《感悟：建立中国原创诗学的着力点》、《感悟诗学现代转型之可能性及其意义——以王国维、宗白华的诗学探索为例》、

《王国维"系统圆照"文学研究方法的内涵及其启示》、《立足文本：文学研究创新的着力点》等论文，对感悟这一华夏民族独特的思维方式在建构当下原创性诗学方面的重要意义及感悟诗学现代转型之可能性等问题，进行了一些思考。

我们通过比较深入的研究后发现，在当下文学批评和诗学建构中强调感悟是非常必要的，这是激活我国诗学原创性品格的一条十分可行的思路。我们知道，感悟是中国智慧和思维能力的传统优势所在，中国文学艺术之所以能够极其精妙地表达人类难以言状的精神体验和生命韵味，是与其注重感悟体验分不开的；中国传统诗学之所以充溢着生命的气韵，也是其非常注重生命体验的结果。然而，自 19 世纪末以来，由于民族文化的衰败，那些探索文化振兴和民族出路的近代精英们，如康有为、严复、梁启超、胡适等，都把民族落后的原因归根于传统思维方式的不科学，一方面极力鼓吹西方理性思维，一方面对传统的感悟式的思维方式发起了亘古未有的批判和攻击。后来，在五四新文化运动轰轰烈烈的"反传统"和"重估一切价值"的思潮中，以及 20 世纪 20 年代那场对中国思想文化领域影响极其深远的"科玄论战"之后，作为传统思维方式的感悟思维愈加被激进的现代中国人弃若敝屣，人们争先恐后地学习西方科学的、理性的思维方法。一段时间下来，中国固有的感悟思维对于中国现代学者来说已逐渐变得生疏和遥远，而相反，西方理性思维的方法却慢慢深入人心。现在，我们的很多文艺理论研究者和文学批评家都习惯性地操持着一套又一套的西方理论话语和西方注重逻辑推理的思维方式，而传统的感悟诗学资源和感悟思维方式却被遗忘殆尽。这表现在理论研究上，就是研究者们喜欢一劳永逸地从西方引进一些大而空洞、不着边际的理论话题，古代感悟诗学资源没有得到很好的利用，即使有人想利用自家宝藏也不知道如何下手，文学理论严重脱离了本土文化传统和文化语境；表现在文学批评上，批评家们大都不研究文本，只是借助于西方的某种理论就能左右逢源地进行所谓的文学批评演练，根本丧失了对文学文本的感悟兴趣和感悟能力。感悟能力的缺失，仅仅靠食取西方理论之唾液来建构的现代诗学，其原创品格的流失也就在情理之中了。20 世纪末，就有学者在痛心疾首地指出我们的现代诗学理论患上了所谓的"失语症"。正是在这一大的理论背景下，我们主张重提传统的感悟思维方式，在现代的文化语境下实现感悟思维与理性思维的完美融合，从而实现传统感悟诗学的现代转型，同时还主张文学批评应该立足文本进行感悟体验，即是对当下诗学民族性和原创性品格内在生成的一种理论思考。那么，感悟诗学如何转型，又如何在立足文本的基础上建立一种具有原创性的现代感悟诗学，这些都是值得深入讨论和思考的问题。今天我们的论题就是对这一问题的探讨。我觉得我们的讨论大致可以从三个层面展开：1）中国传统诗学的感悟特质，2）感悟诗学的现代转型在理论上的可能性以及具体的途径和方法，3）感悟诗学现代转型对当下诗学原创性建构的意义。

魏颖（文艺学博士，中南大学文学院副教授）：我认为感悟诗学现代转型这一问题的提出，与王一川先生研究的感兴修辞批评在研究目的上具有一致性。王一川的感兴修辞批评认为，应该将认识论美学、感性论美学、语言论美学三者结合，互相取长补短。认识论美学注重内容分析和历史视界，语言论美学讲究文学的语言性及语言模型，感性论美学崇尚个体体验，三者结合，将文本向内向外打通，一方面深入文本的内在理路，向内把握文本体验和语言形式的特色，另一方面将文本置于特定的文化语境中，向外凸显历史文化，这样就兼容了历史、体验、语言三个方面，并注重作家、人物、批评家的情感体验交流作用，建构起既不脱离文本阐释，又兼容文化、审美和体验分析的批评性理论。王一川的这种以文本为基础，并上升到学理高度的感性修辞批评具有一定的可操作性。例如，他是这样来分析丁玲的小说《韦护》的：他先进行文本分析，找出文本的修辞特色，指出在《韦护》中运用了重复修辞术，十七次重复讲述了主人公韦护在革命与爱情之间煎熬的焦虑，他把韦护多次经历的焦虑用表格列出后，再继续深入，把文本置入文化语境中，阐释丁玲创作《韦护》的文化语境——当时正处于20世纪20年代末大革命失败时期，中国左翼知识分子普遍处于转型再生焦虑状态，丁玲通过写《韦护》，置换了本人的转型再生焦虑。这样，通过文本的具体阐释，把批评家的感悟与作家创作的历史文化语境贯通，一个立体的批评模式就架构起来。

欧阳文风：王一川先生的批评模式强调从文本出发，无疑对当下批评很有借鉴意义。我们现在的很多文学批评确实是不看文本的，杨义先生就曾经形象地说过，当前的很多批评家都是吃干草长大的，他们喜欢去啃那些枯燥的理论，而对身边的茵茵绿草却不感兴趣。青年批评家吴义勤先生在 2005 年的时候曾经发表过一篇《批评何为？——当前文学批评的两种症候》的文章，也痛心地指出现在的文学批评都不立足文本，不强调感悟，完全用西方理论去套用，作品只是一个由头，他把这种现象称为"批评的不及物"。这就是说，现在的文学批评根本不立足于身边鲜活的作品和文学现象，丝毫未认识到感悟的重要，而喜欢在批评实践中进行枯燥、烦琐的理论推演，都已经成为一种非常严重的现象了。当然，我们这样说并不是一味地排斥理论，我们既主张对文学文本进行生命体验和感悟，也认为仅有感悟是不够的，感悟应该和西方的逻辑思维融合起来，感悟也要有学理的深度。杨义先生就指出，现代意义上的感悟应该是"理性的直觉"或"直觉的理性"。

魏颖：是的，那么现在的问题是如何去进行感悟诗学的操作？特别是如何提高感悟诗学的学理性？王一川先生所提出的把认识论美学、语言论美学、感性论美学三者结合，可能不失为一种办法。

王晓生（文艺学博士，中南大学文学院副教授）：要回答欧阳文风开始提出的三个问题，我觉得首先必须把什么是感悟，什么是诗学搞清楚。很显然，我们谈论感悟诗学，是对当前文学批评现状的不满。但是，对文学批评现状不满，感悟诗学是不是就提供了一条解决问题的通途，都值得认真考虑。

我们讨论的感悟又是一个什么概念呢？感悟是指一种思维特质，还是指一种文字风格？当然这种简单的区分并不一定十分准确，比如感悟性的文字风格与感悟性的思维往往是紧密关联的，但是这种区分是必要的。如果我们谈的感悟是指一种思维方式，那么我们对当下诗学特质的判断，说它们离感悟诗学很远，就值得重新打量。现代诗学的思维方式就不是感悟式的吗？恐怕不能这么说。中国古代诗学是感悟式的，受到西方影响的现代诗学也是感悟式的。基于这样的看法，谈重建感悟诗学也许就是一个多余的话题。如果我们谈的感悟诗学是指一种概念体系的表述风格,那么我们可以说当下的诗学离感悟诗学越来越远了。然而这种远是不是一种值得焦虑的事情,也很不好说。钟嵘《诗品》的风格、《文心雕龙》的风格能不能广泛借鉴,是很值得怀疑的。

为什么值得怀疑?我认为有很多原因。诗学这个概念很复杂,范围也很广。诗学的最初含义是指关于诗歌的阐释性文字,它的感悟特质必然比较突出;后来诗学的概念内涵已经扩大了,包括所有的文学理论,理论指向既包括抒情性文类,也包括叙事性和论说性文类。现在叙事性文体已经是文学中的主要文体,小说、电视剧等叙事性文体已经成了主流是毋庸置疑的。在这种情况下,还能不能像古人批评诗歌那样批评现代叙事性作品呢?诗歌创作注重的是意境和顿悟,诗歌批评的文字风格当然可以是感悟式的,然后叙事性文体注重的是线性逻辑,感悟性的文字对它的阐释力是很弱的。古人的感悟诗学如何面对当今的文学现实,是一个大问题。我认为感悟性的批评文体很难把叙事性文体中潜含的细致东西表达出来。你们提出可以走感悟论美学、认识论美学、语言论美学相结合的路子,但是真结合了还能不能叫感悟诗学?古代感悟论诗学与现代的生活是很隔膜的,批评家用感悟诗学是很难击穿现代生活,触摸现代感受的。

再者,从一个很实际的角度来谈,要求批评家大量写作感悟性诗学文字也是不现实的。在当前的学术机制下,感悟式的批评文章是否能得到我们国家的学术机制的认可,是一个很大的问题。纯粹感悟性的文章在文学性杂志上可能能发表,但学术性的杂志就发表不了。《文学评论》、《文艺研究》能发表感悟性诗学文字吗?哪位大学教授写了篇这样的文章,也只能拿到《人民文学》、《花城》上去发表。但是千万不要忘记了,《文学评论》、《文艺研究》是核心期刊,而《人民文学》、《花城》不是,尽管后者的影响力不比前者小。我们都要评教授啊,都必须按照核心期刊的要求来写论文。感悟性诗学文章在这个学术机制里面的生存空间是很小的。

魏颖:我认为感悟诗学的现代转型完全具有可能性。我本人就实践了感兴修辞批评,写了一系列论文。例如,我在《嫦娥奔月神话在陈染女性书写中的当代变形》这篇文章中,从当代女性的生存命运切入进行感悟,我就觉得比较成功。

欧阳文风：王晓生刚才提到诗学概念模糊的问题，的确，现代"诗学"的概念用得太滥了，有人提出了什么模糊诗学、过程诗学、媒介诗学、审美诗学等，五花八门，因此究竟什么是诗学我们确实要慎重。我们知道，所谓诗学，在我国古代是关于诗歌这一种文体的理论，近代以来，受西方诗学概念的影响，其内涵慢慢扩大了或者说泛化了，今天的诗学几乎就是文学理论的意思，所谓诗学就是研究文学艺术的理论。基于这种诗学内涵的变化，我觉得我们不妨从广义上来理解诗学，既可以是批评家的文论、作家论，也可以是作家的创作感受，当然，对批评家的文论、作家论和作家的创作感受的研究，更是一种诗学。不过，我认为不管如何理解诗学的内涵，诗学都应该来源于对具体文本的研究，我们这里所指的文本既可以指具体的文学作品，也可以包括某种文学现象和文学思潮，甚至作家都可以算是一个文本。诗学之根只有立足文本才有生命力，立足文本提炼生成的诗学才有原创性。

魏颖：文本要和理论结合才有理论深度，理论要落实到文本才不会架空。

欧阳文风：是的，记得王一川先生曾经提出过"理论批评化"或"批评理论化"的构想，也就是主张文学理论要来源于对具体文本的研究，而文学批评也要有一点理论深度，不能仅仅满足于印象式的鉴赏。也就是说，文学理论和文学批评既要有学理深度，又要有灵动的文字。批评家如果仅仅利用枯燥的完全西化的理论来分析文本，这样生成的文学理论肯定是没有生命力的，也是没有原创性和民族性的。

魏颖：事实上现在很多的网络文学批评很灵动，很有原创性，但就是太肤浅，没上升到学理高度。

毛宣国（哲学博士，中南大学文学院教授）：关于诗学的概念，我也认为要从学理上清理一下，要清楚我们是在什么意义上使用"诗学"这个概念。在西方，"诗学"一词有广义和狭义之分，广义的"诗学"是指文学理论，狭义的"诗学"概念则指有关文学的一种类型——"诗"的理论研究。西方"诗学"概念的形成与亚里士多德《诗学》一书写作相关，主要是广义的，内涵与"文学理论"相近，而非关于狭义的"诗"的学问和研究。在西方,"诗学"概念的使用,主要是指批评家、理论家的文论,而非指作家的创作感受。中国古代"诗学"概念的使用,与西方大体相似。它大致包含三种含义:第一,"诗学"原是《诗经》之学,是经学的一个分支,这一含义起源于汉代,在唐宋还被人们广泛沿用。第二,指关于"诗"的理论,这相当于西方狭义的"诗学"概念,主要指作为抒情文体存在的"诗"的理论研究,也就是我们通常所说的诗歌之学意义上的"诗学",这一意义上的"诗学"概念的出现,大概在晚唐五代之际。第三,是广义的"诗学"概念,也就是文学理论。中国古代文论家、诗学家很少在理论文献中明确这一"诗学"概念,但由于"诗"在中国古代文论中占据中心地位,中国古代文论的普遍概念和规范主要是在对"诗"这一文体的讨论中建立起来的,所以中国古代的"诗学"常常成为文学理论的代名词。杨义先生提出感悟诗学、文化诗学、生命诗学等概念,并认为诗学的逻辑起点不是在哪个概念上,而是在对那些经典的最伟大的诗进行经典重读的个案分析上,他实际上把"诗学"的概念扩大了,主要指向了作家创作与感受方面。他对李白、杜甫等作家作品的研究都冠以"诗学"的名称,这是不是偏离了"诗学"本来的含义,我是有疑问的。我承认中国古代诗歌理论非常重视感悟,也很赞赏杨义先生从经典重读这一角度切入中国古代文学诗学研究,以理解中国诗人表达生命意义和世界感觉的原创性形式的这一思路,但是,是否要提出"感悟诗学"这样概念,并把它作为中国古代诗学理论研究的根本,值得考虑。因为,"诗学"这一概念的使用有其特定的含义,"诗学"研究对象主要是理论,是理论本身的研究而非作家作品的研究。"诗学"研究的目的是要建立起具有普遍意义的规范和体系。杨义先生将对李白、杜甫的研究称为"李杜诗学",将李白的创作思维归结为"醉态思维",这样的研究,是否符合中国古代诗学理论的普遍特征,能否建立起具有普遍意义的诗学理论,我是深表怀疑的。

另外,关于批评和文本的关系,我认为任何批评都不能脱离文本,即使在文本的基础上做了引申发挥,还是要以原文本为基础。

欧阳文风:王晓生刚才还提到感悟诗学能否面对新的文体的变化的问

题，我觉得是完全可以的，虽然古代感悟诗学主要面对的诗歌这一文体，意境理论、气韵理论等古代感悟诗学思想主要是针对诗歌文体的，但是我并不认为感悟就只能针对诗歌，我们面对叙事文本，也完全可以进行感悟。这方面的例子很多，比如李健吾对沈从文、巴金等的小说的批评，就完全是一种感悟式的批评，他让自己的灵魂和生命在这些杰作中进行冒险，其进入作品的深度是有目共睹的。

王晓生：刚刚还讲到了现代文学批评的不及物问题，我觉得"不及物"这个概念也要认真界定。如果把"不及物"界定为脱离客观世界，那纯粹的不及物是不可能的，如果界定为批评家不认真阅读作品的空洞批评，那是不应该的，如果界定为批评离作品的距离，那不及物是不应该受到指责的。在后者的意义上，我认为批评文字不及物又何妨？作家在创作时，面对社会生活现象，虚构着另外一个世界；批评家也是另一种意义上的作家。如果批评文字能给人以独特的感受，让读者进入一个圆满自恰的世界，我认为及不及物也无所谓。文学作品只是文学批评的一个说话的空间，文学批评本身就是一种特殊的文学作品，它们之间是一种既近也远的关系。例如南帆和王晓明的批评性文字指涉的许多作品，我都没有阅读，但这并不妨碍我阅读他们的批评性文本。在一定的意义上，作品和批评文字是一种很松散的关系。这可能是有人指责文学批评不及物的原因之一。如果是这样，我看不及物并不是坏事情。

欧阳文风：不错，批评家的文字本身就是一个完全自足的作品，但我还是认为文学批评的立足点必须是文本，批评必须是及物的。正是因为现实中批评的不及物，导致了作家与批评家的关系十分松散，许多作家就直言不喜欢读批评家的批评文章。试想，文学作品只是文学批评的由头，文学批评都是一些抽象的理论演绎，这样的批评文字作家们看了对他们的创作又有什么用处？文学批评与文学创作者和文学实践都脱节到了如此程度，我们很难想象，这样的文学批评还有什么意义？

毛宣国：批评总是要及物的。但是由于文学批评对象并不限于文学作品，还包括文学现象、文学思潮等方面的研究，也包含批评家的理论建构，所以有的批评不一定直接面对文学作品。但需要指出的是，中国当代批评过多空疏的理论话题，使批评常常远离文学作品，给人一种不及物的感觉。西方当代批评则不然，他们的理论虽然高深，但大多人还是非常重视文学作品的阅读和解读的，许多有价值的理论，如俄国形式主义诗学、新批评理论、结构主义叙事学研究、以保罗·德曼、布鲁姆等人为代表的美国解构批评、巴赫金的对话理论等，都是在文本的解读基础上而提出来的，是在文本分析的基础上用新的理论话语来建构的。

魏颖：比如，解构主义大师希利斯·米勒在分析作品时就讲究意义的重新生发，有些经典文本的意义已成定势，他生发的意义可能与作家的原创不同，与那个时代的普遍的批评意义不同，但他运用的叙事线条理论并不脱离文本，他的意义建构也能言之成理。

毛宣国：中国式的感悟和西方理论相比也存在弱点，感悟的东西太多，则理论的建构就少，但文学重感悟又不可避免，现代文学批评和传统文学批评一样也要重感悟，不感悟则无法批评作品。不过我们不能光讲感悟，只讲感悟而忽视理论修养和建构，是不可能是让我们的文论有大的发展的。现在的问题在于中国批评家搬用西方的理论太多，真正感悟作品的太少，所以强调"感悟"还是有意义。

欧阳文风：其实，杨义先生提出要注重感悟，他同时也认为仅仅有感悟是不行的。他明确提出了现代意义上的感悟应该是"理性的直觉"或"直觉的理性"，认为要对传统的感悟进行现代转型。因为和古代相比，现代的文化语境、思维方式、语言模式、学术结构、知识背景全都变了，我们操持着的是西方的话语，要完全回到传统的纯感悟式批评是绝不可能的了，在现代的语境下，我们强调的是应该把中国传统的感悟思维和西方现代的理性思维融合起来，发挥感悟在文学批评和文学研究中应有的作用，而不是仅仅依凭理性去肢解活生生的文学文本。

毛宣国：这个话题很有意义，他说中国诗学是"生命—文化—感悟"的诗学，强调"感悟"，也许对理解中国古代诗学特征有意义，但对于当代诗学理论建构来说却比较空洞。当代诗学还是要建立适合于当代诗学品质的理论规范，不然就无法发展当代的诗学理论。

为什么要提出感悟诗学？这是针对现代文论的空洞，不注重文本和作家感受，忽视中国古代诗学感悟的特点而提出来的。但是必须明确这一提法还是探讨性的。杨义先生强调"感悟"的同时，还特别强调经典重读，这很有意义。经典文学作品的解读，对于传承和保留最具有生命意义和原创形式的审美经验和感觉是非常重要的。严羽在《沧浪诗话》中说："学诗者以识为主，入门须正，立志须高，以汉魏、盛唐为师，不作开元、天宝以下人物"，又主张"妙悟"、"熟参"，"工夫须从上做下，不可以从下就上"，这里所提供的就是一种经典文学作品的阅读方法。他要求选择那些最有代表性，最能体现中国古代诗人原创性和生命意义的作品予以解读，反复体味。这种解读，建立在中国古代最深厚、最丰富的审美经验基础上的，所以它常常形成非常有价值、有生命力的理论。而中国当代文论所缺乏的就是这样一种经典解读意识，这种缺乏，也导致了生命体验、诗意感觉的缺乏，所以其理论的研究缺乏鲜活的感情与生命，变成了从概念到概念的演绎。

我们讲感悟思维与理性思维的融合，并不意味着在任何时候都要融合。这两种方式对于当代文学批评来说是可以并存的。文学批评是多元的，可以重感悟，也可以重理性，只是现在的批评中感悟性的太少，我们需要感悟，否则这方面的经验我们会丢失。

王晓生：这让我想到现在的文化批评，严重的导致了不重作品阅读的灾害。

毛宣国：文化批评对于文学理论来说，当然是重要的。但是我们今天许多主张文化批评的人忽视对文学作品的阅读和感悟。文化批评的解读空间很大，文学既是一种审美现象，也是一种意识形态和文化现象，所以应重视文化批评。比如，对《诗经》这样作品的解读，单从文学而忽视它对中国古代文化巨大的影响就不合适。但是文化批评并不意味着抛弃审美解读。还是以《诗经》为例。《诗经》对古人来说，经学的、文化的意义大于文学的意义，但今天我们把它作为文学批评的对象，就不能忽视它的文学意义和审美解读，若忽视了这样的解读，只把《诗经》作为一个经学文本、文化文本，那我们就缺少许多关于中国古代诗歌的阅读经验与体验。

欧阳文风：好的，关于什么是感悟，什么是感悟诗学的问题，我们已经进行了较为深入的探讨。那么，传统感悟诗学如何才能实现现代转型呢？我觉得可以从两个维度展开：第一，对传统诗学概念进行现代化阐释、转换，实现古今诗学话语的对接。随着文化语境、文学本身以及知识结构等的变迁，传统的很多诗学概念已经不能适应新的文学发展的需要了，我们有必要对其进行现代化的阐释和转换。比如王国维在《人间词话》中就对"境界"这一中国古代感悟诗学一脉相承的诗学命题进行了很好的现代转换，他综合运用传统思维的视角和西方思辨理性的眼光，对"境界"的内涵、种类、层次等都进行了某种现代化的阐释。这正如叶嘉莹先生所指出的："其立论，却已经改变了禅宗妙悟的玄虚的喻说，而对于诗歌中由'心'与'物'经感受作用所体现的意境及其表现之效果，都有了更为切实深入的体认，且能用'主观'、'客观'、'有我'、'无我'及'理想'、'写实'等西方之理论概念作为析说之凭借，这自然是中国诗论的又一次重要的演进。"由于王国维能够在一种宏阔的中西视野中对传统的"境界"进行这种现代性的阐释、转化和重构，因此"境界"这一古老命题又重新焕发了新的理论光彩。

第二，对西方概念进行中国化阐释、消化，寻找我们民族化的理解。比如朱光潜就对西方的"直觉说"、"移情说"、"距离说"等概念和理论进行了很好的中国化阐释，他结合我国传统诗学中的"凝神观照"与"物我同一"、物我双向交流与物我互相交感理论、赤子之心说与童心说以及"天人合一"的宇宙观，对西方的这些理论进行了民族化的理解，就不但促进了西方诗学的中国化，也从很大程度上推进了传统感悟诗学的现代化。

毛宣国：其实，转化的工作一直在进行。例如，早在20世纪五六十年代，李泽厚等人对"意境"的解读就有这方面的意义。意境是中国文学理论的核心范畴，李泽厚把它与西方的典型概念相类比，提升到"典型"概念的高度，使意境范畴在中国当代文学理论中也占有重要地位，就是一种转化和贡献。

欧阳文风：是的，我们要把东方和西方，古代的和现代的对比，实现东西融合，古今融通。既有西方的视野，又有中国自己的民族性。我觉得这样建构起来的诗学，因为不是跟在西方诗学后面亦步亦趋，人云亦云，因此就具有非常鲜明的原创性。

毛宣国：但要正确理解转化，转化的前提是一种多元化的融合。所谓古代文论向现代文论的转化，就是在承认西方理论、马克思主义理论、现当代文论的基础上，将古代文论的精华提炼出来，融入现代。

周秋良（古代文学博士，中南大学文学院副教授）：我们研究古代文学都是先从材料入手，掌握作品，感悟作品，才有说服力。"六经注我，我注六经。"首先要熟读作品经典才能发言。我觉得古代文学的这种研究思路，文艺学完全可以借鉴，这是防止理论空洞化的一个有效的办法。

欧阳文风：的确，现代文学和古代文学都讲究史料研究，论从史出，我们文学理论也要推崇史料研究，理论的推演要建立在对史料的感悟的基础之上。

毛宣国：现在过于强调中西文化的对立已不现实。从王国维开始就已注意到中西文化是可以融合的，问题在于如何融合。我以为要实现这种融合有一条路径很重要，那就是把中国传统的精华提炼出来，以丰富当代人的思维。

欧阳文风：现代感悟诗学的精髓恰恰就是不注重中西、古今的对立。比如王国维就不主张中与西、古与今的二元对立，在其著名的《国学丛刊序》中就鲜明地提出了"学无中西"、"学无新旧"的观点。在另外一篇文章中，他更是大胆地预言："异日发明光大我国之学术者，必在兼通世界学术之人，而不在一孔之陋儒固可决也。"但要中西打通、古今融会，这对研究者的知识素养就提出了更高的要求。现代的很多理论家，比如王国维、朱光潜、宗白华、梁宗岱、钱锺书等，都是一些学贯中西的大学者，所以他们能够在一种中西、古今的宏阔视野中推进感悟诗学的现代转型。而现在的大部分学者，则因为历史、体制和自身等主客观原因，要么对西方的理论非常熟悉，但对古代的东西却不甚了解，要么对古代的东西了解得比较多，而对西方的理论却很隔膜。学人们如此的知识结构，如何在西方诗学仍然是强势话语的境况之下，进一步扬长避短或取长补短,继续强化感悟这种民族思维方式在现代诗学生成中的作用和效应,充分吸取传统感悟诗学的思想精髓,让传统的感悟诗学延续下去,建立一种充满现代性的感悟诗学,使中国诗学独树一帜,在世界诗学中发出自己的声音,找到自己应有的地位,看来仍然是一项任重而道远的事情。

(记录整理:胡平平 欧阳文风)

后 记

　　本书完成初稿，是在 2007 年的 9 月。当时作为我的博士后出站报告，由我的博士后合作导师中国社会科学院文学所杨义先生和杜书瀛先生、党圣元先生、高建平先生以及北京师范大学的李春青先生等诸位先生审阅，以"优秀"的成绩通过了出站答辩，获得了较多的鼓励和肯定。2008 年申报国家社科基金项目获得立项（项目批准号：08CZW002），2013 年通过了结题鉴定，成绩为优秀。

　　2004 年 10 月，我负笈北上赴中国社会科学院文学研究所师从杨义先生从事博士后研究。当时，杨义先生正在思考感悟思维这一问题，认为感悟是中国文化和中国诗学中的一种非常独特的思维方式，中国古代诗学其实就是一种感悟诗学，但感悟到了现代以后就沉降为知识者的一种类本能。那么，感悟诗学在现代是如何进行转型的？杨老师建议我去思考一下。就这样，我在没有任何思想准备的情况下，就接过了杨老师指定的这一课题。随着研究的深入，我逐渐感觉到了其中的难度。其困难主要有三：第一，"感悟"是一个大家经常挂在嘴边的词，人人都是在含义自明的情况下谈感悟，但到底什么是感悟？其内涵和外延是什么？诗学当中的感悟又是一种什么样的独特意味？这些扑朔迷离的问题深深地困扰着研究的进行。第二，文艺理论家和文学批评家注重感悟是应有之义，哪个理论家都有一点，但又极不系统，因此，如何去把握这些零散的理论碎片，又以哪几位理论家作为研究的重点，也都是令我感到很困惑的。第三，这是一个相当宏观的课题，要涉及王国维、朱光潜、梁宗岱、宗白华、闻一多、朱自清、李健吾、钱锺书等众多在现代学术史上赫赫有名的理论大家，我有限的学养和学术经验实在难以胜任。由此，我花了很长一段时间进行了大量的资料阅读才最终理顺研究思路。幸运的是，期间不时有杨老师高屋建瓴的点拨。每次问学，杨老师都是放下手中繁忙的工作，不厌其烦地与我长谈，那渊博的学识，开阔的视野，精到的点拨，风趣的语言，爽朗的笑声，往往能使我茅塞顿开，如饮甘泉。尤其记得2006年9月的一个下午，杨老师刚从俄罗斯访问归来，就把我叫去，和我交流了他关于本课题的一些最新思考，我当时正值思路阻塞、难以为继之时，听了杨老师的指点，真真切切地感觉到了一种禅家所说的顿悟，思路为之豁然，心境也为之开阔。特别令人感动的是，我每每要拜访所内的老师，杨老师怕我不熟，几次还专门给我打电话预约。杨义师的拳拳扶掖、关爱之心，是我最终能够比较圆满地完成这一课题的最坚强的后盾。

我在文学所从事博士后研究期间，还得到了党圣元、刘跃进、陶文鹏、胡明、杜书瀛、高建平、张中良、黎湘萍等老师的指导，诸位先生的学识和人品，让我受益匪浅；我的博士导师蒋述卓先生，硕士导师陈大康先生、萧华荣先生，他们对我从事博士后研究亦非常关心，述卓师还给予了很多指点；《文学评论》、《文学遗产》、《中国现代文学研究丛刊》、《中国社会科学院研究生院学报》、《中国文学研究》、《中南大学学报》、《学术论坛》、《湖南社会科学》、《学习与探索》等刊物的诸位编辑，在发表本课题的部分成果时亦给予了很大的帮助；远在安庆师范学院中文系任教的吴春平兄，2006年下半年正在文学所师从党圣元先生做高级访问学者，我们同住在研究生院四号楼，朝夕相处，情同手足，他还曾经认真地阅读过本书的前几章，提出了很多有益的建议；同期在杨义先生门下从事博士后研究的袁盛勇兄、刘进才兄、常彬兄，以及同期博士后金雅兄等亦互相鼓励，共同提高；我所在的中南大学文学院为我外出做博士后提供了方便，院长欧阳友权先生、副院长阎真先生尤其关心我的课题进展情况，毛宣国教授、王晓生博士、魏颖博士、周秋良博士以及我的研究生胡平平、李礼、吴叶群等，还在百忙之中参与了我组织的与本课题相关的学术讨论；国家社会科学基金、省社会科学基金对本研究也给予了极大的支持；中国社会科学出版社的郭晓鸿女士亦一直关心本书的出版。在此，谨对上述指导、帮助、关心过本书写作的师友一并表示感谢！

另外，需要特别说明的是，按照原来拟定的写作计划，还有一章是专门谈论钱锺书先生的感悟诗学思想的，但写出初稿以后，总感觉不甚满意，没能把握到钱先生的学术精髓，因此，在出版时忍痛放弃了，只能留待日后再做补充。附录部分的专题讨论，是当年中南大学文学院几位对本课题有着浓厚兴趣的老师和研究生思想碰撞的结晶，虽然没有名家大腕，也非宏论高见，但很好地补充了本课题的研究，征得大家同意，把它附在本书之后，以真实地记录当时的思想印痕。

2014 年春节于长郡花园